U0929244

江苏凤凰文艺出版社
JIANGSU PHOENIX LITERATURE AND ART PUBLISHING

目录

第一卷
天下名宝

装潢优劣，实名迹存亡系焉；窃谓装潢者，书画之司命也。

——明·周嘉胄《装潢志》

一

京都四月，流云微微。

枝子有预感，这将是个对她来说很重要的春天。

她特意装扮过，梳了髻，传统和服，湖水色丝绢，精绣一丛雪中花——中国人叫它水仙，在古希腊是众神求而不得的美少年。

程郢念了句和歌：“庭中花树好，香染谁人袖。”

枝子略低了头，露出粉白一段颈：“程君谬赞。”

程郢颇有些传奇的名声，却意料之外的年轻。枝子为了争取这个给他做助手的机会下了很大力气，倒也不算枉费。

文物耗材展会设在天王山南侧。蓝蓝的天空下，青山葱郁，一角砖红色的斜屋顶。

大山崎山庄有“地下宝石箱”的美誉，英式外观，里间还是和风，橘黄色的灯光透过和纸纹理，照见浮世绘上的美人。

书画在文物中是一个大类，耗材左右不过笔墨纸绢，细分起来却也极繁。展会制作得精心，挂在墙上的仿制品都一丝不苟地装裱过，被修复的原件更是用了玻璃恒温龛放。底下摆置耗材小样，性能标注得十分详尽。

展会上人不多，交谈都压低了声音，所以当有人大声说“请指教！”的时候，几乎所有目光都往那边看过去。

那个女孩是很引人注目的。

黑色一字露肩装，柔软的开司米面料勾勒出优美的身段，大摆A字裙，红得极正。巴掌宽的泥金腰带松松一束，一捻儿细腰。利落马尾，露出明净的额。

是个潇洒的中国美人儿。时髦的都市女郎在这种展会上颇为罕见。

枝子远远看着玻璃龛里的展件：“像是镰仓时期的墨绘。”

“不是。”程郢简洁地给出结论，往女郎方向走过去。

枝子立刻就跟上了。

折节向女郎求教的是个穿暗蓝色和服的日本男子，略方的下颚显示出这是个固执而骄傲的人。

女郎短暂的错愕之后，欠身说道：“恕我敝帚自珍。”

枝子不解，索性走到展件前，仔细揣摩了一回：程郢说得对，这不是日本的镰仓墨绘，这是中国山水画。

没有款印题跋，仅以目鉴，几乎无法判断年代作者。

在她看来，这件作品修复得近乎完美，却不知道女郎何以出言不逊——“敝帚自珍”四个字真是又毒又绕。

和服男子脸色越发难看。待看清楚发笑的人，更是一下子涨成了猪肝色。而围观者已经越来越多。

那个可恶的中国女郎像是完全没有看到，她偏头与男伴低语，拖着他的手就要离开。

“等等！”和服男子仓促叫道。

女郎愕然回头。

“你要怎样……才肯指教？”

女郎愣了一下，像是没想到这人会纠缠。不过她很快做出了反应：“我国古代有个有钱人，请将军喝酒，将军不肯喝，有钱人就把劝酒的美人给杀了。看客觉得残忍，将军说：‘他杀他自家人，和我有什么关系？’”

言下之意，你的画，你的事。

说完俏皮地鞠了个不甚标准的躬，拉着男伴走开了。

和服男子的脸色已经完全没法看了，他近乎焦躁地揪了一把头发。

没热闹可看，围观的人正次第散去，但是每一记眼神，窃窃私语，尤其刚才那声笑……“可恶！”他喃喃地说。接着大步走上前去，要抓住女郎的肩，忽然意识到香肩裸露，仓促又慌乱地往下扯到女郎的胳膊：“等等！”

女郎身边的男伴责备道：“你有完没完！”

“如果——”和服男子没理他，只大声问，“如果我把画送给你呢？”如果他把画送给她，那就是她的画，她的事了。

女郎眨了眨眼睛。

和服男子再次大力鞠躬：“请指教！”

“你的意思是，如果她能说出个子丑寅卯来，你就把这件画送给她？”男伴猜测。

和服男子点头。

“这价码可不低。”男伴看了看女郎。女郎说：“那要先找人公证，不然，我指教完了他不认账，岂不是很亏？”

美术馆很快派来公证人。看热闹的人是越来越多了。

女郎在公证书上签下名字。然后走到画作前，目光从下往上看了半晌。那简直不像是在“看”，而像是摩挲。

几乎所有人都屏气凝神，等着她开口，却久久不闻其声。

已经有人开始不耐烦。

“郁小姐？”

“不会反悔了吧？给不出让人信服的理由，可是要倒赔的哦。”

“现在才后悔，未免迟了一点。”

嘈杂声越来越大，几乎把人都淹没了，以至于当女郎开口，竟十有六七没有听清楚她说的话。

“什么？”

“这是件唐画。”女郎重复，语气十分沉重。

嘈杂声更响了，嗡嗡嗡如立体环绕。和服男子更是直接脱口道：“这不可能！”

女郎也不看他，更不在意那些议论纷纷，只问：“你是不是断代为宋？”

和服男子略点了头。

“画为纸本，这是其一；山水用了点皴，这是其二；南宋之后，中日通航，方才有大规模的书画流入贵国，这是其三——所以是南宋？”

和服男子再点了点头。

嘈杂声到这时候才慢慢平息下去。

“山水之变，始于吴道子，成于盛唐二李；晚唐之后，皴法大行于世。盛唐到晚唐之间的空白使得后人无法判断皴染出现的具体时间。事实上就有人认为皴染的源头是初唐阎氏兄弟。这是其一。”女郎从容不迫，娓娓道来，“其二，现存纸本最早是中唐韩滉的《五牛图》，而中唐到晚唐之间，还有百年光阴，这期间用纸为载体的画家，不计其数，比如韩滉弟子戴嵩的《斗牛图》就是纸本。”

“但是郁小姐怎么就能肯定这是唐画不是宋画，又凭什么认为我修复失误？”和服男子耿耿于怀。

女郎略抬了头，目光在画面上逡巡。良久，方才说道：“我国从唐代到宋代，造纸所用的原料有了极大发展。唐代纸料用藤，用麻，用皮料，用淀粉施胶；宋以后皮料和竹料居多，用明矾。如果是唐画，你照宋画贴补，就算现在看不出来，多过几年，材料受温度湿度影响、微生物侵蚀程度不同，差异就会很明显了。”

“如果它不是唐画呢？”和服男子咄咄逼人，“我听出来了，郁小姐是在逃避我的问题——郁小姐有什么证据说它是唐画？”

“井上先生对我国书画造诣不浅，这个我承认，”女郎道，“但是问题不在技艺，而在于工具：从汉晋一直到北宋中叶，我国都用有心硬笔，转侧处往往不太灵便，甚至有贼毫直出，而井上先生所用——”

她一面说一面指点，最后定在一处：“我从这道渲晕看出的破绽。”

和服男子脸色惨白。让她说中了。

女郎并不乘胜追击，只叹息说：“这些年我国书画修复得颇为保守，但是也有宁缺毋滥的好处。贵国就实在太大胆了。”

话到这里，戛然而止。

和服男子怔了几秒，忽然整个人弯下去，形成一个近九十度的大鞠躬：“多承指教。”

片刻的寂静之后，掌声响了起来。

枝子身边的程郢反而退了几步，把自己淹没在人群中。

二

山脚的夜晚十分安静，偶尔星子闪亮。

沉睡的古战场在呼吸之间，吐纳出凉风习习，流水潺潺。已经不是织田信长的时代了，虫鸣声中仍隐约回荡“人生五十年，如梦亦如幻”的慨叹。

楼道极长，空无一人。脚步落在厚实的地毯上悄无声息，影子和织纹纠缠。

自动贩卖机设在楼道拐角，灯光弱得近乎凄凉。

扫过二维码，一罐咖啡直直落下去。

“叮咚！”

郁连城弯腰去捡，就看见玻璃上人的影子，颀秀，挺拔。她再扫了一次二维码，落下来一听苏打水。

程郢下意识接住。

一丢一接之间，默契得让人心惊——有时候你不会知道过往在你身上留下的痕迹，直到肢体反应快过大脑。

有那么一个瞬间，两个人都说不出话来。

程郢有片刻恍惚，不知道眼前女子是谁。绯色浴衣被穿得风流婉转，乌黑一篷发松松拢住，像是随时会散掉。赤足趿着木屐，白生生的脚趾，趾甲仔细涂绘过，漾着一汪一汪的月光。

凋零玫瑰和清酒的气息，也许是鸢尾浮世绘。

不是记忆里那个人。白天那个也不是——他到这时候想起来，距离上次见面已经四年过去了。记忆里白T恤牛仔裤的女孩子，T恤沾了颜料，洗不掉添几笔，是嶙峋的山峰，是碧水粼粼，小怪兽探出半个头。

程郢摇了摇头，幻象散去。

连城靠在自动贩卖机上：“师兄真是神通广大。”她下午露面，他晚上就能找上门来。异国他乡，没点人脉做不到。

“不难找。钟晓这个人，总不至于委屈自己住连锁酒店。”

原来破绽在这里，连城心里想。也不奇怪，南城才多大，文博圈里多少人，有钟原这么个大有名气的老子，程郢知道钟晓简直在意料之中。

“还没恭喜你得了画。”说是恭喜，声音里没有半分喜气。

“师兄也来笑话我，”连城好脾气地说，“没有收藏钤印，虽然年代足够久，恐怕也不是什么名家手笔。”

“上了热搜。”程郢淡淡地说，“别告诉我你没花钱。”

连城“啊”了一声，赶忙点开微博，果然看到大山崎山庄展会上的热闹，视频把她拍得挺好看，底下一溜儿大叫：“美人！”

“干得漂亮！”

也有人问：“东西又不是她的，说什么敝帚自珍啊！”

就有人回答：“傻了吧你，东西不是她的，是我国的啊，心疼一下被其他国家糟蹋不行？”

底下整整齐齐排了几百条：“服了服了，文化人这嘴！”

连城扑哧一下笑出声。

程郢哼道：“设的好局！”

“没办法，营销需要讲故事。”或者说噱头。在浩瀚的互联网上争夺五分钟的眼球，殊为不易。

“话题热起来有多迅猛，反转的时候只会更迅猛十倍。”程郢说。

连城垂着眼睛看咖啡罐，灯光从睫毛上溅开来。她是想要打开，但是指甲软，总不敢用力，掀了几次拉环都没有掀开。

“枝子想争一争人间国宝，我之前也听说过，没想到她打了这么个主意。现在井上出事，回头视频出口转内销，日本这边网上也能炸了。”

日本重视传统技艺，认证技艺传承人为“人间国宝”，是业内至高荣誉。枝子和井上都是半亩九清堂的文物修复师，为了这个头衔，你来我往也过了三四招。如今井上出了这么个岔子，多半就出了局。

连城听出他的言下之意，摇头道：“我不知道这么多。”

如果她早知道，势必不能让井上这么糟蹋东西——“敝帚自珍”对于一名文物修复师来说，并不是说说而已。

它是最基本的职业道德。

她这时候想起来，也疑心井上是被人误导——若非大有把握，他不至于拿出来展览，并且被激将成功。恐怕那件作品是他的得意之作。

程郢说的“反转”就在这里：如果只是营销、炒作倒也罢了，但毕竟牵涉的是件唐画。一旦国内怀疑她参与了诱导性破坏修复，立时就是千夫所指，名声扫地——整个文博行业都容不下她，也容不下公司。

“你真不知道？”程郢的指尖触到微凉的手机屏。

连城苦笑："信不信在你。"

"恐怕不在我。"程郢冷笑，"要网上都相信你不知道才好——钟晓也不知道？"

"我又不是他肚子里的蛔虫。"

程郢这回没有作声，过了一会儿方才说道："叫他尽快来找我，不然我不保证不反转。"

连城应道："我会和他说。"

等到脚步声远了，连城才把目光从织毯的纹路里拔出来，暗骂自己一声没出息。再看微博，转发点赞和评论数字还在飞速增长。

——当然是花了钱。没花钱，谁给你这么卖力。

沿着墙线往房间里走，手里易拉罐还是冰的。在心里捋了一下来龙去脉，实在也无从分辨钟晓参与到其中有多深。

心里反复几个来回，把火气压下去，然后才拨电话。

钟晓吃了一惊："你认识程教授？"

"嗯。"

"行我知道了，我会处理。"想起来又叮嘱她，"晚上少喝点喝咖啡。"

连城抓着易拉罐，手机那头传来女子嬉笑的声音，电话仓促挂断。

回到房间，日式酒店的精巧，小小一方厅布置得错落有致，画屏楚楚，帘影细细。赢来的水墨山水铺展在灯下。

平心而论，修复得不算差。她见过比这个让人扼腕的修复多了。书画这么脆弱的东西，要依靠无数的巧合和小心翼翼才能够熬过时光。但现在修复又往往缺少合适的材料，工艺上的无法复原让这行步履艰难。

她找了开罐器开了咖啡。井上的失误不算严重，要不要重新修过还需要斟酌，毕竟揭裱本身对画心会有损害。

想得入神，直到门铃声响，开门看见钟晓。

钟晓撑住门不进来，只管借着廊道里的光上上下下打量她。连城禁不住他这么看，一时奇道："我脸上有花？"

钟晓笑了一声："我不知道你是袁老的弟子。"

连城便知道他是去见过人了，笑道："那你也没问啊。"

钟晓语塞：他从拍卖公司"捡"了个小助拍，哪里能想到是业内大佬的弟子——那根本不是她该出现的地方。

他这随手一抽就SSR的运气！

连城的鼻翼动了动："喝了酒？我给你煮茶。"

她走过去取茶具，钟晓脱了鞋进屋，看到案上喝了一半的咖啡，看了眼连城，拿起来一饮而尽。

连城"哎"了一声，阻之不及。

钟晓有点得意，扬一扬眉。他眉目生得精致，就是挤眉弄眼也不难看。他说："你师兄是个狠人。"

茶在釜中，水咕噜咕噜地响，茶香还没有透出来。

钟晓便自顾往下说："程教授应正仓院之邀过来修一件国画——他给我开的条件是你过去给他做助手。"

他没有问连城去不去，都是成年人，知道轻重，只问："你怎么一点都不意外？"

连城想了想："他有道德洁癖。"——既然知道浜田枝子参与了毁画，自然不会再容她。要换人，就没有比她更合适了。

钟晓拿了案上的小狐狸镇纸在手里把玩，闻言似笑非笑睨她："他？"

"程郢。"两个字出口，就仿佛有风暴刮过。安倍晴明说名是最短的咒，诚哉斯言——也许是身在京都，格外灵验。

玉露茶煎到火候，是浅浅金色。茶碗内侧起伏的黛青山脉倒映水中，一方绯袖垂下来，半截子手腕皓白。

还喝什么茶，解什么酒……

钟晓抓住它，目光往上挑。发带恰到好处地断掉，一头乌发散开，发丝拂过他的手背，像是不轻不重在心上挠了一爪。钟晓手上用力，人便跌进他怀里，肌肤的热度从薄的衣物里透出来："连城？"

"嗯……"

"学会主动了？"

那人没有回答，只伸手攀住他的脖子，绯袖宽大，一路滑下去。钟晓喉头一紧，声音发哑，略带了戏谑："你这是把我当成了谁？"

手底下身子一僵。

他的目光落在她密密的睫毛上，像是青纱帐，把他隔绝在外。不过他还是笑了："当成谁都不要紧。"

春宵苦短，哪里顾得上那么多。

他低头亲下去，那人却猛地推开他，仓皇拢住衣物进了屋。钟晓还要跟过去，屋里传来“啪嗒”锁扣落下的声音。

钟晓气得发昏：“郁连城，你没良心！”

三

钟晓“捡”到郁连城，在去年的春拍会上。

钟家收藏世家，连续几代都以眼光准、能捡漏广为业内推崇，到他这里哑了火。人家是终日打雁，不小心才被雁啄眼，他是个生来睁眼瞎。理论上他打小用的、看的、赏玩的，无一不是好东西，应该闭着眼睛也能辨真假、断年代才对，偏偏并不是。后来钟晓在哈利·波特里看到有种人叫哑炮，颇有惺惺相惜的痛感。

即便如此，家学渊源，博物馆美术馆还是要去的，艺术史也是要读的，拍卖会也在必须点卯的范围之内，虽然经常会拍到一些把老爷子气到脑出血边缘的赝品。

春拍成色向来不及秋拍，但是去年爆了个冷门：一个德国掮客带来了一件魏晋绢本设色，惊动了整个文博界。

老爷子当时人在伦敦，就只叫钟晓过去看一眼，并没有太当回事。

书画难以保存，元宋已经是高古，何况魏晋。故宫传有三件顾恺之，最后鉴定出来都是宋摹本；珍藏于大英博物馆的《女史箴图》也是唐摹本。当然鉴于清末民国的情况，要说流落欧美有漏网之鱼——也并非全不可信。

到画件亮出来，几乎所有人都闭了嘴：首先山水、人物的比例是对的，符合“人大于山，水不容泛”的形制；其次笔法细密绵长，圆转流畅，是顾恺之标志性的游丝描；且，绝无皴染——拍卖场沸腾了。

原本只是来凑热闹的钟晓被热闹所感染，跃跃欲试：要是能抢件顾恺之回家，还是真迹，他下半辈子都可以横着走了！

价格一直在涨，幅度越来越大，参与到竞拍的人越来越少。所有人都很兴奋——钟晓听老头子说过本世纪初圆明园十二生肖兽首铜像现身苏富比拍卖场，当时群情振奋，但是水龙头怎么比得上顾恺之！

有人递咖啡给他，他也没留意，喝完杯底看到“西北”两字小篆。当时愣住，脱口叫道：“这不可能！”

现场这么多业内大拿，如果是西贝货，怎么瞒得过他们的眼睛？

后来钟晓问过连城：“怎么看穿的不是顾恺之？”

得到四字回复：“魏晋古拙。”

钟晓心里一口血，这种只可意会不可言传的玩意儿已经困扰了他二十几年。他要是能弄明白他也不是哑炮了。

也问过为什么要提醒他。

连城笑盈盈地说：“我看兄台红光满面，印堂发亮，不该有此劫数。”打那时候开始，钟晓就知道郁连城嘴里没半句真话。

想到这里，钟晓心里稍稍平衡，毕竟真重金拍下那件假的顾恺之，恐怕会被老爷子流放去西伯利亚。

郁连城这个人，颇有点妖气。

钟晓是认真考虑过把她娶回家做合伙人的。毕竟从远古到新世纪，人类都没有找到比婚姻和血亲更铁磁的结盟方式。她似乎也不十分抗拒，就是有点心不在焉。他现在好像有点明白她心不在焉的源头了。

这点意不平结在心里，以至于开车去奈良都没忍住吐槽：“我感觉我这就是送羊入虎口。”

连城念了句，“暮春三月，羊欢草长”。

钟晓听得有趣：“后面呢？”

“天寒地冻，问谁饲狼。”

钟晓回过神来，这丫头拐着弯骂他狼呢，一时气笑道：“还能不能好好说话了——我就要回国，你就这么对我？”

连城嘻嘻一笑，凑过来亲了他一下。推开车门跳出去，迎面看见程郢。

钟晓笑得伏倒在方向盘上。

连城觉得自己还能抢救一下。

程郢把注意力投放在她的装束上，深色休闲款，一看就是来干活的。不过她从前倒是穿白居多。因点了点头：“跟我过来录指纹。”

连城心里意外研究所的安保，回头一看，钟晓已经把车开走了。

手续办完流程走完进工作室，看到显示屏上的画卷，连城怔住：“这是……《山市晴岚》？”

"牧溪的《山市晴岚》。"

牧溪是南宋人，因为得罪了权相贾似道出家为僧，僧号法常，行踪常在江南。他的画不合文人审美，在国内不被看重，和同时期的画家相比，保存下来的作品也不算多，地位远不能与宋四家、元四家相提并论。但是在日本，他被尊为"画祖"。

《潇湘八景图》是自北宋以来就有的山水定式。古人认为"天道以九制，地理以八制，人道以六制"，所以常作"八景"。潇湘八景分别是"山市晴岚""渔村夕照""远浦归帆""潇湘夜雨""烟寺晚钟""洞庭秋月""平沙落雁""江天暮雪"。

牧溪这件长卷甫一传入便被当作"天下名宝"，幕府将军足利义满不忍独自欣赏，竟将它裁为八幅，裱作挂轴。他死后诸宝归于鹿苑寺，随着室町幕府衰弱，天下大乱，画卷在丰臣秀吉、德川家康这些人的你争我抢中失散。

如今总共也只找到七件，缺的就是眼前的《山市晴岚》。这件画作露面，被日本心心念念了千年的"天下名宝"得以全幅，必然轰动。连城有点明白正仓院弃本国修复师不用，郑重其事请程郢过来的原因了。

虽然做过处理，还是看得出当初画心破碎，残损严重。

比较幸运的是，江户时代德川吉宗曾努力收集，留下过八景俱全的摹本，让他们得以窥见全貌。

修复的前期工作已经完成，糊已调好，笔刷齐备，做过基本的清洁和固色，只尚未揭心。

连城问："这是要整托？"

程郢点了点头。

整托和刮磨口是最常见的修复手法，主要区别在于画心正面要不要刷糊。整托不须正面刷糊，伤害更小，但是对于手速要求更高，毕竟画心在缺乏命纸和褙纸支撑的情况下会非常脆弱，不宜过久。

所以如果不是实在损毁严重，需要用尽量省时省工，估计程郢也不会出此下策。想到这里，连城心里一动：恐怕前儿程郢在展馆看到她就动了这个念头。浜田枝子技术再高超，也不能和他们比默契。

因问："补纸、命纸和裱纸做好了？"

修复书画必须找质地相近的材料。晚清民国画作从前会动用库存，或者从价值不高的旧画上拆下来用，也有从民间收购零碎纸绢的，但是随着时间推移，这些资源越来越少，如今也都倾向于做旧了。

更何况南宋距今千年之久。

程郢说："用紫外线做了一些，还自然风化了几批，等着看效果。"

连城又问："笔和墨呢？"

"笔现成的，墨在制。"

连城说："容我练几天手。"

程郢拿纸笔给她。四月的阳光染在他的指尖，连城心里念了一句"色即是空"。

四

连城临画之前往往要观摩很久，几小时到几天不等，最长的纪录是半个月。程郢知道她的习惯，并不催促。工作室里什么都有，渴了喝水，饿了有寿司和牛奶，是她偏爱的口味；有时候发现程郢人不在，大约是去看墨了。

第四天才动笔，一动就没有停下来，到搁笔完工，金光在窗沿上镶了道边，她走过去，窗外有棵异常茂盛的樱花树。

"我还当你这些年功夫搁下了。"有人在背后说。

连城没有作声，体力和脑力耗用过度的时候通常什么话都不想讲。她也没法解释她确实搁下过，后来拾回来是钟晓的功劳。

"去吃点东西？"程郢又说。

连城看见玻璃上蓬头垢面的影子。

待梳洗完，太阳已经下去了。晚风里都是花树的香气。程郢抬眸，看见人从电梯里出来，樱草色裙幅仿佛柳叶新裁。

程郢觉得心口微微一窒，那种剪不断理还乱的感觉又来了。

奈良是座很小的城市，步行去料理店也就半个钟头。店里响着爵士乐，人不是太多，不时有目光飘过来，也许是外国人的缘故。连城挑了个靠窗的位置。程郢拿菜单给她："不能和京都比。"

连城说："我听说奈良的特产是鹿。这一路过来倒没有碰到。"

程郢笑了："早上还有鹿在池边饮水。"

连城回想了一下，自嘲道："我哪里看得到，那时候满脑子都是画。等赶完了活，可要好好走走，这附近有什么可玩的？"

程郢笑道："东大寺的佛，春日大社的灯，若草山的樱花，都比凶巴巴的鹿好看——"

"郁、郁小姐。"温柔羞怯的女声。连城转头去，是个十四五岁的中学生，捧着手机，"是郁小姐吗？"

连城诧异道："你怎么知道——"

女生点了播放键，连城就看见自己在展会上侃侃而谈。小女生兴奋得满脸通红："郁小姐能、能给我签个名吗？"

连城哪里见过这种架势，又新鲜又好笑，倒是龙飞凤舞给签了名。小女生给她鞠了一躬："欢迎来奈良，要玩得愉快啊！"她说得又急又快，像珠子落在玉盘上，然后欢天喜跑去和同伴炫耀了。

连城目瞪口呆："传得可真快！"

"这不正是你们想要的吗。"程郢说，"多半是留学生，爱国热情上来就给翻译了过来。"

连城奇道："不是枝子小姐吗？"

"枝子应该想压下去。"

"为什么？"

"太早了。距离'人间国宝'认证还有一个月，这么早，到时候人们早忘光了。"互联网上的人都是金鱼记忆，不超过七秒。

连城摇头："师兄这次可说错了。在认证前夕放出来，人们就会意识到这是枝子刻意造势，反而警惕——现在网上的节奏也不比前些年好带了。"

程郢承认："你说得也对。"

连城倒是有点可惜："枝子小姐真是多此一举，她争取到修复《山市晴岚》的机会，胜算就已经很大了，没必要节外生枝。"能得正仓院钦点，又有程郢赏识，连城实在想不出多大的危机感才能让她这样铤而走险。

这下好，井上断错了纸本年代，她被程郢退货，双方又回到之前半斤对八两的势态。

"她是算错了一件事。"

"哪件？"

“正仓院的展会在五月上旬，主打就是全本‘天下名宝’。就算我猜到她可能参与毁画，也来不及换人了。既然是非她不可，自然就不用客气——她没算到你这个意外。”

正仓院展一向是文博展会中的大事——通常是一年一展，定在秋季，一次仅展出珍宝七十件。2003年国内办日本文物展，正仓院仅借出十件明治时期的复制品，因此五月的这次特展是许多文博爱好者翘首相盼已久。

他说得云淡风轻，连城心里一节一节往下走，像是一根很长的竹子，不知道什么时候才能走到底。如他所言，她接了这活可算是把浜田枝子得罪死了。

老板娘送食物上来，食物分量不大，摆盘倒是很漂亮。老板娘的恭维话更漂亮：“程君的女朋友真是美人。”

程郢说：“我师妹。”

“师妹吗？”老板娘大惊小怪道，“情侣装很相配呢。”胖胖的老板娘自觉一语道破天机立了大功，堆着满面笑容下去了。

程郢再看了眼连城。

连城学老板娘的口气：“和日剧里的老板娘一样想象力丰富呢。”

程郢默默。

从料理店回酒店，倒是碰到了一只鹿，还很小，有很柔软的眼睛。

程郢去便利店买鹿仙贝，鹿一下子高兴起来。

连城摸了摸它茸茸的角。

程郢看着地上的影子，风很慢很慢地吹过去，月亮已经圆过了。

回到酒店，门铃忽然疯响起来。连城想不出这人生地不熟的地方有谁会找她，要装作没听见，那门铃又锲而不舍。到底怕吵到人，从猫眼往外看，竟然是枝子。连城锁上防盗链把门开了一条缝：“浜田小姐？”

“这么晚来打扰郁小姐真是很抱歉。”枝子冲她鞠躬，“但是我想郁小姐一定能够谅解。”

连城沉吟了片刻：“但是真的很晚了。”

“我只是有几句话要和郁小姐说。”枝子声音里有古典日式的谦卑。

连城点了点头，重复道：“但是真的很晚了——如果浜田小姐不介意的话，我想约在明天中午。”

浜田枝子思索了一会儿，又鞠躬道：“谨从君命。”

连城看着她的背影在廊道柔软的灯光里款款远去。是一袭优雅的深紫色和服。

五

次日连城和程郢制定详尽的修复方案——在原有方案上改动也不是太多。

中午程郢问她是接着吃寿司还是跟他去料理店，连城随口说钟晓要过来，程郢便不再多问。

枝子把车开进一处庭院，连城恍惚看见“梦窗”两个字，心里寻思不知道是不是私邸。

下了车才发现也就是家暖色调的料理店。倒也别致，落地一面窗，往外看青青翠竹，让人想起《红楼梦》里茅篱竹舍稻香村。就缺了一个宝二爷吐槽。

“奈良的料理店我最喜欢梦窗庵，”枝子介绍说，“程君倒不常来。”

连城心里想这么远程郢肯来才见鬼。

“我查过郁小姐的履历……也就知道了为什么程君最终会决定让郁小姐作为他的助手。”

连城客套道：“程教授迫于工期，不得不找我帮忙。”

“恕我直言，”枝子说，“如果是为了工期，恐怕程君应该留下我。无论是与人沟通还是寻找耗材，我都比郁小姐有优势。”

她停了一停：“但是我能理解程君对郁小姐的偏爱。”

连城默默吃生鱼片。口舌之争不如口舌之欲。

“我喜欢梦窗庵，不仅仅因为它环境优美，食材地道，还因为它的主人是女将。”日语里用“女将”指料理店当家的女性，“我有时候很羡慕你们中国女性，有更多的工作机会，更长的职业生涯和更少的限制。”

“郁小姐也许听钟君说过，我们浜田家是土佐典具贴纸的传承人。”

钟晓还真没说过，也许是不知情——但是连城是知道的，因心里微微吃惊：土佐典具贴纸是和纸的一种，不同于国内追捧的千代纸、美浓纸，这种纸薄如蝉翼，并不利书写，专供文物修复。

“我从小就在造纸坊里，看父亲和叔叔抄纸。后来町里作坊越来越少，我想等我长大了，一定要振兴它——但是父亲指定了哥哥作为继承人。哥哥根本不爱它，他只想迎合市场，把自己的东西丢得干干净净！”

传统工艺撞上现代市场是全世界的问题。连城想要同情一下她，想想国内现状，还是决定闭嘴。而且浜田改弦易辙做文创，如今也成了气候——未尝不好。

“我既无法继承家业，便转去半亩九清堂学习，”枝子继续往下说道，“已经三年了！虽然更多的机会被井上之流拿走，但是我的手艺可以的！我的手艺得到过程君认可，井上根本不能和我比！”

连城倒是很能理解她的愤愤不平，安慰她说：“程教授确实称赞过浜田小姐的工作。”

“所以！”枝子一把抓住她，“所以郁小姐！请你帮助我——这个工作对你根本不重要，但是我很需要它！如果我拿不出足够分量的成绩，便无法得到认可，家父和家兄……会希望我回家结婚。”

连城苦笑着抽出手：“浜田小姐难道不知道我为什么接下这份工作？”

要不是程郢威胁，她也不会接这个活；这个日本女人不去找程郢反而来找她，是很会找软柿子捏了。

枝子的眼睛亮得惊人：“我知道程君不是这样的人！”

连城叹了口气——大概很难能有人抵御她师兄的色相。

“浜田小姐，你的遭遇我很同情；但是既然你已经看过我的履历，就请你相信我，在程教授这件事上，我比你有发言权。”

枝子愣了片刻，又迅速找到了新的理由：“可是恕我直言，贵国人民十分健忘，即便——”

“不不不，请浜田小姐再信我一次，”连城打断她，“在我国人民的记忆力这件事上，我和钟先生有足够的判断力。”

“可是——”

连城心里叫嚣了一万句“有本事去找程郢”，面上仍保持了微笑：“浜田小姐的心情我很理解，但是我相信，以浜田小姐的实力，即便没有这件《山市晴岚》，也足以摘取‘人间国宝’的桂冠。”

“郁小姐！”枝子知道自己失算了，这个女人根本没有心！她一直在吃东西！枝子咬牙道：“可是郁小姐难道没有想过，程君能做的事，我也可以吗？我的指证会更具备说服力——污点证人更容易取信于人。”

"浜田小姐要指证我诱导井上先生毁画？"

"是，"浜田枝子略低头，露出极其郑重的表情，"如果郁小姐不主动退出《山市晴岚》的修复的话，我会的！"

"浜田小姐知道这是诽谤吗？"

"恐怕是不得不如此了。"浜田枝子说，"郁小姐要告我诽谤需要足够的证据链，钟君和浜田商社的合作、郁小姐和钟君的关系都会成为阻碍；此外，郁小姐要打跨国官司，恐怕也不容易；最后，即便郁小姐能赢，打官司也需要时间，等结果出来，网上热点早就过了，贵国网民只会记得郁小姐就是个卖国贼——"

这桌掀得，连个缓冲都不给，连城也有点佩服这个日本女人了："浜田小姐很厉害，不过可惜了。"

"可惜什么？"

"可惜程教授是程教授，浜田小姐是日本人。"连城起身，"无论如何，我还是祝愿浜田小姐能够得偿所愿。"

她往外走，听见浜田枝子在背后说："我也祝愿郁小姐不至于后悔今天的决定。"

连城的目光在玻璃窗上停留了片刻。

一直回到工作室，连城都有些闷闷不乐。

发狠又摹了张图。摹完了装裱过，放在紫外线灯下烤。

她去墨室找程郢，程郢在扫描墨料。墨色已经很相近了，但是他还卡在这里。连城猜是辅料的缘故。古人喜欢往墨里加东西，增光助色，去湿留香，常见秦皮皂角麝香，绿矾朱砂紫草，也有加金箔玉屑的。

连城看着他在阳光里的影子，经过玻璃折射，深色一重，浅色一重，像是有两个人叠在一起。

程郢问："有事？"

"枝子小姐……"连城说，"她还有进工作室的权限吗？"

"想什么呢。"程郢失笑，很快反应过来，"钟晓带她来见你了——是影响到他们合作了吗？"

连城摇头，只问："糨糊是她调的？"

"糨糊没有问题。"

“胶矾水呢？”

程郢看着扫描结果：“之前没有想过这种意外。”言下之意，枝子之前的工作不会有问题。

“我猜也是。”连城说，“枝子小姐虽然误导井上，但是这件修复，她应该是会尽心尽力。”枝子有句话说得对，就沟通和寻找耗材方面，她有优势。连城的日语够用而已，不能和人家比。

程郢沉默了片刻，说道：“当初你入学，老师有没有和你说过——”

“什么？”

“装潢优劣，实名迹存亡系焉；窃谓装潢者，书画之司命也。”

连城便不响了。

这是明朝周嘉胄《装潢志》里的话，说的装潢，袁湛用来指代修复：既然书画、名迹的命在你们手里，就不能不慎重。她很想问一句“如果是我呢？”——如果做了错事的她，他是不是也会把她扫地出门。

然而以程郢的眼力，没有可能断不出那件《水月观音》的真假。

六

程郢选了一个温度适中的清晨舒展画心。

连城给他递蘸过水的小号排刷和羊毫笔。因整个画面都熟稔于心，画心破碎处衔接起来并不费劲。

舒展虽然慢，半小时也就展全了。

连城把毛巾递给他，细细覆在画心上。水温热到80℃，连城提水壶浇上去，程郢慢慢把褐色的水挤出来。

一切都进行得有条不紊又悄无声息，没有交谈，工作室里安静极了，就只有时间的针脚密密过去。

到排出来的水转为透明，换过干净的湿毛巾润着画心，连城递干毛巾给程郢，程郢擦过手：“牧溪用的墨有点奇怪。”

“成分比例有不对？”

程郢点了点头。

“也许是有辅料挥发掉了。”连城走过去看旧裱糨糊溶解的程度。

揭裱是整个修复中最关键的环节，极考验耐心和手艺，《装潢志》中认为“书画性命全关于揭”，有如“临危履冰之危”。

绢本尚好，纸本尤难，纸薄糊厚的纸本更是难上加难。

日本的和式装裱与我国略有出入，他们用和纸作命纸。和纸是韧皮纤维，多空隙，俯着力差，稀糊往往难以黏合，所以习惯性用浓糊——收藏于大英博物馆的《女史箴图》早年的修复就因此导致了几乎毁灭性的结果。

《山市晴岚》自传入日本，六百年几经转手，年岁久远，自然早不是初装。

所以即便是程郢，也揭得战战兢兢，到整轴揭完，几乎脱力。

连城拿干的羊毫笔扫净细小的纤维，刷糊，平平整整贴上早已备下的同色命纸。等一夜阴干。次日嵌条补纸，用极稀薄的胶矾水刷上数遍，便只剩下全色——那须得等画心干透了再进行操作。

连城把画绷在墙上，两个人都长舒了一口气，有种必须去喝一杯的喜悦感。

程郢说：“我房间里有红酒。”

“1982年的拉菲？”

程郢摇头：“皮一下很开心是吧？”

连城跟着他出门，等电梯的时候忽然又想起来，手忙脚乱地翻包：“我房卡不见了——你先去提车，我一会儿下来。”

程郢看着电梯门缓缓关上，心里闪过一个念头：在工作室里的连城，还是很像从前那个人。

连城回到工作室，在壁画前站定，犹豫了片刻，终于伸手把它摘了下来。

四月的暮色温柔地裹住樱花和草地。

程郢在车里等得久，刷手机消磨时间。大山崎美术馆那条视频转发过了百万，吃瓜众还没有八出连城的名字，而热度渐渐下去了。

关掉声音，肢体语言更为明晰：她抓着钟晓的手要走，被叫住回头的诧异，淘气地叽叽呱呱，给井上鞠躬，眉目间笑盈盈；钟晓看她的眼神一半是得意，一半纵容——他知道那意味着什么。

有人叩窗，程郢开门。连城坐进来：“师兄我们去看樱花祭吧——我在电梯里听她们说有灯光秀！”

程郢锁上手机：“灯光秀在郡山城迹，离市区有点距离——确定要去吗？”

连城的眼睛在暗色里闪闪发光，“我看过了，画心要两天才能干，我们在那附近住一晚也没有关系！”

程郢偏头看她一眼，他问的根本不是这个。她没有想到，他也就不点破，只说道：“好。”

连城是一时兴起，也没想到真那么远，车在一重灯火一重暮色里穿行，没多久就昏昏沉沉。到醒来，车已经停住了。

“到了？”她问。

“嗯。”程郢扭开灯，还是调得极暗。

连城眼睛慢慢适应了，反应过来：“到多久了？”

“有一会儿了。”

“怎么不叫醒我？”

“看你睡得香。”程郢说。

连城怔了一下，推开车门，门外就是花海。就仿佛升腾而起弧形的红云，夹岸数里，水中倒映着星光和灯光，花影沉沉，树影婆娑。

连城深吸了一口气，馥郁花香充溢口鼻之间：“这是在山上？”

“是。”

“那我们下去吧！”

时近八点，游人还是不少，男男女女都穿着和服。他们在其中倒有些突兀。有握笛而吹的樱花少女，影影绰绰还有鼓点和民谣。灯光并不十分亮，都掩映在花树中，像是只为照出这一条琉璃路。

“往年没这么多人，”程郢说，“应该今年灯光秀的缘故。和六义园、黑目川比起来还是清静多了，就是春日社也比这里热闹。”

“这几年师兄跑日本跑得挺多？”连城随口问。

“你不是很喜欢日本吗？”程郢诧异道。

连城伸手接一朵飘下来的樱花，带着夜露，落在指尖微凉，“师兄记错了，喜欢日本的应该是许唯——她们画油画的女生都喜欢浮世绘。”

空气一时便有些冷。

连城轻快地跳下石阶，树底下有人铺着毯子吃吃喝喝，有人架画板写生，画的天守阁。郡山城的天守阁不能和大阪相比，破败是遮不住的——这就是一座破败已久的城池，所以樱花才这样欣欣向荣。

连绵不断的花路，恍然云蒸霞蔚。

走到渡口，石上眺望，波光粼粼，仿佛是另外一个世界的入口。风从水上来，连城笑道："要有船就好了。"

程郢逐级而下："等等看。"

"等——等什么？"

程郢避而不答，只道："我不知道你知道许唯。"

连城拈一朵落花，指尖一拧，花打着旋儿掉进水里，慢悠悠漂在水面上："师兄这就见外了——我怎么不能知道她了？"

程郢语塞，他也恍惚起来，这十里繁花，水汽氤氲中，时光与记忆同样斑驳。

乌篷船悄然破开灯光与花影，停在面前。

连城几乎要尖叫，又不敢置信："是——我们的吗？"

自重逢以来，程郢还头一次看到她这样惊喜，不由一笑："是，你应得的。前儿你说想好好玩玩，就已经在准备了。"

连城心里过了一遍，便知道是谢她救急。她签的旅游签，不能算工作，即便事后补偿酬金给她，也很难得到相应的荣誉。

但是她要那些虚名做什么。

上了船，船头穿蓑衣戴斗笠的艄公奋力操着竹篙，还是能听到船尾电动马达的声音，便知道不过是摆个样子，却也应景。

舱壁上开了折扇形窗，往外看灯光和星光交织在水光中，一阵风过去，花落缤纷，如雨缓急。

连城眼睛里闪着星光："简直像忆江南，兰烬落，屏上暗红蕉，夜船吹笛雨潇潇——要有个美人起舞，乘风归去。"

她眼睛看着程郢，程郢在开红酒："郁连城你适可而止吧！"

连城大笑。

程郢给她斟了满杯，又拿一杯出去给艄公。

连城喝着酒哼唱了一句"西湖美景三月天"，觉得不太对劲又住了口。茶几上疏落摆了插花和饮食，都极其精致。

连城自言自语道："可惜没有烧烤！"

正程郢进舱，眸色浓如墨染：有烧烤的是五年前在云冈。

在云冈石窟抢修风化的壁画，大部分时候都灰扑扑的，除尘，注浆，支板，回贴，拍照记录。有天大伙儿起哄去市区吃烧烤，到处找不到连城，他在13窟找到了。她在写生。这时候天还没有全黑，月亮已经上来了。

“怎么画这尊？”大多数迷恋色彩的人都会去写生云冈六美人。

“名气大，好卖。”

真实在。

“听说供养人会要求把像塑造成自己的样子。”连城收拾画具。

一直都有这种说法，但是没有太直接的史料。一般认为四川广元皇泽寺里供的是武则天的真容，也有说敦煌96窟是女皇的。

“不知道有没有人会让工匠把喜欢的人造成佛像。”

程郢觉得好笑：“你要把谁造成佛像？”

那时候是并肩在幽蓝的月光下，连城提着画具，明明目不斜视，偏偏能感觉到有眸光流过来，像是流沙，或者银河，浩浩汤汤，川流不息。

瞬间图穷匕见的悚然。

“你。”那像是一个口型，始终没有出声。

但是两个人都听见了。

“我，”他沉吟片刻，“不想在大漠里站上一千年。”

多年之后回想，长河落日的荒凉仿佛还在眼前。很多人抢着唱《飞天》，郁连城在角落里吃烧烤，嘴唇红艳艳的好看。他那时候想，他这个小师妹，倒是很有泰山崩于前而食欲不减的风度。

而云冈13窟更像是一个隐喻，那里供奉了一位雄才伟略，而最终被爱人背叛的君主。

“你和钟晓，什么时候开始的？”程郢问。

“公司吗？”连城说，“也不是太久，去年七月吧——”

“我不是问这个。”

连城怔了一下，酒杯无端就重了起来：“那还更早一点。”

“多早？”

连城别过面孔，星光沉沉压在水光里，也压进她眼睛。

“你要是不想说，”程郢也喝了一点酒，有些话，不是微醺，便问不出口；如果全醉，也许不能这么平静，“那至少告诉我，我们是什么时候分的手。”太久了，久到他疑心这句话他根本等不到出口。

“怎么想起来问这个？”

“我不该问吗？”

连城看着窗外的樱花簌簌，据说樱花七日，花开到满就是凋零之时。诗里说，十分红处便成灰。“那时候你说……我们试试吧。”她晃着酒杯，杯底碎裂暗金色的光，“我后来想，我是没福气熬过试用期了。”

“就这样？”

“就这样。”

七

他有无数次梦到这个地方，以至于他清楚地知道自己身在梦中，知道会看到那件《水月观音》。前辈专家一个一个仔细审视它，盛赞它的修复水准，如果巧手能补天，也不过如此——最后轮到他。

他看到莲花里隐藏的签名。只有他能看到，只有他这样熟悉她。他总觉得自己会冲口说出来：“这是件仿作！”

但是并没有。

他像是被扼住了喉，机械地，一个字一个字地把结论吐出来：“画面完整，续笔精妙，验收通过。”

他也无数次梦见自己再见到她，质问她：“真迹呢？你把真迹藏在了哪里，卖给了谁？”

他梦到过她的回答。有时候木着脸反问：“你是谁？我们认识吗？”有时候一脸天真：“师兄你说什么呢？为什么我听不懂？”

更多时候她凝视他的眼睛，像凝视他的灵魂：“什么真迹假迹，不是已经通过验收了吗？师兄亲自带队的验收——”

是，他点的头，他签的字，他的错。他的罪，是西西弗斯每日要推的巨石。

那时候他想她走了也好，不见了也好，最好能躲上一辈子——但是偏偏又出现了。一个比从前光彩照人十倍的郁连城。

她避而不答什么时候和钟晓开始。

如果是四年前，那么那件真迹也许是通过钟氏父子转出去。以钟家人脉之广，也难怪他追寻数年毫无线索。

程郢再睡不着，索性起身出门，星光褪尽，月亮惨淡地挂在天边。

四月的晚上，即便是拂晓，风也足够温柔。他们昨晚没回市区，就住在山腰的矢田寺。矢田寺以绣球花闻名。绣球花要六七月才开，如今没到花期，能看的便只有眺望山下一望无际的樱花。

连城往脸上拍了点粉，眼圈还是黑的。墙上时针指向九点。

她不记得昨晚喝了多少。程郢一如既往的君子，又或者纯粹因为她不是许唯。她没想过程郢会问那些话。她原以为彼此心知肚明。她没打听过他的感情，也许是和许唯破镜重圆了，也许是有了新欢。

而她不过是在扮演这个“曾经深爱过”的角色。

开手机看见程郢分享的最新位置所在。走过去发现是香房。连城动了动鼻子，听到有人说：“还漏了一样。”

然后是程郢的声音：“撒馥兰？”

就知道是在炼制合香。程郢回头看到连城，便和住持告辞，住持笑话他：“程君今日心里很不宁静。”

程郢装作没听见，只问：“要吃点什么？”

“不饿，”连城说，“吃了两个和果子。”和果子和解酒药一起放在梳妆台上，造型倒是十分可爱，就是甜得有点腻。

“这里斋面味道不错。”

“我们还是……先去看樱花吧。”连城说。

白天的樱花比晚上鲜妍明媚，垂枝繁盛就仿佛飞流直下三千尺；见缝插针是阳光的影子，脉脉碧水浮光跃金，乌檐隐隐。

游人如织，整个樱花道上欢声笑语。

连城恹恹地，但是来都来了。拿手机咔咔拍了一堆照。有少女打了伞在花间摆造型，程郢问：“要不要我帮你拍？”

连城摇头：“我头痛。”

在树下找了块干净的石头坐。她穿的交领束腰长裙，只蓝白两色，交领和裙幅上斜绣了两条柳枝。不断有细碎的花瓣飘下来。程郢看了一会儿，也走过去。连城仰着面孔说：“我昨晚喝多了……”

“不知道有没有乱说话——”

“没有，”程郢说，“你喝醉了很安静。”现在不是问的时候——总要等《山市晴岚》修复完毕再说。四年都等下来了，让她多高兴一会儿有什么关系，他这样说服自己。

但也许只是个借口。

连城心里想这就算是揭过了，心情倒又好了一点。就听程郢问：“你这次过来，除了配合枝子表演，还有别的计划吗？”

“和浜田合作……”

程郢看她一眼。

连城立刻意识到她的游手好闲没有什么说服力，因改口道：“是钟晓，他负责谈合作，我来拍一些素材备用……”

话到这里，像是觉察到什么，转头往樱花道上看。

“怎么了？”

“有人拍照。”

程郢要追上去，连城拉住他：“算了，咱们又不是明星，难不成还有人偷拍？可能就是拍花，不小心入了镜。”

程郢沉吟道：“你就不怕——”

“怕什么？”

“不怕是钟晓不放心——”

连城想起出发前他问她“确定吗”，却原来是顾虑这个，她笑得眼泪都出来了：“钟晓哪有这么无聊——我们走吧。”

她心情好转，景致也跟着天高地阔起来。

走完樱花道，又去看近年修复的追手门和角楼。郡山城是16世纪的城下町遗址，依托诸侯居城发展起来的城镇。它的创建者是丰臣秀吉的弟弟丰臣秀长。对应时代在我国明朝万历年间。

当初建造城墙征用了许多石佛。连城并非专业于此，听程郢讲解，颇有“西风残照，汉家陵阙”的沧桑感。

她侧耳贴在凹凸不平的城墙上：“如果墙会说话，它会说什么？”

“饶了我吧！”

连城不由大笑。

流连许久，到日落才转回矢田寺。

刚巧来了一拨游客，混在游客中，看他们买手信、请御守。手信里有合香，连城拈起一丸看程郢："早上你猜的就是这个？"

程郢点了点头，数了沉香、占唐几样原料，连城笑道："我只知道香不香——倒是很特别，国内是统一以檀香居多——"

"檀香有檀香的好处……"程郢说到这里，猛地打住。

"怎么了？"

"檀香——"程郢念了一声。

"檀香怎么了？"

"原来是檀香！"

"檀——白檀？"连城反应过来，"白檀虽然常见，但是既不能增色也不能去湿，留香也不如龙脑丁香林麝来得浓烈，用得倒不多。"

"但是牧溪是个僧人啊。"程郢有些得意，"既然后来能得高僧收入门墙，那么在出家之前，想必也和僧人往来密切——两宋文人原本就有这种风气。他用的墨里加白檀，不是再自然不过的事吗？"

要不是天色已晚，住持殷勤留客，他几乎想要即刻回去。

连城虽然也为之兴奋，但是远没有程郢急切。欣欣然试了斋面，住持又请他们试香，连城小声问程郢："师兄和这里很熟？"

程郢说："去年给住持裱过一件字。"

次日辞行，住持送了两封御守，连城细看，有"良缘"两个字。

连城好奇地问："日本和尚都这么八卦吗？"

程郢但笑不语——更八卦的她还没看到。

回到工作室，推门一股热浪直冲出来，两个人脸色都变了：通常书画会避光保存，保存温度为14℃到20℃，即便是展览，也会使用低功率灯具——哪怕因此损害观赏效果也在所不惜。但是现在工作室里温度直逼30℃。

更可怕的是，他们没有在墙上找到等着晾干的画心，而是被放置在了紫外线灯下。

"有人进来过。"连城说。

那不是重点，重点是抢救——连城冲过去调温度，程郢拉开冰箱拎出一罐牛奶，直接泼到了画上。

乳白色的牛奶均匀覆过画心，程郢把画浸入到凉水中，手撑在水池里。

连城握住他："我们能修好它。"

八

程郢的脸色难看到了极点。

监控坏了——这种理由让人无法原谅。物业甚至倒打一耙："如果不是阁下玩忽职守，想必不会导致这样的结果！"

很快事故上报到正仓院，正仓院派调查员过来。

程郢说："我能把它修好，但是需要时间。"他希望能够追究物业的责任，连城劝他不要分这个心——他们没有时间了。

"需要多久？"调查员问，"能赶上展出吗？"

程郢点了点头。

高温导致糨糊发酵，胶矾水也需要重新调制；唯一能节省的时间就是之前的试错成本。也幸亏日方极其注重保存数据。

转眼到四月底，2CH论坛上开始流传一条消息，说五月的正仓院特展会展出一件"举世无双的国宝"——人们被勾起了好奇心，在吐槽和猜测中，越来越多的人参与，期盼值被吊得高高的。

突然平地惊雷："国宝被毁了！"五个字把更多好事者卷了进来。人们纷纷打听："到底是哪件国宝？"

"怎么毁掉的？"

"谁？"

消息挤牙膏似的一点一点被放出来：

"年初出土了'天下名宝'第二轴《山市晴岚》，因为损毁严重，被送去修复，研究所特意跨国请来大手程教授。"

"原本程教授的助手是浜田小姐，半亩九清堂的修复师，后来被排挤，不得不离开了工作室。"

"是制作土佐典具贴纸的浜田家吗？"

"正是！浜田家的纸薄到只有0.03毫米，是文化财修复纸的主要来源，拿过国际大奖你信吗！"

于是便有人问："为什么要赶她走啊？"

这个问题在论坛挂了两三天，最后有人用一组游春照回答了它：粉白粉红的垂枝樱花在明蓝的天空下热烈如同燃烧，交领长裙的少女坐在青石上仰面看同行男子，男子清隽挺拔，女子秀美纤细，是含情脉脉的姿态。

又古老的城墙边上，青苔处处，夕阳斑驳，少女素手抚石，像是在倾听，男子默然凝视。

组照再次引爆了2CH。

"原来是为了小情人有个漂亮的履历啊！"

"程教授这么年轻的吗？还以为是个老头子呢。"

"这真不是新海诚构图吗？"

"你们醒醒好吗，颜值高就怎么样都可以吗？这个女人的误操作毁掉了一件千年古画，天下名宝从此永远残缺了！"

"好像是这样的哦，的确是不可原谅的呢。"

"总觉得在哪里看见过这个小姐姐……"

网上的声音越来越杂，也越来越大。连城接到钟晓的越洋电话才知道已经吵得这么热闹。钟晓快气死了："怎么能把你们俩拍这么好看！"

连城也是无语：这位少爷一如既往地找不到重点。

"不行我得找人把我P上去！"

"好了别闹了！"

"你就没什么要向我解释的吗？"钟晓沉痛地问。

连城轻咳了几声："你要是头次去北京，能不去全聚德吃烤鸭吗？"

"不能。"

"那我人到了日本，能不去看樱花吗？"

"不能。"

"这地儿我人生地不熟，我能一个人去吗？"

钟晓想了想，还是老老实实回答："不能——但是你就不能找个丑点的？"

连城爽快地回答他："不能。"

钟晓沉默了。

"还有什么要问的吗？"

"没有了。"钟晓怆然觉得自己头上的帽子绿得更鲜艳了。

连城要挂电话，钟晓大叫："等等！"

"还有事？"

"有人上传了一个视频——"手机里传来视频里的声音，连城的脸色也变了，她看向在窗边削轴木的程郢。

视频很快被调出来，是模拟画作受到高温和紫外线攻击后的情形。制作者声称他找的是顶级修复师，但修复的结果还是不尽如人意：画心脆化、掉色，画意缺失，都呈现出无法挽回的状态。

就如同灾难摧毁城池。

这是大众头一次目睹摧毁到修复，摧毁的迅猛和修复的艰难同时被呈送到眼前。摧毁不再是抽象的概念，而修复也并不像一直以来向外界展示的那样无所不能。修复师也有无能为力的时候。

再没有比这更直观，也更让人痛心的了。

短暂的失语之后，网络爆发出更大的反响。

有人问："是你吗？修复师是你吗，浜田小姐？"

没有得到回答。

更多的人气势汹汹："郁小姐应该为自己的错误付出代价！"

也有人质疑："怎么就知道是郁小姐操作错误，而不是程教授呢？"——但是微弱的质疑很快被淹没在无穷无尽的怒骂中。

事态升级，有人制作出条漫和短视频，喊出口号：

"足利义满的至爱，丰臣秀吉、德川家康御览的珍宝，被两个中国人毁了！"

"你敢相信吗？一千年了！战争没能毁灭它，时光没能战胜它，却永远地消失在这个科技发达的和平年代！"

已经没有人去计较《山市晴岚》有没有资格被称为"举世无双的国宝"了，所有人心里都激荡着同样的义愤：一件承载了时光和历史的艺术品，他们的国宝，被一个仗着颜值上位的女人，一时疏忽，毁了！

投诉、谩骂和威胁潮水一般涌向正仓院，要求彻查和严惩。

调查员又来了，他摘下眼镜擦了一把汗："舆情汹汹，还请程君见谅。"

程郢问："有什么可以帮到你？"

"是这样的，"调查员说，"尽管程君已经保证过能够赶上展期，但是我们还是需要知道目前的修复进展。”

“已经完成全色，只剩下最后的装裱了。”

“可是我听说，不，是网友听说，作品遭到了极大的损毁，恐怕不可能被修复成功——对于这种观点，程君的看法是？”

程郢微微皱眉：“什么损毁——我不明白您的意思。”

调查员额上的汗更多了。

程郢贴心地问：“需要把空调下调一档吗？”

“不、不必，程君的好意我心领了。”调查员看着手里的资料，露出十分为难的表情，“虽然很抱歉研究所的监控出了一点小问题，但是工作室的门禁记录显示，四月二十日凌晨两点，郁小姐进过工作室——”

“这不可能！”

“虽然我也非常不愿意相信，但是电脑不会说谎。自四月十九日下午程君离开工作室，到二十一日回来，这中间，就只有郁小姐两次进过工作室，一次是十九日下午六点二十分，一次是二十日凌晨两点……”

程郢的面色有一点点发白。他像是想到了什么，迅速说道：“阁下的意思是连……郁小姐破坏了作品？”

“我没这么说。”

“有两个疑点，”程郢道，“一是郁小姐动机何在？二是就算有动机，十九日下午她返回工作室完全可以做到，为什么二十日凌晨会再次回来？而且二十日凌晨这个时间点，她和我在一起……”

“程君能够确定吗？”

“什么？”

“四月二十日凌晨两点，程君能够确定郁小姐的位置吗？”

程郢沉默了片刻，他感觉到了——天罗地网朝他撒过来，有那么一个瞬间，他不知道那张网的背后是谁在操盘，浜田枝子，还是郁连城。

——她那晚真的喝醉了吗？

“那晚我们在郡山城迹，如果她乘夜归来，势必留下行车或者乘车记录。”程郢最后给出结论，“无论如何，请阁下相信，修复不会有问题。”

“我明白了。”调查员说。

九

视频被放上网络——据说是接受全民监督。

“看他的微表情！他眼皮轻微抬起来，这是一个惊讶和愤怒的微表情！程教授是头一次知道这个门禁记录，”论坛上有人大声疾呼，“他对于郁小姐二十日凌晨有没有回过工作室根本不能确定！”

“但是郁小姐有什么理由破坏自己的作品呢？”

“有没有这种可能——郁小姐的目的并不是为了破坏作品的修复，而是为了掩盖？”

“掩盖什么？”

“画作损毁到这个地步，根本就已经没有了修复的可能，虽然程教授一再保证，但是修复的结果要展出才能看到。如果就像之前那个视频中一样，那么作品是不是真迹……你能看出来吗？”

“如果没人能分辨真假，岂不是能够以假乱真？”

“牧溪的画值多少钱？”

“国宝无价！”

“找到了！昭和二年，牧溪先生的《老子图》和《江天暮雪》分别以11.9万日元和11万日元成交，《江天暮雪》就是‘潇湘八景’的第五轴——那是一百年前了，到现在不上个百亿那真是不好意思和人打招呼。”

又有人爆料：“据说郁小姐是摹画天才，全色主役……所以这种情况，她要是以假乱真，恐怕就是程教授，也未必看得出来吧。”

连城再次接到钟晓的电话，隔着手机都能听出忧心忡忡：“连城你还好吗？”

连城看了看窗外，窗外人头攒攒，最近每天都这样。幸而工作室里隔音不错，安抚钟晓道：“我这边还好，你呢？”

“我这里出大事了！”钟晓愁眉苦脸道，“他们找到我了！”

连城愣住，转念就意识到有大山崎美术馆的视频在，钟晓是藏不住的，便问：“有人威胁你，还是给你寄刀片了？”

“比这更惨——老头问我，《山市晴岚》到手了没？”

连城笑：“钟老想得可美！”

“他还说，要八景齐全才值钱。”

连城笑出声："他要你呢！"

"什么？"

"我们这行有个规矩——"

"新鲜！"钟晓叫道，"文博行还有我不知道的规矩？"

连城说："从前这行鱼龙混杂你懂的，有人前店做装裱，后门做买卖，清末民初最为严重。据说日本人从琉璃厂搬走的假货，比全部真迹还多。所以建国之后定下规矩，我们做修复的，不做买卖——这条你不知道，钟老还能不知道？就算你动了邪心想下手，我也不敢欺师灭祖。"

钟晓大为遗憾："可惜了，有人给我开价——你要不要听？"

"不要！"

钟晓一笑——就知道她不敢，还是忍不住问："你那边真的不要紧吗？"

"没事，总不至于动手吧。"

连城说得轻松，实际情况并不乐观。

研究所收回了她的门禁权限，进出都只能跟着程郢。三天前料理店就拒绝为他们服务了，程郢在外卖里吃出一枚针。之后他们就死心塌地吃泡面了。连城感慨说："真是一秒钟梦回校园。"

程郢也有点意外："没想到枝子反应这么大。"

"日本职业女性的困境，"连城倒是能够理解，"她说拿不到'人间国宝'就要滚回去接受被安排结婚……算了，说了你也不懂。"

这天是做最后的工序平整处理，收工比平日要晚。到把画作用无酸纸和皮纸包裹了装进恒温箱中，天色已经极黑。连城往外看，闹事的人照例散尽了，一时笑道："合着他们就和我们上班打卡差不多。"

程郢也笑。

到负一层，出电梯就听到轰鸣，闻声看去，几辆摩托在地下层纵横往复——也不知道怎么进来的。程郢把连城往回推，迟了一步，电梯门已经关闭了。一辆摩托开了强光，直冲着他们过来——

程郢旋身将连城护在自己和电梯门之间，轰鸣声差点没把耳朵震聋。连城猛烈地按击上行按钮，但是电梯迟迟没有下来。

"上面有人……"他心里闪过这个念头。

物业想要推卸责任他是知道的，但是没想到能丧心病狂到这个地步——

然而现在不是追责的时候，不能这么空等，太被动了。

“我去提车！”他在连城耳边大吼。他不知道她有没有听清楚，但是她点了点头。

他却还犹豫了一下。

他知道这些被鼓动来闹事的不良少年针对她的恶意远远超过对他。他走开，她就会成为目标。

这个想法让他甚至忍不住想要在走开前抱抱她。但是终于没有。

幸好车停得不算太偏，开门，进车，发动，几乎是一气呵成，到这时候喘口气。

电梯终于下来了，电梯门打开，里面空无一人，电梯里的光照出来，照见连城就在咫尺之遥，扑倒在地。

一辆摩托朝她碾过去。

有那么一个瞬间，程郢觉得滚烫的血直滴进了他的眼睛里，以至于他根本看不清楚面前的路。

骑手被远远甩了出去，摔得整个人都是蒙的，唯一的知觉就是身下冰冷的地面。他没明白发生了什么，为什么他的爱车就变成了一堆零件——为什么那个照片上看起来过分漂亮的男人会这样凶悍……不，简直是疯狂。

比他们还疯狂！

从落到这双手里开始，连城就知道自己安全了。

奇怪，经历了这么多之后她仍然觉得这个男人是可信的——在生死关头。她没想到真有人敢动手，在法治社会。

这不科学！

她想她大概是伤到了背，也许还有胳膊。应该是擦伤，所以火辣辣地疼——是好事。医生总说，疼是好事，不疼才是大事。

那人紧紧抱住她，车里没有开灯。地下层所有的灯都熄了，黑暗中就只有人的呼吸，呼吸乱得厉害。有指尖触到她脸上，像是微抖。她心里那种“不科学”的感觉又出来了，她师兄的手怎么会抖——他的手多稳呐。

那也许是幻觉。

“开车啊！”她撑着车垫坐起来，惊魂不定地往后看。幸而并没有再看到那些该死的摩托。他们好像被施了隐身术，消失得无影无踪。

程郢心里的恐惧这才掉了下去。那就像是从半空一脚踩到了地上，坚实的土地让人踏实，但是那一脚的落差也够他受的。

“我们这就去医院。”

“医院？”连城睁大了眼睛，“哪有这么严重，就是个擦伤——我不要去医院。搞不好医生还以为你家暴。”

“我看到你被撞倒在地上……”程郢低声说，他不敢开灯看她的伤。

连城抚额：“是我顺势扑倒，减小攻击目标面积……他们擦边就过去了，我猜他们就是想吓唬我们……我们回酒店好不好？”

程郢过了一会儿才回答她：“好。”

回酒店冲完热水浴，连城吃力地举着吹风机，几次手酸不得不停下来。门铃响了。

程郢在门外：“我去买了跌打药。”

连城披了件外套给他开门：“刚好，给我拍几张伤照存档——”

“这种拍照不存在公信力，”程郢皱眉，“叫你去医院——”

“我不去医院！”

两个人都怔住。

程郢没见过她这样任性——如果这个世界上曾有人容忍她任性的话，那定然不是他。连城也有点讪讪地：“去医院也没有用，没严重到那个份上，就一点擦伤，还不够格打甘露醇地塞米松——”

“你去医院去得很多吗，这几年？”程郢问，“药都记下来了。”

连城勉强笑了一下：“这不是常识吗？你也没去医院，跌打药还不是买了……云南白药，哈，真是他乡遇故知。”

程郢目色暗了暗：“伤在哪里？”

连城略背过身，脱了半边外披给他看。

程郢呼吸微窒。虽然里头还有件吊带，但是那么细，那么贴……就只能是欲盖弥彰。精巧的胛骨撑起微微的起伏，像是丘陵和流沙；像哑白的瓷，比瓷要软；像玉，比玉要暖。他需要强大的意志力才能够收束自己的目光。

擦伤集中在胳膊外侧，一直延伸到肩。肤白，伤处便青肿得触目惊心。程郢勉强定住神，摇头道：“要我不来，你怎么够得着？”

连城不在意地说：“过几天它自己就好了。”

程郢忍无可忍：“郁连城你可给我闭嘴吧！”

窗外传来雨声，沙沙地。房间里的灯被衬得格外安静。程郢拧开药瓶，把药油倒在手心里。药油触到伤口，肌肤之间的温差。程郢想起四年前她来找他的那个夏天，眼睛里像是下了火，火里藏了蠢蠢欲动的小兽。

“嘶”的一声，连城把脸埋在手肘里。

“疼？”

“嗯……”

“我报了警。”程郢试图分散她的注意力。

“警察怎么说？”

程郢笑了：“都进去了。”

“效率不错。”

“联系了宫内厅。”

连城脑子里过了一下这个机构，日本特有，负责皇室成员的事务。她估计程郢和那边有往来属于正仓院的关系：“那你要不要进宫跟天皇谢恩？”

“你宫廷戏看多了？”

“嘶——轻点！”连城的脸皱成一团，“正仓院展过几天就开幕了，你说他们至于吗。”

程郢的瞳孔急遽收缩：“没准儿还有更大手笔呢。”

连城偏头与他对视了片刻：“这话听起来真有大反派的气质。”

程郢没忍住笑，伸手要撕她的嘴。想起来今时不同往日，便只摸了摸她的发，湿淋淋的。料想使力有不逮。因上完药之后，拿过来吹风机。连城发质软，被风一吹就乱飞，露出一双眼睛。

程郢垂下眼帘：“有句话想问你。”

“嗯？”

“你和钟晓说的……是不是真的？”

“我和他说的话多了，师兄好奇哪句？”

“欺师灭祖那句。”

连城一怔：“真的。”

连城这晚做了个梦。

她已经很久没有做那个梦了，梦里她在废弃的楼道里奔跑，没有别的人，所有绵长空洞的回音都来自她的脚步。

她听到哭声，求饶声，越来越近、越来越近了，近在咫尺，只要她伸手一推——门就会打开。

她在这时候醒过来，雨还没有停。她想起昨晚程郢问的话，欺师灭祖——“就算你动了邪心想下手，我也不敢欺师灭祖。”

他为什么会质疑这句？

十

五月上旬的最后一天，正仓院特展开幕。

菊池次郎在为展会做最后的检查。在书画史上消失了三百年的《山市晴岚》现在就安然躺在他面前的桐木箱中，等候启封。作为正仓院展会部最年轻的课长，参与过的正仓院展超过十次了，还从来没有过这样焦灼。

他听到过同事议论那两名修复师，关于程教授，最多的是惊叹：“怎么能那么年轻！”

“帅得有点没道理了吧！”

“性格也很温柔呢……”

这个口径到最近才转变过来，看程教授的目光多少添了敬畏：“听说那晚撞趴了八个，车都废了，人没事……”

“轻伤都没有吗？”

“能通过警方鉴定的轻伤没有，所以那些不良少年都没法提出起诉。”

“是真动了怒吧，真是的……郁小姐伤得重吗？”

“大概是有点重吧，不然程教授也不会……用他们中国人的话说就是冲冠一怒为红颜——但是听说展会会来。”

郁小姐风评不及程教授，菊池听人说过“郁小姐应该日语不是太好”，也有人说：“应该是很害羞吧，总和程教授在一起。”八卦的人也会提及大山崎美术馆：“那位是前任吗？也很帅气呢。”

后来有了操作失误的疑云，便渐渐没人再提，提及就多少有些不善，毕竟在正仓院，人人都知道保存文物不容易。

菊池看着封得死死的桐木箱陷入沉思。刚才部长打电话过来说先不上展。在展会开始之前要做个小型的采访，网台同步。

“会有记者过来。”部长说，“……以打消民众的疑虑。”

菊池不知道要怎样才能打消民众的疑虑，就连他也在心里反复揣测，装在桐木箱里的这件，到底是残品，还是赝品？

直播间设在展馆侧厅，侧厅不算太小，但是挤了这么多摄像机，还是让人觉得局促了。尚未开场，直播间已经超过了10万人，数字还在以肉眼可见的速度飞速增长；人被引领上台，灯光、话筒就位。

背景是巨大的电子屏——这是一场允许网友参与的直播。

简短的寒暄客套之后，记者单刀直入："请问程教授对于《山市晴岚》这件我国国宝级文物在修复期间因操作不当而导致损毁有什么看法？"

"《山市晴岚》没有因为操作不当而导致损毁。"程郢平静地回答她。

一句话堵死了全部的后续问题，记者脸上的笑容几乎挂不住。直播间里的评论和辱骂就如决堤一般水位不断地往上涨。

就连菊池也在心里想：这也太不要脸了！

他心里隐隐有个判断：既然矢口否认，那多半交出来的就是赝品了——就是不知道怎么收场。正仓院会拿千年清誉给他背书吗？

记者在短暂的错愕之后表示："没有吗？那真是个令人欣慰的消息。"

"是的。"程郢颔首，"现在画作已经修复完全，通过验收，可以展出了——中村小姐要提前欣赏吗？"

他反客为主，记者受宠若惊："是我的荣幸。"

直播间里满屏都在刷"赝品"，通过算法融合凝结出现在电子屏正中央，斗大的字赤红近紫，触目惊心。

程郢视而不见，只冲连城点了点头，连城撕下封条，在近五十万人的眼皮子底下取出重重包裹的画作。

打光切过去，摄影跟进，记者介绍："激动人心的时候到了——现在郁小姐要打开的，是自镰仓时代末期流入我国，历经了至少八百年沧桑的古画《山市晴岚》，这件画作出自画祖牧溪之手，深受影响的有画僧可翁宗然、墨庵灵渊，以及活跃在安土桃山时代至江户时代的长谷川等伯——"

随着她的讲解，裹纸剥开，露出纸本水墨，满纸云烟纵横。

几乎所有人都屏住了呼吸。

艺术对于人心的震撼，无远弗届。

就连记者都有片刻失语，简练传神的线条，柔软温润的笔墨，就仿佛隔着时光触摸到江南烟雨。她定了定神："虽然不能够目睹最初出土的情况作为对照，但是能够修复到这个地步，两位真是神乎其技，名不虚传！”

连城心里想她师兄是业内传奇不错，她可没这虚名。因微微一笑，说道：“中村小姐过奖了。”

直播间里气氛一片祥和，满屏的“赝品”被“厉害”取代。

“真美啊！”

“不愧是国宝……”

电子屏上跳出一行2号猩红色字：“不可能！”

几个字设色和大小都极为夺目，登时把人们的注意力拉了出来。屏幕又飞速动起来：“对哦，怎么可能修复到这个地步，之前损伤那么严重……”

“是赝品吧，是赝品吧，是赝品吧……”

“能不能请专家过来鉴定一下真假啊……”

“楼上傻吗？正仓院不够专业吗？都说了验收通过了，还要怎么鉴定啊？”

记者恋恋不舍，还是走回到预设席位向程郢请教：“程教授有没有看过最近在网上流传的视频——”

“看过。”

“程教授对于视频中修复师的手艺评价如何？”

“那是个浓缩了时间的视频——当然这是可以理解的，毕竟没有人会乐意看修复师搓上八小时的命纸，或者调制三周的糨糊；但是这对于同行来说，无疑就省略了最关键的步骤。我们这行的关键细节，并不是用来表演的，它不具备观赏性。如果非要我评价的话，我能够说一句，这位修复师手艺娴熟。”

记者打蛇随棍上：“也就是说，程教授对于这位修复师是认可的？”

“可以这么说。”

“没有大的失误？”

程郢沉吟了片刻：“也不能说完全没有……”

记者原以为已经做足了功课，不想还有这等意外，不由脱口问：“比如——”

“他的第一个步骤是把画作浸入到水中，在这之前没有做固色。这样会导致部分画心脱落，特别是，那件画作并非古画，墨迹未干，尤其容易造成这样的结果，所以修复的效果也就……”

话止于此，并不说破。

记者正要接一句“所以如果由程教授来操作——”余光却瞥见那行猩红色的字又出来了：“这是模拟当时情形——程教授四月二十一日上午回到工作室，发现工作室高温，当时用于固色的胶矾水就已经不堪用！！！”

“他这是在狡辩！！！”

粗大的感叹号，像是淋漓未尽的墨汁。

电子屏再一次躁动起来：“是浜田小姐来了吗？”

“果然还是要专业对专业呢。”

“程教授是想掩盖郁小姐的过失吗？拿赝品替代真迹，是不可原谅的呢——程教授你的职业操守呢？”

“程教授能像浜田小姐一样录制视频重现修复过程吗？”

镜头推到程郢脸上，程郢微不可觉地挑了挑眉，但是没有作声，更没有反驳。

现场空气一时就僵住。

电子屏上的字在一行一行飞速往上涨，沉默像是巨石，压得人喘不过气来。

忽然一道黑影窜进场中，在所有人反应过来之前，一瓶墨汁泼在铺展于亚克力板上的《山市晴岚》上。

“哗！”

不知道多少人心里响起这一声。

墨迹覆过画面，如烟似雾、含情凝睇的山水登时就成了一团污糟。

十一

电光火石间的变故，现场有片刻的死寂。

没有人出声，所有目光都凝固在卷轴上，墨水拖着长长的尾巴一滴一滴掉下来，像极了电子屏上的惊叹号。

“水、水、水！”连城和程郢同时爆出大喊。

奔忙的工作人员，乱作一团的现场。清水被送到台上，连城把画作从亚克力板上摘下来，尽数浸入到水中。

“赝品！”有人冷笑。被保安制住的黑影，是个十五六岁的少年，目光里都是嘲弄。

“赝品？”连城恶狠狠看住他，观众隔着屏幕都能感受到她目光里的愤怒，就仿佛刀刃，一遍一遍刮过少年的脸。

几乎所有人心里都响起了鼓：难道——

如果——

就是把握最大的那个人也忍不住有瞬间的惊恐：万一——万一它不是呢？万一它是真迹呢？但是他很快否决了这个念头：不、这不可能——绝不可能！真迹不可能被修复到这么完美的地步！

绝不、绝不可能！

他紧握的双手慢慢松弛下来。

“你凭什么说它是赝品？”连城冷冷地问，秀丽的面容在愤怒之下竟然有了几分凌厉。

“我看过视频！”少年昂着头，一脸倔强。

“所以你们的意思是，你们的修复师修复不了，我就修复不了？”连城的目光扫过摄像头，就仿佛扫过所有围观直播的观众。

有人不由自主躲避她的目光——尽管隔着屏幕。

亦有人坚持不懈地继续打出“赝品”两个字。

连城的目光落在记者的脸上。

记者咬牙迎上去：“郁小姐——”

“是不是？”

“郁小姐见谅，之所以会有这样的质疑，是因为在四月二十一日上午，程教授和郁小姐曾经投诉过物业的过失导致画作因为高温和紫外线受到损害，而据我所知，这两种损害对于书画来说，不可逆转——”

记者一鼓作气：“如果可以的话，请郁小姐正面回答我，在作品受到高温和紫外线双重伤害，且没有合适的固色试剂的前提下，郁小姐，你是怎么超越修复视频中的手法，把画作修复到……这个地步的？”

连城面上一闪而逝的惊慌被镜头精确地捕捉到。

观众多少松了口气：她慌张了，也许说明被墨污染的画作真的就只是赝品——这样想仿佛能让他们卸去罪恶感。

有不少人鼓噪：“请正面回答！”

“请正面回答！”

“请正面回答！”

“正面回答吗？”良久的沉默之后，连城慢慢抬起下巴，眉目间呈现一种类似倨傲的神情，“我希望我的回答不会让诸位感到冒犯。”

“郁小姐——”

“因为它是我国的作品，画者是我国古人，使用的是原产于我国的笔墨纸砚，我能修复它，因为千载之下，文脉相通——这个答案，你们满意吗？”

这种毫无技术含量的强辩除了激怒所有人之外没有半分好处。中村心里打叠起一连串的反问，务必做到犀利和讽刺。

但就在她开口之前，郁连城又说话了：

“我只问各位一件事，如果不是赝品呢——如果它不、是、赝、品、呢？这不是我的程教授名誉的问题，这是贵国的国宝，一件经历了近千年的时光，穿越烽烟和战火仍然留存在这个世界上的艺术品！”

“你们……怎么办？”连城放缓了语速，她抿住唇，眼圈泛红。

程郢走过去抱住她。

“但它就是个赝品！”猩红色的字迹又浮了上来。

人们得到了鼓舞，叫嚣道：“赝品！”

“赝品！”

“赝品！”

充溢了整个电子屏。

又是这个人，又是这行字！

连城气愤到了极点，她挣脱程郢的怀抱，走到电子屏前大声说道：“把声道切给他！”

“给谁？”耳麦里传来技术支持怯怯的问话。

连城指着电子屏上猩红的字迹：“让他说话——让他给出理由，凭什么说是赝品！”

网络终端的人犹豫了一下，他看到了那个女子眼睛里的怒火，他心里胆怯起来，但是数以万计的支持发言撑住了他。

“这不可能！”他对自己说。

他十余年的专业素养足以支撑这个结论，他没有错，他不可能错！这就是件赝品，必须是，肯定是！他是正义的——他就是来戳穿这一切，戳穿这对骗子！他们以假乱真，毫无职业操守！

他抓起变音器："没有错，这就是个赝品！——高温和紫外线的双重损害不可逆，就算有合适的固色试剂，效果也不会比我强多少！"

声音尖脆，明显是个女声，直播间的观众欢呼起来："浜田小姐！""浜田小姐！""浜田小姐！"

"但是如果那件作品并没有受到高温和紫外线的损害呢。"程郢开口，压住了电子屏上沸腾的字迹。

记者惊问："程教授这句话是什么意思？"

"中村小姐还记得之前我请中村小姐欣赏画作时候说的话吗？我说，这件作品并没有遭受过高温和紫外线的损害。"

"没有遭受……"记者呆住，如果没有遭受、如果没有遭受——她不敢想下去。

"他说谎！"尖脆女声几乎是在尖叫。

"四月二十一日上午我们回到工作室，发现有人入侵——就是网上广为流传的误操作——不过幸运的是，当时画作并不在高温和紫外线下。"

"不可能！"记者脱口道。

她知道那意味着什么，那意味着——

"如果它不、是、赝、品、呢？这不是我和程教授的名誉的问题，这是你们的国宝，是一件经历了近千年的时光，穿越烽烟和战火仍然留存在这个世界上的艺术品。而你们……毁了它。"

程郢没有回答，只是凝视水盆中的画作。已经换过几盆清水了，污浊正在慢慢变得清澈。

沉默是一种极大的压力，场内场外都是，所有人心头都闪过连城的质问："如果它不是赝品，你们怎么办？"

"他说谎！画作明明就在紫外线灯下我亲手——"

一瞬间直播室里、电子屏上都安静得很厉害。

一组IP地址浮现在电子屏上，然后是推特账号上的照片，穿武士服的男子。

泼墨少年脸上露出绝望的神色。

"是你亲手摘下来，放过去的——井上先生，我没想到是你。"程郢淡淡地说，"原本它应该挂在墙上，等着晾干，等着全色和最后的装裱。"

已经有不少观众想起了“井上”这个姓氏像是在哪里听到过——

也很快有人翻找出来——并不难找，就在大山崎美术馆的视频里。

“井上先生质疑得没有错，经历过强烈高温和紫外线双重伤害的画作，无法修复到这个地步。”程郢又说道。

这时候网上已经唏嘘声一片，甚至有人哭了出来。

“郁小姐方才冒犯诸位，是为了激怒井上先生。”程郢看向连城，连城给观众鞠躬：“原谅我出言不逊。在使用现代手段修复文物这条路上，无疑贵国比我国走得更早，经验也更为丰富。”

记者回礼，面上仍是沉痛之色：“所以这件画作——”

她十分纠结，如果直播只是为了引出凶手，那么井上说的就是真话，那也就意味着这件是赝品。真迹已经被毁了——无论是毁在这两位修复师的操作不当还是毁在井上的恶意手里，这个结果都让人扼腕痛惜。

程郢从容道：“我没有说谎，我们幸运得很，当时被井上先生移到紫外线灯下的是摹本，真迹存放在恒温箱中，幸免于难。”

记者的脸色更为惨淡，她的目光投向水盆：“还、还能修复吗？”

程郢莞尔。连城走过来冲记者再鞠了一躬：“这件也是我的摹本。真迹辗转流浪六百年，还能够重见天日实在是很不容易，我们因此不得不万分小心——它如今在展馆中，静候各位鉴赏。”

不知道多少人松了口气，甚至是喜极而泣，也不知道是为了国宝的大难不死，还是因为卸掉了心上的重负。

也有对井上骂不绝口的，有好奇井上为什么这么做的，有约了亲朋好友前去观展的。工作人员收的收线，关的关镜头，忽然人群出现骚动，有人大步朝台上走过来。保安下意识拦住他：“站住！”

来人拿出一大捧足以淹没人脸的铃兰。

程郢的眼眸中不动声色地掠过去一抹阴霾。连城笑了：“你怎么来了？”

那人凑近她低语道：“来显示一下存在感——感谢我吧，我要早一秒来，在五十万人的围观下给你来个求婚——”

连城：“那咱们的流量就爆了。”

钟晓大笑。

十二

五月的正仓院特展虽然推迟了一个小时开幕，但还是让几乎所有人认为值得。

“太惊心动魄了！”网上议论纷纷，“我差点就信了——我的天哪，要是因为……毁掉了真迹，井上真是该死！”

“他本来就该死，你没听程教授说吗？要不是当时工作室里那件是摹本，毁掉的可不就是真迹？”

“井上先生不也是半亩九清堂的修复师吗？怎么真假都分不出来？——怪不得在大山崎美术馆输给郁小姐。”

“程教授开口的时候，我心都碎了……”

“我以为是浜田小姐，没想到是井上先生……”

展馆中灯色柔和。

“潇湘八景”八件卷轴悬挂在最显眼的位置，人们从它面前走过去，都不由自主会在《山市晴岚》面前略作停顿。

没有人看得出它曾经残破过。

有趣的是，正仓院将摹本放在了真迹的对面，以供对照，并用文字记录了它代替真迹遭受损害的曲折故事。

记者中村作为正仓院特邀在摹本前做了一个小型采访：“所以，严重的高温和紫外线损害确实是不可逆的？”

程郢点了点头。他没有向任何人说起过当时的惊悸，那时候有人握住他的手说：“我们能修好它。”

但是总有些东西是无法修复——他的余光扫过身边人——虽然他们还能并肩站在一起。

如果那晚她没有说谎……

“但是我们也能看出，”中村打断了他的思绪，“程教授和郁小姐修复的这件摹本，比网传修复件要强上很多，程教授介意透露其中的秘密吗？”

“就是之前提到的固色——没有合适的固色剂，用了牛奶——这要感谢郁小姐对牛奶的热爱。牛奶是高蛋白，能够在一定程度上完成这个任务。我们古人也用黄柏水和米汤——书画爱好者碰上宣纸洇墨可以试试。”

中村不得不由衷地赞叹：“程教授确实技高一筹。”

程郢微微欠身。

中村转向连城：“在直播间里看到郁小姐的摹本，我几乎要以为是真迹。”

连城笑道：“中村小姐客气了。”

“我有个问题想要请教郁小姐，听起来可能会有点奇怪……”中村说，“但是我相信这也是广大观众想知道的。”

“嗯？”

“郁小姐的摹本之出色，不仅仅像我这样的外行难以看破，就是内行如井上先生也上了当。所以我很想问郁小姐，怎么才能辨别出真假？”

连城犹豫了一下：“这个说来话长。”

中村便有些失望。但是想想，也许是这个问题过于专业了，要大众化的解释也许并不那么容易。

但是连城终于又开了口：“通常我们会使用光谱、色谱分辨仪，通过鉴定笔墨纸绢来确定大致年代，再通过技法、风格细分，佐以史料考证。在只能即时目鉴的情况下，有个很取巧的办法：看笔触的流利程度。如果是原创，在落笔之前必然有过思虑和斟酌，因为他没有一个可供参考的对象，这种心态落于笔端，就会出现原生态的‘拙’；而作为摹画者，会很清楚每一笔的走势、轻重，用我们这行的话来说，就是会失之‘工能’，这种过于流利，就是破绽所在了。”

钟晓气得关了电视：“郁连城你就忽悠吧——老子活了二十七年就摸了二十七年古董，我都没搞清楚古拙和工能，你这三言两语还哄人说取巧？”

连城拍了拍他的脸：“乖，你不一样。”

“我哪里不一样？”

“你比较帅。”

钟晓又气又笑，他试着复盘：“所以，你和程教授一唱一和，欺骗了天真可爱的井上先生？”

连城被“天真可爱”四个字呛住：“快给我换个词！”

钟晓“啧啧”道：“五十万人被你们耍得团团转，可羡慕死我了！来来来，让我猜猜有多少是你们主导的……照片？”

连城低头喝茶。

“最开始在网上放消息的是你还是井上？”

连城没有作声。

“果然料放得这么张弛有度是有原因的，调查视频当然毫无疑问是你们放的，程教授可真擅长说这些误导性的话，不会连那个修复视频也——”

“不是，那个不是，那之后就都不是了。”连城笑了一下，“当时物业说监控坏了，我们又不可能给它保留作案现场不动——还有最后的重装工序没有完成呢，而且作案手法过于内行，明显是要为难修复师，所以将计就计……但是日本人会这么激动，也是我们没料到的——真是水可载舟亦可覆舟。”

“我还是不明白，井上为什么这么做，而且是他没有权限，怎么进的工作室？”

连城瞟他一眼：“你审我？”

“话怎么能说得这么难听呢。”钟晓作“西子捧心”状，“枉费我给你悬了这半月的心。”

“哟，半个月没去天上人间了？”

“你肯定是生来克我的！”钟晓恨恨呵她颈项，“你到底说不说？”

连城吃不住痒，忙着求饶：“我说，我说还不行吗？”

钟晓这才放开她。

连城拢了拢被揉乱的发：“真是的，我又不是警察，也不是法官，也不是记者、心理学家——他的动机，我怎么能知道……”

“郁连城！”

见他又要动手，连城忙做了个“打住”的手势：“我的意思是，我也只能凭猜，不一定对。”

“真啰唆，快说吧——”

“有两个可能。”连城说，“一个是他确实恨我赢了他的画；一个是他想借刀杀人，毕竟，在IP地址被锁定之前，大家都以为是枝子小姐。假定有人告诉他，大山崎美术馆不是意外，而是有人布局，比如我，那么他恨我，也就不奇怪了；又或者假定有人告诉他，大山崎美术馆不是意外，而是枝子小姐的阴谋，那就是新仇旧恨，借刀杀人——”

“借谁作刀？”

“这你想不到？”连城奇怪，“我又不是唯一的修复师。如果我师兄利用影响力，至少‘人间国宝’的桂冠枝子小姐就肯定拿不到了。日本女性和我国不同，一旦回归家庭，基本就结束了职业生涯。”

连城摊手：“如果井上没有被怨恨冲昏头，也不至于出此下策——但是他做了，就要付出代价。”

钟晓意料之外地沉默了片刻，竟叹了口气：“那权限呢？”

“你找来的技术支持，难道没有发现井上的IP特别难锁？要不是这人容易受激……”连城哼了两声，“还真未必锁得住他。话说回来，指纹锁这种东西，本身就防君子不防小人——”

门铃响了。

连城过去开门，程郢的目光扫过她凌乱的鬓发。连城有种金屋藏娇被捉奸在床的错觉。

程郢递给她请柬：“宫内厅邀请出席晚宴。”

钟晓耳尖，听到“宫内厅”三个字，最后一块拼图也拼上了：正仓院高层当然一早就知道真迹无恙，之所以纵容网上闹出这么大动静，除了引出凶手之外，也是想扩大影响力——原本局限于文博爱好者，平均一次接待观光客在三十万左右的正仓院展，这次五月特展观光量破了百万——有不少人不远万里从国内来看展。

“还真是皆大欢喜呢。”钟晓枕着手臂，自言自语道。

十三

连城推着行李箱往登机口走，一个穿橘色和服的小女孩跑过来冲她鞠躬说：“有个漂亮姐姐托我和郁小姐说声谢谢。”

钟晓弯腰问：“哪个漂亮姐姐？”

“漂亮姐姐说郁小姐知道的。”

“如果她不知道呢？”钟晓逗弄那孩子。

小女孩困惑地思考了片刻，回头朝入口一指，一抹深紫色的身影已经消失在人群中。

钟晓谢过小女孩，转问连城：“你知道是谁？”

“应该是中村——我把那件泼了墨的摹本修好寄给了她。”连城说。

但那不是真的。

——在梦窗庵看到枝子取指纹的时候，连城以为枝子会自己用，便可顺势解决这个隐患，没想到枝子会诱导井上出手。

枝子这是挑衅还是感谢？她能全身而退吗？那都不重要了。郁连城笑吟吟地通过了安检，走进如大鸟一般伏在地上的机舱。

第二卷

半面妆

记忆总是一重盖过一重，旧日失去色彩，而染上触手可及的温度。

仿佛夜露从叶尖滴落。

每件文物背后都是时间，是历史，是悲欢离合。

一

远远看到S大的校门，阳光隔着车窗刺进眼睛里，连城恍惚想起第一次来到这里时候的情形——那是十年前了。

她和程郢给正仓院修复《山市晴岚》的事闹得不小，直播被剪辑成五分钟小视频投放到国内网站，火了一把，也再瞒不过人。她前脚回国，后脚袁湛的电话就到了：“什么时候有空，回学校一趟吧。”口气极之温和。

越温和越可怕。

连城把这年余摹的画都翻出来，细细筛了一遍，挑了两轴看得过去的。给师娘张若仪的礼物却犯了难，还是钟晓仗义给匀了套粉彩。

钟晓开车送她，她是反对过的：“我当初没能毕业，老师心里头不顺气，你去了多少会跟着受委屈……”

钟晓嬉笑道：“这是心疼我？”

连城塞颗葡萄堵他的嘴：“怕你跟你爸告状……”

钟晓说：“袁老比我爸都长一辈，就是受点委屈，也是应该——不过我倒是想起来，你入学的时候，袁老该退了吧？”

连城轻描淡写地说道："所以基本上就是师兄带的我……"

钟晓便叹了口气。

连城奇道："好端端叹什么气？"

钟晓恨道："郁连城你就给我装吧——看你能装到什么时候！"

连城素知他的话听不得，无端却生出几分心虚，没有再坚持。到约定上门拜访那天，开过来顶低调一辆车，送到专家楼下，钟晓把东西递给她："去吧。"

连城一怔："你呢？"

"我就不上去了，贸然带人上门，恐怕你老师不喜欢。"

连城略略动容，钟少爷这么毫不利己专门利人的时候还真是不太多。她道了声谢，要下车，又被一把拉回来。

钟晓贴她耳边说："信不信你师兄在上面？"

连城心里想程郢在也不奇怪，从前他们就不定期探望老师和师娘。只是被他这么一说，没鬼都生出鬼来。

钟晓隔窗看她的背影，伸手要摸烟，想了想还是算了。

他和郁连城的关系不好定义，吃酸捻醋不过玩个情趣。起初未尝不是有施恩的心态。她是有才，但是这个世界上有才的人多了去了。

在当初的想法中，郁连城根基浅薄，好掌控。

但既然是袁湛的弟子——还是关门弟子，那又不一样。人吧，就是不能免俗。去掉身份、地位，光溜溜一个人，美貌和才能到底价值有限。就好比同一件书画，有没有题款，谁题的款，有没有鉴印，哪家鉴印，区别大了。

要不要收起心正儿八经追一追，他还没打定主意：这姑娘能把师承来历藏这么紧，怎么想都不是盏省油的灯。

连城拾级而上，紧张让她胃部有轻微的痉挛。

开门的是张若仪。

连城恭恭敬敬喊了一声："张老师。"

张若仪不喜欢被称作师母。从前连城还算能讨她喜欢，当然退学之后就不敢想了。张师母是处女座，生平最恨半途而废。

即便是早有准备，也没想到老人家嘴里慢悠悠飞出三个字："郁小姐——"

到底修为不到家，免不了面上发白。

“几年不见了。”

连城垂头，多少客气话都被堵了回去。屋中有人扬声责备：“还不快进来——这大热天的，也不怕张老师中暑！”

连城听出是程郢，忙顺势应道：“师兄说得是——张老师？”

张若仪气恼归气恼，说到底还是恨铁不成钢，这时候见老伴心爱的小弟子一头一脸都是汗，眼巴巴地，又软了心肠。

连城进门就看见程郢坐在那里写帖，背脊挺直，静如琉璃。隐隐可见纸上金光闪闪。知道是代师应酬，她赔笑喊了声“师兄”。

程郢说：“老师在书房等你。”

连城放下粉彩，抱着两卷画轴轻车熟路往里走，听见身后师母埋怨：“都是你们爷俩姑息的她……”

书房的门虚掩。

里头传来袁湛苍老的声音：“连城吗，进来！”

推门进去，看见阔别四年的老师坐在轮椅上，须发皆白。纵然在外头也是个千伶百俐，这会儿愣是一句话说不出来，眼圈就红了。

袁湛叹了口气：“唉，哭什么——病好了？”

这孩子当初发封邮件说生病要退学就消失得无影无踪，摆明了是借口——借口都找得不用心！要说他这个当老师的高兴，那肯定没有。一度担心她会走上邪路。但是刻意打听了，几年下来，也没有风声。

到程郢从日本回来，再三给他保证没歪，方才略略放心，想好了等她上门好好教训一番，到人真来了，站在那里话也说不出来，就红着眼睛，教训的话出口就成了：“病好了就该早点回来。”

“把论文补上，学位拿好。”

“老师老了，带不动你了，还是挂在你师兄名下。”

连城鼻音浓重地“嗯”了一声。她原想会有一顿臭骂，都准备好了。但是老师老了，骂人都支不起精神来。她心里难受得厉害。就听见老师问：“你们给正仓院补的那件我看了，谁揭的画心？”

“师兄。”

“糨子谁打的？”糨糊也叫糨子。

连城犹豫了一下：“之前是师兄指点日本的助手打的，后来是师兄……

亲手调的。”声音渐渐低下去。

袁湛又叹了口气：“合着你就全了个色？”——这孩子考上来那年他都退休了，实在爱惜她资质好才破格招录。那会儿她摹画就已经很了得，没想几年过去，就剩了这么点基本功。也难怪老妻气得肝疼。

连城小声说：“摹本做旧是我……”

“怎么做的？”

连城比画道：“主要还是紫外线灯烤，后来多揭了几次托纸，把画心墨色揭薄，再比着真迹把裂纹作出来……”

袁湛一听便知道她用了先师旧法，当初用在绢本设色上，这孩子胡来，拿纸本水墨也照行不误。

“做得也不是太细，当时那个日本人……应该是慌张得厉害，没看仔细所以中了招……”连城又解释。

看来还有自知之明，袁湛面色稍霁：“带了什么来，让我看看。”

连城松了口气，知道算是过关，忙取出卷轴。

第一卷是临摹南宋马远的《踏歌图》，山石峭陡，四位老农在田埂之上且行且舞，怡然自得，活泼生趣。袁湛知她是特意选了这卷博他开颜，看了几眼，点评说：“进步虽然不大，倒也不算荒废。”

能得严师一赞，连城喜得眉飞色舞，又展第二卷。

第二卷不过一尺见方，绢本设色，内容也极其简单，就只有老松和鹧鸪。松枝苍劲，鹧鸪低头梳理翎毛。

袁湛略怔。连城察觉：“老师？”

袁湛朝她伸手，连城会意取来放大镜，又推他到光线明亮处。袁湛细细看过：“这件《老松山鹧》你从哪里摹回来的？”

连城回忆道：“应该是在意大利，美术馆或者——等我回去查查当时行程。”

袁湛点了点头，又问：“没找到款押和印章？”

连城摇头。如有，她定然会一并摹下来。

袁湛甚为可惜，顺便考校弟子：“你怎么看？”

连城低头想了一会儿：“工笔写实，几乎一次性勾画而成，再加以渲染、皴染，有剔毛、丝毛，鸟头、颈、背毛短密，胸腹毛松软，翅翎、尾羽光滑硬挺，脚爪处理爽利劲健，眼珠灵动——是两宋院体。”

袁湛略阖目道："再细致一点。"

连城犹豫了片刻，试探道："两崔到黄居寀之间……"

袁湛才要摇头，连城已经改口："是宣和主人！"宣和主人即道君皇帝宋徽宗，他在登基之前师从知客吴元瑜，吴元瑜学的崔白，所以徽宗画风颇受两崔影响。

袁湛豁然睁开眼睛，指着连城："你呀——"他这个小弟子，察言观色也是顶级，真能被她这取巧劲儿给气死。

连城知道撞对了，一时笑道："没有款识、题跋和印鉴，也没有把握。"宋徽宗传世六十多件，有真伪之争，代笔之说，颇为难断。她又好奇地问："老师是见过吗——怎么徽宗的画会这么光秃秃的？"

袁湛道："这个你想不到？自己找！找到了写个报告给我。"

连城一呆。

刚巧张若仪敲门："连城，你出来一下。"

天大地大，师母最大。

连城乖乖儿出来，张若仪往门口努嘴，连城顺着她目光看过去，就看到穿着红马甲，头顶小黄帽的外卖先生钟晓。

二

"说是你订的餐。"张若仪觉得简直匪夷所思，"怎么，怕老师少你这口吃的？"

连城赶忙摇头，还是忍不住笑。

张若仪看出蹊跷来："小程让我进来问你——你认识？"

连城心里想钟晓到底还是舍不得放弃这个上门拜码头的机会。但是来都来了，总不能真把他当外卖。

她便只笑道："我朋友开玩笑呢……"

张若仪换了眼光重新打量，工装松松垮垮，是有几分尴尬，还是看得出挺拔。俊眉修目，喜笑颜开，确实是年轻女孩子会喜欢。

恍惚记得几年前连城跟着她师兄……难道是年纪大了脑子糊涂记错了？余光里看到程郢还在低头写帖，笔握得稳稳的，一丝也不乱，不由生出怜意来：以他的手速，早该写完的帖，怎么拖到这个时候。

钟晓笑道："张老师别生气，这事儿怪我——连城不知道，她只当我送她过来就回去了。我等得无聊，忽然馋起来，也不好空手上门讨吃的——连城非把我打出去不可，所以提了这一盒子。"

这话说得动听，几层意思都到了：什么样的朋友能巴巴把她送来还舍不得走，在楼下等到近午时？

盒子摆在桌上，方方正正，是件五层的复古食盒，仿的日本莳绘，漆底，疏落描了些枇杷、葡萄、桃杏，造型圆润可爱，染色尤为精致，一只一只，仿佛黑夜里的小灯笼。最底层一支银绘松枝斜逸，颇见风骨。

取出来大大小小有七八样，一笼蟹粉狮子头，一尾灌汤黄鱼，一碟子平桥豆腐，又有糯米藕，酱鸭头，扣三丝，芙蓉鸡片。

盏碟配色亦玲珑可爱。

这当然不是一时三刻配得齐。

食盒不论，光这几样菜就不是附近给学生打牙祭的小馆子做得出来的。张若仪也有点诧异：如果这小子真是自作主张，不是得连城叮嘱的话，他怎么知道她是扬州人？这放眼看去，冷的热的都有，色泽鲜妍，确实讨人喜欢。

又颇不服气——人老了，总觉得自家孩子最好。看了半晌，冲程郢招手说："小程你过来，给连城落个款。"

钟晓顿时又生出绿云罩顶的错觉。连城却觉得这个主意不错：这套餐具是公司样品，如果能得到程郢题字，回头找业内吹一拨，就是绝好的广告。因推钟晓："还不谢谢张老师——我师兄的墨宝可不容易拿到。"

钟晓心里吐槽，别人不容易，你有什么不容易。别说墨宝了，就是牛黄狗宝，他都能给你双手奉上。便看住她笑道："谢你也是一样。"

"谢我？"

"没你的画，引不出程教授的字。"

连城一寻思："你骂我是吧？——我是砖，我师兄是玉，所以你就抛砖引玉了？"

钟晓还要辩解，张若仪哼道："你师兄在这里，做块砖还委屈你了？"

连城狗腿了一把："不委屈！砖就砖！老师喜欢什么砖？青的砖，红的砖，还是那——仿古的砖？"

张若仪：这孩子让她说什么好，给个快板她能给你唱莲花落。

程郢调了手颜料。也是巧，他今儿写字用的泥金，颜色刚好能配。

他比连城晚上半个月回国，回国之后把钟晓这几年的行踪摸了一遍，就知道他是去年才挖到连城。那四年前就是不相干了——郁连城跟他打的好马虎眼！他心里气恼，但是要真个跟她计较，又不知道从哪里开始。

也不能眼睁睁看着她挨骂，所以今儿早早来了，如今看来，却是无比必要。

提笔，略构图，写了个“飨”。

字成型，他自己也吃了一惊：原本只想中规中矩写个楷书，不知怎的，出来竟是铁画银钩，笔势虽然俊逸，未免有金戈之气。

强烈的反差形成视觉上的冲突，却能和底层松枝的遒劲呼应，恰到好处压住了水果的幼态。

几个人都很意外。钟晓最先反应过来，拍案叫绝：“怎么想到的！”

“让我看看。”却是袁湛从书房出来。

程郢忙搁笔转过去帮他推轮椅。袁湛看到食盒造型，先是有些不满，待看到两个弟子的字画，眼睛一亮：“不错。”

又抬头说“外卖小哥”：“小伙子眼力也很不错。”

钟晓被他爹骂了小半辈子的废物，没想到能从袁湛这里得到好评，免不了呆如木鸡。连城“哈”地笑出声来。

袁湛不解：“笑什么？”

连城和程郢交换了个眼神，程郢微微摇头。连城便道：“老师这不是王婆卖瓜，自卖自夸？”

袁湛不以为然：“你们虽然是我的学生，干得好还不让我夸了？”

钟晓顺势插嘴道：“袁老慧眼如炬！”

连城：“脸皮呢？”

程郢服侍袁湛入席。

张若仪这才得了机会细问钟晓姓名年龄职业。虽然哪里哪里挑不出毛病，还是很为程郢可惜。袁湛不管这些俗务，只交代程郢：“连城挂在你的研究室，务必从头督促，打糨子，磨刀子，刷纸做墩子……别心软！”

程郢一一都应了。

连城哀叹一声：“真是一夜回到解放前……”

钟晓奇道："你不是只欠一篇论文吗？"

连城几乎要扑过去捂住这张多事的嘴，已经来不及了——

"这就不是一个论文的事！"袁湛开始滔滔不绝，"小钟我和你说，我们这行和别的行业不同，有的行业错了还能重来，我们错了就毁了！哪怕毁掉的只是一点点，那也是整个历史的残缺！"

一直到被礼送出门，钟晓耳朵里都灌满了"历史"和"残缺"，他抓住连城："我原以为在我爸手里讨生活已经很艰难了……"

"你和程教授是怎么活下来的？"

"张老师对袁老是真爱！"

连城拍了拍他的肩："真相了兄弟。"

正在系安全带的钟晓脸扭曲了一下，他轻声说："郁连城，你见过我爸，现在我也见过你老师了，我们俩这算是……过了明路了吧？"

连城差点被口水呛住："电视里见过也算？"

"当然算！"

钟晓的目光过来，阻止了她的吐槽。钟晓说："最开始你找上我，我以为你图财。"

连城意识到他不是在开玩笑了。

她干干笑了一声："这么说好像也……不算错。"

钟晓看着后望镜，镜里的眉目是被压制过的，还是很秀丽的一张脸。他身边不乏美人，要单论容色，郁连城怎么比得上专业人士。

图财？也许。

正常范围之内，人对于财富有欲望不稀奇。但是有这样一双眼睛，这样一双手，她郁连城真要贪，不说金山银海，等闲几百上千万手到擒来。但是他在拍卖行找到她的时候，她就在狭窄的格子间里和键盘奋战。

廉价T恤，未施脂粉的脸，手边一大杯速溶咖啡，听到有人找，从格子间抬起头来——

"到见了人，我想没准是图色。"

连城莞尔。钟晓这个人是很好玩——无论正经时候还是不正经的时候。

"但是自从知道程教授是你师兄，"钟晓说，"我觉得我这点蒲柳之姿，郁小姐应该也没放在眼里。"

连城没忍住笑出声："钟少不必妄自菲薄。"

钟晓没有笑，他看住她："所以郁连城你告诉我，你接近我，到底图的什么？"

连城想过这个问题迟早会来，也没想到来得这么快。钟晓这个人素日里吊儿郎当，并不是个精明的主，特别在女色上。但是这个世界果然是不可能被计算和谋划的。有无数的意外。没有人会配合你的计划。

她也收起笑容，正色说道："说出来你可能不信……"

"你先说。"

"我当时遭遇了一些变故……在拍卖行，没有学历背书，我说个真假，你说谁信？我自己都不信。"

发展了上千年的行业，不存在什么"民间高手"——没有见识过足够多，凭什么辨别真假？没有正规的行业训练，又上哪里去看这么多真东西？博物馆和展览馆的浮光掠影，无论广度深度还是系统性上，都存在极大的缺陷。

"难得你信我，不嫌我没有来历根基。钟总，咱们是各取所需，一拍即合。其余细枝末节，逢场作戏，你不当真，我不在意，不好吗？"

夏天的下午，阳光抹在车窗上，厚重仿佛油彩。知了在路边的枝丫间声嘶力竭。连城从未和钟晓有过这样诚恳正经的对话。

她没有办法尽述其中的荒谬和不适应。

钟晓眼睛直直看着前方煞白的路面，黑的瞳仁里一丝儿笑意都没有。他摇下车窗，把一样东西丢了出去。

连城只来得及看到阳光下有什么闪了一下。

"你疯了？"她脱口叫了出来，推开车门就下去了。

钟晓面无表情看了片刻，把车开走了。

连城找到草丛里的钻戒，有点哭笑不得：小少爷自尊受了伤，不知道要花多少工夫才哄得回来。

三

连城回了趟家取行李——她在南城市中心买的高层小公寓，和表姐连宇同住。

连宇是个三十八线小演员，不是在试镜就是在试镜的路上，有戏了几个月半年看不到人。连城给她发微信说自己出长差，又怕她蹲深山老林里收不到，另外贴了几个纸条在冰箱、衣柜和镜子上。

学校分给硕博生还是两人间，和连城同住的是陶瓷设计专业的陆洋。陆洋对于空降室友略有不满。

其实连城也已经不习惯与人共享一室。

不过年轻女孩子，交流过水果零食护肤，关系就融洽起来。

程郢带了两个研究生，一男一女，男生江平，本科学美术，女生林陌川，化学专业出身。

程郢很忙，不怎么来实验室，按期发邮件给她派任务，都是基础练习。

宣和主人那件《老松山鹛》的出处她找到了：靖康之难，北宋内府被劫掠一空，宋高宗南渡登基之后，尽力访寻求购父亲旧物，最早得到的“御画十四轴，一册”里就有这件《老松山鹛》。

照理应该是有御题。

宋徽宗瘦金体独步天下，他自己也很引以为傲，题款颇为丰富，不仅给自己题，还给欣赏的画作题——这也是他传世作品中代笔疑云颇浓的原因之一。宋高宗曾把非御画中的御题裁剪出来，另作收藏。

到临安陷落，除被元内府收藏的部分之外，大多不知所踪，也许是散落民间，也有可能并没有保存下来。近千年的颠沛流离，什么都可能发生。要说有无良古董商把御画和御题拆开来卖，那简直再正常不过。

连城断断续续写这篇稿子，写了有近一个月，钟晓大约是气得狠了，连条微信都没发给她。

薪水倒是照常打进卡里，让连城颇有无功受禄的羞愧；钻戒她拿去珠宝行问过了，不便宜。当然对钟晓来说不算什么。连城不知道他何以生出这样的念头。不过可能在钟少爷的脑子里，就是找个职业经理人。

一纸婚书捆绑，没准比职业经理人还可靠。

要说不头疼肯定是假的。

她和钟晓这一年多相处得颇为愉快，在金钱和人脉上都很得他照顾。做朋友、做宾主，这人都很讨人喜欢。

做情人就是另外一回事了，当然钟晓有钟晓的好处，比如不强求。

她修复的那件《水月观音》自四年前脱手之后，当真如泥牛入海。钟晓是明显听都没听说过，但是钟原不好说；且钟家人脉广，细细梳理了没准还会有线头。连城很舍不得放弃这条门路。

但是钟少爷气没消，她也不好凑上去自讨没趣——她刷过公司主页，迟迟没看见新产品上市，不知道是不是被钟晓一气之下全线砍掉了。倒是有点可惜。

连城在实验室里给江平调颜料。程郢不许她摹画，连城估计是袁湛的意思，也不敢硬犟。

江平在摹宋徽宗的《五色鹦鹉》。这件在南宋内府被记作《杏花鹦鹉》，现存于波士顿美术馆。程郢用它磨学生对矿物颜料的感知。因羽色纷繁，也把连城折腾得够呛——毫不夸张地说，调制颜料是个体力活。

好在已经到尾声，只剩点睛了。

古人讲究点睛。顾恺之说“四体妍媸，本无关妙处；传神写照，正在阿堵中”，是把肢体之美一概抹掉，只论瞳眸；后来梁朝张僧繇又有“画龙不点睛，点睛龙破壁”的传说。到两宋工于写实，据传法门是生漆点睛。

江平来找她：“我要的生漆呢？”

“在你桌子上。”

“桌子上只有一块墨。”江平皱眉。他不是很喜欢这个插班进来的同学。是不是考进来的且未可知，进来之后就胡乱做些基础练习。他们当初被折腾得死去活来的项目，她玩几天就算过了。

真是人比人气死人！

他看过网上流传的两个视频，一个明显摆拍；第二个……他现在知道为什么他老师去日本不带学生了——无非就是为了让她露脸。他毫不怀疑，那件《山市晴岚》从头至尾都是老师的手笔。

这时候听连城满不在乎地回答：“就那块墨。”心里的怒火终于压不住了：“郁小姐，请尊重我们的专业！”

连城“啊”了一声抬头来。

江平怒容满面：“宋徽宗用生漆点睛古籍记载得明明白白，你给我块墨是什么意思？”

连城被噎了一下，竟不知道从哪里驳起：确实有这种记载，相关配方她也找过，出来效果不如人意。后来看到有学者认为“生漆”是佳墨的代称，以宋徽宗的身份，所用为唐宋墨中极品也对得上。

这不是三言两语解释得清楚，就只简洁说道：“你试试就知道了——这墨品质不错的。”

“郁小姐这话就不对了。”一旁看资料的林陌川慢条斯理开了腔，“郁小姐应该听程教授说过，我们要的不是‘不错’，而是逼真，原物用什么材料，我们就尽量找什么材料。原物用的生漆，这墨再好，恐怕也不合适。”

这学生腔，连城觉得头疼得更厉害了。

她看了看那边桌子上的墨。这块墨也花了她不少功夫：“藤黄——前些天给过你——和墨夹用，墨磨得浓一点，试试？”

“郁小姐，林陌川刚才的话——”

“她刚才的话能听吗？”连城也有些恼火，“原物用什么材料，你们就找什么材料——你是能找到唐朝的纸呢还是能找到宋朝的墨？就算找到了，人让你用吗？——现在墨和颜料都制好了，你为什么不试试呢？”

“我不试，是不想毁了画。”江平一板一眼地说，“程教授总说，我们要把每次练习都当成是正规作业，不要想着可以重来，可以补救——因为修复都是一次性的，而文物不可复制，我们没有纠错的机会。”

连城心里想现在的孩子真是能杠得紧——其实她大不了他们几岁，只是入学早，又直博，没读完就挨过社会毒打。实在不想和两个小辈掐，勉强换了个轻松的口气：“那就没办法了，反正我一向用墨就行——”

“你？”江平冷冷质疑，“你摹过画？”

连城一怔，随即叹了口气：“你们程教授不许我摹画。不然——不就是只鸟眼睛吗？”她微微一笑，有言之不尽的轻蔑。

两人果然被激怒。

一个把笔摔在她面前：“不就是只鸟眼睛？你用墨就行？你行一个给我看看！”一个“劝说”道：“别这么着，人家说了，是咱们程教授不让。程教授为什么不让你心里没数吗？还不是怕你糟蹋东西！”

连城道：“那倒不至于。”

“那还有什么缘故？”

连城想了想：“什么缘故不好说……”

“有什么不好说？我替你说！不就是潜——”理智勾住最后的缰绳。但是不满和愤怒还是在尴尬中弥漫开来。

原来是这个。

连城心里摇头，这两位眼神也忒……别人不潜规则她师兄就不错了，轮得到她师兄潜规则别个？也没了逗猫揍狗的兴致，就只懒懒说道："我要是能画——你们给我来点赌注，不然我没动力。"

江平和林陌川到底还是学生，一时面面相觑：上次这个女人在大山崎美术馆赢了一件唐画，他们要拿出"给打一年开水""请去珍馐馆吃半个月的饭"下注，岂不是平白等着被笑话？

谁也不肯丢了这份儿，两个人都没有作声。

却有人从外头进来："你要什么赌注？"

连城转头，那却是个美人，深蓝色真丝吊带，肩颈一线到锁骨精致得宛若大理石雕；底下顶矜持的姜黄色裙，就仿佛盛开的郁金香；深栗色卷发，配单只深红色长耳坠，像一滴血，欲坠不坠。

连城邪性上来，吹了声口哨："我要是个男人，就赌春风一度。"——这句话把某人钉死在了门外。

江平和林陌川多少有些惊慌：他们老师从哪里弄了这么个妖孽出来？

美人却还从容："那可惜了。"

连城勾了勾指头："我要这只耳坠。"

"成交！"

连城把江平的画作铺在墙面上，在鹦鹉眼睛部位虚虚圈了一笔，填以藤黄，然后磨墨。果然把墨磨得极浓，浓到堪堪只是化开。到下笔蘸墨，江平和林陌川心都提了起来：要是他们判断有误怎么办？

要这个女人真是个有真才实学的怎么办？

偏连城还冲他们笑了一下，然后方才把目光落回到画上。也不知道她看了多久，忽然提笔，重重一点。

说也奇怪，之前这只鹦鹉只能算是中规中矩，喙是喙爪是爪的，都贴在绢上，精美归精美，不活。到这眼睛一点，整个鸟就不一样了。它像是忽然有了神，有了魂，有了目光湛然——它像是在看着你。

在场都是识货的。

江平和林陌川未免失魂落魄。美人摘了耳坠双手奉上，连城嘻嘻一笑。美人转头冲门外说："就她了。"

"她不行。"被喝破所在，程郢不得不进来。他简直不知道是该同情这两个不知道天高地厚的学生，还是更同情自己。他指着满脸惊恐的江平和林陌川说，“就这俩，你挑一个吧，他们是实践不足，底子已经不错了。”

“为什么她不行？”

“什么我不行？”

两人几乎是异口同声。程郢清了清嗓子：“连城，这是许唯。”

四

程郢对许唯解释：“她不是我的学生，我没法安排。”

许唯立刻向连城伸出手：“连小姐——”

“我姓郁。”连城双手仍抄在裤袋里，没有回应的意思。

许唯从善如流：“郁小姐，我有一件水彩肖像——”

连城打断她：“我不知道有什么肖像修复是程教授不足以胜任的。”

许唯愣了一下，然后笑了。她知道问题不在这里：大多数时候，能说出口的，都不是真正的问题所在。

饭点的食堂永远人满为患，有三三两两呼朋唤友一起用餐的，有情侣头对头互相喂食的，更多的学生打了饭就走。连城闷闷等了个靠窗的位置。

对面起身，换了人坐：“你说你知道许唯？”

“我是看过照片。”连城面不改色，“你不让我摹画，不会是因为这个吧？”

“不是。”

连城一点一点把牛肉里的芹菜挑出来：“那她怎么说？”

“我让江平给她修。”

连城道：“我不是故意欺负他们。”

“嗯，你就想春风一度。”

连城懊恼地把饭盒往他面前一推：“牛肉我让给你，你能闭嘴吗？”

程郢无声息地笑了：“我吃过了。”

连城：“我下次会记得尊敬师嫂。”

“谁说她是你师嫂了。”程郢无奈道，“她这次回来捐赠她外祖母的收藏，条件是修复她曾外祖母的肖像——”

“师兄不必解释……”

“我不知道当时那句话让你——”

两个人都收住，便有了片刻的空白。连城愣了一下，意识到他说的“那句话”应该是郡山城迹那晚她给出的分手理由。

连城摇头：“是我小气，即便师兄当时没说那句话，我也不乐意给她干活。”

“和这件事没有关系，我不是要哄你给她修画。”

“那是要我把耳坠还她？”话出口知道不妥，连城垂下眼帘，“我失言了……我道歉。”

她今天失言的又何止这一桩。

程郢看着她的手，因为握得太紧而指节发白。她手指纤长。他问过她为什么不学钢琴，她当时回答说：“我五音不全。”

许唯说：“你这个小师妹很会说谎。”

忌惮前任算是全世界都有的通病。连城从前没见过许唯，她对许唯敌意至深，只有可能是因为他；但是他从未和她提过许唯，而且那都四年前了。没有别的原因，连城不至于如此。无论是对他当时的那句话，还是对许唯。

她说谎了——在郡山城那晚她就说谎了。

程郢理顺这条思路：“你退学之前，许唯就和我哥结了婚，有次他们吵架，她过来找我——你那次没有见到她吗？”

连城心跳快了一拍，但是很迅速地又安静下来：“我要是见过，就不会调戏她了——我一向尊老爱幼，不吃窝边草。”

窝边草——程郢捕捉到了她这个瞬间的僵硬。

也许是有关。但是别说他当时没有可能和许唯复合，即便有，郁连城也不是为了这点小事退学的人，更不至于因此拿毕业作品作假——那能报复谁？她消失四年，只有近一年跟着钟晓有据可考，那之前三年呢？

连城在他的注视里咽下食物，像咽下一大块生铁。她若无其事地挖苦他：“前任和现任吵架，来找你诉苦，师兄真是感动中国。”

程郢冷笑：“分手四年了，还对前任的前任耿耿于怀——郁连城，你出息？”

连城斗嘴不过，未免英雄气短。

幸好手机适时响了，看到来电显示是钟晓，连城大喜。钟晓说："有个私人展，要不要过来看？"

"要，当然要！"

程郢眼睁睁看着她眉眼雀跃起来。让他穿过时间去回想从前的郁连城有没有因为接到他的电话而眉飞色舞，他觉得有点残忍。记忆总是一重盖过一重，旧日失去色彩，而染上触手可及的温度。仿佛夜露从叶尖滴落。

他希望她清白无辜——但是那不可能；他想知道过去发生了什么，让她做出那些决定；他想也许是这些东西，让他辗转反复，无法放下；他无法单刀直入地质问她，作为一个共犯；他也没有办法问自己值不值得，决定在当时就下了，没有过理智这关。

没有理智。"那是什么？"他问自己。

没有办法回答。她早就走远了，他还留在原地。他被困在这里。

一直回到宿舍，连城方才收起笑容。她猜想程郢来找她还是希望她能帮忙修复那件民国肖像，只是不好明说。

他一向很爱护许唯。

但是江平林陌川能修，何必她？

他为什么不自己出手？也许是避嫌？连城没想到许唯做了程郢的嫂子。她没见过程郢他哥——他们俩当初还没到那份上。

那应该是许程两家联姻。

古老而狗血的剧情，青梅竹马也门当户对的恋人，阴差阳错，或者巧取豪夺，总之失之交臂。连城无法直视自己在其中扮演的角色——勉强值一个悲情女二？如果是戏，她倒不介意帮她表姐争取。

一面想，一面在简易衣柜里找衣服。

这种私人展她陪钟晓去过几次，说是私人展，其实带有拍卖性质，有些来历不很干净的东西，真假不好说，考的就是眼力，对于外行来说，和赌石差不多。第一次去多少心惊肉跳，都用眉眼压住了。

象牙塔之外，这个世界的魑魅魍魉她也算是多少见识了一些。

如若不然，她哪里来的胆气直面程郢。

她带来学校的衣物不多，挑挑拣拣勉强搭配上，才发现没有首饰。犹豫了半晌，还是把许唯的耳坠戴上了。有轻微香气未散，像是橙花。连城恍惚了一下，程郢应该会很喜欢这个气味，一点点涩，香得不是太甜美。

陆洋回来，大惊小怪和她八卦："楼下停了辆劳斯莱斯幻影，不知道是哪个系的——呀！这耳坠真好看！"

连城随口问："这一身怎么样？"

"不错——有约会？"

连城叹了口气："接了份兼职——"

陆洋"哈"了一声，心里想穿成这样去做兼职，你当我傻？又疑惑起来：难道楼下那辆幻影劳斯莱斯就是来找她？真是人不可貌相，同屋近两个月，她这个室友独来独往，没想到藏了这么一大雷。

到连城出门，陆洋好奇地走到阳台上，果然看到她走近劳斯莱斯，在后排停住了脚步，开始拉门。

"唔……没戏。"陆洋失望地吁了一声。

钟晓气恼道："你把我当司机？"

连城笑出声。到底还是坐在了副驾驶位上。钟晓看到她手指上干干净净什么都没有，虽然在意料之中，还是有些失望。但是忽又想道：如果她戴上了……好像同样并不能让他觉得愉悦。

连城把粉彩戒盒放在驾驶台上。

钟晓皱眉道："我送出去的东西，从来不回收。"

连城笑道："这么巧，我也是。"

钟晓哑然。

连城又说道："盒子我找陶瓷系的同学设计的，不喜欢？"

钟晓想怼她一句"不喜欢！"但是看她笑盈盈的样子，怎么都说不出口，就只咬牙切齿道："行了我认栽还不行吗！"

连城微微一笑，岔开话题："最近都没有看到公司更新主页产品。"

钟晓知道她问的什么："让人截和了——就上次那家淮扬私家菜。先赶了一批给他，听听反馈，看有没有需要改进的。"

连城觉得可惜：如此，便是要走高端路线了。

日本人做工艺，往往在保留传统的同时定位价廉物美，以争取足够大的市场；而国内习惯于直奔庙堂而去，价格是高大上了，市场直接让了出来；

没有足够的市场，就无法取得系统的工业支撑，终究不具备长久的生命力。

这个理念钟晓以前是赞同的。

钟晓从后望镜里看她的脸色："现在人压力大，吃饭都速战速决，哪里用得到三四层的食盒，原本就只能走上层路线；又是漆器，手工作业，成本偏高。现在浜田那边的纸效果挺好，成本低，价格也降下来了。"

连城"唔"了一声："是我没想到——"

钟晓道："你不是没想到，你只是觉得，我只是玩玩而已。"

连城不知道他是就事论事还是另有所指，便只笑了一下，没有搭腔。

五

进门信号屏蔽，面具遮住眉眼。连城吐槽过这是恐怖片的设定，钟晓同意："划账确实很恐怖。"——他在这上头吃过亏，得了连城方才敢卷土重来。

展厅布置得十分用心，无论是从连城的角度审视灯光、湿度和温度，还是以钟晓的审美眼光，都无可挑剔。

与会人照例不多。每个人手里拿了巴掌大的电子屏，方便实时关注和报价。

连城所长在字画，瓷器玉器铜器之类也能看。钟晓这次并无投拍意向，纯粹是为了讨她欢心，因而颇为悠闲。

两个人一面看，一面小声交谈。忽然连城"咦"了一声。

钟晓目光顺过去，是件纸本设色，繁线密点，长松高岭，皴如牛毛。价格就压在起拍线上，也没几个人追拍。钟晓道："这件却是可惜。"抬手要报价。

连城按住他，摇了摇头。

"有不对？"

连城说："如果我没看错，这件应该是王蒙。正规拍卖会上，起拍价起码这个数——"王蒙是赵孟頫的外孙，元四家里最小的一位，同为元四家的倪瓒称赞他说"王侯笔力能扛鼎，五百年来无此君"。

钟晓面露喜色："那不刚好捡漏？"要金器铜器他还会犹豫，书画上连城就没出过错。

连城仍是摇头："这个价格不正常……这里有好几件价格不正常。"

文物非世传不能在市面上流通，所以如果是墓葬或者馆藏被盗，价格都会压得极低，拍卖价的十分之一都不能到。这几件来路肯定不太正，但是价格又没那么低。连城也无从判断背后缘由。

钟晓会意，心里盘算着风险。

两人走走停停，看了不短的时间，便要去休息室吃点东西。忽然有身材高大的男子大步走过来，一把拽住连城。

钟晓没反应过来，连城已经被拖出去好几米，吃痛尖叫。

男子似乎被惊到，手上力道减弱。连城趁机挣脱钳制，后挫力让她跌倒。钟晓赶忙上来扶起她："你没事吧？"

"没事。"惊魂未定。钟晓轻抚她的肩背让她平静下来，方才质问男子："你做什么？"

男子盯住连城："是我认错了人……对不住。"

钟晓大怒："人吓成这个样子，你一句认错了就想糊弄过去？"

男子反问："那你想怎么样？"

这倒是难住了钟少爷。他虽然常年被他爹骂有辱斯文，说到底还是个文明人，要让他给人几个耳光——这场合也不是太对。

连城小声说："算了……人家也不是有意。"

钟晓因说道："下次招子放亮一点——可不是人人都像我们这样好说话！"

男子又说了一句"对不起"，连城没理他。钟晓扶她去休息区，仔细检查过，就只有膝盖破了皮，另外手腕一圈淤青颇为可怖。

钟晓问侍者要了药酒给她揉开。

连城哀叹道："这一年里都两回了——真是流年不利。"

"两回？"钟晓看她，"上次是在——"

连城不作声。

钟晓气恼道："你和你师兄，到底什么情况？"

连城老老实实地说："老师让我挂他名下，好歹混个毕业。"

钟晓冷笑："你明知道我问的不是这个。"

连城别过脸，一抹夕阳将下。她当然知道钟晓约她出来看展的原因，忍到这时候才出口，已经不容易。她不是那等轻狂人，觉得人家对她好就是应该——她在这世上得到的好不多，但凡得到，都很珍惜。

但是她也没法坦坦荡荡说她和程郢清清白白什么都没有——至少过去是有的；至于以后，她也没法把自己的打算对他和盘托出。

“我——”

“你——”

“你先说。”

“你要是不想说……就不说吧。”钟晓闷闷地说。他一向自诩怜香惜玉，把个女孩子逼到这个地步，他觉得自己忒不地道。

连城松了口气：“那我没什么可说的了。”

这也太欺负人了！钟晓怨念道：“我就不该先说！”

连城忍不住笑，又痛得“咝咝”直抽气。

侍者送过来下午茶配点心，银制托架上分了三层，三明治、司康饼、马卡龙和小蛋糕，琳琅满目。

连城诧异道：“我们还没点东西。”

“是有位先生送的。”侍者给他们冲茶。

连城往门外看，并没有人。钟晓品过茶香：“Moonlight。”

印度人喜欢给顶级大吉岭取一些浪漫的名字，比如月光、月光雨。连城因而笑道：“那道歉也算有诚意了。”

钟晓哼道：“稀罕！给我另外来两壶，咱们喝一壶，砸一壶——要他的做什么！”

连城拿了块司康饼：“算了——我知道他是谁了。”

钟晓眼珠子滴溜溜转了一圈：连城虽然是名师高徒，这生意场上、名利圈中的人脉却不能和他比，哪里有她认识、他却不知道的道理？

连城说：“但凡认错人，无非是声音、形体、装束有相似。声音肯定不是了，我一出声他就放了手；就形体而言，就算是像，没有十分把握，他也不敢放肆；他之所以这么肯定，无非就是——”

钟晓的目光在她身上上上下下刷了几个来回：“……这只耳坠是挺别致，从前没见你戴过。”

连城摊手：“我从别人手里赢回来的，还热乎着呢。”她猜是定制款。

钟晓大笑：“你看你——他谁啊？”

连城左右看了看，压低了声音："我说出来你别不信。"

"说呀！"

"你知道程郧吗？"

"程——"钟晓呆了一呆，"这还真是……你从谁手里赢来的，总不会是你师兄吧？"

"他嫂子。"

钟晓算是彻底明白了："合着咱们……被捉奸了？"难怪那个男人气急败坏。

连城想的却是程郧和许唯感情真不是一般的糟糕：许唯发色发型和她相去甚远，人也比她高挑，他竟然无法分辨。难怪她师兄要避嫌。

这点意外并没有太破坏连城看展的兴致，就好像在私人展上没找到《水月观音》已经不能让她失望了一样。吃过晚饭，钟晓送她回校。已经是华灯初上，树影婆娑，晚风习习。钟晓把车停了。

连城奇道："怎么停这里？"

钟晓说："下车走走好消食。"

校园路上双双对对的挺多。天气热，女孩子穿得也清凉。树叶子被风吹得哗啦啦直响。暮蓝的天空里月亮的微光。钟晓说："自毕业之后，我就再没有想过回学校。那会儿被考试逼得狠，现在看到他们，倒是有些怀念了。"

连城提醒他："您老好像……高中就出国了吧？"

钟晓恼羞成怒："我怀念初中不行啊？"

连城闷笑。

冷不丁钟晓反问："那你呢？"

"我？"

"你天分高，袁老那么宝贝你，带你的人又是你师兄，可算是风云人物了。怎么你师兄新带的两个小崽子像是完全没有听说过？"

"风云人物？"连城笑出声，"哪里来这工夫？我们学制是压缩过的，时间紧，要学的东西可多，光理论书垛起来都这么高。还有实践，夏天打糨子，那味儿，猫都不爱往我们身上蹭；调颜料碾矿物质，冬天里长冻疮——"

钟晓抓起她的手，连城一惊。钟晓仔细研究了片刻："倒是没有留疤。"

连城知道他玩的什么把戏，要把手抽回来，几次都没能成功。钟晓似笑非笑地看着她。连城无奈道："别闹了。"

"我没闹！"钟晓说，"戒指不收就算了，咱们好歹认识一场，你不能连追求的机会都不给我。"

连城看他，路灯柔和，光色莹莹，映照出一副好眉眼。

如果不是对这人颇有认识，恐怕很难不动心。连城一笑："可别！你有那么大一片森林，别说你舍不得，我都觉得可惜。"

钟晓不服气："就不许人改邪归正了？"

"什么邪什么正？别傻了！你现在这样就挺好的。"连城说，"你要是不放心，回头让我技术入个股——这么大牺牲，不值得。"

钟晓深深觉得，这年头的霸道总裁也忒不好做了。

六

连城没想到钟晓会钻这个牛角尖。兴许是平时半真半假闹多了。这个人不容易让人设防，但是也没法让人投入。

程郢没有再因为许唯找她麻烦。那件民国肖像画顺利到了江平手里，连城看过几眼，认得是张大师早年手笔。修复难度还是有的，纸本水彩经过火，只剩了半幅。好在有照片，可作参照。

江平和林陌川上次之后就老实了。连城很不好意思：以大欺小，胜之不武。她手头的基础操作过得差不多了，程郢问她的毕业论文。她四年前开过一次题，讨论晚唐佛道教题材形制，如今自然不提。

磨了半天，拈出一个方向："师兄觉得宋徽宗怎么样？"

程郢沉吟道："说细一点。"

"宋徽宗御画与御题画细考。"

程郢默想了片刻："可以。"又问，"你这几年摹过的宣和画本很多吗？"

连城暗自数了一下："真假不论，有二十余件吧。"

"那确实不算少了。"程郢说，"我下午要去清点捐赠，清单里有件宋院体，你跟我去？"

连城虽然不乐意见许唯，倒也知道程郢是为她好。但凡论文，总是占有资料越多越好，越小众越权威越好。

许唯高她一级，要认真算起来，喊句“学姐”是可以的。她大二就出国了，所以缘悭一面。

连城猜想程郢以为是他们在一起之后她刻意打听他的前任，那倒不是。连城进校那年程郢去了敦煌，隔年回来带课，当时室友胡夏瞥到她的课程表，精神一振：“程师兄可是个美人！”

连城听到的是另外一面：“听说心狠手辣，挂人无数？”

“秀色可餐，心狠手辣，啧啧，带感！”

连城当即翻了白眼给她：“又不带你的课，你当然带感。”

“我也就说说而已，”胡夏安慰她，“人家有主了。”

“你怎么知道的？”

“我家老张说的，说是世交，长得可美，名字也好听，叫许唯。”胡夏日常称呼导师张若仪“我家老张”。连城也是服气：“我都没听说过，你倒是听说了，我才是他亲生的师妹好吗！”

“郁连城我和你说，这个世界从来不缺少八卦，但是你确实缺少一双八卦的耳朵。”

程郢极少提私事。时间久了连城就把这段古早八卦给忘了。她没能管住自己，一头栽进去做了炮灰。但有时候她又疑心，那其实是她对于一个长期只闻其名、不见其人的人缺乏敬畏的缘故。

总之都是她的过错，怨不得人。

连城睁眼往窗外一看：“这是去白沙岛？”——白沙岛是个江心岛，环岛皆水，地方不大，风景绝佳。

“你来过？”程郢话出口，立刻就记了起来，“也对，钟家在这里有物业。”

连城没有否认。她没有跟程郢澄清过她和钟晓的关系。那之于她，仿佛一件安身立命的盔甲，证明在他之后，她仍然有余力去喜欢一个人。她知道可笑。但是人生于世，哪里能一个可笑的姿态都没有呢。

她便只道：“我不知道你……哥也住这里。”因要过江，选择在这里安家的商务人士反而不多。

程郢纠正说："是许唯住这里。"

连城"哦"了一声，识趣地住了嘴。程郢从后望镜里看到她的表情，便知道是懂了，又交代道："说到钟家，倒是想起一件，老师早年和钟先生有过不和，虽然不至于迁怒晚辈，但还是——"

连城吃惊道："我怎么不知道？"

程郢说："也不是什么大事。而且，谁能想到你会和钟家扯上关系。"

连城想了想，但觉好笑："钟晓也不知道。上次老师夸他，可把他乐坏了。"

程郢没有笑。

连城小心翼翼问："师兄不会也和钟家……有过节吧？"

"没有。"程郢断然否认，过了片刻方才说道："钟晓这个人……花名在外。你自己多小心。"脚下一踩油门："到了。"

许家是白沙岛上随处可见的欧式别墅。雕花栏杆看进去大片草坪，修剪得十分整齐，花在阳光下开得油汪汪的。

许唯给他们开门，两只萨摩汪汪地窜上来，直冲着连城叫。许唯喝了一声："坐下！"两只狗立刻就乖巧了。

看到连城还是有点意外："郁小姐怎么有空过来？"

连城乖巧道："许小姐高风亮节，上次是我有眼不识泰山，师兄带我来道歉呢。"

许唯倒也好说话："道歉就不必了。说到底东西也不是我的，我外祖母决意要捐，我就是出面跑个腿。"领他们上楼去陈列室，"东西从陈家运过来还没有开过箱。等着阿郢过来对清单。"

程郢笑道："倒不必这么小心。"

许唯拿了份清单给连城："这是打印好准备过几天给记者写通稿用的。"

"要开新闻发布会吗？"连城展开清单，打头字画目录，面上就僵住了。

程郢留意到："有不对？"

连城迟疑了一下："先开箱看东西吧——先看字画。"

程郢心知有异，按标签先开了字画箱。取出来第一卷纸本设色，是太湖晚秋，层岩叠嶂，枫树杂生。程郢问：“王蒙？”

连城点头。

程郢细看了一回，运笔细劲周密，上实下疏，刚劲外露，是王蒙中期作品特征无疑。

程郢不动声色把画挂在墙上，又展第二卷、第三卷……连城一直默默和他打配合。直到第七卷绢本展开，露出老松和鹧鸪全貌，连城方才轻舒了一口气，说道：“不用再看了，字画全是赝品。”

看他们师兄妹打了半天哑谜的许唯这时候才知道氛围中的凝重尴尬从何而来，不敢置信地叫出声：“怎么可能！”

程郢沉吟道：“连城你有把握？”

连城说：“我看过真迹。”

许唯面上发白，喃喃道：“这不可能……这怎么可能？我都没有开过箱……”

“恕我直言。”连城提醒她，“这批东西之前一直在令外祖母手里吗？”

“是，但是——”

“令外祖母膝下是只有令堂一个女儿吗？”

“那自然……不是。”许唯窘迫地回答。老辈传统，仍以多子多福为要。

连城点点头：“是你表亲不成器，所以令外祖母才不得不委托你捐赠吗？你之所以找上我师兄，是怕万一陈家闹事，我师兄能帮你扛住吧。”

“连城！”程郢喝止她。

连城闭上嘴：她并不是在质问。

许唯反而明白过来，苦笑道：“我没你想得那么细。郁小姐，你在哪里看到的真迹？”

“在——”连城才说了一个字就打住。钟晓带她去的私人展是会员制。这种灰色地带程郢未必不知道，他要查是他的事，但是她供出来，无异于出卖。何况——她往许唯看了一眼：她丈夫也在其中，她知道吗？

“郁小姐？”

“我……无可奉告。”

许唯急了起来：“这批东西是老人家一点心意。他们当初带出去，有不得已。这么多年下来，就剩了这么些，希望有个妥善的安置。我希望郁小姐能看在、看在……就算是看在阿郢的份上……”

连城低头道：“我、我真的……”

“郁小姐——”

程郢忽然开口：“你出去，让我和她说几句。”

连城吃了一惊：“师兄！”

偌大的陈列室里就只剩下他们师兄妹两个。连城心里发慌，先发制人道：“不是我不说，我说了也没用，人家早就脱手……”

“我不问你这个。”程郢说。他不是当事人，他脑子比许唯要清楚得多：嫌疑人就那么几个，办法有的是，犯不着逼问连城。

“那、那——”连城也想不出还有什么可问。

陈列室里出奇的安静，就只有呼吸的声音。太近了，虽然空调温度很低，连城鼻尖还是渗出汗来。程郢拨开她额上碎发。

他指尖微凉。

七

“四年前我找过你。”程郢说。

他看到她微微扬起的眉，这是个意外的表情。她想不到她失踪之后他会找她吗？他不由自主摸到她的面孔：“你打的退学报告是因病，老师不信，我也不信。我去了你老家——照入学档案的地址记录。”

她始终没有解释过，对他没有，对袁湛也没有。

她这次回来，袁湛交代他不要问，“那孩子没准是有苦衷。”老人家见过的风雨多，经历的事情也多，他能够体谅。

他也想。

他想放过她，也放过自己。但是他做不到。

“你不住在那里。”他说。

连城低低“嗯”了声：“我搬家了。”

“我向左右邻居打听，”程郢说，“他们都没有听过你的名字。我于是问，这附近有没有一个从小就很会画画的孩子。”

有技能的孩子很少有家长能忍得住不炫耀。

连城心里往下沉，她也知道这么个找法，没有找不出来的。

“后来找到了你当年的升学档案，找到你的新地址，也已经人去楼空。”程郢说，“我从前总以为一个人不可能凭空消失，总会留下蛛丝马迹。一直到……才发现原来真有人能消失得很彻底。”

连城觉得自己应该退一步，但是不知道为什么，她被钉在那里，动弹不得。

“你的新邻居说你把父母接走了。”程郢的声音淡下去，那是四年前，她还没有遇到钟晓，一个穷学生，哪里来的财力？

程郢柔声道：“连城，这里就我们俩，你和我说实话……”

连城豁然抬头，她心里有个声音在大叫“不要”！

“不要问！”

“不要问那句话！”

但是还是来了：“你和我说实话，连城，这批货，是不是你做的？”

连城脑子里“嗡”的一下，有根弦断了。

无数的声音涌出来，有的在说“终于来了”，有的在嚷“我早就知道”，有的在问“你怎么就想不到？”……所有的声音交织在一起，山呼海啸：她当然、她当然无法证明不是她做的。

怎么证明？

“连城？”

“我说不是你信吗？”

“你说——”

“我说不是！”

“但是你也不肯说，你在哪里看到的真迹；你看到目录就已经知道是假的。”程郢说，“我想要信你，我找不到理由。”

你当然找不到。连城心里想。这就是，这就是个……陷阱。

“连城——”

连城退了一步，她终于能动了：“这东西我是能做，但是天底下能做的又不止我一个。我说不是我，你不信；你要是信，就不会问。你们要是能拿到证据起诉我，我认罪伏法；不能……我就不奉陪了！”

等在门外的许唯只来得及看到她面上苍白。

许唯追了几步：“郁小姐？”背影很快消失在长廊尽头。许唯只得回来："郁小姐她——"

程郢没作声。

"这岛上打不到车，郁小姐就这么……要不要安排车送她？"许唯又问——虽然现在可能有点晚了。

程郢咬牙道："不必！"

——钟家就在附近，钟少爷的人，犯得着他来操心吗。他心里像是揣着一把火，火里还有刀，偏又冷浸浸地冒着寒气。

他往剩下的密封箱走过去："我们继续。"

"阿郢！"许唯拉住他。

程郢的目光落在她手上。许唯会意松手，却还是说道："她……她不肯说就算了。被发现总是件好事，好过到时候措手不及。我先改了清单，通知新闻发布会延期，其他再慢慢想办法……"

程郢开箱取出一只青花瓷盘。他听得见许唯在说话，只是听不进去。他怎么都想不到连城会丢给他那几个字："认罪伏法。"她说"我说不是你信吗"，她说"我说不是你也不信，你要是信，就不会问"。

是，没有四年前那件事，他不会这么想，就不会问；如果她没有这消失的三年；或者如果她再出现，不是跟了钟晓……那个文物贩子的儿子。

如果……哪里来的如果。

程郢有时候会想起四年前去A市的夏天，七月将末，暑气仍盛。A市不是偏远山区，有很方便的高铁可以抵达。

地址就在市中心。

一个城市最繁华的地方，丁字路口，穿校服的中学生成群结队地从马路对面涌出来。药店、水果店、蛋糕房、小超市，琳琅满目。一门之隔，背后是城市的补丁，二十年前的老建筑。

程郢从那里出来，太阳晒得他头昏眼花，一路浓荫亦不能减弱它的威力。

他进冷饮店要了杯咖啡，咖啡里加了太多的糖；店里响着十年前的老歌。隔壁卡座的中学生好奇地打量他。他没有在意。他心里回想老人的话："郁家？你当然问不到——早不住这里喽！"

"很久没听到消息了。"

他这时候问自己为什么要来。大约是履行一个男友的义务？一个人突然消失，除了户口本上至亲，会孜孜不倦寻找的，也许就只剩下恋人。他想过如果是他失踪，她应该会找他，但是会找多久，他也不知道。

有些原本想起来很笃定的人、很笃定的事，会在某个时刻突然发现是幻觉，比如连城。

他像是从未认识过她。

她在石窟里拍照，在大佛下写生，在暮色里与他并肩而行，在告白失败后默默吃烧烤；许唯和他说分手，接踵而来多事之秋，他想也许他是需要一个人陪他熬过去，那些所有人都欢笑甜蜜的日子，圣诞、七夕、情人节。

他说："你上次说，想把喜欢的人做成佛像——现在还想不想？"

她抬起头，眼睛里有欢欣的颜色。

"那我们试试吧……如果你想的话。"他未尝不知道那对她不公平。

也许是因为这个缘故，程郢想，所以她走得干脆利落，毫不留恋。她给袁湛打了退学报告，没有留给他只言半语。他对她所知，是朝夕共处两三年，节日互赠的小礼物，半卷没摹完的画。

他不知道她的过往，她从未提及。

"有十多年了吧。"老人家出着神，"一家子高高兴兴出门旅游，碰上事故，大事故！新闻都报道了好几天，好像是……火车头都撞坏了。"

"给了赔偿金，好几十万呢。那会儿钱还值钱，不能和现在比。现在这物价，猪肉都买不起咯。我说到哪儿了？那孩子，哦，那孩子小，亲戚来了七八家说要领养，在灵堂上吵。她跟其中一家走了。"

"哪家？这就不清楚了。咱们这院子呀，人都走得七七八八了，剩下的，就我们这些老背悔，将就住吧。之后搬来的那些，他们知道什么呀！那孩子当初学画，在院子里到处逮人做模特，精乖的……"

他不知道这些。他猜知道的人极少。绝不回望也许是她的宗旨，但她还是对许唯耿耿于怀。

程郢起身拿手机。

"程教授？"钟晓十二分的意外：程郢竟然会有电话给他。

"连城在你那里？"

钟晓眼睛看着笔记本，却含笑道："刚接到人，程教授要她接电话吗？"

程郢丢下手机。

许唯笑说："这下放心了？"

程郢问："你之前见过她？"

"谁？"

"连城。"

许唯摇头："你这个小师妹聪明又漂亮，我要是见过，我肯定会有印象。"

"她那时候……"程郢说了四个字，又猛地收住，默默然看了一会儿手里的陶壶，忽然问，"你什么时候回市区？"

"啊？"

"你老不回去，我哥一个人住也不是事儿。"

许唯垂下眼帘："当然是……等等，你哥什么时候一个人住了——你不看娱乐新闻吗？"

程郢默默，算他多嘴！

八

钟晓拨通连城的手机："在哪里？"

"在——我也不知道。"

"共享位置给我！"

钟晓开微信一看，好家伙，白沙岛！他明白程郢电话问他的原因了。开了半个多小时的车才抵达，连城瘫坐在长椅上，人都晒蔫了。三两只麻雀在她身边踱着方步，统共就没把她当活物。

钟晓递了瓶水给她："怎么弄成这样？"

连城拉开车门坐进去，冷气激得她一个激灵。

钟晓跟上车："和你师兄吵架了？"

连城把脸埋进手肘里，伏在驾驶台上。

钟晓问她："想去哪里——回学校，还是回家？"

连城迷迷瞪瞪地说："你找个地方让我眯一会儿。"

钟晓探手摸她的额："没烧啊……"

"中暑……"连城低声说。她负气出门，顶着日头走了老长一段才意识到这不是城里，没有随处可见的肯德基麦当劳星巴克。滴滴车都不愿意过来。习惯了空调的都市人很难忍受近40℃的高温。

这回轮到钟晓说不出话，他想了想，方向盘一歪，朝着自家别墅去了。郁连城，他在心里想，你可要有点运气，别撞上我爸在。

钟晓习惯住市中心，除了逢年过节，老头召唤，几乎不回来——钟原倒是喜欢这里，说是清静。钟晓和连城吐槽说，无非就是他爸想装世外高人。

问到"世外高人"不在，便一脚油门把车开进去。把人安置在客房。翻箱倒柜地找了一轮药，连城已经迷迷糊糊睡过去了，钟晓摇醒她，和水喂过药，连城抓住他："上次王蒙那件……"

钟晓眨了眨眼睛："哪件？"

"你别骗我，我知道你下手了……"连城含混说。

钟晓犹豫了一下，没有接话。

"你骗我也没用……那东西是贼赃，我当时就和你说了不妥。"她声音越来越小，眼看又要睡过去。

钟晓忙叫道："先别睡，你和我说清楚……算了你睡吧。"——他自个儿把事情前后一盘也能想清楚：自然是撞在程郢手里了。连城这人虽然不肯脏手，但是也不爱管闲事，程郢就……不好说。

前年有人从M国拓了碑回来，据说是动手不太规范。拓片不规范，就会伤碑——做文物的看到这种消息，就和做动保的看到点翠差不多心情。那边监管也不严，横竖不是他们自己的东西。

大部分人谴责一下也就过了。

当时拓本要价12万。

程郢看过拓本，回头就放话：他有同等级的复制品，12块一本，不限量供应。链接挂出来，拓本价格应声而落。那人被整得灰头土脸——据说是往返机票钱都没挣回来。之后圈里乱做拓本的一下子少了：谁还能和钱过不去。

钟晓听说这事的时候问人："他也去拓了？"

"别傻了，袁老的弟子，看一眼就能给你摹个八九不离十。"

后来钟晓问过连城有没有插手。连城说："你逗我吗？我师兄摹个拓本，我能站边儿给铺纸磨墨就不错了，还插手？"

这么一想，钟晓就觉得手头这件王蒙多半是保不住；王蒙事小，恐怕连私人展都……钟晓想透彻其中关节，不知不觉脸色就变了。

连城在连绵不断的梦中……酷热，大雨。雨像鞭子一样抽在脸上。她在黑暗中行走，手和脚都破了，喉咙也许受了伤。呼吸让她觉得疼痛。到处都是呻吟声。断肢露出白骨，黏稠的血浸透了泥土。

很远的地方有一线光，能看到，就是够不到。路漫长得像是没有尽头。

风从树林外吹进来，还是夏天，大一新生在校医院外头等着体检。

“填表了填表了！”班长拿表格过来。她想是鬼使神差，地址那格她写了旧址。就仿佛风还在吹，耳边还在回荡那时的笑声，篮球从篮球架上掉下来，她穿着雪纺纱裙从篮球场的中间穿过去。

夏天像是永远都过不去。

天黑得不像话，叶子哗哗乱响。路灯已经亮了起来，灯影里四处游走的人多少有些仓皇。山雨欲来风满楼。胡夏央她帮她去工作室里等着开窑。工作室里酷热，她等了很久，迷迷糊糊就要睡着。

她心里藏了个很大的秘密，对谁都不能说。她很害怕。她想她是不是该找师兄想想办法——

她像是听到了他的脚步声，这时候。

隔着门，断断续续，和女子交谈的声音：“没有吗？礼仪队、戏剧社、艺术系的女孩子多出挑哪，一个都没有？”

“我怎么听说你有个小师妹，往你公寓跑得可勤？”

她总在这时候醒来，以至于她永远想不起他的回答。就只记得开窑的声音，悦耳如同风过风铃，冰澌溶泄。

周围很暗也很安静，静得像是深夜，太阳月亮都收了声。连城过了好一会儿才适应。就看到沙发上蜷卧的人影。

意识慢慢回来，胃里的焦灼已经被抚平。她走过去推他：“怎么在这里睡了？”

钟晓慌慌张张醒来，虽然并不能看清楚人，却知道是谁。心里安定了，随口调笑说：“怕你醒来找不到人。”没有开灯，彼此只能看到模模糊糊的轮廓。连城说：“这么好听的话，省下来说给别人听罢。”

暗色里有人目色灼灼：“你为了我和你师兄杠上了？”

“不是。”

“口是心非！”

连城扑哧一下笑了：“快起来吧——都这点了，你不饿？”

她走过去拧开床头灯，房间里一下子大亮了。钟晓抬手遮了一下眼睛，一撑沙发坐起，顶着一头乱草问：“你师兄打算怎么着？”

“这我怎么知道。”

“那东西谁家的你总知道吧，怎么惹上你师兄了？”

“陈家的，老太太委托外孙女——就那只耳坠的主人捐赠给我们学校，说是她曾外祖母的母校。我师兄出面接洽，刚好我论文写这段，师兄带我过去清点，我一看目录就知道完了，没一件真的——姓陈的真狠！”

“家贼？”钟晓心口一松——家贼就好办了：自古清官难断家务事。

连城点头。

“那我们……”钟晓琢磨着，“算是善意第三方吧？”

连城冷笑：“别人说个善意第三方可能有人信，你？哈！你头上还顶着你爹那个‘钟’字呢，你说我师兄信不信？——而且那是法律层面上的事，我师兄的手段你没见过也该听说过，到时候别说我没提醒你。”

钟晓挠头：“我只听过拓本那事儿。”

连城：“哦。”

“哦是什么意思？”

“哦的意思就是你不知道就算了。”

钟晓看她没精打采，知道她这会儿懒得说，倒也不追问，只问：“那他哥——”

连城摊手：“很明显他和他嫂子都不知道。”——她对于程郕说到底是推测，没锤。

钟晓伸了个懒腰站起身：“那不管了。我们先去吃饭。”拉着连城往楼下走，“这地儿荒，吃个大排档都要过江——”话至于此，远远看到客厅里的光和沙发上坐着的人，登时就卡了壳。

他喉咙里咕噜了一下：“爸……”

钟原今年五十出头，在文博行业里不算老；家学渊源，谁见了不尊称一声“大师”。他这辈子最大的遗憾就是旋转楼梯上那个兔崽子。他的目光落在他手上，小兔崽子的手就像被烫了一样垂下来。

“我和你说过什么？”

“不要随便带人回来。”钟晓老老实实地回答——他老子原话是“别把你那些狐狸精带回来，脏了我的地方”——钟少爷很委屈，明明他口味驳杂，不仅有狐狸精，还有哈士奇——可惜他老子一个都不欣赏。

“爸，”钟晓小心翼翼地说，“郁小姐是公司文化总监……”

“郁小姐？”钟原皮笑肉不笑地哼了一声，“抑郁症的郁？”

连城现在知道钟晓不容易了：“郁郁葱葱的郁——就好像钟先生是黄钟大吕的钟一样。”

钟晓心里的石头算是落了地：总算连城给他面子。她要是反问一句“您是丧钟长鸣的钟吗”他只能跳楼了。

钟原再哼了声。两个人走下来，总算让他看清楚今儿他这个混账儿子敢带回家的女人，倒确实不像那些——起码没那么年轻，总有二十三四了吧。货腰这个职业，这年岁算是到头；穿着也寻常，皱巴巴的。

要不是伶牙俐齿讨人嫌……钟原这一念未了，就听儿子殷勤说：“爸，连城是博士。”

“博——什么博呐？”

钟晓要抬出袁湛的招牌，连城抢先道：“艺术鉴赏。”钟晓虽然不明所以，倒也没吱声。钟原眼皮子都不抬：“这种花架子也值得拿出来说？”钟晓是恨不得把连城这年余的丰功伟绩都给他老头吹上一轮——就是没这胆。

就听他老子又刁难道：“艺术鉴赏吧——来来来，看看中堂这件画怎么样？”

连城远远看了一眼：“好画！”

钟晓一乐。

“怎么个好法？”

“李可染画了这么多件雨过江南都是春色，难为钟老先生找到这件秋色应景。”

“应景”两个字就把他给打发了，倒是很会省事。钟原说：“如果我告诉你是赝品呢？”

钟晓头皮一麻：他老子就爱为难人。

就听连城笑吟吟问：“钟先生肯出手吗？——要是钟先生有意出手，这件‘赝品’我买了！”

钟原想，这回他这个混账儿子是真领了只狐狸精回来——不是那种傻头傻脑光有皮相的东西。

“算你有点眼力。”钟原悻悻道，“这么有眼力，怎么看上你边上那头蒜的？”

连城收了笑，连背脊都挺直了。她把手插进钟晓手臂弯里，正色道：“我不知道钟老先生对小钟先生有什么误解。小钟先生聪明又能干，他肯赏脸陪我吃饭，是我的荣幸。如果钟老先生没有别的指教的话——”

他还能拦着他儿子陪人吃饭不成？钟原从牙齿缝里挤出两个字：“请、便！”

钟晓沐浴着他爹“关爱”的目光，腰腿都是僵的——他算是知道僵尸为什么走路姿势清奇了。一直到走出视线范围，方才长长吐出一口气：“我的妈呀，我这是在阎王殿门口打了个转，你摸摸我脑袋还在不在？”

连城无语：“你爸是充了多少话费才拿到你这个赠品？”

钟原回头瞅了瞅他那件李可染，忽然大笑出声：他家养的小兔崽子，还真长能耐了。

九

连城和钟晓吃完饭回来，时近九点。

过了桥就鬼影子都不见一个。钟晓要换挡加速，忽然一束远光灯过来，钟晓爆了句粗口：“找死！”

睡得昏昏沉沉的连城被惊醒：“怎么了？”

“有个车横在前头——是真不怕死！”

钟晓要下去理论，有人叩窗。钟晓把车窗摇下来，猛瞧见惨白一张脸，指着人“啊啊啊”地说不出话来。

“鬼叫什么！”连城一抬头，也怔住了，“师师师……”

钟晓想把“鬼叫”两个字塞回她嘴里！

“你出来，我有话要和你说。”程郢的声音反而是三人中最为平和的，只是有很深的倦意，像夜色一样深沉。

钟晓大吃一惊：“我？”

程郢目光笔直，如摩西分海，一直劈到连城跟前。

“算了当我没问。”钟晓翻了个白眼。真是的，他就不该自作多情。

连城冷笑：“就算是阿sir找人问话，也该先出示证件吧？”

程郢不说话，深黑的眸子亮得惊人。空气重得要命，钟晓受不了了，往驾驶盘上一栽：“你们就当我不存在好了……”

程郢问：“你连话都不和我说了吗？”

连城不敢看他。低头看了看自己的手，推门下去了。程郢和钟晓说：“麻烦帮我泊个车。”

钟晓想，总觉得有什么不是太对？

连城跟着程郢，月亮的光淡得近乎没有。路灯洒在地上，总让人觉得冷清。

花和树开得这么繁盛，也让人觉得冷清。

“你说不是你？”

连城皱了一下眉。她不想回答。她不想接受这种质疑。他信不信，是他的事。

“我想过了，你说不是，那就不是。”程郢说。他和自己搏斗了太久，斗到心智俱疲，他终于决定放弃。

连城只觉得喉咙里干干地，应不上来，过了好一会儿才问：“师兄指望我感恩戴德？”

“不，我想和你开诚布公。”

连城看着地上的影子，淡得像轻烟在流动，这是她意料之外：“什么叫……开诚布公？”

“比如，你四年前为什么要走？”

“我四年前为什么要走？”连城到底没忍住，“程郢你真不知道我四年前为什么要走？”

程郢不动声色：“因为那件《水月观音》？”

“你知道你还问？”

“因为我不知道你为什么要作假。”程郢别开面孔。这是他们第一次把话摊开来说，而不是旁敲侧击、迂回试探。月亮和路灯都照不到的地方，有草木葳蕤如鬼魅丛生，“我只知道我为什么会为你遮掩。”

“为什么？”连城到底没忍住讥讽的语气——这不是应该的吗？他事涉其中，难道不该为同伙打掩护？

“我当时没有想过……我从前也没有想过，老师反复说过的那些话，我一直以为、我一直相信那就是我的底线了。”程郢的语序乱了起来，乱得像横生的杂草，“你现在和钟晓这么好，我原本不该再提起……”

月光是有些朦胧的，连城忽然想，月光里看人，像雾里看花，总有几分不清晰，让人疑心是梦。

“这几年我总做噩梦，醒来的时候我就看着天花板想，我应该是找不到你了。”程郢的声音重了起来。他停了一会儿才让它听起来正常，“多可笑，南城就这么大，文博圈就这么大……”

程郢笑了一下。

连城眼睁睁看着他眼圈红了。

她想她这应该是在梦里，一定是。就好像郡山城迹那晚……现实世界里怎么会有这么不可思议的事。

难道真不是他？

“我一直在找真迹，我想只有找到它才能赎清你我身上的罪。我有时候是真恨你，郁连城，不是你，我不用背负这重罪；但有时候又觉得，像是只有这件东西，才能证明你真的存在过……”

“我听说有些得了病的人，表面上看起来正常极了，比正常人还正常，只有他自己心里清楚是怎么个情形。我大概也是如此，连老师都说我这几年有所精进……我觉得我是找不到你了，我那时候真觉得——”

程郢猛地收住。

他有些茫然地想起四月的下午，在大山崎美术馆看到人时的心情。他想过是不是世界上就有这么像的人，抑或是他的幻觉、他的梦。到梦醒，烟消云散——像之前发生过的无数次那样。

直到他看到公证书上的名字。

连城，郁连城。

他仿佛听见心里“轰”的一声炸开来，火光冲天。至少她还活着。没有车祸、病亡，拐卖，没有那些……所有他害怕过担心过猜疑过的厄运降临到她身上。她好好儿活着。比在他身边还好。

他甚至疑心自己介意浜田枝子毁画只是个借口，真相是他想她回到他身边，无论以什么身份。

“我说完了。”程郢站定。他知道这很可笑。四年过去了，她爱上了别的人。他们已经不相干了。他劝过自己接受这个现实，却在这个下午生出恐慌：如果她又走了怎么办？如果她又消失得无影无踪怎么办？

失而复得的恐惧。他在这条路上等了好几个小时。这是白沙岛回市区的必经之路。他想过也许要等到天亮。

“该你了。”他说。

连城犹豫了片刻。她有时候真的不能够分辨他的真假，她不知道是他伪装得太好还是她眼拙。她确实栽过一次。

她想人为万物灵长，总不能在同一棵树上吊死两次。

她深吸了一口气，九月晚上的风已经开始凉了。“我没什么可说的。陈家这批字画和我没关系。那件《水月观音》是我做的仿品，师兄应该能够找到落款。真迹被人拿走了，我不知道是谁。我那时候以为是——”

“以为是我？”

连城点点头。脚底下有颗石子，她踢飞了它。她为此放逐自己，直到时间修复她的勇气，她才能在京都与他对话，在奈良与他合作，最后回到这里，直面她当初逃避过的一切。

“为什么不报警？”

“你为什么不报警？”连城反问。

“我——”

“当时知道我在修复那件作品的人，除了老师，就只有你。”连城说，“外人怎么都想不到，我一个学生，能够独立完成这种级别的修复——你看，是不是百口莫辩？”

“你为什么……不来问我？”

连城转眸看了他一会儿。他说要开诚布公，他说他这四年里总做噩梦，他说他一直在找她。他的眉目浸在淡银色的月光里，隽永如六朝楷书。很多时候人想要信任，也已经力不从心。也有可能总是时机不对。

她该说什么？你没那么爱我，还是我没那么信你？

“我想过的师兄……”良久，还是开了口，一阵急促的脚步声近来：“程教授电话！”

程郢接过手机，二十几个未接来电，都是许唯。他看了连城一眼，钟晓殷勤拿外套给她披上："这外头够冷的。"他说。

程郢收线走回来，神色已经恢复了澄明。树下喁喁细语的两个人，绮年玉貌，眉目传情。无论如何，他总算是知道了当初她为什么离开。

至少那时候她很爱他。

她不敢报警，也许是出于同样的原因不敢来问他——不问，就还有可能不是。倘若问了，他明目张胆地欺骗她，或者坐实了就是他。他想不出当时她心里有多大的恐惧，也想不出哪个结果更可怕。

他朝钟晓示意："你过来。"

"我？"钟晓不知道自己是不是又自作多情了。

"你。"

钟晓踌躇不肯动："程教授，我可没乱接你电话，不信你看通话记录——"

"下午我问连城在哪里看过真迹，她不肯说，我猜应该是钟少爷买了画吧？"程郢说。

钟晓暗想：他怎么知道的？他是魔鬼吗？

"连城应该和你说过了，东西是陈家的。陈家兄弟偷梁换柱，转头又和老太太说许唯迟迟不开发布会，是想要吞了。"程郢微叹了口气，这话是对连城说，"现在他们逼许唯把东西还回去……"

"她拿什么还？"连城脱口道。

"要么尽快捐赠展出，要么还东西。"所谓贼咬一口入骨三分。

"展出肯定会出事……"钟晓倒也明白，"他们是想绝了许小姐的路。老太太年事已高，驱逐了许小姐，可不就由他们摆布。但是程教授，我跟你交底，东西我是拍了，就一件。还了你也无济于事。"

程郢静静想了一会儿，说："必须把东西都拿回来，不能辜负了老人家的心意。"他语气很平静，平静得就仿佛那是个结论。

十

钟晓不由自主打了个寒战："拿回来？怎么拿回来？你知道他出手多少件，都给了谁，什么价？就算你程家——"

程郢看他一眼，钟晓忽然就有了闭嘴的觉悟。

程郢转向连城：“你说呢？”

连城没想到还有她的事，愣了一下：“那要看许小姐是打算还东西，还是做展出了。”但凡东西还回去，置换的余地就很小了；捐赠倒是可以假充一时，再慢慢以真换假，虽然不合法，但是情理上说得过去。

程郢明白她的意思：“依你看这批赝品手艺如何？”

连城回忆道：“乍看很能唬人。”

程郢说：“我后来仔细看了，应该是摹写，就手艺而言，不能和你比。”

自古字画作假，就技法而言，有“临”“摹”“仿”“造”四种，连城素日所习，严格说来是“临”不是“摹”。摹也就是“摹写”，是在原作上覆以透明的薄纸或胶片，勾写之后再对照染色，如小儿描红。

好处是不走样，缺点在于缺乏灵动和气韵，当然如果是高手，也能得个七八分。古代没有彩印，用这种手段保存下来最近似真迹的摹本有其历史意义。但是这种摹法于真迹有损，不足取。

所以连城闻言，目中难掩厌憎之色。

“我需要你帮忙。”程郢说。

连城会意：如果陈家兄弟有意要弄死许唯，那么许唯手里的仿制品肯定做有标记。要瞒天过海，就只能另外做一批。

连城心里盘算过：“我看了许小姐给记者准备的通稿，算下来最多还有半个月，就算你加上我，再加上你两个学生，不休不眠也赶不出来——更别说质量了。”在她看来，程郢那两个学生还不具备单独作业的能力。

程郢说：“不是重做。”

见连城没反应过来，眼睛睁得老大，眸子里盈盈漾着月光，不由一笑。他趋近她，俯身耳语几句。连城低头想了半晌，还是摇头。她承认这个法子可能管用，但是——她为什么要帮许唯？她欠她吗？

何况——

她也是真不知道，他之前深情款款，会不会都是为了铺垫这个看似意外的“帮忙”。就好像她始终不知道，四年前他说的“试试”会不会从头至尾都是圈套。

程郢凝视她，月亮的光一半儿在她眉目里，一半儿在草木间，像是有雾气蒸腾上来，给所有言语都蒙上一层纱。

她不信他。他到这时候方才能够确认这一点。

他没有再说什么，转头离开了。

钟晓问："你师兄和你说什么？"

连城说："他说他放过你。"

钟晓"哈"地笑了："是吗，我还以为他说他看上我了呢。"

钟晓拉她上车，视野里已经只有程郢的尾灯。"陈家老太太也是可怜。"他一面发动车，一面和连城说。

"嗯？"

"你想啊，一老太太，攒这么多东西，不给儿孙留着，让外孙女给捐出去，这俩儿子是造了多大孽。许小姐也是倒霉催的，真陈家兄弟追讨，许家能给她出头？我见过许夫人，今年刚满三十，生了个小儿子。程家嘛……"

"程家怎么了？"

"我说句话你别不爱听，程家当家人也不是你师兄。就算是，这种钱丢水里听不到个响的事儿，你师兄也不会干。"

"那可不一定。"

钟晓看她一眼，决定从善如流："那倒也是。总之，这数额，搞不好许小姐就把牢底坐穿了。"

连城叹了口气，把头抵在玻璃窗上。一点凉意从百汇散下来。"你说，我要不要帮这个忙？"

钟晓笑了一下。

"你笑什么？"

"想什么呢郁连城。上次枝子那事儿你生老大气别以为我不知道——那我还没真插手呢，我知道的时候事儿已经完了，我还能和枝子说不干？我要说不帮，这么些件东西，要都是国内也就罢了，肉烂在锅里；要出了境，你不把我当罪人？要我说帮呢，你行行好，有这道理吗，我帮我情敌，你当我方鸿渐呢——"

"赵辛楣追的苏小姐，方鸿渐可不喜欢，"连城一笑，没想到钟少爷居然看《围城》，"说起来还真有件不在国内……"

"嗯？"

"之前我挑了两件摹本送给老师你记得吗？那件小的也在目录上。"她当时并不知道《老松山鹧》原本有机会回国，不免可惜。

“唔……反正就是，我说什么都不对。”钟晓道，“而且我也不知道你师兄打的什么主意，他看我那眼神，我就觉得不是太妙。”

连城瞅了他一会儿：“有句话你是真说得不对。”

“哪句？”

“不是我师兄看上你，是你看上我师兄了吧——你没看他怎么知道他在看你？”

钟晓气结，他能叫翠果撕烂她的嘴吗？

连城拿不定主意，过了几天才回实验室。

一回去就赶上程郢指导林陌川揭裱。揭裱这个事情最费功夫，没什么特殊的技巧，就是磨，磨时间，磨手感。

林陌川揭下来完完整整一张褙纸，面上不免兴奋之色。

程郢说：“你歇会儿。”

林陌川见老师口气虽然温和，兴致却不高，惴惴问：“是……我做得不好吗？”

程郢笑了笑：“已经很不错了。”

就是离他的要求还差得远。他倒是想自己上，但是陈家兄弟见过他，他的身份也缺乏说服力。他细细看了一回画心纸，考虑怎么和学生说，忽然听到一个声音：“我来吧。”一抬头，看见连城。

程郢定然不知道他这时候的表情，像是整个人都被点亮了。

许啡找了人给连城化妆，无非头套，皮肤，穿衣。画了近一个小时，连城变成了一个干瘦憔悴的中年妇人。

许啡过来看一眼，提醒道：“手！”

化妆师低头一看，可不，这么个脸色蜡黄的妇人，却生了莹白如玉一双手，忙找粉底补妆，嘴里只管奉承：“许小姐真是心细如发。”

许啡笑着说：“不能不细心——可委屈颜小姐了，好端端一个美人要扮丑。”

“丑才出彩！”化妆师说，“这圈里多少人想扮丑还没机会呢。能得到许小姐提携，多少人求之不得……”

等全部画完，许唯和连城说："你去你师兄面前走一趟，要他不认得你，这事儿就算成了。"

连城："你成心的？"

许唯摸摸她的面孔："颜小姐，别这么多疑——这次你帮我，这个情我记下了。"

连城才要哼一声"我才不是帮你"，心念一转，改口道："这话你说的！"

"我说的。"

程郢在客厅里刷手机，林陌川以为到手的项目被抢走很不服气。程郢略略和她解释了几句，听到脚步声，抬头看见个提着化妆箱的陌生女人，略点头致意。那人往门口走去，程郢叫道："连城！"

"你怎么看出来的？"连城整个人都震惊了。

程郢指了指眼睛。

许唯一把把她拉进去："有道理，眼睛还是太年轻了……"

咖啡厅里轻柔的爵士乐一直在响，灯光不是太明亮，人也不是太多。

陈律找了个阴影里的位置坐下，耳机里传来他外甥女许唯和人交谈的声音："我找专家鉴定过了。"

"怎么样？"

"可以。"许唯说，"确实两张都是真迹，但是我不明白你怎么做到的？"

"说穿了很简单，就是画心揭薄。字画分绢本、纸本。绢厚，绢本都能揭，但是效果赶不上纸本——当然这也分人；纸本夹宣的能揭，单宣不行——"

"单宣、夹宣？"

"就是宣纸！"那人不耐烦地说，"单宣一层，夹宣有两层夹、三层夹。两层夹能揭出两张，三层夹三张，只要糨糊调得合适，没有不能的。每张只比原作薄上少许，装裱之后，根本看不出来：纸、绢是真的，墨和颜料也是真的，神韵都在，再加以续笔全色……谁敢说它不是真迹！"

"许小姐，不是我自夸，我这手艺，在南城，可找不出第三个。要不是赶上我缺钱，您还真请不动我……"

陈律听见自己心脏狂跳了一阵。

前几天许唯来找他求情，希望他能在老太太面前帮腔让她拖延几天再捐赠。他心里还嘀咕不知道她打什么主意——

没想到竟然是一张变两张，甚至三张的妙法！

他不贪心，一张变两张就够他开心了。到时候国内出一份，欧美出一份，运气好还能去日本出一份，那边可爱中国古董了。

提到日本，陈律心里寻思，像是在哪里听说过，有对克拉克夫妇——甭管他什么克拉克——就这么操作过，说是在日本出了一对北宋汝窑笔洗，没让声张，那边还真老老实实闭嘴了半个世纪。

至于许唯，他琢磨她多半是还不知道手里的东西是赝品……

嘿，他还真当她和老太太一条心，要把家当败个干净，没想到没想到，这浓眉大眼的，却原来也不是个好东西！

又听许唯说道："就时间上，能不能再紧点？"

"这个嘛，"那个女人压着声音说，"许小姐，国家规定加班三倍薪水，您怎么看？"

许唯沉默了片刻，大约是咬牙："三倍就三倍！"

"哟，许小姐，别这么心疼，这三倍才多少钱，您想想您这批货……啧啧。"

"这样吧，剩下的东西我明天给你送过来。交货期限下个月10号，怎么样？"

"行。"

两个女人站起身来，陈律探头看了一眼，是个身材干瘦的中年妇人，垂着头，佝偻着肩背，一副受尽了生活摧残的姿态。

十一

许唯问："真有这么神？"

连城回答说："传说中是有，业内称之为'魂子画'。常见还是以添款、改款、裁款居多。'转山头'和'魂子画'属于对技术要求比较高、对原作损毁严重的手段，真爱惜东西的，谁舍得这么干？元朝夏文彦《图绘宝鉴》上说'古厚纸不得揭薄，若纸去其半，则书画精神一如摹本矣'。"

许唯寻思这添款、改款、裁款不难理解，无非都是在落款上做文章，没有的添上，没名气的改成有名气的，或者直接把名作落款移花接木到别的作品上，但是——

“转山头？”

“‘转山头’局限大，只能用在山水画上，一种是把山头以上部分拿掉，换上款识、钤印，这也算是添款、改款的辅助手段；一种是把名人的小画沿山头拿下来，中间接上一段，使得画由短变长。”

书画类作品常以尺幅定价，许唯会意，点头道：“受教了。”

连城问：“你舅舅会上这个当吗？”

许唯叹了口气，家丑不可外扬。她许家和陈家的关系一言难尽。陈家祖上清末就出去了，一家子老派习气；许家是泥腿子土生土长。留学结下的亲家。她母亲跟她父亲很早回国，赶上国内经济腾飞三十年。

2008年次贷危机，陈家兄弟拖家带口回家啃老本。老太太受不了了，跨洋投奔了女儿女婿。

许唯这俩舅舅总疑心当初老头老太太给了她母亲多少好东西，才有她许家今天。她母亲过世之后更是死无对证。俩假洋鬼子不敢去找她爸，就指着她敲竹杠，回绝了几次，可不就恨上了。

说到底人心不足，贪得无厌——

这人听到有资产翻倍的机会，恐怕很难不动心。那批字画就算不能全部收回，也该能收回大半了。这会儿许唯倒是指望他们越贪心越好。

次日许唯给连城送东西，便觉察到有人跟踪，假意甩脱几次又让跟上了，最后让他跟着抵达目的地——原本是个废弃的砖厂，走赛博朋克风，被开发了来作工作室，是城市的网红打卡点。

连城还是化妆成上次那个样子，看见许唯，脸上也没什么笑容。

两个人默默开箱。

有人大力拍打紧闭的玻璃门。连城和许唯对了个眼神。许唯“大惊失色”奔过去：“小舅舅你、你怎么来了？”

陈律冷笑：“你来得，我来不得？——开门！”

许唯回头看连城，连城只管面无表情地摇头。

许唯通过对讲机对陈律说：“不行啊小舅舅，这里老板不是我，我做不得主——她这里不接待生客。”

“好、好个不接待生客！”陈律拿录音放给她听，语重心长地说，“小唯啊，别仗着舅舅疼你，就为所欲为。”

许唯心里啐了一声“不要脸”。

听了片刻，果然就是她和连城在咖啡厅里的对话，脸色就变了。陈律看到里头一直沉着脸不作声的中年妇人脸色也变了，不由得意：“开门吧！”

连城点点头。

陈律进门，首先背着手绕行一圈。他这双眼睛也不是吃素的，一眼过去就知道这地儿不是一时三刻做得起来，这实木长桌，看起来就很复杂的仪器，以及角落里不知道堆了多久的颜料和墨料——不是皮包公司。

最后目光落在了连城手里的卷轴上，歪头冲外甥女一笑：“小唯……”

许唯白着脸不说话。

连城开口了：“你们有什么仇什么怨出去讲，别打扰我工作！”

“颜小姐，”陈律大摇大摆往椅子上一坐，“我外甥女说，你这里不接待生客——这意思，她是熟客？”

连城说：“她是熟客介绍来的。”

“那好，如果她介绍我来，颜小姐是接待，还是不接待？”

连城沉默了片刻：“即便是熟客介绍，接待不接待，也还在我。”

“颜小姐！”陈律猛地凑近来，“别以为我不知道你和我外甥女合伙在做什么。我实话告诉你，你手里这批货，是国家上了册的文物。只要我把这段录音一式两份，往派出所、文管局一递——”

“小舅舅！”许唯大叫了一声，声音里已经带了哭腔。

连城垂下眼帘：“你想怎么样？”

“我不想怎么样——我也就昨天听得新鲜，想见识见识。颜小姐，你做你的，我就看看。”陈律笑眯眯地说。

连城说：“我做事不习惯有人在旁边……”

“是吗？”

“不过如果您一定要看，可以，退几步，别出声。”

连城把手中卷轴展开，绢上老松、鹧鸪俨然——正是她摹过给袁湛的那件《老松山鹧》。

拆画不用清洗画心，但还是要润过。不是真迹，连城也就没那么爱惜；也是有心炫技，直接把画卷投进水槽。

陈律惊叫起来，指着画，看着连城冷漠的脸色，又转头找许唯寻求同盟。

许唯小声说：“小舅舅，颜小姐说了，不出声。”

“可是她她她……她把画丢水里去了！”陈律压低了声音，“这画，不，这墨，不不，这颜料……不得化了？”

许唯脸上烧得厉害，虽然丢人的并不是她：“颜料防水。”

“墨也防水吗？”陈律怪道。

连城只管一声不吭地调颜料，调墨，裁纸，又走过去搅了一手糨糊试试稠稀，全程目中无人。陈律忍了又忍，还是忍不住要开腔，许唯忙道：“我来！”

话音落，连城的目光就过来了，转瞬即逝一抹轻笑。许唯心里“咯噔”一响：程郢这个小师妹不喜欢她。当然这会儿有求于人，也顾不上这些。仍客客气气问：“颜小姐用的墨也防水吗？”

“防。”

许唯问：“什么原理？”

连城这回赏脸多给了一个字：“有胶。”国画颜料与油画颜料原有不同。连城也没想到许唯竟然对国画物料一无所知，枉她和她师兄这么多年。

碰了这老鼻子灰，甥舅一齐闭了嘴。连城从水槽里取出画，摊平在长桌上，开始揭褙纸。她的揭裱手艺承自程郢，耐心却不如他，也是这件西贝货新装，黏合不能和古物比，是以一时三刻，一张完整的褙纸就揭了下来。

然后命纸。

到两层揭毕，就轮到画心，连城的表情就严肃起来。

陈律看她低着头，半天哪里哪里都没见动，不由又起了疑心。这回倒是学了乖，直接小声和外甥女嘀咕：“小唯你看她——”

“她说了不让看，你非要看；看了你又嫌慢。你看她揭下来的那部分，薄得像拉丝，就是不断，你想快，你自己上啊。”

陈律想想，倒也是这么个理。

不知道过了多久，先是秒针，分针，到后来再一看，时针也走了几格。来的时候还挺早，忽然五脏庙就开始抗议了。陈律原想出去吃，想想还是放弃了，拿手机点了单，还不忘问许唯：“小唯你想吃点什么？”

许唯问连城，连城没有应声。许唯猜想这会儿也不容打扰，就叫了个老少咸宜的全家桶。

到画心揭开，已经过了一点。

陈律凑上去看，软塌塌两张，薄得近乎透明，经纬俨然。墨迹和颜料分配得并不均匀，有的这张多一点，有的那张多一点，和原画一比，未免支离破碎。他记得许唯学的艺术，因又悄声问：“小唯你看——”

“我也不知道，我学的油画，哪里知道他们国画的法门。”

连城默默吃完汉堡，洗过手。

陈律又跟上去问：“颜小姐，还要多久？”

连城这回看了他一眼：“等不了可以先回去，明儿过来，这张就完事儿了。”

陈律心想，我不辞劳苦守在这里，不就是怕你玩花样骗人吗？别说几个小时了，就是打地铺熬个通宵，这性价比也高到天上去了。便不再言语，退回到两米开外，拉张椅子坐着。

连城见他目光炯炯不肯挪步，倒也不敢随便和许唯交换眼神，只低头抚平画心。

这件《老松山鹧》她摹过好几次，送给袁湛是效果最好的一张。这时候屏气凝神，提笔蘸墨，渐渐地也就忘了周遭还有人。

陈律眼睁睁看着她不断换笔点颜料，头也不抬，落笔果断，倒是想起之前找的那个造假高手，摹了好多天才得到一张。他那晚联系到人问会不会一张变两张，那人踌躇回答说：“倒是有听说过。”

“到底能不能？”

“没见过。这种只存在于传说中的东西……您不会是碰上骗子了吧？”

陈律也疑心是许唯给他下套，才不依不饶不肯走。但是现场看了这一整天的操作，服气了：敢情那人是自己做不到，就以为天底下没人做得到？他搓着手畅想把字画都拿回来，到这里走一遭，价格无所谓——

“嗒”一声轻响，连城搁笔。

陈律赶紧起身，把目一望，也是呆住：以他的眼力，却哪里看得出差异。他不由自主咽了口唾沫：“这就完了？”

许唯说：“还有装裱呢。”

“可、可是……万一他们用碳、碳……”

“碳14？”

“对对，就碳14——你能保证碳14也验不出真假吗？”

“碳测年本身不精确。”

“可是——”

许唯走近长桌，心里未尝不惊叹。程郢说，就摹画而言，他的小师妹算是师门第一人，如今看来，名不虚传。“小舅舅你没跑过艺术品的拍卖场，当然不知道，哪怕是苏富比、佳士得也不保真——你猜猜为什么？”

连城听他们甥舅有问有答，便躲了个懒不作声，去饮水机边上接水，猛地瞧见自己双手雪白，不由一惊。

十二

“怕亏钱？”陈律猜道。

许唯笑道：“如果能确定真假，怕什么亏钱。他不保真，是不敢保真，原因非常简单，一样东西，你要证明它是假，无非就是找出破绽；但是你要证明它是真，那可就难了——除非是创作者死而复生，被拍下创作的全过程，不然——你拿什么证明？前些年有个作家，人还活着，要证明自己不是被代笔，那还千难万难。你唐朝宋朝明朝的，人骨头都散了……怎么证明？”

连城喝完水走回来，随口道：“南宋收藏家邓杞在《右荷鹭惊鱼图》上题跋说，这件是徽宗皇帝御笔，当时我祖父任枢密使，侍宴紫宸殿，酒酣乐作，徽宗当席挥墨，作成此画，赐给我的祖父。”

许唯道：“对，有人亲眼见过，记载下来也可以证明。”

连城微微一笑：“后来有人较真，以现存《右荷鹭惊鱼图》的体量，长两米有余，还只是个残本，只见‘惊鱼’，不见‘荷鹭’，可想而知原图至少三米，又是工笔细画，不是当席能完成的作品。”

许唯讷讷，脸疼。

“那、那——”陈律不在意外甥女的脸，他只想知道这两张都真怎么骗过仪器检测。

“就算上碳14、光谱、色谱鉴定，这件画心里也有古墨成分，画心绢也是古绢，假不了，最多是比例问题。一张画历经几百上千年，有损失、有修补是正常的，”连城说，“艺术品拍卖中，只要‘真’的比例过了线，就可以认定为真了——没有百分之百的真。”

陈律被她斩钉截铁的语气说服，打定了主意，忽然瞥到她的手：“你戴手套做什么？怕留下指纹吗？”

许唯：还真把人当罪犯了。

连城面不改色：“之前细致活，需要手感；剩下的粗活，戴手套防伤手——我这双手可金贵了。”

“哦。”陈律彻底老实了。

连城又问：“剩下的装裱，许小姐和这位先生还要继续参观吗？”

“嗯嗯……哦不，够了。”陈律语无伦次，“谢谢颜小姐，谢谢颜小姐！”

等人出门，背影彻底消失在视野中，连城才出了口气，摘了手套瘫坐在椅子上。有人从侧边的休息室里出来。

连城说：“放心，误不了你的事。”

程郢摇头：“不是怕你误事。”

“那你干什么花一天工夫窝在这里——博导这么闲？是今年没有课题要写呢，还是现在博导连发论文的压力都没有了？”

程郢对她这张嘴恨得牙痒痒：“这行骗的勾当，怕有人狗急了跳墙，你们就两个女孩子……”

连城哼了一声：“不得了！现在就剩下一个女孩子了，还不上赶着去保护一下？”

肩上落下一双手。

连城一惊要回头，一阵酸爽从僵硬的肩颈传来，不由呻吟出声。

程郢看着她渐渐合上的眼睛。只有他知道整个过程中她担了多大的压力，从精神到体力，这会儿都是强弩之末了。

“你肯回来帮我，我很感激。”他说。

“是钟晓的意思……”连城含含糊糊地说，“他谢你上次给他题字。”

“你倒是很听他的话。”

“这有什么，”连城懒洋洋地说，“从前我不也很听师兄你的话？”

"废话！——我那会儿带你们的课，你不听我的话想造反？"

连城想要笑，但是最终只扯了扯嘴角。她累极了，终于睡了过去。

程郢感受到手底下的肌肉放松了。

他试着喊了几次她的名字，都没有得到回应，连很轻很含混的呓语都没有。他走到她跟前蹲下来，是很陌生的一张脸，肤色还是蜡黄，顶着齐耳短发的头套。摘掉头套，一头长发散下来。

他想要轻抚她的面容，想要印一个吻在她的唇上或者眉心，但是最终也没有，他把她抱进休息室，放在行军床上。

连城睡得很安稳，没有做梦。

醒来暮色已经很深，有人背对着她，显示器荧荧的光让她知道那是谁。他们从前在云冈修石窟的时候经常能看到。人长得好看，什么姿态都好看，哪怕像只八爪章鱼趴在石壁上，他也是最好看的那只。

连城懊恼地抓了抓头发，她觉得自己什么都好，就是容易被美色所误。

"醒了？"程郢合上笔记本。斗室失去光源，暮色从窗外泼进来。

"嗯。"

"饿不饿？我们去吃点东西吧。"

"你请客？"

程郢笑了一下。

连城越发懊恼起来："算了我还是——"她仓促想要找个借口，回学校或者约了钟晓。程郢说："我还有话要和你说。"

"改天吧。"

"郁连城，博导很忙的。"程郢正色道。

她师兄就是很擅长用她搬起的石头砸她的脚。

"许唯发了短信给我，说她舅舅已经上钩。"程郢说，"给个机会让我谢你。"

话到这份上，出于社交礼仪，连城也犹豫了一下："你去把车开过来，停……就停隔三个位的酷猫那里，我先卸个妆——"

程郢欲言又止。

"怎么了？有不对吗？"

"不知道有没有卸干净——我听说带妆睡觉对皮肤不好。"

连城摸到脸上、头上，倒吸了一口凉气：“你、你从哪里找到的卸妆水？——不、不是，你连卸妆水都认识？”

“你包里就有。汉字，我为什么不认识？”

连城：“我需要冷静一下。”

连城回学校，也不忘给陆洋带一份海鲜粥。陆洋喜滋滋地问：“又和劳斯莱斯出去了？”

连城：“我打个工，从你嘴里出来活像被包养一样。”

陆洋哈哈一笑：“也对，所谓金屋藏娇，没道理还和我挤这老破小……”

连城有一搭没一搭听她胡扯，眼神渐渐放空。程郢和她说：“之前我是不该怀疑你，但是你说不是，我就信不是你；如果我说四年前不是我，你能不能信——不是我？”她不知道该怎么回答。

她想说我信，但她知道那是谎言。

最终程郢也只叹了口气：“算了，我知道你不信。你从来就没有信过我。”

连城寻思这个“从来”没道理。

“你不是从来没有信过我，你是从来就没有信过任何人。”车里没有开灯，就只有路灯的光透进来，暗得不足以照见彼此的眼睛。

她想那没准儿是真的。

她想他大概是她唯一想过要信的人，那种绝无仅有的奋不顾身——无论起源是见色起意，还是日久生情。过于亲密的关系，势必会交托一部分自我，她犹豫很久，最后被一根稻草压垮。

他俯身吻她。太突然，以至于她根本没有反应过来。

滚烫就仿佛烈火滚过去，纠缠中似乎有痛楚和恨意，就像是荒野上野兽的搏斗和撕咬。血腥顷刻间充溢了唇齿。

肢体原本比言语更合适表达。

连城从未见过这样暴戾的程郢，或者说，她从未见过过于激烈的程郢。

他一直过于冷静，冷静得像玉，虽然说君子如玉，但是用心想要暖过的人知道那个永远微凉的感觉。然而她现在像是被困在暴风雨中，风裹着她，雨打着她，打在脸上，打进眼睛里，直接得没有半分躲闪和回避的余地。

“我很想你。”

“你那三年的行踪不好找，但是从京都露面开始……你不要以为我不知道。”他声音发哑，哑得能触摸到其中的硬度和温度，“你露面，就是为了被我看到，你想从我身上找回东西是不是？”

“郁连城，你我之间不必这样……你想查什么，账目、流水，所有你想的，我都给你！不用你，不用你——”

更难听的话他到底说不出口。

“你根本、你根本就是知道我对你的感情，不然不会一直给我提钟晓……多可笑，郁连城，我们之间要走到这么可笑的地步吗？”

座位就这么大，在人和门窗之间，到处都是他的目光、他的声音、他的喘息。连城想起在京都的那个晚上，虫鸣，流水，玉露茶，如梦亦如幻。

她当时急于洗去他留给她的气息，或者覆盖……怎么样都可以。

然而天亮之后，雨收云散，他会说什么？

“我失态了？”

她不知道。她相信他对她有感情，他们认识十年。哪怕是养个猫养个狗，养上几年也会有感情。

十三

连城老老实实在工作室里坐了几天，程郢在休息室，一门之隔。

她从正门进，他走后门。到饭点问：“吃什么？”程郢口味清淡，和她大相径庭。她偏爱油炸，烧烤，冰激凌。叫个全家桶她吃鸡翅鸡腿，他吃汉堡薯条——连城讨厌沙拉酱和番茄酱。

晚上他送她回去，再没有过逾矩。

就好像那晚是她错觉——就和她预料的一样。程郢像座火山，她从前以为是死的，或者触发机制仅限于许唯——没想到他还能给她诈尸了！她无法预料他的爆发，不过可想而知大多数时候还是能够相安无事。

到真收到账目和流水，还是吃了一惊。走到休息室门口，想了想，又慢慢走了回来。

程郢的账目非常繁杂，连城也没有仔细看。程郢的资产中，工薪所占份额不值一提。程氏实业起家，老牌上市公司了。连城也是无意中知道——早知道，她就不至于痴心妄想。她当然考虑过如果真是他，会拿那件《水月观音》做什么——结论是即便出售，也不会走他的私人账户。

他的账目当然是清白的——如果不清白，有的是会计师愿意为程家二公子效劳。

她不信他会为了钱害她，但如果是为了别的呢。

连城接到钟晓的电话："神了！真有人来跟我回购！"

连城心里一喜，就听钟晓说："我原本想要三倍出给他——"

真是无商不奸。

"后来想万一他不干了怎么办，为难许小姐、程教授事小，让你难做就不好了……就只涨了两成。"

连城扑哧一笑：这种惠而不费的便宜人情钟少爷是绝不放过的——真三倍陈氏兄弟也只能忍痛割爱了。她便笑道："两成也不少了。"

"酬劳我回头打给你。"

连城含混应了。

钟晓又问："你们怎么做到的？"

连城掐头去尾和他说了，钟晓听得津津有味，最后一拍大腿："你们师兄妹明明做修复的，怎么做起假来这么内行？"

连城笑道："你猜猜我们做修复的关键是什么？"

"是什么？"钟少爷是名副其实一点脑子都不想动。

"做旧呀。"连城说，"你再想想，文物作假的极致又是什么？"

钟晓"哈"地笑出声："懂了。"又和她说，"这事儿完了你得回公司，九子奁做出来了，有个节目给我们做推广。"

连城答应下来。

收了线过去和程郢说，程郢亦面露喜色："那就这两天了。"他的笑容到门关上才收起来。他都听到了，隔着门，她绘声绘色的语气，他能想到她说话时眉飞色舞的样子。钟晓很能讨她欢心。

所谓覆水难收，时间过去了，就很难回头。

陈律心里充满了喜悦。老马说资本有百分之五十的利润，就会铤而走险；有百分之百的利润，它敢践踏人间一切法律；有百分之三百的利润，它就能犯下人间任何罪行，甚至冒着被绞死的危险！

他现在就感受到了百分之百的快乐。

想到一旦这批东西面世对许家的打击，想想他姐夫的脸色，这份快乐又加倍了——完全不亚于百分之三百。

车子顺利开进砖厂。

在哥哥陈津的督促下，他在这里下过很细致的功夫，查过这家工作室注册、装修的时间和主营业务，甚至找过一些前客户——虽然并没有人肯说实话，但是证明了这家工作室确实经营已久。

他都查这么仔细了，他哥还是半信半疑，半路闹着要下车，说不放心，要再去打听打听。陈律于是觉得他哥没眼福：许唯说这人极少接活，也是他们赶上了，介绍人的面子。下次可就没这么好说话。

这也是他火急火燎把所有能找回的字画找回来的原因。

工作室出现在视野，陈律拍门，里头还是只有那个面色不太友善的中年妇人。听完来意，回答一如既往的简洁有力："可以，但是有两个问题。一个是时间，许小姐那批货我还没有做完，有个先来后到。"

"我不急。"他手里的才是真迹，并不怕和许唯的假货对打。

"一个是报酬——"连城在计算器上敲了个数字。

陈律一阵肉疼，也还是应了下来：这个女人虽然不好说话，但是很公道——他问过了，许唯也是这个数。

连城丢给他一个账户："定金30%。"

陈律打了款，连城这才微露了一丝笑容："东西呢？"

陈律把箱子放在桌上。

连城只觉得心里怦怦直跳。

陈律一件一件把卷轴从箱子里拿出来，连城慢慢舒展，待看清楚画面，手上微抖，只是不作声。到九个卷轴展全了，方才像是力气用尽，默默然坐下。

陈律得意地问："颜小姐没有话要问我吗？"

震惊是应该的。这个女人自恃手艺拿腔拿调，如今被雁啄了眼，要没点反应那才叫不科学。

连城说："我去洗把脸。"

"去吧。"陈律十分大方。

连城深吸了口气，起身往休息室走。又听身后人叫道："颜小姐！"

连城心里一紧："怎么了？"

"颜小姐不会泄露给我外甥女吧？"

"我从不泄露客户资料。"

"那就好。"陈律说，"其实你泄露也没有关系——她迟早会知道。"

连城没有作声，她推开休息室门，程郢和许唯等在里头。连城关上门："外头大门已经锁上了，他走不掉了。"

说着往洗手池走：她的任务完成，可以卸妆走人了。

"等等……"许唯喊住她。

"嗯？"

"记者！"许唯急得额上冒出汗来，"我约的几个记者都说堵车，没那么快到，恐怕、恐怕——"

"要我拖延时间？"连城问。

许唯点了点头。

连城的脸色不是太好看："拖延多久？几分钟、十几分钟问题不大，超过半个小时就难了。许小姐，就别做这打算了，东西留下来就行。"

"我……"

"许小姐，人不可以太贪心。"

许唯垂头道："我也是想老太太高兴一下——她日子不多了。"且不说后患无穷，记者不来，难道让她出去和她舅打上一架？

连城觉得自己也没长一张圣母脸，不知道为什么许唯就觉得这个理由能打动她。她拧开水龙头，许唯在她身后说："郁小姐你帮人帮到底……"

"我不姓雷。"不叫雷锋。

"你要多少钱……"

程郢一听就知道坏了："许唯！"

连城豁然转身，靠住洗手池似笑非笑看住她："我的价钱，许小姐确定支付得起？"

许唯怔了一下，意识到要是这时候狮子大开口，她竟连讨价还价的筹码都没有。

她自小容貌出众，家世又是顶尖。程郢这么个人，对她百依百顺。她在国外碰上程郦。程郦对她照顾归照顾，不肯和她有瓜葛，她却上了心——也许是多年来的无往而不利助长了她的好胜心，就像是着了魔。

她和程郢分手，趁着程氏危机和程郦结了婚——现在想来，如果没有这场危机，也许就没有他们的婚姻。

如今夫妻离心，又被亲娘舅算计，只有程郢肯下死力救她，却又碰上这么个油盐不进的小姑娘。她该是小她几岁吧，她恍恍惚惚地想，正是虎虎生威的时候。如今生死关头，她与她非亲非故，不肯帮她这一把，她又能怎么样？

程郢说："她急上火了口不择言，连城你别和她计较。"这句话激得连城怒从心头起恶向胆边生："如果我要计较呢？"

程郢无奈，在她耳边低声说："你有求于她，就适可而止吧。"

连城微垂了眼帘。外头传来急促的敲门声："颜小姐，颜小姐？"

连城冲许唯比了个"2"："你欠我两个情，记得还我！"

许唯才要应，她又气鼓鼓冲程郢说道："你是见证人，她以后要反悔，我找你！"

这才拉开门出去。

十四

"颜小姐进去那么久没见出来，我还当颜小姐出事了呢。"

连城往长桌那边走："能有什么事。"

陈律跟过来："颜小姐，我想问你，小唯那边的活，你都做完了吗？"

"怎么可能，"连城说道，"早着呢，刚不是和你说过了吗？"

陈律沉默了片刻。

他接到他哥陈津的电话，陈津一口咬定是骗局："你知道吗，那个贱人找了一堆记者说今天搞捐赠仪式，开新闻发布会！我就觉得不对劲，一问地址，不就是你要带我去的那个地方吗？"

陈津在电话里激动地大叫"骗子"，陈律心里也慌得厉害，但是他实在被那天连城的手艺震住，还抱了三分侥幸。这会儿听到答案，便知道再无幸理，扑过去手忙脚乱就要卷起桌上卷轴。

连城心里知道是出了意外——许唯找的那些记者，也许永远都来不了了。她把手抄在口袋里，摸索着给钟晓发了条短信，口中只“诧异”问：“陈先生这是要做什么？”

“做什么？”陈律恶狠狠说道，“颜小姐，我尊敬你是个手艺人，你叫我不出声我就不出声，叫我等，我一等就是一天，呵，结果呢……你个骗子，想骗我的东西是吧，我告诉你，没门！你也转告姓许的，洗干净了脖子等着完蛋吧！”

他把卷轴扫进箱子里，“咔嚓”合上。

连城看到字画被这样粗暴地对待，面上一沉：“我是个手艺人，我的手艺——陈先生是不相信自己的眼睛吗？”

“我的眼睛？我怎么不信自己的眼睛了，我要不是信了我这双眼睛，我至于——”陈律也委屈。

他哥不信他，他给他听了录音，看了视频，信誓旦旦绝对有这么回事，他哥也就将信将疑，迟迟不肯出手，他心肝脾肺肾都快呕出来了：这是能拖的事吗？拖一天拍卖行那头多一天的变数，真卖出去了，回购又是一大笔。就不说拿回来本身损失的保证金了。好说歹说才做成，这临门一脚——

“陈先生，”连城静下心来与他周旋，“生意做不做得成，我是无所谓的，毕竟需求摆在这里，你不想做，有的是人想做。”

陈律：……

“……但是我看着，陈先生也算是诚心。来实地考察过，这周边也都打听过，所以我是被陈先生弄糊涂了，到底是出了什么事，让陈先生这么激动骂我是骗子？您别急，慢慢儿说，您看，东西还在您手里，不是吗？”

陈律抓紧箱子：这个女人说得也不是没有道理，她又没有卷了东西跑，东西不还好好地在吗；她今儿看到东西，也确实意外，以至于要去洗把脸冷静一下，哪里可疑了？而且——百分之百的利润……

“那我问你，”陈律缓了脸色，“小唯要开新闻发布会，你知道吗？”

“许小姐要开……新闻发布会？”连城一脸“从未听过”的吃惊，“这我怎么能知道？而且这、这和我有什么关系？”

“如果我告诉你，她开新闻发布会的地址，就是你这个工作室呢？”

“我这里？新闻发布会？”连城脸色变了，“她、她要做什么？她是、她是警察吗？那我、我可怎么办？”她慌慌张张扯了扯衣服，又慌慌张张去摸桌子上的笔，撞到笔筒，“哗啦”一下笔全散了出来。

陈律被她逗笑了：“你真不知道？”

“我能知道吗！”连城掐了自己一把，让声音里疼出哭腔，“我要知道她是警察，我哪里能接这个活！陈先生，你、你也是？”

陈律这下是真忍不住笑出声：“这都什么事儿！——颜小姐你别怕，我不是，我也相信你不是了，唉，都是我那个该死的外甥女！放心，她不是警察，我就是收到消息，说她要在你这里开新闻发布会……”

“不是警察就好，不是警察就好。”连城惊魂未定，“那也不可能啊，陈先生，我这里才多大地方，都摆满了……嗨，都摆满了乱七八糟的东西，能站得下几个人？陈先生，是不是你听错了？”

到这份上，陈律也真有点疑心是他哥听错了。颜小姐说得有道理：这哪里是开新闻发布会的地方。难道真是他哥的成见？可是万一呢？

他又犹豫起来，这可是他们兄弟全部的家当了。要不，先带回去？——反正东西在手里，迟几天也不会损失什么。至多他像那天一样从早到晚守在这里，守她一两个月，他哥也就无话可说了吧。

陈律越想越觉得两全其美，起身说道：“那这样吧，我先回去，等你把小唯那边的货交了再过来？”

连城心里琢磨着他这个主意可真没法反驳，便只能顺着他说道：“这也是个办法。”

陈律便提了箱子要走。

连城偷偷儿看了一眼手机，才过去五六分钟。钟晓再神通广大，也没这么快。她一面在心里抱怨许唯这么个人办事居然没有Plan B，这是对自己多大的信心，一面叫住陈律：“陈先生你等等！”

“还有事？”

连城说：“是这样的，我刚才……差点被陈先生吓出毛病来。我倒不是抱怨，毕竟咱们打开门做生意，什么事都可能碰到不是。”连城轻言细语说道，“但是陈先生，您这桩生意，实在也太不好做了。”

陈律眉头一拧：“你要涨价？”

连城心想，“您借口找这么好，左右互搏上两个小时岂不皆大欢喜？”只摇头道：“我不是这个意思。”

"那是什么意思？"

"您这桩生意啊，我觉得……我是做不了了。"连城说，"您另请高明吧。"

陈律一时大叫道："你怎么能这样！我、我——我容易吗我！"

连城说道："我知道您不容易，您这批货也确实是好东西，您谨慎，是应该的。但是啊，我这里也怕，要万一手底下出了个错……"

程郢侧耳听到这里，不由一笑：得亏她不这么忽悠他。又回头催问许唯："记者走到哪里了？"

许唯叹道："哪里有这么快……我看郁小姐心里也有数。"

照这么个拖法，拖上半小时应该是问题不大，她提着的心终于放了下去，和程郢说："谢谢你。"

程郢随口道："和我客气什么。"

许唯苦笑，如果是当年，她理所当然地不和他客气，理所当然地认为他做什么都是应该，但是现在……人总会有那么一个时刻，意识到自己不是世界中心。她不知道他怎样让郁连城在顷刻间改变主意，他是、他是出卖了他自己么?

许唯不知道自己何以冒出这个念头，也许是一直以来，连城对她过于明显的敌意。

她忍不住问："你不会是……给了她什么许诺吧？"

"啊？"

"你刚才和她说了什么？"

"哦……没什么。"

许唯凝视他，程郢说："真没什么，她嘴硬而已，心地很好的……"

"我不信！"那个女孩儿阴阳怪气，邪门得很，"心地好"大概也只有他这个做师兄的说得出口了。

程郢自个儿想了一会儿，也笑了。

许唯问："你和她到底什么关系？"

程郢沉默了一会儿，这次倒没有拿同门搪塞："我觉得……还挺明显的。"

"明显什么？"

"前任。"

“什么时候的前任，我怎么不知道？”她倒是知道这几年程郢身边有过的女人，就是都不长久。都是同个圈子里的，郁连城显然不在其中。

“四五年前了。”

四五年前。许唯猛地想起来，脸上的表情就凝固了：是她？

“陈先生，我知道您的诚意，但是这事儿吧，诚意它代替不了手艺。我心里慌，就做不成事儿。”

“口碑？陈先生，做坏了东西才没口碑，拒绝服务……这么说吧，淘宝还有黑名单呢，我这儿又不是公共服务……”

“定金？您是交了定金啊，有什么问题？”

“不不不，陈先生，我这里定金是不退的，没这道理……”

连城车轱辘话来来去去地说，渐渐地口干舌燥，陈律也越来越不耐烦，他几乎是指着她的鼻子吼：“你就不怕我告了你，封了你这店？”

“哎哟陈先生，我很害怕的，不过话说回来，看过您今儿带过来的东西之后，我就知道，许小姐给我的……最多就是个仿制品，仿制品吧，也不能说不值钱，但是它和文物……不是一回事儿，我拆个仿制品，警察凭什么抓我？”

这句话让陈律感觉到了不对劲：“你说什么？”

坏了！

“我没说什么……”

“不，你说了！你说——你拆个仿制品，警察凭什么抓你——颜小姐，你前头可不是这么说的！”

十五

两个人都愣住，空气突然安静。

连城拔腿就跑。

陈律只觉得脑子里一阵沸腾，红的白的搅在一起，耳边回响着他哥的嘶吼：“骗子！”——被骗了！他还在他哥面前信誓旦旦！他花了那么多钱！保证金、回购款、定金……像海浪一波一波拍打着他。理智被拍得粉碎。

陈律举起箱子朝连城砸过去。

连城闪身，箱子擦着肩过去，连城被带了个踉跄，脚下失据，连着扑腾了好几下才止住跌势。

这瞬间陈律就扑了上来，一把抓住她的头发——连城这会儿只能谢天谢地她戴了头套，不然还不被一把撸秃——陈律眼睁睁看着人发分离，留手里一把乱草，眼前更一阵发黑：这世道到底还有什么是真的！

连城往前跑，休息室就在眼前，几步的距离，耳后又来风声，要再躲闪已经来不及了，连城心里暗暗叫苦。

忽然腰部传来一股大力，眼前一黑，人不由自主倒在了地上。

"砰！"

箱子落地的声音。

太近了，就在耳边——并没有疼痛传来，连城以为是疼得麻木了。就听到有人倒抽了口气。

"师——"

"没事了。"程郢说。

声音都有些走调，便知道伤得不轻，连城小心翼翼伸手，要看他的伤口，他已经撑地站了起来。

陈律毕竟也五十好几的人了，这一阵折腾未免大喘气，猛地瞧见面前多了个男人，多少有几分怯。待看清楚脸，却是怒火更盛："好啊！程小子！——我就知道、我就知道是你们联合起来骗我，你们骗我！"

"陈二叔这话就不对了，"程郢忍住背后剧痛，慢慢和陈律掰扯，"我骗你什么了？"

"你骗我什么了，你骗我什么了？你骗我——"

连城左右看看，要偷偷过去捡箱子，猛地瞧见玻璃门外人头攒动，箱子也不要了，大声叫道："记者来了！"

程郢大喜，陈律大惊。连城抖抖索索从口袋里摸出手机开门。

陈律脑子一下子醒过神来，冲过去捡箱子，才摸到箱盖，手背上就多了一只七寸的尖高跟。

他抬起头，看见外甥女笑吟吟的面孔："小舅舅，我今儿开新闻发布会帮外婆捐赠文物，难得你肯过来捧场……"

"我呸！谁捧你的场！"陈律嘴硬，"你捐你的东西，我走我的路，咱们两不相干——”

“这话呢，就别怪我没提醒你，小舅舅，这位，程教授，是代表S大出面接受捐赠，你要不要猜猜他的专业方向？”

“还有啊，我记得小舅舅你在我这里放过狠话，说我这批东西呢，是国家上了册的，我看在您是长辈的份上也没戳穿，当时其实还没有，不过这两天，程教授帮忙把流程给走全了，这下就没错了。”

“所以现在就是，无论谁拿走这批东西，那都是犯法！”

“另外还告诉你一个消息，这里来的呢，就只是记者，我还有几个警察朋友陪着文物局的在附近吃日料，小舅舅来这边少，大概不知道，这里天妇罗挺有名的。”

连城心里想许唯这官话也说得不错，又悄声问程郢：“背上伤得重不重？”

程郢看出她担心，一时笑道：“没事儿。”

“让我看看……”

程郢躲了一下：“真没事。”

“让我看看！”

“郁连城，男女授受不亲！”

连城暗想：不、不是，您老大半夜按住人生啃的时候怎么就没想起这茬？

但是人已经从门外涌进来了。连城只得匆匆道：“来的恐怕不是许小姐约的记者——我怕他们来不及，叫钟晓找人过来冒充，你别露了馅。”

程郢应了。

连城说：“我真不是故意提他……”

“我知道。”

连城环视这个兵荒马乱的现场，许唯拽起生无可恋的陈律，程郢上去引导“记者”说话，没她什么事，便默默然退回了休息室。

休息室里难得清静。

连城接到钟晓的电话：“我过来了，倒是热热闹闹的，怎么没看到你人？”

连城说：“你走后门，我给你开门。”

卸了妆，换过衣物，钟晓就到了。进门就大笑："我看到许小姐她舅了——啊哈，许小姐逼着他笑，回头那对兄弟非得打起来不可——那个小表情可乐坏我了，我都拍下来了，你要不要看？"

连城便凑过去看，边看边笑。钟晓一偏头，看到她额角青了一块，伸手按了按，连城"嘶"地叫痛："别动手动脚！"

钟晓前后一对，就知道这伤怎么来的，不由酸溜溜地道："你为了你师兄，倒是肯搏命。"

连城说："早知道要遭这罪，你说我干不干？"

钟晓认真想了片刻："我还不知道你？就算有危险，只要想到你不出手，这批东西也不知道会落到哪里去，就会干了——一会儿发布会完了程教授和许小姐应该会回学校，我们吃饭去吧。顺便给你上药。"

次日连城借口交开题报告去程郢的办公室，程郢略看了看，便知道她用功是真的。连城顺势问他的伤，程郢说去过医院了。

连城这才放了心。

程郢大致和她说了陈氏捐赠造册入库以及布展情况，除了《老松山鹛》用了她的摹本之外，其余都是真迹，这是近十年S大收到最大的一笔捐赠了。学校十分高兴，说要开会表彰，他把她的名字也报了上去。

连城心不在焉地听了。

程郢说："许唯让我谢谢你。"

连城一下子记了起来，她倒是想问程郢怎么知道她有求于许唯，又不好直问。正踌躇，程郢又问："账目看完了吗？"

"看完了。"

程郢看了她一眼，便知道没有问题。他想了想："公司账目我没法给你——不过给股东的财报网上就有，税报也可以去税务网查，你自己下还是我发你？"

连城说："我看过了。"

"嗯？"

"我四年前就看过了。当时程氏面临资产重组，股份被稀释得厉害，还有人在大力收购，很明显是遭到了狙击……"她不专业，但是简单的势头还是能够看明白，"后来应该是有资金注入，形势就稳住了。"

“那是——”

“那应该是许小姐过门。”连城别扭了一下，“过门”这个词充满了裹尸布的腐朽，但是她一时间也找不到更合适的。

“你既然知道，为什么还怀疑……我？”

连城打了个比方：“1911年清朝灭亡，是亡于太平天国，还是八国联军，还是科技进步导致的辛亥革命？”

一个结果的形成，可能只指向一个原因，也可能是多个原因。

程郢沉默。

他确实不能打这个包票，如果真的……

程郢暗骂一声黐线——差点把自己给绕进去了。做没做过，别人不知道，他自己还能不知道？“连城，你不知道当时的缺口有多大，”他叹了口气，“它不是几千万一个亿能解决的问题……”

“是，我不知道。”连城迅速打断他。她是不知道，她只是平常人家的孩子，七位数都已经很大，九位数堪称天文。她不想再说下去：“你把许唯电话给我——欠我的人情，可不能口头说句谢就完事了。”

她转移话题，程郢也不好勉强，只好奇地问：“你到底什么事有求于她？”

挺八竿子打不着的人。

连城立刻意识到他昨天那话多半是猜的，他为了帮许唯，真是什么事都敢猜，什么话都敢说，便只道：“私事。”程郢想不出她有什么私事求到许唯头上，想问，又怕是钟晓的事，便闭了嘴。

连城在走廊里给连宇打了个电话，之前几次都信号不好，这次倒是运气不错。连宇笑道：“回来了？”

“没……”

“那你打电话给我做什么？”

“问你回来没有？”

“别提了！昨晚才到家，这趟可累死我了，我得休息一阵子。”

连城“嗯”了一声，那头已经挂了电话。和连宇共进午餐的男子问：“谁？”

“我妹。”

“真是你妹？”

“你可以猜不是。”连宇笑吟吟地说，发间垂下来的长耳坠像是金蝴蝶，翩然欲飞。

十六

许唯说：“你那个小师妹啊，学人捧角儿呢。”

“角儿？”

“明星啊。”许唯实在很意外，“一个十八线，不，三十六线，长得还挺漂亮，郁小姐让我给个女二号，还不让她知道——也不许对外说，不过你应该是知道的吧。”

程郢思索了片刻：“这事儿……难办吗？”

“要费点功夫，也不是做不到。要么就是瞎猫碰上了死耗子，要么就是背后有高人指点，不然怎么就精准找到这么个项目，刚好在我能力范围之内，班底也好，虽然成品不能预料，但已经是最佳资源了。”

程郢想不出连城背后能有什么高人，兴许是钟晓？郁连城这个人在感情上缺斤短两，哪有余力追星。他记得许唯主攻纪录片，和娱乐圈也不搭界，心里实在疑惑：“你把履历发我。”

许唯应了，又说道：“还有个事……”

“嗯？”

“我外婆……”许唯踌躇道，“看了那天捐赠仪式的照片，很欣慰，说要当面致谢郁小姐。”

程郢倒吸了一口凉气。

许唯低声道：“医生说，就这个把月了。”

程郢：“那我和她说说看。”

“就都拜托你了。”许唯挂断电话，又出了会儿神。她猜想程郢是能办成的。那个女孩儿……四年了。

她还对他念念不忘。

程郢进工作室的时候江平正在给连城说他的困扰：“我依照画中人物的

骨骼走向模拟复原了整张脸，是这样。但是照片上人是这样——郁姐你看她们的下颌骨，怎么都做不到重合。”

连城问：“你问过程教授了吗？”

江平有点怯：“没……”做学生就没有不怵老师的。

连城说：“那许小姐呢？”

江平又摇头。

连城说：“这事儿吧，许小姐是甲方，你非得问过她不可。”

“郁姐你是觉得……”

“问过她，如果要按照片来，你就和程教授说，这活没法干，甲方是个憨批；要甲方说，照画来，咱们再继续。”

他的学生真能被她玩坏。程郢咳了一声，连城抬头看到他便笑道：“说曹操曹操来了。”

程郢说：“她说得有道理，江平你把两张图扫下来，我帮你拿去问。”看了看连城，“你陪我走这一趟？”

连城奇道：“江平的项目，我凑什么热闹？”

程郢也是头疼，但凡涉及许唯，连城真是一点面子都不给。只得低声下气道：“看在老太太捐了这么多东西的份上？”

连城摊手：“又不是捐给我。”

程郢还要说话，连城已经开始收拾东西：“程教授要没别的事的话，我先去吃饭了。”

真是连个像样的借口都懒得找。

话说回来，郁连城几时是个肯费心找借口的？

程郢有时候会想起四年前，天刚刚开始热，连城总来找他，打扮得漂漂亮亮的，背着画具站在公寓门口。“宿舍停电了。”她说。

她那会儿已经把《水月观音》摹得极为圆熟，提笔就能把线条复制出来。他有时候兴起，握住她的手填上一两笔，也能分毫不差，是到了随心所欲而不逾矩的地步。只是唐时颜料和后来不同，让她调了很久。

大多数时候程郢没有去想是谁先动的手——总之不是观音。

她吻得很笨拙，第一次就咬了他的舌头。女孩儿懊恼得满面通红。他忍住笑安慰她：“慢慢来，多几次就会了。”

也叽叽喳喳和他说些琐事，说同屋的胡夏在网上接活，小有名气。有个追爱豆的白富美脱粉回踩，下定金让她做件能够让她出气的茶具。胡夏没想法来问她，她得意扬扬地和他说：“给了两个建议，你要不要猜猜？”

“都是什么？”

“一个霸王别姬，一个绿珠坠楼。”

程郢细想了一会儿，不由大笑——这个女孩儿刻薄起人来，总要绕上几个弯。

他那时候倒没有留意，她和他说多少话，都没有提过从前，也没有提过以后。就好像那时候就知道，他们所有的，不过眼前一寸光阴。

她锁骨生得纤巧，很能讨他喜欢。他想过该送她件极细的铂金链，像网面上的碎钻。她嘀嘀咕咕说穿不了吊带了。

后来慢慢儿学会了用遮瑕膏。

“停电”这个借口用了十多次，他说：“老这么停电，要不要我帮你打个报告申诉？”

下次来，还是打扮得漂漂亮亮的，背着画具站在公寓门口：“停水了。”

他差点笑岔气：“怎么不干脆说你们宿舍装修？”

女孩儿只是红着脸不说话。

那之后不久忽然就不来了。他倒是打过电话问她，她说忙。他那会儿也忙，又猜她大概是修复到了紧要关头。

直到袁湛说她打了退学报告。

程郢其实不太想得起当时的心情，大约就像是挨了一记闷棍。他那几年和她在一起的时间其实是比许唯要多，多很多。之前是工作，之后是……

有时候觉得那个人会一直在，直到她忽然抽身离开。

那之后他去过一次她的宿舍。之前并没有去过，听说宿管阿姨不是太友善。

东西大多没有带走。也没有什么特别的，大多是书，笔墨颜料也多。一些日常用物，太日常了。很难从这些碎片上建立起一个人的回忆。那个背着画具站在门外的女孩子，或者是在石窟里听亘古不变的风声。

胡夏说她留了短信让她自行处理。他于是问他能不能带走。她说随便，她约了人来收废品。

程郢不知道说什么好：“不留点做个念想吗？”

“程师兄，她是因故退学，又不是死了，我留这个念想做什么呀！”胡夏吃着冰激凌说，看起来并没有特别不开心。

“知道她去哪儿了吗？”

“不知道。”

程郢自个儿把东西清理出来。连城没有写日记的习惯，但是留了很多字。大多都是赵孟頫。她习惯早起临书，也因为他说过她书不及画，宋以后文人画大行于世，很多以书入画，不能不通。

他能感觉到她走得很慌张。他后来知道他的这个感觉没有错：确实是很慌张。

既然连城不肯去见陈家老太太，程郢也懒得过去，拣紧要关节和江平交代了：“你就和许小姐说，谢你也是一样。”

江平到这时候才知道老师和郁姐竟然干成了这么一件大事。虽然老师一再和他说“这不是好事，不要学”，还是让他高山仰止——郁姐厉害，值得一个师娘了！

程郢收到许唯发过来的资料，是个叫“项佳人”的小明星。作品不是太多，成色他无法判断，索性找了专业人士。

专业人士回信极快，说这个女孩儿起点不高，稍微像样的项目里就几句台词；也不是科班，但是人物也不弱。没出头可能是营销不够。最近半年里资源有了提升。如果要投资，也算个潜力股。

程郢算了算，去掉组局到进组的时间差，能和连城遇到钟晓的时间点完美对上。

那么最近半年的资源，这个女孩儿的身份……

所以他这几年都找不到连城的行踪，应该就是落在她身上。精准找到项目，找到可以利用的人，找到合适的角色——这是经纪人的工作。程郢没法想象连城掉进染缸里和人推杯换盏，利益交换。

他宁肯她一早就遇到钟晓。

至少钟晓知道欣赏她的好。

过两天江平回来，和程郢汇报："许小姐的意思是照画来。"

"嗯？"

"但是老太太一口咬定照片才是真的。"江平生平第一次感受到身为乙方的悲哀：这该死的、五彩斑斓的黑！

程郢想了想交代说："你去图书馆找找校史民国部分，当时的校刊，合照——开我的权限。"

江平自然应了，还是很迷茫。

他一走，许唯的电话就到了。

许唯也没想到连城连程郢的面子都不给："要不你和她说，我再欠她一个人情怎么样？"横竖就是虱多不痒，债多不愁。

程郢也有点意外："露馅了？"江平其实还挺机灵。

许唯叹了口气："老太太不糊涂的时候精明得紧。"

程郢："你欠她两个情，她就让你还了一个，说明你够得到的资源里她就看得上这个；第二个人情她都留着备用了，你还敢欠第三个？"

许唯："她连你的话都不听？"

"她为什么要听我的话，"程郢是真不知道许唯怎么想的，"我之前就和你说过，她不是我的学生——"

"她喜欢你。"

程郢一下子被噎住："那都多少年前了。"

"如果我说现在还是呢？"

程郢没吱声。许唯会意换过话题："中秋回家吗？"

程郢下意识看了眼日历。许唯没等到回答，便自行说道："好了我知道了，给你哥去个电话吧，免得他惦记。"

程郢还真给程邺打了个电话，程邺说："你要没事就回来过吧，许唯不在。"

程郢哭笑不得："我不回来不是因为嫂子……"

"那因为什么？因为妈？"

父亲过世已久，母亲前年碰到新的人。程郢见过一次，堪称年轻英俊。程邺气得要命，认定了洋鬼子图钱，母子俩吵了几次不欢而散；程邺不知怎的发现他不怎么回家，便把账一并算在这上头。

后来母亲真结了婚，索性定居斯德哥尔摩，他回家就是兄弟俩大眼瞪小眼，赶上阿姨不在，他还得做饭给他哥吃。

程郧听到手机里没了声音，只得把火气压下去："阿郢。"

"嫂子不在，那谁在？"

程郧"唔"了一声："放心，都不会在。"

程郢叹了口气，这时候他倒是能领会许唯的意思了，大约是想借他之力让他哥低头。但是对于他，无论劝和劝分，都不合适。许唯总是不吝于将他置于尴尬之地。

"好。"他最终说道，"你别拿三明治糊弄我！"

程郧听到弟弟肯松口，面上笑容止都止不住，连连说道："放心放心，有大闸蟹呢，我这里有坛不错的花雕……"

十七

程郢偶尔想起他哥给他粘知了的夏天。大人午睡，知了在树上叫得声嘶力竭。以为是很大的鸟，粘下来才发现小小一只，光长了个嗓门。他哥藏在纸盒里，琢磨着油炸了吃——被母亲远远丢了出去。

那时候父亲还没有创业，很平常的家境。也不知道这个世界有多大，而脚下这片土地又在经历怎样轰轰烈烈的进程。

程郧大他五岁，读的商科。后来想起来应该是父亲在培养接班人。

父亲是个繁忙的成功人士，在家时候不多，也许更多的时间和精力花在了办公室、会议室、飞机上，甚至高尔夫球场。需要放松的时候——他有个红颜知己，程郢见过她，斯斯文文的，并不像狐狸精。

父亲和母亲总是吵架，在客厅里，摔了很多东西。夫妻之间互相指责，有无数的旧账可翻，"离婚"两个字不断地蹦跶。

父亲说："老大归我，老二归你！"

他回卧室敲给哥哥看。那时候程郧去美国不到一年。程郧问他："你要不要过来过圣诞？"

程郧来机场接他，做三明治给他吃——难吃到让十二岁的程郢迅速学会了泡面。兄弟俩挤在一张床上。他悄声问哥哥："如果他们真离了，你跟谁？"

程郧回答说：“我谁也不跟——再过四个月我就成年了。”

程郢于是很羡慕“成年人”。

程郧带他去滑雪。

程郢是头次看到这么大片的白，天地之间就只剩了蓝白两色，浓烈得叫人眼盲。学习熟悉雪具，学习行走，爬坡、下降——在重力加速度的加持下那种凌空而下的错觉……错觉以为自己是飞鸟。

他学得很快，但是摔破了头。闻讯赶来的夫妻惊觉乖巧的小儿子竟然有瞒天过海的天分。

程郧挨了一巴掌，一家四口抱头痛哭。

那之后不久，父亲意外亡故。死亡来得如此仓促，程郧闹着要休学回家，被母亲制止。多年全职主妇披挂上阵。

平心而论，母亲做得不错。但是程郧学成归来，母子俩还是起了很大冲突。至于有人离间、挑拨、分而治之，都是应有之事。母亲和哥哥闹到这一步，程郢左右为难，渐渐地不太回家。最终母亲心灰意冷撒手不管，开启环游世界的旅程。

大约过了半年，程郢记得那天他从研究所回公寓，看见兄长坐在沙发上，没有开灯，暮色把客厅浸透了。

他给他哥下了碗面。

程郧问他：“如果破产了怎么办？”

他怔了一下，没想到这么严重。他说：“我还有些收藏，兴许能帮上忙……”

有人投资艺术品等着升值，他倒不是。他纯粹是因为喜欢。他清楚自己的眼光，但是非常时期，可能会被压价。

“如果我说不够呢？”

他认真思索了片刻：“我来养妈。”

程郧笑起来：“不养我？”

他摇头。猛虎困于平阳，也不会做猫。

程郧把面吃得很干净，在他床上睡了一觉。程郢发现几个月不见，哥哥老了很多，也没有刮胡子，潦草得近乎狼狈。他开电脑计算自己的资产，到天亮了交给程郧——但是程郧只要求代持他名下股份。

是背水一战，到胜负分晓，未免捏一把汗。

他没想到这会成为连城质疑他的原因——然而细想，确是身处嫌疑之地，身为嫌疑之人。

程郢给连城打电话："江平说你好多天没来实验室了。"

"公司这边有点事……不是才交过开题报告吗？"

程郢"嗯"了声。连城不负责具体经营，主要还是陪钟晓看展跑拍卖会。公司他摸过底，高端产品还算能收支平衡，中低端尚未打开局面；在拍卖上的获益不无小补，但是现在拍卖季未到——因而并不十分信她这种鬼话。

连城放下手机，继续看节目组发过来的策划。

这个节目在网上热度可以，钟晓不知道通过什么渠道拉来的。和大多数当红综艺一样，多做几期，人设要求会越来越鲜明。

鲜明，往往意味着极端——极端才能给人留下印象。

节目组有意给她打造毒舌人设。

连城自觉淳朴善良，不知道为什么会被认为可以往这个方向引。毒舌分寸不好把握，稍有差池就是刻薄；对方举出来的例子也让她为难：业内互相挖苦不是没有，但是对于普通观众，似乎无此必要。

"软塌塌的有什么力量，犀利才能打动人心！"

"必须有争议！没有争议就无法引发广泛讨论……我们需要金句、金句！可以用来推广的金句，郁小姐你能明白吗？"

连城打了一大段话又删掉了。

她能猜到对方的答复："爆点在哪里？古典审美？古典审美人家干吗来看你综艺啊，是纪录片不香还是博物馆太少？"

她承认这是事实，没有爆点，就没有收视率——一切都无从谈起。而她并不能够太高估受众。

手机又响了，还是程郢。

"我有个建议。"他说。

连城有点蒙：她师兄是在她手机里安了监视器吗？他怎么知道她在发愁？还有，她半年前的话，他怎么还记得？

"营销需要讲故事，你自己说的。"他说，"这件肖像背后是百年沧桑，时代沉浮，也许还有个曲折的故事，你觉得怎么样？许唯咨询过医生，老太太时候不多了，她很乐意和你聊聊。”

诧异归诧异，连城还是第一时间调出许唯的作品观摩。

风格和题材她心里有数。许唯主攻艺术方向的纪录片，必须承认她的美学功底，镜头像油画，既厚重，又有一种流动的韵律。

连城找剪辑商量，说了大致需求：“我给你一周时间，我要两个足以形成对比的短视频。”

回头继续和节目组扯皮。

钟晓的脸色不是太好看。

他没想到连城会不配合。制作人话里有话：“我知道郁小姐是钟少你的心头肉，不过宠归宠，也该有点分寸。”

“女人嘛，该教训的时候还是要教训。”

他心里倒是打叠起几句十几句“教训”，到那人推门进来，笑盈盈问：“找我？”忽然就都慌慌张张长脚跑路了……都是些不讲义气的东西！钟晓恨恨地想，临时拣出半句话来：“听说进展不是很顺利？”

连城笑道：“正要找你——我做了次视频投放，你看看效果。”

一个是许唯的作品剪辑，一个采用节目组提过的案例，同一个主题，风格迥异，投放在当前流量最大的两个平台。数据基本打平，但是从评论数目和质量上反映出来，受众年龄和教育水平差异显著。

“我和方总交流过，”连城说，“相对而言，前者更具备消费和引领消费的能力。”这个世界上的消费，除了物美价廉之外，总是一部分人带动风潮，一部分人盲从；当消费里掺入社交、审美、价值取向，连“物美价廉”的考虑都会退居其次。

钟晓看过视频，已经大致知道矛盾所在；再回头看论证过程，图表做得很精细，数据也足够翔实。

连城又递交了一份关于形象的专业分析。分析认为，虽然眼下媒体热衷于打造人设，但是人设本身不宜过于前后矛盾；和娱乐产业中的“黑红也是红不同”，实业产品中，形象的美誉度很重要。而且“毒舌”这个设定已经逐渐失去了新鲜感，在市面上的反馈，也是负面大于正面。基于这些理由，连城想要推迟与节目组的合作，先在许唯的肖像修复纪录片里试试水看看效果。

钟晓合上策划书，板着脸说："不行！"

连城急了起来："哪里不行？"

"你假公济私！"

"我——"这晴天霹雳，六月飞霜！连城想把策划书直接拍在他脸上——却看见那人眼睛里转瞬即逝的戏谑。

连城深吸了口气："钟总，这是公事！"

"我没说是母事。"钟晓没绷住，笑了。

连城气得头昏脑涨："要是钟总现在想不明白，那我过一会儿再来！"

"别——别走！"

连城没理他。

钟晓以手覆面，搓了把脸。他知道连城生气，换他也生气。他就气他自己，怎么都改不了这个轻浮爱调笑的毛病。

"连城。"他放柔了声音。

连城犹豫了片刻，还是站住了。她心里也奇怪：钟晓这个人虽然贪玩，但是正事归正事，从来不乱的——这是闹哪桩？

"其实你心里也明白，你和程教授不可能。"他说。

连城一怔："什么？"

"要是你们之间没有问题，到现在，小孩都能过来抱我大腿喊爸爸了。"

这人就一张狗嘴！

钟晓见她又要恼，忙道："我嘴滑……"

连城笑也不是，气也不是，十分懊恼，抓着门不作声。

九月的阳光从窗外斜照进来，钟晓忽然有点紧张。他像是长于排兵布阵的将军，到临了要冲锋，发现千军万马已经一哄而散。喉咙卡得像口枯井，逼得他不得不喝了杯水。

他朝连城招手："你过来。"

连城走回来。

"坐。"

连城看了看他，依言坐下。

"中秋跟我回家怎么样？"

连城目瞪口呆，总疑心自己是听漏了什么："钟……钟晓，晓哥！我过来真是为了公事！”

“我帮你摆平节目组，你陪我回家对付我爸。”钟晓想了想，又添一句，“不行咱们可以算加班？”

到门被扣上，钟晓把策划书盖在脸上，摊手摊脚往后一靠。

他完了，他知道。这个世界上最悲哀的事莫过于你当真了，她还以为是玩笑；或者说，她肯和你玩笑，不肯和你当真。

钟晓很难准确地说出自己什么时候动的心，也许是她拒绝戒指的时候，也许是她得意扬扬地对他爹说“小钟先生聪明又能干”的时候；也有可能是那天晚上，他不知道她和程郢在说什么，只远远看到她在月光里。

他在那个瞬间被击中。

那完全不像是他熟悉的郁连城。她分明擅长察言观色，分明知道怎么讨人喜欢，但是在那晚的月光里，就像是剥去了绮丽画皮，只剩下血肉之躯。

种种，委屈，愤怒，苦痛，都热烈得像是火，便是封印在冰冷的月光里，也有灼手之痛。

他意识到他从前看到的，不过是幻象。

他意识到郁连城虽然千方百计接近他，取悦于他，她也许把他当boss，当朋友，但是绝对没有哪一刻想过做他的情人。

说笑是真的，维护是真的，拒绝也是真的。

真相来得猝不及防——就像是丘比特的箭，无论你是奥斯匹林山上的神，还是雅典牧羊人。

十八

连城觉得今儿钟晓有点奇怪，不过眼下她没工夫细想。

她给程郢打了电话，回家取衣物和日常用品，然后折回公司拿样品。才进电梯，钟晓就追了进来：“我开车送你。”

连城才要取笑他，猛地收住，改口道：“拍摄是许小姐定，我还没拿到地址。我师兄要送他的学生，我搭个便车就好。”

钟晓说：“我不放心。”

连城做了个“打住”的手势，钟晓闭了嘴。

电梯“叮”的一声到了。

连城推行李箱出去，钟晓溜溜达达跟上来。到大堂门口，连城一眼看到路边的车。钟晓极其流畅地上前开门坐进去。然后扬起下巴冲她笑：“既然程教授知道地方，就程教授领路呗。”

连城啐他：“让我师兄给你领路，亏你说得出口！”

钟晓心想都这么多年过去了，她还这么处处维护他，真不知道当初怎么分的手。他寻思总要找个法子打破她心里这尊神，奈何程郢这个人不像他，满头小辫子一抓一个准，这人除了为人冷淡一点，还真是无可挑剔。

最要命的是，他对郁连城可一点都不冷淡。

钟晓心里转得飞快，眼珠子转得也不慢。连城觉得他在憋坏，站得远远的。钟晓偏压低了声音，叫她听不分明，不知不觉就挪得近了，低头侧耳，长发垂下来。钟晓捞了一把，碎碎软软握在手心里。

连城打掉他的手：“你可快上去吧，不然一会儿庄秘下来找人，可不笑话？”

钟晓嘻嘻一笑：“你亲我一下，我就上去。”

连城扭头要走，就听到程郢的声音：“怎么，钟总也要去？”

连城有瞬间的头皮发麻：她算是知道钟晓为什么作妖了。

钟晓偏头看窗外的男人。

他一向觉得自个儿皮相已经很不错，但是程郢这个人吧，关键不在于他眉目有多清隽，身段有多挺拔，而在于每个看到他的人，都会不由自主想起那些诗人笔下美好的东西，松啊，雪啊，竹啊，月亮啊。不像他，被他爹骂二十几年“小耗子想成精”！

钟少爷心里涌起一股“既生钟，何生程”的悲愤，他倒是想撂几句狠话，但是人真到了近前，目光在空气里噼里啪啦一阵交锋，胜负尚未揭晓，就被连城打断：“他不去，他刚回来，和我交代事儿呢。”

钟晓失了先机，便只嘲笑道：“听说程教授亲自送学生去实习，当得起中国好boss了。”

程郢收回目光冷笑一声：“彼此彼此。”很自然接过连城手里的行李箱，“走吧。”

钟晓眼睁睁看着连城朝他挥了挥手，跟着程郢上了车，懊恼得一拳击在方向盘上，龇牙咧嘴喊了声疼。

连城没想到是江平开车，程郢和她坐后排。想起来上次钟晓的抱怨，不由失笑。

“笑什么？”

“笑前面那个位置空着——江平又不是司机。”

程郢：“那你坐还是我坐？”

江平：他想死。——之前远远看到连城不知道在和谁说话，眉目含笑，举止亲昵。他就暗搓搓瞄了眼老师的脸色，果断决定做个哑巴。饶是如此，也没躲开“师娘”的精准扫射。

连城也是眼睁睁看着天被她师兄聊得死透了，不得不换过话题：“许小姐那边准备得怎么样了？”

“人到齐了。”

连城“唔”了声：“许小姐效率挺高。”

连城看程郢没什么说话的兴致，也就闭了嘴，开手机复习江平发给她的资料。陈家老太太姓何，既不随她父亲姓周，也不跟母亲姓林，有趣得很，说是为了报恩——20世纪20年代，她的母亲曾经效力于何氏。

“那个时代有机会读书的女性很少，”连城沉吟道，“张大师20世纪20年代崭露头角，到画这件肖像的时候，名气已经很大。林家能请他来，应该家底不薄；那个时代，有点家底的人家都不会放女孩儿出门工作——”所以张爱玲戏称她们为“结婚员”，除了极少数的幸运儿，大部分女性的出路都是专职主妇。

“赶上战乱，天灾人祸，什么都可能。”程郢看着车窗，玻璃上模模糊糊人的轮廓。她低头看手机，发梢垂下来。从前没这么长，也许是才过肩。她和他抱怨过碎发极多，他凑近了看，茸茸的，像浅草才生。让人想到春光，或者初夏的柳，一池子浮萍。

这时候听她猜道：“所以林小姐有可能是家道中落，在何家做了家庭教师，或者文秘？”

“多半是家庭教师。”程郢说，“何家做水运，帮派出身，恐怕还没有请大家闺秀做文秘的架子。”

车开了半个小时，连城抬头一看：“许小姐把老太太搬白沙岛来了？”

“这边清静，也方便避开陈家兄弟。”程郢停了停，“医生的建议是给她找个舒适的环境，尽量满足她。”

连城不知道说什么好。她不喜欢许唯，难免迁怒。但是迁怒一个老太太多少有点过分。

许唯迎上来，一见连城就笑道：“郁小姐，要和你道声谢可不容易。”

连城假假笑道：“不敢当。”

有人领他们去客房。连城和江平的房间挨着，没有安排程郢。连城心里转了转，大致猜到其中原委，只不作声。程郢扫视房间，许唯准备得很周全，该有的都有，拉开冰箱看到牛奶、可乐和咖啡。

程郢把咖啡拿出来：“上次你半夜三更去买咖啡——从前倒没这毛病。”

连城心虚道：“赶上大考……也是有的。”

“都改了吧。”

连城暗想，您老管得有点宽。

程郢说：“这是陈伯母生前的地方，许伯父几乎不往这边来，他喜欢热闹。陈伯母和我母亲关系好，父亲过世之后，母亲仓促接手公司，无暇照顾我，陈伯母经常接我过来小住……房间就一直保留下来了。”

连城心里暗道一声“惭愧”，她差点想歪。

“你要不要上去看看？”

他目光里有期待的意思，连城踌躇道：“就怕许小姐在下面等……”

“哪有这么快，”程郢笑道，“刚上来的时候我有留意，还在调试和置景。”

连城并不想看他从前和许唯亲热的地方，想了想说道：“恐怕还是要提前下去化妆，熟悉剧本。”

程郢明白这是拒绝了。

那些从前他不曾和她提起的过去，她现在不想知道了。他脸色略略有些苍白。

许唯看到连城下来，倒是十分欣慰：“郁小姐很敬业。”

连城懒得应酬她，只点点头。上妆，换过衣物，消好毒，进到老太太房间。虽然是病人所居，仍收拾得明亮整洁。

老太太年过七十，头发也只是花白，虽然虚弱，精神却还好，眼皮里全是褶子。撑起来看了半晌，笑了："是你。"尾声微微上扬，带一点娇俏的南方腔，不细听了像"侬"。

连城好奇地问："您怎么知道是我？"

"像个手艺人的样子，沉得住；那孩子么，还浮了点。"老太太目色狡黠，"我是老了，可还没傻。"

连城想不到是这个缘故——她原本和程郢一样，也以为是江平言语之间露了破绽。

"我要谢谢你，帮我把东西拿回来，保住了那两个孽障，也保住了小唯。"老人颤巍巍抬手，捋下一只镯子递给她。

连城不忍拂逆她的心意，双手接过，戴在腕上，灿灿金色，皓然生辉。

老人露出天真和喜悦的神情："好看！"

连城一笑。

"去给程家那孩子看！"

连城脸上的笑容登时就住了。她回头张望，并没有看到人——她和程郢的事，至于这么人尽皆知吗?

老太太嗤嗤地笑。

连城努力把话题扭转回来："我们受许小姐委托修复肖像——"

"唔，那是我的母亲……"老太太说，"他们过世三十年了。她当时和我父亲在康沃尔郡疗养，那里气候好。我得到消息开了整夜的车过去，他们已经离开了这个世界……现在轮到我了。"

"他们一定很相爱。"

老太太微微一笑："是。我在她手边找到这件肖像，虽然只剩了半件。我想它对她一定很重要，我要带它去见她。"

连城知道自己这次是真的来对了。

十九

护士服侍老太太睡下。连城悄没声息退了出去，看见许唯坐在监视器后。连城没去打扰，径直上楼检视江平带来的修复材料——这些天江平也没闲着，补纸、命纸、糨糊、颜料和笔刷都已经制齐。

连城一样一样比对过，赞赏道：“做得不错！”

江平松了口气。他一度很担心老师会让他把做了一半的项目转给郁连城，但是并没有。他还是主修，连城只承担与老太太对话的部分，到修复镜头就会转向他——他知道这是难得的机会。

连城问：“修复方案是你出，还是程教授出？”

“我出。老师说如果有错漏，郁姐会给指导意见。”

连城：“你们程教授倒是很会躲懒。”

江平辩解道：“老师下午还有课，才不得不走。”

连城心里想恐怕不只是为了有课……恐怕他最近都不会再过来——也好。他直截了当戳破她回来的目的，坦诚交出自己的财务情况，反而让她乱了阵脚。她需要在距离他远一点的地方想明白。

连城专心看修复方案。程郢说他这两个学生“实践不足，底子不错”倒不是虚言。江平这份方案做得非常细致，细致到追溯了张大师早年的风格来源。连城曲指敲了敲桌面，总觉得有什么被疏忽了。

许唯的助理小安探头进来：“郁小姐，外面来了位钟先生找你，说是……探班？”她表情有点微妙：影视剧一拍三五个月，有亲友、粉丝探班不奇怪。这个纪录片是仓促上马，总共预计拍摄也就一周，有什么可探？

连城吃了一惊：钟晓怎么知道的拍摄地点？

她唯恐钟晓胡说八道，即时起身下楼。

众人正嘻嘻哈哈分食蛋糕、水果和奶茶。钟晓在和许唯说话，远远看见连城进门，脸上就像是开了花：“在这里，在这里！”

周围人哄然大笑。连城摇头道：“钟总今儿这么闲？”

钟晓理直气壮：“我来祝贺许导开机大吉！”

众人又一阵大笑。

连城背着人刮鼻子羞他：“翘班就翘班，找什么借口。”

钟晓只是笑，摸出一款点心给她。连城认得是自己挚爱的榴莲班戟，冰镇得刚刚好，不由眉开眼笑：“钟少有心了。”

班戟这种甜品有很柔软的皮，一口咬下去全是奶油。连城嘴边沾了少许，像猫儿的须。钟晓想要替她揩去，想了想，没有动手，只低声道：“我说我是你上司，过来看项目进展。”

连城有些诧异：这可不像是钟少爷的做派。他一向没事都能捣鼓点事儿出来。

“说别的怕你不高兴。”钟晓补充道。

连城心里微动，嘴上只顺着他说：“才拍了一个多小时的素材，能用的就几分钟，老太太精神撑不了太久。他们一会儿上去拍江平制作修复材料，我看看明天还是后天找机会把样品摆出来……”

“连城。”钟晓打断她。

“嗯？”

周围闹得很。许唯的团队在不远的地方开圆桌会议，就着下午茶讨论拍摄，叽叽喳喳地，钟晓一句都听不分明。他觉得安静极了。唯一能吵到他的就只有胸口跳得厉害的那个东西，还有眼前人的眼睛。

“我上午有话没说完。”

连城：您这脑回路有点长。

“既然你和程教授不可能，现在你身边也没有别的人，为什么不和我试试呢？”钟晓眉目里终于生出局促的神气来。

他觉得这段话用尽了他毕生的勇气。

他从来没有察觉过自己脸皮如此之薄，薄得像张煎饼。他甚至诧异于自己从前怎么能把甜言蜜语说得那么顺利。

连城抓着半只班戟，榴莲和奶油的甜香软软在舌尖融化。从前有人和她说过类似的话，“要不，我们试试？”——到最后，是她不甘心。这世上最不能试的也许就是感情，不是水到渠成，总会有人不甘心。

钟晓递给她一杯水。

连城朝露台看，钟晓会意。短短十几步路，连城心里转过无数念头。到开口反而简单：“要试了还是不成呢？”

“那再分手也不迟。”

连城失笑。

“难道不是这样吗？”钟晓扬眉，“这世上哪里有百分之百能成的事啊？我吃个鱼还能卡刺呢，风险低于40%我就敢投资。我喜欢你，我想和你在一起，我愿意冒这个险……真不成，你我死心，也算死得其所。”

连城是头一次听到带风险评估的表白。

好吧，好歹钟少爷这次把流程走对了，起码不像上回就直接扔过来一枚戒指。

她犹豫道：“这伤筋动骨地……”她上哪儿再找这么个万里挑一的哑炮老板去？

钟晓垂着眼帘不说话。

天蓝得阴阴的，风从河面吹过来，眼底有大片白色的沙，翠羽红喙的鸟站在水面上，如一苇渡江。连城知道被拒绝的滋味不好受——钟少爷也难得正经一次，可是安慰的话她也说不出口。

也许当初在云冈，师兄面对她也是这么个心情。他的回绝比她更温柔，但是并没有让她好过多少。

良久，方才听见他问：“你说，要是我先遇见你——”

“什么？”

“要是我先于你师兄遇见你，那时候你还小，会不会更勇敢一点？”

连城很少去想那些虚无缥缈的“如果”——她比任何人都清楚这个世界上不存在“如果”。如果她没有缠着父母去看海，如果她没有遇见程郢，如果程氏没有遭遇危机，如果她能拒绝得了他说“试试”的诱惑。

“没准儿那时候我会觉得你是个书呆子……”

“你才书呆子！”连城忍不住反驳，又觉得好笑。真是的，这人就正经不起来几分钟。又觉得不该笑，勉强说道：“我怕你后悔……”

“我不后悔！”钟晓的眼睛亮起来，“你再想想好不好？备胎我都认了，何况是个试用期——”

不是，您老什么时候做过备胎？

“就这么说定了！”钟晓兴冲冲地说。

连城：总觉得有什么不是太对。

“你给我一点时间。”她最终说道。

送走钟晓，连城自个儿在江边坐了一会儿。天色暗下来，暮蓝的风里掉下来一枚银坠子，在江心渐渐长得圆了。

有人走近：“郁小姐好手段。”

连城没有回头，更没有解释。

许唯绕到她面前：“既然你已经和钟先生在一起，就离阿郢远一点吧！”

连城没理她。

“郁连城！”

“远一点是多远？五百米、一千米，还是三千里？要不这样吧许小姐，你给程教授申请人身保护令，方便人知难而退？”

以许唯的涵养，也说不出更难听的话，竟活生生被噎死。

连城拎着鞋站起来。

她赤足站在沙砾中，比许唯矮上不少，竟逼得许唯退了半步。许唯方觉不该示弱，却触见她的眼神，如同长剑出鞘，匕首新淬，但只一个瞬间，流星划过，烟花散尽，剩下来一天一地都是灰。

“许小姐，”她轻声说，“我和程郢早完了，你……真不知道吗？”

“我来拍纪录片，是他成全你对长辈的心意；我呢，是为了给公司做推广——许小姐，我专业，我希望你也专业一点。”

她拍拍她的肩，扬长而去。

许唯看着她的背影，晚风吹得衣裙猎猎。她心里忽然有点慌。

次日上午拍修复流程。

这件肖像除了被烧毁了部分之外，保存得不算差。江平基础扎实，一招一式演练解说，倒也好看。

最后停在照片和画像的不一致上，留了个悬念。

下午连城去见老太太。

“我听我父亲说，外祖父年轻时候曾东渡日本留学，学习机织。那时候还是提花织机——郁小姐听起来会不会像天方夜谭？”

连城笑道：“衣食住行，衣排首位，可见纺织重要。”

“那时候人也都这么想。”老太太思路清晰，“我外祖父年轻时还有过实业救国的野心，但是没做成。投入打了水漂，赶上物价飞涨，连气带病，很年轻就过世了。孤儿寡母熬了几年，书到底读不下去，有人给我母亲介绍工作，给何小姐做家庭教师，也算是绝处逢生。”

连城点头。乱世里多少人想要求一隅之安而不得，林小姐绝对算是幸运儿了。

“父亲说何小姐性情活泼，人很时髦。那年月的时髦是办报纸，演话剧，说英文，跳交际舞，现在年轻人一定觉得很可笑。”

连城说：“时尚轮回，别说一百年前了，两千年前的东西也有时髦的。”

老太太露出愉快的笑容："何小姐人时髦，名字也时髦。我记得是一种花……樱花，不对，是晚樱。一般樱花三四月就开了，晚樱要晚一些……"她转头往窗外，蓝的天空，"现在是秋天了……"

连城迅速应道："南城的秋天比春天还难得，您要不要出去走走——这时候朱缨花开得最好。"

"会不会不太精神？"老太太缠绵病榻已久，想到要正面暴露于阳光之下，未免有些犹豫。

连城等的就是这句，当即应道："这好办。"

二十

连城扶老太太起来，在病床上支起简易桌，转手取出一只深黑色方盒，四角鎏金，绘的传统卷草纹；中间却像是洒下一把星沙，由密至疏，犹如九天银河倾泻，寂静如歌；锁扣是一朵宝相花，簇簇如同火焰。

老太太"咦"了一声："是老物件吧——现在东西轻巧方便了，这么精致的少见。"

连城笑道："是仿唐制作，用的老名儿叫'九子奁'，样式虽然古典，用起来也是很方便的。"

她开盒给老太太看：盒盖翻过来是可伸缩的镜子，方便近视老花；盒分两层，水粉唇膏，眉笔眼影，应有尽有；每样东西都卡在凹槽里，下置机关，取用方便，折叠起来严丝合缝，并不占据更多空间。

连城取水粉给老太太上妆，装作漫不经心地道："凹槽都是活动的，随意拼装，东西多的可以加层，少的可以减。"

老太太啧啧称奇："像乐高。"

这联想直接有趣，连城不由一乐。

她动手又轻又快，不过三五分钟，把镜子拉近，镜中人面色红润，眉目柔和，别说老太太，就是监控器后的许唯也不由暗赞一声好手艺。

连城推老太太出门，金色的阳光在草尖上跳跃，朱缨花开得活泼而喧闹，稍远的地方能看到白茫茫的江面，有水鸟掠过。

老太太微出了口气："真好。"

"康沃尔郡有很优美的海岸线，传说是亚瑟王的诞生地；但是再好的风景，也比不上故国，我父亲这么说。我年轻时候不信这些，人嘛，"老太太微微昂起头，享受阳光落在睫毛上，"现在我信了。"

"他们走的时候带了一把土，那是1937年，距离南城沦陷还有五个月。"

连城问："是为了躲避战乱吗？"

老太太想了想："也可以这么说。何小姐和我父亲订婚，婚礼前夕，何宅起火，何小姐不幸过世，何老先生认我母亲作义女，代替他的女儿嫁给我的父亲，然后他们就匆匆登上了远洋的轮航。"

连城脑子里"嗡"的一声，这句话里巨大的信息量像是滚滚而来的洪流。她脱口问道："令尊——"

"我父亲原本是何先生的保镖，"老太太笑了一下，"他为救何小姐受了伤，但是还是没能救得了她——听起来很传奇是不是？"

"郁姐的意思是，之所以画和照片不一致，是因为这是两个人，一个是老太太的母亲林之珞，一个是早逝的何小姐？"无论是保镖娶小姐，还是家教代嫁、夫妻报恩，听起来都像是三言二拍。

"那谁是林小姐，谁是何小姐啊？"老太太也许是更像她的父亲，江平无法从她身上逆推出任何一个妙龄少女。

连城说："从家世来看，以张大师在20世纪30年代的声名，林家已经请不起他；但是张大师少年时候曾经东渡日本，学习染织，如果说林父与张大师有交情，张大师挥毫赠画，也不是说不过去，所以肖像，是两位都有可能；但是校史中林小姐与许小姐提供的照片一致，那么照片肯定是林小姐。"

"所以肖像是何小姐——那为什么老太太会认为是她母亲？"

连城想了半晌，忽然冒出一个荒唐的念头："如果老太太的母亲其实是何小姐，而不是林小姐呢？"

"这怎么可能！"江平叫起来，"老太太再怎么着也不会不知道自个儿的妈是谁吧。"

"那倒也是。"连城也想不透其中缘故，只得说道，"何小姐全名何晚樱，你查查校史。”

“我——郁姐，我没有权限。”

连城奇道：“那之前——”

“之前老师给我开了权限，但那是在校内，校外需要VPN口令。”

“那你问他要啊！”

江平说：“郁姐，我们和老师视频吧，听听他的意见？”

他寻思怎么都不能让人在他眼皮子底下把“师娘”拐走，虽然他并没有有骨气到拒绝每天的下午茶。

程郢出现在视频里，面上微有倦色。

江平说了情况，程郢说：“我查查看。”到晚上有了结果，“连城猜得没有错，何晚樱1935年考入本校。确实是画中人。资料我发过来了。江平重做模型，看看能不能得到老太太认可。”

言简意赅，匆匆挂断了视频。

连城猜想他是知道了钟晓大张旗鼓送下午茶的事，她对自己再说了一次“也好”，反而江平惴惴不安：“郁姐——”

“嗯？”

“老师大概是……不是大概，是肯定很忙，都没时间多说几句……”

连城淡淡地说道：“程教授很忙不假，我们也不闲；我看资料你画人，都是这两天就要的，哪有功夫聊天？”

江平：果然是很有“师娘”的架势没错了。

连城翻来覆去地睡不着，索性爬起来看没看完的资料。

何晚樱的资料比林之珞要丰富得多。林之珞就光秃秃一张集体照，勉强看得出清秀的底子；何晚樱很活跃，留下许多合影。

连城很难推想这桩婚姻的形态。虽然她无法确切得知何晚樱下嫁周齐的原因，但是何晚樱死后，她看不出这桩婚事对于何家还有什么必要；也许是何家对于周齐的补偿——兴许当时周齐受伤很重？但是林之珞呢？

林之珞为什么要答应？

为什么被送去作为补偿的是她，而不是别人？

两个人的婚姻，三个人的姓氏……连城翻看1937年的背景，这一年发生了很多事，惊天动地的大事背后，生活固守它的节奏，春去秋来，一日三餐，生老病死，普通人为衣食奔忙。

看得累了，习惯性开冰箱取咖啡——摸了个空。

“都改了吧。”这句话忽然浮起来。夜深人静，连城眼睛有点酸。宝玉挨打，黛玉也这么说。

程郢说“你明知道我对你的感情”——不，内疚不能代替感情，即便他自己不能分辨，她也不能再犯这个傻。

林之珞能在何晚樱的阴影下过上四十年……那毕竟是近一百年前了。

她又总疑心钟晓是被她的拒绝刺激，把她当成游戏过关——那总还是好办的。但是他说如果是四年前，你会不会勇敢一点，还是让她难过。她四年前其实也没那么勇敢，譬如她从来没有问过程郢许唯，许唯却敢问她。

他们在一起211天。她总计算数字。她没奢望过长久，但是也没想到这样荒谬。

何晚樱的画像江平到次日下午才完成，有照片打底，自然比之前要精细得多。

老太太兴致勃勃还想晒太阳，连城又把化妆盒拎出来，老太太爱不释手：“要早看到，当初小唯结婚，可以给她做嫁妆。”

连城笑道：“我们有给许小姐另外准备——这件主图是紫薇十四主星中的天梁星，主寿，是送给您的。”

老太太惊喜得眼睛都眯了起来，像孩子看到了新奇的玩具，一会儿拉开这个，一会儿合上那个：“你的设计？”

“我可没这么大能耐，”连城指着边角和当中银河，“画是我的。”

“我母亲也很擅长绘画。”老太太若有所思，“所以小唯学画的时候，我和阿容说，像她的外祖母。”

连城心里一动：“令堂有画作留下吗？”

“没有。我也没有见过，只听父亲说起，他年轻时候跟我母亲学画。但是他眼睛不好，画不了太精细的。”

原来林之珞给何晚樱做家庭教师并不是补习功课，而是教她国画吗？那个时代的名媛倒确实有学艺术的风气。连城心里想着，又问：“令尊的眼睛——”

“熏坏了。何老先生送我父母出国，也是希望能够治好他；事实上也恢复了一些视力，不须额外请人照顾，但是作画是不成了。我父亲和母亲都很感念何老先生一家，特别我母亲……”

老太太停了一会儿：“她拼命工作。所以我小的时候，反而和父亲相处时候多。他很懊悔没能救出何小姐，他说何小姐很聪明……但是没多久他们就得到消息，说何老先生一家都没了。”

“出了意外？”

“是日本人。”老太太简单地说。

连城没有追问。这是个可以推测出来的结果：日本人要拿下南城，需要地头蛇合作。何晚樱仓促下嫁，多半是为了逃避和日方联姻，甚至婚礼前夕的大火，都很大程度上可能是日方所为。

“父亲和母亲给他们戴孝，让我姓何；后来阿容回国，也是找过的，太久了，已经没人了。”

连城推着她在林荫道上慢慢地走，阳光从树叶间漏下来，星星点点，落在脚尖。每件文物背后都是时间，是历史，是悲欢离合。

连城把轮椅停在一丛花前，老太太用力嗅了嗅花香。

连城拿出江平画的两张肖像给老太太看。老太太看了半晌：“这人是谁？看起来眼熟。”她的手笔直指向何晚樱。

连城把原画和江平画的何晚樱拼在一起：“您再看看？”

二十一

老太太怔住，良久，“哎唷”一声：不用多了解人体骨骼走向也能看出来，这两件画的是同一个人。

“她不像我的母亲。”她说。

“对，这是何晚樱。”连城说，“令堂最后带在身边的画像并不是她自己，而是何小姐。”

“可是——”老太太面上浮现出迷惑不解的神情，“可是——”

“可是什么？”

“她看起来很眼熟。”老太太喃喃地说，“她是谁，她到底……是谁？”

江平把进展汇报给程郢："郁姐不赞成我照着何小姐的肖像修复。"

"我也不赞成。"程郢迅速给出结论，"既然可以肯定是何晚樱的肖像，为什么会被老太太错认为是林之珞？不解决这个问题不能动手。"

"可是——"

"我们修复一样东西，首先要把背景弄明白，何时所作，何人所作，为什么而作……这件肖像上存在很多明显的疑点。

林之珞为什么会把何晚樱的肖像带在身边，直至临终？周齐为了救何晚樱眼睛受伤，那么林之珞教他作画，只能在这之前，由此推知，周、林、何三人的关系并不简单；另外何家对于周、林二人——如果说送周齐海外治病尚且可以理解的话，那么赠予价值连城的古董，似乎有违常情。"

江平微微吐出一口气：服了！他老师的话竟然和郁连城一模一样——她是在他老师脑子里住过吗？

"总不能照着林之珞的照片补吧。"他嘀咕道。

"我们之前判定这件肖像是张大师的手笔，现在看来似乎有可纠正之处，"程郢又说道，"从画中人年龄判断，不会早于1935年；张大师的作品在20世纪30年代有过很大突破；这件肖像很明显是20年代的风格……"

"老师认为这件肖像是林小姐所作？"江平问。

"也有可能是周齐。如果是林小姐的话，直接或间接师承自张大师，到她这个年龄，技法应该已经纯熟，而这件作品落笔转折颇有生涩之处……"连城的语速慢下去，终于戛然而止。

"连城？"

"我有一个想法……"连城犹豫道。

"你说！"

"假定周、林原本是一对恋人，就可以解释为什么林之珞会教周齐作画；而何老先生看中了周齐——也许是何晚樱看中了；又因为时局的缘故何晚樱必须结婚。于是在林、何之间，周齐选择了何小姐……"

"郁连城！"监控器后有人站起来，"你过分了！"

"我就事论事。"连城倒不奇怪许唯会炸，不然她也不用犹豫了。

"就事论事——"许唯气恼道，"为什么不猜测是我曾外祖父于作画上别有天分，被何小姐看中，一同学习呢？"

连城目视她，片刻后笑了："何小姐诚然是时髦人物。"

许唯听出她的讽刺，脸涨得通红。

偏连城并不懂见好就收："何家吃的码头饭……"

"连城。"程郢叹了口气。

连城闭嘴。

程郢道："现在无论哪种假设，暂时都无法解释这几个疑点。你和江平再仔细找找，有没有漏掉的线索。"

围观了全部过程的江先生觉得埋头做记录一声不吭的自己真是英明神武。

资料纸摊满了整个房间，被马克笔标记得五颜六色，从大时代背景渐渐缩小分析范围……连城一张一张捡起来叠好。

手机又响了。还是程郢。

连城索性关机。

如果许唯不肯正视现实，在名誉问题上让步，肖像修复且不说，纪录片的完成度也无法保证。她有点后悔蹚这趟浑水。老话说东山的老虎吃人，却原来西山的老虎也吃人——到如今骑虎难下。

门外传来叩门声，连城开门一看，赶紧关上。

心兀自在腔子里怦怦怦直跳——

该死！程郢也不知道是从哪里赶过来，眉目都湿漉漉的，黑衣黑裤地站在外头。连城心里怨念，师兄这个人未免好看得过分，她这会儿不能见他——不然天知道会签出什么丧权辱国的条约来。

她缓了好一阵子，回去继续整理资料，还是魂不守舍，又打了盘丢盔弃甲的游戏。估摸着人该走了，小心翼翼开了条门缝，才松口气，门外就卡进来一只鞋。连城几乎要尖叫，但是立刻就闭了嘴。

果断撒手，头也不回往床上去，被子一拉，蒙头蒙脸蒙住全身。

程郢走近蜷作一团的人，也不知道该好笑还是好气，蒙这么严实，也不怕闷。他喊了一声："连城。"

那人不肯应声。

程郢伸手去拉被子，被子被死死拽住。程郢很知道这丫头的斤两，他要全力以赴，别说被子，整个人都能给他拔出来，但是看她这个誓死不松手的劲头……只得摇头："出来呼吸空气。"

里头人还是不作声。

僵持许久，程郢觉察到不对，从边上掀起一角，人蜷在被子里，已经睡着了。

怎么会困倦成这样？程郢心里头疑惑，轻手轻脚放下，只帮她露出口鼻。眉眼安静得很，还像是有点委屈。

奇怪，当初在一起的时候没发觉她孩子气这么重，只觉得嬉笑有趣；重逢以来反而任性，程郢这时候细想，总是当初她迁就他的时候多。

这个认知让他有点难过。转眼瞥见茶几上码得整整齐齐的资料。

连城不知道自己睡着了，醒来灯还亮着，窗外透进来朦朦天光。她懵懵懂懂坐起，看见沙发上歪着一个人。想了半晌，取下风衣去给他盖上。手腕一紧，已经被攥住。连城在这个瞬间想起冬天里的农夫与蛇。

“醒得真快。”她悻悻地说。

程郢凝视她，过了一会儿方才松手，出声道：“对不起。”

连城心里一沉：“什么？”

“我当时确实觉得许唯说的也有道理，何晚樱在当时算是进步青年，如果她看出周齐有才华，予以资助——”

连城扑哧一笑。

“很可笑吗？”

“何小姐让周齐和她一起学画，不知道何老先生会要他一只手呢，还是一条腿？”

程郢哑然失笑：“你说得对。”

他把连城理出来的资料看完，就知道她的判断乍听突兀，其实是有根据的。这厚厚一沓资料，也不知道理了多久。

连城道：“许小姐说得对，我确实心理阴暗——”

“她不是针对你。”

连城假装没听见，继续说道：“所以比较能够明白小人物的心思。即便是在乱世，也不会人人愿意混帮派。

走这条路的无非三种人，一是从小耳濡目染，不知道有别的出路；二是经历过大的变故，没有别的出路；三是逞强斗狠，野心勃勃。何晚樱一上洋学的大小姐，即便形势所迫，何老先生没有办法在短时间内给她找个各方面都配得上的乘龙快婿，但是退求其次，选择面不会太小。偏偏选中一个马仔——”

“你是说——”

连城嫣然一笑：“再推测下去，许小姐非赏我耳光不可。”

程郢想了片刻，赞同道：“这话你是不能说，我来说罢。”

连城摇头：“算了吧。”

她起身要走，程郢抓住她：“不能让你白费了这些工夫。”

连城心道你是怕我白费工夫还是怕许唯白费工夫可不好说，还是和程郢说道：“何晚樱在校期间很活跃，如果有国画这项技能，不会完全不提。不提，只有一个可能，就是没有作品。没有作品，可能是没有天分，也有可能学习时间太短。如果是没有天分，想必她会很快改修其他才艺，所以这两种可能，其实都指向同一个结果。”

“林之珞教她不会太久？”

连城微微颔首。

“所以林之珞最后把何晚樱的肖像放在身边，出于怀念的可能性不大？”

“除非她们是一对恋人。”

程郢说：“好吧，还有别的可能吗？”

“还有就是我昨晚说的，最坏的可能——我看老太太，应该不至于此。如果周齐和林之珞是一对恋人，在周齐的运作下，林之珞做了何晚樱的老师。何家被日本人盯上，周齐有了别的选择……婚礼前夕那把火，如果不是日本人放的呢？”

“林之珞？”

连城笑道：“夺夫之恨，未尝不可。”

程郢颈后一凉：“我再想想。”

连城看了眼外头的天色：“你慢慢儿想，我出去吃点东西——”

门外传来猛烈的击门声：“郁小姐，郁小姐！”连城听出是小安：“什么事这么早？”

小安一眼进来看到沙发，硬生生卡壳了两秒：“你、你的电话打不通——”

“我关机了。”

“许导找你——”小安神色复杂地把目光从程郢身上挪开，把手机放在连城耳边，手机里传来许唯急促的声音：“郁、郁小姐？”

“许导？”

“我想和你道个歉，昨天是我冒犯了。我、我……我外婆不行了。她想见你。”

二十二

连城是头次看到人这么少的医院，整洁安静得简直可疑，就只有熟悉的福尔马林证明她没有走错地方。

许唯眼睛红肿得厉害：“郁小姐……”

连城怕她煽情，赶紧打断她：“老太太现在情况怎么样？”

“很不好……昨晚高烧不退，连夜送来，推进ICU病房抢救到现在，她醒来说要见你。”她想不明白外祖母为什么要见郁连城，那件肖像果真有这么重要？但修复肖像的又不是她。

“还能说话吗？”

“能……有点含混。我这里有录音笔，你先录下来。”

连城点了点头。她也没有想到老太太的情况会急转直下，明明昨天看起来还很好。她心里有点惶恐，怕老太太是受了刺激。

老太太羸弱得像风中之烛。

她抓住连城，颤声道：“姆妈也……她、她戴面纱。郁、郁小姐……我想、我想看、看看……”

连城反握住她的手，用肯定的语气回答她：“会的，我会让您见到令堂。”

老人死死盯住她，良久，松了手，慢慢合上眼睛。连城坐着不动，脑子里回荡着两个念头，一个是这也许是老人家最后的心愿了，她不能不成全她；一个是——林之珞，她为什么要戴面纱？

她要遮掩是什么？

连城从病房出来，许唯急匆匆上去问：“怎么样？我外婆她——”

“我师兄到了没？还有江平！给我们一个房间，我们需要……许小姐，我们还有多少时间？三个小时有没有？”

“两个小时，最好是……两个小时。”许唯心里疼得像裂开一样，她原以为她对外祖母并没有太深的感情。她小时候几乎没有见过她，虽然收到过许多跨洋而来的礼物。真正见面她已经快要成年。

但是那天她听到她说“要早看到，当初小唯结婚，可以给她做嫁妆”，心里有什么颤了一下。她已经没了母亲，她即将失去她母亲的母亲。

她推开一扇门，门里是程郢和江平，他们带来了所有的工具和资料。她听见郁连城用极快的语速说：“我们只有两个小时……也许还不到。”

程郢回应她：“我刚才看到一点东西，你先说还是我先说？”

“我先！当年何家起火，不仅周齐受了伤，很有可能林之珞也进了火场，这是她后来长期戴面纱的原因。”

“我这里的消息是确定了林之珞进入何家的时间点在周、何定亲之后，是张大师推荐。她未必是去做家庭教师，很有可能就是给新人作画；所以连城判断周、林两人是恋人……大概率是对的。”

甚至可能已经是夫妻。

周齐这样的出身，能被何晚樱父女看中，想必容貌出众。周、林两人年貌相当，在当时的风气下，林之珞会教周齐作画，除去有亲密关系，很难有别的解释。“所以……林之珞进入何家动机可疑。”

江平呆住，冲口道：“老师是说——”

一个书香门第的弱女子，敢去漕帮大佬家里杀人放火？

程郢和连城都沉默，这当然不是他们喜闻乐见的结果——就初衷而言，原本是想拍一段乱世里的情比金坚。

但他们总不能掩耳盗铃。

程郢咳了一声：“如果放火的是林之珞，那么临终带着何晚樱的肖像在身边，也许可以解释为愧疚和后悔。”人一生这么长，总会有无数后悔的瞬间，也许只是一句话、一个眼神，让她想起若干年前的大火。

为什么死在火里的是她不是她？

连城说道：“也有可能并没有来得及动手……”

林之珞毕竟不是惯犯，事前再怎么计划缜密，真到眼前，未必下得了手，即便有动机有条件；但是她一定在现场。可能回火里救过人，因为周齐进去了，或者她终于想起来她和何晚樱并没有深仇大恨。

无论过程怎样，结果总是肯定的：何家感念他们夫妻，信重他们，所以他们给何家戴孝，所以他们的女儿姓何。

“但是这无法解释老太太看到何晚樱说眼熟……”连城又说道。

虽然可以糊弄说老太太年事已高，病糊涂了，或者老太太从未见过母亲真容——但是他们无法说服自己。

“有没有可能，有没有可能……”江平说，“老太太的母亲不是林之珞，而是何晚樱？”

“什么？”连城和程郢几乎是同时出声。

江平被吓到了，他指着连城结结巴巴地说：“上、上次郁姐这么推测……”

“那怎么可能，”程郢说，“即便老太太不清楚母亲的样貌，名字总不会弄错，何与林翻译成英文也是完全不同的两个姓。”

“除非——”连城目色游移，“除非周齐认错了人。”

这点江、程无从反驳：周齐眼睛不方便，认错人毫无难度。

“但是总不能错一辈子。”程郢说道，“何晚樱大可以解释她不是。”

连城默然。

推测到这里进入死胡同。时间一分一秒地过去，焦灼像火一样烤着每个人，死亡就在距离他们不远的地方虎视眈眈。

连城喘不过气来，老太太恳求的眼神压住了她。她往窗外看了片刻，猛地推开门走了出去。

“郁——”

“郁小姐！”正许唯从病房里出来，惊叫了一声。

“让她去。”程郢按住她。

“她——”

“她能想明白的，所有资料都在她脑子里，她是我们当中唯一直接和老太太交流的——老太太怎么样了？”

“用了药，又睡过去了。”许唯面色惨然，“最好是、医生说最好是……还有一个小时。”

程郢点点头：“我去看看她。”

南城秋天的阳光仍饱满如垂头的麦穗，但是热度已经散了。人的影子从地面流到栏杆上，然后是廊柱，动如游鱼。

连城没有回头，她知道跟上来的是谁。她脑子里挤满了林之路何晚樱："其实周齐未必就完全是贪图富贵、背信弃义，也许是救人要紧，总不能眼睁睁看着人家做汉奸——也许是兼而有之。"

程郢想了想，应了一个字："是。"

"林家家道中落之后，可能继续下沉，不然不会碰上周齐。"张爱玲写《半生缘》，身负家累的年轻女子在那个年代往往没有太多的路可走，曼桢要完成学业，曼璐必须做舞女。

程郢再应了一个字："是。"声音低沉。

长廊走尽，豁然开朗，是个不小的花园。连城站定，阳光在她的眼睛里晕染开来。她知道整个事情的症结就在这三人之间。周齐和林之路无疑是有感情，经不经得起考验且不说，至少曾经有过。

那何晚樱呢？

她是被迫，但是并非全无选择。她是甘心下嫁吗？也许是，不，应该是——

"何晚樱应该是很爱周齐，但是周齐——"周齐爱不爱她？也许。她也是年轻美丽的女子，她还意味着财富和势力。

无论从哪个角度看，都是不小的诱惑。

周齐选择何晚樱可以理解。但是那之后，他几乎瞎了眼睛，被迫去国离乡。他也许会怀念他所失去的一切，那时候他也许穷，没有地位，但是他还有希望有野心，有无限可能……有林之珞。

"所以也许他希望活下来的是林之珞。"连城没头没脑冒出了半句话。

"什么？"

"周齐……他以为活下来的是林之珞，或者说他希望活下来的是林之珞。最初也许是他伤势严重，为了安抚他，何晚樱假扮过一时，到后来——啊虫、虫子！"连城短促地叫了一声，弯腰拍开。

程郢定睛看时，那虫子色泽极其艳丽，被拍下来就乖乖儿蹲回绿叶中，没有逃走，不由笑道："不是虫——是花，螳螂兰花。"

"螳螂……兰花？"

"对，就是一种长得挺像螳螂的兰花，生物学上称之为拟态——连城？"

“拟态！”连城叫了出来，“对，就是……拟态！

“什么？”

“如果后来四十年里，何晚樱活成了林之珞的拟态……虽然是很匪夷所思。但是这样，何家对于他们夫妻异乎寻常的信任就不奇怪了。因为周齐的妻子是何晚樱，不是林之珞。船票是一早就买好的，送他们出海不是为了治病，是何家给自己准备的后路。只是没来得及。”

“理由呢？”程郢不解，“兰花拟态是为了捕食，何晚樱有什么理由——”

“她爱他。”连城没有看他，“她不想他失望，她发现这样她可以得到他更多的关注。虽然听起来很扭曲，但是很多、很多亲密关系中不都是这样吗，父子之间、母女之间、夫妻之间……”

连城停了一下：“这也可以解释为什么她始终保存那件肖像。那也许是唯一一件周齐送给何晚樱而不是林之珞的东西，也是何晚樱在这个世界上最后的证据。”她忽然极度疲倦，再说不下去。

程郢也没有作声。他发现照这个设定，竟然能够严丝合缝解释所有疑点。

“可以让江平动笔了。”连城说，“仿张大师20世纪20年代的风格，参照何晚樱的照片补全画面；笔触生涩不流畅部分可以保留；兼顾林之珞的气质——在老太太心里，她母亲就是林之珞的样子。”

她以为她的母亲是林之珞，因为她叫这个名字，因为她父亲认定是她；但是眼睛没有欺骗她，隔着面纱，她模模糊糊看到了另外一张脸，她说，眼熟；她问：这人是谁？

二十三

江平吃了一惊：“我？”

“当然是你。”连城奇道，“你不是准备很久了吗？”

江平跳了起来，被程郢看了一眼，又赶紧坐下：“不、不行……郁姐——老师，我没、没这么快。老太太可能等不了这么久。”开玩笑，就剩下一个小时，他怎么来得及琢磨林之珞的气质？

“连城你上吧。”程郢当机立断，“我给你递笔。江平观摩。”

江平是头次听说老师给人打下手——他算是知道自个儿之前有多不知天高地厚了。连城把自己关房间里看了半小时；程郢争分夺秒询问江平颜料有关事宜；到连城出来，交换过眼神，连城点点头。

“开始吧。”

老太太已经昏迷时多，清醒时少。

病房里开辟出一块地方，架好亚克力板，连城和程郢对过光线，示意江平，江平捧着颜料溜进来；然后是许唯团队的摄像。

一切在悄无声息中进行。

江平从未见过这样的全画，像是把整个人都沉了进去。程郢不断递笔，她看也不看，只管接笔、落笔，从线条勾勒到颜色渲染，每一笔都果断到近乎坚决，没有丝毫犹豫，似乎也不必判断和思考。

所有人都屏气凝声。像是有谁也听不到的旋律在响，让他们的动作合乎节拍，赏心悦目，宛然一场双人舞。

到最后搁笔，分针刚好走过半个圆。

病床上传来“嗬嗬”的呼吸声——老太太醒了。她动不了。她拼尽了全部的力气往这边看过来。

程郢摇起病床。

连城挂起画。

老太太睁大了眼睛，喃喃道：“姆妈……”是，是她的母亲。虽然她常年戴着面纱，但是她一眼就认了出来。沉默倔强的少女，母亲年少的时候就该是这样，像繁花丛中长出来的一支竹，孤峭温柔，百折不挠。

是母亲。她的视线穿过画中少女的面容，仿佛能看到七十年前的天空，灰蒙蒙的天空下鸽哨在响，竹青色袍子的少女从学校里出来，笑盈盈朝着一个人奔跑。那人身形挺拔，眼睛明亮，是她的父亲。

她颤巍巍伸出手，抓住画纸的一角，浑浊的眼睛里全是温柔，温柔和依恋漫出来，痛苦的面容渐渐舒展。

她笑了。

忽然画纸一紧——手垂了下去。

“外婆！”哭声响了起来。

连城放下画，默然退了出去。

她从未想过修复这项技能会被用来完成一个人的临终心愿，那也许和传承任何一件年代久远的文物具体同样的意义。

兵荒马乱的，也没人记起来要送她回家。

连城在医院里打了份餐，事实证明，并非所有的医院餐都难吃。花园也不错，散了会儿步，在花木中打了个盹。

下午接到钟晓的电话，劈头就是："你们拍完了？"

连城张嘴，不知道从何说起。半晌方才能出声："老太太……过世了。"

"这么快。"钟晓吃惊，随即做出反应，"怪不得——我让人送下午茶，快递小哥说家里没人……我这就过来。"

钟晓慰问过许唯，在江边找到连城。他给她带了袋酸奶，和她说："程郦也过来了——多半是程教授通知了他。"

连城道："人家正经姻亲，还来不得了？"

钟晓笑了一下。

连城看出他有话没出口，也懒得追问。钟晓又喜滋滋道："都在夸你神乎其技。"

连城沉默了一会儿："虽然是为了慰藉逝者，但是这种修复有违画者本意，不值得推崇。"

见钟晓疑惑，挑挑拣拣和他说了近九十年前的大火。因曲折离奇，竟花了近一个钟才说完。钟晓听得目瞪口呆，要不是连城手头资料甚多，各种当时情况旁证、佐证、反证，他能问出十万个为什么。

最后也只拊掌叹息："真是意想不到。"

连城说："缺乏直接证据，许唯会怎么剪辑很难讲，她可能不愿意长辈背负污名。"

钟晓："我找人盯着她剪。"

连城很知道他的手段，心里默默给许唯上一炷香："真全放出来，网上肯定吵翻天，光为了谁是小三都能掐个你死我活。"

"这就是争议啊！"钟晓大笑，"有争议就有热点，何况反转这么多，一波三折的，肯定能爆！"

连城犹豫了一下："其实——"

“嗯？”

“我一直疑惑这件肖像是什么时候遭遇的火烧，老太太不懂行，我也不好追问；许唯也不知道；后来老太太说到她父母过世，也语焉不详；我就给康沃尔郡的疗养院去了个邮件，刚才才收到回信，说——”

“总不会他们还活着吧！”

连城：少年你脑洞清奇。

“说周氏夫妇是煤气中毒，双双身亡。”连城抬头，时秋，风凉，江水茫茫，“疗养院的意思，是疑似自杀。”

便是钟晓也想不到还有这样一重反转，当时脱口问：“为什么？”

连城沿河慢慢地走：“我也不知道。”

那时候他们相依为命已经四十年，他乡作故乡，故国只剩下一抔土的影子。

她无从揣测这漫长的岁月是怎么开始的。他以为是林之珞，她很清楚自己不是。但是在他的希冀里她慢慢长成了林之珞，像她那样说话，像她那样微笑，像她那样处理他们之间的感情。

她也许挣扎过，也许。

后来……也许是贪恋异国他乡仅有的温存，也许就是习惯了。那就像是盆景，新生的枝干知道该往什么方向长。

人们称呼她“林”，他唤她“之珞”，时间漫过掌纹，比习惯更深的认知里也植入另外一段记忆，是他强加于她。

每天都忘得多一点、快一点，她就快要忘了，她就快要忘干净了……

但是“她”不甘心，“她”不肯就此死去。

“她”一直在那里，是暗夜里闪烁的鬼火，阴雨天发作的风湿，随风潜入的风信子，想要破土而出……她也许会觉得困扰，乃至于痛恨那种刺痛，多年之后，她在清点旧物的时候又看到她。

四十年前朝气蓬勃的少女，被永久地封存在了他的笔下。

那时候他们已经很老很老了，他们那么熟悉彼此，她再也想不起当初那个少年的英俊。她蹒跚走进厨房，当暗蓝色的火苗蹿起来，红色的火舌一点一点舔食少女的面容，她忽然又记了起来。

她是何晚樱，不是林之珞。

她忽然不知道这荒唐四十年，他是真不知道还是假不知道——那也许是他的报复。没有人知道火里发生了什么，即便当事人，所知道的也不过是一个结局，她死了，她活着。

“连城？”

钟晓的声音把她从幻象中拉回来。

连城停住脚步，回头看见他眼睛里的不安。只觉得千百个念头纷至沓来，她甚至分不清楚是恐惧更多还是疲倦更多。

她朝他走几步，站定。

钟晓高她半个头，眉目舒展。这是个非常心大的男孩子，对世界充满了热情而并不过分沉溺。如果记忆是一件行李，他的行囊一定很轻。连城微叹了口气，低声道：“能让我抱你一下吗？”

钟晓几乎要怀疑自己的耳朵，或者他应该抬头看看挂在顶上的是太阳还是火星——但是他没想那么多，他张开双臂。

有人将脸埋在他的胸膛。

秋衣甚薄，他能感觉到她的柔软，他听到自己的心跳，听到风过去的声音，他想要抚她茸茸的鬓发，但是终于没有伸手。

他觉得自己像只扑棱扑棱的大只家禽。

不知道过了多久，才听到胸膛里发出来的声音：“钟晓……”

“嗯？”

“你有没有觉得，我有时候、我有时候会有一点像许唯？”

钟晓心里震了一下，九层以上的高楼齐刷刷倒下来。他很明白她为什么会问这句。他一直都知道她和程郢之间必然有过纠缠，但是他也没有想到她曾经用情这么深。她和他说：“你不当真，我不在意，不好吗？”

——那还是夏天。

他像是再一次窥见画皮的光彩，而白骨如刀戳破了它。她问他有没有。他深吸了一口气：“那我可得好好看看……”

他按住她的肩仔细端详，淡青色的风不断从她眼睛里过去，有云的影子。江水汤汤。

“头发很像……不过比她黑。”

“眉很像……比她浓。”

"眼睛也是像的……但是比她圆。"

"嘴也像，比她薄……"

连城默默。

她错了。她就不该指望他嘴里能吐出象牙！她"愤怒"地打开他的手，钟晓忍不住哈哈大笑起来。"郁连城，我答应给你时间，你可要想得快一点。"他说，"我是很抢手的——走过路过不要错过了！"

风把笑声传出去，有人在很远很远的地方站住了。

第三卷 九子奁

春日宴，绿酒一杯歌一遍，一愿郎君千岁，二愿妾身康健，
三愿如同梁上燕，岁岁长相见。

一

许家逢丧，钟晓又答应找人盯住许唯剪辑，连城就想回城。钟晓说周末就别来回跑了——后天就中秋，索性在白沙岛住两天当度假也不错。

连城笑道：“钟总要我加班不妨直说。”

钟晓一拍脑门：“你一说我就想起来，秋拍的图录下来了一批——还有个巧的，我爸有事飞香港去了，你说，这都不算度假，怎么才算？”

连城心想更像加班了好吗！

念及老太太对她实在不错，想着留在白沙岛方便送她一程，只苦于没有合适的衣物，钟晓大包大揽说不成问题。

钟晓领连城去书房：“我的书房在西边，我爸在最东边，好处是万一他想起来要揍我，走完这段路气也消得差不多了。”

连城：她实在想不明白，钟原就这么个宝贝，怎么父子关系处成这样。

待钟晓推开房门，又是一惊：米白色地毯，毛深得像匍匐在地的波斯猫，瞬间淹没了她的脚背。

钟晓心里想早知道该让她赤足——只不知道她今天涂什么色。

室中就只有黑白，陈设极其简洁，书柜倒是排满了，钟晓日常不住这边，也没有积尘；书桌和台灯都极具设计感；然后吧台和沙发——“为什么书房会有这种东西！”连城心里有只吐槽兽在蠢蠢欲动。

钟晓觑着她的脸色：“我觉得这个时候我应该问一句：满意你所看到的吗？”

连城没忍住，哈哈大笑起来——这货是看了多少霸总小说？

忽然听到“沙沙”声，如蚕食桑，连城侧耳片刻，诧异道：“……下雨了？”

钟晓嘻嘻一笑，张开手，手心里一只控制器。

“你喜欢雨还是雪？——还有下雪和刮风的声音。把壁炉烧起来，就像是过圣诞，推开窗可以看雪景。”

连城抑制不住好奇，走到窗边往外一探。室中光影登时暗下去，恍惚有凉风扑面；潇潇的，是数百支青青翠竹，而杏花夭夭开了满枝。虽然明知道是假，感官却切实骗过了大脑。

“你喜欢雨？”她问，连声音都空灵起来。

钟晓正量取咖啡豆，闻言笑道：“不是——下雪想出去撒欢；下雨，就可以说服自己老老实实待在屋子里做功课。”

他把咖啡豆倒进研磨器，透明的容器里瞬间刮起风暴，浓郁的香气在室内弥漫开来。借着这声音的掩饰，他低声说：“我从没带过人来这里。”

连城微微动容。

俏皮话她这里有的是，就是不应景。他们这么个关系，怎么回答都不对，便只胡乱道：“荣幸之至。”

低头把图录翻得哗啦啦直响，心烦意乱的。

后来看进去了。照例是从书画场看起。

书画开了两场，一场“仰之弥高”，一场“丹青殊色”，前者古代场，后者近现代。钟晓拿笔记本过来。连城一面翻一面和他讨论。她在文物鉴赏上颇有心得，但说到收藏，就不能和钟晓比了。

民国收藏家仇焱之当初指点了玫茵堂主人三个字：尖、精、稀。钟晓和她说，其实还有三个字秘而不宣，叫“成体系”。

仇焱之几乎集齐了明朝历代瓷器中的精品，唯缺建文一朝，到晚年都念念不忘，竟用成套瓷器换一件建文时的瓷笔架——可见成体系在他心里有多重要。玫茵堂因袭其策，遂成大家。

这六个字需要天时地利人和。

钟晓年纪小财力不到，也有机缘问题。这两年架子才渐渐搭起来，以短线养长线，也做得有声有色。

连城照需求圈出十余件作品，与他商议报价策略；末了指到一页："这里有点奇怪。"

钟晓凑过去看："唔……这是预留。"

"预留？"连城虽然在拍卖行干过几个月，到底不如从小把拍卖场当游乐场的钟少爷。

"就是……有估价特别高，但是不确定能到场的物件——我知道我爸为什么飞香港了！"钟晓恍然。

两个人嘻嘻哈哈胡乱猜了一阵。

连城在钟家住了两天，气色大为好转。第三日下午有人送衣服和花过来，版型、颜色都是极正。钟晓也换过。连城叠了两朵白花，给钟晓别上一朵，自己别上一朵。想了想，又把老太太赠予的镯子戴上。

灵堂布置得十分气派，摆满了花圈和鲜花，钟晓扫一眼，本城名流政要差不多到齐了；正中挂着老太太的遗像，一脸慈祥。

连城和钟晓献过花，给老太太鞠躬。许唯回礼。二人说了些"节哀""保重"之类的客套话，就退了出去。

钟晓说："怎么没见程教授？"

"他待这儿干什么呀，回学校了吧。"连城说。

有脚步声追上来，是个高大英俊的男子，眉眼和程郢并不太像。但连城又疑心那是她对程郢太熟悉的缘故，一点点差异都能看出成百上千倍的效果。程郢明秀，如薄暮轻云，一溪霜月。

程邺一身商业精英的范儿——那也许是许唯选择他的原因？连城心里闪过这个念头："程先生？"

程邺微微颔首："郁小姐？"

"我是。"

"小唯说是你修复了曾外祖母的肖像，让老人家去得很安详？"

连城欠身道："不敢当——侥幸未辱使命。"

程邺目色一动，便有礼盒奉上："不成敬意。"

连城笑道："倒不是我狷介，不过还有位江先生出力不少……"

程郦道："他另有薄礼。"

连城便不再推辞。东西拿在手里分量不重，猜是首饰名表之类。程郦又问："郁小姐是阿郢的师妹？"

连城应声道："每年进校两万人，人人可以称呼程师兄。"

程郦想不到她会撇这么干净，稍稍意外，也许是——侧目看去，她穿一字半袖小黑裙，露出秀美的肩颈，左手单戴只金镯子，她身边那人便配了香槟色领带，这颜色浮，偏他穿不难看。

心里明白过来，程郦含笑道："那倒也是。"

连城便知道程郦不是太喜欢她——难得他们夫妻达成一致，点点头就要告辞。忽然有人过来低语几句，程郦抱歉道："失陪——"快步往门口去。

连城和钟晓对望一眼，连城说："我猜是——"

"陈舅舅！"

门口堵了不少人，老远就听到陈律大嗓门："我说侄女婿，这事儿你们干得可不地道……"

钟晓低声道："陈舅舅这口音真是来自五湖四海。"

连城也觉得好笑。

陈律兄弟带了二三十人来，一眼过去，黑压压都是人头。连城也纳闷了，这对兄弟回到南城，满打满算不过十余年，怎么就三教九流、狐朋狗友都亲热上了，连"闹"字诀都无师自通。

灵堂的肃穆被冲了个七零八落。

程郦的目光压过去，待众人纷纷收声，方才慢悠悠说道："小舅舅，我是你外甥女婿。"

陈律冷笑道："你也知道是我外甥女婿，这外甥的外，不就是外人的外——何况你外甥都不是！这里头躺着的是我妈，这上头挂着的也是我妈，我姓陈的，怎么就轮到你个姓程的来当这个家？"

这一长串气势汹汹，可恨南方人"陈""程"不分，听起来倒像是绕口令。

他们兄弟身后一干人是拿了钱来，勉强憋住了没笑，连城忍不住，转头伏在钟晓肩上。钟晓伸手揽住她，只觉得再快活没有了。

程郦只说了三个字："有遗嘱。"

陈律一蹦三尺高："谁知道是真是假——谁知道你们两口子怎么把我妈给诓了来，我妈来的时候可还是活蹦乱跳的……人落在你们手里，可不要什么遗嘱都有！大伙儿评评，可是不是这么个道理？"

"就是，就是……"一干人附和着。

"老太太怎么死的怕也有问题吧。"

"有问题找警察！"程邺略略提高了声音，"遗嘱有问题找律师，律师人在这里，小舅舅要不要先和他聊聊？"

他身后便走出一人，笑得十分腼腆，开口全是刀："陈先生，这是令堂在许小姐、程先生、医生和我三方见证下签下的公证书，令堂是在神志清醒的情况下自愿将监护权转移至许小姐……"

"这是视频和录音。"律师先生挨个分发，"这是合同。有设备的可以看视频，听录音。"

"这是医生医嘱……"

"这是老太太的遗嘱，老太太交代如果贵兄弟找许小姐闹事，闹一次，遗产减半，再闹一次，再减半……减完为止。"

"以及——"

"好了好了给两位舅舅留点面子。"程邺打断他，"今儿我家办丧事，各位远道而来辛苦了，都进来喝杯丧酒吧。"

和颜悦色，三言两语，陈氏兄弟一败涂地。

二

从许家出来天已经全黑了，月亮上来，柳树垂下柔软的枝条，木樨细细碎碎的，在路灯下泛着小小暗色金芒。

钟晓感慨道："程先生场面人。"

连城："总觉得有点不对……"

"嗯？"

"你忘了，咱们在私人展见过，他和许唯关系……也就那样吧。现在是老太太过世，他不出面说不过去，但是之前，老太太从医院里搬过来那会儿，他怎么可能跑去见证老太太签公证书——他闲得慌吗？"

钟晓："他、他——"

"十有八九就是诈那两个二货，搞不好律师都是假的。"

钟晓吃惊之余又觉得好笑："他和你师兄是亲生的吗？这心黑得！和他比起来，你师兄就是个书生！"

连城哼道："那是谁上次在京都，被个书生吃得死死的？"

钟晓忍不住哀叹："郁连城，你瞧瞧你，给我找了个多么难搞的情敌啊。"

连城笑得停不下来。

钟晓趁她高兴："郁连城，你就不能和我透露下，你和你师兄到底怎么分的手，也免得我重蹈覆辙？"

连城"啊"了一声看向他。

钟晓委屈道："你抱也抱过了，亲也亲过了，我预热一下都不行？"

连城心道以钟少爷你的节操，就这标准，未婚妻都能给你站出一操场来！便只糊弄他："说来话长……"

"我不嫌！"钟晓立刻响应，"咱们慢慢儿说，有的是时间，我让罗嫂给我们找支好酒——"

两人进门，钟晓眉飞色舞还在脸上，看到客厅里有人，立刻就像鹌鹑了："爸……你怎么回来了？"

"我还回来不得了？"钟原真是气不打一处来。他惦记着中秋这死孩子一个人过，紧赶慢赶十六赶回来，他得到了什么！

钟晓蔫儿吧唧地不说话，暗地里寻思要是他爹想不开，他是往哪边逃窜比较好——虽然有连城在这里，也顾不得了，形象没有皮肉要紧。连城也不是外人，应该能懂。因眼珠子滴溜溜直转。

钟原摸到烟灰缸。

"钟先生，"有人打断他们父子对峙，"钟晓的意思是，您急匆匆去香港，又急匆匆回来，舟车劳顿，怕累着您。"

钟晓眼睛一亮："对对对我就这意思……"

钟原的目光斜过来："又是你！"

连城笑吟吟道："可不，真对不住，又让小钟先生陪饭了。"

钟原也有点哭笑不得，但是听到儿子体谅自己，心头气恼还是消了不少，只瞪着钟晓："你舌头折了？说句话要别人解释？"

钟晓嘀咕道："我这不是没来得及嘛。"

“吃饭没？”

钟晓和连城原是吃过的，只是这当口钟原摆明了要请饭，钟晓也不敢说个“不”字。好在钟原到底顾忌外人在座，倒也敷衍出一套父慈子孝的戏码来。到饭毕，钟晓便借口要送连城上楼。

钟原说：“小罗你送郁小姐上去，钟晓陪我出去走走。”

钟晓使劲看连城，连城回了个“爱莫能助”的眼色。她疑心钟原是要找钟晓探她的底，自然不好在场。

连城玩会儿手机就听到敲门声，开门一看：“这么快就完了？”

钟晓气鼓鼓道：“你一点都不关心我的死活！”

连城好笑：“又没缺胳膊没少腿，你是他亲生的又不是买来的，我关什么心——你缺妈吗？”唬得钟晓一把捂住她的嘴：“你可给我闭嘴吧，万一他听到了，想不开要寻第二春怎么办？”

连城道：“没一巴掌拍死你他真是念在亲生的份上。”

钟晓和她闹了半晌，眉眼都透着笑：“你猜我爸对你印象怎么样？”

连城笑了一声。

“笑什么？”

“钟少爷是不知道，我这个人呢，打小就讨老人小孩喜欢，别说你爸了，八个月的小婴儿看到我，都能把口水笑出来。”

钟晓倒吸了一口凉气：“真的假的？”

连城笑而不语。

“我算是服了！没错，我爸说，要是真喜欢，就好好处，不要再乱来了。”钟晓越想越开心，“你连我爸都能拿下，真是我的吉祥物！”

“吉祥物”给了他一个字：“滚！”

钟晓滚出去不过几分钟又回来了：“我们上天台看月亮吧，十五的月亮十六还圆着呢。”

连城还真没多少半夜三更陪人上天台——还不是为了跳楼——的经验。不过钟晓显然驾轻就熟，还记得提醒她：“我从来没带人上来过。”

连城又笑。

钟晓瞅了她片刻：“是不是觉得我特幼稚？”

连城摇头，还是忍不住笑。

“我也知道可笑，”钟晓仿佛自言自语，“但是我还是想告诉你，我就是认真的；我想你知道，有那么一个人，很认真地喜欢你。”

连城鼻子有点酸，她轻声道：“我知道。”

一时间两个人都没有说话，电梯沉默着往上升，抬头就是月亮，圆得像一轮剪影。

天台空旷，风从四面八方吹来，哗啦啦是树叶的声音；遥遥可以看见江心皎皎，江水如练。靠近围栏有个玻璃屋，屋子里藤桌藤椅，颇为古雅；几株绿色植物打着花苞，花苞低垂着。

钟晓推开门，灯就亮了。桌上几瓶酒，又两只杯子。

“我们猜拳？”钟晓兴致勃勃地说。

连城暗想，就知道这货整不出什么高雅的东西。“输了喝酒？”

“不喝也可以，”钟晓露一个不怀好意的笑容，“不喝咱们玩曝前任——敢不敢？”

连城捋起袖子，露出洁白纤秀一段手腕。

两人便十五二十乱喊起来。钟晓原本是打算好的——他和连城玩过不少次，就没输过，因而十分轻松，嘴角春风：“要不要我让你？”“虽然说赌场无父子，不过你晓哥我怜香惜玉……”

后来笑容渐渐消失：“不可能！”

“郁连城你出千！”

连城大笑：“一个手五根指头，哪里来的千？你六指还是我六指？”

“这不科学！”

连城只是笑。

钟晓回过味来，未免悲愤交加：“你、你一直让着我？”

连城斟酒满杯，素手红酒，漾着月光如银，从容推过去：“钟少，愿赌服输。”

钟晓酒量不小，两瓶下去眼睛还亮晶晶的。“这我就不懂了，郁连城，我是个玩咖我知道，你一看就是好人家出来的乖孩子，怎么能比我在行？”

连城咳了一声：“不服？”

“服！”钟晓谄媚道，“好连城，让我做个明白鬼。”

连城给自己也斟了半杯：“我小的时候呢，爱吃葡萄，那会儿父母都想教孩子分享。舅舅每天带一串葡萄回来，让我和姐姐分。要是偶数颗，当然皆大欢喜，要是奇数嘛……”连城笑了。

钟晓怪叫道：“万万没想到，我会败给一个葡萄精……”

连城呛出眼泪来。

钟晓给她顺气，但见双靥生霞，亦觉十分可爱。

“我老赢，她就不和我玩了。”那些暑气蒸腾的傍晚，葡萄绿得像碧玉一般。她略过那些小小的委屈和恐惧，“别说你了，就是我姐，这么多年了，还以为自己是凭本事吃到的葡萄呢。”

钟晓心悦诚服，格外多喝一杯，以示敬意。

“我姐大我几岁，”连城酒气上头，“长得可漂亮，方圆几里都知道连家出了个大美人……”

“有多美？”

“上体育课男孩子集体趴栏杆上吹口哨；也有课间假装没事儿从窗外经过的；有在下面喊名字的，送情书的……那会儿老师父母都是严防死守，哪里守得住。有个很英俊的小哥哥每次都带一大袋巧克力过来贿赂我。”

钟晓暗搓搓想了一会儿十几年前眼巴巴等着吃巧克力的小姑娘，想穿回去哄她喊叔叔。

“有次舅妈下班得早，被堵在家里，跑不掉了，”连城面上浮现迷之微笑，“我姐急得团团转，小哥哥拍着胸脯说：‘我去见你妈，要打要杀都认了！’”

钟晓幸灾乐祸道：“有没有打断腿？”

“我给他们出了个主意，”连城说，“让他站那儿给我当素描模特。舅妈听说我花了五十块光顾着心疼了……”

钟晓笑弯了腰：“我敢打赌，你就是叫他脱光了做裸模，他也是肯的。”

连城悠然道：“不然呢——我一早就和你说过，那是个很英俊的小哥哥……”

钟晓不记得喝了多少酒——早知道他就是挖个坑把自己埋了也好过和连城猜拳。连城看他伏桌上不动了，自斟自饮了半杯。

“想不想知道那个小哥哥和我姐姐后来怎么样了？”没有听众，就只有月亮孤零零亮着，“他们好了好多年，还是分了。”

耳边很轻很轻“啪”的一声，连城脸色变了。

仓皇四望，月亮很安静，只有顶灯灭去。点点碎光亮起来，浮在半空，像萤火，像星光，像童话里精灵现身。

连城不由自主被吸引，只见柔和的光色下，七八株绿植微微颤动，紧裹的花苞松了束缚，纤柔的长丝缓缓舒展，然后很突然地，整个花炸裂！层层叠叠，如雪之洁，如月之满，如玉之华。

她从未见过这样的奇观,这样静,这样美,让人想要屏住呼吸,怕唐突美人。

但只眨眼，所有花瓣又都收拢来，垂下头，像一记优雅的谢幕。

连城反应过来，这个傻子带她上天台，既不是为了喝酒猜拳，也不是为了赏月，而是等这昙花一现。可笑得很，罗密欧指着月亮发誓，朱丽叶惊叫说：“不不要！月亮变化无常！”——而昙花一现又是什么好兆头呢?

他的脸埋在手肘里，看不到眉眼。

如果这时候醒来，该懊恼坏了吧。连城忽然失去了言语的能力，四下里无人，月亮还亮着，花已经谢了。

他的短发硬茬茬的。

“你明知道我接近你是有所图，为什么还要起这个心思？”她低声说，低得近乎呢喃。

三

钟晓醒来在自家客房。房间里没有别的人。他猜是昨晚喝醉了，被连城搬运下楼。

不知道她有没有看到昙花。他原盘算好了和她说他小时候种花的事，有很多很好笑的段子。床头摸到手机，他昨晚设定的是录音状态，点开就听到“十五二十”地乱嚷嚷，不由一笑。

回屋冲了个澡下楼，在楼梯上就听到他爸的笑声。钟晓一阵毛骨悚然，但听连城说道：“钟总的意思，无论哪个行业，还是要把盘子做大。”

“咱们国家以前穷够了，人穷志短，很多东西没法讲究；到后来慢慢儿吃饱了，想讲究也没人领个方向，于是一窝蜂地西化，自家好东西反而丢了……”

“是是是，有足够艺术修养的人当然一直能理解，但是不能只让云端上的人看到美，享受美，进而有机会创造美。美是一个需要所有人一起努力的事情，应该让尽可能多的人参与进来；一个人看多了好东西，虽然未必知道好在哪里，但是自然而然眼光就会挑剔。就像巴黎的时尚、意大利的歌剧、俄罗斯的建筑，这种底气我们原本也有，但是动荡的一百年里顾不上……”

“越多的人消费，就越多的人参与，越多的人参与，就能有更多的好东西。有句话说得对，民族的就是世界的。老树尚且能发新芽，何况艺术不朽……这是钟总创立钟声的原因。”

“有点意思。”钟原笑道，“那兔崽子成天胡闹，道理还一套一套的。”

连城莞尔：“钟先生口不应心。”

钟晓听得抓耳挠腮，这些话他素日里是零零碎碎说过，只没这么有条理，谁知道郁连城一声不吭记这么牢。

正喜不自禁，回头一看，罗嫂一脸“你妨碍我打扫了！”，不由老脸一红，讪讪然下了楼。又被他老子逮住教训了一顿：“要听人说话就听，男子汉大丈夫，鬼鬼祟祟做什么！”

要不是钟原突然回来，钟晓不介意在白沙岛多待几天，到如今只好回公司。

他想把连城也拐回去，连城表示推广已经被推迟到下一季，许唯那里剪辑短则一两月，长要三四月，眼看拍卖季就要到了，可得容她回学校写几天论文。不然她师兄真能让她再次毕不了业。

连城有近一个月没有回校，哼着歌儿把屋子打扫了，被单枕巾换过，被子和枕头丢太阳底下暴晒。陆洋揶揄：“心情不错？”

连城说：“就是想通了一件事。”

“什么事？”

“就算明天天塌下来，今天也得过日子。”

连城没想到事情会走到这一步——任谁都想不到，程郢能哗啦啦给她来个开诚布公——类似于荆轲勤勤恳恳准备了好几年的地图匕首人头，秦始皇把脖子一伸：别这么麻烦，直接来吧！好了，现在荆轲的问题是：他到底是不是那个该死的暴君？以及，杀了他到底能不能拯救燕国？

唯一顺遂的反而是钟原那头，他说他会参与这季拍卖会，没准儿她能找到时机试探口风。无论如何，能和他说上话也算是不错的进展了。

两宋追求写实，尤其翎毛类。宋徽宗留下的作品也以此类居多。连城想不透就会去研究室里调色。江平如今对她十分恭敬，连城觉得大可不必；林陌川像是有了新的不满；几次都没看到程郢。

连城假装不在意问江平："你们程教授是出差了吗，怎么这阵子都不见人？"

江平笑道："郁姐又不是没有电话，怎么不自己问？"

连城哑然。

逍遥半月，钟晓发过来的图录越来越多，大大小小的拍卖场全线铺陈开来，连城在学校也待不住了。

这次连宇倒是在家。

连城到家的时候她在看小说，和连城说："我接了个女二号的角色。"连城知道是许唯那边的资源下来了，笑道："恭喜！"

"这个故事不错，"连宇说，"就是戏份少，也没黑化……不知道能有多大水花。"

连城说："前些年的戏，是个女人都要黑化，简直把黑化和高光挂钩；但凡模式吧，总是一鼓作气再而衰三而竭。跟风可以，赶早，但是影视制作周期这么长，一多半赶风口的都凉了。"

连宇说道："有道理。"抬头看到连城收拾行李，"又要出差？"

连城"嗯"了声。

"钟总这是拿你当畜生使啊。"

连城想起她把钟晓从天台上拖下来的那个悲惨的晚上，由衷地认同了她姐的判断："社畜嘛。"

临睡前看到来自程郢的未接来电，指尖来来回回犹豫许久，到底没有点下去。

连城不是太喜欢拍卖场的氛围。香港的会场总是把冷气打得很足，日光灯照得人面雪白，眼睛里赤裸裸的狂热，拍卖师凭借声音不断把这狂热推向高潮……直到鼓槌砰然落下。

钟晓在拍卖场一向如鱼得水；这次因为他爹也在，有点儿蔫，但节奏还是一等一的。

钟原一次牌都没有举。

连城猜他过来还是为了那件“预留”；她心里也很好奇，会场里恐怕有一多半人在等它亮相。一直拖到下午近四点，所有人都被吊足了胃口，这件最后的拍卖品方才姗姗迟来——

“水月观音”四字入耳，连城以为是自己听错了。

她找了这么久，久到她都不抱希望了，它竟然会这么随随便便出现在别人口中。她脸色白得有点可怕，钟晓立刻就察觉到了。他喊了声，连城没听见，但是恍恍惚惚看了他一眼。

钟晓握住她的手：“你想要它？”

连城没有作声。

大幅的画面打在屏幕上。观音侧坐于岩石，双手抱膝，右腿垂于水中，足踏莲花，他身子略略后仰，背有圆光，然后是绿竹、笋，三两株摇曳的棕榈；鸭子在长满莲花的绿水中嬉戏。

钟晓惊道：“男相观音！”

观音自魏晋传入，初为男相，中唐时期的志怪小说中才有了女子化身，到两宋进化为妙善公主、千手观音；元代管道升撰写《观世音菩萨传略》之后，观音的女子形象方才彻底固定下来。所以观音男相，必然在元朝以前，难怪拍卖方郑重其事，以为压轴。

连城说：“大概是晚唐……”

钟原问：“什么根据？”

连城回道：“《历代名画记》里说中唐周昉‘妙创水月之体’，一经面世，广为流行；晚唐左全、范琼，北宋黄居宷、吴元瑜都有习作；随着观音形象的蜕变，水月观音也有了许多变体。越早的形制会越贴近周昉所创。”

“但是周昉的水月观音没有传世。”钟原说。

“有两个证据，一个是现存于法国吉美博物馆的《水月观音半跏像》，与这件形制相仿，断代晚唐到五代。”

“另一个是？”

“迄今发现最早的水月观音在四川绵阳魏城圣水寺石窟第七窟。主尊侧坐，右腿下垂，双手抱左膝——这件造像有明确的年代记载，是公元885

年，唐僖宗中和五年，距离周昉不过百余年；而明确年代在五代及之后的造像与画像，都再没有过‘双手抱膝’形制，多是跏坐、半跏坐于莲花之上，又有净瓶、杨柳枝作为点缀。”连城做完判断，看了看钟原，“钟先生以为呢？”

钟原没有回答。

拍卖师介绍道：“鉴定是五代到晚唐的作品，周家样。”古代人物画四家模板，分别是南朝张僧繇，张家样；北齐曹仲达曹家样；盛唐吴道子，吴家样；最后一家中唐周昉，周家样。

钟晓悄声问连城：“这么说，是真迹？”

连城想了想说：“也不是完全没有问题——周昉传世的《簪花仕女图》《挥扇仕女图》《调琴啜茗图》《内人双陆图》都是仕女图，所以也有人认为，周家样的水月观音是女相。”

又往钟原看。钟原眼角跳了一下：“郁小姐博闻广识。”

连城微笑道：“我就是班门弄斧——听说前些年出过一件女相的周家样水月观音……”

“不可能！”钟原断然道，“如有，我不可能没有听说过。”

连城心里一下子落了下去。

拍卖师开始报价。《水月观音》没有底价，但是价值摆在那里，出得起的也不会想落下笑柄，因此开场就是八千万。不断有人举牌，加价。连城有点提不起兴致，有一耳朵没一耳朵地听着。

几轮激烈的竞争过后，举牌的渐渐少了，数字停在1.1亿。

这倒是可以预料的。这件作品仅凭年代就该上亿，要能记在周昉名下，至少翻上一番。但如今妾身未明。书画价格最高莫过于北宋黄庭坚的《砥柱铭》——光黄庭坚的名字都值2个亿。

这一走神，价格已经飙到了1.3，连城觉得周遭有点不对劲，转头一看，举牌的不是别人，正是钟原。

拍卖师：“1.3亿一次，1.3亿两次，1——”

“1.4亿。”声音发自一个不起眼的角落。所有人都被这个横空杀出的声音一惊，钟晓认得是经常出没拍卖场的职业代理人老詹。

“1.5亿！”钟原举牌。

“1.6亿！”

"1.7亿！"

"2亿！"

"2亿一次，2亿两次，2亿——"拍卖师有意往这边看了看，"三——"眼看槌要落下，钟原猛地站起来——

"2.1——"

"2.5亿。"对方继续不假思索举牌。

钟原这次犹豫了一下。让他犹豫的不是数字，而是对方势在必得的决心。要不要跟？跟到多少为上限？这件作品品相诚然不错，但是——"2.5亿两次！"

"2.5亿三次！"

"咚！"落槌。

《水月观音》以全场最高价2.5亿成交。

记者一拥而上，追问神秘的买主。老詹心情愉快地一问三不知。

四

钟晓知道父亲心情不好，尽量保持透明。

但是以钟少爷往日风头，社交圈哪里这么容易放过他，总有不识相的过来攀谈："好久不见钟少，也不出来玩？"钟晓想一个浪拍死他。还有绕着弯子探听消息的，有悄悄儿塞花笺给他的。

钟晓觉得父亲的目光刀子一般在脸上刮。好在钟原这会儿心思不在这上头，他问连城："你说我该不该再争取一下？"

连城说："如果没有别的佐证，2.5亿已经是溢价了。"

钟原摇头："是我判断失误。"

连城有点迷惑，便只拣了句放之四海而皆准的便宜话："有时候东西和人一样，自有它的归宿。"

钟原出了会儿神："我之前得到消息，说这件东西出自玫茵堂。"

"玫茵堂？"连城微惊。

瑞士玫茵堂，传说中"玫瑰花丛中的殿堂"，以神秘和收藏等级极高闻名于世，很长一段时间里没有人知道它的主人是谁。大半个世纪了，玫茵堂中的两千件收藏品几乎没有全部展出过。

2011年香港苏富比推出“玫茵堂珍藏”专场才让世人窥得一二；这十余年，不出手则已，出手都是顶尖的精品。

钟晓说：“他家不是专收瓷器吗？”

这要不是在酒店，钟原能砸烂他的狗头！钟老先生压住火气，淡淡说了句：“还不许人家收别的了？”

连城深深觉得要把这对父子关一间房，不知道活下来的是谁。

钟晓拼命给她打眼色。

连城硬着头皮说道：“玫茵堂确实以瓷器为主，整个西方对于我国艺术品的收藏，都以瓷器为主。书画外流方向主要是日本。但是二十世纪三四十年代，有个活跃在欧美的中国古董商——”

“卢？”钟晓这时候倒是想起来。

卢芹斋确实什么都做，青铜、石雕、古玉、瓷器、字画、家具。他在西方收藏界地位极高，但凡有他签名，都能身价百倍。

“但是他在书画上就是个棒槌。”钟晓说。

钟原又想打人。

连城点头道：“我也听说过。我怀疑拍卖行没有亮出这个背景，就是怕它动摇竞拍者的决心。”

钟原冷冷道：“原来郁小姐也不知道。”

“愿闻其详。”

“卢芹斋书画不在行，但是1938年到1945年之间有人给他掌眼，他手里流出去的赝品，要么是早期，要么是晚年；不过有句话郁小姐说得对，拍卖方没有透露，确实是有这方面的顾虑。”

钟晓默默然理了一下卢芹斋和玫茵堂的时间线，便知道多半玫茵堂是在卢芹斋晚年入手的这件作品。

钟原一肚子火，吃完饭就赶钟晓走人。

钟晓乐得脱离父亲的视线，摸出花笺一看，乐了：“有个Party……游艇今晚出海，想不想去？”

连城还在琢磨既然玫茵堂无法确定真假，为什么钟原却认为是自己失误？又想到价钱，连城简直愁得睡都睡不着，哪里有心思，才要摇头，钟晓又说道：“我有话和你说。”

"要换礼服吗？"

"休闲的就好。"

连城几分钟就出来了，青金色T恤，卡其色七分裤，板鞋，棒球帽。头发盘进帽子里，乍一看就是个顶清秀的男孩子。

钟晓给她鼓掌："好！我就不用费心跟人解释了，下次人家能直接给我安排个俊俏小哥作陪，你也好放心。"

纵连城满腹心事也被他逗笑："倒是不用跟别人解释，怎么和你爸解释？"

十一月的香港还只是微凉，从海面回望都会，但见高楼林立，华灯璀璨。

游艇上热闹得很，不时有哄笑声爆出来。侍者穿梭在其间，灯红酒绿。有人搭讪，换了英语换粤语，连城只管装不懂，对方无趣，喝了口酒也就走了；又有少女抛着媚眼问她要烟。

到钟晓应酬回来，连城已经喝了好几杯。钟晓和她说："给我画张素描怎么样？"

连城吃惊问："在这里？"

钟晓回头示意，便有侍者送上写生的夹板、纸笔，给她架好。

连城默不作声削了支笔。周围慢慢就安静下来。她这时候抬头看钟晓，夜幕苍茫，却原来新月和灯光都只是零星点缀。

那人站在光影的分界点上，英朗的眉目被割裂，肆意流窜的色泽，生出阴晴不定的诡异感，和她所熟悉的人陡然就有了距离。她像是能在他目色里看到温柔，但是转眼又被冷光敷上金属的硬度。

海浪拍打着船舷，一波一波上来，一波一波过去。柔软如同无数的触手，不动声色地吞没，呢喃是塞壬的歌声。

"郁连城。"

"嗯？"

"你和程教授分手，是不是因为那件《水月观音》——女相的那件？"

"不是。"

"那是为什么？"

"不告诉你。"

"你摹一件给我……照片也行，我帮你打听？"

连城仰起面孔，风和星光散落在深黑色的瞳仁里。钟晓看到困惑的颜色。他笑着说：“这个不难猜——送你回校那天我就问过你，你还记得吗，我问你为什么接近我——图钱还是图色？”

“那怎么扯到我师兄？”

“程家的事又瞒不过人。”钟晓不在意地道，“时间点刚好对得上，我也就这么一问。我是猜过程教授拿了东西，但是真这么着，你也不能这么维护他……”

连城哑然，她无法反驳。程郢对她的影响力仍在。她知道。

钟晓凑过来看画。连城手快，已经完成了七七八八。借光细看，形似只六七分，神韵全在。光影在他面上流转，背后深不可测的海，暗流汹涌，月色如雪，衬着他似笑非笑，眉目含情。

“不得了！”钟晓叫道，“郁连城你是暗恋我吧——不然怎么能画这么漂亮！”

连城被他的脸皮震惊到了。

钟晓催她签名。才提笔，钟晓又按住她：“等等……让我想个落款，想句诗什么的……”

连城停下来看住他，就听他念道：“似此星辰非昨夜，为谁风露立中宵。”

连城被酸得倒吸了一口凉气，坚决不从：“你自己来！”

钟晓磨了好一阵子，拗不过她意志坚定，嘀嘀咕咕拿起笔。连城见过他草书签名，没想到正经写起字来倒也漂亮，因问：“习的二王？”书法上二王是王羲之、王献之父子。

钟晓叹了口气：“卫夫人。”

连城偏过头去笑。海风有点涩。不得不承认，钟晓是个好看的男孩子。这个认知让她怔了片刻，还是轻声说道：“你的好意我心领了，东西我自己找。”她背负不起这么重的人情。

钟晓眼睛里有什么闪过去，太快了，以至于她没有捕捉到：“你信不过我？”

“不是！是我请不起你。”天底下没有白吃的午餐——便有，也轮不到她。

钟晓倒转笔指画：“不是已经让你付了酬劳吗？”又说，“你要是觉得不够，还可以送个吻给我——放心，我不至于为了这么点事逼你以身相许。”

他脸上还挂着笑模样，但是连城觉察到他生气了。

回到酒店，钟晓送她到门口，和她说“晚安”。

连城心里有点乱，但是也不想细想。

冲过澡靠在床头翻看图录，不知不觉困倦了，图录从手里滑下去才惊醒。就听到手机响，竟然是程郢。连城怔了一下，按下接通键。房间里的灯还亮着，遮光窗帘把外头盖得死死的，有种晨昏颠倒的错觉。

手机里也安静得很，对方一直没有说话，连城疑惑地看了一眼通话时间，时间一秒一秒地过去。

她清了清喉咙：“程郢？”

那边吃惊道：“你一向喊我师兄……”

连城又怔了一下：“那时候年纪小不懂得分寸……”她也知道这个解释牵强，且毫无意义。也许程郢那天问她的时候她就已经意识到了不对。已经过去很久了，他们的学业已经结束很久了。

她该从这种暧昧的关系中挣脱出来了。

“这么晚了有事？”

程郢过了一会儿才回答她：“明天有消息放出来，可能会波及你，和你说一声。”

“消息？波及我？”连城想不出有什么事会波及她，“许唯的纪录片——”

“不是。”

仿佛被闪电劈中，连城眼前一阵模糊。她脱口叫道：“是你？”

“嗯。”

“你、你——”连城说不出完整的话，满脑子都是“不、这不可能”“这绝不可能”“程郢怎么会做这样的事”。

但是电话那头的人毫不留情打破了她的心存侥幸。“是我。是我卖画，也是我买了画……”

“你说动了玫茵堂出售——”

“他们只出了个名头。”程郢淡淡地说。

又“轰”的一声，就仿佛夜雨如倾，山崩地裂，堤坝坍塌。连城喉中干渴，可恨手边并没有水，她舔了舔唇：“你、你做的？”

“是。”

“为什么？”

“我想见你。”没头没脑的半句话，咔的一下断了。连城忙着回拨过去，已经关机了。

连城恨恨把手机摔在地上，地毯厚实，一丝儿声音都没有。

这也许是他失踪一个半月的原因，这件几无破绽的作品——连城就是想破头都想不到程郢会去做这种事。

她能猜到他的目的，但是她知道这世上太多的事不由人计划。

要有个万一，他的职业声誉和学术生涯就直接完蛋了——这盲人瞎马夜半临池的局面，连城蒙住脸，只觉得恐惧铺天盖地地压过来。

五

连城不知道自己怎么睡得着，她又回到了那个梦里，无边无际的夜和无边无际的雨，鲜血和白骨，哪一步万劫不复？

起来脸上全是泪痕，打了几层粉才压住。

她这会儿脑子清醒了一点，知道东西在拍卖会上过了手，就是开弓没有回头箭。

到下楼吃饭，消息已经潮水一样涌过来。

钟原面色凝重：“代理人老詹透露说买主之所以高价购入，是因为他手里有原件上裁下来的钤印。”书画讲究“传承有序”，即便非名家所作，如果钤有名家收藏印，也能够证明身价。

古代书画拍价名列第三的《子母猴图》作者就是无名氏，除了本身品相之外，也是十一枚钤印证明了它的价值。

连城没有作声。

钟原又说道：“还有消息说，当时出土了一对，这件男相，还有件女相。”

钟晓猛地抬头看连城：“买主是谁？”

钟原摇头道：“问了一圈没人认领。”以他的人脉都找不到，未免震骇，想起来道：“昨天郁小姐说——”

连城苦笑：“钟先生都没见过——”

钟原也就默然。

下午的拍卖钟原懒得去。连城心不在焉陪钟晓入场。这场他们只打算购入一两件近代作品，能拿下最好，拿不下也无所谓。钟晓挑了个方便说话的位置。他昨晚被气得狠了，想要晾她几天，但是真见了人，又这么魂不守舍，便忍不住问："你那件《水月观音》真有一对？"

连城呆着脸说："我不知道。"

钟晓说："要真有一对，价钱还有很大的上涨空间。"

连城心里一动："所以无论谁拿到了单件，都会尽力搜寻和购买另外一件？"

钟晓不动声色地道："就是手里一件都没有的人，像我爸，也会想把两件都弄到手。"见连城脸色惨白，到底不忍心，"还是不想和我说？"

连城咬住唇，过了片刻方才说道："这等于就是给整个收藏界开了个寻宝游戏……"

"那倒也不至于，这个价钱，够资格上场的不多。"

"上场的都是大佬，我这点事，怎么藏得住。"

果然，拍卖到中场，钟晓就收到父亲的短信："那件女相《水月观音》是郁小姐经手修复的？"

这句话钟晓反反复复看了十多遍。他关掉手机，把事情前后梳理过。他猜他是整个事件中知道算多的——比他父亲还多，所以没准他能抢占这个先机。他转头和连城说："事发了。"

这时候连城反而静下来，静得像是在冰窟里。但是奇迹一般，她还能听到外头的声音。

她听到钟晓说："你和我说实话……"

实话？

连城在心里冷笑一声。实话就是该趁着现在人在香港，方便出境——但是那也许意味着永远都无法再回来。

程郢这件《水月观音》假托玫茵堂得自民国文物贩子卢芹斋，卢芹斋当初怎么说的，"我不能回去，回去他们肯定会杀了我。"她以假换真，就是罪无可恕——比日本那件唐画严重百倍。

"你不说，那我说？"钟晓说，"我之前猜过，没准那件是你家祖传的，毕竟你的眼力和手艺都不像是麻瓜出身。但是现在看来……并不是。我知道你，你说过你这行不做买卖，你就不会做，所以无论四年前发生了什么，都不是你想见到的结果；所以你才会满世界找它，对不对？”

连城没有作声。她找上钟晓，实在说不上多有节操。难得他始终信任她。

“现在最好的情况莫过于能得到那件东西的下落，甚至是出手的消息——”说到这里，钟晓也愣住。这也许只是个巧合；连城不可能是背后的操盘手，她不具备这样的实力，也没有这个时间。

她没有，有人有！

“是、是——”“程郢”的名字在舌尖，愣是没能吐出来：他被自己的脑洞惊呆了。

按说文博圈就这么大，顶级收藏家屈指可数。程郢和玫茵堂有往来，乃至于有交情都说得过去。但是他至于——他至于为了郁连城做到这一步吗？2.5个亿的钓饵！

连城缓过神，知道是自己过激了。程郢是想把东西找回来，不是送她进监狱。他放出消息，圈中人很快会得到消息，得知是馆藏，自然就歇了心思，除了——除了当初拿走它的人。

只有他才知道真东西在谁手里；只要当初的买主做收藏、玩文博，就不可能扛得住这么大的诱惑，他会上门求购——或者出售。

连城这会儿懊悔昨天不该贸然开口。纵然钟原知道的不及钟晓多，恐怕也会起疑心；她哪里经得住人家起疑。这时候心里转过七八个念头，不知道哪个能说服钟晓。

沉默像是个巨大的泥潭，两个人都深陷其中。拍卖师精气十足地喊价，到最后一锤定音，也不知道花落谁家。

短暂的休息之后，又一件拍卖品摆上展台。连城提醒道：“钟总。”

钟晓抬眉看她。

连城指了指展台。这是件近代旅法华人作品，钟晓收购这位画家已经两三年。底价不高，但是几乎都是溢价成交。钟晓很看好他，认为他之前是被低估了。这批作品五年之内能翻到十倍。

但是钟晓这时候没了心情，胡乱举了两次牌。所幸他在拍卖上的节奏把握几乎成了本能，竟然也无惊无险纳入囊中。

拍卖师满面春风说恭喜，钟晓也听不进去，扭头看身边人。她今儿穿的白色洋装，简约修身，配金色珍珠耳坠，眼角微微发红，乍看以为是眼影。但钟晓忽然意识到，她也许是哭过。

像是有什么一下子被揪住。

他想过四年前的郁连城在感情上或许更为勇敢和乐于接受，但是他也没有仔细想过这四年她怎么过来——如果他猜得没错的话，她应该一直在巨大的恐惧中，难为她这么久分毫不露。

这时候再想起初见，她从格子间里看过来，眉眼浮着笑，不知道背后藏了多少仓皇失措。

钟晓想了半晌，终于叹道："真想乘人之危。"

连城见他憋半天憋出这么句，不由失笑。

她大松了口气，说道："令尊的疑虑不容易打消，他可能会出于风险方面的考虑，切割我和公司……"

以钟原在业内的影响力，要求博物馆开库重验毫无难度。即便他看不出破绽，只要他动了这个疑心，必然会把她从公司踢走，以求保住钟晓的声誉——没有哪个做收藏的敢和赝品扯上关系。

恐怕老师都会被她连累，想到这里，连城越发懊悔自己不谨慎。

钟晓"哦"了一声，他没想到这层。这会儿细想了，郁连城他是决然不能放手，即便不论感情，利益上也不能。他发狠说道："那就不打消！"又急又快和连城交代了几个事。

连城低声劝道："无论如何他都是你爸，你好好和他说……"

钟晓被她气笑了："你倒是会做好人！"

"我本来就是好人！"

"好人，赏口胭脂给我……"连城推了他一把，钟晓凑过来低语几句，又指记者方向，连城目色连闪，钟晓揶揄道："怎么，怕你师兄误会？"

连城怔了怔，微微侧转面孔，合上眼睛，浓密的睫覆在眼睑上，像蝴蝶收起翅膀。

连城没有回酒店，出了拍卖会场直奔罗湖口岸，高铁回南城。到家已经是深夜。次日去研究室，还是扑了个空。

料想问两个小崽子也问不出什么好话来，连城索性给程郢拨了电话。程郢说："我在家，你过来。"

"发地址给我。"

那边沉默了片刻："我还住原来的地方。"

连城已经想不起她上次来这里找程郢是什么心情了。路边上种了许多的莲雾，那种名字比花还美的热带水果，六月雨过，纷纷散落在地上，摔出一包一包的水，有种水汪汪的委屈。

视野渐渐开阔，碧波荡漾，绿草如茵。

电梯直入，密码也没有换，程郢真是个念旧的人，她忍不住自嘲。

程郢给她开门。两个月不见，他像是瘦了很多，脸色也白得厉害，以至于连城问："你生病了？"

程郢答非所问："我在吃早餐，要不要来一份？"

连城闻到烤面包和牛奶的香气，看了眼时间："这么晚——你昨晚熬夜了？"程郢一向自律，连城想不出有什么事让他熬大夜。

"没有，只是睡得不好。"程郢给她倒了杯牛奶，"我想起来了，你不爱吃面包是不是？"

触手微温，连城的目光落在不倒杯上。粗粗胖胖的，画得倒是精细，黛色打底，细柳如烟，纯金描绘的一只燕子穿云而出，一时恍惚，脱口道："春日宴……"她那时候可傻得很。

六

程郢往面包上抹花生酱。秋光疏落，在眉睫，眼角，手指修长，骨节分明如玉。

连城和他说了拍卖会上的口误。

程郢沉吟片刻："是我失算，我该早点和你说，只是之前也没有把握……"

连城心里咯噔一响，连她师兄都没有把握的事："画件和钤印都是做的？"

程郢点头。

"谁的印？"

"右上角天历之宝，右下角纪察司半印。"程郢轻描淡写道。

天历是元文宗年号，纪察司是明朝内廷机构，有这一方半印，说明是元明内府所藏，2.5亿不为过。

“玫茵堂竟然有这种好东西？”

程郢笑了：“怎么你还信这个？不是和你说了吗，那边就出了个名头……”

连城也默然。确实，哪里有这么巧，刚刚好世界上就有这么件东西，刚刚好就被程郢找到，还刚刚好就在她现身不久。

“所以，是无中生有？”

虽然之前就想过这个可能，真确定还是震撼。“无中生有”是最精妙的作假手段，没有之一：这个世界上并没有这件作品，而作假者能够根据时代特征和作者风格仿制到逼近真迹。

连城虽然没能够近距离细看，但是凭她对“水月观音”这个题材的了解，她当时没有看出破绽，就已经能够骗过这世上大部分的人，包括钟原在内——不然他也不会这样遗憾，以为失手。反而钟晓横竖是个哑炮，不受影响。

通常“无中生有”都是团队合作，策划、书画、题跋、印鉴、装裱由不同的人完成，方才能够达到最佳效果。其中书画者往往需要长时间的临摹、效仿，领会精神——程郢没有这个条件。

这其中难度，可想而知。

难怪瘦了这么多。

玫茵堂肯出这个名头，多半也是交易，不知道程郢为之付出了什么。连城不知道说什么好，她当然可以强行解释“他是共犯”“他在评估册上签了名”，所以他理所当然和她一样急于找回真迹。

她无法说服自己，只好低头喝了口牛奶：“这件事，你计划了很久吗？”

“是一直有个想法，但是找不到你，也不敢用。”程郢说道，“消息放出去，至少会惊动中间人。”

找了这么多年没有结果，他很怀疑是出了国；但是当初拿走东西的人，一定至少曾经在南城；当初给卖主和买主做鉴定的中间人，一定是文博圈里的权威。不排除鉴定人就是买主。

连城默然点头。

她承认这个法子比她一遍一遍跑拍卖场、私人展、美术馆和画廊要好得多——如果她没在钟原面前说漏嘴就更好了："之前有天……有个未接电话，你是想过提前告诉我这个计划吗？"

她后悔当时没有回拨过去，又奇怪这么重要的事，他怎么再没有打过来。

"不是，"程郢说，"我那天……就是想听听你的声音。"

连城眉骨剧烈跳了一下。

幸而程郢很快转移了话题："钟老那边你怎么处理？"

连城含混说道："我推测钟老如果起了疑心——当然没有是最好——会把我和公司做个切割。钟晓让我先回来，看能不能在宣传上把我和公司绑紧，形成定式，钟老就只能歇了念头……"

程郢屈指在长桌上轻叩了两声："当时钟原是怎么回答你？"

"他打断我说不可能，"连城回忆道，"他说如果有，他不可能没有听过——"她脸色变了：这时候想起来，钟原接这个话头未免反应过快。

"他说的不一定是实话。"程郢起身拨电话，"我让人盯住他。"

程郢收线回来，还是提醒道："钟原不怕钟晓的公司出事，你们这么着，他不一定肯闭嘴。"

连城"嗯"了声："我捆绑的也不是公司。"公司不过是她用来说服钟晓的借口。

"那是什么？"程郢下意识问——也许是下意识不想承认。

四目一对。连城移开："原本没想走这一步，但是……应该是钟晓那头和他爸谈崩了。"钟晓的小公司对钟原不算什么，钟晓才是他的软肋，是他们父子谈崩了才会有人把照片放出来。

她把手机推给程郢。像素很清晰。会场坐得满满的，大多数人不是盯着展台就是看图录，或交头接耳，窃窃私语；满座衣冠楚楚，少女只露出侧容，钟晓低头吻她，眉目被拍得纤毫毕现。

程郢看了眼连城的耳坠。

"如果钟老提出质疑，"连城说道，"就会有人引导舆论，说是为了反对我和钟晓的婚事往我身上泼脏水……"

对普罗大众来说，最狗血热闹莫过于豪门恩怨，灰姑娘永远引人注目。如果钟原不想让人围观看笑话，就得把这事儿咽了！

这一刀堪称杀人不见血，利用的就是钟原老派人，爱惜羽毛。程郢瞳孔微微收缩。他能感觉到她这四年里的变化，或者是一直藏着的爪子终于亮了出来。他没有想过她怎么遇见的钟晓——但也许并不是纯粹的意外。

从前他的那个小姑娘非常纯粹，也非常天真。

“你要和钟晓结婚？”

一句引导风向的谣言而已，连城不明白程郢为什么在意：“这不重要……”

“那还有什么重要？”

连城想了想：“东西找回来最重要。”

“对我来说，你更重要！”程郢迅速回答她。话出口，两个人都怔住。空气像山一样压过来。

要是在四年前听到这句话，她能乐疯了吧。连城想。

“程郢，我现在相信东西不是你拿走的了。”连城措辞艰难。这是她之前一直深信的。她找不到别的人，她亲耳听到——但如果是程郢，他怎么可能不知道中间人和买家，以至于拿前程作赌？

2.5亿，在拍卖场过个手，光佣金都三千万。

如果当初拿走东西的是程郢，她可以把这种种都解释成赎罪和后悔，心安理得地接受。

但如果不是呢？

“是我的错。”起源于她的不信任。她承认她恨过，只是再深的恨意都会被生活磨平，然后她才能回来——

然而当她意识到这一切非他所为，那么之前的怨恨便都是她无理。

他不是她的仇人，他不欠她，他为她作假，他为她无中生有，他说你更重要。

“我不需要你道歉。”

“钱……我慢慢还你。”连城摩挲着杯壁，燕子的翅膀微微凸起，硌手。她手里有件唐画；等公司做起来，她能问钟晓要股份。虽然是很大一笔数目，但是总能还得清。还不清的是……

“你真没想过我们重新开始？”

连城没作声，她小口小口喝着牛奶，直到全部喝完。她无法克服这种恐惧。她可能无法再那样热烈地爱上一个人，就算这个人是程郢也不可能。信心建立起来这么艰难，摧毁它只要一句话。

她不想在余生活成许唯。

她是郁连城，她不是百年前的何晚樱。

她放下杯子："以师兄的条件，找个喜欢你的女孩儿易如反掌——就别再找太较真的人了。"

程郢心口堵了无数的话："你不是说你离开是因为那件画吗？""你还介意许唯是不是？""我说过许唯和我没有关系你为什么不信？"或者是，他们就没有一个足够好的开端？

他在梦里推开一扇又一扇的门。他总以为能在门后看到什么，但是并没有。他走了很长的路，一个人的春夏秋冬。外面淅淅沥沥地下起小雨，在苏黎世的下午，他想要听听她的声音。

他听见她雀跃地说："就要过圣诞了呢。"

"我送你件礼物好不好？"

"胡夏教我画瓷……"

"燕子？"他问。

"小燕子，穿花衣，年年春天来这里……"女孩子口齿不清地唱。

不、不是，是春日宴。春日宴，绿酒一杯歌一遍，一愿郎君千岁，二愿妾身康健，三愿如同梁上燕，岁岁长相见。

那个女孩儿从来不说实话。

七

消息放出去，剩下就只能守株待兔。文博这个行业，多的是三年不开张开张吃三年，都知道急不来，索性不急。

许唯的纪录片上线，全网热推，不用问也知道钟声在全力运作。纪录片拍得极为精致，许唯下过大工夫，这么长一个故事精简到二十分钟。找了真人演绎，从服装发型到置景一丝不苟。

一面是修复手艺展现，一面是青春少女与白发老人的世纪对话，一面是民国硝烟，普通人在乱世大背景下的命运——半张肖像画背后的百年沧桑。许唯倒也没有为尊者讳，还原了十之七八。

很快就在网上形成热潮，更多的细节被发掘出来，有些是冲导演去的，许唯的身世足够白富美；有些是冲历史考据去的；有人热衷于评价人物三观；也有人看到连城手里的九子奁。

人们纷纷打听同款，连时尚界都被惊动，询问连城的身份；大山崎美术馆的短视频又被翻出来炒了一回。

“原来是那个扬我国威的小姐姐……”

但是网上风向往往转得极快，何况奈良事件过去才半年。火不得一时三刻，就有人抄起洛阳铲，把郡山城迹翻出来，对连城的节操提出质疑：“到底程教授是前任还是钟少是前任？”

不管怎么样，“九子奁”的流量一飞冲天。

程郢上完课收拾东西，学生走得差不多了，就剩了三两只还在拖拖拉拉。有人径直走近讲台：“程教授？”

程郢听出声气不对，抬头一看，哑然失笑：“哥你怎么来了？”

程郙哼了一声：“我不来你就不回家了是不是？”

讲台下一阵倒抽气。

几个学生兴奋得眼睛眉毛都在打架，借口整理书包赖着不走，相互挤眉弄眼：“西装男好帅啊！”“和程教授一脸夫妻相！”“我不来你就不回家了是不是……品品！品品这词！”

程郢目光过来，到底师道尊严，就要四散逃离。

“姚敏同学，”程郢不紧不慢叫住其中一位，“删掉照片再走……”

“我……”姚敏还想顽抗。

“大一的《法律基础常识》应该提过肖像权。”程郢说，“希望你没有挂过这科。”

姚敏算是知道了为什么程教授这等容色，执教数年，居然没被偷拍。

姚敏心不甘情不愿删了手机里的照片，快走出教室，又顶住压力回头给程郙飞了个眼神：“要幸福哦！”

程郢一脸牙疼。

程郙忍不住笑：“挺可爱的孩子，干吗吓唬她。”

程郢心思恍惚了一下，想起来问他哥：“有事？”

“许唯叫我来请你回家吃饭——她要谢你。她现在可大火了。我见她都得排队预约。”

“那敢情好……”程郢这么说，并不真信他哥这话。

程郢跟程邺回家，没想到还有外人在。那人惊喜地带出一串日语：“程君，能再见到您真是太高兴了！”

程郢皱眉：“浜田小姐。”

许唯很开心：“你们认识啊，那就不用我介绍了。”

程郢看了眼他哥。程邺说：“许唯带回来的人，你看我做什么？”

程郢点点头，用日语说了句：“那我失礼了。”抬脚就走。程邺不懂日语，还在一头雾水。许唯叫了声“阿郢！”，浜田枝子猛地站起来，追上几步，鞠躬道：“程君，可以留步吗？”

程郢停住脚步。

浜田枝子说：“请程君不要迁怒于许桑，许桑并不知道我们认识。”

“我不迁怒。”

“那我就放心了。”浜田枝子又鞠躬道，“我有几句话，不知道程君能不能听我说完？”

“你说。”

“上次是我错了，程君惩罚我，我没有怨言。”浜田枝子说道，“但是有件事我不明白：《山市晴岚》被人为破坏，是郁小姐将它藏在恒温箱中才逃过一劫——程君就真的没有怀疑过郁小姐的动机吗？”

这段用的中文，不但许唯听懂了，程邺也听懂了。

程郢沉吟片刻，说道：“她预先知道可能会有人进入工作室，所以如此，是以防万一。”

“那她为什么不告诉程君，反而让程君陪她去郡山城，并留下照片作为把柄？”浜田枝子追问。

“因为我不信任她——”程郢思索了片刻，“这个回答，浜田小姐满意吗？”

这两句话她准备了很久。无论程郢怎么砌词为郁连城开脱，她都有办法戳破他，逼他承认郁连城动机可疑。

没想到程郢给出这样一个答案。

如她再问“为什么不信任”，得到的回答多半会是“私事，无可奉告”。浜田枝子前后想了半晌，无计可施，只得鞠躬道：“我没有疑问了。是我的过错，希望程君接受我的道歉。”

程郢点点头，还是上楼去了。

没多久程郸就跟了上来，连带着晚餐和酒水："我不知道……"

"算了。"程郢打断他，"不是什么大事。"

就只是他的底线而已。

"那位郁小姐……"程郸打量弟弟的脸色，"我说了你别生气，要生气也吃完饭再说——"

"我哪这么容易生气。"

"我看了视频，京都美术馆那个，还有你们在正仓院那个……我看了完整版。"程郸喝了口酒，"倒也是个美人。之前老太太过世她来了，和钟家那小子一起，穿的情侣装……你懂的。"

程郢嗤一声笑了："哥你讲点道理，去葬礼不都穿黑，怎么看出的情侣装？"

程郸指了指胸口："领带。"

程郢便不响了。

"小唯说，你和她……"

"嗯。"

"都过去了吧？"

程郢没有说话，他给自己倒了杯酒。

"小唯还说，"程郸又说，"拍摄期间，钟家那小子要不就过来探班，要不就送下午茶……"

"奶茶都堵不上她的嘴。"

"她是为你好。"程郸说道，"她说——"

"她知道什么。"

程郸发现这天真聊不下去，他说一句，他弟堵死一句。兄弟俩默不作声吃了一轮。程郸这头横七竖八的全是蟹壳，程郢那里排得整整齐齐，简直音容宛在。这孩子打小就心细……他想。

到底按捺不住，程郸又说道："不是哥要管你的私事……"

"妈都不管。"

程郸快气死了："程郢你还让不让我说话了！"他素日里说一不二，养成个霸王脾气。要不是他亲生的弟弟，早一杯酒泼脸上了。

程郢抬头看了他一眼。

程郸的气势就下去了。他一直觉得亏欠程郢，父亲的产业，几乎都由他继承，程郢并不染指。这么多年了。他初初掌舵，经验不足，程氏差点破产，程郢也没有怪过他；后来又出了许唯的事……

这时候听见程郢说道："哥，你有没有过……"

"什么？"

"就，"程郢又停了一会儿，像是犹豫，又像是很艰难，"就有那么一个人，你想起来都觉得心里疼……"

程郦脑子里"嗡"的一声："你们不是……分手了吗？"

"我也觉得能。她躲着我。后来找到她的时候，我也觉得能……就当分手了吧。她都有别的人了，我总不至于……我就是觉得我能把她当成不相干的人。刚才枝子质问我，哥你也听到了……"

他想起他小的时候看《倚天屠龙记》，到最后一卷已经很不耐烦，张少侠除了在光明顶上大杀四方，多半时候都在和稀泥。但这时候忽然想起来，不记得是谁说，"倘若我问心有愧呢？"

浜田枝子才是不相干的人，连城不是。她从来都不是。她早就把他的底线践踏得一塌糊涂。

"你从前也很喜欢许唯。"程郦很纠结。

"那时候爸不在了，妈打理公司，你在国外。我寄存在许家，小孩子青春期孤单。许唯人长得漂亮性格又好，喜欢她有什么奇怪；后来……我也把她当亲人；你要是对她好一点，我还能更放心。"

"郁连城有什么不同？"

"她的不同是……隔了四年，我再见到她，我还想留她在身边。"程郢自嘲地笑了笑，"哥你不要以为我没使过手段……"

程郦喝了口酒，还是压不下去，索性抄起酒瓶猛灌几口。他极少见程郢在乎什么。别家孩子为一口吃的、一件玩具打架，他们兄弟从未有过。即便程郢玩得好好的，他伸手要，程郢都毫不犹豫地给他。

他一向是想要什么就一定要得到；程郢不一样，他像是没有"占有欲"这种东西。他曾经很羡慕，想过程郢也许是从未匮乏，所以不孜孜以求，但或者只是比平常人掩饰得更好？

程郢说他想要那个女孩子。

"这要是件东西，哪怕再稀罕，只要能拿下，哥都帮你。"程郦喝了酒，面上也不显色，只说话慢了少许。

“我的意思是，哥你不要动什么歪脑筋。”程郢淡淡地说。他不会相信，没他哥点头，许唯敢带女孩子回来逼他相亲。

程郦心里再惊了一下。

八

“郁小姐，钟总什么时候回来？”汇报完工作，庄秘问。

“总要等拍卖季结束吧。”连城说。

她心里也没底。电话过去都是关机，短信也不回，微信——她的微信居然被拉黑了！这叫她找谁说理去？程郢那边传来的消息就是钟原看得紧。

得亏他们先见之明：她回南城之前，钟晓群发了委任书，让她全权处理公司事务——才不至于事到临头，群龙无首。

自纪录片大火，订单雪片一样飞来，不到一周，存货告罄。别说连城，就是市场部都被这个热烈的反应吓住。公司上下都沉浸在“今年的年终奖能翻倍吧？”的期待中，工厂那边更是加班加点。

不久原料告急。

连城去电京都，京都也不曾料到局面如此之好，竟派了浜田枝子过来。

连城是打点起十二分精神提防。

枝子一面夸中国速度，一面对满地盗版表示不满，认为有损口碑，督促钟声尽快解决，否则要重新议价。

但凡和创意有关的产业，就没有不受盗版困扰的。起初还好，不过两三家，法务过去联系，店主很好说话，当即下架；但是消停不过半月，不知道刮了什么邪风，就和蝗虫一样爬得密密麻麻。

连城叫人统计，足足两百多家，用的还是公司宣传照。态度也嚣张得很，“找麻烦我们不怕的！”“我们有专利！”甚至直接说：“你去投诉好了！”

确如其言，投诉奈何不了他们。平台回复很官方：“鉴于实用新型、外观设计专利均为形式审查获得，存在不稳定性，请您提供专利评价报告，证明您的专利具备专利性。与专利证书一起打包上传。”

偏偏专利申请耗时极长——当初九子奁成品出来，钟晓就吩咐过法务去办，到现在证书还没影。

又有件奇怪的事：有人投诉质量问题。连城知道品控钟晓一向抓得紧，没道理会出事。偏对方言之凿凿，还发了照片，倒确实是自家产品，盒面上被腐蚀出一个一个的黑洞，跟虫蛀似的。

客服要来购买记录，一看，全是盗版。

连城仍然纳罕：我国对于知识产权的保护力度确实有不够，但是多年山寨经验，盗版的质量却不一定比正版差。何况还差成这样。

连城怀疑是盗版用纸有问题，毕竟钟晓之所以找上浜田，就是因为国内产纸不能达到他的要求。让人回购了几件残次品，质检看过之后回复说纸是正品，倒是里头木胎有不同。

连城这才警觉起来：用纸相同，既然盗版可能被腐蚀，正品也有这个危险。要细查，手边又没有称手的工具；踌躇再三，到底给程郢发了邮件借实验室用，言明愿意支付租金。

忙乱整日，到下班开邮箱没有回信。连城觉得程郢不是这么小气的人，也只能安慰自己说可能没看到。

有辆路虎冲她按喇叭，连城不认得车，以为是恶作剧，但是很快接到电话："我在车里。"

回封邮件能解决的事，至于大老远跑过来？

这时候写字楼大多熄了灯，剩下寥寥几盏像汪洋中的船；就只有沉默的路灯，转角冷清的便利店还亮着。

车窗摇下半幅，连城看着程郢，一时说不出话来：开了整天的会，嗓子都哑了。

程郢偏头看她，就像是浮在夜色与光色的交界线上，细条纹衬衫，军绿色高腰半身裙，玫瑰灰细高跟；长发盘起来，露出修长的颈。和路面上任何一个擦肩而过的白领并没有太大的区别。

她像条变色龙，在各种身份中切换自如。

"你住哪里？"

连城："我住得近，不用车。"

"我喝了酒。"程郢说。

连城吃了一惊："你酒驾！"

程郢挑眉，笑意从眼底溅出来，恍然桃李春风，潋滟生辉。连城目色闪烁，就听他说：“找了代驾。”

“人呢？”

“走了。”

“我再给你叫一个？”话出口就知道傻了。

这不是他常用的车，多半是从家里过来，见鬼的代驾——他程家二公子出门，还能找不到司机？

连城低头看鞋，她脚有点痛，她想早点回家休息；她知道程郢为什么而来——没有什么是电话邮件说不清楚的。她这些年所处的环境不同，见人装人、见鬼装鬼容易，面对程郢不容易。

他如今是摆明了逼她上梁山。

她憋屈半晌，挤出一句：“要不，我给你在酒店开个房？”程郢撑住头冲她笑：“你合适的话，我这里没什么问题。”

连城觉得自己被调戏了——应该就是被调戏了。

开房当然不合适，网络热度还没有下去；把他打包丢回家不现实，这人明显不配合。总不能放任他在这里过夜。

连城瞪了他片刻，认命上车。

车中甚为宽敞，但是车窗上去，空气就逼仄起来；酒气倒不是太浓。连城心里有点慌，好在程郢没有动。

连城找话说：“这不是你的车……”

“只是不常开。”

“来了多久？”

“挺久了。”程郢也疑心过没准她一早就回了家，就是等到天亮也等不到人。但是仰头看见灯，他赌她没走。

交警叩窗，没得到回应，贴上贴条走了；上班族陆陆续续地出来，有如困鸟出笼，有的脚步疲惫，公交牌下排起老长的队。他从前看见连城排过，还在学校的时候，他路过就捎她一程。

连城庆幸连宇进组了，不然真不知道怎么解释。到便利店门口停住车，进去拿了双拖鞋。回来看见程郢眼睛里的笑意，一口气堵在胸口。从前她去找他，总穿他的鞋。他的鞋比她大上四五个码。

那时候未尝不窃喜，原来许唯没有来过。后来去了白沙岛才知道，应该是程郢去许家的时候多。

进屋拿了袋酸奶给程郢醒酒，虽然他看起来实在和“醉”字一毛钱关系都没有，然后进洗手间卸妆，换上家居服。

横竖她也不想要什么形象了——她负气地想。

程郢环视四周，他没想到连城的住所会是这样。客厅空空荡荡的，东西极少，陈旧干净，以暖色居多。

唯一用了心的大约是灯，隔着磨砂玻璃，满室柔和，均匀透亮。

没有男主人是个一目了然的事。

到连城穿了棕色薄绒衣出来，不由失笑：绒衣宽大，袖子把指尖都遮住了，像个摇摇摆摆的小熊。看起来特别暖和，特别在窗外风声的衬托下。

妆卸得干净了，唇色便有些淡，流转的灯光像是釉色；碎发都贴在额角，眼睛眉毛湿漉漉的。连城开冰箱看了半晌，拿了一袋夏威夷果，一袋麻辣鸭脖，又问：“要不要吃冰激凌？”

程郢摇头。

便只拿了一盒。看见他脸上不赞同的表情，连城解释道：“我需要提神。”

程郢说：“累了就先睡会儿，我不走。”

连城哼了声没接话。取来两只浅口碟，一只哑光蓝，一只哑光白，鸭脖倒在白碟子里，又拿开口器开果子，看得出业务娴熟，一开一个准，白生生圆溜溜地，像珍珠满地乱滚。

开了半天夏威夷果，空气里都是香甜，愣是没等来程郢开口。连城也是服气：“程教授专程来看我吃夜宵？”

程郢笑了笑：“我来催论文。”

她就该早有觉悟，这世上敢和她师兄斗嘴的人都不得好死！

程郢见她气得面色绯红，倒也不为已甚，虚虚握拳在唇边轻咳一声：“那边有新消息，想听听你的意见；刚好你要用实验室，就顺路过来接你。”

连城想，她就算借用，那也是明天的事好吗！

女相《水月观音》在南城博物馆的消息传出去之后，仍然对这件男相观音感兴趣的有三个，一个钟原；一个姓沈的金融新贵，大约想在财富之外多领一张上流社会的入门券；还有一个姓景。

“景鹤年这个人，我虽然没直接打过交道，也听说过。”程郢沉吟道，

“他自称医生，专收有病的东西。”

行话里“有病”就是涉案。

“神出鬼没的，但行踪一向都在北方，又长居境外，不知道为什么竟然会盯上这件。”程郢补充道，“之前他们就有跟拍，不过没坚持到底，大约还是存了观望的心思；后来又后悔了。”

麻辣还在舌尖肆虐，连城吞了一勺冰，两下里夹击，脑子果然清醒了不少：“姓沈的是个生手？”

“之前收过一些小件。”程郢数了几件给连城听，以现代艺术作品居多，书画类极少。

“他有点奇怪。”连城说。

程郢看她一眼：“钟老不奇怪？”

“他不奇怪。他是唯一一个符合所有鉴定人特征的人选，不排除是买主。”连城想了想，说道，“但是他嘴紧，问不出什么。四年前钟晓还没有回国，就算是钟老经了手，恐怕他也不知道。”

程郢听出她的回护，默然片刻道：“钟老这些天零零碎碎拍了不少东西。”

连城看了眼列表，乐了：“都是帮钟晓拍的——钟晓的预算还没这么高，钟老真是财大气粗。”

程郢点头表示知道了：“景鹤年四年前的行踪还没有清理出来。”

“我就是想，从姓沈的之前的收藏来看，在艺术投资上很谨慎，并不冒进——突然这么大手笔……”连城顿了顿，忽然脱口问，“他是不是信佛？我看他之前收了好几件……”

程郢“啊”了声。

连城朝他看。

“是我疏忽了。‘水月观音’最初被创造出来，广为流传，并不是因为它的艺术性，而是——”

“而是作为观音法身，用于祈福和祭拜。”连城反应过来，“所以有可能并不是落在专业收藏家手里，等候升值。之所以我们一直找不到，是因为它可能根本没有进入过市场流通！”

想透这一点，两人都是兴奋莫名。连城问：“要不要喝一杯——我这里没有好酒，可乐还是有的。”

程郢看了看茶几，这琳琅满目的零食。连城明白他的意思，笑了一声。

程郢拿了颗夏威夷果："最近加班都这么晚？"

连城说："还好。"

"我见到浜田枝子了。"程郢说。

连城低头又开了两只夏威夷果，"咔咔"直响。

她能猜出枝子来意不善，倒没想到她会跑去找程郢。她像是一直对程郢有好感，连被逐出工作室都不能减弱。

程郢看出端倪："她为难你？"

连城摇头道："两军交战，各为其主——说不上为难。很晚了，你要是要回家呢，我帮你叫车；你要是不走，屋子我给你腾出来……"

程郢笑道："还以为要睡沙发……"

连城面上一红："我睡客房。"她和连宇各占一屋，哪有什么客房。

九

连城有点睡不着，迷迷糊糊总觉得在楼道里走，太长了，总也走不到头。

醒来天还黑着。强迫自己闭上眼睛，等时间慢慢从身边流过去。她没法说程郢当初对她不好，也没法说不后悔。她不敢细想程郢为什么突然对她有了兴趣，她心里很恐惧他的热情。

闹钟准时准点地唤醒她，洗漱完毕也没听到屋里动静，犹豫了下要不要敲门，就听到"咔嚓"一响。

连城脸都白了——直到看清楚进来的是程郢，他换了运动服，晨露在额上，晨曦在眼睛里，闪闪发光。

"你哪里来的钥匙！"

程郢笑了笑，把钥匙挂在门后，牛奶和生煎放在桌上。连城不知道他从哪里变出来的衣物和跑鞋，也不知道他怎么就精准找到了她爱吃的那间早餐店。当这人用心想要讨人喜欢的时候，他几乎无所不能。

她甚至怀疑，他过去那么多年里没找到她并不是因为她藏得足够好，而是他没有用心——她知道这个疑心没有道理。

程郢觉察到她肢体僵硬，只管坐下来吃东西。

连城站了会儿也坐下了。

“生煎不错。”程郢说，“比学校的好，怪不得你不爱回去。”

连城：“你又不吃食堂，哪里知道好不好。”

“你请我吃过几次。”程郢反驳说。

连城咬着生煎不说话。

年少时候第一次喜欢人，无非就是掏心掏肺，又怕被看出殷勤，做什么都冒着傻气。她并不是完全觉察不出程郢家世不错，只是那会儿知道什么天高地厚，以为能在一起说笑，便是一样的人。

没油没盐说了句：“南门口的烧饼不错，就是要起早，晚了就没了。”

但是他又不爱吃，嫌油重。

连城回公司取样品，被各种琐事拖住，下来连连道歉：“劳你久等。”程郢合上笔记本：“我还以为你终于学会让人等了。”

连城哭笑不得：“十六岁的小女生才玩这种把戏，我都二十六了。”

程郢讶然道：“这么老气横秋，你确定不是六十二岁？”

连城气得拿眼睛瞪他。

车子滑入主干道，绿化带迅速地往后退。

程郢想起十七岁的连城，还是暑气未消，大班上课，从讲台往下看，黑压压都是人头。听人喊这个名字，以为是玉石的玉；课间休息帮导师做录入，有人在背后小声说：“神荼郁垒的郁。”

组词这么刁钻，程郢想。回头看了眼，女孩儿眉目浓秀，中规中矩穿件白T恤，乖巧得像个中学生。

要到这时候才意识到，小十年过去了。

程郢上完课回来，是一天里阳光最好的时候，在走廊往窗里瞟。隔着玻璃看见操作台前的人，米色风衣随意搁在椅背上，单穿件丝茸茸的薄款羊绒衫，不贴身，动起来便如流水起伏。

阳光从她手背上横过去，尘埃在阴影里起舞。眉压着眼。她报了几个数字，江平在写字板上刷刷地做记录。

“纤维断裂……”

“酸性降解导致的纤维断裂。”

“纸做过耐酸化处理……因为考虑过化妆水的PH值，我这里还有原始的测试数据，理论上不至于——”

“沿着笔画断裂，会不会是颜料墨水的问题？”江平说。

“那不对啊——”

“什么不对？”程郢走进来问。

江平听到老师的声音，立刻就住了嘴。

连城说道：“颜料墨水最大的问题是褪色，当时钟总也是考察过很多家才定下来；这家效果不错的，是有点堵喷头，但是不会腐蚀纸张——我刚进行过酸度检测，他们应该是用了硫酸做稳定剂。”

“听起来像铁盐墨水？”程郢说。

“就是铁盐墨水，就是这里不对了。”连城说道，“虽然说盗版能够省下设计费、宣传费和试错成本，但是用进口墨水未免太贵。”

“用纸也是。”江平补充。

连城点头：“对，用的纸是日本进口，和正品一样；就只有里头木胎用的便宜货。”

“也就是说外观上下了血本，看不见的地方省钱。”程郢说道，“连城你有没有看过钟晓和浜田签的合同，有没有排他性条款？”

“有。那就更不对了，我这边都原料短缺，没道理他们做盗版的……”连城猛地想起一事，不由怔住。

程郢拍拍她的头：“先去吃点东西吧，弄了一上午了。”

要在别的场合，连城早警觉让开了，但是在实验室里，他驾轻就熟，她受之坦然。

江平机灵：“我约了人，先走一步。”

蹿得像只受惊的兔子。

车停住，连城抬头看到“蹈海楼”，惊讶道：“换食堂了？”

“嗯。”

“蓬莱春关门了？”

程郢斜睨她：“乌鸦嘴，就不能想着人家点好？”

连城讪讪跟他上楼，却原来是家海鲜店。包厢布置得倒也别致，调料酱料林林总总摆满了，一副“丰俭由君”的模样，挺能照顾多种口味，连城想要说“像鸳鸯火锅”，到底不敢轻薄。

腹中有了食物打底，心情就稳了。连城笑道："之前倒没觉得饿。"

程郢笑吟吟地看着她："想清楚没有？"

连城叹了口气："盗版用的原料应该是浜田供给——浜田想要市场。"

难怪一上来就揪住盗版穷追猛打。

她早该想到，国内市场是很大一块蛋糕，无论隔洋的欧美还是隔壁的日韩，没有不想染指的。昂贵的纸材和颜料根本不会是盗版舍得下的成本；而且时间上，他们的蜂拥而至未免太过巧合。

浜田应该是有竞品要推出。他们打的主意，大约是借眼下钟声打开的局面，拿盗版作名目逼她涨价，倚仗盗版的廉价优势吃掉市场份额，到钟声发现供过于求，现金流枯竭，为时已晚。这借鸡生蛋，鸠占鹊巢，就是全挂子武艺。

然而要细想，并没有太好的解决办法。

钟晓不在是其一。代理这个职位看似风光，其实大多数时候只能萧规曹随，能动的东西不多，连多发点奖金、福利都要扯皮。底下人阳奉阴违还在其次，和上下游打交道尤其劳神累人。

其二，浜田用的甚至不是阴谋，而是阳谋。如果找不到合适的替代品，他再怎么提价，钟声都只能捏着鼻子认；另外国内对于知识产权保护不力也是事实，等专利申请下来，黄花菜都凉了。

最惨的还是，国内文创积弱多年，价格差距不大的前提下，人们会更倾向于选择日货。

连城想透这其中关节，未免发愁。

恰程郢又问："许唯给浜田拍短片这个事，有听说吗？"

连城惊得眉毛都竖了起来："太过分了！"——这是连宣传都准备好了，就等钟声死呢！

程郢问："你有什么打算？"

连城半晌没作声。钟晓因为她的缘故被困在香港，她总不能这时候说我不干了；或者等钟晓挣脱他爹的魔爪回来，两手一摊说对不住公司我没帮你看好。但是要反击，又不知道从哪里下手。

她想得入神，程郢给她剥了几只虾。连城蘸了芥末就往嘴里送，程郢看得心惊肉跳，叫了一声，"连城！"

连城懵懵懂懂抬头："啊？"

程郢指着她手里的虾。

“你要？”连城倒也十分大方，直接送到他面前。

程郢犹豫了一下，张嘴咬住。

瞬间舌尖上炸了个烟花铺，眼泪唰地下来。连城这才反应过来，慌慌张张去拿水和毛巾。才摸到水壶，手腕就被抓住，他的指节隐隐发白；一阵天旋地转，遽然欺近的眉目，然后是唇，就仿佛夕阳纵火，玫瑰成灰；瞬间连城额上就沁出汗来，她想要叩紧牙关，但还是被绕了进来。

辛辣从舌尖直冲脑门，即便以连城的耐受力，也是眼前一阵发黑。

柔软得无孔不入，到哪里哪里点起一簇火，明火炫目，遍地都是，旋转得像梵高的《星空》。

连城腿都软了。迷迷糊糊有人托住她的腰，好歹借力坐起。程郢尤不肯松手，被连城瞪了一眼方才放开。连城自觉狼狈不堪，但是程郢——他像是从水里捞出来，额上细细密密都是汗，岚气清润的眼睛里桃花汛泛滥，唇色更艳得惊人，像是被谁狠狠欺负过。

连城从前与他厮混日久，并未见过这等奇观，满腔怒火被灭得一滴不剩，她摸到手机，咔嚓咔嚓就是一阵猛拍。

“郁连城！”程郢咬牙切齿，开口像喷火。

连城赶忙倒水堵住他的嘴。程郢咕咚咕咚就要咽。连城叫道：“别吞！含着！”

程郢彻底说不出话来，就只有含情凝睇一双眼睛“恶狠狠”瞪住她。连城勉强忍住笑，按铃叫人送冰和牛奶进来。

冰来得很快，就是侍者脸色有点奇怪。

连城从包里摸出镜子一看，嘴唇肿了。她不敢找程郢算账，自个儿拿冰敷着。一抬头，程郢居然在笑。

“别笑了！再笑脸就歪了！”连城觉得她师兄脑子里有包，互相伤害有意思吗！

十

连续几个深呼吸，连城强迫自己坐回去。

她给自己冲了杯茶："我不知道这是枝子的个人打算，还是整个浜田商社的共识。当然，那不重要。如果枝子在我这里磕掉了门牙，就算那边不重新考虑，她的继任者也会自个儿评估风险。"

她打听过，自五月中枝子拿下"人间国宝"，在浜田商社地位超然；不服气的也有，比如她这次带来的副手，那个叫村上的男人。如果能让他们互相掣肘，好歹能赢得喘息之机。

程郢没作声，连城便又往下说道："许小姐那边的短片，我手伸不了那么长，走一步算一步吧……"

程郢算是听出来，这傻子眼下根本没有头绪，就是随便扯个话头。她就是想当作什么都没有发生。上次也是。上次他在车里强吻她，以为她能给点反应，结果她一声不吭推门出去，还不忘给室友带海鲜粥！

程郢和着牛奶把冰嚼碎了，咽下去，寒暑交加，苦得很："你就没想过求助？"

"想过。"连城说，"钟晓的人脉，有一多半都和钟老有关；现在这个情况，恐怕没人敢挨边。"

"所以你就是没有想过我？"

"有啊，"连城回答得异常诚恳，"不是问你借了实验室吗？"

程郢觉得满口冰碴都是玻璃，扎得嗓子生疼。他和她十年情分，她问他借实验室，她说按市价给租金。在商言商，陌生人也不过如此。

他忍了又忍，没忍住戾气："连城你有没有想过，想弄死钟声的，不止浜田枝子？"一旦钟声垮掉，即便她想继续跟钟晓，钟晓也撑不下去。那固然就是个二世祖，恐怕也没脸皮让女人养。

连城慢吞吞喝了盏茶，抬头笑了一下："我知道程教授有这个本事，不过我也知道程教授不至于此。"

"你再叫一句程教授试试！"程郢扯松领带。

连城不敢真惹他，怂怂改口道："如果你说融资的话，我做不了主……"其实连城估计如果是钟晓在，没准儿能喜出望外：谁的钱不是钱了？而且他一向喜欢美人，对程郢毫无抵抗力。

"要是别的，我又张不了这个嘴。"

"别的？"程郢挑眉。

枝子听到追上来的脚步声，鞋跟急促地敲击地面，回头看见庄秘，因赶得太急，面上止不住潮红。

枝子示意村上先走。

“庄小姐？”

庄梦蕊低声下气道：“真是对不住，浜田小姐，我们郁总她……”

枝子微笑道：“我理解，钟君不在，郁小姐压力很大吧？”

庄梦蕊便叹了口气。

“理解归理解，公事归公事。”枝子说道，“我听说过郁小姐，但是没听说她擅长经营，怎么钟君放着庄小姐这样的能干人，却用郁小姐？你们中国有句古话，说小儿抱金过闹市，是不是这样？”

这样生硬的比方，庄梦蕊还是听懂了。她未尝不知道枝子是在挑拨，却也只能苦笑：这话却是不错的。眼前这个局面，不能说郁连城没有责任，换作是钟晓在……

枝子笑吟吟地说：“庄小姐这等人才，不仅钟君喜欢，我也很喜欢的……”

两人迅速对了个眼神。

庄梦蕊低声道：“郁总有郁总的好处……希望浜田小姐能再给我们一点时间，我会尽力说服郁总。”

“那就预祝庄小姐好运了。”枝子带着亲切的笑容走进电梯。

电梯里镜子明亮而安静。

枝子看着镜子里的笑容渐渐扩大，一点点肆意，一点点张扬。很快又都收了起来。她伸手轻抚，指尖凉彻。真正的镜花水月。她这时候想起在梦窗庵的那顿午饭，会觉得十分遥远。

那之前她确信她已经失去了机会，她没想到那个清雅绝伦的男子会这样绝情。她站在研究所的草坪上，抬头隐隐能看到他的影子。他不见她，他不听她忏悔，他迅速找到了她的替代品。

她把自己关在屋子里不吃不喝，醒来的时候窗上一轮明月，她赤着脚走过去，把脸贴在冰冷的玻璃上。

“你要认输吗？”她问自己。

过去二十五年里这句话她问过三次，每次的回答都是一样的：不，绝不！

幸运不会永远只垂青于任何一个人。在半年之后浜田枝子回想起当时的煎熬和愤恨，得出这样的结论。

钟家在收藏界的名声让她的兄长对钟晓的来访郑重其事。枝子记得他当时的笑容：“你也来见见吧。”

原以为是程郢一流的人物，即便不说话，也有一种特别的东西在眼睛里，在眉宇间，在举手投足，如春风化雨，润物无声。见了面才知道全然猜错，那是个英俊的男孩子，但是浅白。

浅白得一览无余。

枝子相信如果他是在大洋彼岸，多半会晒出均匀漂亮的小麦色肌肤，六块腹肌，一笑八颗大牙。

至于郁连城——枝子想不起初见的模样。她安静得像个影子，总在钟晓左右，偶尔交换眼神，低声私语，低声轻笑。起初以为是助理，但是钟晓对她的亲昵和信重远远超过了一般上下级关系。

大山崎那晚庆功宴郁连城没有来。有人问起，钟晓笑着说：“她倒时差呢。”引起一阵哄笑。“一个恃宠而骄的小姑娘。”这是浜田枝子当时的判断。她相信大多数人都会做出这样的判断。

即便是得钟晓亲口认证，枝子也很长一段时间里无法相信，郁连城会和程郢师出同门。

那是完全不一样的两个人，她几乎找不到他们之间的共同点。如果说程郢让她时常想起冰原上起舞的鹤，郁连城就是家养的鹦鹉，站在架子上，见猫招猫，见狗逗狗，见了人爱理不理。

她怎么诚恳，她怎么漫不经心……枝子记得那天的屈辱，也记得后来郁连城在正仓院记者发布会上的得意扬扬。

她不会一直这么得意下去——她不会让她一直这么得意下去，枝子当时在心里发誓。

然后她终于实现了。

枝子想起方才会议室里郁连城难堪的脸色，不由自主嘴角上扬。她每个字都咬得很慢，很准，很温柔：“既然郁小姐执意如此，那么从今天开始，我方将不再为贵公司提供纸原料。”

枝子脚步轻快地走出电梯。她可以预见到不久之后的将来，郁连城会向她低头……而低头最终也无济于事。到那个时候，她也许能够明白那天在梦窗庵，她走投无路，求而不得的心情。

村上为枝子拉开车门："这位庄小姐像是很殷勤。"

"没有人愿意与船共沉。"枝子说。明眼人应该都看得出走向，庄梦蕊不是第一个，也不会是最后一个。

"浜田小姐是得到了她的承诺吗？"村上精神一振。

"让她考虑几天又有什么关系。"枝子笑道。

钟氏父子被拍卖拖在香港，郁连城一个要经验没经验、要根基没根基的人独撑大局，能撑得住几天可想而知。

村上犹豫片刻，车子已经发动了："如果郁小姐请求外援呢？"

"她要能找到外援，早就找到了……"手机响了，是村上发来照片。枝子看清楚照片上的男子，一时怔住。

"如果程家肯出手……"

"停车，停车！"枝子大声叫了起来。

"浜田小姐。"村上轻笑了一声，"怎么浜田小姐觉得，程君会听您的话吗？"

枝子意识到他的幸灾乐祸，但同样意识到这句话没有错。程郢不会听她的话。程郢对郁连城明显和对别人不一样。他是愿意为她背负骂名的——网上多少人骂他"小三"，她都忍不住，他忍了。

必须找个能够阻止他的人。枝子对村上说："你下去！"

"枝子小姐？"

枝子没有理他，径直吩咐司机："古宅里。"

十一

古宅里是南城老街，百年前也热闹过。随着经济中心转移，渐渐就荒废了，倒是歪打正着保存了一批古宅民居。如今政府有意盘活，前年试探性地放了几套出去，交由私人改建经营。

许唯借来拍片的枕水居就是其中一处。

江南园林的格局，月洞门，歇山顶，粉墙黛瓦，一池盈盈。金色的银杏叶疏落铺在水面上，清风徐来，涟漪微微。

枝子接过助理递来的热可可，热的雾气敷在唇颊上，未免粉润可爱。许唯很开心她过来喝下午茶。

枝子说："也是巧，我和郁小姐敲定完合作细节出来，就碰上程君。真没想到，我还有和程君合作的机会。"

许唯目色略沉："程郢？"

"可不。程君入股钟声，就约等于和我们合作了！"枝子眉目欢欣，转眼看到许唯的脸色，吃惊道，"怎么，许桑不知道？"

许唯笑了："程郢也不是小孩，他和谁合作，我怎么能知道……他这些年投资也不止一家两家。"搅了搅咖啡，忽然"叮"地放下，看住枝子道，"阿郢应该为之前的无礼和你道歉。"

枝子不安道："不，许小姐——"

许唯不说话，眼睛里的笑意越来越浓。

枝子撑不住，垂头道："我没有这个意思——能再见到程君，对我来说，已经是意外之喜。"

"所以，"许唯微笑道，"你不想程郢和郁小姐合作？"

枝子咬唇："我怕有更不好听的话传出来，有损、有损程教授的声誉。"

许唯"哦"了一声："合作也未必就谈得成。"

两人岔开话题，又说了些古建、吃用之类的闲话。许唯让助理小安送她出门，枝子忐忑道："安小姐，许桑不会觉得我多事吧？"

安悦对程郢印象不错，又喝了钟晓不少奶茶，也有点决断不下，刚好手机响了，忙借口与对方扯了几句。她回头看见枝子还眼巴巴在等，有点尴尬地说道："一个做三无产品的暴发户，老想赞助许导拍片，许导不愿见他，不知道从哪里拿到我的电话，成天打过来骚扰……让浜田小姐久等了。"

枝子笑得十分温柔："是我打扰了。"

"没有没有。"安悦笑道，"许导很喜欢浜田小姐。"

枝子一路琢磨许唯的话。程邺才是程氏当家人。程邺不点头，程郢就算注资，也不会太多。

她这个想法很快遭到了村上的迎头痛击："看来浜田小姐并不清楚程君的实力。"

数据永远比推测更具备说服力。

枝子脸色不是太好看。

村上补刀道："总部来电问我们的产品什么时候开始发货——如果程君和郁小姐真像照片里那么恩爱的话，就算钟君不回来，这也是个持久战。浜田小姐，但愿你准备好了对社长的说辞。"

枝子沉默良久："让我想想。"

枝子从城郊加工厂出来的时候还有点举棋不定。

她找借口问安悦要了电话，联系上"做三无产品的暴发户"欧复，实地考察，发现这家化妆品生产厂家规模居然不算小。欧复是个脑子活络的年轻人，听了她的建议，几乎拍案叫绝。

如果让"钟声"和三无产品绑定，枝子盘算，就算程郢肯下重金，或者钟晓回来，一时三刻也翻不了身了吧。

让她为难的是，欧复不肯直接购入成品，而是希望她能提供原材料。她倒不是没有这个库存，就是他提出的价格，他们这一趟几乎白跑。虽然历来都有人为了市场份额杀敌一千，自伤八百，但是村上多半不会同意。

要瞒过村上——枝子抬头，深吸了口气。冬日的午后，天色灰蓝。阳光羸弱得只剩下色彩。有鸟飞过去，黑的羊孤零零站在马路对面的田埂上。

手机响了。枝子看了片刻没接，就听到惊喜的笑声："浜田小姐，真是你！"

黑色卡宴无声无息停在了面前。车窗下来，露出连城的脸。枝子往里看，程郢冲她点了一下头。

连城笑吟吟地说："师兄还说我眼花了……浜田小姐来这里踏青吗？"

枝子不知道程郢怎么想，便只装作不懂，挂上客气而生疏的笑容。连城又脆生生说道："可惜不知道浜田小姐也要过来，又觉得周末不好打扰，不然可以一块儿来。我和师兄刚看过工厂……"

枝子多看了程郢一眼："郁小姐这么勤勉，钟君知道了一定很高兴。"

连城不接这话，迅速转移话题："浜田小姐是第一次来吧？这附近有个古港口，有近千年了，见证过海上丝绸之路的繁荣，后来河道变迁，港口废弛，保留了大量的文物和遗迹。现在开发出来作民俗旅游。我和师兄打算顺路过去看看。浜田小姐要是没有别的计划的话，就一起去吧？"

她说得客气，枝子还是想要拒绝。但是——或者她根本就拒绝不了。

车里放着不知名的英文歌，枝子努力想要听清楚歌词，但是总被阳光打断。

连城看起来心情很好，滔滔不绝给她介绍："上次来还是念书的时候……那里盛产木瓜，杨桃，这时节还有草莓，大棚的。摘下来洗洗就吃，鲜极了。转角有家水牛奶蛋挞，可甜……"

枝子的目光落在后望镜里，看到程郢唇边的笑痕，鬼使神差地说道："许桑也说郁小姐喜欢甜食。"

连城"咦"了一声："许——你认识许唯？"

枝子镇定地说道："许小姐来东大做过半年交换生。"

连城看了看程郢。程郢说："我不知道。"连城便又笑了："谅你也不敢！"

枝子开始觉得阳光刺目，紧了紧风衣。

倒是确实不远。车开了十多分钟就到了。周末的缘故，游人熙熙攘攘。路边店铺林立，各色小吃，有陈皮、山楂、梅子、青团、牛杂、猪脚姜、摊豆腐、五颜六色的钵仔糕、老字号酸奶。

到处都卖青芒果，开了一半，露出金黄色的果肉，码在盒子里，饱满多汁的样子。

有卖酒的行当，竹竿挑着幡儿，深釉色木架子上下三层，挤挤挨挨近百种酒，有花酿如玫瑰、蔷薇、樱花，茉莉；果酿如青柠、桑葚、荔枝、杨梅，装在玲珑酒壶里。店家殷勤请路人试饮。

连城尝了杯桃花酒，又问桂花，然后拿了杯黑加仑放在程郢唇边。程郢眸光略转，也就饮了。

回头看见枝子还站在门口，连城嘻嘻笑问："浜田小姐？"

枝子进来喝了杯洛神。

连城还要喝，程郢摸摸她的面孔说差不多得了。连城一笑，也就作罢。只和店家订了樱花和青梅。

古建遗迹渐渐就多了，溜溜达达到转角，果然有家甜品店，规模不大，人满为患。等了几分钟才等到树下的桌位，阳光从繁枝茂叶间漏下来。连城进店点单，枝子看了眼程郢。程郢说："让她去！"

"郁小姐对这里很熟？"

"她以前来这里写生。"程郢说。街对面就是江，水行至此，清且浅，点点金光。

枝子目光下垂："我不明白，程君为什么要蹚这趟浑水。"

程郢眼睛里一朵转瞬即逝的诧异，然后笑了。枝子不敢细看，只蓦地想起有个成语叫"心花怒放"。大约便是如此。就连周遭鸟叫声，水流声，风过声都陡然明亮起来。

"程君？"她问。

"她的事，我总不能不管。"风清日朗，萧萧肃肃。

正连城点完单回来："说什么这么热闹？"

枝子心里头一梗："如果钟君知道郁小姐和程君同游，会怎么想？"

"会给我算加班费吧。"连城不假思索地回答。

程郢没忍住，略略偏过头，过了片刻方才说道："郁连城，少欺负人！"

连城吐了吐舌，给他们报菜名，蛋挞、粉果、马蹄糕、杏仁茶、椰子鸡……甜的咸的要了七八样。味道倒是不坏。枝子心里头揣着事，多少食不知味。连城兴致好，给她说了通古港商贸史。

到夕阳将下，三人满载而归。先送枝子回酒店。

从暗的车里走进灯火辉煌的酒店大厅，神思还有些恍惚。忽然连城追上来："浜田小姐！"

"郁小姐？"

"我们钟声是有诚意和贵商社长期合作的，"连城说，"所以……还是希望浜田小姐能慎重考虑。"

枝子看着她眼睛里的光彩。这未尝不是一个挑衅的姿态，她大概以为有程郢在，便能高枕无忧。枝子的目光渐渐锐利起来："我会的。"

连城掉头回车。枝子站在那里看着她轻快的背影，程郢给她开门，他会说什么？"你放心"？

她不知道。

她给欧复回了一条短信："不如，我们再谈谈价格？"

连城卸掉脸上假笑，程郢换了首舒缓的歌。连城靠着椅背微合了眼睛，恍惚以为是从前修壁画，从市区回石窟，坐老旧的大巴车。一车人说说笑笑，她懒得吱声。他塞了只耳机给她。

没有词，纯曲。一种叫"筚篥"的乐器。

苍凉旷远，让人想起大漠黄沙。天尽头伶仃的树，也许是柳，也许是胡杨。也许是永恒静默的佛。南北朝时候的佛还没有后来的福相，他们颀长，清秀，有细长的眉目和精致的唇角。

她偷偷用余光看身边人的唇角。夜色很沉，就只有窗外零星的路灯透进来，一时亮，一时又暗了。

那点欢愉如白驹过隙。

车进了小区，停在楼下。连城睁开眼睛，说了声“谢谢”就要下车。程郢叹了口气：“不和我说晚安？”

“晚安。”连城心情有点仓皇。

“累坏了？”

“演了大半天的戏，哪里有不累的。你也累了吧。”连城嘴角扯了个笑容，“等钟总回来再好好谢你。”

程郢看着她的背影：“郁连城！”

“嗯？”

“我知道你和钟晓是假的。”一个陈述句。他已经看清楚的事实。他不知道她这些年里往脸上戴了多少层面具，以至于摘下之后手足无措，就好像惯于盛妆的人不能再习惯素面朝天。

连城回头。

呼吸拂过她的脸，夜色浸染的瞳眸，然后是柔软的唇——和她当初想的一样柔软。他吻得细致又温柔，唇舌之间的纠缠和追逐，退却和犹豫都在他掌控之中。他寸步不退，她丢盔弃甲。

也许是被唤醒的记忆，被遗忘的惯性，该死的惯性！

绷紧的肩线渐渐软下来。

她知道她应该生气，或者给他一记耳光，或者拂袖而去。但是她动弹不得。

那人用额抵在她的眉心：“你怕我？”

“嗯。”

“这么怕，从前怎么敢……”

连城不作声，过了许久方才说道：“如果你一定要问的话……”

程郢发现自己的心在下沉。

“在香港的时候，我答应了他的追求。”

十二

熄灯的时候往下看，车还在那里。连城心里很不是滋味。她想过如果当初没有《水月观音》的意外，就算明知道他拿她当备胎，她那么喜欢他，也下不了决心分手。过上三五七年，感情耗尽，他也许会找个门当户对的白富美，像许唯那样的；也许会给她一笔赔偿金，从此男婚女嫁，两不相干。这已经是她能想到他们之间最好的结局了。

她不介意耗上三五七年，在程郢这样一个人身上。但是她介意自己过于投入。

像个傻子。

连城拨通程郢的电话："回去吧，很晚了，明天还有课呢。"

那边没有作声。

过了一会儿再探头去看，车已经不在了。冬夜里寒凉，从窗外一丝一丝侵进来。月亮和星光都惨白。

连城把自己埋进松软的被子里。

枝子还在用早餐，村上敲门进来："钟声发公告了。"

"什么？"

村上点开视频，视频里郁连城正装梳髻，妆容清淡，颇有几分整肃："自九子奁上市以来，我们一直饱受盗版困扰。为了解决这个问题，我司将收回九子奁所有代理商的代理权。是的，这意味着我们将失去很大一部分的销售额。但是，我们终于可以大声说，九子奁由钟声独家发售，除钟声在各大平台的旗舰店之外，都属于盗版！同时，为了弥补不能够在门店试用的遗憾，我司将尽力在各大城市建立体验店，希望大家玩得愉快。最后，"她往声音里添了一丝近乎悲壮的坚定，"支持正版，原创不死！"

村上关掉视频，略带遗憾："真没想到，即便有程教授鼎力相助，钟声还是这么快就撑不住了。"

收回经销商的代理权拦不住人买盗版，唯一的好处就是能给浜田交代了——这是向他们低头。村上不明白为什么会是这么个结果，想了片刻，说道："要仔细想，也是早有预兆。"

"什么预兆？"枝子饶有兴致地问。

“有小半月了。舆情监测反馈说钟声狙击盗版，盗版商恼羞成怒，放出话来，说要和钟声干到底，以后钟声开发一个产品，他们仿照一个，不死不休。”村上一面回忆一面说道，“还有风声说——”

“说什么？”

“说有盗版商想要毁掉九子奁的美誉，来达到杀一儆百的目的。”村上笑了一下，“这大概不是真的。”

“听起来确实不真。”枝子也笑。

“无论如何，钟声收回代理权，必然导致销量下滑，生产减产。”

枝子从容道：“是时候约庄小姐出来吃个饭了。”

庄梦蕊明显情绪低落，却还强打起精神：“贵社提出盗版的问题，我司已经尽力展现了解决的决心，关于价格……”

“郁小姐壮士断腕，勇气可嘉，我也是很佩服。”枝子笑吟吟地说，就是不肯松口，话锋一转，“说起来，我上次看到郁小姐还是很有信心，怎么才半个月不到，就上城头竖降旗了呢？”

庄梦蕊叹了口气：“到这个地步我也就不瞒浜田小姐了。”指尖蘸了酒水，在桌上写了个“程”字。

枝子恳切地说：“如庄小姐有意，浜田商社的大门永远向你敞开。”

庄梦蕊苦涩地笑了一下。她原是钟晓的得力干将，跟钟晓比郁连城都早。当然必须承认郁连城在艺术方面的造诣，如果她算是人才级别的话，郁连城就是天才。这种事，人不能和天斗。

斗不赢。

枝子转头给许唯打电话，许唯一听就笑了：“我忘了和你说，郁连城去找阿郢，倒不是为了注资。”

“那是什么？”

“好像是想借用他的实验室，更多的我就没问了。想知道的话可以联系江平，他是阿郢的学生。”

江平这种涉世未深的小青年，被枝子三言两语拿下，套出话来，未免哑然失笑：他们一开始就想歪了。

原来是因为九子奁质量出了问题，怪不得程郢会跟郁连城去加工厂；怪不得古港一行，郁连城乔张做致。之前村上提起，她还觉得钟声反应快得可疑，如果是这样……那就不足为奇了。

抓到这么大个把柄，钟声的命运就捏在她手里，想什么时候引爆就什么时候引爆。枝子踌躇满志，吩咐村上给总部电话："可以发货了。"

连城对最近打的这套组合拳效果还算满意。

宣发部门找了个热点话题切入，推动"支持正版，原创不死"的讨论。这个论题虽然经常被取笑"月经帖"，但还是激起了许多创作者的同仇敌忾，加上公司推波助澜，有人作图，有人写小论文，有人剪视频，虽然没有形成全民热议，竟然也有了不小的水花，挽回了部分损失。

其次给"九子奁的三十六种玩法"买了几次热搜。这就更有趣了，连城也没想到，除了作为化妆盒之外，还能有这么多种玩法，不知道多少人是从陈家老太太那句"像乐高"里得到的灵感。

别说玩家了，连城自己都看得津津有味，连连感叹人民群众智慧无穷。

至于体验店，之前钟晓就有筹备，眼下不过趁热上线。虽然公开声明中大言不惭说各大城市，其实力有不逮，暂时只有南城有。请本地网红过来打卡，上传了一些沙雕视频，不少外地网友被勾得心里痒痒的。

近年来广告公司萎缩，很多推广都走短平快的直播，或者明星"带货"。

连城能动用的资金有限，偏很多明星都是低价接高端产品，高价接中低端产品，以平衡格调和资金流；主播则要求较高的折扣。连续几个交上来的策划都偷这个懒，看得连城直皱眉头。

庄梦蕊建议去孤儿院开堂手工课。

连城也不是太满意："容易被说作秀。不是每年都有人在这方面翻车吗？"

"只要钱和东西到位，就算作秀，那也是慈善。"庄梦蕊说。

连城嘀咕道："小孩子也有自尊心的。"

"就是——哪个小孩子不想要只装秘密的小匣子呢。"庄梦蕊含笑道，"还是这么漂亮的。"

连城被这个理由说服。

孤儿院派来接洽的行政人员苏姐有张圆润讨喜的脸。

教室里二三十个孩子，显然筛选过，年龄集中在六岁到十岁。连城带了批半成品过来，结合配图说了些天文地理相关趣味小典故，然后把东西发下去，指导孩子拼装玩耍。

不时有孩子举手提问。

低龄阶段的小朋友表达力欠缺，连城没受过幼学教育，处理起来颇为吃力。应付了一圈，找借口出门放风。觉察到有人在看她，连城略略偏转头，看见程郢，笑了："你怎么来了？"

"放寒假。"

连城瞪他。

程郢摊手："当然是有人引我来。"

"我课讲得怎么样？"

"要是你当初顺利毕业，我也不敢让你留校的水平。"

连城不在意道："我对小孩是没耐心。我也没想过当老师。"老师这个行当从未出现过在她的职业选择里。

程郢"唔"了一声："你从前不和我说这些。"

"从前想给你留个好印象。"连城说，"哪有女孩子不喜欢小孩也不喜欢小动物的……"

"所以奈良的鹿——"程郢若有所思。

连城笑了一下："好了，我该进去了。"

忽然听到喧哗声，驻足回头。苏姐陪人往这边来。连城眼尖，认得其中群星捧月式的人物是当红流量夏明时。

苏姐寻机拉了她在一旁："他们突然说要来，之前也没打招呼，我又不好拒绝，就拍几张照……"

连城冷着脸打断她："几张？"

苏姐嗫嚅道："就、就——"她心里有张算盘：钟声这回是捐了不少，日用、衣物、书籍，东西当然是好东西。但是对过手的人来说，一点好处都没有；又是一锤子买卖，没有后续。

流量明星就不一样了。

他们不给钱，但是谁不知道，自有人给。早几年有个剧大爆，明星粉丝以他的名义捐修了一条又一条的路；又听说有个景点，自明星上传了一张合影之后，持续三个月，每天都有人跑去打卡。

换句话说，流量明星来做活动，那就是可持续性发展——虽然时效和明星星途挂钩。

可是一向好说话的郁小姐突然强硬起来："国家三令五申不许未成年人参与综艺，苏姐，我没看错的话，那人肩上扛的，是摄像机吧。"

苏姐额上冒出汗来。

十三

"连城！"程郢咳了声。

苏姐这才看到人。他显然没有刻意修饰，但是她偏偏就生出这么一个念头：我刚才怎么会没看到他？

程郢说："人家也未必是来做综艺的，不能做慈善吗？"

苏姐赶紧抓住这根救命稻草："就是就是，夏先生他——"

"那他是捐钱捐物呢，还是来陪小朋友玩？"连城问，"苏姐别怪我事多，我的课堂，我当然要问清楚。"

"我、我去问问。"

苏姐有点紧张地过去和夏明时的团队沟通。过了片刻回来，苏姐鹦鹉学舌道："夏先生说他过来陪小朋友玩，问郁小姐需要他怎么配合。"

连城便知道对方是聪明人，便含笑道："我也会希望小朋友能有机会接触到更多美好的事物。"

夏明时年纪甚轻，比郁连城还小两岁，只出道早，一双眼睛惯会察言观色，开口便是："郁老师好！"

连城笑道："夏同学好。"

夏明时唱作俱佳，动手能力极强，很快就和孩子们打成一片，欢声笑语不断，场面极为和谐有爱。团队里有人悄悄用他的账户开了直播。原汁原味偶像直播，引来无数粉丝尖叫打赏。

他们有商有量，群策群力，竟砌出一座欧式城堡来。

有孩子跳上桌，郑重给城堡封上尖顶。夏明时得意地比了个V字：“郁老师要不要过来合个影？”

连城正要应声，忽然极清脆“啪”的一响，一个孩子挨了打，两个孩子扭打在了一起。夏明时赶忙拽住一个，程郢按住另外一个。程郢手里这个孩子大是不服气，不断扭动，两个脚乱蹬乱踢。

连城训道：“打人不是好孩子！”

那孩子大声嚷嚷道：“小凡才不是好孩子！他才不是！他——”

“我没有我没有！”那个叫小凡的孩子尖叫起来，胸膛起伏不止，然后开始打嗝。夏明时不得不抚他的背安抚他：“是是是你没有——”又对对面那孩子说道，“都慢慢说，不急。”

那孩子愤怒地举臂一指城堡：“你们看！你们自己看！”

所有目光都往那处汇去，城堡背面原本应该是漂亮的星迹，这时候却成了大大小小的黑洞，像个马蜂窝。

这一下小朋友们全炸了，各种尖叫怒骂，甚至有人哭了出来。连城仿佛是挨了花和尚鲁智深一拳，耳边磬儿钹儿铙儿一起响，直开了个水陆地道场……不知道响了多久，夏明时和程郢终于镇住这十几二十个小祖宗，就只剩下小凡哭得伤心又害怕：“不是我……不是我干的。”

他不断重复这句话，小小的身体战栗不已。

“不怕不怕，我知道不是你……我们都知道不是你。”夏明时劝慰他。小凡抽噎得更厉害了。夏明时觉得不对，捋起他袖子，就看见藏在袖中的小手上密密麻麻全是红斑，一直延伸到手腕。

夏明时脸色变了：“有医生吗？这里有医生吗？”他叫了起来。他的助理飞也似的奔出去。

小朋友们都露出惊恐的神色。

程郢趋近，仔细看了片刻：“接触性皮肤过敏——连城，你包里的氯雷他定呢？”

连城来不及想程郢怎么知道她有药，只管手忙脚乱找出来，给小凡服下。不一会儿院医生到了，听说用了药，便放下心，赞赏他们处理得当。夏明时却问：“郁老师怎么会刚好有药？”

连城惊魂未定，只道：“也是巧。”现在想起来不无后怕。

夏明时的目光却锐利起来，他指着城堡背面：“郁老师能不能给我解释一下，这怎么回事？”

连城沉默了片刻：“我也不知道。”

“郁老师！”夏明时微微提高了声音，“你不能不知道！”微停了停，缓和了语气：“贵公司的设计我很喜欢；你们号召大家抵制盗版，支持原创，我买了好几十套送人；今天听说你们在这里，我也很乐意和小朋友们一起做这个手工。但是郁老师，这么个质量、这么个原创——你叫人怎么支持得下去！”

他心里愤怒，仍然留了分寸，没有直接质问：如果不是刚好他们在呢？如果不是刚好你郁连城包里有药呢？

连城又沉默了片刻。她走到城堡面前，必须承认，小朋友们发挥了他们的聪明才智，把城堡砌得美轮美奂。

她让他们失望了——她原本并没有料到这个结果。

她伸手细细抚摩城堡。

直播里炸开了锅。

五颜六色的弹幕遮天蔽日。有多少人夸夏明时耿直就有多少人骂钟声黑心，有无数人打出“退货”两个字，铿锵有力，言简意赅。

“拿小孩作秀就算了，还是劣质产品！”

“过敏会死人的她知道吗！”

“这销量……这会害死多少人！”

“呼叫315，呼叫315！”

更多脏口滚滚而来。

郁连城并不知道这些。她摸着“城墙”上的黑洞沉思。

“郁小姐？”夏明时问。

“我有一个猜测。”

“猜测这不是你家产品？”夏明时冷笑，这可说服不了他，“郁小姐，容我提醒你，东西是你带过来的，如果出自你郁小姐之手的九子奁都有假，那我是真想不出，市面上还有什么是真的。”

连城抿了抿唇，她倒是能够理解他的愤怒，因此并不动怒，只道：“要从这个角度，我确实无可辩解。”

夏明时哼了声，扭头要走。

程郢拦住他：“听她说完！”——他也不知道连城要怎么洗脱这个嫌

疑。他知道是盗版，但是，怎么证明？

夏明时一怔。他至今不知道这个男人的身份，他话很少，但是当他开口，就不容人拒绝。夏明时不得不坐了回去。

连城给程郢丢了个感激的眼神，到小凡面前弯下腰："小凡，我问你几个问题，你能回答我吗？"

弹幕上一片辱骂："不要脸！""欺负小孩！""小凡快跑！""黑心资本就会拿小孩当挡箭牌！"

夏明时拉住小凡的手说："别怕，哥哥在这里。"

氯雷他定开始生效，小凡有点困，但已经没有之前那么难受，情绪也稳定多了。他不明白发生了什么，漂亮哥哥为什么这么说，老师又为什么要他回答问题。但是他还是乖乖说："好。"

"这面'墙'，是小凡砌的是不是？"

"是，但是——"他也说不出但是什么。小朋友心里充满了困惑。

连城点点头："但是小凡砌这面'墙'的时候，它不是这个样子，对不对？"

小凡赶紧点头："对，但是后来——"

连城摸了摸他的头："后来，那也不是小凡的错呀。"

她站起身来："我们这套产品借鉴了建筑上的卯榫结构，是有一些结合上的技巧。但它不是AI，它没有内置程序，它不具备定时自毁功能——如果一开始有问题，小凡也不会把它砌成'墙'。"

"那能说明什么？"连夏明时都困惑了。

"说明它被腐蚀了。"连城说道，"如果拿到实验室，我能够检测出原因。"

"郁小姐，"夏明时皱眉道，"这不是还是说明产品有问题吗？这是教室，不是你的实验室——它能有什么腐蚀品？"

连城犹豫了一会儿，她环视四周，冲其中一名工作人员说："你是在拍视频吗？"

工作人员登时有些慌。

"郁小姐，"夏明时道，"你这是在逃避吗？如果东西没有问题，我会让他销毁视频，但是如果——"

"不不不，"连城打断他，"我是想说，要拍，就过来！近一点，拍清楚一点！"

夏明时在娱乐圈里这么多年，还是头一次听到这样的要求。

弹幕上也反应过来："他们不知道是直播诶！""好可爱！""这是什么神仙哥哥！""手机像素真不错！"

有人问："偷拍不犯法吗？"但没有人回答。

也有人反复问："她弄出这样的东西，程教授怎么可以袖手旁观呢？"也没有人理会。

工作人员拿着手机怼到连城面前，镜头顿时就不晃了。

连城这才接上之前的话："我的意思是，这个事情，无论你信或者不信，都必须承认这种可能的存在：有人栽赃陷害。无论是我个人私人恩怨还是钟声打击盗版得罪盗版商的结果。"

夏明时没有反驳：无法证明的东西，他也无须急吼吼去给她证伪。

"我是一名修复师。只要有照片在，就没有我复原不了的东西——我这么说，并不是要修复这面被腐蚀的'城墙'。"

"那是什么？"夏明时忍不住问。

"我们公司策划过一个活动，叫'九子奁的三十六种玩法'，有很多热心的玩家参与，非常有创意也非常有想象力，解锁了很多我没有想到的玩法；但是有一种玩法，始终没有人解锁出来。"连城答非所问。

程郢笑了一下。

连城下一句就是："这种玩法我也没有玩过，所以需要程教授帮我。"

连城这东一榔头西一棒槌的，夏明时也不知道她葫芦里卖的什么药，更别说小朋友了。

直到她走到长桌前宣布："首先，我们要拆了这座城堡。"

连城对准"城堡"一阵"咔嚓""咔嚓"猛拍。她的手速一如既往地快，不过五六分钟，小朋友眼睁睁看着自己的房子塌了。

连城拿了几块碎片给程郢看过，程郢问："2∶1？"连城点头，然后递马克笔给他："千里江山图。"

十四

"《千里江山图》是北宋王希孟创作的绢本设色画。所谓绢本，就是画在丝绢上；设色，说明它不是水墨画，而是有颜色的；北宋是千年前的一个时代，当时画家王希孟只有十八岁，就是个小哥哥。这件画被誉为‘九百年来青绿山水第一神品’，现在收藏在北京故宫博物院。”

连城娓娓道来，可惜小朋友们还是眼泪汪汪地，惦记他们刚刚倒掉的房子。

夏明时的目光落在程郢手上。他像是漫不经心握住笔，漫不经心拉出一条线，墨色饱满，连绵不断；渐渐就有了起伏的姿态。明明就只是支马克笔，没有上色，没有渲染，凭空勾勒，就让人生出“无限江山”的感慨。

“好了。”他冲连城一点头。

连城比了个手势。程郢大笑。

“开始吧。”

他们是一起开始的，从画卷两头。这时候夏明时才发现每只小盒子高度是一样的，他也疑惑过小盒子的背面还有漂亮的描花，只是没仔细想——大概也想不到，会是《千里江山图》这样的大杀器。

起初是山，峰峦秀丽起来；然后是水，渐渐地烟波浩渺；然后渔村野市，水榭亭台，茅庵草舍，水磨长桥。

舟在水中，飞鸟掠过长空，白衣秀士且走且歌。

在场诸人哪里见过这样的奇迹——好像就只是眨了一下眼睛，面前又多一座山，又多一条河，又多一座园林，一个村舍，一挂瀑布。所有的眼珠子都像是蜜蜂黏在花蜜上，连呼吸都放得轻了。

连城把最后一块碎片安上去，抬手看了下时间：“退步了。”

程郢回敬一个手势，连城哼了声扭头笑。

直播小哥有意持手机在桌前走一遍，展现面前全景的《千里江山图》。他虽然听不到，也想象得到所有围观直播的吃瓜群众看得掉了瓜的倒抽气声，不知道多少人心里默念“江山如此多娇”。

连城敲敲桌子，把所有人从惊艳中拖出来：“这就是九子奁的第三十七种玩法了。”

“原本是打算留作彩蛋，”她自嘲地笑了一下，“没想到不得不提前揭底。九子奁产品中包含三套拼图，《千里江山图》是最长的一卷，其余，还有待大家自行探索，我这里就不剧透了。”

“特意选了这件，是希望尺寸之间，能让小朋友饱览大好河山。我们钟声的宗旨一向都是：那些传世的书画不该只待在教科书、博物馆里，仅仅成为一个耳熟能详的名词，而应该在所有人触手可及的地方，让大家都能感受到它们的存在，不仅仅是因为历史悠久，还因为美。”

夏明时觉得自己被洗脑了，他现在脑子里唯一的念头就是买买买！

但是连城还记得初衷：“这张《千里江山图》拼完，没有缺口，但是碎片还有多余——可见，有些东西真不是我带来的。”

她拿起一只剩余的盒子放到手机面前：“你们看，这些被腐蚀的盒子只有一面、两面，最多三个面有图，描的都是星辰——当时我们考虑到星辰图简洁大方，扩容性好，所以用来做了主图……”

夏明时连连点头：“郁老师说得对！”郁老师说什么都对！

连城莞尔：“那么这句话我现在可以说了：我想大约是这样的，有人事先放了赝品在教室里，被小朋友当成了正品误用；也许还有别的小朋友不小心洒了东西在盒面上，导致盒面被腐蚀。”

她没有提小凡的过敏，她相信这不是意外。

枝子既然能踩着同门上位，那么拿一个异国他乡的小孤儿作筏子又有什么奇怪呢。她的目光从孩子们脸上扫过去，有孩子目光闪烁，不敢看她。她也没有揭穿——就先让它这么过去吧。

孩子能有多大错，错的是背后的成年人呐。

夏明时为了致歉，执意要请吃饭。连城和程郢推拒不过，也就去了。夏明时一口一句“郁姐”叫得亲热，想套出另外两套图，连城只管笑。夏明时好奇地问：“郁姐之前真没拼过《千里江山图》吗？”

“没有！”连城断然否认，“要有，就不劳烦程教授打版了。要今天程教授不在，我麻烦大了。”

“程教授玩过？”

连城摇头道：“他哪有这闲工夫。”

程郢看不下去，揭开谜底：“这图我们以前描过。就算我不在，也没什么大问题。”

连城立刻回复道：“程教授谦虚太过了——照比例收放图是程教授的绝活。我没这速度。”

夏明时哈哈大笑。

连城被他笑懵了："笑什么？"

"你们俩，你们俩——"夏明时笑得喘不过气来，"你们俩是打算在我面前装不熟吗？太过分了吧！"

席上众人哄笑。

连城挂不住脸，悻悻道："大家都叫他程教授。"

"叫师兄。"程郢柔声道。

好吧，看在他今天劳苦功高的份上，众目睽睽，连城硬着头皮改口道："师兄。"

程郢眉眼一弯。

莫说连城，就是夏明时都瞬间有种满目生辉的错觉：乖乖，这位程教授要是出道，光凭脸都能镇住场子。

连城费了点功夫方才把离家出走的神志逮回来，强行解释道："你们娱乐圈同个公司门下，不也师兄师妹地叫，何况我们同学呢——就是毕业久了，不习惯了。"

"你还没毕业。"程郢补刀。

连城深呼吸。

夏明时咕噜咕噜笑得像只大猫。

散了席连城的脸就垮下来，程郢叫她上车也不理，低着头翻约车软件——原本是和公司司机约定了来接人，偏夏明时说请客，无法预知时间地点，便叫人先下班。夏明时又挤眉弄眼让程郢送她。

她在程郢车里吃过几次亏了，哪里肯上。偏赶上高峰期，约车迟迟不来。

程郢把车开到她面前："小姐，去哪？"

连城气得很，直往前走。走不得十余步，车又跟上了，徐徐开在身边。车里放着歌，那歌里反复吟唱：

"But you treat me like a stranger, and that feels so rough……"

"连城！"他疑心并没有人能够听见，音乐这样响。人们匆匆地从旋律中穿过去，像岁月呢喃的背景。但是连城停住了脚步。霓虹打在她脸上，变幻的光影，像唐时血晕妆，陡然生出的妖气。

程郢低声说："我不想你叫我程教授。"

"他们都那么叫。"连城说。

“他们是他们。”

“那我叫你程先生？”

“郁连城，你可真会往人心口插刀！”

连城过了一会儿方才说道：“我们现在……我觉得不合适再叫你师兄。”

师兄师妹这类称呼，借着武侠小说响彻华人世界。多少暧昧。何况他们之间不止暧昧。

“可不，”程郢冷笑，“每年进校两万人，人人可以称呼程师兄。”

连城不响。她知道程郢是和他哥碰过头了。程邺多半没说她什么好话，那也是必然的。

音乐一直在响，越来越响，鼓点激越，也许还有吉他和弦。

歌手的声音越来越亮，就像是一根银丝儿在往上抛，越抛越高，越高越亮，隐隐能看见月亮的光辉。

“Now you’re just somebody that I used to know.

“Now you’re just somebody that I used to know.

“Now you’re just somebody that I used to know！”

反复咏唱得过于铿锵，虽然并非母语，也能听懂字里行间的咬牙切齿。爱与恨交织，像密密的网。

连城心里竟难过起来。

“上来吧。”最后程郢说，“来，我自我介绍一下，我姓程，程序员的程，单名一个郢字，在春秋战国，是楚国的首都。”

连城扑哧一下笑了。

程郢给她系安全带。连城挡了一下：“我自己来。”

光色真的很暗，她垂着眼帘，像青纱帐，遮住眼睛里的光。人一旦视觉受限，其余感官就会加倍敏锐。

程郢笑了：“你不用戒备我。”

连城想起一个笑话：“以前有个猎人进山猎熊，被熊给抓了；猎人回去之后发誓要报仇，重整武装又上了山，碰上老朋友，又被抓了；第三次，猎人毫无悬念地被熊抓住了，熊很生气地说——”

程郢似笑非笑看住她：“郁连城，你就是很爱撩我是不是？”

“不是！”连城抬起眼睛迅速看他一眼，“其实今天……真该谢谢你。”

“我没想到能帮上忙。”

“她找人通知你，应该是想看你秉公执法。”连城觉得好笑。

话题转到工作人就活泼了。

程郢心里百味杂陈。他听说地点在孤儿院很担心了一阵。但是她好像并不在意，她像是从未想过自己差点落到这个境地——也许只是压住了不去想——反而为饭桌上一句两句调笑和他怄气。

也好。她从前，像是从未与他生过气。他一度以为是她心大。现在想来无非就是——

真不肯装了。

这个结论让程郢哭笑不得，想了想问：“那孩子过敏是怎么回事？”

“不是盗版的问题。”连城说。她猜枝子是想激起民愤。和产品质量比起来，人命的分量要重得多。

连城说道：“庄秘很谨慎，没敢多问。我知道今天要出事，但是不知道她怎么下手。没想到她人脉这么广，能找当红明星过来。”她这时候想起，夏明时上半年出歌，像是和日本方面有过合作。

程郢点点头：“我想你也不知道。之前挑助手的时候，觉得枝子手艺不错。没想到——”

“这怎么想得到。”连城笑了，“孤儿院那边应该会处理吧。”

到家时候还早。连城收发完邮件，在搜索框里输入“Just somebody”，是首闪闪发光的蓝调，想了想，又添上“I used to know”，才发现全名是“Somebody that I used to know”。

有翻译成“熟悉的陌生人”，也有翻译“我生命里的过客”，翻译技巧类似于“Ashes of time”之于《东邪西毒》。

一首有点年头的老歌，男女声对唱。男声部分极长，女声部分极短。

歌里回忆曾经有过的愉快时光，到一切结束的时候未尝不是解脱。男声反复吟唱“但是你不必装作不认识我，就好像我们之间什么都没有发生过”“现在你只是我曾经认识过的人”。

那种负气、不舍、强装冷漠，描绘得非常传神。

歌手也许非常年轻，或者是西方中产那种天真的热情，到被世界伤害的时候，有种孩子式的困惑和难以置信的委屈。

连城不知道程郢是不是特意找了来放给她听。

塞了耳机进耳朵里，欢快的节奏声中那个伤心欲绝的人一遍一遍重复，一遍一遍告诫自己："Now you' re just somebody that I used to know."

十五

连城次日被庄梦蕊的电话吵醒："……爆了！"

连城迷迷糊糊瞪着手机："什么爆了？"

"你爆了！"

连城过了半天才想起来去看数据。热搜第一明晃晃挂着"夏明时 九子奁"。九子奁的百指和微指都直线上升；销售数据不用看了，肯定非常可观。连城晃了晃脑子里的水："货还够吗？"

"不够了！不过很多人愿意等！平台那边挂了预售；有不少订单直接点名要《千里江山图》，也有缠着客服问另外两套图的，我已经交代了客气一点拒绝剧透。"庄梦蕊声音里透着笑。简直奇迹一般！要知道，郁连城决定收回销售代理权的时候，她连简历都准备好了。

连城深吸了口气，夏明时不愧是年度"带货王"。"联系夏明时的团队，请他做代言人。"

"好。"

"质量上还是要把关，不要因为订单多就……和大家说，辛苦一点，等钟总回来论功行赏！"

庄梦蕊听命去了。

连城自个儿愣了一会儿，躺回去仔细看。

热搜第一点进去都是夸夏明时帅。连城想找九子奁的评价，翻了几页都没翻到，只得作罢；再往下拉，热搜第四"千里江山图"，营销号都在吹"十八岁的美少年躬逢艺术盛世"，连城哑然失笑。

第九突然跳出来"郁老师的手势"。

连城心里"咯噔"一响：不好！她当时是得意忘形了。果然，这个并不复杂的手势已经被人多势众的网友破解出来——

"是手语！郁老师的那个手势是嘲笑程教授孔雀开屏！"

"那程教授的呢？"

“你吹牛！”

底下一排“哈哈哈哈哈哈哈”“猝不及防，这是什么顶级狗粮啊”，连城捂住脸，真是的。

热搜第四十三是“程教授是哪家的教授”，第四十五才轮到“反对盗版，原创不死”，不由感慨，八卦才是第一生产力。

切换到短视频。各大平台都在推，大概是夏明时的团队连夜剪出来。开了美颜，谢天谢地，没有只给夏明时一个人开；倒是程郢，加了还不如不加，颜色减了三分，连城有点斤斤计较。

大多数视频都是从“城堡”建成、夏明时摆V字露笑脸开始，小凡哭闹，到夏明时与连城对峙高潮迭起，然后《千里江山图》从程郢手下流出来。这个片段连城拉看了好几遍：这人简直拥有神之右手。

弹幕上无数人与她心有戚戚。

连城平复了下心情，开微信找到夏明时，发了个红包过去说：“谢谢。”没有收到回复也不在意。

娱乐圈里夜猫子多，这会儿多半都还没起来。

到洗过脸整个人才冷静下来，三个月内连爆两次，可以和钟晓交代了。

和连城的兴奋、钟声上下一派的欣欣向荣不同，浜田枝子面对的是逼宫。

“社长请枝子小姐即刻转回京都。”村上和气地说。

枝子微微低头：“嗨！”

她知道她失败了。所有人都在误导她，村上用照片和数据误导她：也许程郢和郁连城确实就是这么亲密，程郢也确实有注资帮钟声渡过难关的能力，区别只在于，他并没有这么做；然后由庄梦蕊、许唯、江平联手完成第二次误导。郁连城测试残次品也许是真的——但没有人告诉她那是盗版。

可笑，太可笑了！

而最后推她一把的是——欧复。这个名字让她咬肌一紧，这是个彻头彻尾的骗局！根本没有什么三无产品的小老板，他就是钟声的生产总监！和他的合同让她低价把剩下所有库存拱手相让！

足够钟声开工到明年六月了。

而浜田准备的竞品，原料已经发货，等候到岸进入代工厂组装。许唯拍摄的纪录片昨天上线，被九子衮压得死死的，几乎没有人讨论，虽然它制作得精美绝伦；同时地广在铺设中……

枝子不敢想下去。

是她想在程郢面前撕下郁连城的面具，她想要在所有人面前撕下郁连城的假面具，她自作聪明地找了当红明星来见证这一切——她搞砸了。

她知道她完了，唯有意志力支撑她的背脊，到所有人鱼贯而出，方才瘫坐在地上。她不能这么认输。她不能这么灰溜溜地回京都——这样回去，她将一无所有！

所有人都会继续说那句话："可惜了郁小姐是中国人，不然'人间国宝'哪里轮得到浜田家呢。"

她在这时候想起那封匿名邮件，邮件上的电话。她犹豫了数次，还是拨了过去。那头是个低沉的男声："浜田小姐？"

"你在等我的电话？"

"是。"

"那件事……是真的吗？"

"浜田小姐，我以为你是行家。"

枝子静默了片刻："照片看不出细节。"

"你不会去看实物吗？"那边讥笑道，"怪不得人人说你不如郁连城。"

"你不必激将。"

"你这么废物还用得着激将？我问你，你和郁连城交手这么久，你就没有想过为什么钟晓滞留香港不回来？"

"为什么？"

"以你浜田家的人脉难道打听不出来？那是我高估你了……"

"等等！"枝子听出他要结束对话的意思，忙问，"你到底是谁？"

"我是谁不重要，浜田小姐，重要的是我们目标一致。"电话咔嚓挂断。枝子握住手机，默然良久。

她不知道他是谁，她不知道这会不会是又一个陷阱，或者他只是递给她一根稻草。

四年前郁连城修复《水月观音》，四年后她出现在京都。钟晓提供的履历，有近三年她在拍卖行。浜田枝子当时就质疑："以程教授的地位，如果郁小姐真是他师妹，怎么可能入行数年寂寂无闻？"

钟晓当时笑着说："这谁知道呢。"

枝子拿过一张A4纸，写下第一个疑点：拍卖行。然后添上第二个：钟晓。

她之前得到的小道消息是钟氏父子不和。现在想来，确实疑点重重。就算打听不到更详细的内幕，也许可以从时间点上入手——推测是否和郁连城有关。

最后，她写下第三个名字：许唯。

"他说得对，我是行家，我不比她郁连城差，"她自言自语道，"如果真是赝品，没理由我看不出来。"

村上催得急，浜田枝子乖乖拿着护照登机，待村上离开，她又退了出来。她给许唯打了个电话："许小姐吗？我就要回京都，在回去之前，想游览南城博物馆，您能拨冗给我做次向导吗？"

连城收到多家媒体的采访邀请，有杂志，有电视节目，也有网络平台。她和庄梦蕊商量去或不去。

庄梦蕊十分意外："郁总对媒体很熟？"

连城笑吟吟地说："八卦看得多。"

这话庄梦蕊是不信的。不过她如今彻底对连城服了气，又问："程教授那头——"很多媒体想促成他们同框。

"他不会上的。"

营销号挖不出她多少过去，就朝程郢和钟晓两个现成的靶子伸出魔爪。连城每天看他们俩被编出花来，实在有趣。直到有天有营销号八卦她豢养九尾狐，所以蛊惑到两个贵公子，笑得直接从床上摔了下来。

当时没留意手滑点到"在看"，当晚夏明时就乐不可支嘲笑了她。第二天程郢的微信头像变成只火红色的狐狸。

最后决定接受的采访也就三五家，各有侧重，不至于让人反感她的频繁露面。钟晓去香港之前定下的节目不好再推，好在那边提交的大纲里终于划掉了"毒舌"和金句，能够心平气和聊聊文物文创了。

节目流程走台本，连城还算放松，说了几个文物小典故，又介绍了些修复上的小窍门，清洗、去霉、印泥做旧，配合了操作演示，倒也有些趣味。

忽主持人问："听说郁小姐读书时候就参与国宝级的修复了，是不是真的？"

连城犹豫了一下，这个问题台本上没有。

主持人又补充道：“说是修复过敦煌——”

“不是敦煌，是云冈。”

“对对对云冈石窟，一个短命的王朝……”

“也不算短命了。”连城说，“持续了近一个半世纪。北魏到北周北齐一系，依稀可以看到隋唐的曙光。那次抢救性修复，也不是我一个人，很多人都在；我是作为程教授的助手参与的。”

“所以郁小姐和程教授是老搭档了。”

连城笑道：“之前程教授给老师做助手，然后我给程教授做助手，我们这行就是这样，薪火相传。”

“但是郁小姐的毕业作品《水月观音》是郁小姐独立修复的对不对？”

连城绷直了背脊：“是。”这个字说得又急又快，她心里有种预感。

她并没有比之前在拍卖场更为失态。她知道人有时候难以逃脱命运。

那支离弦之箭一直跟着她，无论她怎么躲闪腾挪，空间就这么大；它终究能追上她——那也许是从她进拍卖行寻找机会开始的；从她找到钟晓，从她在程郢面前露面，就已经无可挽回。

“郁小姐看起来有点紧张？”主持人说。

连城双手放在膝上，淡淡地说：“那毕竟是很多年前的事了。章先生看到自己的毕业作品，恐怕也会胆战心惊吧。”

主持人宽厚地笑了：“我们想给郁小姐一个惊喜：有位郁小姐的故人，想借这个机会，向大众介绍这件作品。”

音乐响起，灯光璀璨，穿紫色和服的少女从升降台上走下来。

十六

“浜田小姐。”

“郁小姐。”枝子笑吟吟地说，“我和郁小姐在京都、奈良有过几面之缘，冒昧称故人，希望郁小姐不要介意。”

连城生硬地回答她：“不介意。”

主持人向观众介绍浜田枝子。浜田枝子身上的光环是很值得吹一吹的，百年世家出身，半亩九清堂的修复师，“人间国宝”的称号。每一样拿出来都能让人高看几分，也就更增添了她的可信度。

“我原本将在这几天离开南城归国，但是离开之前——大家都懂的，我们这行，博物馆就是打卡点。我呢，有幸目睹郁小姐的修复作品。刚好碰上郁小姐和郁小姐的产品大火。作为老朋友，”枝子俏皮地说，“我想蹭蹭这个热度。”

连城当然知道她为什么要归国。

就好像她知道这是一篇宣战书一样。但她还是说道：“浜田小姐过奖了。产品是团队努力的结果，不是我个人的。”

“都一样都一样。”主持人打圆场。

浜田枝子拍拍手，照片投映在背后的大屏幕上：“郁小姐还记得它吗？”

连城仰头：“这是《水月观音》出土时留下的存照。”

电视机前观众都看蒙了：这一团乱麻你们管它叫“水月观音”？

“我来介绍一下吧。”浜田枝子说，“郁小姐修复的这件《水月观音》出土于G城舍利塔。当时舍利塔内壁大修，在塔内第四层发现暗龛，清理出书画绢16件、木雕造像13件……”

“这是修复完毕之后。”随着浜田枝子的讲述，又一张照片被放出来，与出土照并列。

照片被推到镜头面前。观音宝冠峨髻，半跏坐于怒海礁石之中，右脚下垂，足踏莲花。菩萨脸型圆润，红色罗纱之下隐隐可见肌肤莹润，身段丰腴。整个画面细腻饱满，艳丽多姿。

对比之强烈，观者无不啧啧称奇。

莫说主持、观众，就是郁连城自己都有片刻恍惚：当初她修复的，竟然是这样一件杰作吗？

“很漂亮是不是？”枝子说，“就算不知道它身上凝结了多么漫长的时间，也足够漂亮了是不是？”

“如果它是仿品呢？”她话锋一转，目光紧紧盯住郁连城。郁连城垂了眼帘，但是很明显没有过多惊讶的颜色。

反而主持人失声：“怎么可能！”

“听起来确实……不太可能呢。”枝子笑道，“怎么，郁小姐不觉得意外吗？”

连城说："浜田小姐何必明知故问呢——浜田小姐对我的恶意从奈良就开始了，这次是有备而来……"

"郁小姐！"枝子打断她，"郁小姐是想把话题扯到个人恩怨以阻止我吗？"

主持人听见自己的小心脏怦怦怦激动了："浜田小姐的意思，是对于画件真假有疑问？"

"不错！郁小姐的这件修复件被断代为晚唐。但是据我所知，晚唐到五代，观音多为男身。这让我十分困扰。"枝子眼睛瞬也不瞬，她能感觉到这个问题抛出来，郁连城眼下肌肉轻松了。

不是这个——当然的，这就是道开胃菜，枝子心里想。

"浜田小姐是认为，"主持人说，"这件作品并非出自晚唐，而是有可能由后世仿作？"

浜田枝子微微颔首："郁小姐以为呢？"

"浜田小姐诚然对我国书画了解颇深。"连城淡淡地说，"浜田小姐大约也听说过，最早的女相观音出现在8世纪初，也就是我国女皇武则天执政时期。水月观音的创造者周昉活跃的时代比她稍迟，但是不会迟太多，可能会受这股风潮的影响，在创作这一题材的时候男女相并行。"

"那莲花上的落款是怎么回事？"枝子指向观音足下。莲花开在水里，要不特意挑明，真没人看得出有字。

主持人这回是真知道不对了：这位自称"故人""老朋友"的浜田小姐就是来砸场子的！他再看郁连城的脸色，果然难看得很，不由得大喜：他很知道观众想看的是什么，四平八稳、互相吹捧的科普能有什么出路，要掐，要撕，让大家看有文化的扯头花！没准能搞个大新闻！

他故作姿态道："浜田小姐这来势汹汹，令人害怕。"

浜田枝子不负所望，应声答道："原来贵国文博界不接受业内挑战、切磋的吗？那是我错了。"

她起身鞠躬。

连城不疾不徐地说道："虽然画作署名落款成惯例是在元朝之后，但之前也不是没有。比如两宋就多穷款、隐款。"

她看了看镜头，知道电视机前观众并没有这些生僻的专业知识，又解释道："单落一个名或者印章，不记年月、来历叫穷款。隐款就很好理解了，字面意思，就是署名隐藏在画中，不容易被看见。”

“但是郁小姐，这是件唐画。”枝子沉住气。

连城沉默了片刻。明知道前方就是万丈深渊，她眼睁睁看着面前的路越来越短，但是身后路也早就被断了。

她只能一步一步往前走：“隋唐画家李升，生平在《益州名画录》里有记载；米芾《画史》中提到他的山水画，画中三十棵松，他在其中一棵上留下了四个字：蜀人李升。而五代画家荆浩则将‘洪谷子荆浩笔’写在入水的合绿抹石之下，所以即便在宋元以前，隐款署名也不是孤例。”

“那么，”枝子露出笑容，“让我们看看，当时的这位画家，到底在画作上留下了谁的名字。”

她每多说一个字，郁连城的脸色就难看一分。枝子知道她找对了！

枝子踱到大屏幕前。巨大的观音像有着细长的眉和眼，眼睑微垂，像是在看住她。奇怪，之前但觉容色秀美，眉目可亲，这时候陡然生出巨大的悲悯，就仿佛她足下海浪滔滔，滚滚而来。

她恶狠狠斩断这些念头，径直到郁连城面前：“郁小姐！”

连城的眸色沉得像夜。

即便是枝子有心报复，猛地瞧这一眼，也有惊心动魄之感——“她手里要是有刀，现在应该已经染上血了。”她心里闪过这个念头，而眉宇间神色愈厉。这大概就是她们的宿命吧，她想。

“要不，还是请郁小姐自己来揭开这个谜底吧。”

连城冷冷应道：“已经是浜田小姐口中之物了，怎么，没咽下去，饿得厉害？”

枝子不懂内娱生态，也并不知道这句话出自百年前伊藤博文对李鸿章，就更没想到连城是想打爱国牌逃生。她胜券在握，不屑计较这些细枝末节。她弯腰凑近连城，如猫戏鼠：“郁连城，你认罪吧。”

连城眼看着前方，嘴唇动了动，没有出声：“我无罪可认。”

“别连累程教授。”

“我师兄不劳你操心。”

“既然郁小姐执迷不悟，我给你……不，我还是倒数吧。”枝子小鹿一样圆圆的眼睛里冰冷的笑意，“让程君和钟君给你陪葬，我真是过意不去呢。”

“十！”

“九！”

“八！”

“七！”

这也许是世界是最残忍的刑罚，连城想。达摩克利斯之剑从头上插下来：“五。”“四。”“三。”“二——”

她意味深长地看了她一眼，朱唇轻启：“一。”

“零。”

“协商失败！”枝子愉快地宣布，“那就像主持人先生说的那样，自己动手，丰衣足食吧。”她双手一拍：“用你们中国人的话来说，就是见证奇迹的时刻到了！让我们擦亮眼睛——”

她意气风发得像个复仇女神。

第三张照片被推到镜头前。被放大的细节，调整过的像素。字仍小如蝇头，但是终于可以辨认了。

连城咬紧牙关，不让自己叫出声。她已经做了足够多……也许还不够，但是她尽力了。她尽力走到这一步，尚未看到曙光。

而山已经压了过来。

足以把人压成齑粉到底是命运。

主持人看了半晌，他看得出线条流畅，笔势跌宕，就是认不出字——是草书。因向连城请教。

“cheng。”连城的脸色惨淡得像个死人。

主持人再仔细研究了片刻：“成功的成？”

“程教授的程。”枝子替她回答。

连城眉睫一动。瞬间额角就渗出汗来。她到这时候才明白枝子那句威胁——“别连累程教授。”

不不不……

耳边传来枝子的笑声：“郁小姐博古通今，可见过这种只留姓不留名号的款？”

“没有。”

“那郁小姐打算怎么解释？”

连城沉默。

枝子笑了："郁小姐无法解释，我这里倒有个猜测，郁小姐想不想听？"

"不要紧，即便郁小姐不想听，想必也有的是人想听。"枝子笑道，"比如——主持人先生？"

主持人颔首道："洗耳恭听！"

"我当时看到署名，因为是从未见过的情况，所以非常吃惊。幸而与我同行的许小姐和郁小姐颇有渊源，她向我透露说，郁小姐读书时候拿过不少奖。我于是顺藤摸瓜找到了郁小姐从前的习作，有非常意外的发现。"

"什么发现？"

"原来郁小姐非常喜欢落隐款，"枝子说，"在郁小姐过往的作品中，只要看得足够仔细，就能发现这个小秘密。有趣的是，郁小姐明款大大方方署自己的名，隐款却不是。"

"那是什么？"主持人暗暗吃惊。

"程。"

主持人："成功的成？"

"程教授的程。"

主持人也沉默了片刻，在搞事的喜悦和真相的恐惧中挣扎。他看了看郁连城，她面色死灰。

枝子补充道："郁小姐几乎每件作品中都有这个隐款。"

"那、那有什么问题？"

"听起来是一段佳话对不对，"枝子停了片刻，"但是，郁小姐的那些作品，可都是原创和摹本，而这件——"

枝子猛地大转身，指着高高在上的水月观音，一字一顿道："这件可不是摹本！"

话音落，全场寂然。

十七

主持人一阵头晕目眩，他听明白了浜田枝子的意思。他相信台下观众也都听明白了。

如果她说的是真的话——

那真是搞了个大新闻——太大了！

他看往郁连城的目光，千言万语，汇成八个字：卿本佳人，奈何做贼？

他深深呼出一口气，喉中仍然干涩，他甚至犹豫要不要打110让警察在演播厅外等着。耳返里有声音进来。

枝子尤在滔滔不绝："我一向都景仰贵国历史悠久，文化灿烂。我国与贵国的历史文化渊源也使得我对于贵国的文物异常珍视，我不能接受一名修复师竟然鱼目混珠、以假乱真……"

"浜田小姐……"主持人道。

枝子像是没有听到，继续往下说道："这种级别文物的流失，不仅仅是贵国文化界的损失，那是整个东亚——"

"浜田小姐！"主持人气沉丹田，再叫了声。

枝子顿了顿："主持人先生要为郁小姐辩护吗？"

主持人摇头："不不——"开玩笑，什么穷款隐款、男相女相他这辈子还头一次听到，他能辩护个什么。

"那是郁小姐有话说？"这句问的连城。连城坐在那里不言不语，像是受到了极大的打击，神色近乎呆滞。

主持人快言快语道："是程教授电话进来。"

枝子一怔：难道到这个地步了，程郢还要死保她郁连城？不不不，这不可能！那……他是要大义灭亲？登时就兴奋起来："程教授怎么说？"

"他说，"主持人看了连城一眼，"让郁连城说话，别傻坐着！"

连城慢吞吞站起来，像个被按下"ON"键的机器人，还在启动阶段。她走到巨幅的《水月观音》下。

主持人试问："郁小姐？"

她长长吐出一口气："不是我不想说话，实在是浜田小姐不容我插嘴。我也怕浜田小姐没有机会说完，胸中块垒难消。"

"浜田小姐，"她转脸看向枝子，"我承认你足够细心，能找到我从前的习作。是，我习惯用'程'字隐款，怎么，犯法？"

"程教授的程？"浜田枝子冷笑。

"程教授姓程犯法吗？"

"郁小姐敢发誓么，你从前落的'程'字款，都和程教授没有关系？"

“我的私事需要和你交代吗？”

“那你怎么证明这件水月观音上的‘程’，不是程教授的程呢？”

两名女士你一言我一语快如兔起鹘落，快得主持人几乎反应不过来。他默默回想了一下前期准备的材料，虽然那位“程教授”露面极少，但是容色确实……敢情是蓝颜祸水，醋海生波？

连城不屑道：“那浜田小姐也没有办法证明这件《水月观音》上的‘程’字款和程教授有关啊。‘程’姓在我国自古以来，程门立雪、程咬金、四大名旦中程砚秋先生……都要自证和程教授无关吗？”

主持人捂住脸，浜田枝子气急败坏：“郁连城你狡辩！”她极快地爆出一连串的日语。连城道：“浜田小姐，我国地广人多，懂日语的比例虽然不高，算下来也不少了，您还是慎言。”

枝子垂下眼帘，对着镜头鞠躬道：“すみません、失言しました（对不起，我失言了）。”

连城点点头：“我原谅你。”没等浜田枝子开口，又继续说道，“我知道浜田小姐记恨我，因为浜田小姐操作失误，程教授不得不用我取代浜田小姐，在奈良修复贵国国宝。没想到过去这么久，浜田小姐还耿耿于怀——没有错，我是用过‘程’字隐款，但是它和这件《水月观音》无关，这就是个巧合。”

“我不相信！”

“浜田小姐信不信无关紧要。”连城一笑，“这件《水月观音》是我四年前独立修复完成的作品，和程教授没有关系。它出土时候的照片，承蒙浜田小姐有心，也让大家看过了。在修复过程中其实有很多疑难点，其中一件便是隐款。大家都觉得只有一个字很奇怪是不是，当时我确定是有两个字，但是第二个字无法分辨，所以留白，是遵循修复操作中宁缺毋滥的原则。”

她停了停，总结道：“如果修复师有祖师爷的话，也许是女娲，女娲补天也都有过天衣无缝的梦想，但是人力有时穷，我们尽我们所能，而最后呈现的结果，仍然是谋事在人成事在天。”

主持人松了口气，颜色也缓和了，俏皮话也回来了：“关于郁小姐从前习作的隐款，郁小姐，我有个想法……”

连城翻了个白眼：“章先生使君有妇，我不敢有想法。”

主持人哈哈大笑："那太可惜了。"

剑拔弩张的气氛为之一松。耳返中又传来声音："程教授说，第二个字他破译出来了。"

"什么？"

程郢的声音一如既往的好听："郁小姐当时碰到这个难题，我们是讨论过的，并且达成共识，认为可能是晚唐画家程伯仪，他是周昉的亲传弟子，完全有可能创作这件作品。但是很遗憾，郁小姐坚持缺的是两个字，对不上，所以没有落笔。"

"那现在——"

"前年程伯仪之子程修己的墓志出土，考古结果出来，反复辨认，可以确定《历代名画记》记载有误，所谓'程伯仪'，应该是'程仪'。大家可以恭喜一下郁小姐，她的判断准确无误。"

主持人乖巧地说道："恭喜郁小姐。"

又说："谢谢程教授。"

就要切掉，那头却说道："我还有话——浜田小姐！"

枝子被这接二连三打击到。她还没能够消化这个结果——她消化不了！明明之前郁连城确实惊慌失措！

为什么程郢一句话就逆转了形势？

明明钟氏父子闹翻就是在那件女相《水月观音》的消息传开之后，郁连城也因此匆匆忙忙回到南城，钟晓自那之后再没有露面，种种迹象都表明这件《水月观音》就是假的！它就是假的！

但是证据呢？

如程郢所说……

难道"程"字隐款真是巧合？

那破绽、那破绽到底在哪里？为什么她看不出来？难道她真的、真的……真的是技不如人？枝子心里发凉。程郢的声音不紧不慢传过来："浜田小姐还记得我之前和你说过的话吗？"

"有、有些错是不能犯的。"这句话过于刻骨铭心，枝子不须思考就能脱口而出。

"浜田小姐记性很好，对，就是这句。有些错是不能犯的，因为无法弥补。你我都是修复师，应该最明白文物的不可再生性，也最明白完成一件作品的修复需要付出多少时间和心血。”

“你几次犯错，郁小姐都是当事人，她虽然不赞同你的做法，但是她也说过，她能够理解贵国女性在职业上的困境。我想在郁小姐体谅浜田小姐你不容易的时候，浜田小姐不妨也试试体谅她。”

枝子目色茫然，她没有想到郁连城会说这样的话——也许只是程郢编出来打击她？

程郢又说道：“之前钟声收到反馈，说九子奁质量问题，郁小姐拿来我实验室测试，发现是盗版。奇怪的是，盗版产品却用了正版原料。浜田小姐，我不知道你们浜田商社是不是支持过盗版，但是有件事我不得不提醒你，盗版所用的盐铁墨水在酸性物质加成的条件下会导致自毁；如果贵公司最近在我国推出的产品仍然袭用这套纸墨的话，恐怕无法通过我国质检。”

枝子觉得自己沉浸在一个漫长的噩梦中，她挣扎着想要醒过来，但是没有如愿。

连城从电视台出来的时候天色已经不早。她没想到节目会做这么久，这大起大落，峰回路转实在太刺激了，她现在腿脚都是软的。司机问：“回家还是回公司？”她报了第三个地址。

月色将路面照得像一匹蜿蜒的银缎子，池水清浅，波光粼粼。连城穿着高跟鞋，哒哒哒地响，渐渐就跑了起来。

程郢穿深蓝色的家居服给她开门，看见她额上的汗：“跑什么，我又不会消失。”

连城哽得说不出话。

程郢张开双臂把她揽进怀里：“要是想哭，就哭出来，我不笑话你。”

连城哭不出来，她像是很久以前就失去了这个功能。

“我也是刚好看到节目在播。”程郢说。

他说谎了。她的节目，他做了时间表。他知道这时候必须防备，枝子吃这么大亏，不会肯善罢甘休；他知道她当时一定很害怕，怕到不敢回头确认：“枝子真是细心，你从前落隐款我都不知道。”

以连城的技巧，能翻出这笔旧账，浜田枝子也算了得。

“怎么最后那件反而落了个‘cheng’？”

“以前是……”连城只说了三个字又哽住了。

“以前是希望我能发现？”程郢猜道，“最后修水月观音的时候，是已经在一起了，所以落款取我的姓，你的名，用了拼音？”

连城不说话。程郢这个人想要猜人心思的时候，大约也极少失手。

程郢揉了揉她的头发，发现她又梳髻，索性帮她解了。连城头皮一松，被迫微仰了面孔，露出颀长柔弱的颈项。长发像瀑布一样落下来。

“上次……你也没和我说。”她说。

她从香港回来，他们达成共识，着手解决这件事。但是他也没有告诉她，他洗款重描，弥补了她的破绽——他从来没有告诉过她。她不知道他什么时候下的手。她不知道他为什么这么做。

他说他恨她——那时候。他坚信是她拿走了真迹，他相信她卖了它，但是他还是动手，抹掉一切可能让她身败名裂的东西。她知道这其中的风险，他几乎是，把所有的风险都引向了他自己。

“你也没问啊。”他说。

连城语塞。

程郢叹了口气：“这个落款确实足够隐蔽了，但那是拼音啊傻子！只要有心人一查，你怎么都逃不过去。留下这么个东西，你是想气死我还是气死老师？还是……你当时，到底有多恨？”

连城把脸埋在他胸口，棉料柔软，能听到咚咚咚心跳的声音。她有种死里逃生的错觉。混乱得不知道今夕何夕。

也许是过去得太久了，或者是当时过于混乱，以至于她已经记不起来，留下这么个破绽究竟是因为来不及，还是因为过于怨恨，恨所有将她推向深渊的手，恨不得毁了自己给他看！

——这样够了吗？

——这样你满意了吗？

她也不知道她当时恨的是他还是自己。

程郢抚她的发：“以后不要这样了……”

“嗯……”

“以后有事要跟人说，不要一个人死磕。这个世界上，总该有一两个人，是你能够放心信任的……”

有人踮起脚堵上他的唇。

她的唇微凉。

她换了香，他想。也还是木质。从前爱用柑橘系，这款像是用了琥珀、雪松、海盐，明亮干净的调子。

但是整个人气息紊乱，他是她在紊乱中找到的坐标。

他知道这是乘人之危，但是他怎么舍得推开她。

“穿得可多，像个熊。”他笑话她。

“欢迎下山，”他喉结动了一下，“我的熊。”

十八

天光方亮，雾还没有散尽，窗外传来鸟叫的声音。身边的人还没有醒，程郢决定放弃晨跑。

晨曦敷在人的眉目上，像镀了一层柔光。

他从前也留过她，但是她总要回宿舍：“阿姨查房。”她磕磕绊绊地说。当然他知道那又是借口。

人一旦闭上眼睛，便会十分宁静。她肤色白，便衬得眉发格外黑，比寻常人要浓，杂生如春草，想是平时并不乐意修剪，都一笔画过去遮掩了；唇色柔和，一点唇珠；小巧耳垂粉茸茸的。

程郢看了半晌，没忍住吻上去。

他动作极轻，但是人很快就醒了，茫然了片刻，眼神从惊讶到呆滞，过了许久，结结巴巴问：“你……今天不用去上课？”

“不想去，请病假。”

“会扣全勤。”连城也知道这个话傻。

程郢翻过身，隔着被子拥住她，把脸埋在她肩窝里笑，笑声隆隆地滚过她胸口。连城动弹不得。

笑完了饶有兴致在她肩胛画圈圈，指尖仿佛带了电，噼里啪啦烧得到处是火：“等钟晓回来，你就不用坐班了吧。”

“钟——”

“有浜田枝子这么卖力给验证，除非钟原就是当初的鉴定人或者买家，否则他该把钟晓放回来了。”

连城呆呆看着他。

程郢奇道："这想不明白，除了钟氏父子，谁还能想到这上头去，给浜田枝子通风报信？划掉钟晓，可不就只剩了钟原？"

连城呼出一口气："你别乱动，我脑子能好使一点。"

程郢笑得不行："郁连城，有没有人说过你色令智昏？"

连城："有。"

程郢哈哈大笑。

连城说："那要真是钟原呢？"

"真是钟原……"程郢说得很轻松，"只要我们关系公布，你和钟晓脱钩，他和你无冤无仇，自然会放人回来。"

连城不作声，她和钟晓脱不了钩。钟晓要借用她的眼睛，她还想做他的合伙人。

程郢取她一绺发丝绕在小指，打成结，漫不经心地问："是没想好怎么和他说，还是不想给我名分？"

连城被逼到死角，进退维谷。她怎么就想不开睡了她师兄呢——哪怕就是睡了夏明时都比他好善后。

"我、我还是先去上班吧。昨晚这么大的事，公司那边不知道有没有跟进……"越说越没有底气。这种事光今年公司都处理过两三次了，并不是非她坐镇不可。

"我饿了。"

"叫了外卖。"

"我……我要下楼买药。"

程郢没忍住笑出声："你再编，接着编！"

连城泄了气。她算是看出来了，她今儿不给个准话，他不会放她起来。她想了半晌："我不想放弃钟声。"

"你是不想放弃钟声，还是不想放弃钟晓？"程郢的声音里依然有一点慵懒，但是连城听得出锋芒。

她想起那晚的星光，昙花；游艇上的海浪，对岸的灯火，光影流窜："他很好。但是我对他很重要，不是因为这个。"感情上谈不拢，生意还是有得做，这是她和钟晓的默契。

"很好，然后呢？"

“我丝毫不意外浜田嫉恨我，”连城艰难地移开目光，看着雪白的天花板，“没准四年前的我都会嫉恨现在的自己。”

程郢有微微的困惑：“我……”

“我知道你是在尽力弥补，在去过A城之后。”连城皱了一下眉，“是，我是个孤儿，但是可能并不像你想的那样，那就是发生过的一件事而已，已经过去了，但是这件事可能让你觉得……”

她思索了片刻，不知道怎样才能够把“救风尘”这个情结委婉地说出口。

“可能让你觉得对我关心不够，这也是……这也许是那几年你做噩梦的原因。”她说，“你做了这么多，我是很感激。但是程郢你有没有想过，一个人无论怎么折腾，芯子是不会变的。之前朝夕相处四五年你都没有爱上我，怎么可能在我离开之后，忽然会有了感觉？”

她看了程郢一眼，飞快地：“我那时候年轻，不知道天高地厚，也不知道齐大非偶，现在不好再拿年龄做借口了。”

“所以——”

“昨晚是我的错，你不必在意。”

“所以？”程郢重复了一次，他的眸光沉下去。

“所以你要想清楚，”连城看住他，“如果说上次分手只是伤筋动骨的话，再来一次，就是反目成仇了。”

程郦照例是回来得很晚，房间里漆黑，开灯看见许唯在，吃了一惊：“怎么灯也不开？”

许唯没有作声，往他看一眼，幽深得像口古井。

“又怎么了？”程郦简直头疼。他最见不得女人一脸幽怨，何况还是许唯。

“程郦！”

“嗯？”

“你有没有被亲近的人骗过？”

程郦沉吟了片刻：“我——”

“我不是说你。”许唯淡淡地说。

程郦心里一松，猜想多半是合作方或者亲密战友。只要不落到他头上他乐得做个贴心人：“当然有——谁没有过呢。”

许唯惨然笑了一声：“是啊，谁没有过呢。”她原以为这个世界上是有一个人永远都不会骗她。

却原来也不是。

虽然是无关紧要，但骗就是骗——他早就知道郁连城拿去实验室的是盗版，他借她的手引浜田枝子踏入陷阱，也许起因不过是她带了那个女孩儿回家来，也许不过是她激怒了郁连城，也许——

他骗她，他利用她。

这个事实让她想起很多年前，十八岁的舞会上，少年向她伸出手，他说：“我想邀你跳今晚的第一支舞。”

他的眼睛明亮而干净，他俊秀得仿佛希腊神话里的水仙花。

图书在版编目（CIP）数据

补天手 : 全 2 册 / 青芒著 . — 南京 : 江苏凤凰文艺出版社，2021.6
ISBN 978-7-5594-5202-3

Ⅰ . ①补… Ⅱ . ①青… Ⅲ . ①长篇小说 – 中国 – 当代
Ⅳ . ① I247.5

中国版本图书馆 CIP 数据核字 (2020) 第 178313 号

补天手: 全2册

青芒 著

选题策划	北京记忆坊文化
策划编辑	钱　丽
责任编辑	白　涵
封面设计	刘　军
版式设计	天　缈
出版发行	江苏凤凰文艺出版社
	南京市中央路 165 号，邮编：210009
网　址	http://www.jswenyi.com
印　刷	三河市国新印装有限公司
开　本	880 毫米 ×1230 毫米 1/16
印　张	30
字　数	491 千字
版　次	2021 年 6 月第 1 版
印　次	2021 年 6 月第 1 次印刷
书　号	ISBN 978-7-5594-5202-3
定　价	72.00 元（全二册）

MEMORY
HOUSE

补天手

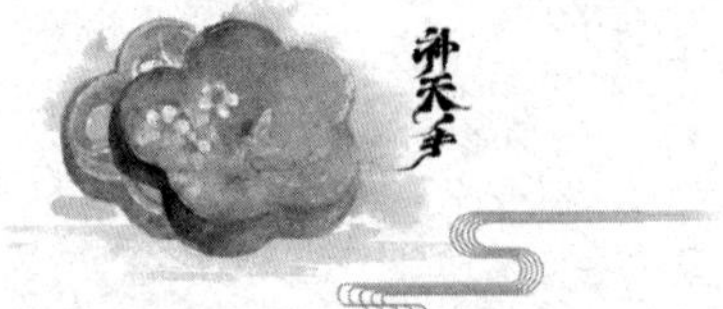

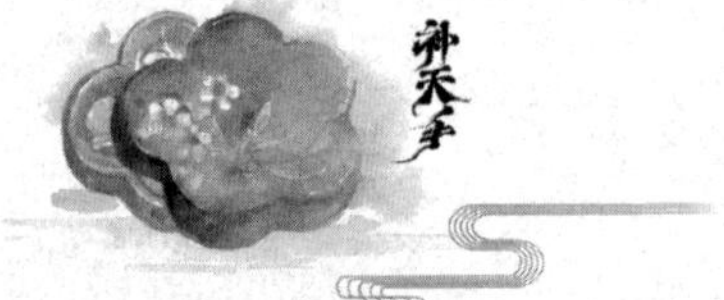
补天手

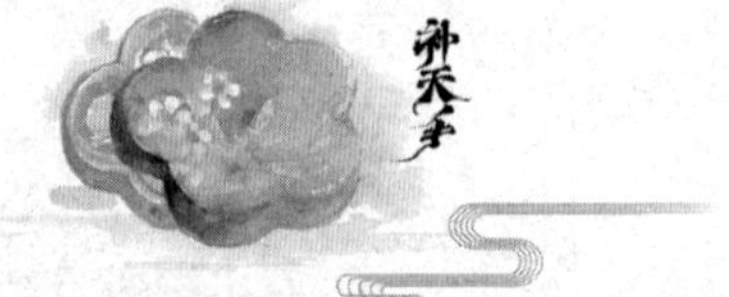
补天手

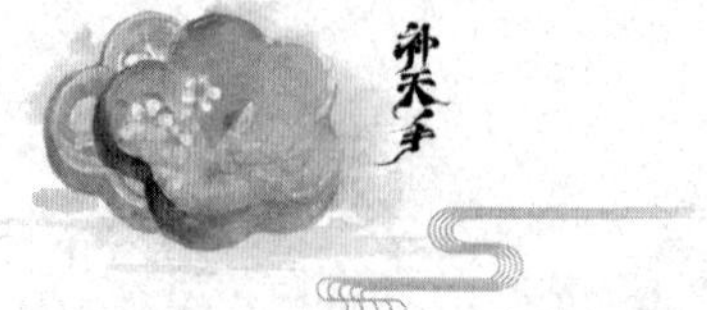

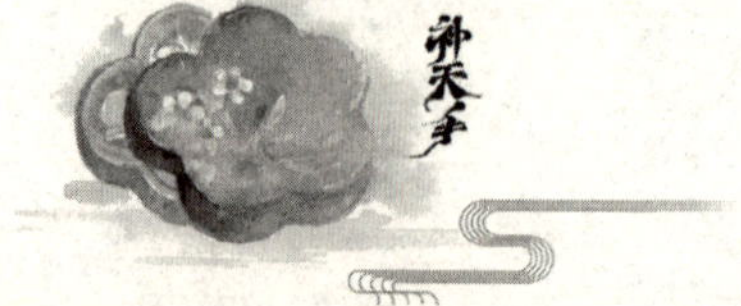

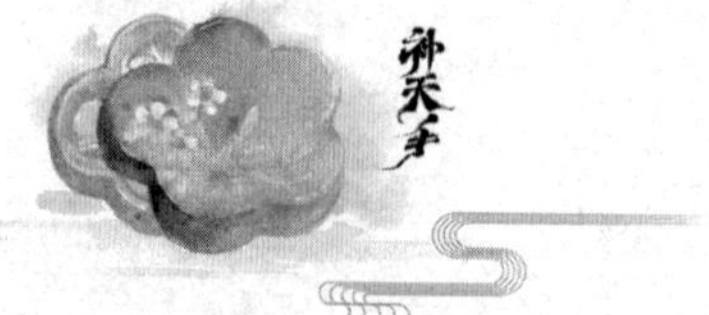

补天手

补天手

江苏凤凰文艺出版社
JIANGSU PHOENIX LITERATURE AND ART PUBLISHING

目录

第四卷 水月观音

盛世古董乱世金，但凡承平日久，便会有人想起这些东西。

斯时海棠未雨，梨花先雪，到如今落花流水春去也。

一

年底事多，钟晓没回来，账目不能不清，福利不能不发，各种酒会、年会，赶场赶到年二十九。

连宇回家陪父母，连城照例是留在南城。

到年三十，小区里所有小饭店都撤了，城里酒店年夜饭订满，连城孤家寡人，也不好去独占一席。清清静静看资料写论文到晚饭时间，接到程郢的电话："在哪儿？"

"吃饭，等着倒数跨年。"连城说。

"开免提让我听听声音！"

连城探头看了眼窗外，走过去拉开门，果然人就在门口。程郢被抓个正着，倒是一点都不意外，伸手冰了冰她的脸。

连城高兴起来，要帮他拿食盒，程郢拒绝了。

食盒里东西多得惊人，白切鸡、清蒸鱼、香辣虾、梅菜扣肉、炭烧猪颈、栗子炖鸡、盆菜、烧鹅、乳猪、西芹百合、冬菇菜心，还有两瓶酒。

"哪里吃得了这么多。"

“年夜饭嘛。”程郢一碟一碟取出来，桌上摆得满满的，挺有成就感。

连城问：“你是吃完了还是——”

“没吃。”

“不用回家团圆？”

“我妈在斯德哥尔摩。”

连城笑了一下。

程郢知道她笑什么：“我哥和许唯在吵架，我就不回去妨碍他们了。”

连城知道他厌恶吵架，也就不多问，进屋提了笔记本出来装投影仪。程郢怪道：“装这个做什么？”

“一会儿听个响。”

又去厨房取碗筷酒杯。

程郢开了酒，给她斟满。两人碰过杯，各自饮尽。程郢笑道：“说起来这么多年，我就没摸清楚过你的酒量。”

连城剥了只虾：“你摸清楚这个做什么？”

“以前咱们在云冈修壁画的时候，大伙儿出去喝酒，你总说不会，尽逮着烧烤吃。我以为你真不会，给你挡了多少酒。”

连城笑道：“那是有人使坏。”

“谁？”

“一个姓曹的男生，跟他老师过来打下手。”连城随口说。

程郢记得那个不太高的男孩子，青春痘不知道为什么一直没消，满坑满谷的。他忽然反应过来，不太确定地问：“他追你？”

连城“嗯”了声继续吃虾。

程郢想了片刻：“他倒是敢——”

连城：“他有什么不敢。”

程郢笑了一下，没和她说男生龌龊。很奇怪，他总不乐意她知道这些。又喝了一轮酒。看到连城恋恋不舍给他留了不多不少两只虾，又觉得很好笑。程郢说：“我记得你以前会回家过年？”

连城吃了片炭烧猪颈：“学生时代没什么选择。”

程郢便不说话，过了一会儿方才问：“会不会滑雪？”

“会一点。”

“我们明年去滑雪好不好？”

连城看他一眼："明年的事明年再讲。"

"明天就是明年了。"

连城喝了满口的酒凑近。程郢只觉唇上一凉，酒水涌进来，呛到喉间辛辣。勉强咽下去，那人已经撤了。程郢哪里肯放。连城抱怨道："我还没吃好呢……"

程郢眼睛里就写满了"自作自受"四个字。

"还有春晚……"

"你不守夜了？"

程郢懒得理她这种浑话。连城抓住他的肩。他一向很知道怎么弄她。空气里下了火，外头传来零星的爆竹声。

程郢觉察到她的异乎寻常，心里忽然不安："连城？"

"嗯？"她回望过来，眼睛里像是酿了酒。程郢陡然想起在京都重逢的那个晚上，浴衣绯红，脚趾上的月光——

呼吸急促起来。他下手掐住她的腰，真细，他想。他问她："那晚你就是在等我是不是？"

"哪晚？"

"京都那晚。"

"乱讲！我怎么知道——"

"你当然知道！"程郢打断她。连城目视他片刻，纵身吻上来。程郢明知道她在逃避，但是他就像是被种了蛊，毫无自制力，到腔子里所有气息都被掠夺殆尽，就再想不起来要问什么。

他近乎懊恼地扣住她的手。她眼睛里还水汪汪的，程郢亲了亲它，连城被痒得咯咯直笑，程郢抓过来枕边丝巾蒙上她的眼睛。

女孩儿挣扎了一下："唔——"

程郢心里的火才稍稍消停。已经折腾了不短的时间，也没开灯，窗外一点微光，照见少女身体雪白。程郢十分恶劣地盖了一系列章方才舍得抽身。连城立刻就察觉到了："师兄？"

"我在。"那人应道，一口酒渡进来。

"不如给我吃虾，还有两只……凉了就不鲜了。"女孩儿唧唧咕咕地笑。

程郢好笑又好气，真去拿了虾过来剥给她。连城说："干吗蒙我眼睛？

我还以为——”

“以为什么？”

连城不答，专心致志吃虾，吃完了小声念道：“一鼓作气，再而衰，三而竭。”又赶在程郢反应过来之前谄媚笑道，“我错了师兄还能再战三百回合是我不行……”

程郢拧了她一把：“找死！”

连城呜咽呼痛，又央求道：“我要听春晚！”

这回程郢没有动。

“师兄！”

程郢还没有动。连城终于不安起来，想要解开丝巾。程郢制止了她。他俯身，隔着丝巾亲她。

连城能感觉到他的细致温柔，越发慌了：“程郢？”

程郢叹了口气：“你在怕什么？”

连城不吭声。她的伎俩被识破了。

“怕明天还是怕明年？”程郢抚她的面容。这种末日狂欢式的热情，他从未在她身上得到过。

连城这时候特别恨她的双手被束缚，没法拉被子蒙住脸蒙住耳朵，蒙住整个世界。

“怕我以后不来了，还是怕我的答案不能让你满意？”

她身体绷紧。他吻她，她别过脸。程郢犹豫了一下，还是说道：“我去找了胡夏。”

那个夏天，大概就是那个傍晚，大概她就在工作室里，一门之隔，她听到了他和许唯的对话。她没有推门出来，她没有见过许唯。

“明天再说好吗？”连城软软地恳求，“春晚开始了，我都好多年没看过了，难得今年有人陪我……”

程郢没理这话，继续说道：“我之前就觉得，你针对许唯来得奇怪……”

“那有什么奇怪！”她声音尖利。

程郢抚她起伏不定的胸口：“你听我说完……”

“我不想听！你就让我高高兴兴过完今天不行吗？就今天！”她手指蜷入掌心，低声道，“我就想今天高兴一会儿。”

便是程郢之前就知道她耿耿于怀多年，也没料到她反应这么大，几乎是从进门开始她就严防死守，不给他说的机会。他不停地安抚她，连城求他解开她的手，他没有答应。

他把笔记本拿进来，看见任务栏里满满当当都是打开的文档，写了一半的论文，心里顿时酸楚难当。如果没有那件事，郁连城今日成就岂止于此。

他把春晚直播调出来，投影在天花板上。房间里充满了热情洋溢的播音腔，喜气洋洋的旋律，有种“你不高兴天理不容”的卖力感。程郢感觉到她的肢体在渐渐放松，到相声时她甚至笑了。

程郢又拿酒给她喝，她也不推拒，一瓶酒很快见底，女孩儿双靥生霞。程郢于是猜道：“一瓶？”

“红的两瓶，白的一瓶。”她说。

不知道怎么探出的底，程郢心里想。她并不嗜酒，他猜上次郡山城她也不是真醉。他叹了口气，躺下来与她共枕：“连城。”

“嗯？”

“我喜欢你。”

女孩儿像是怔了一下，转过脸。隔着丝巾，他也看不到她眼睛里的颜色。他猜不出来是吃惊还是恐惧。

“我喜欢你，所以有时候会觉得……”要说“可怜”未免歧义太多，他目光落在她的发梢。她发质极软，湿了反而生出硬度，扎在手心里毛刺刺的，他念了一句，“婉伸郎膝上，何处不可怜。”

连城面上一红。

“我喜欢你，不是因为怜悯，是因为我喜欢你，所以会心疼……就算你父母双全，也会有别的心疼。”

春晚立刻就变得嘈杂起来，但是连城也不想关。就仿佛置身于人群之中，人山人海，但是谁也妨碍不到她。

“我承认我没有一见钟情，和你不是，之前和许唯也不是。我十四岁开始断断续续借住许家，大概十六岁的时候和她在一起，两年后她出国，异地持续了两年多，分了手。我从前没有和你说过这些，是……不想说。被人抛弃，滋味总是不太好受，我也不知道我说了你会怎么看我。”

“还能怎么看你。”女孩儿小声嘀咕，人往他怀里蹭。程郢搂住她：“我那时候觉得你很乖……”

连城便笑了。

“像个小猫儿，能乖乖地蜷在身边，也不须人格外留意。”程郢再叹了口气，“现在想起来，你那会儿虽然不如现在，也已经很能装模作样，大概你觉得我喜欢那样的，便装成那个样子。”

“那你喜欢什么样的？”

“你这样的。”程郢亲她，“就你这样的，你爱装就装，想装什么样儿装什么样儿，反正我想听实话的时候，我有的是办法让你开口。”

连城哼了声。

程郢笑笑不再说话。

天花板上的节目换了一个又一个，色彩变幻，歌舞、杂技、小品……他等着“难忘今宵”响起来，就像灰姑娘等着零点的钟声，当马儿变成老鼠，马车变成南瓜，他该如何解释当初的对话？

他也不知道。

在那之前，她是他喜欢的小猫儿；她离去之后，他窥见她的锋芒。

那些话压垮了她对他的信任；她在那之后的成长与蜕变，都与他无关。已经过去的他无法修正；言语相对于时间，相对于失去，总是太过廉价。

到新年的烟花照亮窗外的天空，他把锁骨链扣在她颈上，解下丝巾：“新年快乐。”他说。

连城摸到链上一个一个凸起，“cheng”，触手微凉，闪闪发亮。

二

连城去机场接钟晓，知道他爱漂亮，特意开了他那辆浅蓝色的E-type古董跑车，技术不过关，差点被剐蹭。

对方车上下来一个穿西装的年轻男子，连城摸到录音笔，做好了打嘴皮官司的准备。不料西装男瞅了她半天，笑道：“郁小姐？”

连城蒙住了：“您是？”

“我在电视上看见过郁小姐。”西装男递过来一张名片，“希望有机会合作。”

连城扫了一眼，姓景。

景鹤年也姓景，她想。

钟晓推着行李箱出来时连城差点没认出来——她算是知道他怎么被他爹困住的了。

“他找人给我理了个光头！”钟晓委屈得眼圈都红了，“他明知道我在追女仔的关键时候，他给我理个光头！”

连城：“你就没想过买个假发？”

钟晓顿足道：“不早说！”

连城无语地拥抱了他一下，顺手摸摸他的头，已经长了寸许，倒是比从前更硬了。

钟晓说他被他爹关在没有信号的健身房里，由健身教练贴身看管，每天就给放风半小时，四个月练出来八块腹肌。

虽然是很惨，但是连城还是忍不住想笑。

“你笑吧。”钟晓无可奈何地说。

连城给他说了些没落在纸笔上的公司情况。

“干得不错！夏明时这样的大杀器居然被你拉来做代言人，赚大发了！最好他能再红个两三年……”

“浜田志野倒是给我爸打了不少电话，不知道说了什么。”听到枝子捣乱，钟晓恨得牙痒，“她这回该完蛋了吧。”

“她完蛋不完蛋不重要，”连城说，“鸡蛋放在一个篮子里让人无法放心，我和庄秘找了国内的工作室研发，时间还是有点紧。”

浜田运过来打算做竞品的原料，因为程郢的曝光全线撤销。连城和庄梦蕊商量之后一口气全吞了，加上之前欧复出面低价吃下的货，能用到年底。但是对于研发来说，这个时间也是不太够的。

钟晓叹了口气：“我都不知道你这么能干。”

“钟总高看我了，都是庄秘拿的主意，”连城说，“至于夏明时，那真是误打误撞，感谢浜田小姐吧。”

钟晓从后望镜里看她，报表他看过了，连城不擅长管理，不敢乱动他的人；品控和宣发做得足够好，而且趁势而动，相当于风口上的猪，还飞得十分欢快。大约是不得已和人打交道多了，连气质都精干了不少。

“有句话想问你，”他说，“又怕你把车开沟里去。”

连城不语。

“你师兄是不是又来挖我墙脚了？”

连城心虚：“一会儿见到他你自己问去。”

钟晓这次回来实在颇费周折。先是连城让庄梦蕊联系钟原，钟原看完节目暗示他没台阶不好下做爹的没面子。刚好陈家捐赠的文物开展，程郢寻机把钟晓的功劳添报上去，让官方给开了邀请信。

饶是如此，钟原还是把钟晓扣到最后一天。眼下连城接了人，直奔展馆。

袁湛莅临，馆长激动坏了。袁湛表示你忙你的，我有两个学生服侍足够了。程郢是馆长常见的，还不觉怎样，待看到郁连城，馆长也不由感慨“后生可畏”，只不清楚钟晓怎么会来凑这个热闹。

袁湛倒是夸钟晓新发型很精神。钟晓笑嘻嘻地说：“什么时候程师兄也理一个？”

程郢不咸不淡看他一眼：“连城不喜欢。”

连城推着袁湛远离战场。

袁湛不管这些小儿女情事，只专心看展，和小弟子说：“你师兄说这批东西弄回来你出了大力？”

连城不敢居功：“那也是人家老太太有这份心。”

袁湛嘉许道：“很好。”

师徒俩一面走一面聊，袁湛很指点了其中几件的断代和布色。连城多年没听过老师教诲，听得很用心。

他们在宋徽宗的《老松山鹛》前凝视良久。

连城说：“这件真迹还在意大利。师兄觉得可以追讨回来，但是上面认为证据链不够硬，所以——”

“你师兄倒没和我说。”袁湛沉吟道，“这件东西，我三十年前见过。”

连城脱口道：“怪不得——”

袁湛点点头：“当时是个农民——我记得姓年——拿到所里来问，说是祖传。那会儿还没有电视台各种鉴宝节目，民间能分辨的人也不多。那天我当值，还有个实习的学生在。我认得是个古件儿，但是断代拿不准。我那时候功力还不如你——那个实习生却是个有来头的，世家子，上手说是苏州片。”

书画造假自古分区，苏州的苏州片、河南的开封货、湖南的湖南刀、扬州的皮匠刀、广东的广东造、北京的后门造，各有所长，各有所专。大多数赝品价值有限，但是苏州片中的精品是很卖得上价的。

连城因道：“苏州片也该收下来。”

“是。但是那时候管理混乱，人员流动也比较大。既鉴定是赝品，也没有及时造册。到过了头去找，已经找不到了。”

连城心里想那个实习生便很可疑。

袁湛说：“上次你拿了东西来给我，我知道它落在了哪里，心里很高兴。”

连城说：“陈家老太太和我说东西都是她父母之前带出去的。这样看来，也许是她年纪大了，忘了提这件。这件应该是她在海外收的，这么远带回来，没想到被掉了包……真是生子难料贤愚。”

袁湛便叹了口气。

连城不知道程郢怎么和钟晓说的，回去一路都不吭声。车停进车库里，熄了火。连城把钥匙放在驾驶台上。

车库里灯色极暗，静得令人窒息。高跟鞋敲击地板的声音也就格外清脆。

“郁连城！”

有东西照脸飞过来。连城偏头，“啪”地掉在地上。连城捡起钥匙，挑眉：“钟总？”

“你打算走回去啊？”那人粗声粗气地问。

连城笑了一下：“我会打的。”

“你过来！”

连城拉开车门坐了回来。钟晓见她毫无防备，心里稍稍好过一点，他熟悉她的肢体语言：“明天开始，你就不要来公司了。”

光色这样暗，眉目还是秀丽，也不见惊，只乖巧地说：“好。”

“你就不怕——”

“我知道钟少不至于。”连城莞尔。

钟晓有点沮丧："我让庄秘联系你。你这阵子别在我面前晃，让我缓缓。"

连城点头。

钟晓又不甘心："你就真的从来没有对我——"

"有的。"

"你走吧……赶快走！"

人的背影消失在视野里。

钟晓摸到一盒烟。一点橘红，慢慢往手指卷过来。

他爸和他说："卢芹斋生了四个女儿，都对古董没有兴趣；他希望女婿是中国人，但是到第四个女儿带回家的，也还是白皮。第四个白皮是汉学家伯希和的弟子，在书画上颇有造诣。所以卢芹斋在那八年间购入和出手的书画，基本没有赝品。但是八年之后，白皮和他女儿离婚了。"

"要没有《水月观音》这件事，你和她结婚，生个孩子，也是对的。女人都看重这个。就算以后你们分了，看在孩子的分上她也不能不帮你。"

他猜他父亲是看穿了他这两年的突飞猛进并不是因为他开窍了。他还是那个，怎么折腾都没用的哑炮。

没有人信他是真喜欢她。

也许她自己都不信。

他又疑惑起来，他对她起念，会不会是基于自恋。同样背负一些不能诉诸口的恐惧，同样装作没心没肺，装作这个世界从来都歌舞升平，不必深究……装得久了，就连自己都快信了。

她出现得恰逢其时。

她是刚好上帝设计出来，能够弥补他的命运。

连城没有打车。

她住得离钟晓的公寓不算远，步行近一个小时。路灯开始亮了，满街都是橘色暖光。树木被染得黑黢黢的。

满地枯枝落叶，被风吹得打着旋儿。

程郢给她电话："他没为难你吧？"

"怎么会。"

"要不要吃点东西？"

连城察觉不对，一回头看见程郢的车。拉开车门坐进去，程郢摸了摸她的手："够冷的。"

连城靠在他肩上："我觉得我有点渣。"

"嗯，渣了几个？"

连城气得捶他："你想几个？"

程郢低声笑："以后渣我一个就好。"

"好好收了心，论文写漂亮一点，到五月答辩完，咱们去科莫湖度假。"

"要我答辩不过呢？"

程郢"啧啧"摇头："一个博士你读了十年，你不要脸我和老师还要呢。"

三

横竖不用上班，连城便一心一意肝论文。

她原本方向偏于隋唐，这会儿改了宋，需要看的资料也是极多。程郢给她叫外卖，有时候也下厨房。他做的菜没油没盐，连城不得不买了几瓶老干妈。程郢摸她的面皮说："你倒是不长痘。"

连城嘻嘻直笑。

有天收到夏明时的红包。夏明时说有人请她掌眼。连城犹豫道："这不好吧，万一是假的岂不扫兴？"

盛世古董乱世金，但凡承平日久，便会有人想起这些东西。但是文博水深，极少有人能够不交学费就上岸，尤其新贵。她要闭着眼给鉴个真，坏的还不止她个人名声，连师门都受累。

夏明时说："说是请高手鉴定过了，就还想找郁姐捧个场。"

这是想借她扬名，连城心领神会，问："谁的作品？"

"宋徽宗。"

"花果还是翎毛？"

"鹰。"

连城吃了一惊："白鹰？"

夏明时很实诚地交代："这我就不知道了，我没看到东西。"

连城又问："花了多少钱？"

夏明时笑了："郁姐这是抬举我。"

连城也知道在普罗大众看来明星多少有些高不可攀，但是在握有资源的人眼里，也就是盘菜，因不再多问，应了下来。

回头和程郢说起，程郢笑道："宋徽宗的《白鹰图》出了名的百幅百假，你去看看也好，权当积累素材。"

连城说："站架子上那张不是说真迹吗？"

宋徽宗有两件《御鹰图》传世，一件白鹰站在御院架上，蔡京题跋；一件系于太湖石上，有元代收藏家柯九思长跋，这件元代之后就不知所踪了，也没有留下副本，以至于后人无从窥测形制。

程郢笑道："谢老说真，徐老说假，信哪个你自己判断；最后一次露面是1920年，之后流失海外，也不知道落在谁手里。咱们看到的只有摹本和珂罗版的黑白照。要能买回来——那也是个大好事。"

连城去的时候很带了几分期盼。

也还在白沙岛，住宅设计偏于中式，随处可见的明式家具。

沙龙主人姓郭，大约五十岁，头发乌黑，不知道是染过还是天生如此。相貌上很有些威严，也许素日里发号施令得多。连城一时想不起对方身份，也不问，只客客气气握手："郭先生。"

双方寒暄过，有人上茶。

渐渐人来得多了。连城认得其中几个，都是文娱圈的人物，有蜚声中外的艺术家，风头正劲的导演，老牌音乐制作人，上个世纪红极一时的明星，互相打趣说笑。妆点三五个年轻活泼的男男女女。

说到热闹处有人抛出引子，话头被牵到书画收藏上，主人家便像是刚刚想起，吩咐人取了画来。

徐徐展开，画长近两米，宽一米，鹰立于紫檀木架上，通体雪白，长翥短颈，丹睛铁喙，黄指白爪，双足系革条，垂饰以流苏。

围观人纷纷说好，这个说"栩栩如生"，那个说"惟妙惟肖"，也有懂行的暗暗数钤印："怡亲王宝——哟，十三爷珍藏过的！""安岐之印！""这个花押是……天、天下一人？"

登时鸦雀无声。

过了一会儿方才有人笑道："谁这么大口气，天下一人？"

主人看了眼连城："郁小姐怎么看？"

众人像是到这时候才看到这个始终没开过口的女孩儿，斯文秀丽："敢自称天下一人的，自然是天子了。"

"乾隆？"有人猜。

还珠格格余威犹在，连城笑了："十全老人的书画自有其史学价值。"

"那一定是宋徽宗了。"有人揭开谜底。

连城微微颔首。

这圈里人就没有不懂事的，都知道她是今日戏眼，因让出位置。连城说："麻烦给我放大镜。"

立刻便有人奉上。

连城原本是抱着"既然已经有人鉴定过了，想必不会有大问题"的想法，但是渐渐地脸色就变了。

主人问："郁小姐？"

"恭喜郭先生，这件作品是很有收藏价值的。"

主人心里一沉。他花了大价钱，所求可不是个"收藏价值"，因不甘心追问："郁小姐的意思是——"

连城顿感为难，含混说道："画是古画。"

之前捧哏那人跟进道："那是否可以证明是宋徽宗亲笔？"

连城心里想这是逼我打脸，余光扫了眼主人的脸色，沉吟不语。

忽然"当"地一响，众人目光过去，却是个女孩儿倚在钢琴边上，漫不经心，指尖细细碎碎流出一串音符。

音乐制作人叫了声好。

旋律转为欢快。夏明时手机震动，背过身一看，是连城的微信："伴个舞。"略思索，问助理要来丝巾，在头顶束了个蝴蝶结，脱了外套脱了鞋，踮起脚转近钢琴区，就地舞出滑稽的天鹅湖。

人群登时哄笑起来。

到所有人注意力转移，主人方才轻声问："确定是——"

连城点头。在她看来，破绽其实不少，尤以笔触的力度和神韵最为明显，但是她很难用这些玄之又玄的东西来说服一个满怀期待的外行。因想了片刻，指一处道："郭先生请看，这里有水渍。"

“水渍？”

“作伪者在钤印的时候压出了印陷——就是按印的地方凹下去了。为了抚平它，用水浸湿，从背后回压，留下了破绽。原本重新装裱可以遮掩过去，但是他不敢，也有可能是技术不够的缘故。”

见主人面色暗沉，连城又补充道：“原本宋徽宗的《白鹰图》就有人认为是御题而不是御笔。这件作品起源于政和四年金国进贡白鹰，徽宗君臣以为祥瑞；次年金国建国，不久北宋亡国于金。”

主人听出她的言外之意，倒也领情，点了点头，吩咐收了画作。

连城识趣，没留在客厅里和人攀谈，拿了杯咖啡独自去阳台看风景。郭先生这座别墅地理位置极佳，往外看连绵不断的青山绿水。时已开春，风吹过来，滚开满地野花，泥土新草的涩香。

有人踱步过来。

连城认出是方才捧哏接话的年轻人，一时猜不透对方身份，就只礼节性地举了举杯。那人笑道：“郁小姐不认得我了？”

连城有点窘迫。

“我姓景。”那人说道，递过来一张名片。连城登时就想起来：“你就是、就是——”

“对，我就是。”景昭笑道。

连城有点不好意思，那天她去接钟晓，也没空多想，名片不知道塞哪里去了，忙给他致歉。景昭摆手说是小事。连城看着名片上的头衔：“景先生知不知道这件《白鹰图》从哪里收的？”

景昭答非所问：“如果由郁小姐来做，会不会没有破绽？”

连城怔了怔，忽问：“景先生和景鹤年先生怎么称呼？”

景昭笑道：“他是我叔——如果郁小姐觉得这里不方便说话，我们可以改日再约。”

连城收了名片，说道：“好。”

之前程郢用男相《水月观音》钓上来三个嫌疑人，姓沈的新贵探过底，他信奉“水为财”，因《维摩经》上说“一月升天，影现百水”，正应“水月”之名，又有观音加持，所以诚意求购。

连城和程郢都有些哭笑不得。

钟原这么痛快把钟晓放回来，嫌疑暂时减轻不少。

程郢让代理人老詹反向景鹤年开价求购女相《水月观音》，几经互相试探，景鹤年答应了下来。

因此连城虽然面上不露，心里有点兴奋。

一伙人吃过晚饭，夏明时要送她回家，连城说："项小姐和我同路，她会捎我一程。"

夏明时之前看到老艺术家缠着项佳人要送她，他估计郁连城是投桃报李，便也不坚持，笑道："项小姐很有眼色。"在场人也不少了，唯有她能想到弹钢琴解围，也算是应变了得。

连城说："今天的事儿还没谢你，回头请你吃饭。"

两下里一点头，分道扬镳。

项佳人——连宇被灌酒灌得够呛，这会儿脸色还是白的，连城自觉坐到驾驶位："你什么时候回来的？"

"回来半个月了。"

"怎么不回家？"

"你怎么知道我没回。"连宇靠在门上有气无力。连城拿了瓶水，拧开盖递给她。连宇喝了水，又开窗吐了一阵，精神好多了，"这么久了，你到底进没进过厨房？你就没发现冰箱里多了腊肉、香肠、炸丸子和干鱼？都妈叫我带的，足足五六十斤——还特意念叨你爱吃，真是白瞎了。"

连城闷头开了一阵车方才问道："家里都好？"

"好什么！爸都秃顶了，背也弯了，走路趿鞋；妈说她也没亏待你啊，怎么你就不肯回去了。"

"姐——"连城叫了一声。

"我知道我知道，都帮你解释了！工作嘛！加班嘛！钟总不放人嘛！"连宇皱了皱眉，"你这张乌鸦嘴，给你看什么你都说假，多得罪人！"

连城说："这位郭先生什么人我都不知道。"

连宇凑近，耳坠垂下来金流苏。连城觉得她身上香水味似曾相识。连宇低语了几个字。连城恍然道："怪不得——那他还得谢我。真东西送人可就坏事儿了，兆头不好。"

连宇不响。

连城又问："你是进组了吗——导演带你过来应酬？"

“还没。”连宇说，“是上次那部，我和你说过的，我演的女二。导演觉得我不错，带我出来走动。”

连城问：“你没进组，那你住哪里，酒店吗？”

“朋友家。”

连城挑眉：“男的还女——”

“郁连城，你有脸问我是吧？”连宇哼道，“你以前怎么和我说的，咱们住的地方就咱俩，不带外人回来，尤其不带男人回来，现在呢？堂堂钟少爷就缺了那么个开房钱，非得赖咱们家？”

连城面上一红。她猜连宇是看到玄关的鞋，或者洗手间里的牙刷。她也不知道怎么和她纠正不是钟晓，想了想说道：“我让他回去。”

“算了吧。”连宇抬头，准确无误找到自家窗口，厨房的灯亮着。这个男人身家不菲，肯为连城下厨，也算是有心。因说道：“我不管你，你也别管我；你自己上去，我叫小简过来接我。”

连城等助理小简抵达方才上楼。小简要发动车，连宇叫她等等。等客厅的灯亮了，人的剪影映在窗上。

连城直奔厨房拉开冰箱，果然，底下两层填满了。程郢闻到她身上酒气，递给她一杯柠檬水：“东西真的还是假的？”

“百幅百假，名不虚传。”连城苦笑，“我碰到景鹤年的侄儿了。”

程郢皱眉：“景鹤年找你？”

连城点头道：“我猜是。”

“这人路子邪，你别单独去见。”景鹤年常年收有问题的东西，和盗墓的走得近，说得上刀头舔血。连城纵然见过些小奸小恶，那也都是平常人，庸常之恶，要钱的居多，要命就不至于。

连城说：“公共场合，没什么好怕的。”

“我怕。”

连城环住他的腰，温存片刻，转移话题道：“开学了学校里事情会多起来，你两头跑多辛苦，我搬你那边去吧。”

“从夫居？”

连城啐他。

程郢笑着亲她，又说道：“月底我哥生日，要不要跟我回家？”

连城犹豫道："会不会太快了？"

"快？三年又三年，都快十年了大哥！"

"谁是你大哥！"连城嗔道，她有她的顾虑，"你哥不喜欢我，许唯大概也喜欢得有限，而且你家亲友故旧会很多吧。"

"理他们呢。"程郢说，"又不是古代，聚族而居；就是亮个相，给他们认个人，也省得——"

"省得什么？"

"省得他们给我塞人。"

连城扑哧一下笑了："呐呐呐，是不是还有风流账要收啊？"

程郢悻悻道："不能和钟少比。"

连城拿手机记在备忘录上。

四

连宇到家已经极晚，灯还亮着。男人合上笔记本，似笑非笑看住她："项佳人，你现在倒叫我等起你来了。"

"可不就是嘛。"连宇踢掉高跟鞋，赤足走过来，摇曳生姿，"就这样也没耽误程总你赚钱呐。"

她俯身送上香吻，那人便笑了。

夜色足够深，人反而越来越清醒。风击打在窗上的声音，然后下了雨，淅淅沥沥的，草木拼命吮吸和生长。

连宇有时候会想起她们的少年时代。小县城里的阳光，粉色裙子白舞鞋。郁连城是个古怪的小孩，她不是。她按部就班地长大，她长得美，她知道——这世上就没有美而不自知这回事。

连城说："美得过于规整，就会缺乏回味。"

她那时候嗤之以鼻："郁连城你这是嫉妒！"

连城回答说："我会嫉妒这世上随便哪个比我强的人，但是我不会嫉妒你。"

她那时候不明白这句话，后来慢慢儿懂了。最困难的时候连城给她挑剧本，没有活可接就让她去公园，去麦当劳，去星巴克，所有能够看到人的地方；让她朗读，给她录制音频视频，反复回放。

她质问连城："这有什么用？"

她说："我要红！"

她说："郁连城你根本不懂娱乐圈的生态！"

郁连城说："我是不懂，我也没想要你红。"

"那你想什么？"

"我想你活着。"

即便过去很久，在无人清醒的深夜里，连宇还是能笑出声来。郁连城虽然古怪，但是很诡异地往往能抓到关键。但是她还是想红，她想站在世界中心，她想要欢呼和掌声，她想要爱慕和赞美。

她想要拿回她失去的。她二十八岁了，不是对外宣称的二十四岁。她知道自己时间不是太多。

女明星花期太短。

过了就没有机会了。

枕着风声雨声，暗夜里看枕边人。没有人想做声名狼藉的小三，即便这个男人英俊多金。

但是能找到这个人，已经是她的运气。她知道他有妻子，出身优越，气质上佳；她知道他身边就没断过女人。她计算过所有利弊，但这仍然是她所能找到的，最好的一条路。也许是唯一的路。

人没有办法决定自己的命运，有野心的人尤其是；她没有办法从那种熊熊燃烧的欲火中挣脱出来。

连城和景昭约了时间在星巴克。连城挑靠窗的位置，一杯星冰乐没喝完景昭就到了，连连告罪："让你久等。"

连城说："是我来早了。"

景昭点了柚子茶和覆盆子蛋糕："我没吃早餐。"蛋糕很快就送上来。连城打量他。景昭相貌平常，收拾得清爽干净，笑起来两个酒窝，有点腼腆。如果他不姓景，她甚至生不出戒备心。

连城的目光落在他手腕上："你倒是不盘手串。"

"也盘的。"景昭说，"见客户的时候——郁小姐自己人，我就不装这头蒜了。"

连城笑了一下：坐下来五分钟不到她就成了“自己人”，是个营销高手。“我以为景鹤年先生会过来。”

“南方的事，叔叔都交给我。”景昭不慌不忙地说。

连城不信这种鬼话：“那我们直说吧——景先生找我什么事？”

“有场富贵想送给郁小姐。”

连城起身就走。

“郁小姐！”景昭忙拉住她。连城目光扫过来，景昭缩手：“是我不对，不该乱开玩笑，郁小姐听我多说几句。”

连城重新落座，素白一张脸绷得紧紧的。景昭笑道：“我没有恶意。实在是为郁小姐打抱不平。”

连城说：“我没什么让人打抱不平的。”

“不瞒郁小姐，我查过你的底。”景昭说，“郁小姐肄业离校，蹉跎数年，是和程教授有关吧？”

连城沉着脸不作声。

“钟声能有现在的成绩，郁小姐功不可没，可惜钟总不领情，一回来就让郁小姐坐了冷板凳。”

连城说：“挑拨离间，无论对我和程教授，还是我和钟总，都不会太管用。”

景昭摇头道：“不不不，我只是替郁小姐委屈——豪门不好进，都精着呢，程氏碰上危机，第一反应是娶个有钱有势的媳妇儿过门，五年前是如此，郁小姐怎么就能肯定不会再来一次呢？钟老也是一向眼高于顶，小钟总受制于人，就算他肯，钟老那关，郁小姐是无论如何都过不去。”

连城万万想不到她和程郢、钟晓的关系能解读出这一层来。兴许在外人看来就是如此，是她想高攀豪门，两度受挫。

景昭观察她的神色，又说道：“以郁小姐的能干，何必屈居人下，或者为他人作嫁？”

连城喝了口咖啡：“我不知道你在说什么？”

“郁小姐不可能没有听说过去年香港秋拍。”

“哪件？”

“《水月观音》。”

连城若无其事：“哦，钟老没拍到的那件，我当时在场——你是知道了花落谁家吗？”

“花落谁家我不知道，”景昭说，“对方想好事成双。”

“好事成双？”

“还有件女相——”

“在南博。”连城接口道，“你们不会打它的主意吧？”

“怎么会，”景昭笑了，“不过如果要摹制，郁小姐恐怕是天底下唯一一个能做到不露破绽的人吧？”

连城一怔，随即哈哈大笑。

“郁小姐笑什么？”

“景先生，你当我傻还是买主傻？人真迹好好儿在南博挂着，你交出东西来，他就信你是真的？”连城一面摇头一面起身，“我也是傻，以为景先生这里有前儿那件《白鹰图》的线索，要早知道这个，咱们就不用浪费彼此的时间了。”说完不理会景昭再三挽留，大步出了星巴克。

她心里乱得厉害。

如果景昭不是来诈她的话，很有可能景鹤年并非当初的鉴定人或者经手人。嫌疑又回到钟原身上。

那么钟原肯放钟晓回来，可能是看穿了她和程郢的关系。有程郢堵枪口，也就不怕钟晓受害了。

“这个老狐狸！”连城在想。她心里隐隐有个苗头，但是还没有想得太清楚。

连城也知道这个事情急不来，还是问了程郢：“你是不是给姓景的下了定金？”不然他们怎么肯这么卖力。

程郢原想打马虎眼，看她认真，也只能举手投降：“你把你那件唐画给我吧。”

“真贵。”连城嘀咕道。

程郢捏她的脸：“叫你不要和我分这么清……”

“我听他的口气，恐怕会弄个假的给你。”

程郢一听就明白过来，不由失笑：“他们这行做的就是声誉，不是万不得已，不会出此下策。”

连城心里一动，却说道：“那《白鹰图》还不是……”

“那是糊弄外行，何况也未必是他家出货，”程郢说，“没准就是趁势做局，试试你的眼力。”

连城：“不是没有可能。”

程郢说：“他们还会找你。你先别急着找钟原。”

连城应了。她也不敢贸然去找钟原。上次已经弄巧成拙，她没把握撬开他的嘴。

转眼到三月底，景昭很来过几次电话，连城都撂了。

暮春天气最是阴晴不定。前日还能穿毛衣，隔日就恨不得改吊带。连城换了几套衣服定不下来。程郢歪在沙发上看论文，见她试个没完，忍不住说：“你就是套个麻袋也是好的。”

连城恨恨道：“我给你套个麻袋！”

程郢哈哈大笑。

最后选了条中长款的半袖白色针黹裙，绣满了红色蔷薇，掐腰掐得刚刚好。连城嘀咕这几天不能吃多了，不然穿不上，又和程郢商量：“要不我穿套明制的袄裙，你配合我穿袍子？”

程郢说：“我怎么样都好，只要你不怕被人拿相机追着跑。”

连城便叹了口气。

程郴生日，不是整寿，没有大办。但是如连城之前所猜，程家亲友故旧着实不少。女眷穿戴未免争奇斗艳。

程郢牵她的手去见程郴。程郴目视她，阴沉沉地：“郁小姐，又见面了。”

“是啊。”连城笑着说，“程先生生日快乐。”

程郴待要敲打她几句，他兄弟已然说道：“连城胆子小，哥你别吓她。”程郴只觉嗓子里堵了一口血，吐不出来，咽不下去。偏他两个姑姑喜滋滋过来：“小二这次带人回来了是不是？”

“囡囡长得恁乖。”

拉着人风一样卷走了，气得程郴干瞪眼。程郢只管笑，把手里长匣递给他。自他学画以来，每年都给他哥画一张肖像作为生日礼物，就是程郴出国那几年都没有中断。“连城做的装裱。”他说。

程郴瞥见他巴巴等夸的眼神，心里一软：“我不管你了！”

程郢赔笑说："她没什么不好。"

"她胆子小，哥你别吓她！"程郱嫌弃地学他口气。程郢笑着捶了他一拳。

五

连城像是掉进了百花堆里。

衣香鬓影，珠光宝气。

莺声燕语摩擦着耳膜："她谁啊？""郢哥哥的未婚妻。""郢哥哥什么时候订的婚，我怎么不知道！""郢哥哥……""你看郢哥哥那个紧张样，你还说女朋友，他肯答应吗？"

"那是谁家千金？""说是姓郁。""没听说过。""我也没听——""你去问问。""你去，你去！"

一会儿有人打听回来："说是郢哥哥的同学。让我算算，郢哥哥毕业多少年了……郢哥哥这保密功夫，不干间谍可惜了！"

几个女孩儿笑成一团。

长辈矜持得多，都用余光打量，即便人到面前，也问得客气："和小程多久了？"

连城把前后两段加起来："快一年了。"

便有个穿藕色裙子的少女面色阴沉，起身离去。有人喊了一句："正雅！"少女没有回头。又有声音细细碎碎飘过："林家的女孩儿呢。"

"哪个林家？"

"还有哪个？你不看新闻的吗？"

"她和郢哥哥交往过？"

连城心里想程郢那厮果然是有风流账的，而且来头还不小。

觉察到有人看她，回头又不见，留心几次，总算逮到。四目相接，连城犹豫了一下，瞥见他身边松绿色裙子的女伴，松了口气，倒杯酒，走过去道："钟总。"她猜他是许唯的客人。

钟晓目光下垂，在漾着日色的酒水里："你怎么在这里？"

连城也有点意外，以钟晓的社交手腕，怎么会问出这么明显有失水准的话，却还是说道：“师兄带我来。”

钟晓干干地“哦”了一声：“论文写得怎么样了？”

“差不多了，在修订和纠错。”

想到修订和纠错多半也是程郢在帮她，学渣心口一阵堵：“春拍图录下来了……”

“让庄秘发我。”连城爽快地说，“五月我答辩，不过我会尽量——”

话没说完，被尖叫打断：“你们够了！”

紧接着眼前一花，一杯酒直泼过来。钟晓抹了把脸，酒水把头发黏在额上，滴滴答答往下淌。

女伴丢下酒杯扬长而去。

连城蒙了片刻，不明白为什么明明就只是正常寒暄，就引发海啸了，但还是赶紧从包里翻出纸巾给他擦脸，又觉得好笑：“钟总也是该听听河东狮吼了。”

钟晓没有说话，挨得近，能闻到她身上清冽的青草香。像是才下过雨的丛林，长满了明亮的绿叶，狭长的、阔大的、圆的、尖的、扇形的、菱形的，露珠从叶尖滴落，肆意开着大朵白色的花。

温柔是香草根的余味。

“连城。”他低声喊她的名字。他从未这样喊过一个人，两个字悬在舌尖上，像银质的新月，或者流星，坠坠一点凉意。

他想杨过和小龙女重逢在绝情谷，大概就这么个滋味。

“钟先生！”侍者不知道从哪里钻出来，“让钟先生受惊了——不介意的话，请跟我过来处理。”

连城转头就看见程郢遥遥向她举杯。

程郢笑话她：“要不是星星给我面子，你上哪儿找衣服去？真得披个麻袋了！”

连城说：“他是我老板，总不能招呼都不打。”她也没想到钟晓这次的热情持续这么久，未免发愁，“女孩子你认识？”

“青梅竹马。”

连城羞他：“你省省吧，你至少比她大……六岁、七岁？五岁就有代沟好吗！”她心里想那姑娘既不是外围也不是网红，看来钟晓是要收心了。她给未来老板娘这第一印象可是够呛。

“喏喏喏，开始嫌我老了。”程郢笑着叹息，“你要早点回来找我，咱们也不至于浪费这么多年。”

人渐渐来齐，依亲疏远近落座。连城再次被迫接受围观。程郢握住她的手：“下次我去你家……”

“我家人少。”连城哼道。

“可以去幼儿园找一个排来围观我。”程郢开解她。

有侍者过来和程郦低语几句。程郦脸色都变了。他冲程郢说：“妈来了。”

连城浑身汗毛都竖了起来。

程郢说：“你坐着不要动——没你的事。”便起身和程郦、许唯迎出去。连城连喝了几口可乐压惊。

忽有人大叫：“120！快打120！”

连城往发声处看，只一秒钟就跳了起来，直奔上前，拨开人群：“钟晓，钟晓——听得到我说话吗？”

钟晓额上青筋直跳，豆大的汗珠直往下滚。他捂住喉咙，手指向席上蛋糕。连城心思转了转：“有花生，有花生是不是？”

钟晓点头。

连城忙着翻包，包里东西乱极了，怎么都找不到，一发狠全倒了出来，灰头土脸地拣出氯雷他定：“水！给我水！”

有人递水给她。

连城抱他的头在膝上，拿勺子撬开牙齿，把药灌进去。钟晓脸色还白，好歹缓了口气。连城擦了把汗，一抬头瞧见程氏兄弟和许唯簇拥着一个中年妇人站在面前。几个人脸上精彩纷呈。

周围静得很，就是交头接耳的声音像苍蝇嗡嗡嗡。

程母问：“这位小姐是——”

“先去医院吧。”程郢打断母亲，“我开车，连城你扶着点钟总。”

钟晓被推进急救室。

连城还在发抖。程郢握住她的手。

“他花生过敏。”连城说。她一直在重复这句话。

“我知道。”

“国内有些食品成分标明不准确，所以我随身带药——庄秘也是。”连城呼了口气，“但是他一向很小心……”

程郢递杯温水给她。

连城握住水杯，稍稍镇定，倒是想起来：“糟了，你妈——”她当时和钟晓的状态必然十分暧昧。

“救人要紧，我妈又不傻。”程郢把车钥匙给她，“他不会有事的，只是过敏而已，一针肾上腺素打进去就能缓过来。一会儿他醒来肯定喊饿。你开车去附近买点吃的——我不清楚他的口味。”

连城犹豫了一下，还是说道：“我不想你为难……”

“傻子。”程郢摸了摸她的脸，“别说不为难，就是为难，我也乐意。”

连城这才去了。

钟晓醒来眼皮还肿得很，看人有点重影——他确定是这个缘故，让他看到了程郢。要命！怎么是他！

钟晓以迅雷不及掩耳之势闭紧了眼睛。

“行了别装了，我知道你醒了。”程郢的口气温和至极。

钟晓有点明白为什么连城接到袁老口气温和的电话之后脸色可怕了——果然是亲生的师徒无疑。

他强撑着死鸭子嘴硬了一句：“我没装！”

程郢被他气笑了，他细致地把袖子挽上去，袖扣不多一分不少一分刚刚好落在手肘的位置：“所以，是花生先动的手对不对？”

钟晓觉得被父亲强化过之后的自己面对眼前这个“文弱”书生应该还有一战之力，不过他不敢赌。毕竟识时务者为俊杰，因说道：“我还病着呢，程教授，不带这么乘人之危的。”

“我乘人之危？”

“难道不是？”钟晓耿耿于怀，“要不是我被我爸扣在香港……”

程郢觉得这个事情尚有可商榷之处，他不认为连城拒绝得了他——那最多就是个时间问题。但是必须承认，没有钟晓被扣，枝子搅事，他们复合没这么快，于是说道：“她吓坏了——钟少，你是个成年人，不该拿自己的命开玩笑。”

钟晓心里又酸又涩。

“我给星星打了电话，她一会儿过来——别这么看我！”程郢说，“我哥的宴请名单上可没有你，你蹭人家的邀请函还有理了！”

钟晓眨了眨眼睛：“那就麻烦程教授再打个电话，跟她说我好了回家了。”

程郢觉得这小子浑身上下都充满了欠揍的气息：“星星有哪点不好你这么涮她——”

钟晓觉得程郢忒不要脸：“徐星星是没哪点不好，不过之前和程教授交往过的李晓琪、林正雅、苏慧文又有哪点不好？程教授，我不是你的学生，你不必给我端老师架子；我性向单一，也不会被你迷惑。你最好是把郁连城看紧了，但凡让我拿到机会，我都不会放弃——之前是我大意了。”

“机会你尽管找，只要你找得到。”程郢道，“你是个男人，别拿了恶毒女二的剧本扮可怜。”

钟晓要反唇相讥，正连城推门进来：“都饿了吧，猜我买到了什么——当当当当！生拆蟹肉烩海虎翅！”

“雁南飞茶田鸭！”

“信不信我居然在一家大排档里买到了这两样东西！简直就是藏龙卧虎！”

“原本还有挂炉烧鹅，鹅是发物，怕你不能吃——就不馋你了……”

六

钟晓症状虽然可怕，但是就如程郢所说，针药到位，喉头消肿，也就没什么大碍了。他不肯见徐星星，连城叫了庄秘过来。钟晓一肚子苦水，奈何边上杵着程郢，就一个字倒不出来，生怕被他笑话又拿了恶毒女二的剧本——明明他没有！

连城和程郢流连到下午四点，也不得不回去了。

宾客散了不少，留下来以至亲为主。程母和小姑子聊天，看到小儿子回来，登时精神一振：“程郢你过来！”

程郢便叫了人来，吩咐道：“带郁小姐去我房间休息。”

连城推门，看见里头有人，一惊要退出去，那人已经转过身来：“郁小姐。”

到这会儿连城反而镇定下来：“程先生要见我，找人说一声就行了。”

程邺弹了弹烟灰：“我不想阿郢知道。”

他开场得直白，连城也就不和他客气了：“我不知道我和程先生之间，除了程郢，还有什么别的话题。”

“比如……钟晓？”

连城目视他。

“上次我看到郁小姐和钟先生，还和小唯说，真是郎才女貌，一对璧人。”

连城笑了一声：“程先生可别这么说——活像我师兄不够有才似的。”

程邺心里暗骂“牙尖嘴利”：“我不知道你和钟晓什么时候分的手，为什么分手，或者是从来没有过分手。我的意思是，既然你和阿郢在一起，多少给他点面子，别把事情做这么难看。”

连城说：“即便是个素昧平生的陌生人，我也会做同样的选择。毕竟，如果程先生的生日宴上闹出人命——”

程邺看了她一眼，意识到他弟弟找女人就从来没有省油这种属性：“那现在你什么打算？”

“我需要有什么打算吗？”连城说，“程先生这句话我不明白。”

“你救了钟晓的命，钟老可能对你刮目相看。”

“我不明白你在说什么。”

“如果你要跟程郢，就必须和钟晓断干净，”程邺不耐烦了，“无论是我，还是程郢，都不会接受——”

“这话程先生不妨亲自和程郢说，要不要分手，可以由程郢转告我：无论是程先生你不能接受，还是程郢本人不能接受。”说到这里，连城忍不住又笑了一下，“当然如果程先生决定出五百万——”

“你肯？”

“程先生真风趣。”

程邺沉下脸，从桌上拣出一份文件丢给她：“你慢慢看，是和程郢断还是和钟晓断，你自己决定。”

程郢应付完母亲回房，连城在沙发上打游戏，他凑过去看，是消消乐：“还玩这个？”

“我长情不行？”

程郢搂住她：“怎么了？”

连城迟疑了片刻：“我在想，要是你妈找我，甩给我一张卡，‘给你五百万，离开我儿子——’”

“这么便宜？”

连城瞪他：“这不是重点！”

“重点是什么？”

连城一下子答不上来，翻了个白眼：“我忘了。”

程郢大笑。

笑完了问：“我哥找你了？”

连城登时背脊挺直，程郢给她顺毛：“我家里人，我当然比你了解。”

连城“噫”了声：“你真可怕。”

程郢敲她的头：“你不用管他。我爸过世早，他就老觉得长兄如父，对我有义务。我妈都没这么死脑筋。”

“阿姨和你说什么了？”连城好奇。

“我妈——”程郢被噎住，“她问我我哥为什么不要孩子。”

连城默默。

程郢也是无可奈何：“你要是不想忍了呢，我们这就回家；你要是觉得还能再忍忍，咱们就明儿早上走。”

连城环视四周：“有个很古老的电视剧……”

“嗯？”

“叫‘东京爱情故事’。”连城说，“我没看过，那会儿我还没出生；我猜你也没有。但是总看到人怀旧，不断提起，说赤名莉香去丸子的家乡，看他从小长大的地方……”

“丸子？”程郢插手进她的长发，丰盛得像春天里的植物，他心不在焉地问，“汆丸子，炸丸子，还是樱桃小丸子？”

连城拿抱枕砸他。

晚餐倒是风平浪静，没出什么幺蛾子。

吃完饭程郢和连城在园子里散步，连城不得不惊叹占地之广。“现在这么大块地不好拿了，我爸拿下的时候，地还不值钱。”程郢说，“那时候还是郊区，没有车寸步难行。他原是想退休了住这里。”

连城说：“这么大块地方打理起来不容易。”

“他喜欢园艺。”他指着一丛白色花海，“藤冰山，他亲手植的。”

“真漂亮。”

程郢拉她坐在秋千上：“这边是贴梗海棠，还没开好。全开的时候红得很正。”

“海棠未雨，梨花先雪。”

“连城。”

“嗯？”

“你从来不和我说你以前的事。”

“多久以前？”

“遇见我以前。”程郢揽住她的腰，脚下一用力，秋千荡起来。微微凉的风掠过耳边。

连城笑了笑：“就是个平常人家的小孩，爱画画儿，没什么特别的。”

“他们对你好不好？”

连城停了一会儿反应过来他话中所指：“挺好。”

“那以后呢？”

“什么以后？”

“你以后有什么打算？”程郢说，“东西找回来之后。”

“没想过。”

“没想过？”

“以前是完全没有头绪，到……才稍见眉目。但是到现在也还不知道在谁手里；就算能打听到下落，人家肯不肯还还是个问题；就算他肯还，”连城叹了口气，伏在程郢肩上，她想不出要多大代价才能把东西拿回来，“想那么多做什么。”

“如果我说……”

“嗯？”

“我们结婚好不好？”

连城吓了一跳，眼睛都睁圆了：“你妈催你结婚了？”

程郢：“不是。郁连城，你就不能给我个正常一点的反应吗？”

“正常一点怎么反应？”

“就这么敷衍我？灯光呢？音乐呢？戒指呢？一点诚意都没有！”程郢捏尖了嗓子装出女声。连城笑倒：“我要那个做什么。”

“那你答不答应？”

连城低头没有作声。花香袭人，在月色里，浸透太湖石的皱褶。“再说吧，干什么想那么远？”

“那之前……你是不是有想过和钟晓？”

连城眉目一动，笑容便狡黠起来：“吃醋了？”

程郢低头碰碰她的额，才要说话，光乍亮，蓝色迈巴赫疾速碾过车道。光影寂灭，留下台阶上的女子，风吹起她的裙边。连城环住他的脖子亲吻上来。程郢心思一转，便知道她也看到了。

到缠绵过，再回头，人已经不见了。

次日早餐，就只剩了许唯在，没见程郦。程郢和连城都识趣不问。程母问了声，许唯说：“公司有事，一早就走了。”

用过饭，程郢便借口有课带了连城离开。

程母和许唯一向亲近，倒是替她发愁：“你和阿郦这么下去……”

许唯把花插进德化白瓷牡丹瓶中，她也有点茫然。程郦在外头那些，有的她见过，有的没有。社交场合，也有好事者暗搓搓指给她看，她只恨自己不能装聋作哑。不然怎样？上去扯头花？

她做不出来。

她也恨程郦不肯给她留起码的体面。但是事已至此。那些女人并不比她更漂亮，最多是年轻，轻浮和浅薄都是一眼看得到的。她也不知道他们怎么就走到这一步，当初——当初并不是没有好过。

后来想起来，没准是当时他需要她——无论是需要她的钱，还是需要拿她逼她父亲让步。

总之是她傻，是她情不自禁，是她飞蛾扑火。

“要实在过不下去，小唯，我是拿你当女儿的。当初你妈把你托付给我，她就你这么一个孩子，你要是过得不好，她在九泉之下都不能安心。阿郦不是东西，我也没办法，我自己身上掉下来的肉，我只能受着。”

许唯看着插好的花，枝叶婆娑，错落有致。

“前几年我没管，是指着你们还能好；你今年三十一了，要不要继续下去你要拿定主意。”

许唯恍惚觉得有花枝刺破手心，沁出血来，艳如杜鹃。

程母叹了口气：“当初以为你会和阿郢……”

“妈！”许唯叫了声。

程母会意，改口道：“阿郢倒是很喜欢那个姓郁的女孩子。”

许唯仓促应道：“是。”

“很难得他这么喜欢一个人。”程母说，“要是今年能定下来……也是好的。”

许唯没有作声。她有点厌恶这样的自己。程郢那么好，偏偏她迷上程邺；她也希望程郢能够幸福，但是他真找到了，她又心里膈应，像是被硬生生撕掉一块，血肉模糊，又觉得郁连城配不上他。

但其实，他的事，哪里轮得到她来指手画脚。

她在程邺这里栽这么惨，又有什么资格去对别人指手画脚。

最后她站起来，对程母说：“我给郁小姐拍了纪录片，妈你要不要看看？”

程邺在吃蛋糕，是昨晚剩下的。他也不知道自己为什么会打算把它吃完。

“我亲手做的！”女人说。

她笑的时候有种孩子气的羞涩，和藏不住的得意。

他想起来问：“你说，女人要在什么情况下才肯对男人放手？”

“这个不好说。”

“好不好你先说！”

女人想了想：“要看投入成本，以及，这个男人有多好。”

“要是人中龙凤，万里挑一呢？”

“那是个人都不会放手。”

程邺看着蛋糕，乌云在他眼睛里迅速聚拢：“怎么才能逼她放手？”

“那就要看时机了。”女人笑道：“同样落难，有的人会拼命抓住救命草，不肯松手，也松不了手，松手就是万丈深渊。”

“难道不是人人都如此？”

“当然不，如果她很爱那个人的话，她不会舍得同归于尽。这时候有人踩一脚，就直接掉下去了。”

七

景昭再打电话过来，连城便接了。

仍约在星巴克。这次她到得不够早，景昭已经坐在那里了。连城的目光扫过角落里穿灰衣的中年男子。

景昭笑道：“郁小姐好眼力。”

连城慢慢喝她的摩卡。她喜欢摩卡的巧克力味。

景昭欣赏她的镇定，前些天程家生日宴上的事瞒不过他这等耳目灵便的人。他觉得这个女孩有点贪心了，不过贪心不是坏事，至少对他来说不是。“那件东西，有人开价，”他说，“这个数。”

连城眼皮都没撩一下。

“有些事，不告诉你，是为你好。”景昭说。

连城很明白他的意思，仿制文物不犯法，把仿制品当真迹卖才犯法——“你们怎么说服买家？”

“他会拿到真迹。”景昭言简意赅地回答。

连城没有作声，但是也没有拂袖而去。景昭便知道有戏，又说道：“你拿三成，不担风险，我们就赚个跑腿费。”

连城笑道：“景先生这个跑腿费可不低。”

景昭说道：“但凡郁小姐有个几千万上亿的身家，也不至于这么委曲求全。”

连城想了想：“这东西也不好做，需要地方、材料、称手的工具。”

景昭笑吟吟地说：“都是现成的，只要入得了郁小姐的眼，缺什么我来想办法。”

连城心里暗暗吃惊，嘴上只道：“让我再想想。”

等景氏叔侄走了，连城还在星巴克坐了一会儿。轻柔的爵士乐一直在响。她清楚这其中的风险。

景氏叔侄果然并不知道真迹的下落。

连城划开手机，指尖在钟晓的名字上转了转，最后切换到庄梦蕊：“钟总今天在公司吗？”

“在的。”

“你和他说，我下午来公司，方便的话，让他等我。”

连城进商场挑衣服。

她有时候会怀念当初在学校里，买上一打白T恤，拿剪刀咔嚓咔嚓剪出型，在实验室里混上几天，什么颜色都有了，再依色赋形，山石花鸟她都画过，有人问，她就报个特高大上的价格。

可笑的虚荣心。

后来再没有这等闲情逸致。

跟了钟晓之后，一应衣物都算是公务支出，她也没给他省钱；在公司坐班，穿戴总要对得起薪水；到回家写论文就无所谓了，她喜欢宽宽大大的绒衣；程郢喜欢丝质，她嫌不好打理。

导购殷勤力推一件波西米亚风格的V领蝴蝶袖长裙，灰蓝色裙幅上绘满了流水式的几何图形。

连城不置可否，换了件玉色紧身T恤，长只及腰，阔边牛仔裤。导购及时奉上黑珍珠腰链。连城默不作声又试件酒红色露单肩的真丝衬衫，黑色一步裙，大面积撞色能直接把人撞到眼盲。导购倒吸一口凉气，心想这姑娘进门简素如高中女生，如今这妖气冲天，像个要出门砸场子的小三。还是保持微笑，硬着头皮奉承说这件真是太配您的锁骨链了。

连城面无表情摘下锁骨链装进手袋里。导购终于察觉到她的情绪，识趣地退避三舍。

试了足足两个小时。

最后选中件墨绿色衬衫，窄脚牛仔裤，绒面革水晶链高跟鞋。介于正装与休闲之间。

连城在商场门口给程郢打了个电话，程郢手机关机。估计是在上课。改成微信留言，说表姐找她，不知道什么事，如果晚的话，今晚就不回来了。

关掉手机，原地愣了几秒，觉得这样也好。她很怕这时候听到程郢的声音，会忍不住和他和盘托出。

明明她一向独断专行，不过短短几个月，竟生出依赖心。

钟晓心神不定地吃了块芝士蛋糕。

他猜不出连城找他什么事。自上次停车场之后她再没有主动找过他。他犹豫要不要喷点香水。

外头传来庄梦蕊的敲门声。

“进来。”

他想要矜持一点，但还是没忍住笑：“郁博士怎么有空过来？”

连城也笑了一下，很快就收住：“我们在晖县找的研发工作室可能有人反水。”

钟晓怔住：“哪里来的消息？”

连城说：“程邺给我看了点东西。”

“程邺？”钟晓糊涂了。程氏名下产业虽然多，可没有涉及文创，不存在竞争关系。

连城苦笑道：“程邺。”

“他——”

“他觉得我们关系不清不楚，希望我辞职。”

钟晓算是听明白了，程邺不喜欢连城，或者是不喜欢连城在他生日宴上的表现。这种事倒确实像程邺做出来的，在占据绝对优势的情况下直接以势欺人，毫无顾忌，甚至不屑于遮掩。

理论上研发确实有时间上的不可控；钟声已经打响名声，一旦出现大面积的缺货，就会丧失消费者的信任。而浜田那边，即便双方肯打碎了牙齿和血吞再谈合作，各种条件必然非常不利。

却笑道：“竟然是程邺——你要不说，我还以为是程教授的意思呢。”

连城不说话，两眼直愣愣看着地面。钟晓吃惊道：“不会程教授也有这个意思吧？”

“他没有！”连城迅速回答，快得近乎掩饰，“我就是想，这个事情当初是我办的，人是我找的，合同我签的，现在出了事，恐怕还是我去交涉比较合适——当然还是要先和钟总你请示过。”

钟晓起身道：“我送你去？”

钟晓觉察到连城情绪不高，连说了几个笑话她都只扯扯嘴角，僵硬得很。

晖县距离南城就两个小时，自古就是造纸地。钟晓选择浜田之前也来过这里考察，基础是有的，但是成品中没有太合意的；很多古法的存在仅有申请非遗的意义，不具备大规模生产的能力。

当时觉得从头研发未免成本太高，但是如今看来，最难走的反而是捷径。

到晖县下了高速，直奔工作室。

两人装作是路过，进工作室察看进展；负责人冯生起初大是热心，到连城连续抛出几个关键性的数据之后开始乱了阵脚；钟晓不耐烦，单刀直入问他是否接受贿赂，冯生抵赖。双方撕破脸皮。

冯生大放厥词，声称国内除了他的团队，再没有第二家能够胜任。

连城赶在钟晓发飙之前拉住他："我希望冯先生能有点契约精神，报酬我们可以再谈——大家都先冷静冷静。"

把问题扯到报酬上，大有妥协认输的意思。

冯生得意扬扬，钟晓气得脸色都变了，到坐上车都不肯吭声。连城说："架是要吵的，气就不必了。"

钟晓脑子一抽，回过神来："郁连城你耍我！"

"岂敢，"连城笑道，"不是和你说过鸡蛋不能放一个篮子里吗——Plan B在庄秘那里有备忘录。你没看到不能怪我。公司肯定有内奸，不然你想想，程郢的手怎么伸到这么长的。"

钟晓敲了敲方向盘："所以，你就是找我来做戏？"

"钟总要是不来，我一个人唱完全场没问题。"

钟晓怪怪地笑了笑。

回到南城时近七点，饥肠辘辘。钟晓挑了家重庆火锅，有东西垫底，才又想起了问："程郢肯就此罢休吗？"

连城咬着蛏子说："多半不会。"热气润得嘴唇红艳艳的。

钟晓知道郁连城不会辞职。有的人安全感可以由别人来给，有的人不行。郁连城是那种永远会给自己留后路的人，她很难孤注一掷。他们好不容易把钟声做得有起色了，她怎么可能放手。

钟晓笑道："要不你干脆跟我得了。"

连城斜睨他："跟你和跟我师兄有什么不一样？"

"哪里一样？"

连城支着下巴，歪着头指指点点："他是富二代，你呢？你钟家……能往上数到四五代。你说我犯得上嫌白开不好改喝黄连？”

钟晓问：“你当初和他分手是因为这个？”

“不是。”

“那是什么？”

连城眼睛里闪过狼狈的颜色，又低头喝酒。她像是积郁已久，一杯接一杯，酒色从眉梢洇进眸子里，水汪汪地醉人。

钟晓按住她：“不能再喝了。”

连城把酒杯往前一推：“陪我喝！”

一点幽香，仿佛暗夜余烬，有种神魂不稳的热烈。她换了香，钟晓心里闪过这个念头。也许她今晚应该穿红。

“钟总，钟总？”连城试着喊了两句，没有得到回答。他醉了：钟晓的酒量一瓶半，就和她知道的一样。

连城拿过手机，把他的中指按在Home键上。

主界面浮上来。

八

连城迅速浏览过钟晓的短信和微信。他极少给他父亲发短信，微信倒是有，都是语音。如她所料，钟晓和他父亲在微信里的对话显然比当面要轻松一些，但是也比平常和她聊天来得小心。

连城花了点时间模拟他的风格，然后调出刻录软件把文字转化成声音：“爸，我打听到那件《水月观音》落在谁手里了。”

钟原：“哪件？”

“当然男相那件，女性那件不是在南博嘛。”

“王八蛋！你老子你都骗！”钟原骂道，“郁连城还没和你说实话吗？”

“爸！我说过好多次了，连城就是修过那东西。你又没什么证据，怎么能随便血口喷人？”

“谁说我没证据！”

“你能有什么证据？枝子——浜田枝子不是去找过了吗？她也是日本顶

尖的修复师。”

“顶尖个屁！鬼子能有什么顶尖人物。她要真顶尖，当时就能把郁连城送进去！”钟原毫不客气，又问，“男相那件谁拍了？”

“说是黄老给儿孙辈倒腾的东西。”黄家是南城本地大家族，说是清末十三行起家，后来开枝散叶，各行精英辈出，在收藏方面的势头反而渐渐下去了。不过饿死的骆驼比马大，风传是很有些好东西。

连城编话第一个想到这家，因行事低调，但是不好惹，子孙又多，她单单报个“黄老”，没法追踪调查。

这时候但听钟原哼了声：“是他家，怪不得这么鬼鬼祟祟。”

“爸，南博那件真是假的？”

“当然！你老子还骗你不成？”

“那真迹在哪里？”

连城觉得自己心脏怦怦怦直跳。她的指尖够到了命运女神的裙角，只差一点点，她就能看到她的微笑。

而这一点点的时间竟然这样漫长。钟原像是觉察到了有什么不对：“兔崽子，不会是郁连城叫你来套我话吧？”

连城按住对话键：“爸——”有人按住了她。

连城一哆嗦，手机被甩出去。一只手接住它：“爸，我有电话进来我一会儿再和你说。”

他按下Home键，房间里安静极了，就只有火锅还在“咕噜咕噜”响，热气蒸腾上来。

有那么一个瞬间，钟晓也不知道说什么好。女孩儿背对着他，柔软的真丝衬衫下能看到精致的蝴蝶骨。

她骗他。

她从头到尾都在骗他！

也许工作室根本没有人反水；和他们毫无竞争关系的程郢根本不会出手打压；她当初和程郢分手的原因也并不是门不当户不对……不不不，她根本没有说过“是”，她说“不是”，是他以为“是”。

她只是摆出那样一个姿态，他就脑补了楚楚可怜。

如果不是换了香，也许他不会生出疑心。

胸腔里的怒火足以把一锅烧干，但是出口竟然是冷笑：“郁连城，你跟着我喊爸倒是很熟练啊。”

“回头看我啊，你怎么就不敢回头呢！”

他抓住她的胳膊，感觉到她的身体在发抖。他愣了一下，就听到她说：“我必须知道那件东西的下落。”

“所以你利用我——”

“你爸知道它的下落！”她加重了语气，“他是经手人，至少是。我要有别的办法我也不想这么做！”

“我不想利用你，钟晓。”她放软了声音，“但是我必须找到那件东西。我找了五年了。你不会懂的……我找不到那件东西，我要是找不到那件东西，我就是死了都不会瞑目……”

“我说过我帮你找，是你自己不要！”

连城扯了扯嘴角：“我那时候还不知道……”

“那你现在知道了。”

连城不作声，手撑在桌沿，能看到淡青色的血管在单薄的肌肤下匍匐蜿蜒。她的血是冷的。她不是不想有人帮她，她只是知道这世上没有白吃的午餐。

“我们的合作可以一直进行下去，你可以抹掉我的存在。”她说。这是她反复想过，她能给出的条件。

这个承诺并不轻松。

“我不要这个。”钟晓冷冷地说。

连城吃惊地看着他。

“我要你和程郢分手。”

“钟晓！”连城叫了声，“这对你没有任何好处。”

“我不要好处！”程郢微微抬起下巴，这个姿态让他有种冷硬感，“我就要两败俱伤，同归于尽，痛快！”

连城有片刻的不知所措。她知道钟晓是在气头上，没准她能先敷衍过去，但是恐怕不容易，而且她也不愿意。

她张嘴呼吸，像条出水的鱼：“不——”

“你现在给程郢打电话说分手，挂断电话我就问我爸要东西的下落；他要不说，我再找别的办法，我是他儿子，我有的是办法。”钟晓说，“这么便宜的价格，郁连城，你不会有第二次机会了。”

连城垂下眼帘看着他手边的手机。

纤长的手指一个一个蜷起。手指很干净，指甲整齐，没有戒指。她和程郢还没有盟约。也许她应该打这个电话，程郢不一定会信；就算信了以后也有解释的机会，就算没有、就算没有——

还有什么比它更重要呢？从那个傍晚听到程郢的回答开始，她害怕下雨，她害怕每个暴雨降临的夏天；她有很多次在噩梦里奔跑；很多次在医院的天台上和人搏斗，她要跳下去，她说不、不行！

那些挣扎哭泣和尖叫，她紧紧抓住的衣袂，有很多次、有很多次她在梦里听到衣帛断裂的声音。

她也很多次以为她会失足掉下去，有多高呢，她不知道。往下怎么都看不到底，就好像命运，在黑暗的隧道里摸索前行，跌跌撞撞，不知道尽头在哪里；不知道谁等在尽头，谁来出示审判书。

如今它近在咫尺。

只要知道它在哪里，她至少有……至少有五成把握能够拿回来，那她之后可以理直气壮行走在阳光之下。

拿回她的人生，而不是活得像个蜗牛。

钟晓凝视她的眼睛，他从未见过她这样恐惧。和程郢分手真有这么残忍？他不知道。他看到她终于伸出手。

指尖触到手机，指腹按下去，“咔”，很轻很轻一声响，解锁。像花折枝，落在风里。指尖往下移。

电话在拨通中。

程郢声音温润：“在哪？要不要我来接你？”

猛地挂断。她抓牢了手机，指节发白：“换个条件吧，钟晓，这对你就是举手之劳——”

“举手之劳？”钟晓冷笑，“这是销赃你以为我不知道？这个举手之劳是要我出卖我爸你以为我不知道？郁连城，你当我傻吗？”

“钟晓……”

“分手！”

她摇头。

“那我就没有办法了。”钟晓彬彬有礼地说，“抱歉，帮不到你。”

连城再站了一会儿，最终挺直了背脊，一步一步走出去。她不敢停，她害怕一停下来她就再无法抵御阳光的诱惑。

钟晓死死看住关紧的门，真狠！他想。

火锅还在咕噜咕噜响，他坐下来慢慢儿吃，豆皮浸透了火锅底料，辣得他呛出眼泪来。

这也许是报应。他在感情上一向不太走心，和鬼妹玩得多，多半好合好散；他不怎么招惹良家，怕不好善后；小伙伴在这上头栽过，他还狠狠嘲笑，如今轮到自己。可笑，轮到别人和他不走心。

连说句分手都不肯，连骗他都不肯。

倒拿他去骗他爸！

胸口裂成东非大裂谷，风冷浸浸往里吹。

钟晓不记得那个漫长的夜晚是怎么过去的，大概火锅的热烈和酒水的冰凉抚慰了他，醒来已经在家里。

“有点烧。”庄梦蕊说，“想吃什么，我给你做。”

他迟滞地看了她一会儿。

她没有问工作室，也没有提郁连城。他怀疑她是知道了什么，但是他也不想说，有种大病之后的疲倦感，他有点明白当初郁连城说的“伤筋动骨”了。“拍个黄瓜吧，满嘴火锅味儿，难受。”

庄梦蕊叹了口气：“钟总，黄瓜还没上市。”

钟晓花了更多的时间在公司——虽然原本就已经不少。现在很有点励精图治的意思，倒也成绩斐然。

到五月初，文博圈里爆了个大新闻：南博被盗了！

钟晓午休才起，刷到朋友圈，一下子坐直了。他以为自己看错了，定了定神，把庄梦蕊叫进来：“打电话给连城……”

“郁小姐手机关机。”

钟晓沉默了几秒：“打给程教授。”

“我这里没有程教授的电话。”

钟晓把手机丢给她。庄梦蕊翻了半天：“钟总？”

“程二！”

“忙音。”

“再打！打通为止！”

庄梦蕊走了出去。

钟晓躺在办公椅上，看了半天的天花板。《水月观音》被盗，多半是和她有关。她去了哪里？她是……出境了吗？从此改头换面逃亡？他不知道。这个世界上除了程郢总该还有别的人……

钟晓默默翻了回手机通讯录，没有。把连城从微信黑名单里拖出来，翻找他们的对话，他们从前对话竟然有这么多，有事说事，没事她陪他胡扯。

对话翻完了，还是一无所获。

她极少说她的私事，更极少说她的亲友。这个女孩子像是从石头里蹦出来的一样，你根本听不到她的过去。

程郢的电话到晚上才打通，声音沙哑：“钟少？”

“连城——郁连城人呢？”

程郢看着窗外的木棉树，南城的木棉树极高，树枝叉叉桠桠，花开得繁盛，红得像火，在深夜里燃烧。

连城失踪有一个月了。

九

程郢觉得连城在跑路方面确实天赋异禀。同样的事竟然能在他眼皮子底下发生第二次！她说她表姐受了伤，得去照顾几天。他当时问：“几天？可别赶不上答辩。”然而到底赶不上了。

他提出过上门探望，连城拒绝了：“人还在剧组呢，地方偏，信号也不好。你别来，不方便。”

微信每天都有，大多数都在晚上发过来，解释理由是找信号。长得像是信。絮絮叨叨地说山里的景物，雀儿偷吃，花开得迟，也许是海拔高的缘故，开得兴致勃勃，第二天推窗一看，全谢了。

如此过了二十天，答辩在即，他有点急了。催问几次，就收到邮件，说南博可能有内鬼，会在近期下手，让他留心。他当时就反应过来，打电话给她，手机关机。而晚上十点的微信还是如约而至。

程郢花了整个晚上来厘清楚事情的来龙去脉，从她说表姐找她开始，也许更早。他不知道她是什么时候生出的心思，或者他和她说“这人路子邪，你别单独去见”的时候她根本没有听？

代理人老詹回复说：“是，郁小姐问过我钟先生的行踪。”

“你怎么说？”

“钟先生拜访了好几家。”程郢猜连城是认定了钟原就是当初的鉴定人，那么那件《水月观音》很有可能是落在这几家，“你怎么没有和我说？”

老詹当时还一头雾水：“郁小姐说——”

“行了我知道了。”连城自然会防着他问，她根本不打算让他参与其中。她最多就是想他帮忙揭露南博《水月观音》被盗——必须被盗。没有被盗，即便她拿回来真迹，也没法还回去。

他早该想到这一点。他也曾为难，想过也许借博物馆修复库存的机会完璧归赵，但是并无万全之策。

而她选了与虎谋皮。

去年年末连城和枝子针锋相对，南博趁机把仓库里的《水月观音》挂出来展出，当时客似云来；今年三月换展，就只有周边还在卖——手串、挂坠、团扇、纪念币，只是远不及九子攱实用有趣。

程郢借口清点陈氏捐赠入库细查，出来脸色就不好看。馆长和他极熟，问怎么回事。程郢说：“恐怕有人调包。”

仿制品明显是连城所制，几无破绽。

程郢说：“颜料用得浮了。”

馆长觉得这个说法有点玄，但是他信任程郢的判断，赶紧调出监控，没有看出不对劲。程郢不死心，掐算过时间，叫了江平和林陌川过来帮忙，一帧一帧死抠了三天，找到了问题——监控视频被剪辑过。

既然确定了时间，南博就这么多人，排查出来不困难。这个叫李伟的工作人员两年前迷上直播，挪用公款打赏了两百万，几个月来拆东墙补西墙，眼看着补不上就走上了网贷的不归路。

交易全程在网上进行，收货地址是个废品站，根本无从查起。

程郢捋顺时间，便知道是景家早已物色的人物，并非临时起意，恐怕还有前科。馆长领人彻查库存。

程郢和馆长商定暂时不要声张，警方也赞同外松内紧。

但是千算万算，没算到李伟的儿子，这孩子今年才十四岁，中二，以为父亲受了天大的冤屈，冲网上把事情捅了出去。

去年《水月观音》一战成名，俨然网红文物，自此掀起滔天巨浪。圈里圈外的质疑不断，各种阴谋论招呼上来。程郢接了一整天的电话，连袁湛都问："这件仿制品谁做的能看出来吗？"

程郢回答说："是连城旧作，不知道怎么落到了他手里。"

袁湛便叹了口气："我就知道——"李伟又不傻，不够逼真他不敢拿来用。又问："连城人呢？"

程郢说："她这些旧作都保存在学校储物室里，她不知道的。"

"让她接电话！"老爷子脾气上来了。

程郢过了一会儿方才回答说："她不方便，就连今年的答辩都——"

"她怎么了？"

"她怀孕了，"程郢面不改色，"胎相不是太稳，我没敢让她知道。"

袁湛气得摔了电话。

对老爷子程郢还费心编了套话，对外就简单了，一律回答："无可奉告。"直到钟晓的电话进来。他不问《水月观音》，不问真假，不问下落，他直接问："连城——郁连城人呢？"

程郢默然。

他不知道她在哪里，他不知道消息泄露的后果，不知道她会不会有危险。

"我们，"程郢沉吟道，"见个面吧。"他相信连城对钟晓的判断，他是这个世界上为数不多的知情人之一。

"现在？"

"明天吧，"程郢说，"时间你定。"

"不，你先给我个准话！"钟晓说。

"你要什么准话？"

"她人在哪里？"

"我不知道。"

"还……在国内吗？"

"应该在，她护照在我这里。"

钟晓不明白程郢怎么可以这么镇定，也许他真的就不如程郢。他整晚都没有办法入睡。他想给他爸打电话，问五年前那件女相的《水月观音》到底落在了谁手里——郁连城肯定会去找他。

一段话打了又删，删了又打，最后不知不觉，手机从手里滑了下去。

到醒来天已经大亮了。

还没有到约定时间，钟晓开车去S大，一年前他曾经送连城来过这里，然后紧急叫人送了戒指过来。

他把戒指从车窗里丢了出去，落在草丛里，她捡了回来，她把戒盒放在驾驶台上。

钟晓的目光落在驾驶台上，缝隙里隐隐一点白色。他抽出来，发现是一张名片。他盯着名片上打头的"景"字，觉得像是在哪里听过。

程郢是按时到的，面上一丝倦色，但是白衬衫并没有皱。反而钟晓眼睛里血丝更多。

"所以，你有什么打算？"钟晓问。

程郢没有作声。

"你就这么等下去？"钟晓的声音严厉起来。

"她发给我的微信和邮件，应该是她失踪之前，根据估算仿制和盗取所需要的时间定时发送。换句话说，她失踪之后，再没有和外界联络过。可能是有人收走了她的手机，并且限制了她的行动。"

"他们是谁？"

"我不知道。连城并不是什么了不得的人物，他们带走她，应该就是为了仿制《水月观音》。"

"然后呢？"

"已经仿制完毕，甚至连南博的真迹都已经被他们拿走，理论上，应该放她回来了。"

"但是他们没有！"钟晓觉得他在尖叫，但其实声音沙哑。

"是，我不知道哪里出了差错。"程郢诚恳地说，"如果要说有线索的话，也许令尊才是唯一的线索。"

钟晓觉得自己被逼到了悬崖边上，往下看冷飕飕的。但是他忽然又想，也许程郢是诈他，也许程郢是和郁连城联手诈他，为了从他父亲口中套出东西的下落。这个念头像毒蛇一样攫住他。

他不敢赌这个万一——万一不是呢?

那些人……如果程郢说的是真的，那些把连城带走的人，会杀人灭口吗?

如果他原本有救她的机会，而他没有，以后余生，他会每晚都梦到她吗?他大概没有那么深情。

是，何必他深情?程郢这个正牌男友八风不动，倒把他急成这样。钟晓在后望镜里看到自己的脸，他把车停在路边上，他开不下去了。他知道是他没用，他为什么就不能冷冰冰地说："关我什么事!"

一路想，一路停，各种猜测和恐惧冲击得他疲惫不堪，车开到白沙岛是下午三点。进门看见钟原坐在沙发上。

"爸。"

钟原吃惊地看着他，竟然站了起来："阿晓，你怎么——"

"我上去睡会儿。"他往上走。

"吃饭了吗?"钟原跟上来问。

"吃过了。"钟晓顺口应道。他心里糊涂了一会儿，想起来上午喝了两杯咖啡。郁连城爱喝咖啡，她喜欢咖啡的气味，会加很多很多奶，然后抱怨提神效果不好。他举手想要遮住阳光。

钟原敲门进去，看见儿子四仰八叉倒在床上。

钟晓没有和他说原因，他知道是因为那个女人——之前在香港也是。犟得很，这孩子平日里不这样。他就是贪玩了点，脾气是顶好的。钟原抖了抖被子给他盖上，就听他问："爸?"

"嗯?"

"东西真是你拿的?"

"不是。"

"过了手?"

钟原没吭声。钟晓直坐起来："为什么不早和我说?"

"说什么?"

钟晓沉默了一会儿："我都不能说?"

“做律师的碰上什么人都得辩护，做医生的碰上什么人都得救，蛇有蛇道，虾有虾道，一行有一行的规矩。你清清白白的，卷进这些事里做什么。你认东西一直不行，当初起了心想做文创……”

钟晓阻止他扯开话题：“那件东西，不是她卖的！”

钟原不置可否：“有些事，你不能光听她说什么。”

“她做了什么？”

钟原说：“有些事，不是一定要知道的。”

“如果我要知道呢？”

“你现在这个样子……还是先好好睡会儿，睡醒了再说。”

钟晓不知道睡醒了会得到怎样一个答案。但是父亲一向这么说，在他过不去的时候。

母亲过世那年他十七岁。

医院里种了很多鸢尾花，蓝得像五月。他守了好些天，眼圈都黑了。父亲叫他去睡觉，说醒来就好了。

他醒来，母亲已经过世了。

他梦到两年前，在拍卖行的走廊里，透过玻璃墙往里看，女孩儿抬头来冲他笑。他问她：“我有什么不一样？”

她说：“你比较帅。”

而最后，她挺直了背脊，一步一步走出去，在火锅腾腾的热气里。

十

程郢面对学生好奇的目光，按部就班地上课。也有人大着胆子拐弯抹角问及南博盗案，他拣能说的说，语气平和。

课余带江平和林陌川去原料市场挑东西。江平几次张口想问，被林陌川拉住。

颜料铺照例乱得像个杂货摊，大桶大桶的化学合成物随意摆放，矿物颜料磨成细粉，装在小支的试剂瓶里，柜台摆满了笔筒，插着大大小小的笔，旁边不知道用了多少年的电子小秤，脏得五颜六色。

老板是个穿桃红旗袍的女人，扭着身子和程郢说话：“哎哟你不知道，昨天来了个好奇怪的客人。”

“有多奇怪？”程郢打发了学生去挑颜料，含笑问。

“要鞣鞨芽、木难珠、鸦鹘石，又说要蜻蜓翅、梅花片。”女人的眉毛皱成了两条蚯蚓，“我在凤凰坡卖了二十年颜料了，还头次听说——”

程郢漫不经心地说：“我这里有，改天给你送过来。”

“哪天？”女人追着问。

“要得很急吗？”程郢像是十分诧异。

女人有点不好意思。她最初遇见程郢还是个半大少年，眼看着他从学生到教授。她结了婚又离了。玩文墨的藏龙卧虎，很遇到过几次刁难，都是他帮忙过关。这些年店子越开越大，有赖于此。

所以有人点名要这些稀奇古怪的东西，整个凤凰坡没人敢应，她敢：“东西是有，就怕你出不起价。”

那客人倒真是个财大气粗，说是急用，三天之内要见货。

她还想着，要程郢这几天不来，她可得求上门去了。

程郢听完笑了笑：“前几样是宝石，蜻蜓翅是石绿，梅花片是石青，现在人用得少了。时间是紧，也不是赶不出来。我这两个学生要多给点辛苦费。”程郢低声交代了几句，女人有点意外，但还是应了。

程郢和江平、林陌川交代了颜料的制作方法，两个人都很兴奋：这些颜料贵重且罕见，素日只在古籍里看到记载，哪里见过真货。

等程郢出去，林陌川便推江平：“你说，这些东西会不会是郁姐要的？”

江平说：“不能吧。”

“怎么不能？老板又不缺那几个钱，平白无故地接了这活，时间还紧。”

江平说：“郁姐要东西，不直接问老板要，还绕这么大一弯子，至于吗，除非是——”

他猛地停住，两个人对望一眼，心里响起同一句话，“除非她没法亲自前来。”

林陌川自言自语道：“也不是没有可能。现在感觉全世界都在找她，她居然躲起来了。”

江平说：“别乱讲——不相干的事少掺和。”

“怎么不相干了？”林陌川不服气，“你看这些天老板这魂不守舍的样儿，这叫不相干？师有事弟子服其劳，你好意思说不相干？”

江平口齿不如她，闭了嘴去看胶。

林陌川自个儿义愤填膺了一阵也没趣，便消停了。隔天她又兴冲冲和江平说：“你信不信，郁姐是用颜料在传递消息。”

江平看了她一眼，脸上直接写满了“谍战剧看多了”的质问，就要走开。林陌川一把拉住他：“你听我说啊！”

“你说。”

“就是我还没想出来。”

“那你说个……”江平及时刹住了脏话。

“但我觉得，靺鞨芽、木难珠、鸦鹘石、蜻蜓翅、梅花片这几个名字里肯定有蹊跷，你写个程序咱们跑一跑，先试试首字母的排列组合？”

程郢也想过首字母。

南博被盗事泄在他意料之外，多半也在连城意料之外。景氏叔侄定然会怀疑她合作的诚意——他们那种人，疑心最重。如此一来，就算她之前没想过联系他，这会儿恐怕也会想办法。

她手里最大的牌在于仿制。仿制必然用到原料，原料中耗费莫过于颜料，所以鲜为人知的颜料名就是天然的密码本。

但是景氏叔侄定然会防备她，可能会在品种和剂量上稍作改变，比如打乱颜料次序，分批采购，以及多报剂量……这些意外连城不可能不考虑，所以每味颜料名都应该包含一个完全态的信息，甚至为了迷惑对方，会制作很多冗余。

而且她手里多半没有电脑，加密只能用最简单的算法，但是又不能简单到被景氏叔侄看穿。

想清楚这几点，程郢就不跑程序了，他问专业人士要来南城及周边地名街名数据库——他赌他们没有走远；然后再从颜料名中拣出他需要的信息，一个靺鞨芽，一个木难珠。

《南越志》中记载，木难，金翅鸟沫所成碧色珠也。

金翅鸟就是太阳，程郢打了个“日”字；沫是唾沫，文雅一点的说法是“涎水”；输入匹配得到“咸水村”。

靺鞨芽的记载在《旧唐书·肃宗纪》，说是上元二年壬子，楚州刺史崔侁献定国宝玉十三枚……七曰红靺鞨，大如巨栗，赤如樱桃。

这句话里四个数字，“上元二年”“壬子”“十三枚”“七”——其中“壬子”是天干地支中第49位。

“咸水村二街49号1307。”程郢吹了声口哨。凤凰坡那边他不打算再露面了，江平在许唯的纪录片里有过出镜也不合适，思来想去，只能让林陌川把制好的东西送过去——林陌川这孩子什么都好，就是脑子太活泛了一点。

地址有了着落，索取的又是名贵颜料，程郢猜连城眼下处境虽然不好，但是也不至于危险，稍稍心安。这些天钟晓都没有联系他，多半是干不过他爹，或者是——原本就不该在他身上寄予过多的希望。

他从老詹那里弄到了钟原拜访过的三家，分别是燕京颜家、杭州张家、南城黄家。黄家是本地人，可能性最大，但是也不一定，兔子还不吃窝边草呢，且黄家和袁湛素有往来，倒没听过如此下作。

在思量中，接到许唯的电话：“你哥问你最近怎么样。”

“还好。”

许唯踌躇道：“南博那件——”

“嗯？”

“郁小姐她？”

“和她没关系。”

“真没关系吗？我听媒体的朋友说——”

“是我不让她接受采访。”

许唯觉得程郢像个没有缝的鸡蛋，但是依她对他的了解，恐怕没这么轻松。“阿郢，我不管你和郁小姐能不能走到最后，我都希望……”她停了一会儿，“希望你不至于被她连累……”

程郢回答她说：“我和她之间，谈不到连累两个字。”

许唯的呼吸乱了一下。她得到消息并不迟，到这时候才打电话，是想尽量不那么在意。她猜程郸也是。可笑，程郢反而成为他们夫妻最后的感情羁绊。她看不透郁连城的企图，但是程郢——

“对了，你哥让我问你，星星成年礼，你要不要来？”

程郢问了时间，在下周末，答应得很爽快。

连城心里静得很。她看画的时候心里总是静的。

上次的风暴已经过去差不多一个星期了。虽然她不明白为什么被盗事件会被泄露，但是她不去想。

当时景鹤年阴沉沉地和她说："郁小姐，我希望这件事和你没有关系。"

连城叹了口气："我自被景先生请来这里，手机就被你们以'怕反悔'为由缴走；我手里干干净净，一张卡又作不得用；工具、原料、日常用物都是你们采购，我半步都没有离开过。"

景鹤年敲了敲桌面："是被程教授看出来的。"

"这不奇怪。"

"怎么不奇怪？"

"我之前就说过，周昉是宫廷画家，所用物料名贵非常；程仪是他的亲传弟子，出身仕宦，为官在江南富庶之地，也不会亏待了自己——但是你们推说我要的东西找不到，非让我凑合着用。"

景鹤年哑口无言，他也是不甘心，埋了近三年的棋子，一次就用废了。他想了想："现在这个形势，恐怕还要委屈郁小姐几天。"

连城苦笑了一下。

景鹤年看住她。

"我师兄既然能看出来是假货，自然也能看出来是谁做的假货；能想到这点的圈里人恐怕为数不少。景先生，我被你们坑死了。"她心里想要是能挤出几滴眼泪来应该效果更好，不过哭不出来她也不强求。

景鹤年挑眉。

连城又说道："我是个修复师，没别的能耐，所有功夫都在这双手上。我暂时没法回去，闲着也不是事儿。听说景先生外号医生，要手里东西需要治，我倒是可以帮忙——价钱好商量。"

景鹤年看了她半晌，这话外行得紧，他们说"有病"是来历有病，不是东西本身"有病"，便知道这个女人只是强在手艺，对他们这种偏门邪道一无所知。他多少放下心来，只道："郁小姐谦虚了。"

他没说行，也没说不行，拉开门走了出去。

到脚步声远去，连城方才缓缓把腔子里那口气吐出来，仍不敢放肆。她知道屋里有监控，那也是理所当然。背心已经湿透了。她未尝不害怕——她未尝不知道捞偏门的人多少有点不把人命当回事。

所以她必须有用——非常有用。

到这一步，怕也没有用。她反复想过，这也许是最好的路。有时候人没有选择，就好像连宇最后还是傍了金主。连宇都有这么大的赌性，果然这个世界是不讲道理的。

过几日，景昭给她送东西过来，虽然连城早有心理准备，也没想到景氏叔侄手里真有这种好东西。她列了清单交还给他，包括几样市面上罕见的颜料：鞣鞨芽、木难珠、鸦鹘石、蜻蜓翅、梅花片。

程郢陪馆长出席周五的记者发布会。

记者照流程问完馆长基本问题，便一窝蜂朝他涌过来："程教授怎么看传闻中是郁小姐制作了赝品这件事？"

程郢回答说："看过我和郁小姐在奈良修复《山市晴岚》的朋友应该还记得，郁小姐在对作品进行修复之前先制作了两件摹本以熟悉色彩和风格，这是她的习惯。《水月观音》修复于五年前，当时郁小姐纯熟度尚有不足，所以其实当时的《水月观音》是存在多个摹本的。"

"程教授的意思是，除了南博现在这件，还有其余摹本？"

"是的，不止一件。不止《水月观音》，还有《捣练图》《调琴啜茗图》等习作。"

"既然是如此，为什么会出现在南博呢？"

"在警方结案前，我无法给出更详尽的回答。我只能说，五年前学校储物室曾经失窃，因为被窃物品大多为我和郁小姐的习作，并无珍贵文物，所以没有追究。"

"既然是五年前就有仿制品出现，那么会不会五年前收入南博库房的，就是赝品？"有记者问。

"五年前是我经手鉴定，你说呢？"程郢的笑容里大有傲气，"《捣练图》现藏于波士顿美术馆，《调琴啜茗图》现收藏于纳尔逊·艾金斯艺术博物馆，如有人购得，可以找我鉴定真伪。"

"可以找郁小姐吗？"

"不可以。"

"为什么？"

"郁小姐有恙在身，需要静养，所有事项，一律委托我处理。"

“也就是说，程先生隔绝了她与外界的联系——程先生是郁小姐是监护人吗？”有人尖刻地问。

程郢略低头，无名指的钻戒在镁光灯下闪闪发光。

景昭说：“程教授还是很偏帮你。”

连城看起来很难过，过了一会儿方才说道：“这个事情倒不是假的，他和我说过。他以为是我回校拿走了东西，所以当时没有声张。”

“程教授和郁小姐，还真是有很多故事呢。”景昭调侃了几句。他对连城多少有点怀疑，好端端的程郢会跑去仓库里看《水月观音》就很可疑，不过叔叔说，等交易完毕，银货两讫，就一拍而散了。

没什么好担心的。明天就是交易日。

连城没有再理会他，她近乎贪婪地看着聚光灯下的男子。可惜电视没有暂停放大回放功能。她仍然不知道发生了什么，使得消息泄露；但是很显然，他在尽力弥补；他在配合她，他知道她想做什么。

他应该……不是很生气吧，她不太确定地想。她没敢事先告诉他，她知道他定然不会同意。

但是她不得不如此。

香港四季酒店。

“景先生的人品我一向信得过。”老詹白净的脸上浮现百分百的诚恳，“但是程教授的话您应该也听说了，流落在外的摹本不止一件，所以……鉴定这个流程咱们还是走一走的好，彼此放心。”

“走吧。”景鹤年不在意。他信心很足：从博物馆里拿出来的东西，又有那个东洋女人先鉴定过，还能有假？

“掌眼请景先生回避。”老詹说。

“那不行！”景鹤年说，“在拿到尾款之前，我不会让东西离开我的视线。”

老詹为难了片刻，拿手机和人噼里啪啦敲了一阵对话：“那……也行吧。我让掌眼戴个面具。”

过了十余分钟，有人敲门。

进来个体态臃肿的老太太，头发花白，戴了个傩面具，虽然没有言语，不悦的心情还是从肢体中反映出来。

老詹冲她点头："可以开始了。"

十一

景鹤年的脸色难看得惊人。

景昭好些年没见过他动怒了，大多数时候他只要稍微调低声音，就足以让人感受到威胁。

"你说，这个事她知不知道？"

"我说不好。"景昭说。

"叫你说你就说！"

"知道和不知道都有可能。"景昭说，"上次我送颜料进去她在看电视。正好记者发布会，她和我说，事情是有的。"

景鹤年嘴边抽搐了一下："阿昭，你不会看人长得漂亮就给她说话吧？"

景昭不屑道："能有多漂亮？在莞城，上台都勉强。"

景鹤年面无表情地点了点头："知道就好。"

"那——"

"上次送去的东西她弄完没有？"

"还没，没这么快。"景昭说，"我看过之前她和程教授在日本修复，修了差不多一个月。"

"那就两个月，"景鹤年沉吟道，"先别动她。"

郁连城不是问题，问题在于真迹。他花了这么多时间、精力，折损了人手，不能就这么算了。

"假的？"连城大吃了一惊，"这怎么可能，那可是从南博——"她捂住嘴。

景昭说："我叔很生气，原本要亲自来问你，我说我先问问看。"

连城眼睛里露出来感激的颜色，她一面回忆一面说道："之前是一直在库房，挂出来也就是去年底到今年初，前后不过三个月。"

“你没去看过吗？”

连城摇头。

“为什么？”

“我修复这件作品的时候，”连城艰难地说，“师兄的前任回来了。”

“懂。”景昭说，“前任猛于虎是吧？”

连城低头想了半晌：“我不知道什么时候掉的包。五年前入库到现在，时间跨度太长了。博物馆的监控录像也早就洗过几十回，除非是最近……特别是，那件男相《水月观音》面世之后……”

景昭也有点犹豫，郁连城这番话入情入理，没什么可疑的。又问进展。连城说：“还在制作颜料，你多给我几天时间。”

景昭点点头。

“你说——”连城忽又踌躇，开口这两个字就没了下文。

“你要说什么？”

“会不会掌眼诓你们？”

“什么？”

“如果真是我的摹本的话，”连城咬唇，“不是我托大，能看出破绽的人其实不多。浜田枝子也算是行家了，她就没看出来。”

“嗯？”

“除非掌眼是我师兄，不然，”连城说，“要么就是她骗你们；要么，她见过真迹。”

景昭喉结动了一下。

他找到了关键所在：摹本五年前就已经流入市面；即便有人拿到了真迹，以连城摹本逼真程度，当时不怀疑也就罢了，眼下南博失窃闹出来，买主怎么就有信心自己手里的一定是真迹？而这世上，能够辨别真伪的，也许就只有两个人。所以现在无论谁手里有这件东西，都会去找程郢。

他把结论说给景鹤年听，景鹤年沉思许久，说道：“之前男相《水月观音》在拍卖会上露面，被人匿名拍走；我受托向老詹求购，老詹说不卖，反而向我求购女相的《水月观音》。”

“那会不会——”景昭想问求购男相《水月观音》的金主，但是他知道规矩。

“是个日本的掮客。”景鹤年说，“日本人现在小气了，开价抠抠搜搜的，不如老詹那边爽快。”

景昭便知道叔叔是打定了主意要把女相《水月观音》挖出来，赚这一笔。

“当时拍卖场上，和老詹角逐得最激烈的是钟老。”景昭说。

“对！盯牢他！”

景昭应了，又说道：“郁连城现在修的那件东西，只要成色上去，也可以卖大价钱。”

景鹤年说：“老秦拿过来一团乱麻，鬼知道是什么，放那里都十几年了。给她死马当活马医吧。”

景昭把嘴边的话咽了回去。

程郢反复推敲他的计划。

上次消息走漏已经可能给连城带来危险；这次鉴定出赝品，恐怕是雪上加霜；以后每一步，都必须足够谨慎。

徐星星成年礼，程郢带了条buccellati项链作礼物。徐、程两家关系匪浅。当初徐父跟程父创业，十年前自立门户。他运气很好，赶上风口，没多久紧锣密鼓上市；后来程氏危机，他有鼎力相助。

徐父结婚迟，仅得二女，爱逾珍宝。徐星星比程郢小了七八岁，他们兄弟是真拿她当小妹妹。

成年礼这个仪式，有人学西方办舞会，有人复古，做成及笄礼。徐星星就不一样了，她全要，所以白天是全套的中古礼——还是程郢帮她找的礼仪老师和服制、首饰复原，这熊孩子非要汉晋妆。

到晚上换了纯白色礼服。和她跳第一支舞的是钟晓。程郢有半个多月没见过他了。人像是瘦了些，眼睛大得简直可怕。身段仍然挺拔，和徐星星倒是很配。程郢都不知道他们什么时候又和好了。

舞池里人渐渐多了。

许唯过来问他要不要下场，程郢问：“我哥人呢？”

“不知道上哪去了。”

程郢不好说什么，拿了杯果汁给她。

不断有年轻的女孩子过来邀他跳舞，程郢只管摇头。许唯倒是劝他：“不必顾忌我。”

程郢说："让连城知道她不在的时候我和别人跳舞，非气成河豚不可。"

许唯骇笑："这么怕她？"

程郢说："姐，我明年就三十了，就养了这么只小猫儿。"

许唯听他翻出多年没用过的称呼，心里很不是滋味。她知道他话里警告的意思。"是你哥担心你。"她说。

程郢笑了笑："钟少都和星星好了，他还担心什么。徐叔该担心才是真的。"

又来一个穿鹅黄裙子的女孩儿，程郢和她说："你回去和星星说，别闹了，再闹我下次送欢欢一只尖叫鸭。"欢欢是徐星星的小妹妹，才五岁。这会儿正兴奋地尖叫着在人群里穿来穿去。

女孩儿捂嘴笑了一阵，提着裙子跑了。

徐星星很快亲自杀到："许唯姐你看，郢哥哥不给我面子！我今天是寿星，我最大！"

程郢取笑她："一口哥一口姐的，你能比谁大？"

徐星星不依："许唯姐，你倒是说句话呀！"

许唯一脸茫然："欢欢喜欢尖叫鸭吗？"

程郢笑死了。

徐星星气坏了，拽住程郢的胳膊："你不陪别人，陪我跳总可以吧？"

许唯煽风点火道："那不行，你郢哥哥怕郁小姐生气呢。"

"郢哥哥，"徐星星央求道，"来都来了。"

程郢笑而不语。

"你坐这儿，人眼睛都往这边挤，你诚心抢我风头是吧？要不这样吧，你陪我跳这支舞，我、我——"

刚巧曲子停了，场中换舞伴，徐星星跳上椅子，大声道："你们给我作证！"

便有人问："作证什么？"

"只要郢哥哥答应陪我跳这支舞，我就、我就——"她眼睛骨碌碌转了转，似乎是觉得以程郢眼光之高，一般东西也打动不了他，咬牙下了个大注，"我就把我爸今年送我的生日礼物送给他！"

看热闹不嫌事儿大的年轻人鼓噪起来："跳舞！跳舞！跳舞！"

徐父唉声叹气："我送你的礼物你还没拆呢！好好的……不拿钟小子的

礼物作注，倒把我的送出去了。真是女大不中留。”

众人哄笑。

又纷纷叫道：“跳舞！跳舞！跳舞！”

程郢笑吟吟起身道：“徐叔这份大礼，我笑纳了。”

华尔兹响了起来。

徐星星低声问：“哥，我演得好吧？”

程郢说：“你是想要件……高达的手办？”

徐星星猛点头。

程郢便笑了。

到一曲舞毕，徐星星愿赌服输，叫人取了礼物来，是只长匣。

徐星星拿裁纸刀开了封。几乎所有人都屏住了呼吸：都知道徐父爱女如命，这件成人礼定然价值不菲。

画面慢慢展开，绢帛古旧，但是颜色依然鲜妍夺目。错落的楼台宫苑，门户俨然，可以窥见里间女子，或独居一室，或三三两两，回廊尽处有亭，亭中设桌，桌上盏碟整齐，注壶陈于四角。桌下团团一只雪兔。女子或白裳红裙，或青衣双鬟，或彼此交谈，或仰头望月，或穿针引线，或指点星斗。

在场年轻人居多，识画的不多，都眼巴巴等着程郢揭盅。

程郢细看了片刻：“如果我没猜错的话，应该是张萱的《宫中七夕乞巧图》？”

张萱比周昉略早，成名于唐玄宗开元年间，长于仕女图，传世最著名的有《虢国夫人游春图》和《捣练图》。

徐父点了点头：“星星不识货，给她也是糟蹋，落在阿郢手里，倒是适得其所。”

徐星星喊了声：“爸！”

徐父憨笑。

“徐叔过奖了。”程郢说，“这件作品早年流落日本，据传是山本悌二郎的收藏。”

“是。”徐父说得很轻松，“我买回来了。”

在场真没概念的倒也罢了，略知一二的无不咂舌：苏轼那件《木石图》就是从日本回购，花了4.2个亿。张萱不能和苏轼比知名度，但是年代更为久远，价格想必低不到哪里去。

一时都默默估价，为徐星星这天大的手笔扼腕叹息。

程郢却道："恐怕我要扫徐叔的兴了。"

徐父怔住："这话怎么说？"

"这件东西……"程郢抚过画面，"星星不嫌弃的话，留着作耍也是可以的。"

徐星星嚷道："郢哥哥什么意思，我说给你就给你了！我才不是这么小气的人呢！"

"不是小气不小气的问题。"程郢苦笑，"说来惭愧，恐怕这就是当初我们学校储物室里流失的摹本之一。"

倒抽一口凉气的吃瓜群众不在少数，比几个亿随手送人更刺激的大概就只有几个亿打了水漂没听到响了吧！

有人幸灾乐祸，也有人同情至极，有人唏嘘，有人艳羡，有人若有所思。

徐父的脸色不是太好看："阿郢你有把握吗？"

"给我杯水。"程郢说。

很快有人送水过来。

"上次连城上电视节目，被浜田枝子戳穿她落隐款，"程郢手掌在画心按一轮，略觉察厚薄，中指和食指蘸水，在兔子茸茸的尾巴上擦了擦，稍揭起，"徐叔你看，这里是不是有个'程'字？"

徐父细看了一回。

徐星星嚷着要看。围观群众默默排起了队。有人拍了拍徐父的肩。徐父苦笑："真是……这东西我三年前入的手，想等星星今年生日……都是可靠人介绍的，没想到还是打了眼。算了，花钱买个教训吧。"

人们交头接耳，窃窃私语，除了感慨这天价教训之外，也暗惊徐家实力雄厚。

徐星星说："郢哥哥早说就好了。"

许唯替他辩解道："阿郢也不知道徐叔会中招——阿郢，你们储物室里流了多少件摹本出去，都是哪些作品，你倒是说说，也免得再有人上当。"

程郢等的就是这句。

程邺在人群里看他弟弟表演，沉默着退了一步。

十二

程郢去车库提车，忽然耳后风起，肩被按住，略侧脸，仍然被击中。程郢矮身从辖制中滑脱，站定，看见钟晓在灯光里。

他怔了一下："钟少？"

钟晓一言不发，又一拳。程郢头往后仰，待他力尽，方才出手抓牢他："你疯了？"

钟晓仍是不说话，换手挥拳。程郢右手略松，顺势一推，钟晓连退几步，后腰抵在车上，报警器疯狂地尖叫起来。

程郢看见他眼睛发红，皱眉道："出什么事了？"

钟晓喉结上下动了几下，"嘀嘀"连声，但是最终也没有说什么，掉头就走。程郢喊他，他也没有停步。

程郢寻思这才几天。前儿为了连城质问他，今天总不能是因为他和星星跳舞吃醋吧？他摸了摸嘴角，有血。

钟原如今有等儿子回家的习惯。

虽然钟晓没有再追问那件《水月观音》的下落，也乖乖听话给徐星星道歉，继续交往了，但钟原总还是心神不宁。钟晓大约也知道父亲心里不安，即便工作到很晚，也还是会回白沙岛。

钟原看到他有时候会上天台去照料那几株昙花——从前他可没这耐心。

这天是星星生日，原以为会很晚，但是也没有，十点不到就回来了。他形容疲倦，打了声招呼上楼了。

钟原目送儿子消失在旋转楼梯上，电话响了。那头劈头就问："最近这个事情，钟老听说了吗？"

钟原哼了声。

"那钟老知不知道南博那件落在了谁手里？"

"这我哪里能知道。"

"他们没请钟老掌眼吗？"

钟原冷冷地说："现在全世界的人都知道，能鉴别出来这件东西真假的就只有两个人，一个程教授，一个郁连城。他们手里有郁连城，你说他们会不会找我？"

那头赔笑道："话不能这么说，钟老的功力，哪里是他们小年轻能比的。"

钟原说："这么个炒法，用不了多久，手里有书画的都得排着队去求程教授了，新时代的程门立雪，可喜可贺。"

"那倒不至于。今儿徐星星生日会，程郢公布了当初流入市场的仿制品——"徐家这场成年礼办得盛大，与会者非富即贵。这年代，哪个圈子传话都快。朋友圈里一放，一宿功夫就人尽皆知了。

"钟、钟老？"那头但觉腔子里的东西疾速地跳了一阵。他知道得比钟原更多一些，所以担忧也更重。他寻机抛出困扰他已久的问题，"林老不会也信这个吧？这可是钟老您过手的，他还能——"

"你说呢，"钟原气上了头，觉得对方实在是个蠢货，骂道，"凭什么不，徐凌说他的东西也是可靠人手里收的，你是觉得你可靠呢，还是觉得他姓徐的不可信？"

那头沉默了许久："所以，钟老是真不知道对南博动手的是谁吗？"

"不知道。"硬邦邦三个字。

"那钟老能不能阻止林老——"

"我阻止他？我凭什么阻止他？你是没听说过做贼心虚吗？我要不吱声，没准林海还不动这个心思，一旦我发声，你猜怎么着，他还非得走一趟不可！"钟原越说越怒，终于关了手机摔在沙发上。

钟晓从阴影里往上走。

回到卧室，关上门，所有声音都被隔绝在外。他开手机听回放，一遍一遍地。人的声音在录音里微微走样。开头还是神气活现的："不然呢——我一早就和你说过，那是个很英俊的小哥哥……"

后来转为黯然："想不想知道那个小哥哥和我姐姐后来怎么样了？"

"他们好了好多年，还是分了。"

这句话他想不明白。现在人分分合合再正常不过，为什么她这么耿耿于怀。难道是和她有关？

但是后面那句他懂——很好懂。她说："你明知道我接近你是有所图，为什么还要起这个心思？"

每次到这里他就把进度条往前拉，再听一遍，再听一遍。就像那天他在车库里质问的："你就真的从来没有对我——"

"有的。"

他当时不信。

现在信了。像个安慰奖，聊胜于无。他曾经一遍一遍问她为什么和程郢分手，她从来都不肯说。他也没想到会从父亲口中听到答案。他只是想不明白，都到这份上了，他们怎么还能复合。

她爱程郢到这个地步，他还有什么机会。

他以掌击额，想把那个人影，想把那些声音驱逐出去。但是他也知道不可能；如果可能，怎么有点风吹草动他就不由自主停下来偷听父亲的电话？

钟原听到脚步声上去了，过了一会儿方才又拾起手机，找到号码，给他发了一个字："景"。

反复看了几遍，删掉了对话记录。钟原仰面躺在沙发上。必须承认，如果不是有当年那件事，郁连城给他的印象不错，斯斯文文的女孩子，正经读书出身，又肯护着钟晓。看得出他们俩感情很好，就算有部分是图他钟家名利，那也没什么，他钟家能让她图得起。

但是——

凡事都抵不过这个"但是"。他猜电话那头的人也这么想。所谓"如鲠在喉"，以那位的手段，应该是不会让郁连城活着回来了。

连城并不能预知危险的靠近，她调了几份颜料，正在比色。景昭敲门进来问她："《水月观音》这件作品，郁小姐到底摹过几件？"

"两件。"

"包括现在南博那件吗？"

连城点头："摹画极费工夫。在动手之前会有许多边角练习，线条、试色，正儿八经完成的摹本通常就只有一件。之前修复《山市晴岚》之所以有两件摹本，是因为浜田枝子陷害我的缘故。"

"所以，"景昭若有所思，"程教授说谎了？"

"他不这么说，我就完了。"

"程教授果然对郁小姐一往情深。"

连城低头看颜料。她猜景氏叔侄眼下就会去S大蹲点，只不知道能不能把真迹带回来。她等程郢的消息。

来找程郢鉴定的人不算多。程郢让江平先过目，他只看可能是"储物室被窃摹本”的那几件。

当然必然是有几件的，他安排了人。

等这些人三三两两来“鉴定”过，他就闲了下来。随手翻了篇论文在手边看，心不在焉。林陌川给凤凰坡送了几次东西，零零碎碎的，得到了一些反馈。他猜得没有错，连城就在咸水村。

他想过找机会去看她，偷偷地，但还是觉得太过冒险，想她一个人在虎狼之地，心里就慌得很。想起三月底他带她回家，在秋千上，耳鬓厮磨。斯时海棠未雨，梨花先雪，到如今落花流水春去也。

他不知道她会不会害怕。她极少流露这方面的情绪，除了除夕那晚。她不难哄，但是也不黏人，她从不问他要承诺。她总给他一种随时可能抽身离开的错觉，虽然她说伤筋动骨，她说会反目成仇。

事实上他从未见过她过多留恋。从前在实验室里，她的私人物品就是最少的，比男生还少；出远门，就干干净净一只登机箱，手里一瓶水；后来宿舍里落下的，不是颜料笔刷就是书，简单得像个中学生。

就连在市中心的公寓，陈设也看得出不新，他很怀疑她买的就是二手房，只做了少许改动，东西全然不是自己的。

他奇怪自己在十年后才意识到这些。程郢恍惚了一下，忽然觉得她当初果断离开也不是没有道理。她对他的信任也许始终只在同门层面，没到恋人份上。五年前是如此，五年后仍然如此。

他仔细回想她离开之前的预兆，如果非要说有的话，也许是借口换季把家居服从绒衣换成了真丝，唧唧咕咕和他说：“有人说真丝既难以打理，穿起来也不舒服，不知道为什么这么贵。”

“胡扯！”他说。

“就有人问为什么。”

“为什么？”

“穿的人不舒服，摸的人舒服。”

他一下子笑了。

现在想起来微微心酸。和他之前猜的一样，她确实很爱他，之前是，现在也是。如果他们这次能把东西拿回来，也许她会有更多的安全感；也许她会开始想想以后，像所有正常的女孩儿那样。

程郢接到许唯的电话，在一周之后，比他预计的要晚。她说："有人想请你吃个饭。"

"哪位？"

"黄任。"

程郢有点意外，又不是很意外。

他之前就打听过黄家，主要还是冲黄家老爷子，并无斩获，没想到黄家第三代黄任能找上门来。但是黄家就在南城地界，何以反应如此之慢？许唯解释说："他在国外执教，才回来。"

程郢心想，可能就是个出面的幌子，又问："定在哪里？"

"凌璇阁。"

程郢把时间地点和江平说了，交代说："要是这段时间有人送东西过来，你能断的就断，不能断的叫他们下次再来。"

江平点头应了。

十三

凌璇阁在环市东路，三十九层，俯瞰江畔风光，都市灯火。

黄任四十五六岁，面团团脸，说话有点慢，出奇的温和："几年没回来，南城变化可真大呀。"

程郢问："是打算回来定居吗？"

"先看看——发展太快了，真怕适应不了。那边几年几十年都当几天过，国内这是……一日千里？"

许唯笑道："黄老师成语用得不错。"

三人寒暄过，切入正题。黄任说是几年前入的手。

"年轻时候喜欢油画，厚重，故事性，能反复玩味的细节，光影的魔术。这几年反而对国画生出兴趣来，收了些东西，也不成系统。这件是别人匀给我的，晚唐五代真迹极少，我是辨不准，请高人掌过眼，说是难得的真东西。"他自失地笑了笑，"价格当然也……不太美妙。"

他这样诚恳，程郢竟然有些于心不忍。不知道他是不是真的不知道来历。

"不瞒你说，这件东西我是很喜欢的，看到她，心里会很宁静。直到前几天看到朋友圈……如果是仿制品的话，郁小姐这功夫真是出神入化，登峰造极了。”

程郢笑了笑，想要谦虚几句，到底没舍得出口。侍者送酒馔上来，他年岁最小，理所当然起身斟酒。他喝了几口方才笑道：“她是很出色。”

“我当时也不知道该不该找上门来，又觉得贸然打扰不好。好在听说你和许唯沾亲，索性请了她做中人。”

“黄先生客气了。”程郢说。

黄任又和他请教鉴别方面的小窍门。程郢说了几条常见的原则。手机响了。原不待接，看了眼，却是钟晓。他冲许唯、黄任说了声“抱歉”，走去露台。他没有叫他的名字，只问：“有事？”

“我不管你有什么计划，都给我停下来！”

“什么？”程郢头有点发昏，也许是高层风大的缘故。他扶住栏杆，“你说什么？我听不明白。”

“停下！停下！你不想害死她的话，你就给我停下来，现在，马上！”电话就此挂断。

程郢听着手机里的“嘟嘟”声，直觉先于理智做了决定。他给江平打了电话：“先不要动手。”

江平愣了下，应道：“好。”

头疼得更厉害了。

他扭头看屋里，许唯和黄任还在说话。又往下看了眼。太高了，车和人都如蝼蚁。能混进凌璇阁这种地方，景氏叔侄也算了得。他不知道有问题的是酒水还是三文鱼，以及，会昏睡多久。

钟晓在黑暗里大口大口喘着气。近乎窒息。这是一场谋杀！这是一场针对郁连城的谋杀！

他到这时候也没能从惊怖中挣脱出来。

他的世界不能说全是阳光。他见过灰色，灰色加深，有时候只深一点点，就是黑。黑得像是盲，扼住了全部的光色。

他是台面上的人，他理解的规则是台面上的推杯换盏，谈笑风生，心照不宣地达成利益交换，牺牲一些人，牺牲台下人的利益。

原来有天也会轮到他。

他不知道程郢会不会信他，他有点懊悔上次不该打他。但是这时候，除了这个人，他还能找谁？

就如他最早判断的，郁连城没有根基，谁都可以动她。那时候他尚未动情，或者是不知道自己动情。连他都可能生出这样危险的想法，何况其他人——但那也许就是连城最初找上他的原因。

她信任他。她天真地说："我们的合作可以一直进行下去，你可以抹掉我的存在。"

而他催她："分手！"

她原本就在悬崖上，他推了她一把。

有人叩窗。

钟晓被惊得一抖，恍恍惚惚转过头，看见浮在玻璃上的人："放我进来。"隔着窗其实听不真切，但是钟晓看明白了。

那人几乎是跌坐在副驾驶位上。

钟晓开了顶灯。那人脸色白得近乎透明，眉目被衬得浓烈肃杀，汗水湿了前襟，薄唇抿得紧紧的，有种反常的艳丽。钟晓脑子转了转："他们下了药？"

程郢点头。

钟晓问："东西呢？"

程郢倚靠着车门，药效还没有过去，他看起来很虚弱，连说话都需要极大的毅力："带下来了。"

钟晓凑过来看，猛地颈边一凉："我听说这个部位是主动脉……"程郢的声音还有点发抖，钟晓这会儿只能求他手不抖，"只要破个口子，不管你爹是钟原还是草原，都救不回来了……"

钟晓转眸看住他，必须承认这个男人确实艳光逼人。他之前从未想过这样一个人能做出那么龌龊的事，也想不出他有这个狠劲，像刀刃，也像烈酒。不知道为什么，他也生不出气来。

"真迹在谁手里？"

"林……林海。"

程郢眼珠子动了一下，从记忆里把人翻找出来："林正雅的父亲？"那是个和他交往过的女孩子。

钟晓"嗯"了声，目光落在他的手上。

程郢移开刀，人往靠背上一靠，露出手边长匣。“林家在……”程郢说了四个字，脑子里又一阵晕眩，太阳穴贴在冰凉的玻璃窗上，还是想不起来，反手在腿上刺了一下，“北岸——去北岸丹枫！”

钟晓算是明白他满袖血渍是怎么来的了，一瞬间也不知道是惊讶更多还是嫉恨交加，也不吭声，只管埋头开车。

程郢缓了一阵，拿手机给许唯留言：“听到这段对话你应该已经醒了。有人下药，我通知了酒店，要不要报警你自己决定；东西我带走了，假的，就是前些天被放进南博库房冒充真迹的那件。”

他没有点破黄任说谎，但还是看着手机怔了一会儿：“为什么说……会害死连城？”

钟晓也是服气，敢情您老没想明白就把事儿全做了？

“脑子乱。”程郢有气无力地解释。

脑子乱还提得起刀！钟晓恨恨地想，不情不愿地说道：“徐星星生日那晚我就知道你在设局，肯定会有人上当。但是你想过没，螳螂捕蝉黄雀在后？”

“谁是黄雀——你爸？”

钟晓不吭声，过了一会儿方才说道：“我估计你是找了警察，找借口查车，把东西拿回来；但如果东西是假的，警察就扣不下人。姓景的叔侄只要脱钩就能反应过来，这是个陷阱——程教授你亲自布的陷阱，你说连城能不能洗得清嫌疑？他们那种人……什么事都做得出来。”

程郢脑子里过了遍：“会刚好有人等在路上帮忙做鉴定？”自然是身份足够权威，能够说服警察放人的人。

钟晓“嗯”了声。

“你爸？”

钟晓摇头：“我爸没这么跌份。”

程郢哼了声。不是钟原也是钟原的徒子徒孙，有什么区别。这些消息也不知道他从哪里打听来，算他有心。

他想了想，还是说道：“谢谢。”

“不敢受你程大教授的谢，”钟晓阴阳怪气道，“只下次别拿刀架我脖子就行！”

程郢一笑：“不拿刀逼你，你肯说？”

钟晓便不作声。他不是不明白，程郢是逼他使用紧急避险，又问："中的什么药？"

"不知道。"程郢说，"他们只想要东西，又不是谋财害命，过了时效就好了。"

"那你赶着我去林家做什么？"

程郢凑过来，和他耳语几句。钟晓眼睛都瞪大了。呸！他心想，什么正人君子，什么道德洁癖，呸！郁连城对她师兄的滤镜三米都打不住！他又问："你是不是知道连城人在哪里？"

"嗯。"

"在哪？"

程郢看了他一眼。钟晓便知道他是不肯说的，便道："你多少透露一点给我。"

程郢想了想，说道："南博被盗的消息泄露，她知道不好，就递了消息出来，我找了个收废品的大婶过去。现在拿她的消息还算容易，一天两天的，总有垃圾出来。但是要传消息给她就太难了。她不出门，小区隔音又好，非要给她消息只能在烟花爆竹装修动静上打主意，还不能太频繁。那院子里一直有人走动，查水表也不让进屋，很难得到机会。"

钟晓倒吸了口气："你的意思是，要不是南博被盗事情泄露……"

"那我就得不到她的消息，她就只能靠自己单打独斗。"程郢坦白，"比现在更危险。"

钟晓从后望镜里看他。

"她之前打听到你爸拜访过的人，现在看来，都是烟幕弹。连我都没想到是林家，何况是她。多半她当初是打算撺掇那对叔侄去黄家拿东西，但是黄家又没有。"程郢推测道，"也许就是她之前找过黄家，打草惊蛇，才让——"他看了看钟晓，他还没想清楚这是谁设的陷阱，也不好一口咬死了是钟原，何况钟晓这次是帮了大忙，便避实就虚地说道："才让人顺手设了这坑。"

"那今晚的行动，你有没有通知她？"

"有。"

钟晓的眉骨剧烈地跳了一下。

"她能应付。"程郢说。

“你倒是放心。”

“我不放心能怎么着？”

“一开始就不该放她去。”

“我拦不住她——”程郢瞟到他的眼神，“难道你拦得住？”

“她又不是我女朋友！”

“就算她是，你也拦不住。”

钟晓气血翻涌，一脚油门踩到了底。

十四

林正雅怎么都想不到等在门口的会是程郢，他像是喝多了，站得不太稳。扶他的年轻人有点眼熟。

“我叫钟晓。”那人说，“程总生日宴上我们见过的。”

林正雅迷惑地看着他们：“你们找我——”

“不是我们，是他，他找你！”钟晓把人往面前推。

程郢依然不太站得稳的样子。他抬起头微笑，眉目里像蒙了一层星沙。不用解释也看得出不很清醒。

“不管怎样，都这个点了，大小姐行行好，让我们兄弟借宿一宿吧。”钟晓说。

林正雅糊里糊涂把人放了进来，横竖家里有的是客房，就算明儿父亲问起——也没什么说不过去的。

她和程郢分手一年多了，当初是好合好散，他们交往的时间不长，三个月不到。程郢这个人，就算感情上不给回应，摆在那里也是顶好看一只花瓶，何况他还知情识趣呢。她父亲也很满意。

分手的理由也很诚恳，他说：“我心里有个事，一直放不下。”

她当时问：“是有个事，不是有个人？”

“事情当然是人做的。”他笑，笑容也苦涩得很。

很难形容。大多数时候她看不出来他在乎什么，但是她看得出他很在意这件事——也许是这个人。

“那如果事情解决了，你会放下吗？”

他说我不知道。

她也不知道他是不是已经放下了。

辗转整夜，次日冒出来两颗痘，气得要命，刷了一层遮瑕霜。

进客厅就看见父亲和昨晚那两个小子相谈甚欢。程郢换了她送过去的衬衫，很合身，能隐隐看到背部漂亮的线条，正说道："昨晚和小钟赴宴，有位老先生给我们看了几件东西。"

林海笑问："是什么好东西？"

"有几样老先生收入的时候就是假的；也有几样，原本可能是真的。"

"哦？"

"我问他要了件仿制品过来，给伯父过目。"

林海不明白他为什么带仿制品给他过目，正一头雾水，看见女儿来了，忙道："正雅，你来看看？"

林正雅翩然走过来。程郢冲她笑了一下，起身开了匣子，和钟晓一人执一端展开画面。

"观音？"林海面上微变。

"是，水月观音，"程郢说道，"我听说伯父也有一件，所以很担心……"

林正雅的脸色登时就灰了下去。

程郢看到挂在墙上的《水月观音》，不觉眼中发热。

这其实是他第一次看到它。当初连城给他画过雏形，和他讨论过种种细节，但是他没有看到成品。

诚然每件文物都承载了极漫长的时光，数代悲欢离合，有的记载题跋中，有的载入史册。他看过无数这样的故事，一件东西在人世间漂泊流浪，只毫厘之差，世人就永远失去目睹它的可能。

未尝没有过触动，但是和这等切肤之痛不能同日而语。如果不是这件东西，他和连城会走到哪一步，谁知道呢。也许早分了手，连城也这么说，她说她没想过他们能长久；但也许是会长久。总之都不会这么痛。

林海觉察他面色有异，诧异道："小程？"

程郢郑重说道："伯父这件，肯不肯割爱？"

钟晓一听就知道坏了——程郢也是，这么个聪明人，怎么就不能说个谎。但凡他说这件东西是假的，林海还不双手奉上？他又不搞收藏，他知道什么价值？东西落在他手里，就是个糟蹋。

他看着供桌上的瓜果鲜花和长明烛痛心疾首：书画可经不起这么熏！

他使劲用眼睛剜程郢，只恨他不能理解他的心情。

林海一愣，随即笑道："你们年轻人啊，非得扯个名头说给我看真假，其实就是眼馋我这尊菩萨吧。我年轻的时候也和你们一样，天不怕地不怕，现在年纪大了，知道神佛可畏。这尊菩萨请来我家也有好些年了，灵验得很。再说了，小程你看得上的，那肯定万里挑一，你说我肯不肯？"

程郢说不出话来。就和去年底他和连城推测的一样，他们之所以找了数年毫无头绪，是因为人家根本没把它当珍贵文物，而是把它当作"神"在供奉——他又怎么可能买走他的"神"？

钟晓面上也露出沮丧的神色。

两个人没精打采跟着林海回到客厅。程郢问林海借了打火机："无论如何，这件赝品，就不留着了。"

火苗蹿了起来，晴天朗日，海水，礁石，莲花，渐渐地往上，菩萨的罗纱……广额丰颊，慈眉善目，黑色的灰烬被风卷起来。林正雅不知道什么时候走到他身边："这就是你心里的事吗？"

"是。"

"所以，郁小姐就是你心里的人？"

"我一度想过忘记她。"他低声说，"对不起。"

林正雅反而怔了一下。她没有明白这句话的意思，但是她回答说："感情的事，没什么对得起对不起的。"

钟晓听得心里忒不得劲。

日光澹澹从窗外照进来，连城揉了揉眼睛，不觉犯困。

她没睡好。如果计划成功，回来的就不是景氏叔侄，而是警察——好几晚，她噙着这个念头，直到月色全灰。

有人敲门："郁小姐。"

景昭带了长卷照片给她，红外线拍摄得很细致，各个角度都有。连城双手撑在桌上，沉吟良久。她需要时间让自己呼吸从容一点，但是还是没能忍得住颤音："你们……你们找到真迹了！"

景昭多少有些得意："郁小姐看起来很激动。"

“怎么能不激动。”连城叹了口气，“我原以为五月初就能……我五月下旬答辩，怎么都没想到会拖这么久。”

“郁小姐是急于回去见程教授吗？”景昭问。

连城再叹了口气，眉目间郁郁：“这次意外太多了，我都不知道怎么和他解释。”

“郁小姐这么漂亮，”景昭说，“哪怕是睁着眼睛说瞎话，只要是个男人，就没有舍得不信的。”

连城心里微惊，只管不应。

景昭便也换过话题，将一只长匣推给她：“这是从南博取回来的，你五年前的摹本。恐怕还要麻烦郁小姐添色。”

连城会意：她虽然不清楚真迹在这些年里所处的环境，但是看到照片上浅浅暗色，便知道是受潮和烟火熏蒸的缘故。

这个不难伪造。她写材料清单给景昭，无非红茶、栀子、香灰、白及、松枝、糯米数种，一面写一面解释道：“倒也不是全都要用，主要是要调色试色，都写齐了，免得麻烦小景先生多跑。”

景昭点头，却又笑道：“我不怕麻烦。”

连城还是不应。

又说：“这次东西倒是常见。”

连城过了很久都静不下来。反复了太多次，就像是落进网里的鸟，怎么挣扎都很徒劳。那些整夜胡思乱想不能入寐的晚上，只能用眼前事、手头事麻痹自己。

但是终于！

越到这时候未免患得患失，怕一场空欢喜。整个人呆坐了一下午。从南博被窃泄露开始，事情已经脱轨很久了。

最终能不能解决，一半人谋，一半还看天意。景氏叔侄能不能把东西弄出来是其一；程郢能不能截住是其二；至于脱身，难度兴许还不是太大。景昭最近频频示好，她可不会以为他真看上了她。

也许是……连城屈指叩桌，这对叔侄在利益上有不一致的地方？

连城很花了点时间给摹本上色。

她和景昭约好了一周之后来拿东西，到了时间也没等到人。连城担心又起了变故，只能一遍一遍地看画。

门“砰”地被踹开。

十五

连城抬头，眼前一花，有什么被摔在地上，轻哼一声就没了声息。连城怔住，攥紧笔，没有动。

“不看看是谁？”景鹤年问。

连城把人翻过来，看清楚少女面容，又探手试她鼻息，幸而还算平稳。连城皱眉道：“你们把她弄来做什么？”

“这句话，”景鹤年说，“郁小姐不觉得该先问问自己吗？”

“我不明白你在说什么。”

景鹤年左右看看，把椅子拖过来坐下：“阿昭，你和她说。”

景昭说：“我派人去帮郁小姐买东西，这个女人试图套他的话。”

连城“哦”了一声。

“我希望郁小姐能给个合理的解释。”景昭说。

“南博失窃事发，于公于私，师兄都该急于找我问个明白。他找我，是在情理之中，不找我，才是问题。”连城的目光在景鹤年和景昭之间打了个来回，“这个道理，两位景先生不会不懂。”

景鹤年拊掌道：“这几句话，郁小姐准备很久了吧？”

连城叹了口气：“有些话我原本不想说。”

“说吧，”景鹤年大度地说道，“别说我没给你机会。”

“这是我和景先生第一次合作。景先生对我信任不够我完全能够理解，所以要交手机我交手机，不许出门我不出门，但是景先生，这些让步是希望合作愉快，而不是我单方面无止境地退让。我们是合作，合作是你情我愿，我自愿来到这里，不是被两位绑架，但是处境竟然没有区别！”

“所以，你就把地址传递了出去？”景鹤年笑吟吟地问。

连城感觉到胃部一阵收缩，她拿不准他们知道多少，林陌川知道多少，又说了多少，以及她被带来的真实原因。她无法判断，景鹤年这句话到底是已经确定，还是在试探。

她索性把笔丢在桌面上，转向景昭："小景先生，摹本我已经上色完毕，你们要拿去怎么使用请便。你当初答应我的，三成，无风险——希望能够兑现。我们的合作，到此为止吧！"

她抓起桌上大大大小小的笔往水池边走，忽然颈上一痛，就仿佛铁钳钳住了她，整个人几乎被叉起来粗暴地直推到墙上，面前是陡然放大的脸。"郁小姐，我这里就不是你说来就来说去就去的地方。"

他甚至没有加重语气。

连城呼吸不过来，短暂的缺氧让脑子里一片空白。

不知道过了多久——也许只是几个瞬间，涌进来的念头和涌进来的空气一样多。她撑住墙，脚下横七竖八都是笔。她没有听到它们掉下去的声音。脖子上火辣辣的疼，可能是青了，或者是紫。

她连咳了几声。

景鹤年微微一笑，慢慢退回椅子上："这样吧，郁小姐，我给你说几个故事。我是老派人，新鲜东西接触得不多。在欧美住得久，听说有个好玩的地方，叫暗网。"

连城脸色变了。

他满意地眼看着女孩儿的脸色白下去："我呢，原本也不想做这么绝，郁小姐之前有句话说得不错——"

"景先生！"连城打断他。

景鹤年挑眉。

"我这里也有个事。"连城说，"景先生要不要听？"

"你说。"

"世界上公认排名前十的艺术作品，一向是不出售的，它们被保存在各种博物馆，如果要打比方的话，大概就类似于《兰亭序》这种级别。但是有一年，挪威画家爱德华·蒙克的《呐喊》在纽约挂牌。《呐喊》这件作品，爱德华·蒙克画了四个版本，这是唯一一件被私人珍藏的。苏富比为此清空了整座画廊，并且保持画廊的黑暗，只保留一束强光打在画作上，以营造出近乎教堂的氛围。这是半个世纪以来书画拍卖最大的盛事，所有前来竞拍的人都被要求给出天价的保证金和详细的身份登记。包括从业者在内，没有人能够预估它的价钱，博彩公司为此开盘，下注者无数。"

她娓娓道来。

景昭忍不住问："那最后成交价是——"

"1.199亿，美元。"

报完这个数字，视线落在桌上残卷上。

景鹤年怔了一下，他明白她的暗示，依稀记得景昭是和他说过这件东西成色不错。他想要脱口说句"不至于吧"，还是死死压住了。

他咕咚咽下一口口水。

景昭趁机说道："其实郁小姐说得对，她是自己人。她答应过咱们，不但做到了，还远远超出了。南博出这么大事，程教授不可能不起疑心，也不可能不找她；以程教授的本事，发现蛛丝马迹也不为过。"

景鹤年哼了一声。

"叔叔老怀疑是郁小姐卖了咱们，但是郁小姐卖了咱们能有什么好处？她现在只要安安稳稳坐着，什么都不做，那三成咱们答应过她的钱也不能不给。要是咱们出了事，她这笔钱可就到不了手了。"

景鹤年动了动眼皮，这回没吭声。

"郁小姐也不要生气。我们这行能干这么多年，靠的就是小心谨慎，我叔这次是小心过了头。我知道郁小姐是受了委屈，我这里给郁小姐赔不是。"景昭倒了杯茶，双手送到连城面前，连城看着茶，没有伸手。

景昭又说道："郁小姐，但凡合作都是这样，一回生，二回熟，计较太多成不了事。"

连城往地上看了看。

景昭会意："林小姐既然是程教授的学生，想必手头功夫也是有的，刚好给郁小姐打杂。"

连城再看了看桌上。

景昭笑道："我代我叔说一句，还是三成，如何？"

连城这才接了茶，算是揭过。

到人走了，连城还在原地发了一会儿呆。

门又响。

连城吓了一跳，却是景昭去而复返。他把药油递给连城，指了指脖子："我晚上过来给你修门。"

连城略舒了口气。

景昭欲言又止，几次，方才说道："你不要激怒他。"

连城抓着药瓶："我这是无妄之灾。"

"还有什么需要的东西，一次性列给我，宁滥勿缺。"

连城说："给我两天时间。"

连城放下药油去扶林陌川，脸上就挨了一下。

连城退开几步："醒了？"

林陌川撑地坐起来，直愣愣瞪视她。这鄙视的目光，连城顿时头疼无比：也不知道她什么时候醒的，听到了多少。对峙半晌，还是连城先开口："你暂时没法回去了，我修东西也需要帮手……"

"他受伤了你知道吗？"

连城怔了怔，又往下说道："这件东西虽然不知道他们从哪里得来，但是看得出出土已久，必须尽早修复，不然——"

"郁连城！"林陌川大叫，"你有没有听我说话？"

连城的目光这才看过来："他受了伤，你现在能有什么办法？"

"你就不想知道他怎么受的伤？"

"我知道有用吗？"

"你——"

"恐怕这几天要搬地方。"连城走到桌前，把药油倒在手心里揉开，工作室里没有镜子，不是太方便，但是她也不敢当着景昭敷药，"你要是没事，就过来帮我编号、记录、整理东西。以后的事以后再说。最低限度，你要保证自己不被卖去墨西哥或者T国，才有余力帮他打抱不平。"

林陌川翻了个白眼。

"我今年没法答辩已经让他够头疼，你要真心疼他，两年后就不要延毕。我虽然不如他会当老师，但是在我这里，也不会让你落下功课。"

林陌川打了个寒战——她忽然想起了某个回国探亲赶上战乱被硬核导师找雇佣兵逮回去写论文的E国博士。

十六

景鹤年问景昭："是件元货？"倒不是他眼力不够，实在是到他手里的时候已经破烂不堪，无从判断。

景昭摇头："她没说。"

"那——"

"有次给她送颜料，听她念了两句。"

"什么？"

"宣和道君天帝子，内府珍藏谁敢沽。"

景鹤年和他交换了个眼神，都知道宣和道君是宋徽宗。宋徽宗有件疑似，在2008年售价1.28亿，还是小幅手卷。以这件的尺寸，如果郁连城能给它伪造个正经出身，估价9亿不为过。

景昭又补充道："郁小姐这样的人才不好找。"

景鹤年点头，别说只是可疑，就算有确凿证据证明就是郁连城和程郢联系上了，在这个数字面前，都不值一提，登时遗憾起来："阿昭你要长得争气一点，咱们也不用这么费事了。"

景昭回忆了一下钟晓和程郢，心里想这标杆有点高，即便整容，没个三年五载，不脱上十层皮根本没戏。

如连城所料，三天后她们被塞进车里带到新的地方。

林陌川从未怀疑过自己的智商——之前她还为破解出郁连城的密码沾沾自喜，但是现在她不这么看了。

她非但没想出来自己哪里露了马脚，也无论如何都想不明白郁连城为什么会和这伙人搅到一起。她小声问过："郁姐，你是不是在做卧底？"

"不是！"

"那你、你到底在这里做什么？"她并不真的相信连城口口声声说的"合作关系"，虽然那天气不过给了连城一耳光，但她还是不信。她也见识过一些钩心斗角，但是她没见过真的恶人。

她甚至不是太害怕——她相信郁连城会尽力保护她。虽然自那天之后，连城再没有给过她好脸色。

这时候也没有，连城冷冷地给出两个字作为回答："修复。"

"不我的意思是——"林陌川词穷，"我的意思是，老师很担心你。"

"林陌川，你别给我猫哭耗子，"连城并不给她留什么颜面，"要不是你，我至于被人威胁恐吓卡脖子吗？我犯得着过街老鼠一样搬地方吗？你觊觎我男朋友，你以为我很乐意保住你？”

林陌川愤然发现郁连城从前在学校里的好脾气都是装的！

她陷入被奴役的悲惨境地。每天从睁眼开始就是调制颜料，调制颜料，调制颜料！调了无数次，分明比色已经很近了，还是被一票否决！“不够细腻。”“宋徽宗绝不会用这样的颜色。”

“程郢真是太纵容你们了。”

“你不配提他！”林陌川亢声道。她从来没有见过这么赤裸裸的恶意。

“我不配，你配？”郁连城冷笑起来，林陌川不免身上起鸡皮疙瘩。要换个地方，她早扭头就走了。

但是在这里，两个被死死关在一起，如同困兽。

林陌川以为自己会忍不下来，在第一周的时候。但是第二周、第三周……时间过得飞快。她至少被逼着调过三百六十种颜料，特别朱砂、烟子、雄黄，她觉得她炼制了足足一吨还有余！

真真杨白劳碰上了黄世仁！

“郁姐，”她几乎是带着哭腔问，“我们什么时候回去？”

连城指着面前的画作说：“修完它再说。”

林陌川觉得她疯了！五年前《水月观音》，损毁程度还不及这件，她郁连城修了整整一年；去年的《山市晴岚》，即便日方有足够好的摹本，足够好的工作室，程教授也去了奈良半年。

她们眼前这件，到现在轮廓都没有全拼出来，要修完——她真得延毕了。

“修完再说。”连城缓和了语气重复。

景氏叔侄在南博有内鬼，所以时间短；后来他们找到的真迹不知道在谁家，所有人脉关系又要从头搭起，自然费时久。但是只要手里这件东西没有修完，景氏叔侄就不会对她们动手。

看到林陌川眼睛里恐惧的颜色，连城在她手心里写字：快了。

林陌川不知道“快了”是有多快。她开始怀疑工作室里有监控，连城不以为然：“有监控那不很正常吗？”

林陌川不知道她为什么总觉得正常。好像在她眼里，就没有什么不正常：不能够出门是正常的，外头有人巡逻也正常；那个小景先生时不时送东西献殷勤，甚至约她过七夕她也觉得正常！

“不是，冰镇啤酒小龙虾你没吃吗？”连城数落道，“巧克力冰激凌吃得比我还多！”

“但是七夕——”

“七夕不和他过难道和你过？”

林陌川真心觉得程教授会被欺负死。

七夕那晚郁连城一丝不苟化了两个小时的妆，最后还把眉笔、口红塞进包里，和景昭出去了五个小时。过了十一点才回来。林陌川躺床上听着洗手间里的动静，简直不敢想程教授受了多大委屈。

特别次日看到连城膝上淤青，她眼睛里能喷出火。偏偏郁连城似乎毫无察觉，而且心情很好，照常对她呼来喝去。

要下雨的天气，闷得人心口难受。林陌川早上起来听到爆竹声，心里头怪异，和连城说：“南城不是禁烟花爆竹？”

连城漫不经心地“嗯”了声：“这是郊区。”

“你怎么知道——”戛然而止。想起郁连城出过门，心里头愤愤，忍了又忍，到底没忍住问：“你就不能——”

“不能什么？”

“再给程教授递个消息什么的？”

连城说：“我倒是想，但是人家颜料一次性给我们办齐了，我拿什么递？”

林陌川便很气馁，觉得她大有乐不思蜀的倾向。

这晚郁连城又在洗手间里捣鼓了很久，到林陌川等不及了问她，方才匆匆出来。

又过了几天。

近午时，天气燥热，就只有蝉鸣在外头声嘶力竭。听到顶上噼里啪啦声，探头往外看，竟然有人在放烟花。太阳明晃晃地，把烟花的光都遮住了。“神经病吧，”林陌川说，“这大白天的！”

伏案画图的郁连城却怔住了，凝神细听了一刻，起身走到试管架前，取出来两支试管。

林陌川还在低头比色。

郁连城经过，在她耳边说道："我们……可以走了。"

她说得这样快，快到这个字没完下个字就迫不及待蹦出来，前后撞在一起，一半被吞，一半还发着颤。林陌川被她的眼神吓到，一时间竟听不懂这几个简单的字，懵然应道："去、去哪里？"

连城没有解释，径直走到窗前。推开窗往下看，草地上巡逻的人三三两两，一如既往。她举起试管，猛地朝对面墙上掷过去，就听到"砰砰"连声巨响，火光，伴随着大量的烟雾。

瞬时惊叫声起，四下里逃散的人。

林陌川惊得呆了：这是什么操作？她脑子里闪过连城日常叫她调制的东西，朱砂、烟子、雄黄——她不自觉爆了句粗口：她这是在配置火药啊！她这是在所有人眼皮子底下配置原始火药啊！

手里一凉，有人塞湿巾给她。

连城拉着她往外跑，林陌川回头看案上残卷，她知道这东西的价值，但是她不知道该不该出声提醒。

转过弯就是安全楼梯，烟雾渐渐浓起来。

"肯定会有人过来救火，"连城说，"咱们得——"话止于此，她停下脚步。

"郁姐？"林陌川不安地问。

然后听到景昭的声音："郁小姐，你比我想的还要聪明。"

连城没有回头，也能领略到后腰锋芒。也许是割破了衣裳。她艰难地笑了一下，她总是倒在曙光乍现的门槛上，每次都是。但是无论如何，烟花亮过三分钟，程郢应该已经拿到了东西。

所有……物归原主。

景昭说："林小姐，恐怕要麻烦你回头一趟，帮我把你们修的那件东西，连颜料补料一起拿下来。"

烟雾太浓，夜色太浓，林陌川几乎看不清他的脸，也不很清楚确切情形，但是连城在他手里，毋庸置疑。她没有选择，扶着墙往回走，又被连城叫住："还是我去吧，她不知道东西在哪里。"

"不，她知道！"景昭咬着牙冷笑，"郁小姐，我可不敢让你去。"

他推着连城往外走。

外头已经围了不少人，都不敢靠近。有人拿手机拍摄，有人打电话。连城看到钟晓戴着鸭舌帽混在其中，心口一热，又赶紧把目光移开。双方相持三五分钟，林陌川取了东西下来，一件一件给景昭过目。

景昭指挥她把东西放进车里，又说："你也进去！"

连城笑了一声。

景昭警觉："你笑什么？"

连城说："景先生对我不薄，跑路还惦记给我找个帮手。"

景昭登时就反应过来：两个人不如一个人好制约；而人质，一个足够了，林陌川的价值自然不如郁连城。因又改变主意："你出来！"

林陌川心里松了口气，又觉得大是不该，在车门口踌躇不定，有人拉了她一把，她回头，景昭也看到了，冲钟晓叫道："退后！叫他们都退后！"待人退了，又叫道："不许跟上来——别逼我杀人！"

他把连城推进车里，车门"砰"地关上。

十七

到程郢赶过来，已经人去楼空，满地狼藉。警察拉了警戒线清理现场。土法火药杀伤力有限，有两个轻伤，正在被问话。

林陌川哭得脸都肿了，泪眼婆娑中看见程郢，人直往后躲。她没脸见他。郁连城说得对，要不是自己，她不会落到这种险境。程郢叹了口气，递纸巾给她："我相信短时间之内连城有自保之能。"

钟晓哼了声："说得轻松！"

程郢看他调过来沿路的监控视频，一帧一帧地，太多岔道口，车子看起来有点神出鬼没："他们这是在绕圈子？"

"油耗尽就不绕了！"钟晓恶狠狠地说。

程郢不理他这种气话，他们没法预估车里有多少油，会在哪个加油站停下来，看了半晌没有进展，便起身往楼上去。

连城和林陌川住了近两个月，一间工作室，相邻两间卧房。

程郢在工作室里转了圈。林陌川说能拿走的都拿走了，剩下都是废料。火药倒是剩了七八支，都是矿物原料所制，大概连城不会做引线，也就没有做。爆了的两支全靠剧烈撞击完成使命。

程郢推开卧室的门——就如他所料，靠外间的是连城住的，乱得近乎刻意。诚然连城从来都不是擅长收纳的人，但是也不至于此。

椅子上长满了衣服，一件叠着一件，跟长蘑菇似的。程郢叠了几件，最后整个人往床上一倒。他也没有力气了。

林陌川失踪不久他就发现连城被转移了，再没有人来凤凰坡采购奇奇怪怪的物料。他从那时候失去她的消息，他和自己说了一万遍“她能应付”“她能保住林陌川”。他必须说服自己。

他知道景氏叔侄不是什么守法公民，他也完全明白那晚钟晓为什么惊慌失措。他都知道，但是他找不到人。南城7000平方公里，1500万常住人口，找一两个人，如大海捞针。

他只能选择相信他们的贪婪。

一直到七夕那晚。可笑，他当初和连城在一起，是希望有人能陪他过七夕。他接到陌生人的电话，说有人向她求助。

“她从台阶上摔下来，在电影院门口，散场的时候，很突然，摔得特瓷实，她身边的……朋友？总之他没有反应过来，我扶了她一把，她往我手里塞了张纸巾，”她说，“纸巾上有你的电话。”

一个肯对路人伸出援手的人自然比围观群众更为热心，这大概是连城的考虑。她用口红写了电话，仿佛鲜血淋漓，未免触目惊心；夹张里用眉笔画了窗对面的风景，看得出匆忙，但是抓住了神韵。

然而程郢这时候会忍不住想，要是当时没有人伸手呢；要是那人没有打电话呢；要是小小一方风景图，找不到她所在呢？她会毫不气馁地寻找下一次机会吧，就像她这些年找《水月观音》一样。

失望的次数太多，便不会抱太高的期望，便总会留有plan B。

程郢拉被子蒙住脸，像连城懊恼时候那样，将整个世界隔绝在外。黑暗里呼吸声重，但他还是睡着了。

他知道是在梦中，因为已经过去很多年，再没有过那样一个夏天，叶子苍翠，风哗啦啦地翻过去，像在翻书。天黑得可疑，校园里的路灯一盏一盏亮起来，女生的长发被吹乱，遮住了眼睛。

许唯想看他的工作室，他便陪她过去。大多数时候都是她在说，他听着。路上看到一朵木芙蓉，在陶瓷室外头，层层叠叠的花瓣透着灯光绮丽。许唯探身过去细嗅，忽然转脸问他有没有交新的女朋友。

他说没有。

“没有吗？”她诧异地说，“礼仪队、戏剧社、艺术系的女孩子多出挑哪，一个都没有？”

“没有。”他说。他想不起来当初为什么这么说，也许是知道许唯并不想听到他和别人好的消息，他不想她不开心。

她说：“我怎么听说你有个小师妹，往你公寓跑得可勤？”

他低头笑了一下，有时候他不知道自己会笑，也许是想起那个女孩儿装模作样地和他说停水停电。他漫不经心地说：“唔，她很用功，平常人家的女孩儿，都很知道要上进，不能和你比……”

他在梦里转过头，看见有人在屋里，靠着墙，肢体僵硬，她像是很意外，但是她什么也没有说。

他想要走过去抱住她。

他穿过门墙，他的手穿过她的身体，他醒了过来。

胡夏说那天她有约会，拜托连城去等开窑，所以那天连城确实在屋里，只是他怎么也想不出来，她当时的表情。

那时候他们交往已经很久了，知道的人也许并不太多，原本他指导她功课，在一起的时候就多。他们似乎也并没有想过要和谁宣布这件事。也许是他没有仔细想过，她在他心里哪个位置。

她不像许唯那样发光，也不像别的人一样，是他界限之外的他者；她像是长在他的领地之内，已经很久了，以至于他想不起来具体什么时候开始，他的花园里，卧了一只伪装成猫的花豹。

《圣经》上说女人是男人的肋骨。

是长在他的血肉之中，所以抽离出去才会让他这样不安，不知道她一个人在外头，怎样颠沛流离。

江平敲了很久的门都没有听到回音，已经开始担心。幸而钟晓上来，一脚踹开了。程郢把卧房收拾得像军营，在窗边对着天光看什么。钟晓凑过去要看，程郢说：“你看不懂。”钟晓气结。

程郢问：“是不是往小金洲去了？”

“你怎么知道的？”

程郢扬了扬手里的绢：“连城猜的。”

他不知道连城怎么从景昭口中问出这个地址，以景氏叔侄的警觉，不是意乱情迷，恐怕不会随意透露消息——或者是不相干的消息？但是她把它塞在睡衣口袋里，明显是怕逃走失败留下的线索。

钟晓看着满纸鬼画符，觉得谁认识这对师兄妹谁眼瞎。

车开得飞快，连城还没有猜出目的地。景昭往后看，确定没有人跟上来。

一滴汗落在了靠背上。

像噩梦一样。

这次由他们叔侄定的交易地点，就近选在南城。他们手里的东西是真货，毫无疑问。赶上堵车，长长地看不到头。他下车透气，远远看见警察在挨个查车，恍惚看到其中有个熟悉的人影——那人过于出众，并不容易被忽略。

他掉头就走。他想那定然是鬼使神差——他甚至来不及仔细想为什么会生出这样的念头，到家里远远看见火光冲天，他以为他完了。

但是他没有。

他阴沉沉看着眼前的女人，有这棵摇钱树在手里，他完不了。他知道她还想跑，这件事不难解决。

“景先生把刀放下吧，”连城说，“我没什么力气，不用刀我也打不过你。”

景昭没有作声，但确实把刀收了起来。

“信不信由你，我只是想回家，我连宋徽宗的画作都给你留下了。”连城说，“我不知道发生了什么。”

景昭嘴角抽了抽。

“如果是令叔出了事的话，”连城又说道，“腾出来的市场空缺，恐怕很多人动心，景先生还是要打起精神来才好。”

景昭看了她半晌，冷不丁问：“你知道我叔栽在谁手里吗？”

连城干干地道：“景先生既然找到我，就该打听过我的背景；我背景简单，唯一值得一提的就是师门。我师兄最见不得两件事，一个是文物损毁，一个是文物被盗。景先生应该一早就知道了。这年头，总不能还时兴连坐吧。”

景昭咬牙，但是她话说得不错的，这个女人户口本都比别人简单，一页到头。

"你敢说——"

"我敢说我对令叔的行踪一无所知！"连城亮出底牌。这一点她当真问心无愧。

他们叔侄防她防得很紧，别说景鹤年，就是景昭，都要好多天才来见她一次，想打听都无从打听起。而钟晓和程郢拿到她的地址已经是七夕之后，她猜他们要么是在当初那位买主家周围设了眼线，要么是在交易途中拿下的景鹤年，总之消息绝对不是她这里泄露出去的。

景昭说："我放你走。"

"什么条件？"连城很清醒。

"宋徽宗这件东西，你得给我修完；我最多再给你半个月，半个月内完成，你能保住你这双腿。"

缺乏传世摹本作为对照，要完成这样复杂的修复，没一两年是不可能的。连城因此惊道："我做不到！"

"郁小姐，你已经没有了讨价还价的资本。"景昭说，"这是其一。"

连城愣住。

"完工那天打电话给程教授，"景昭慢慢说出第二个条件，"我请他掌眼。"

十八

程郢接到陌生来电，卡在半个月的最后一天。

先是断断续续的空白音，不断变换的位置。然后他终于听到了连城的声音，在阔别近半年之后。他猜是录音。但他还是柔声回复了她的请求，就好像她在那头听着："好，我来。"

电话挂断。

"太快了。"钟晓叫苦道，"捕捉不到信号源——而且也不是小金洲方向。"

程郢沉吟道："他们给的会面地址也不是，在银河城。大白天的他敢在闹市搞事？我不信！"

"我也不信。"钟晓说，"是个陷阱。"但是他也没法建议程郢不要去。

程郢沉默了一会儿，忽问："你说，我和连城，景昭会更恨谁？"

"当然是——"钟晓脱口说了三个字，猛地刹住，改口道，"景鹤年入狱，景昭就算不能全盘接手，也能拿到好处。"

程郢点头。

"七夕那晚，连城应该大声呼救的，电影院、西餐厅都是公众场合。"钟晓扼腕可惜。他虽然没有和景昭打过交道，但是这架势上来，他对连城没有企图是不可能的。人一旦投入感情，就会不理智。

他这么怜香惜玉的人被骗都免不了心生恶念，更何况是景昭，他可没有他们的感情基础。

"你也太不了解连城了，"程郢说，"没拿回东西，她不会撤的，何况当时林陌川还押在那里。"

钟晓立刻"呸"道："你的学生真是成事不足败事有余。"

程郢给了个"懒得理你"的眼神。

景昭给的时间是次日上午九点。

就如程郢所料，从早上开始，换了一个地方又一个地方，直到他筋疲力尽，最终给出的地址还是小金洲。

小金洲古称"瀛洲"，是个距离南城不远的岛，总共才十余平方公里，因为保留了明末的民俗遗迹，早年很产出了一些摄影和画作。名气上来之后，村民疯狂搭建开发，如今渐渐又没落了。

但是当初搭建的也没有拆掉，小小岛屿上到处都是违章建筑，绕得像个迷宫。

三三两两的土著在树下纳凉，打牌，下棋。各种线路在头顶扯成蜘蛛网，夜空和灯光被割得支离破碎。

一个十八九岁的年轻人不知道从哪里冒出来，头发短得直贴头皮，军绿色工装背心，裤脚高高扎起。"昭哥叫我领你进去。"

程郢把手机关机，丢给他。年轻人收了，又拿出探测器，说了句"得罪"，上下仔细扫过。探测器嘟嘟直响，程郢张开手给他看手指上的钻戒。年轻人犹豫了一下没吱声，转身带路。

路极狭，仅容人行，车根本开不进来。路边零星的小饭店敞着门，橘黄色的灯，烟火里饭菜的香气。

程郢舔了一下干涸的唇。

两个人都不说话，只埋头赶路。走了有半个多小时，往回看就是一团乱麻，再好的记性也找不到来处。眼前却豁然开朗，是个占地不小的院子。灯火通明，程郢走进去，门在背后关紧。

大厅里空旷，有人迎出来：“程教授真是胆儿肥。”

程郢的目光十分平静：“连城人呢？”

“我还以为程教授会先问画。”

程郢说道：“我学生和我说，景先生的那件东西是宋徽宗的《梦游化城图》，我不认为是真迹。”

景昭原是准备好的请君入瓮，有全挂子武艺等着，没想到程郢上来当头一棒，不由愣住：“程教授慎言！”

“《梦游化城图》唯一的记载在元朝汤垕的《画鉴》中，汤垕认为是徽宗亲笔，曾为嘉兴陈氏收藏，名号无考，世无副本，也就是说，再没有人看见过它。”程郢说道，“所以我敢断言不是真迹。我过来是为了连城，景先生有什么条件，尽管开出来，但是要我指鹿为马，恐怕不能。”

景昭并非全无专业素养，这时候听程郢有理有据，不由得心往下沉，却说道：“郁小姐说是，程教授说不是，要不你们俩先打一架？”

程郢应声道：“连城这几年俗务缠身，荒于学术，让景先生见笑了。景先生要是不信，不妨让她出来与我对质。”

“好！”景昭拊掌。

片刻，上来一座升降台。连城坐在轮椅上，手脚都被铐住；她像是非常疲倦，疲倦到吝于给出表情，就只呆呆的，眼神放空。她的目光落在他身上，纹丝不动。程郢觉得自己被卡住了喉咙。

景昭问：“程教授刚才的话，你都听到了？”

连城一怔，垂下头，极轻极轻地应了声：“嗯。”

“你有什么话说？”

“那件……《梦游化城图》，我已经……修复完毕。景先生拿出来，给程教授看过，再下结论不迟。”她嗓子有点哑，声音也轻，有气无力地，断了几次方才把话说完。金珠玉石失去光彩的黯淡。

“不用了！”程郢断然否决，“别说你单独作业，就是加上我，也不可能在半年之内完成《梦游化城图》的修复！”

“但是我完成了！”

“这不可能！”

“怎么不可能？”

“你知道不可能！”

“但是我——”连城苦笑了一下，转向景昭，“景先生可以作证，我确实完成了。”

景昭喉咙里压了一口血：这两人能搞清楚自身处境吗？不是，他们能脱险之后再对掐吗？还是不对！

他深吸了一口气，决定不与这种傻子一般见识，便又咳了声，左右会意，把挂在亚克力板上的长卷推出来。景昭说：“或者，程教授可以赏脸看一眼？”

程郢果然只看了一眼：“太远了。”

景昭很大方地表示：“程教授可以走近来看。如果需要放大镜或者别的工具，我这里也可以提供。”

程郢没有动。

景昭说：“我对程教授是很有诚意的，郁小姐和画作之间，程教授至少可以保住一样。”

程郢脸色变了一下：“别说是假的，即便是真的，即便是吴道子的画，王羲之的字，又怎么能和活生生的人相比。”

“这么说，程教授是选郁小姐了？”

“是。别说郁小姐和我的关系，即便是个陌生人，我也选人不选画。”

“真的吗？”景昭饶有兴致地走到画作边上，“那为什么，一直到现在，程教授都不敢多看一眼呢？”

“看什么？”明显收紧的声线。

“看一眼郁小姐千辛万苦修复的画作呀。”景昭他拿起面前的壶，壶身微倾，一线黄澄澄的液体溢出壶嘴，就要倾倒在画面上。

“你住手！”

“程教授看起来有点紧张呢。”景昭笑道，“不是说是假的吗？郁小姐制作的又一个仿制品而已；别说我连油都没有浇上，就算我浇上了，也还没有点火——程教授，你紧张什么？”

程鄄牙关咬紧。

“我替你说吧，”景昭放下油壶，“程教授当然清楚郁小姐的眼力，所以程教授也当然知道这是件真货，所以极力要指鹿为马，把它说成假货——啧啧，小孩子才做选择，大人全都要是吧？”

“我能明白程教授对郁小姐的拳拳之心，只是程教授，你戏做过了。你进门就下论断，到我取了东西来，却一眼都不看——你当我傻？无非就是怕看过之后，无法选择。但是程教授，我请你来，就是为了让你选择。”景昭怡然自得地走到程鄄面前，摆出“请”的架势，“来，再看一眼？”

程鄄身不由己，被推到画卷面前。绢实细密，画笔工整，人物虽极小，却栩栩如生。画面上城郭宫阙，青山白云，王者嫔妃，仙鹤孔雀，色色俱备。程鄄闭上眼睛，仍说道：“假的！”

“那好！”景昭大步到画卷前，捋起袖子，一壶油直泼过去。

连城发出短促的惊叫，她像是挣扎了一下，换来一阵金属链子的啷当声。

景昭摁燃打火机，跳跃的火苗在人的眼睛里，呼吸可闻：“程教授，我再给你一次机会。”

“宋徽宗没有长卷传世，王希孟不过得他几天指点，《千里江山图》暴得大名。程教授，它可能因为你而重现于世间，也可能因为你从此消失；而你今日所作抉择，必有一日大白于天下，所谓江山美人……”

景昭面上浮起意味深长的微笑，他层层加码，他想看程鄄崩溃；程鄄崩溃，郁连城就能死心。

程鄄伫立在画卷前，久久不能够移动。

油浸透了绢丝，淌过画面，顺着亚克力板流下来，落在木质地板上，啪嗒，啪嗒。

他知道怎么清除，也知道怎么让它复原如初，但是只要火起——这世间笔墨，都禁不起一炬。就好像曾经被投入火中的《富春山居图》，即便被抢救出来，也只能裁为两截，最终天各一方。

火光在眼睛里慢慢弱下去，又燃了起来：“程教授？”

“我不能把连城留在这里。”话这么说，仍目不转睛。

画卷上城池巍峨，屋舍俨然，各色小人喜怒哀乐皆有所托。宋徽宗身为帝王，九重宫阙限制了他的视野，所绘人物必然不如《清明上河图》丰富，但是用色之精，观察之细，有过之而无不及。

“所以程教授就没有想过，郁小姐是自愿找上我的吗？”景昭把玩着打火机，一下，又一下。

“不可能！”

“郁小姐人就在这里，程教授为什么不问她呢？”

程郢沉吟片刻，终于往连城走过去。

连城的脸色可怕极了。

他从未见过她这样憔悴，他伸手抚她的面容，她偏头躲开。她像是知道了他的最终决定。

他矮身下去，抓住她的手，凝视她的眼睛：“连城，他说的是真的吗？”

“为什么还要问我这句话？”手铐和脚链被抖得哗啦啦直响，连城像是积郁已久，“你在南博看到摹本的时候难道不知道是我？林陌川都知道，你会不知道？程郢，你不要和我装模作样，你知道我是为了什么！”

“为了什么？”

“为了什么，你四年前为什么和我分手你哥为什么娶许唯你说为什么？我那时候小，我那时候傻，总以为都是自己的错……但是不幸，人总会长大，会知道这个世界有多龌龊，知道什么值得什么不值得。”她声音原本就已经嘶哑，这时候更是，几乎像是从喉中呕出来，每个字都带着血。

“连城！”程郢高声说道，“我让你觉得不值得吗？”

话音落，所有的灯同时灭去。

所有人都陷入黑暗中，视网膜上还留着光的残影，有瞬间的惊慌，伴随着金属哐当落地的声音。

紧接着轱辘声一轮，撞击声——“啪！”

到终于有人想起来点亮手机，才发现景昭被压在轮椅下，面色铁青。打火机早脱了手，这时候当然无心去找。

而人——

人当然是不见了。

升降台上剩了闪闪发光的一枚钻戒。

景昭被左右扶起，顾不得伤势，一瘸一拐过去捡起钻戒，指尖一刺，见了血，借光细看，是弹出来的长针。毫无疑问，程郢用它打开了连城的手铐脚链。

这对师兄妹打得好配合！

景昭面上肌肉抽搐了一下，在手机的荧光里近乎狰狞：“我倒要看看，你们能躲到哪里去！”

十九

黑暗中呼吸声和心跳声都特别响，特别是在水里。

连城觉得自己在瑟瑟发抖，但是程郢抱她抱得特别紧。外头传来狗叫的声音，光影从水面上倏忽而过。

景昭在找他们。

她听到他们污言秽语，但是她也没法辩解。她想要捂住程郢的耳朵，也腾不出手来。

她猜他们还有外援，就是不知道要等多久。她有很多话想和他说，但这不是时候，也不是地方。她困得厉害，站不住脚，只能尽力贴住程郢的身体，热的，暖的，但有时候又觉得是在梦里。

很多次梦里他都没有赶到，但是这次他赶到了。

脚步声渐渐远了。程郢探头看了片刻，纵身上岸，又伸手拉连城。连城出水被风一吹，整个人战栗不止。

“冷？”

“还好。”就是声音轻得像是梦呓。

月光亮得惊人，就是没有热度。她脸色青白，一不留神眼睛就合上了，又勉力睁开。腿脚也是软的。

程郢知道她撑不了太久，必须尽快离开。他搂她在怀里：“瘦了好多。”

“他们逼我修画，”连城断断续续地说，“提心吊胆的，一直都没睡好。”刚才的即兴表演耗尽了她全部的力气。

程郢想要骂她“看你下次还敢不敢”，到底舍不得，手上紧了一紧，裹着她贴墙根走。连城昏昏沉沉地，一时又醒过来：“切了电缆是不是？”

“嗯。”

“是警察吗？”

“有通知警察，还有钟晓的人。”

他是和钟晓约定切电缆，但是无法预料时间；他假装质问连城，解了她的手铐，等到灯熄灭的瞬间再解了脚链。当时景昭反应也是极快，往他们这边冲过来，他听风辨向，顺势把轮椅推过去。

他也不清楚景昭被伤得怎么样——当然也不在乎。

连城脑子木木地：“我被蒙住眼睛带进来，像是离大路很远，他们能找到吗？”

“我鞋底漏了荧光粉做标记，他们带了紫外线灯。就是怕打草惊蛇，没敢跟太紧。”程郢踩到树枝有点硬，心里一动，捡在手里，“我们在小金洲转了好些天，只是找不到你，地方已经摸熟了。”

连城“嗯”了声，忽道：“我好想你。”

程郢看她一眼：“郁连城，这当口，你可别撩我。”

连城不敢笑，把脸埋在他胸口。外头风吹得树叶哗啦啦地响，秋虫唧唧。就好像天地之间，就只剩了她与他。

那当然不是真的，一路不断碰到人，举着手机充当电筒四下扫射。程郢很机警，总能先一步躲进阴影里，或者花木间；还有一两次冒充他们的同伴应话混了过去。风渐渐把衣物吹得干了。

门与墙的缝隙里，车灯刷地过去，知道是到了尽头。程郢摇醒连城，指着围墙说：“你踩着我，翻过去！”

连城迷迷糊糊往上看，连连摇头：“不，我不行……”

程郢掐了她一把：“上去！”

连城这回清醒了些，知道不是退缩的时候，硬着头皮应了，扶墙踩上他的肩。程郢站起来，她踮起脚手往上伸，刚好够到围墙顶。只是她手脚无力，勉强试了两次，都是脚一悬空人就往下摔。

“再来！”程郢说。

连城咬牙，手再次摸到围墙顶端，忽然身后传来吆喝怒骂声，要回头，就听到程郢沉声道：“上去！”

连城抓紧粗糙的墙面，整个人往前倾，手指往前，再往前一点点，也许能够够到围墙边缘……但是就差一点点，而身后的嘈杂声已经越来越响。连城呼吸都重了：“不行，我抓不住……”

忽然人往上耸了一大截，来不及细想，连城前扑抓到外围，程郢往上推她的脚，连城顺势，把身体翻了过去。满头大汗，正看见追兵已至，有五六个人。程郢捡起树枝，回身与他们对打。

树枝很快被削平。

他胳膊上挂了彩，然后是腿。躲过一轮攻击，程郢一抬头，看见连城还挂在墙上，不由大叫：“走啊！”

她走了他怎么办？连城心里迷迷糊糊地想，也许她是该走，该去求救，该……但是手抓住围墙，磨破了皮，出了血，怎么都松不了。它像是有了自己的意志，要把她留在这里。她得留在这里。

但是她也想不明白她为什么得留在这里。

这时候她听到了枪响，过于响亮，她一下子被惊醒过来，不知道哪里来的力气，猛地又翻了回去，松手。

她掉到了地上，黑洞洞的枪口，她看到了景昭的脸。她护在程郢身前，哭着说：“你先杀了我！”

那只手在抖，周围的一切都在变形，然后她听到了枪响。

连城觉得像是一场梦，一时在水里，一时在墙上，水特别冷，墙特别糙，刮得她到处都疼，太疼了，以至于她看不清楚发生了什么。好像是有血，血很黏稠，血腥气冲进口鼻里；还有枪响，枪不断响。

这是个噩梦，很长。她不断醒来，又不断睡过去，偶尔听到人交谈的声音，一些她听不懂的词汇；她急于入睡，也没法听懂。她不知道她要回到梦中做什么……但是她必须、她必须回去。

她知道她必须回去。

到终于完全清醒，已经是数日之后。连城睁开眼睛，看见头顶雪白的天花板，熟悉的消毒水气味。

是医院，她告诉自己，微微偏转头，看见椅子上的人。

“钟……钟晓？”她像是太久没有开过口，声音里全是锈味。

钟晓一下子跳起来：“你醒了？”

连城环视四周，她脑子还有点钝，她不知道她在找什么，但是钟晓轻易就猜到了：“他也醒了。”

连城看着他，眼睛里都是恳求的颜色。

钟晓拿水给她：“先吃点东西吧。之前是体力透支，肺部感染；之后又挨刀，背上缝了好多针，你看你，这两年别想穿露背装了。”幸好他们及时赶到，救出来两个血人，他也吓坏了。

连城喝了水，钟晓又喂她吃粥，连城吃了几口就不肯再吃。

钟晓便叹了口气：“你说我，费劲巴拉地守你十几天，得了什么好处。”话这么说，还是去要了辆轮椅，“我推你过去，护士让不让进我也不知道；要是不让，咱们就在门口看看好不好？”

连城摇头，露出很固执的神色。

钟晓气得说不出话来：谁能把那个知情识趣、会看人眼色的郁连城还他！

医院里很安静，走廊外头枝繁叶茂，阳光从青碧色的树叶间漏下来，有鸟在枝上，也许是云雀。连城有点恍惚：“几月了？”

“12月了。”钟晓回答。

连城微微呼出一口气。她低声说：“谢谢你。”

钟晓撇嘴道：“我有话在先，我不收你的好人卡。”

连城笑了一下。

护士倒没有不让进，只是让他们别吵醒病人。程郢中了枪，还好不在要害，之前醒来过，这会儿又睡着了。

“麻醉刚过去，肯定是疼的，好不容易才睡着。”护士这么说。

连城点头应了。

钟晓推她到床边，摸了摸鼻子，退了出去，合上门，门外阳光像牛奶一样肆意流淌。

病房里安静极了，一切都在沉睡中，像拉斐尔的画。

连城心里充满了喜悦，在看到人的瞬间。钟晓没有骗她，他还活着；他只是睡着了，没有缺胳膊少腿，没有再不能醒来。

没有人知道她有多恐惧，有多懊悔。她两次都栽在了同一个门槛上。

早知道会这样，身败名裂也好，前程尽毁也罢，只要他活着就好。她任性妄为，不能由他来买单。

时间是条长长的蛇，从窗台上跳下去，又从门缝里溜走。程郢睁开眼睛，在夕阳就要落下去的时候。他一点都不意外看到连城，就仿佛就该是这样——她就该在这里，安安静静等着他醒来。

“饿不饿？”

“有一点。”连城说。

“我给你叫吃的——想吃什么？”

连城苦恼道：“我想吃的，恐怕都吃不了。”

程郢大笑，按铃叫了两份鸡丝粥，还有酸奶、水果，又问：“钟晓回去了？”

“嗯，公司还有事要忙。”她没去拍卖场，大约是庄秘顶上。连城很怀疑钟晓帮她这件事惹怒了他爹，钟原虽然看在钟晓的份上没有多管闲事，但是恐怕不会给好脸色，也不知道如今这对父子怎么处。

“有没有和他说谢谢？”

“说了。”乖乖地像个学生。

程郢又笑了，伸手拉她。连城伏在他胸口听心跳的声音。程郢抚她的发，他知道她害怕。看到她跳下来的时候他也怕。“那件东西不在颜家，也不在张家，不在黄家。有点意外，多亏了钟晓。”

“就像我们之前猜的那样，那家把画当佛供，我洗干净交还给南博了。”

“有没有问到谁出的货？”

“没有。照规矩是不能问，毕竟钟晓在，不能不给这个面子，更何况你当时处境危险，我也不想节外生枝。”

“我没想到会这样危险。”连城闭上眼睛。她见过坏人，没见过真正的亡命之徒。

“不怕了。崔队和我说了，一网打尽。景鹤年是倒卖文物，情节严重，十年；景昭除了倒卖文物还有绑架和杀人未遂，数罪并罚，十五年起步；其他人是盗墓贼，都进去了——倒是有个意外。”

“什么意外？”

“你记不记得那件《老松山鹧》，老师说当初是个姓年的农民——”

“不会吧！”连城脱口道。

“没有错，景鹤年的年，这回可算证据链完整了，可以理直气壮向意大利当局要求协助归还。”

“老师一定会很高兴。”她之前就很怀疑是景鹤年做了桩盗墓的生意，如今想来，恐怕是多年前开的墓，品级不低。墓葬中品相好的一早就出了手，就只这件，因为损害得太厉害，反而沧海遗珠。

程郢听她提袁湛，想起来说道：“有个事……”

“嗯？”

“恐怕老师那里你还得过去交代一下。”程郢附耳说了几句，连城噌地起来，杏眼圆睁：“你就不能找个别的借口？”

“我还能找什么借口，”程郢摊手，“不早和你说了，我要名分！”

“在你决定谋杀亲夫之前，还有个消息。”

连城扑哧一笑：“大郎，该吃药了？”

程郢捏她的脸：“论文盲审出分了，92，95，98。”

即便是连城从未担心过论文，听到这个结果也不由眼圈发红。程郢叹了口气，揽她入怀，两个人都说不出话来。

二十

到夜间护士过来拔针头，督促连城回房。连城舍不得走，程郢请了护士长过来，要求加陪护床。

护士们嗤嗤直笑，末了扶连城上床，掖好被褥，交代过注意事项，熄灯退出去的时候不忘叮嘱：“程先生现在还不能剧烈运动。”

连城红着脸不说话。

门合上，就听到程郢的笑声。

连城恨恨道：“不许笑！”

程郢拍了拍身边：“你过来！”

连城尖着嗓子学护士的口气：“程先生现在还不能剧烈运动……”

“过来！”程郢笑着说。

连城忸怩了半晌，还是挪了过去。程郢伸胳膊给她枕，连城不敢：“我好像记得你胳膊上挨了刀？”

“不碍事。”他吻她。起初极是温柔，渐渐重了起来。连城担心他的伤，亦不敢挣扎，到受不住方才哼了声。程郢停下来，仍伏在她肩窝里，呼吸可闻，身上都是药水的气味。

“我没那么镇定。”他忽然说道。

连城略略有点诧异，想起在奈良遇袭的那个晚上他发抖的手，也许不是错觉。

“我也很生气。”

连城抚他的背，病号服下裹着纱布，创面不算小。

“听说你七夕陪他出去的时候。”

您老这生气的方向好像有点不对？

“我爱你。”

空气里安静了一会儿。

程郢感觉得到她肢体发僵，便又吻她。过了许久，方才听她磕磕绊绊地问：“你……你是不是把戒指弄丢了？”

那只加了开锁针的戒指，程郢不在意地“嗯”了声。

“我赔你一只好不好？”

程郢抬头看她。女孩儿垂着眼帘，手指无意识抓紧他背后的衣料。他忍不住笑了：“你这是跟我求婚？”

连城嘟囔：“你都跟媒体官宣过了……”

“不是，你在这里跟我求婚？”程郢不满道，“鲜花呢，音乐呢，灯光呢……孩子呢？”

“哪里来的孩子！”连城气急败坏推他。

程郢猝不及防，背后伤口碰到床沿，“嘶嘶”呼痛。连城凑过来看，被一把抱住：“我愿意。”他说。

又过了半个月，风和日丽。连城每日推程郢去外头散步。之前知道这家医院条件好，没想好到这个地步。大片的草地上几只柯基迈着小短腿连跑带滚撒着欢。花开得赏心悦目，还有湖。

行政人员在准备圣诞树。

钟晓来过几次，和她商量秋拍；有程郢虎视眈眈坐在边上，连城固然不敢放肆，连钟晓都收敛了许多。

程郢在收藏上颇有心得，意外和钟晓找到了共同话题。

钟晓私下里和连城说：“我这算不算是情场失意，赌场得意？”

连城支起写生板，说可以给他们俩画张情侣像。钟晓发誓要扣光她的年终奖。

每次连城送他都会送出去老远，钟晓笑话她说："再送就送到我家了！"

连城于是很不好意思。

钟晓难得有次正经，和她说："虽然我不明白为什么你和程教授会复合……"

连城低头说："我也不知道。"

"但是我没说放手。"

连城："程郢说你和徐星星……不是挺好？"

"徐星星同学嫌弃我太忙没有时间陪她，已经单方面宣布分手了。"钟晓轻咳了一声，"所以郁连城同学，你要对我负责！"

连城承认程郢说得对，钟晓有时候实在欠揍得很。

圣诞前夜，到处挂起彩灯，"jingle bells，jingle bells"的旋律到处响，像是铃铛。

程郢接到崔队的电话，说有场记者发布会，希望他配合。程郢知道是年底宣传部门冲业绩，便也应了。

连城给他找了身大红袍，戴上圣诞帽，轮椅装饰成鹿车。无力反抗的程郢险些被闪瞎眼。

然而这样出场果然先声夺人，所有话筒都被吸引了过来。有人直接问连城："所以程教授之前说郁小姐静养是托词吗？"

程郢叹了口气："是。"

"那郁小姐是去做卧底？"

"你可以这么理解。"

有人问："所以宋徽宗那件《梦游化城图》是被烧掉了吗？"

程郢感觉到连城搭在轮椅上的手收紧。自脱身之后，这么久以来，他们都没有提过这个话题。

他叹息道："你觉得呢？"

记者很年轻，也许是才毕业，尚有直率和热血，她黯然道："那件作品，可以算是国宝了吧。"

"你都知道是国宝，何况郁小姐。"程郢说道，"景某人之所以这样逼我，无非就是知道，对于我和郁小姐这样的人来说，在人和画之间要做个抉择，是十分困难。"

“但程教授还是选择了郁小姐。”虽然这无可厚非。

“不不不，我的意思是，大家该对郁小姐多一点信心。”程郢说，“当时我赶到现场，郁小姐已经被劫走；我问过林同学，林同学说，郁小姐下楼仓促，没有带上画。”

记者心里升起渺茫的希望，又迅速掐灭了，她是做过功课的，她见过视频，她看得清清楚楚，走投无路的盗墓贼愤恨得把打火机丢在画卷上，火势腾空而起，照亮现场警察沉痛的面容。

“所以……”

“我回答说，如果是这样，只有两个可能，一个是景某人交给郁小姐修复的本身就是仿制品。”

“啊——”有无数人意外。但也许也不那么意外。盗墓贼摸到假货，不算新闻。

“那还有一个呢？”

“还有一个就是，林同学被迫取下来交给景某的，是郁小姐所作摹本。”程郢露出笑容，“正确答案是后者。”

登时场中欢声雷动。

记者眼中甚至闪出了泪花。太多了，这么多年，听过太多国宝毁于各种天灾人祸。虽然说已经过去的无法挽回，但是每每听到，未尝不扼腕叹息。

到欢呼和掌声过去，程郢才又交代始末：“真迹和扳手一起收在防水袋里，沉在洗手间的水箱底部。”

“为什么不带走呢？”有人问。

“一来是无法预计逃跑过程中的意外；二来也是郁小姐害怕火药威力过大，所以藏在水中，是以防万一。”

“但是郁小姐后来还被囚禁了这么长时间，她就不怕——”

“有我呢。”程郢笑了一下，“就算别人想不到，既然有我到场，自然就能找到。如今画卷在修复中，等修复完毕，便可以和大家见面。”程郢回头看连城，这是他的答卷。连城俯身吻他。

她就知道。她根本没有担心过。他从不让她失望——自重逢以来。

口哨声差点把屋顶掀翻。崔队痛苦地捂住脸：真是的，就不该平安夜找这对出来，这狗粮，齁死他了！

程郧看到了这段采访，在圣诞节之后——看到他亲爱的弟弟坐在轮椅上。程郧脸色都变了，饭也不吃，直接出了门。

留下女人一个人莫名其妙，她回放了节目，然后她的脸色也变了。她定定地坐了许久，她忽然想起程郧生日次日早上问她的几句话，同样莫名其妙的几句话，她当时以为他问的许唯。

但也许不是？

她摸出手机拨电话，她觉得她心里的野兽在咆哮。

第五卷
千年帝陵

对于人来说，没有什么是时间不能够摧毁的，也没有什么是时间不能够修复的。

对于修复师来说，哪怕只有亿万分之一的可能，他们都能等到那个修复的契机，无论是文物，还是人心。

一

程郢和连城说：“我想吃橘子，再去买一点怎么样？”连城知道就是个借口，也还是应了。

冬天里应季水果不多，柿子和芦柑最好看，整整齐齐码在架子上，一个红彤彤，一个金灿灿，皮薄多汁。连城心不在焉挑了半天，水果店小妹过来分了片哈密瓜给她。“甜。”她说。

连城和她聊了几句，就接到连宇的电话，分贝之高，差点撕裂她的耳膜。

到连城回来，程郸已经走了。程郢在看江平和林陌川做的修复方案。原本他们俩各有方向，到《梦游化城图》面世，都知道是千载难逢的机会，错过就没有了，因同时和程郢争取课题。

林陌川没白给连城做两个月苦力，稍占上风。

连城找了只玻璃碗剥橘子，一片一片跟排兵布阵似的。程郢吃了片，感觉甜蜜素超标：“你就不好奇我哥过来做什么？”

“还能做什么。”连城撕着筋络回答他，“劝你分手呗。”

之前的罪名是钟晓，现在又多一条害他受伤。程郢看起来精明能干，但是明显搞不定他兄弟。

程郢失笑，他还怕连城往心里去，又问："你什么时候带我回家？"

连城为难道："你让我想想。"

程郢碰了碰她的额："你是不是这些年……都没有回去过？"

连城搪塞他："票不好买。"

程郢知道她又胡说，只是舍不得过分逼她。程邺说她家户口本上就她一个人，说她命中带克，他差点没和程邺翻脸。

然而他也想不出来她为什么这么做。

程郢脚上石膏过完元旦才拆掉。去探望老师，袁湛气他信口开河弥天大谎，没给好脸色，直到听说《水月观音》归还南博，《梦游化城图》保存完好，《老松山鹧》有望回归方才消停。

反而师娘张若仪笑得合不拢嘴，连连说道："我一早就说了……"

连城心里是很为钟晓的淮扬菜叫屈。

程郢行动方便之后，连城回了趟市中心的公寓。连宇和她说："今年你无论如何都要跟我回家！妈在电话里和我哭，说你受伤了都不和家里说。"

连城也是头痛。

她舅舅舅妈那代人，退了休娱乐就以电视和广场舞为主，电视又以新闻为尊，之前《山市晴岚》也好，九子奁也罢，网上闹出多大事在他们那里都没个响。如今警方新闻一出，就瞒不过去了。

"爸让你带程教授回家。"

连城见她状态还好，便问："你要不要先见见人？"

"程教授？"

"嗯。"

连宇捋起袖子杀心大起："见！"

连城没法想象程郢和连宇的见面，一连做了好些天噩梦。程郢觉察到她不安，笑问："怕我过不了关？"

连城瞅了眼他的脸，觉得不能太昧良心。

"那你还怕什么？你看得上我，你姐姐也好，你舅舅、舅妈也好，就没有看不上的道理。"

连城偎在他怀里不说话。

程郢亲她："话说回来，你什么时候看上的我，我也不知道。"

连城戳他胸口："你自个儿长得招人你不知道吗！"

程郢低头认错："所以……是一见钟情？"

连城闷闷应声。要光说皮相，钟晓也是不错的，只是不如程郢的冲击力。眉眼挂在那里，根本没法细看运笔、用色、构图……一眼就把天灵盖给轰飞了。魂飞魄散，哪里容她权衡斟酌。

程郢同情道："果然是很吃亏——不过不管怎样，人你也到手了不是？"

连城受不了她师兄这么不要脸，呜咽一声，拉被子蒙住头。程郢也钻进来，和她说："我烧了对杯子。"

连城问："什么时候的事？"

"很久了，一直没拿出来。"程郢说，"原本想七夕给你，结果七夕你不在；后来想圣诞节，圣诞节又赶场——"

连城推他说要看。程郢便起身去书房取，手机响了。连城拿过来看一眼，叫道："许唯电话！"程郢以为连城诓他，没应。找了杯子过来，连城还扬着手机，方才知道是真的。铃声已经停了。

回拨过去没人接。程郢心神不定，又拨了几次，还是没有接。

连城说："问问你哥！"程邺倒是还没有睡，接到电话很意外，听到问许唯："她这阵子住市区。"

程郢问："你们吵架了？"

"不一直都那样。"程邺说。

"怎样？"程郢追问。

程邺犹豫了一会儿："就……她说想离婚。"

程郢摔了手机："你也知道她只是说想离婚！"从衣架上取了衬衣外套。连城跟上来："我来开车吧。"

程郢调出导航地址。连城车开得飞快。程郢都想不到她能这么快，盯了几个路口，没超速也没闯灯，便放了心，转头往外看，月明星稀，路灯冷冷清清，绿化树和黑漆漆的橱窗飞快地往后退。

太快了，有种时间倒流的错觉。

许唯在市区的公寓是临江高层。物业不认得人，不放人进。连城押身份证也不肯，最后还是打了110。总算两人言行举止颇具说服力，签署了保证书之后，在警察和物业的陪同下，暴力开了门。

120来得很快，许唯被推进急救室洗胃。

连城和程郢到这时方才松了口气。程郢摸到连城的手还是凉的，很过意不去，反倒是连城说："要没什么事，许小姐不会这个点打电话给你，也不会不接你的回电。"

程郢"嗯"了声，他猜是许唯后悔了想自救。

"人有求生的本能。"她知道谁会救她。

"是。"

"把你哥叫来吧，一会儿要有什么，还得亲属签字。"连城又说。

程郢再打了个电话给程邺。程邺很吃了一惊，答应尽快赶过来。连城给程郢倒了杯水，程郢看着急救室的灯，多少有些懊悔："我之前记恨，她打了好多电话给我我都没有接……"

连城诧异问："你记恨许唯？"

程郢意识到说漏嘴。但是连城这么看着他，他也敷衍不过去，便把许唯和黄任拿《水月观音》摹本来见他的事说了。

连城闻言变色，她知道那意味着什么，如果程郢没有当机立断拿走摹本，警察查车就会打草惊蛇……她打了个寒战。她想起来，那应该是林陌川质问她知不知道程郢受伤前后。

"连城？"

"没准儿……"连城慢吞吞地说，"你该听听她的解释。黄任手里那件东西怎么来的，以及——"

"以及什么？"

三更半夜的，连城脑子有点乱："我还得再想想。"

程郢便不催，怕她冷，将她裹进外套里。程邺赶到的时候，就看到两人连体婴似的坐在那里。他没想到连城也在，决定当作没看见。程郢和他说了情况，程邺说："我也没想到——"

"折腾半天了，你先回去休息吧，这里有我。"

程郢决定再等等，程邺也不勉强。

三个人都沉默，医院走廊里安静得近乎凄凉。又过了一刻钟，急救室的灯灭了，医生出来说抢救及时，没有大碍。程郢问病人什么时候醒，医生说还要几个小时，程郢又让他回去休息。

程郢看连城已经在打呵欠，决定就近开间房。

两人都疲倦至极，进屋倒头就睡了。

次日手机闹钟响，连城含混问："这么早？"程郢吻她："你接着睡。"连城心里想有程邺在，她一个外人去也不合适，有什么话也不是现在能问的，便不响了。程郢在酒店门口买了三份早餐，进病房一看，程邺窝在角落的大靠背椅里，还没醒，手边放着笔记本，恐怕是昨晚在加班。

程郢脱了外套给他哥盖上。

回头看见许唯醒了，四目相对，程郢不知道说什么好，拿粥喂她。许唯安安静静吃了半碗，小声说道："我一时冲动，以后不会了。"

"什么事？"

"我和他说了离婚。"

"然后呢？"

"他让我找律师。"许唯像是呼吸不过来，生生换了口气。

程郢不好作声。他之前猜得没有错，许唯说离婚就是个话头，其实心里还是盼着他哥来挽回，结果被刺激到了。他是旁观者，劝分劝和都容易，刀子割不到自己身上，不痛。连城失踪的那些年里，如果有人知道他的心思，来劝他坚持或者放弃，都会很可笑。他不想坚持，他不是不想放弃。

他能等到峰回路转，是因为那件下落不明的《水月观音》；而许唯和他哥之间有没有别的羁绊，他也不知道。

程邺揉了揉眼睛，看到身上的外套就知道程郢来了，进洗手间洗漱过，草草吃了几口早餐，过来问许唯："想吃点什么，我给你买？"

许唯摇头。

程邺看了眼程郢，摊开来说道："我最近是很忙，可能对你关心不够，但是小唯，为什么要这样？"

许唯看着他英俊的面孔，忽然间忍无可忍，抄起手边残粥往他泼过去。程邺昨晚熬夜，身手不及往日灵活，被泼了个正着。

幸而粥已经不热了。

许唯指着门口，良好的教养让她说不出一个"滚"字。

程邺自己滚了出去。

二

程邺在门口等了一会儿才等到程郢把他的手机笔记本带出来，不由抱怨道："我上午还有会呢。"

程郢问："换我的衬衫？还是等董哥给你送？"

程邺头痛道："你上午没课？要不还是叫安悦过来陪她吧，得亏你昨晚机警——"

"哥！"

程邺便闭了嘴，又忍不住开口："我也不想这样。"

"叫你对她好点！"

程邺急了："我哪点对她不好？是三节两寿上供没够，还是什么时候让她程太太没脸？她外婆出殡我没到场，还是她舅舅闹事我没给她摆平？现在是她不跟我过了！她要事业有事业，要名气有名气，她想不开我有什么办法？"

程郢问："你是不是在外头有人？"

程邺一下子被卡住："我——"

"我不知道你们怎么打算，"程郢说，"不过哥，你也就是碰上许唯，换个泼的，恐怕你脸上没这么好看！"

程郢上车收到连城的微信，说酒店已经退房，她去公司了，又说她姐临时有活进组，没法出来吃饭，让她代为道歉。连城晚上还有团队聚餐，可能回来得晚。程郢零零碎碎看完，回了一条："晚上等你。"

连城整理钟晓秋季拍卖会的战利品，一整天都心不在焉。她在想许唯。

她不知道黄任什么来头，但她知道那是个陷阱——不然，她想不出来景鹤年叔侄送往南博的仿制品在被程郢戳穿之后怎么会流出来，落在他手里。当时风口浪尖，她不信是纯粹的巧合。

唯一的解释就是：有人想置她于死地。

由果推因的话，那人必然是知道景鹤年在找《水月观音》，知道程郢想从景鹤年手里截获它；他知道东西不在黄家，也知道她在景鹤年手里——连城想不出有谁能同时满足这么多条件。

她也想不出来她什么时候结下这样的深仇大恨——难道是浜田枝子？但

是浜田枝子又是哪里来的消息？

当初那件《水月观音》的下落，她不知道，程郢也不知道。

钟原应该也知道当初那个人是谁。但是钟晓能帮她问到林家，已经是仁至义尽，她不能再逼他。亲生父子都再三缄口的交易，浜田枝子是怎么打听到的？

如果说是五年前拿走东西的人——五年前她还是个学生，又哪里招来这滔天的恨意，这么多年都不肯放过她？

那人像是很知道什么人能惹，什么人不能惹：袁湛德高望重一派宗师固然不能惹，程郢钟晓这样的富家子弟怕引火烧身；最好下手莫过于她和连宇这种平头百姓，全无倚仗，偏偏身怀巨宝。

所谓怀璧其罪。

连城心里头冷一阵热一阵地毛骨悚然。然而她所能做的，也只是先是把连宇隔离开来——无论如何，不能让连宇再被卷入了。

她没和连宇说那么详细，只叫她最近不要回来，也不要见面。

她揣着心事，晚上聚餐也很打不起精神。好在年轻人大多能说，热热闹闹的，她乐得一个人喝酒吃虾。庄梦蕊见缝插针地取笑她："郁总自和程教授订了婚，就是从此君王不早朝了。"

连城喊冤："庄秘你讲讲道理好不好，古代皇帝凌晨五点上班，你能做到还是钟总能做到？"

吐槽老板是经久不衰的职场文化之一，大伙儿因此嘻嘻哈哈笑作一团。吃完饭去唱歌，等红灯的时候碰上钟晓。钟晓兴致勃勃要同去。众人心知肚明是为了连城，也不戳破，纷纷说一起一起。

连城陪钟晓唱了几首，又换庄秘上。钟晓和庄梦蕊声音条件都不错，堪称赏心悦目。

有人进来推荐剧本杀。连城歪沙发上翻看。有人凑过来看："这个看起来有点意思。"

连城看他手指处，是《无头将军》，便笑道："我看你们玩。"

钟晓应了，问了一通，有五六人愿意参与。

背景设定在古代，角色分别是皇帝、妃子、宗室、佞臣、歌姬、神棍，交织出恩怨情仇。连城喝着酒捣乱："神棍肯定是狼人！他来历不明！"

"妃子和佞臣有一腿！"

“佞臣是个瞎子！瞎子肯定能活到最后——最不起眼往往能活得最久。”

“负责调查案子的宗室是、是……将军用风筝线杀的！”

“皇帝！凶手是皇帝！”

庄梦蕊叫道：“郁总你消停些吧，皇帝把自个儿的将军杀了有什么好处？”

“因为这个将军——”连城猛地拍桌，洋洋得意，“这个将军杀了他哥哥！皇帝的皇位是从他哥哥那里继承的！”

这逻辑混乱，众人哄笑。

钟晓闻到她身上香水混着酒气，就仿佛微醺的弗朗明戈舞纱裙，薄如蝉翼，纤美灵动。他笑着问她：“喝几瓶了？”

连城掰着手指憨态可掬：“一，二，三……四！”

“醉了。”钟晓下结论。

“没！”

“走个直线给我看看。”

连城气不过，当即起身，嘴里念叨“直线，我走……直线……”歪歪斜斜到窗前，推开窗，钟晓意识到不对，丢下本子过去拉她。才够到人，连城就尖叫“别碰我”，劈头给了一巴掌。

钟晓都被打蒙了，意识到她醉得厉害，忙叫人过来帮忙。

连城不知道从哪里拎出只酒瓶，就地一磕，酒水四溅，剩下半截子攥在手里舞得虎虎生风，厉声喝道：“别过来！”可怜一干文弱书生，哪里见过这架势，退的退，躲的躲，十几个人愣是被逼得走投无路。

保安闻讯赶到，也不敢近前；要上电棒，钟晓又死活不准，好歹才把一干人等先带出来。钟晓又不放心连城一个人关在里头，怕她伤到自己，又寻思打119。庄梦蕊说：“要不，先给程教授去个电话？”

钟晓不太情愿，但也承认这是最优解：他从未见过连城醉酒，兴许程郢见过？

程郢到的时候其余人都撤了，就只有钟晓和庄梦蕊还徘徊在门外。推开一线门缝，就看见连城背靠着窗台大喘气，手里仍攥着酒瓶。大约是划伤过，衣袖上几道褐色的痕迹，在KTV昏沉的灯色下看起来有些狰狞。

程郢推门进去。

连城登时又警觉起来，双手握住酒瓶对准他。程郢只觉喉中干涸，轻咳了几次方才能够出声："连城是我！"

连城醉眼朦胧看着他。

"是我。"程郢柔声道，"郁连城同学，你论文交了吗？"

这句话打中要害，连城"啊"了一声，露出犹豫不决的颜色，像是在回想。

"查重过了吗？"程郢又问。

酒瓶掉了下去。

程郢一个箭步上去把她搂在怀里。钟晓和庄梦蕊都看得呆了，敢情连城的命门就这？

"就，不该让她喝酒。"钟晓忏悔。得亏上次天台被灌醉的是他。

程郢虽然成功把人拿下，也被吐得一塌糊涂。别说庄梦蕊，就是钟晓都有种郁连城辣手摧花的错觉。钟晓开车送他们去最近的酒店。到仰头看见房间的灯亮起，他和庄梦蕊说："皇帝是凶手。"

"什么？"

"连城推断得没有错，皇帝是凶手。是他杀了将军，因为将军当初扶持他上位，杀了他哥哥。"

"他不想上位吗？"庄梦蕊疑惑不解，这不符合常识。

"想。"

"那为什么——"

"位置已经拿到了，也许并不那么好坐；没有哪个位置是好坐的。而他所失去的，变成心头的刺。"钟晓说道。他疑心连城的闷闷不乐源自于此。但是他不得不承认，也许是只有程郢才治得住她。

程郢没法想这么多。喝醉了的连城极难对付，就是换个衣服都能和他大战八百回合。大冬天的，愣是出了一身汗。

到她气力耗尽终于昏睡过去，程郢舒了口气，去浴室把自己收拾干净。再回来看人，觉得沉睡的女孩儿真是个天使。

连城醒来的时候头痛得快要裂开。她费了点时间来确认自己的处境，直到程郢给她拿干净的衣物进来。

连城捂住脸。

程郢拉开她的手："等过几天，许唯情绪稳定一点，我过去问她。"

"问……什么？"

"黄任手里的摹本来源。"程郢抚她的发，多少有些歉意，"我之前没仔细想，其实是应该想的。"

"那时候真迹没拿回来，我又下落不明，你哪里来这个心思。"连城说，"而且，都这么多年了，不急这一时三刻。"

"你要是过年不想回家，咱们就去滑雪，或者找个海边晒太阳——你喜欢哪样？"

"滑雪吧。"

程郢要吻她，连城推他："全是酒气。"

程郢忍不住笑："昨晚真该给你拍个视频……"

三

学校放了寒假，连城还有半个月的班要上。程郢便又住回她的公寓。

去找许唯那天飘了小雨。许唯看起来心情好多了，说正在着手办离婚事宜。"之前想得很可怕，真做起来倒还好。"

程郢估计他们做过财产公证，分割起来应该难度不大。但是听许唯提起，似乎还是有许多争议。他举手道："停——这些我不好再听了。"

许唯面上些许玩味的表情："我也不至于认为你过来是给你哥做说客。"

程郢心里想他倒是想，但是他哥并没有这个意思，转移话题道："我想知道黄任那件画谁给他的。"

"哟，这会儿想了。"许唯取笑他，"之前追着你解释，你就是不听不听的。"

程郢但笑不语。他不至于怀疑她，但是他那会儿都快疯了，难免迁怒。

许唯问："郁小姐叫你来？"

程郢打马虎眼："是我想知道。"

许唯看着他摇头："你想知道——你知道这个做什么。如今你们东西也拿回来了，两件都够得上一级文物吧，上头应该给了嘉奖？黄老师不过是个打了眼的倒霉蛋，你知道这个做什么？”

程郢说：“以黄老师的身份，总不至于是去了鬼市。”

各地都有鬼市传说，西安小东门，杭州二百大，南京朝天宫，成都送仙桥。南城的鬼市在天光墟，都是夜半开市，天亮就散了。古玩器物占多数，赝品是主流，书画因为不易辨别，一向都少。

许唯脱口道：“那确实。”

程郢于是笑道：“那我知道了。”

许唯一向都知道他聪明，也没想到灵醒到这个地步，倒是怔了一下，叹息道：“你对郁小姐很用心。”

程郢听到连城就很开心，给她看无名指上的戒指。许唯说：“之前看到就想问你了，什么时候订的婚，连我都没有通知。”

“之前是给她打掩护，假的。这是她拿了年终奖给我买的。”

许唯扑哧一下笑了：“年终奖——”

几万块年终奖搞定程二公子，真是再划算没有了，她几乎是刻薄地想。她知道她是嫉妒了。

接收到程郢的不满，改口道：“你之前不是问我，早几年有没有见过她？人我是没见过，后来倒是想起来，有次你哥让我问你。”

程郢怔住：“问我什么？”

“问你和郁小姐的进展。”许唯说，“但是你又咬死了不肯承认，我也没法再问下去。”她猜那会儿他对郁连城还不怎么上心，或者是对她余情未了。那时候如何会想得到今日。

“我哥？”程郢不确定地问。

“你哥。”

程郢便没有再追问，换过话题，扯了些不着边际的天气和新闻，然后起身告辞。他不明白许唯为什么这么说。除了连城因为和钟晓过于亲密引起他哥的反感之外，他哥一向都不过问他的感情。

也许她是想在即将到来的财产分割战中得到他的援手——还是那句话，许唯从来都不吝置他于尴尬之地。

“私人展？”连城听了程郢的推测，不由发愁，“我不是会员。之前都是跟着钟晓，算游客，开价的资格都没有。去了几次地方不一样，听说都是临时通知；买卖双方身份保密做得特别好。”

程郢翻了下手机：“年前已经没有了。就剩了这么几天，成交资金也回不了笼——你这么看我做什么，也就是你没毕业，等毕业了，老师自然有账号给你。”

连城哀号：“我错过了一个亿！”

程郢快笑死了：“郁连城你怎么这么好骗！”

两人闹了一阵，程郢方才和她解释：“是去年陈氏兄弟那事儿之后打听出来的，我还没去过。”

“去了也问不出卖家。”连城说。

“那倒是。只能年后再想办法了。”程郢说，“他们用的会员引荐制。我给黄任发邮件询问过，他也不知道引荐人都有谁。原来引荐还有匿名一说……最釜底抽薪的当然还是找到庄家了。”

“庄家要这么容易找，早出事了。”连城苦笑，“如果拍卖当时没有人引导，他未必就会精准拍下这件。”

话到这里，心里猛地跳出一个人。她很快把他压了下去。这种私人展的会员人数虽然不太多，但绝对不会太少，上次碰到纯粹是巧合，而且过去一年半了，这种猜测实在毫无道理。连城又道：“或者，黄任这人是不是有特别之处，导致他被人盯上利用。”

程郢仔细想了片刻，回答说：“没有。”

黄家是大族，黄任既不从商也不从政，又常年供职国外，在族中寂寂无闻。在艺术上有造诣和收藏的热情，最多是他被引荐作为会员的原因，很难直接和拍下《水月观音》联系起来。

天大地大，过年最大。

到农历年底，不管愿不愿意，生活都会停摆，连城也无计可施。

找出旧卡给家里打电话。接电话的是她舅妈，没听出她的声音，以为是连宇。连城也没有说穿，鸡同鸭讲了半个小时。主要是舅妈唠叨，催促她结婚生子，早点定下来：“对面晓云你记得吧？小孩都上幼儿园了，人还比你小两岁。”

“你现在生，妈还能动，能给你带几年。再过几年就不行了。到时候你怎么办？”

“昨天去市场，虾又涨了。啧！都45元了，去年这时候才36元，你妹就爱吃这个……你说连城也是，找个工作吧还带保密的，你说她一画画儿的有什么密可保，又不是画地图。这都多少年了，电话也没有，人也不回来，就知道汇款，还每次都换地方。过完年她也二十八岁了，你说这——”

连城听不下去，挂断电话。

原本她是打算今年回家：好不容易拿回了《水月观音》，她以为可以了。现在只能另做打算。

回想前几年，也不知道怎么撑到现在的。那会儿挂念东西没拿回来，再苦也不吭声，都在心里存着。到如今重心一失，又闹出这桩来，未免形之于外，一场感冒拖拖拉拉总不见好。

程郢索性退了票退了酒店，反正以后有的是机会。连城精打细算的小市民习气上来，舍不得手续费，坚持说不要紧，小小感冒而已，徒手给他打了一套太极拳。程郢拗不过，只得准备起来。

年二十八工作收尾，二十九吃过早饭，昏昏沉沉上了路。满打满算从公寓去机场也就一个小时，不知怎的一直没到。

连城迷迷糊糊往窗外看：“到哪儿了？”

“还早，你接着睡。”

连城犹豫了一下：“这是高速？”

“嗯。”

“机场高速？”

那人没有回答。连城又问了一次，方才笑道：“不是。”

“那是什么？”

程郢反手摸她的额，发现没有烧，稍稍放心：“进山的路，打算把你拐卖到深山老林去……”

连城嘲笑他：“程教授还知道深山老林了。”

她心里知道程郢是另有安排，只头痛得厉害，一时想不明白，索性就不想了。中午随便吃了点牛奶面包，用过药，困意又上来了。再次醒来是下午五点。程郢摇醒她：“到了。”

连城睡眼惺忪往外看。

冬天天黑得早，这时候已经暮色深重，周围有炒栗子和烤红薯的香气，微弱的星光里飘着雨丝，有种亮闪闪的错觉。商场的灯光是明亮而温暖的人间烟火，传来女孩子轻快的脚步和笑声。

连城木着脑袋看了半天，最后还是放弃了：“这是哪里？”

“A——”

程郢才说了一个字，就感觉到她肩胛收紧。她想起来了。她想不到A城变化这么大。总有些你以为会永远记得的东西，在不知不觉中面目全非，停留在原地的永远只有记忆，往前走的是每一个人。

连城长长舒了口气：“我家也不在这里。”

“我后来去看了你说的那个，东京爱情故事。”程郢开车缓行。

连城往玻璃窗上吹一口气，灯光星光模糊得近乎怅惘：“我国和日本不一样，永尾完治的家乡过几年变化不大，我国大小城市，隔两三年就是沧海桑田……你不怕被我带迷路就行。”

四

进酒店安置行李。

A城比南城冷，好在原本是打算去瑞士。连城把加拿大鹅翻出来，裹得严严实实，程郢往她口袋里塞了只微型暖手宝。下楼时雨已经停了，地面还是湿的，路灯陆陆续续亮起来。

连城拉着他在人群里穿梭的时候，程郢心里有种奇妙的感觉。他想了想，原来他并没有陪连城逛过街，如果凤凰坡不算的话。

渐渐就偏离了主干道，人也少了。灯火通明的高楼、商场像是经了灭霸的响指，忽然就不见了。只剩了低矮的民房，一层，最多两层。也许用砖砌，朴实的木门木窗，窗格雕花，偶尔有废墟。

到过了河，连地面都变成了青石路，不知道历经多少年，打磨得方正圆润。路灯冷冷清清，与星月交相辉映。

“白天很热闹的。”连城说。不出声还好，出声仿佛置身旷野。

程郢觉得自己像误入聊斋的书生：“白天有什么不一样？”

“白天是菜市场。”连城睡足八个小时，这会儿被风一吹，精神倒又好了。面上冻得雪白，眉是眉，眼是眼，润得水雾氤氲，“附近乡里人家就在这里卖瓜果青菜，早上来，中午就散市了。”

“这里是固定卖豆腐的。他家豆腐很好吃，就巴掌大一块，”连城比画给他看，程郢裹住她的手，“要切薄，越薄越好，用鸡汤一吊……”

“我在这里买过杨梅，本地杨梅没外头个儿大，但是颜色要鲜艳一些，汁水更足，也更甜。”

“还有葡萄、葡萄！葡萄是深青色，不是香水葡萄，没那么硬，像冻翡翠。”

她声音里的雀跃，像是冬夜檐下脆的冰柱子，叮咚叮咚地响。走了有百余步，转角一口锅，热气腾腾直冲夜色。

“还好还在。”连城像是松了口气，掀开帘子走进去。

时间不算晚，但是没有客，也许是将近年关的缘故。灯略有些昏黄，光笼着五六张旧木桌，桌面斑驳，不知年月。木桌一面靠墙，两边置凳，长方凳，可容两三人同坐。程郢看了看，还是坐在连城对面。桌上竹筒，筒中一把漆筷，也看不出材质，玻璃小罐里油汪汪的辣椒。

靠里有个方方正正的小窗口，就放得下三到四只碗。连城探头进去叫了声：“两碗牛肉面！”

“好嘞！”

“二两加辣，生一点；三两不加。”

“好嘞！”

连城拎过来一只旧青花提篮壶倒茶：“本地茶，也不知道什么品种，不知道能不能入你的口。”

程郢笑道：“我又不是宝玉，枫露茶还要沏三遍。”

说话间已经好了，摆在小窗口。程郢自告奋勇去取，红彤彤那碗自然是连城的，他这边清汤白面，丝丝分明，像是被梳理过，驯服地卧在清澈的汤水中，葱浮得到处都是，碧绿可爱。臊子给得也足，是大片牛肉。

香气扑鼻而来，程郢还没来得及抄筷子，就瞧见他的女孩儿幸福得眼睛都眯了起来。

很快，额上起了一层汗，密密地。没收好的发丝淘气地溜了出来，头也不抬，顺手往耳后一别。嘴唇红艳艳地。到吃了大半碗才发觉他没动，便催道：“你试试呀，试试呀！”殷勤如主人。

程郢失笑。汤头意料之外的鲜美。

连城说：“我打小就听人说这条街的汤里加了罂粟壳，后来才知道大江南北好吃的面馆都有这个传说。”

“小时候感冒，家里给下碗面，加重辣，葱姜蒜，出了汗就好了。后来也知道这话不一定对，但是我妈这么说——”猝不及防，连城拨拉了一下牛肉片，“我是……好多年没回来过了。”

“你也是，好端端的，去哪里不好。这里也不是什么旅游胜地，你要问我哪里好玩，我也说不上来。大过年的，今儿二十九，好歹还能找到吃的，到三十一过，初一初二超市都不开，就只能吃酒店。不是我说，这家酒店虽然不错——全市也就这么一家三星，但菜式真的一般般。”

“就是想看看你长大的地方。”程郢说，“而且这面味道不错，牛肉很筋道，比苏州的藏书羊肉面都强。”

连城一下子高兴起来，眉飞色舞道：“可不，就是小地方，名声不显。”

买单的时候出了一点小问题：面馆只收现金。

两个人大眼瞪小眼。最后连城建议：“这样吧，我把他人压这里，我去换点钱。”老板娘倒不怕他们吃霸王餐，这俩一看就是斯文人，只是——“你上哪换钱去？”

连城换了本地话：“我去对面水晶阁化缘去。”

老板娘哈哈一笑，拿了碟花生米给程郢，程郢吃了几颗，却不如面和牛肉；老板娘看出来，又装了碟海带丝：“这个呢？”程郢瞧着海带丝干干净净的，大着胆子吃了一筷子，脸都绿了。

老板娘哈哈大笑：“你是外地人。”

程郢含泪点头。

“你妹子本地人。”

程郢点头。

“哪儿的呀？柳家湾、杨家镇，还是蓝溪桥——不知道啊？那是，跟她回家过年？”

程郢又点头。

“带了什么年礼？”

程郢摸出手机写备忘录。

到连城回来，两人讨论得热火朝天。

出了面馆，月光里布满了雨水。连城怕湿鞋，一跳一跳地。风过去，树叶子哗啦啦滴水。连城想起来笑话说：“长得好看真是了不起，我在这里好多年，都没送过我花生米和海带丝。”

程郢懒洋洋问：“嫉妒？”

连城恨恨。

程郢又问：“水晶阁是什么地方？”

“庙。”连城说，“过河就是。没有桥，就只有墩子。夏天涨水，能淹过脚背。是清代的建筑重建，除了名字，其他都比我小。”

程郢笑出声。

回到市中心，人烟又多起来。年末清货的，套环的，卖气球的，卖小吃的。连城拽了只闪闪发光的气球，看到烧烤又走不动了，眼睛亮晶晶的。程郢在熙熙攘攘的人群中偷偷亲她，觉得她快乐得像个小孩。

连城威逼利诱让程郢陪吃，程郢很有骨气地拒绝了。

要到九点才回酒店。酒店里也没什么人，空荡荡的，值班经理在大堂打瞌睡。就如连城所说，这不是一个旅游城市。如果没有身边这个人，程郢想，也就是全国一千多县市中平平无奇的一个。

但因为连城，让他有了血脉相连的错觉。

A城不仅不是旅游城市，还很小。次日连城也没让他开车，光靠11路就带他逛完了市内，她感冒似乎真的好了，一路走，一路吃，一路抱怨过完年要减肥。吃过饭回酒店午休，程郢说：“我们下午——”

“没什么可看的了。”连城唉声叹气，“连幼儿园都带你去过了，真是毫无隐私可言。”

程郢笑着说：“我们下午去你家吧。”

连城怔住，像是没听明白。

“我猜也不会太远。”程郢说。

“不是远不远的问题。”

“嗯？”

“那个人……”连城犹豫了一下。她没有和程郢讨论过，也许是心照不宣，“我还不知道他是谁，也不知道他的目的。我不想连累别人。我舅舅和舅妈都是普通人，他们什么都不知道。”

“那你信不信我？”

“我要不信你，早就把你卖进深山老林去了。”

程郢算是服了她这张不认输的嘴：“黄任那次，我猜是有人顺水推舟，落井下石；现在这大过年的，要跟踪你我行程，亲自动手，殃及亲友，那是另外一回事了。总归这还是个法制社会。”

连城做不得声，良久，说道：“关了行车记录仪。”

“嗯。”

“我来开车，开手动挡。”

“好。”

“我们晚点走。”连城算了一下，“就两个小时车程。我一会儿下去买点东西。”

程郢忽然就忸怩起来：“还有个事。”

“嗯？”

“我买了条猪腿……”

连城愣了三秒，忽然爆笑起来。程郢恼羞成怒：“不许笑，不许笑——快给我停下来！”

五

和A城相比，F城倒是个小有名气的旅游点，也许是旅游带来了收入，城建要像样得多。小区也很规整。门铃响了很久，先是听到有人应“来了来了”，然后方才开门。第一眼看到程郢：“你谁啊？”

然后看到连城。老人迟疑了几秒，试探着问：“连——城？”

连城低着头，大概想要自然一点，声音还是哑了：“舅妈，这是程郢。”

连母“哎哟”一声：“来就来了，带这么多东西做什么——进来进来。震东，震东，你看谁回来了！”

有人系着围裙从厨房出来，看到连城，揉了揉眼睛，又赶紧闭上，大叫道：“水、水——给我毛巾！”

这鸡飞狗跳的。

连母拿湿巾给丈夫擦眼睛，埋怨道：“都多大人了，刚切过辣椒就去摸眼睛，让人看笑话了吧。人小程头次来……”

连震东亢声道：“小程也不是外人！”

“哟，连城还没开口呢，你这里就不是外人了。”

“我看了，我仔细看过了，他戴了戒指！”

连城那一点小情绪，硬生生被憋了回去。连母又唠叨说：“你姐给外婆送东西去了，一会儿回来。你舅在做辣子鸡丁——小程能不能吃辣啊？”

连城说：“他不吃。”

连母一脸震惊，言不由衷：“怪不得皮肤好。”

程郢想笑又忍住了。

“你姐回来就爆痘，怪我给她吃辣了。真是惯的！她哪年哪月不吃啊——她还说你今年不回来，我就说不能啊，之前说是签了保密协议不让露面，这电视台都上了，还能不让回家？”

连城一面给连宇发微信，一面说道：“临时有点事，怕赶不上点，害你们白等，所以让姐先这么说了……但是程郢非说要来。”

“当然要来！”连母说，“你舅都念叨两个月了……”

连震东坐不住了：“我炒菜去——小程喜欢吃什么，连城你进来跟我说说。”

连城看了眼程郢。

连母夸张道：“放心，你舅妈我不吃人。”

连城也觉得自己杞人忧天，以她师兄能搞定面馆老板娘的姿色，走遍天下都没什么可怕的。

连城进厨房搬了个矮凳择菜，接受审问。

无非就是“多大了”“家里干什么的”“怎么认识的”三连。连城一一都答了。连震东说：“在电视上看到你们俩，我还没认出来，还是你舅妈说，这妹子怎么这么像我家连城。”

连城鼻子一酸。

“我还说小程怎么坐轮椅，问你姐，你姐说他受了伤。我寻思你们画画儿的，一会儿一个保密，一会儿一个受伤，早知道这么危险，就不让你学这个了。现在是好全了吧？”

“早就好了。”连城干干地说。

“你算是有着落了，要你姐也带一个回来，咱们家就真过年了。”说到这里，连震东叹了口气，“小苏结婚了，都没敢让你姐知道。他妈也不知道怎么想的，还给你舅妈发了喜帖……”

连城心里一跳：“他怎么知道咱家住址？”

“送去你舅妈单位了。刚好你舅妈回去参加退休职工活动，”连震东说，“差点没气死。”

连城说：“我姐大明星，苏峻哪里配得上我姐！”

“话不能这么说——”

外头门响。连城探头一看，连宇回来了，一身黑色机车皮衣，飒得不行。

“姐！”

连宇的眼珠子从她身上串到程郢身上，惨叫一声：“完了郁连城，你这是陷我于不义！”

“瞎说什么呢！”连母道，“快过来！”

连宇不情不愿地换了鞋，晃着钥匙叮叮当当过来，挨着她妈坐在沙发扶手上。

“妈你不知道连城有多坏！都说好了不带回来免得刺激到爸妈说我，结果你看！你看她！”她斜睨程郢，眼睛不是眼睛鼻子不是鼻子地挑刺儿，“还让程教授穿这么人模狗样！”

“姐！你这就过分了啊！”连城应声道，“我师兄什么时候不人模狗样了。”

程郢拍了她一下，连城嘻嘻直笑。

连宇翻了个白眼：“女、生、外、向！”

“你看她们姐俩，见面就吵。”连母拉着女儿安抚道，“好了好了妈不催你，别闹你妹了啊。小程第一次来，你要给他留个好印象。”

“好说好说，红包拿来！”

连城探身过去，“啪”的一下，连宇的手心登时就红了：“喏，红包！”

连宇面目狰狞地要揍她。

连城缩在程郢怀里做鬼脸，一派欢乐祥和的气氛。

年夜饭上来，连城也不敢挨她姐，低眉顺眼跟着程郢坐了。连震东开了酒，问程郢能不能喝，程郢说能。

连城笑眯眯喝果汁。

年夜饭照例是吃得极久，吃完了连母要架麻将桌：“这几年连城不回来，三缺一，只能打纸叶子。”

“还是纸叶子吧，”连宇说，“连城要收拾屋子，不然晚上小程睡哪儿？”

连母不在意地道：“连城去收拾就好，小程——麻将会吧？”

这个连城还真拿不准。程郢说：“哪里能不会。”连城还是不放心，和他咬耳朵说：“一会儿我回来替你。”

连宇嘲笑道：“看哪，连城怕小程把裤子输掉了不是。”

连家户型不错，三室两厅。当初装修连城自个儿选的主卧隔壁最小的那间，就只有八平。该有的都有，衣柜、书桌、穿衣镜。还有个小小的书柜，也没几本书，搁太久了，厚厚一层灰。

连城打了水来擦洗，清水顷刻间染成墨色。客厅里不时传来“啪啪”的落牌声，砌牌声，哗啦啦的洗牌声，间或夹杂舅母的惋惜声，“一四七梭都糊不到，没天理了！在谁家，在谁家？”

倒没听到程郢的声音。

连城心里很好奇，程郢那么个人，打起麻将来能不能傻一点。

再后来春晚的杂声盖过了麻将，主持人字正腔圆地为全国人民充当有声背景。连城擦洗完毕，又换了枕头、被单和被褥，洗过澡，散着头发过来看牌，连宇把牌一推：“连城你来！”

“我？”连城吃了一惊，“你不玩了？”

“老亏了！”连宇气恼道，“小程也是，新女婿上门也不知道让着点，这让我怎么放心把妹妹交给你。”

连城大笑：“姐，牌场无父子。”

程郢跟道：“我姐今年赌场失意，明年肯定情场得意了。”把老两口哄得回嗔转喜。

连城不肯下场，就赖在程郢身边看牌。

连宇气得要命，扛到零点，愣是一盘都没有糊到。连城笑得打跌，学她的口气：“哎呀我姐把裤子输掉了。”

连宇愤愤。

到了零点，连震东夫妻俩分别给三个小辈发了压岁钱，吃过饺子，便散了。程郢睡连城的房，连城和连宇睡。

程郢一向不挑床，但是这晚就是睡不着。也许是在连城闺房的缘故。虽然他猜连城在这里也没住多久，东西少得可怜，比当初学生宿舍还少。在书架上抽了本书，抽出来才发现是本笔记。

倒是记得很详尽，就是每隔几页画个没脸的小人。程郢起初没看出来，合上本子一想，不由失笑。这丫头上他的课很能一心二用。

到夜深禁不住困，才躺下，门咔嚓一响，有人滑进来，温凉如玉。程郢亲了亲她的脸："你姐还生气呢？"

"可不，你也太欺负人了。"

"不这么着，她怎么肯乖乖儿把你给我送过来……"

连城戳他："你就得了便宜还卖乖吧。"

程郢笑："郁连城你这床可真小……"

六

连城陪程郢在F城转悠了几天。

就和大多数被开发过度的古城一样，唯一保留的就只有山水。除此之外，是全国酒吧一条街，灯红酒绿，到晚上都浸在冷彻的江水里，随着江面起起伏伏，浓墨重彩，油然而生的赛博感。

连城买了一堆虾饼、香草肉，就着糯米酒。

程郢用小刀开猕猴桃，喂一个给连城。各自刷手机，有一搭没一搭地说话："晋省搞了个壁上乾坤展……"

"北朝壁画吗，我记得，鹅蛋脸、茄子鼻、蚯蚓眉毛。"

程郢听得笑了起来。北朝造像倒是美得很，秀骨清像，袅娜有姿，但是壁画人物尚未掌握立体化的窍门，被连城这么一说，顿时生出滑稽的漫画感。

有老农模样的人在周边转了几回，凑上来说话。

说是年底家里房子翻修，从地里头挖出来一对小人儿，也不知道年月，听说国家监管严，地里的不算自己的，怕被收了去，也不敢随便问人。又奉承连城和程郢看起来有学问，想请掌个眼。

连城哈哈笑道："我师兄给人掌眼可不便宜。"

程郢拍了她一下："别闹！"

老农神色间有些缩手缩脚。程郢问："东西就在手边吗？"

"在的在的！"

果真从背上篓子里翻出来一对木俑，高近一尺，平头圆脸，面目不清，腿足不分，腰系红带，双手挽于胸前。

程郢要上手摸，连城拉住他："别！"

程郢便也笑了："做得还挺精致——用的桃木吧。"

老农才要回答，猛地反应过来，嘎嘣脆地蹦出一长串方言。

程郢也听不懂。连城摆手说："我也不懂，我们这块儿十里不同音。"见老农还不走，便道："我说叔，作假的孙子碰上作假的祖宗就认栽吧——非要卖的话，十块钱买你两个？"

老农骂骂咧咧走远了。

程郢说："挺聪明，巫觋俑做工简单，方便批量生产，还不容易露馅。"

"赶上以为有漏捡的，一个能卖上千把块。"

"倒是门好营生。"

两人同时哈哈大笑起来。

程郢和她说："你前几年杳无音讯，老师都怀疑你走歪了，叫我留意。"

连城啃着虾饼不作声。

"也没见你卖画。"

连城叹了口气："卖过的。不好卖。"

"嗯？"

"审美受日漫影响太大了，都要求大眼睛、尖下巴。看人家这么画挺有趣，自己上手就不行。甲方要求又多，几百块能花出几百万的气势，一张画让你反反复复改上个把月，改得你怀疑人生。"

程郢诧异地扬了扬眉。他从未想过，以连城的手艺，竟然会在谋生上碰壁。

"末了人家还客客气气说'不好意思太太，没达到我们的要求呢，希望下次有机会合作'，白白填进去时间电费。那时候加了些群，个个都说'不如搬砖’。我寻思改行也得趁早。”

“然后你就给你姐当经纪人了？”

“哪有。”连城说，“没资源当什么经纪人，我给她做助理。与其花钱找别人，不如便宜我。”

“有人灌你酒？”

连城看着江水里人的影子，在斑斓的光色中。她知道他多半是为她上次醉酒耿耿于怀，说道：“我算哪棵葱，人家舍得浪费这个酒水。就……替她挡过几次，后来是给她手袋里装催吐药。”

程郢心里转了一下：“那可得罪人。”

“可不。”连城耸了耸肩，“再次被迫转行。”

程郢揉乱她的发，半晌无语。

有人手指破个皮能跟情郎哭出十里。她倒好，多少苦头都自个儿咽了。他不知道她怎么挨过来的。要问她苦不苦，她多半会“咦”一声，露出猫儿一样困惑的神气：“那不还得过吗。”

连城不觉，偏头往他嘴里塞了串烤串。程郢像衔了口火，恨不得跳江。清甜的酒水很快由柔软的唇舌渡进来。程郢又是恨又是恨不得，把人裹怀里乱咯吱，引来游客指指点点，捂嘴嬉笑。

流连数日，程郢收到邮件，近期有展，便与连城商议回南城。老两口很舍不得，好在程郢这几日表现极佳，让他们放心不少，只照例埋怨连城不听话，让他多包涵，又往后备厢里塞特产。

程郢说：“你舅舅舅妈对你真不错。”

“话不能这么讲。”连城开着车，随口应道。

“那怎么讲？”

“远香近臭呐。”连城说，“难得在跟前晃荡，那自然是心头肉，要多待上一年半载，就是猫憎狗嫌。”

程郢听得哈哈大笑，又说道：“你姐倒是没什么明星架子。”

“那是。都自家人，她明星给谁看啊。”

“她是……有男朋友吧？”

“嗯？”

“不然我住你家的时候，她住哪？总不会这么巧，每次都进组吧。”程教授毫无鸠占鹊巢的自觉性。

连城："她住小简那边——小简是她现在的助理。"

程郢羞她："你就编吧。三天不让你胡说八道，你能上房揭瓦。"

连城只是憨笑。

安保经理杜秋华很满意自己这份工作，事少钱多。虽然有时候会看不惯英国管家法国厨子——他英语不是很好，交流一半靠比画，但是有句说句，工作餐还是不错的。大多数时候他连监控室都不用出。

当有手下进来和他汇报说"有人不守规矩"的时候，他诧异了几秒方才明白过来发生了什么。

杜秋华急匆匆进到展厅，一眼就能看到人头攒攒，费了点工夫挤进去——被围在当中的是件青绿山水画，展品前年轻人持笔写了个"仿"字。周围便发出唏嘘声，有低低的交头接耳："又是——"

"都十几件了。"

"总不会——"

"那倒不至于，之前不是写了几件明仿清仿，明清的东西，价格也不低。"

"那得看谁仿的。你要是米元章仇十洲文徵明王石谷的仿作那当然没话说，要是无名之辈——"

"也不见得他的论断就是真的。他说仿就仿，哪有这样的道理……"

杜秋华是个精细人，开口之前先环视四周。虽然人人都戴了面具，但是很容易判断出，这些人对这个年轻人已经有了一定程度的信赖。他在斟酌间，年轻人已经往下一件展品走过去了。

他在一件草书前站住，偏头问身边人："你怎么看？"

杜秋华这才留意到他身边稍矮的同伴，身形纤细，做过处理的声音也依然动听："拓摹兼临写，制作得很精致了。"

"说说理由。"

"纸质古旧，在唐宋之间；墨色鲜活，有六朝遗风；墨痕浓重处，聚如黍粒，对光看时，尤有内亮。"女子目中颇有赞色，"如果是纯拓，则无此灵动；如果是纯临，则难得如此形似。"

"那怎么就断定不是真迹？"杜秋华问，暗地里扣住了录音笔。

女子看他一眼，指而说道："草书摹写两个难点，一个笔顺，一个笔意。首先我们看笔顺，这个'麗'字，上半部分反复缠绕，如走迷宫一般，很难理清楚运笔的次序，缺乏一气呵成的畅快感。其次笔意。书法强调笔断意连，草书尤其讲究。你看这个'号'字，最后两笔，这笔出锋和这笔入锋明显不在同一条路线上；再看'聽'字，'心'卧勾收笔和点的起笔相隔这样近，竟然也没有做到轨迹相连。这样的情况屡屡出现，如果是智永和尚亲笔，当不至于此。"

她这次说得详细，周遭懂的不懂的都只有点头的份。

杜秋华还在思索要不要百度一下智永和尚其人其事，已经有人惊呼："那是智永和尚的《真草千字文》吗？"

就有人问："智永和尚谁啊？"

"王羲之！"

"王羲之出家了？"

"……的后人。"那人大喘气，惹来一阵白眼。好在那人脾气不错，也没计较，"据说《兰亭序》就是唐太宗李世民从他手里骗去的。他以先祖的千字文为模板临写了八百本，分送天下——"

"那岂不是有很多件？"有人叹息。物以稀为贵，光真迹都有八百本，那还值什么？

便有人用白痴一样的目光看他："你傻吗？初唐年间八百本，到现在能保住一本两本都是——"

那人及时刹住，"国宝"两个字硬生生吞了回去。

杜秋华虽然不算博学，女子那一大段话他也就能听个热闹，但是"王羲之"和"李世民"两个名字哐当砸下来，他有些受不住。

偏执笔的年轻人只道："笔断意连那里是对的，'麗'字倒没有什么问题。"

"'麗'字怎么会没有问题！"那女子叫道。

执笔人说："智永是南朝到隋朝之间的人物，在他之后，'麗'字进一步简化，孙过庭的《书谱》和怀素的《小草千字文》里都有；你看不出他的运笔，是用了后世的草法来揣摩前朝的草法，当然不得其法。不过这个字起始几笔确实够涩，可能就是摹者犯了和你同样的错误。"

言毕落笔写了个"唐摹"，这次居然用了草书，连绵恣肆，秀润圆劲，如瑶台雪鹤。

杜秋华明显感受到周遭升温。立刻有几个数字打在了公屏之上，开始你追我赶。

而执笔人和女子已经向着下一件展品过去了。

杜秋华赶紧叫道：“两位留步！”

七

“见我们老板？”

杜秋华没想过会有人提这样的要求。他入职第一条准则就是不问。他不知道老板是谁，他只见过老板秘书。

但是这两人，明显来者不善善者不来。

他好言好语安抚了两人去休息区，又吩咐送酒水点心，自个儿回办公室，先把录音传上去。以为至少要等上半个小时，但是意料之外的，五分钟之后他就得到了指示：“带他们过来。”

连城心里甚至有点紧张。

进展会之前她和程郢说：“总觉得咱们这么干会挨打。”程郢笑话她傻：“打狗还看主人呢。”

连城当即捶了他一顿。

这时候跟着安保经理进了升降机。程郢握住她的手。

“杨秘。”安保经理杜秋华介绍说。

杨行密年三十出头，剪裁得体的西装，一丝不苟的发型，眉眼生得很妥帖。连城相信如果它们飞扬一点，他能看起来英俊好几个度；但是也不得不承认，他眼下这个样子，最让人舒服。

有人送茶和点心进来。

连城闻到空气里若有还无的香，淡得近乎无。但是你也不能说它不存在。也许不是香水。倒没有叫他们摘面具，自然得就好像他们真长了熊和狐狸脸。杨行密客气得很有分寸：“我想知道两位的目的。”

程郢说：“有个不情之请。”

杨行密便笑道：“以两位的能耐，这个不情之请恐怕会让我很为难——

不介意的话，就喝了这杯茶吧。”

连城心里想这位也太痛快了吧，完全不给人说话的机会。

程郢却像是接受了，慢慢饮尽杯中之水，赞道：“好茶！”

“喜欢的话，我可以送狐狸先生一点。”杨行密很友好地说，“虽然我手头也不多，但是独乐乐不如众乐乐。”

程郢摸了摸脸上的狐狸面具，又看了看身边的熊小姐，觉得甚为可爱，因笑道：“杨先生盛情，我就不推辞了。”

杨行密起身，从博古架上取出一只精美的茶罐，就听身后人说道：“我听说你们博文堂有个传说？”

杨行密的背影登时就僵硬了，停了片刻方才转过身来，眉目压得极紧，但连城还是轻易读出了“我哪里露馅了”几个字。

程郢说：“杨先生不必惊讶，我就随口一说，没想到说中了。”

杨行密想了想：“茶还是香？”

“香。”

杨行密便叹了口气：“我国香道起源于贵国——想不到贵国还是有高人。”

“高人不敢，侥幸而已。”

连城听不懂这两人的机锋，便只管慢慢吃点心，一时笑道：“这种造型漂亮，甜到齁的茶点一看就是贵国出品。”

杨行密不动声色地说：“明明楼最新的茶点，原来熊小姐还没有尝过吗？”

程郢快笑死了，连城这个惯于装模作样的小东西算是踢到了铁板，怕她尴尬，赶紧岔开话题道：“如果杨先生还认可原田老先生的话，没准我可以试一试？”

杨行密笑了：“‘试一试’三个字恐怕要请先生收回去。”

程郢即刻应道：“您说得对，想必我能告慰在天之灵。”

杨行密仍沉吟了片刻：“是，我博文堂第三代主人原田老先生过世的时候曾经发下宏愿，如果有人能够弥补他生平憾事，无论请求多么无礼，博文堂都势必尽力满足他的心愿；如果做不到，会另有补偿。”

连城咬着茶点睁大的眼睛，想不到这个世界上真有“万事屋”一样的存在。

“但是，”杨行密话锋一转，“我博文堂经营多年，不说有什么了不得的成就，也小有积累。前辈憾事，不是什么人都能过问的。”

“是要通过试炼吗？”程郢问。

杨行密说：“是。两位可以商量之后再决定——”

“不用了。”程郢打断他。

“那好，我给两位准备。”杨行密起身给他们鞠躬，“两位稍候。”

屋里就只剩下程郢和连城。

连城说：“有点气闷。”

程郢调笑道：“熊小姐再忍忍。”

连城也觉得好笑，又问：“这香有什么问题？”

“用了绿油伽罗。日本叫伽罗，咱们国内叫奇楠，是沉香中的佳品。国内玩香的也有，用这么地道的少。我也就姑且一问。”

连城知道伽罗名贵，还是免不了笑道：“穿透力是有的，就闻起来像烤肉。”

程郢哈哈一笑。

连城又问：“原田悟朗有什么生平憾事？”

她当然知道博文堂，也知道博文堂第三代主人原田悟朗——做古书画的就没有不知道的。

博文堂是原田家的产业。原田武士出身，原本以传授剑道为业，明治二年开设博文堂书店。有天忽然收到大件货物，而且一箱一箱源源不断，却没有留下任何寄件人的信息。冒昧打开来看，全是中国书画。

当时的博文堂主人大惑不解，去请教有中国通之称的学者。学者却笑道：“我算时间也该到了。”

原来是清政府垮台，局势动荡，没落权贵无以为生，不得不出售祖传和收藏的古董字画；而恰逢日本经济腾飞，有足够的购买力。这位学者是他们所信任的人物之一，他向他们推荐了博文堂。

这是博文堂发家之始。

在那之前，原田并不曾涉足古玩行，甚至不懂那些字画的名贵之处，连鉴赏规矩都没摸透。但是近一个世纪的文化滋养，深耕数代，如今的博文堂在日本可谓会当凌绝顶一览众生小。

程郢说：“我也不知道，只是推测。博文堂不以收藏为主，见多了东西左手进右手出，所以说到生平憾事，多半不是东西失手，毕竟只要东西还在，心里头也就过得去了，最遗憾莫过于——”

“我想起来了！”连城说，“他是不是收过一批扬州八怪，一百多件精品，卖给东京两个藏家，赶上大轰炸——”

“应该不是这件事。这种完全毁绝了的东西，就算有珂罗版作为对照，也是大罗金仙难救。”

连城又猜了几样，也都觉得可能性不大。

有人过来请他们移步，穿过长廊，引至一间香室，障子透光，满目翠色，隐隐能听到鸟鸣。杨行密换了深蓝色和服，和他们说：“这位先生既是香道高手，试炼场设在这里想必不至于唐突。”

连城冲口道：“不会是——”

“不是。”杨行密笑了，“规矩很简单，这里十七件作品，等着熊小姐或者狐狸先生鉴定真伪，全对为过。”

连城松了口气，好歹没让她鉴香。程郢问：“有时间限制吗？”

“有。”杨行密说，“鉴赏书画是风雅之事，两位也是风雅之人，我不敢怠慢，选了十七支香，这头香尽，那头落笔。”

连城看他面前十余只香插，每只香插上就只有短短一截。她心里估算，完全没有考虑的时间，只能一眼定真伪，皮笑肉不笑道：“贵国是不是有个一目道？”

杨行密没有反应过来，难得实诚了一次：“在下学疏才浅，不曾听闻。”

程郢没忍住笑。

杨行密稍有恼怒之色。程郢忙道：“杨先生这个法子风雅是风雅，就是为难人。”

杨行密说道：“两位现在要反悔，还来得及。”

“那倒也不必。”程郢说，“恕我冒昧，可否先问问下一场的内容？”

“过了这场，自然就有下场。”他倒要看他们俩怎么决断。他猜那个装腔作势的女孩儿没什么实力。而大多数关卡都会一关难过一关，要么，就见不到下一关，要么，就倒在下一关。

女孩儿应声道：“我来吧。”口气平平常常，倒是让杨行密有了几分惊意。

有和服女子挑开帘幕，背后烟起，清甜苦涩，缱绻如旧书卷悠长。

连城拾笔，久久不落。

杨行密眼看着线香越来越短，心里一松，眉目里带出笑意："两位，不必逞强，要知道四十年来想要替老堂主弥补憾事的人不少，能通过试炼的寥寥无几。两位能辨别展会作品，已经很厉害。"

程郢随口道："打不过十八铜人，少林弟子也下不了山。"

虽然现代科技发达，鉴别文物有了许多辅助手段，但是他们拜在袁湛门下，首先过的就是目鉴关。传统目鉴称之为"望气"，听起来玄之又玄，说穿了手熟而已——连城是个中高手，他不担心。

言语间香烧到尽头，杨行密颇有些得意："看来铜人没那么好打。"取过案头小锤，"当"地敲了一下。

连城落笔。

之后便快了起来，如行云流水，有时候香未尽，笔已落。她像是根本不须思索，只需过目，真伪立断。杨行密想起她之前的话，他算是知道什么叫"一目道"了——难道世间当真有此神技？又自我安慰：断是断了，正误尚未可知。

这惊佩交加间，那人已经到最后一件书画前，落笔，搁笔，干脆利落。走回来香仍袅袅。程郢见杨行密惊得呆住，随口道："杨先生这香不错，沉水、白檀、麝香、龙脑——是不是？"

连城闻言笑道："师——你又开屏了。"

程郢也不由笑。

杨行密咬牙问："几真几假？"

"全假。"

这个答案一出，不仅杨行密，连程郢都有些诧异：通常来说，出题者会控制比例，难道杨行密没有？

便听杨行密朗声笑道："错了！"

八

连城回答："错不了！"

杨行密习惯日式迂回客气的说话方式，被她这一顶，愣了老半天才把神捡回来："何以见得？"

连城这会儿反而不响了。

程郢心里也纳罕："这里头不会有你的摹本吧？"

连城摇头。

"那是什么缘故？"

连城气恼道："杨先生想哄我改口，忒不地道。"三分抱怨，七分娇嗔，倒像是小女孩儿任性。

杨行密听她这话来得稀奇，思忖再三，又坐住了。

连城说道："这十七件作品，虽然摹制有优劣，境界有高下，但基本都是直钩钓鱼；唯有最后一件，确实无论从纸墨还是品质上，都逼近真迹。而通常人看到这里，也免不了会怀疑自己的判断，会想，好歹有一件真的吧。"

程郢笑道："有道理。"

"我也这么想过。平心而论，这件戴嵩的《牛图》确实制作精细，但是却留了一个再明显不过的错误。"

杨行密人还端坐，心里却是千重浪浪打浪。这件作品是他亲自鉴定的，无论笔法、墨法都毫无破绽。这位熊小姐却开口就是"再明显不过"。他回忆了片刻，仍不得其法，因说道："愿闻其详。"

"牛眼睛里没有牧童的影子。"

杨行密瞳孔略震：这是个不可思议的结论，在意料之外，又是情理之中。他没有给她放大镜，即便给，她也没有这个时间，短短几十秒，她怎么会去看牛的眼睛？难道她之前见过这件作品？

"不瞒杨先生，"连城笑吟吟地说，"这个破绽，不止我能看出来，在我国，但凡受过九年义务教育的人，十有八九都能看出来。"

程郢知道这丫头又在大吹法螺诓骗国际友人，强行忍住了笑。

杨行密定了定心神，故意说道："难道这件作品竟然上过贵国义务教育的课本？"

"倒不是课本，是语文考卷中的文言文阅读，说的是宋四家中米芾轶事。米芾这个人痴爱书画，往往问人借阅，又舍不得还，便伪制一份，借真还假。因为他技术高超，往往能够鱼目混珠。但是偏偏就在戴嵩这件《牛图》上翻了船，留下千古笑柄。这个小段子趣味性很强，所以经常在中小学阶段被引用，也所以，”连城摊手道，“杨先生再怎么诈我，我也不能上当。”

程郢哈哈大笑：“难为你记性好。”又问杨行密，“杨先生？”

杨行密从容道：“熊小姐好胆识！”

连城雀跃道：“杨先生的意思是，我过关了？”

杨行密略点头。他有种不好的预感，老堂主的遗愿固然值得尊重，但是昭和平成都已经一去不复返，新时代的年轻人没有享受过蒸蒸日上的国势，更为现实和保守，只恨话已出口，覆水难收。

他心里暗暗叫苦，仍维持了表面的风度：“第二关请狐狸先生鉴定王羲之的作品。”

程郢长身而起。

杨行密小心翼翼取出另外一套香具，埋灰烧炭。过了许久，香隐隐透出来，让人想起暗香浮动月黄昏。

程郢那头没有动静。

连城心想总不会真有王羲之的真迹吧。

王羲之为历代帝王所钟爱，各种摹本刻本之多，千载以下，无出其右。但是众所皆知，世无真本。所谓真伪，至多不过是个近真度。有人开玩笑说，要真迹出世，除非起帝陵——当然那不是真的，最早用王书殉葬的还不是李世民，而是王羲之的小舅子郗愔。

总不会真把郗愔的墓给挖了吧，连城想。忽听人喊：“熊小姐——”

“我知道这样问很冒昧，但是我确实很想知道，两位这么大费周章，到底所求何物。”

连城笑得甜甜的：“或者杨先生先给我透露一下原田老先生毕生遗憾？”

杨行密不吭声。半晌，又问：“是我博文堂的东西吗？”

连城点头。

杨行密叹了口气，还要再问，程郢走了回来。他尚未开口，连城抢先问：“是——”

“不假。”程郢说。

连城吃了一惊，颇有点寒毛直竖。杨行密长眉才扬起，程郢又说了下半句：“……但是也不真。”

连城猜：“宋摹本？”

程郢“嗯”了声。

“何以断定是宋摹本？”

程郢说道：“这件作品上有‘僧’字押署。南朝有镇书—出装书制度，‘镇书’即镇秘府之书，是秘府藏书中的极品，意为永镇此地，概不外传；出装书则是摹本，用以馈赠赏赐朝臣宗室。梁武帝时出装书多有‘僧权’二字押署，是因为徐僧权为内府秘书郎，经他之手的出装书，留此二字，以为凭证，表示负责；没有单字押署先例；单独的‘僧’字出现在宋摹本中，是因为几百年过去，字体湮灭，宋人不解其意，简记为‘僧’；到明摹本，又有简为‘曾’字的。”

杨行密面上声色不动，心里实则诧异。书画品鉴中有很多玄之又玄的东西，比如气势气韵、风格笔法，他相信这位狐狸先生定然有这方面的依据，但是他一句不提，直接丢出铁证，啪嗒摔在人面前。

颇有点“给老子跪”的霸气。

然而他不得不服，想了想又问：“那为什么又说不假？”

“没有真本，自然无所谓真假。”程郢简单说道，“从字帖的内容来看，该是逸少末年书。”

“末年书？”杨行密不自觉重复，他知道逸少是王羲之的字。

“梁武帝的书启中提到王羲之辞官之后，往来书信，皆使一人代笔，世人不能识别，以至于有末年书之讥。”程郢说道，“梁武帝在书法上造诣极深，且所在时代距离东晋不过百年。”

杨行密呼吸一紧。

“所藏二王书法七百六十七卷，几乎穷尽天下。后来台城之围，侯景、简文帝、梁元帝先后焚书，百年积累，付之一炬；至于南北归一，隋炀帝东幸扬州，法书名画随驾，中道船覆，十去四五；所剩归于王世充，王世充被灭，李唐使人载两都秘府珍藏西上，触柱莽于沂河，所存十无一二。”

他这一大段说完，室中寂寂无声，唯香幽幽，仿佛也在叹息无数毁于水火的丹青名作。

良久，掌声起。

杨行密猝不及防被按头吃了一嘴狗粮：隔着面具都能看到这位熊小姐眼

睛里的星星。

程郢问："怎么样？"

杨行密向他伸手，与他握了一握："如果阁下不介意的话，其实我很乐意与两位展开全方位的合作。"

程郢摇头："杨先生的美意我们心领了。"

杨行密看了看他，又看了看连城，像是下定了决心："原田老先生的遗憾是他曾经得到过一件王摩诘的《雪图》。"

连城与程郢面面相觑，都有种"就这？"的感慨。王维的画到北宋已经滥觞。用米芾的话说就是，但凡笔触清秀的，就敢称摩诘画；特别是雪图，一天能看三百张假的，就没一个真。

连城问："是罗……带去贵国的那件吗？"

1917年，清朝遗老罗振玉得到政治家犬养毅赞助，在东京举办了赈灾义卖，其中就有一件《雪图》，当时收藏家过目，拍案称奇说"洵宇内之至宝"，最后辗转被京都藏家小川睦之辅收藏。

当时消息传回国内，举国震惊。

1996年国内有学者撰文，声称这是"绘画收藏史上一大骗局"，有理有据证明这件《雪图》是摹本。

但是以原田悟朗的见识，难道生平所憾竟然是会是件摹本？

杨行密摇头道："是得自贵国一位女藏家，姓名我不便透露，她起初是想出给一位法国藏家，也是巧，临交易的时候法国藏家因病未能成行。轮到原田老先生报价，女藏家又不满意，最后要求以五件直径一尺、有牡丹图案的唐代白瓷交换。原田老先生跑遍京城方才齐集……"

连城与程郢听到这里，未免艳羡："五件唐代白瓷，竟然能在民间齐集——当时京城的艺术品收藏实力真是可怕。"

杨行密微微颔首："后来老堂主乘船归国，生恐有失，用油纸包裹，贴身收藏，想万一沉船，就是系在脖子上也要游回来……"

连城猜想这位杨先生说这么详细，多半是害怕他们狮子大开口，索要博文堂珍品，不由苦笑：她倒是想。

"正因为得来不易，所以后来毁于火中，尤为痛惜。"杨行密说道，"原田老先生拼了老命抢回来的，已经是残卷。这么多年了，也不是没想过找人修复，但是正如狐狸先生方才所说，一件古物，要能鉴别真假，最可靠的判断来自见过足够多的真迹范本，而且修复难度高过鉴定百倍。王摩诘真迹传世极少，原田老先生生前找过一些人，后来也有不少人登门自荐，但是——”

“如果能够修复这件作品，无论它真伪如何，我们……博文堂都会遵守原田老先生的遗言。只不过……”杨行密看了看两人，“老先生遗言，修复师只能独自前来，两位——”

“那当然是我！”连城冲口说道。

“两位自行决定。”杨行密欠身道，“我需要给总部写报告、发邮件，回大阪取东西，大约需要一周左右。两位可以留个联系方式，邮箱，或者电话。以及，麻烦两位保留面具，方便下次见面。”

连城应道：“给我笔。”

杨行密按铃，有人送纸笔进来。连城写好了，搁下笔，就要起身，忽然杨行密说道：“熊、熊小姐！”

“嗯？”

“恕我……”杨行密仓促说道，“熊小姐这只镯子，能借我细看吗？”

连城心里猜陈家老太太给的这只镯子大约是价值不菲，欣然褪下，递给杨行密。

杨行密细看了半晌，说道：“是个老物件。”

连城一笑。

“是熊小姐家传吗？”

连城嘻嘻笑道：“杨先生可别打主意，我还没打算出手呢。”

杨行密也笑一笑，眉目陡然间温柔了许多。

九

到杨行密的邮件发过来，程郢坚决反对连城去修复，理由也很充分：答辩。

“十一年了。”程郢难得发挥一次他的表演天分，“你要十一年前生个孩子，现在都能给我们磨颜料了！”

连城：“师兄你逼婚要逼这么难看吗？”

说笑归说笑，连城也知道这个学位她是非拿下不可了。袁湛年纪大了，身体一年不如一年，她老拖着也不是个事。

最后改成程郢赴约。连城其实有些遗憾："王摩诘的作品，要是真迹——"

程郢给她顺毛。又交代课程。程郢虽然带课，但是教学任务不重。以连城的水准，代课绰绰有余，江平、林陌川的指导也只需给个章程就能接下来。"我还要上班。本来缺席了去年秋拍、今年春拍，钟总就很不满意，再多缺勤几次，他非找个理由扣我钱不可。"连城抱怨说，"我要累死了。"

程郢心里想钟晓舍得扣你钱才见鬼，不理这话，只说："你撑上三个月我就回来了。"

连城："三个月？"

"原田悟朗生前就想过修复，再加上这四十几年……材料多半都是准备过的，就算缺一两样，也不用太长的时间，这是其一。"

"还有其二？"

"你忘了，原田悟朗的叔叔是日本皇室的御用摄影师。博文堂是最早做珂罗版印刷的，你倒是猜猜，那件东西有没有珂罗版。"珂罗版印刷是照相平版印刷技术，虽然比不上精细摹本，也自有它的优势。

连城登时就疑惑起来："如果这么容易，博文堂何至于蹉跎半个世纪都没有解决？"

"日本书画虽然与我国大有渊源，但是走向不同。发展到明治时代，基本已经是两回事了。大英博物馆以为二者同源，请日本修复师修复《女史箴图》就吃了大亏。原田老先生是内行，自然知道，所以没有贸然请人修复；而请我国修复师，"程郢笑了一下，"如果，我说如果你有机会，你会不会——"

"怎样？"

程郢做了个"偷"的手势。

连城惊道："怎么会！"

"杨行密在说出原田遗愿之前特意讲了那么一长串怎么得来，怎么带回去，不就是为了告诉你我，这件东西是原田老先生买回去的，不是抢回去的。咱们生活在这个年代，当然能想明白这个道理，但是往前推上四十年，不，哪怕是往前推上二三十年，恐怕都没法这么心平气和。"

“唔，我现在也不是太心平气和。”连城说，“不是有人问《蒙娜丽莎》为什么这么出名，就有人回答因为1911年它被意大利人佩鲁贾从卢浮宫偷走，在审判的时候他大声喊出了那句——”

“我意大利的国宝，不该为法国人所有！”程郢不由大笑，“这事儿从一战开打一直吵到一战结束。”

连城也笑。

从这个角度看，原田悟朗的防微杜渐不能说没有道理。连城又说道：“恐怕只许一人修复也是为了防备偷梁换柱。”

“另外一个原因就是大多数人都被试炼挡住了，尤其那个一目道……”程郢想起当时杨行密的脸色，不觉好笑，“也就是你，换我上都做不到这么快。”

连城被他说得高兴起来，唧唧咕咕说了一通事情都解决之后去哪里玩。程郢枕着手臂听她胡扯。

末了连城又说道：“我一直以为庄家是国内人，没想到是博文堂。”

“也不难猜。”程郢说，“国内文物经过一个多世纪的动荡，民间所存有限。日本二十世纪七八十年代经济景气，古玩业也兴旺发达，但是近三十年，有价无市的情况多了。博文堂原田家虽然做收藏，主业还是买卖。从前是国内买进，日本卖出；现在日本买进，国内卖出——不都是买卖？”

连城奇道：“为什么不直接上拍卖场？”

“我仔细看过，”程郢说，“这件王摩诘可能没有问题，但是展厅里那些东西，来路可没那么干净。上拍卖场就怕被文物局追索。哪怕没有完整的证据链，只要被盯上，首先东西就得封了。有些急等着钱用的，哪里经得起一封几年？还有打官司的费用。欧美有些博物馆都怕这个，有的索性直接承认了东西所有权在我国，他们落个保管权、展览权——也好过打官司。”

“但其实被盯上的概率也不大。”连城说。之前那件《老松山鹧》就是。

“前些年是，”程郢漫不经心地说，“打跨国官司毕竟贵，律师也不好找。这些年还是硬气了些；但是你说得也对，国内文物外流上一个庚子年就开始了，一个多世纪了。现行的国际文物追回有很多限制，他们肯拿过来卖，就让他们卖好了。总之肉烂在锅里，怎么都是赚的。”

连城“嗯”了声，趴在他边上，支着下巴看他：“三个月，我们说好了。”

“就三个月，我不在，你可别和钟晓勾勾搭搭。”

连城扑哧一下笑出声：“我还没说呢——”

“你说什么？”

“就三个月，你可别和杨行密——”

程郢翻身把人扑倒：“我叫你胡说，我叫你再胡说！”

两个人很腻歪了几日，程郢还是打包出门干活了。

连城心里很有些怅然若失。

她从前和程郢好的时候，反而没这么黏人。她也不知道是青春期的自尊还是别的什么缘故。他们现在能这么好，连她自己都觉得不可思议，欢喜到近乎战栗，就仿佛人在巅峰之上，怕失足，就是万丈深渊。

但是这片刻的欢喜，确实不是人力可以抵御。

庄梦蕊发现她换了水杯，造型古拙可爱，泥金绘佛，没有佛光，只有一轮新月皎皎，背后是无垠黄沙，一时好奇，问：“郁总什么时候开始参佛了？”

连城嘻嘻合手：“佛曰，不可说。”

庄梦蕊不信邪，细看了一通，不由哈哈大笑，连城被她笑得脸红，把人赶了出去。那是很多年前了。程郢喊她去吃夜宵，她收拾完画具，并肩走在银月之下。也许是夜色过于温柔，让她有了勇气。

一对杯，她这只佛取了程郢的眉目；程郢那只描的水月观音，用了她的脸。她问观音何典，程郢一人分饰两角，给她唱了一段《梁祝》黄梅戏：“英台不是女儿身，因何耳上有环痕？”

“耳环痕有原因，梁兄何必起疑云，村里酬神多庙会，年年由我扮观音，梁兄做文章要专心，你前程不想想钗裙！”

“我从此不敢看观音。”

“为何不敢看观音？”

“不敢看我心上人。”

“因何不敢？”

“我问心有愧。做文章不专心，一心想那女钗裙。可惜前程纵似锦，心事不敢见光明。英台啊，我不爱前程爱观音。”

她当时差点没笑到气绝。

幸而她确实很忙，忙到没空相思。

虽然程郢走之前给划了讲课范围，有些部分还分给了江平林陌川，但还是白天黑夜连轴转，连连宇回来都没空多说几句。转眼到五月，答辩通过得很顺利，也就是被围观笑话了一通十一年。

钟晓和庄梦蕊押着她请客。连城自知理亏，她这年余东奔西跑，花在公司的时间实在不多，很多得同事帮衬，索性趁着周末，请了团队，加上江平、林陌川，去附近温泉度假村两日游。

正春暖花开，蝶舞莺飞。年轻人三三两两，有泡温泉的，有摘草莓吃樱桃的，有唱歌玩剧本杀的。连城什么都不想干，找了张吊床睡在树下，享受青翠色的阳光。不远处有溪流波光粼粼。

钟晓装了碗冰镇酸奶樱桃，拿过来和她一起吃。

连城说："我师兄叫你别来勾搭我。"

钟晓呸了一声："轮也该轮到我来乘人之危了。"

两个人都觉得很好笑。远处传来嘈杂声，钟晓好事，跑过去围观，回来喜滋滋和她说："你爱豆来了。"

连城脑子里宕机了片刻方才翻身而起。

连城过去的时候边上已经围了不少人。

年轻的女孩子个个手持单反，身手矫健。这会儿在叽叽喳喳地。这个说："我家佳人太合适古装了。"

"就是，简直怀疑是穿过来的，扮相绝美。"那个说，"这次我得多拍几张。"

"可算是担主了，一番，人设又时髦又有梗，肯定能大火一把。"声音里充满了期盼。

一听就知道是俗称的站姐。

钟晓笑话她："人家也追星，你也追星。人家赚得盆满钵满，和爱豆也能混个脸熟，你呢？别说站姐粉头了，大粉都没混上吧。"

连城只管笑。

又听人喊夏明时，连城灵机一动，发了条微信。不久便有人来领她进去。连城问钟晓："要不要一起？"

钟晓双手抄口袋里一脸傲娇："我又不追星。"

连城羞他："是是是，你不追星，你只追女明星。"

钟晓委屈得不行："我不是改了吗——我不都改了嘛。"

十

戏还没有开拍，都在化妆，置景，调试灯光和镜头。

夏明时神采奕奕地和连城打招呼："郁姐贵人事忙，都好久不见了。你上次发我的九子奁我收到了，就是还没拼好。"

连城默默算了一下，都一年多了，笑道："你哪有这工夫！"

"怎么没有！"夏明时争辩道，"我年前没进组，每天拼一点，都拼起大半了，发在朋友圈里你没看到吗？"

连城没想到他还发了朋友圈，真心实意地表示感激："我去年出了点事，早知道给你点赞了。"

夏明时也想起来："哗！卧底！刺激！"

连城赶紧扯开话题："听说项小姐也来了？"

夏明时"哦"了声，指道："在隔壁。俩月前她火了个古装剧，现在人气正高。想起来，你和她有点交情是不是？"

连城笑道："哪里说得上交情。"看了看他的服饰妆容，"这是唐朝？"

夏明时说："是，历史剧。这年头还有人拍历史剧，又难上星，又不容易讨好，挑刺的人还多。也就是小敏和我说班底好，剧本实在——实在是实在了，大女主剧，我就个给人抬轿的。"

连城脑子里转了转，猛地想起来，低声和夏明时说了几个字。夏明时点头："就是那本。"

"那本我看过，不错的，大IP。虽然是女主剧，但是男主人设也好。你没听说过这个说法吗，女主剧里苏的其实还是男主。"她一连举了好几个例子，哄得夏明时眉开眼笑："我郁姐就是会说话。"

连城又看了眼他头上的簪子，说道："我记得背景是初唐，你这根簪子是晚唐流行的款式——"她话没说完，夏明时就嚷嚷起来："看吧，打量我是来做二番的，不扛剧，就这么消遣我——"

说着把头冠取下来，往桌面一摔。

化妆师吓得手都停了，助理急匆匆推门出去。虽然没人抱怨，但是左右的不满都写在了脸上。连城说：“看，急了吧？我就是想和你说，仿初唐形制的簪子我那里有，刚好可以借你用，回头做推广的时候可以吹一波。”

这句话说到了夏明时心坎上，登时喜笑颜开，又贼兮兮问：“郁姐怎么会有男式的簪子，是给程教授准备的吗？”

连城打了个哈哈，回头和钟晓说了几句，钟晓点头。

连城说的簪子是公司的长线项目。钟晓想在大学推广成人礼，争取成为毕业典礼的一部分，尽量做出仪式感，因而各种仿古头冠簪子做了不少，只是还没定下来主打。连城能看出来这是个机会，钟晓当然也能。

钟晓出门打电话。

连城便去了隔壁化妆室。

隔壁也在化妆。

胭脂水粉，眼影珠光一层一层地刷，可以看到化妆师细致入微的手法。连城感觉到了自己的粗糙。

连宇坐得板板正正。她不像夏明时，当红已久，她尚未生出恃红而骄的自觉性，觉察到了连城的目光，也没有出声。一直到化妆完毕，连城说“梳头我来吧”，连宇方才微不可觉点了点头。

化妆师退了出去。

连宇拿了张照片给连城：“这是定妆照。”

连城说：“这个发型不好，不符合历史，也不合适你的脸型。”

连宇看了眼手机：“还有时间，你可以试试。我去说服导演。”

连城笑道：“红了。”

连宇眼睛里有点酸，但是她知道不能坏了妆。

“独立化妆室，专门的化妆师，化妆品的品质也上去了。我看小简刚才那样子，腰杆都直了。”

“她也不容易。”连宇说。做助理受气，小透明的助理就更受气了。

“这部剧他给你的？”连城没有挑明问“他”是谁。

连宇说：“也不是，我自己争取的。去年你让我接的那部女二人设很好，一下子就起来了。刚好这部剧的女主粉丝闹事，让我捡了个漏。当然也还有人想抢，他……就找人敲打了几句。”

连城说："真是不容易。"

"嗯。"

"替你高兴。"

连宇笑了一下："你别惹我哭。"

连城又说道："我是刚好在附近——钟晓也在；夏明时的人接我进来，他还记得我们在郭老家里有过一面之缘。"

连宇问："那件事——"

"已经有眉目了。再过半个月我师兄回来，就知道、至少能知道……"连城想了想，到底没有把握去年陷害她的和六年前是同一个，只含混道，"没准儿就能彻底解决了这件事。"

连宇叹了口气："要是解决不了呢？"

"我不会和你见面，也尽量不和你联系。你这阵子也少回家，一定要回……也要避开人。"

两个人都沉默，空气逼仄。

连城默默帮她把头发梳好，定型。各朝古画、壁画她见得多，发型和妆容都是极熟；从前连宇的妆和发型都是她给打理，她自然知道什么妆最衬她。她放下梳子，又笑道："粉丝见偶像还是可以的，没准儿能冒充个'私生饭'什么的。"

连宇说："不见也好。"

理智上她当然明白不能怪连城；连城也是受害者，也付出了代价，但是——她看着镜子里的脸，眼睛里慢慢浮起一丝厌恶又痛惜的神色。她恨这张脸，她怀念……她怀念所有她失去的。

包括她偶尔会想起的苏峻。

连城恶补了一下最近的娱乐新闻。除了连宇蹿红之外，还看到另外一个熟悉的名字。

许唯大概是铁了心要离婚。程郸还算有风度，没有爆出什么难看的姿态。"都交给律师处理。"来来去去就这么句。

连城心里感慨，程郢他哥真是个铁石心肠。对着许唯这样的美人都丝毫没有怜香惜玉的意思。

转眼三个月满——起初遥遥无期，但是最后几天回头看，好像也没怎么费劲就过去了。赶上梅雨季，空气里湿漉漉的。连城喜欢杨梅，装在白瓷盘里，风致楚楚，让人想起一枝红艳露凝香。

她在网上找酿酒的方子，突然就下雨了，响出千军万马的气势。

要从这种声势里听到开门声几乎是不可能的，但是她偏偏就听到了，推门出去，就看到那人湿淋淋在客厅里。

“怎么淋成这样？”连城赶忙去拿毛巾，又进浴室放热水。

姜汤煮好放了一会儿。

外头又开始响雷。

“今年的天气真是……”连城自言自语。她寻思，总要等他缓过劲来，方才好问话。这是约定的最后一天。当然她想过，迟几天也不要紧。但是程郢……还是在承诺期限内赶了回来。

虽然他说得轻松，但是连城也不傻，就算有珂罗版对照，原料齐备，修复王维的画仍然是件不容易的事。

程郢裹上浴袍出来，头发还湿漉漉的，有很清新的海盐的气息，只是脸色有些苍白，苍白得……连城竟不忍心多看。

她拿吹风机给他吹头发，玻璃上映出两个人的影子叠在一起。连城猜事情不是很顺利，也许博文堂反悔，不肯交出名单；也许是——

她想要找个话题，但急切间就是找不到。

程郢将她揽进怀里。

“对不起……”他低声说。那个声音不像是从喉咙里，经声带振动发出来，反而像是从心口吐出来。

“别这么说，”连城尽量装得轻松，“要这么容易解决，之前我们至于浪费这么久吗……”

“我没把东西修好……”

奇怪，这时候连城心里冒出的第一个念头竟然是，“这不可能！”她当然知道人力有时尽，她只是、她也许是从未想过，以她师兄的手艺，竟然会有滑铁卢。

“对不起……”程郢重复。

连城低头吻他。

“不要紧。”她喃喃地说。

她总会有法子，过完今晚，等明早醒来，她总会找到新的法子。这些年她都是这么过来的，这次也没有什么不一样。

外头雨声响得更密了。

十一

一连好多天，程郢的精神都不是太好。连城猜，他没受过这样的打击。

她第一次给人画画被退回的时候也这样，但是没有持续这么久——也许是客观条件不允许。他总在半夜里醒来，头发被打湿。连城起来陪他喝杯酒，或者说会儿话。他抱住她不肯放手。

连城问："你是不是怕我又消失？"

程郢不说话。

连城摩挲他的面容，郑重道："放心，不会的。"

分开这几个月，比过去几年还长。她不知道怎么形容这种心情。也许古人已经说尽了，一日不见，如隔三秋兮。

"你要是不信，"连城想了想，"要不要我花九块钱请你客？"

暗夜里有人笑出声："郁连城你能不能有点仪式感？"

"戒指我买过了，你还戴着呢。"连城理直气壮，并不觉得有什么不妥，"家长也见过了，你哥你妈，你那一堆姑姑表妹青梅竹马，还有我舅舅舅妈我姐，还有什么？你喜欢中式还是西式——"

程郢听她越说越真，赶紧给她打住："别闹了。"

"我没闹！我说真的！"连城说，"我仔细想过了，那人咬着我不放，多半是我那时候年纪小，不谨慎，被惦记上了。我要是只在钟声做文创，或者去文物局做做鉴定，手里没有东西，也就不会再——"

"那不公平。"程郢说。他知道她下的功夫，耗的时间，费的心力；他知道她的才能，她能达到的成就。她该是夜空中最闪亮的星子，谁令她湮没无闻？

连城不以为然："这个世界上哪里有什么公平。上帝掷骰子，落在每个人头上的命运不一样，生来环境不同，基因不同。人类狂妄，说人生而平等——平等在哪里？你我都已经算是中了大奖，就算失去点什么，也是应有之数。"

办法她想过了，剩下三条路，都走不通。一是从买家下手顺藤摸瓜，但是林海至今不知道他的《水月观音》被换了，一旦闹出来，她从前那点事便又藏不住；再者林家人也不容易接近。

二是从钟晓或者钟原下手。钟原人老成精，要有什么把柄，也不能屹立不倒三十年；钟晓就更加没法下手了，下手无非威逼利诱，坑蒙拐骗——就算钟晓不跟她翻脸，做人也不能这么忘恩负义。

三是引蛇出洞。这个法子之前程郢用过，没把鱼钓上来，钓了条蛇，两个人九死一生，差点团灭。连城这时候想起当时的枪口，饶是她胆大，也不由打了个寒战。她发现她现在惜命了。

可能她命里福气就这么点，活着，和她爱的人一起活着。家她也回去过了，连宇也大红了，她不该想更多。

而原本，也不关程郢的事。不该把他扯进来。

程郢亲吻她的眼睛："睡吧，很晚了。"

连城便也乖乖蜷他怀里睡去。

黄梅时节雨淅淅沥沥，连绵不断，从天黑下到天明。南方人都知道，这雨下一场，热一度，到雨下完，芭蕉深碧，樱桃杨梅相继下市，夏天就跟着粽香来了。

钟晓搬动他爹出面，说服政府牵头，联合南城各大博物馆、数十家文化相关产业，加上媒体助阵，举办了一场声势浩大的端午文化节，以不辜负浪漫主义诗人屈原豁出命去为全国人民争取到的假日。

连城拉程郢去散心，庆贺她顺利毕业。程郢虽然兴致不高，也舍不得违拗她，只嗤笑了声："十一年。"

连城反唇相讥："那都是师兄教导有方。"

程郢便叹了口气。

连城唯恐他反悔，抢先把东西收拾好了，又起了大早。

文化民俗街沿江设立，方便观赏赛龙舟。这时候还早，龙舟也都静静停靠在江边。

入口处设有沐兰汤，系五色丝，雄黄点额，有熟悉民俗的志愿者讲解操作。都是年轻的女孩子，给程郢系五色丝的时候手就打战，点雄黄更不敢抬头。连城叫着"我来我来"，提笔就画。

原本这两人就容色出众引人注目。连城下手又快，不少人眼睁睁瞧着，手机都来不及举，程郢眉心已经多了一朵蔷薇。

花开颤颤，如黄昏柳色，暮光倾漉。

周遭叫好声才起，连城反手在自己额上写了斗大个“王”字。叫好就成了哄笑。连城神气活现解释说：“这叫猛虎细嗅蔷薇。”程郢很配合地“喵”了一声。一干吃瓜众被他们俩笑惨了。

往里走各种文创产品，有日用的水杯、盏碟、台灯；有文具如书签、书架、笔墨；有桌面小摆件，也有墙上挂件；有琳琅满目的首饰，也有衣物、鞋袜、化妆品；夹杂各色小吃摊，粽叶清香。

钟声这次主打古乐器。有螺钿紫檀五弦琵琶香囊，里头装了香药、朱砂，佩在腰间，可应时令；有“九霄环佩”文具盒，拨弦铮然之声；有仿曾乙侯编钟制作的风铃；有敦煌壁画复原的箜篌耳坠。

别的展位都是用看的，他家凭空就有了声响。别说一般游客了，就是程郢都赞许地多看了几眼。

连城买了对香囊。

两人又玩了些投壶射箭斗草之类的游戏。过了十点，游客渐渐多了，有很多穿汉服的年轻人，也有人拿相机猛拍。江面也有了动静，两人便上茶楼，连城一早订了窗边的位置，就等着看龙舟。

茶楼送上来茶酒点心。

连城挑挑拣拣吃过水晶虾饺，又拿了块榴莲酥。听到外头锣鼓声、号子声响，便探头去看。

她这样兴致勃勃，程郢看在眼里，就算明知道有水分，也还是生出欢喜。他想那件事毕竟是过去了，也许就能永远过去。她当初那样害怕，都能鼓起勇气回来面对他，他没有理由——

他总不能比女孩儿还胆小。

他于是柔声喊道：“连城！”

“嗯？”她回头看他，嘴边还沾着饼屑，但是眼睛亮晶晶的。他忽然又意识到她的机敏。不能说，他想。他笑了一下：“你觉得哪个队能赢？”

连城不知道是不是自己错觉，自端午之后，程郢的情绪有了明显好转。

她也想开了些，从前她是负罪，日子难过，如今至少东西还回去了，她清白了；她惶惑不安，是因为有了牵挂。

然而那些人既当初不敢动程郢，没理由现在敢；而连宇的大红大紫也保证了她的安全，动一个寂寂无闻的死龙套和动一个当红明星的成本是不一样的。何况她专心跟着钟晓做文创，未尝不好。

并没有什么损失，总不会比之前糟糕，她落到过求告无门的境地，与之相比，如今已经是现世安稳。

暑假将至，程郢策划旅行，连城表示她没假了。之前给他代课几乎花光了她全部的年假和调休。

“早知道就该打小立志当老师。”连城痛心疾首。

“然后就有了写不完的论文，填不完的表。”程郢嘲笑她天真，想了想又问，“婚假还在吧？”

连城：“我倒是想不在了，没人给我这个机会。”

程郢看了眼日历，进书房翻东西。

“找什么？”

“九块钱。”

“喂！”

“不是，我有几枚古币，一下子想不起来收哪里了。”

“找那个做什么？”

“起卦！”

连城这才想起来她师兄还是个神棍爱好者：“这也太有仪式感了吧程教授，你怎么不找龟壳蓍草呐。”

两个人跪坐在波斯地毯上嘻嘻哈哈起卦。连城有种不真实的感觉，好几次抬头，看他微垂的眼帘，看他精致的嘴角，看他鼻尖上闪闪的汗珠。阳光透过窗帘照进来，空荡荡的白。雨停了，知了响了起来。

绿荫匝地，有种时间暂停的晕眩感。

“应该在旋转木马上……”连城没意识到她说出了口，程郢停下来看她。“或者摩天轮，在整个城市的最高点，距离天空最近的地方……”要很蓝很蓝的天。在那里往下看，所有的人密密麻麻，像是蝼蚁。

蝼蚁奋力往上，蝼蚁奋力爬行，蝼蚁抹着汗露出笑容。

海浪在很远的地方一波一波地卷上来，有人赤足走在松软的沙滩上。

程郢说：“我以为你要古堡。”

“嗯，藤蔓爬过窗户，风吹动天鹅绒的帘幕，古老的祭坛上银质烛台，六枝烛火同时灭去，惨白惨白的伯爵大人从镶金乌木棺材里爬出来，让我吻你，畅饮你的鲜血，从此之后，时间变成永久……”

程郢凑过来，在她颈侧咬了一口：“这样？”

铜钱叮叮当当洒了一地。

虽然起卦的过程出了点意外，但程郢还是占到了一个良辰吉日。连城问他要不要通知他妈他哥，程郢表示他要先斩后奏；连城给连宇编了条短信，犹豫半天还是没有点发送。删掉了。

“人生不相见，动如参与商。”

程郢抱住她说：“你不用怕。”

“嗯。”

“我能保护好你。”

连城也没有想到她很快就不得不去见连宇了——暑假还没有到。

十二

连城晚上八点接到小简的电话。看到来电她心里就咯噔一下，小简一般是不找她的。

声音里带着哭腔：“郁姐你快来吧，我不行了……”

“她怎么了？”

“我不知道……”小简慌慌张张地说，“我不知道。突然就——”

“药呢？”连城问。

“药、药……”

连城便知道小简没带在身边，或者是过期了。她这边的药就早过期了。都三四年了，她也没法怪小简掉以轻心，很快说道：“你们在哪里，我这就过来。”

小简给她报了地址。

连城心里略松了口气，幸好还在南城周边，也就一个多小时车程，又交代：“你看住她，有人找你先应酬着。”

放下电话，程郢问：“我开车？”

连城想了想，点了头。她也不知道连宇这次发作的程度。她和程郢到这一步，似乎也不必再瞒东瞒西。

连城换了件灰扑扑的T恤，给程郢拿了件同款，看了眼他的脸，又加了个鸭舌帽。

程郢开车，她便解放了双手和脑子，一路和小简通话，指挥她怎么对付连宇，又怎么敷衍酒店的询问。

小简急切地说："明天一早就有戏……"

"你先跟副导演通个气，就说她吃错了东西，胃病犯了，恐怕明儿早上状态不好。"

又细细盘问剧组里发生了什么，连宇的病怎么会发作。小简东拉西扯，到底瞒不过了，方才支支吾吾说她上了网。连城说："不是和你说过少让她上网吗，现在网上嘴毒的人那么多……"

小简叫苦道："我也不知道！她下了戏就有点心神不定，问我要手机，我——"

连城沉默了片刻，她也知道人事倾轧在哪里都免不了，几乎每个刚红起来的公众人物都会在短暂的交口称赞之后迎来舆论上的风暴，有无数人问，"只有我一个人觉得……吗？"有无数人质疑德不配位，能不配位。

她不知道连宇看到了什么。这个世界上多的是谣言与憎恨。她简洁地说道："算了，不怪你。我们快到了。"

小简迎出来的时候有些狼狈，看到连城像是看到了救星，甚至没有余力给程郢眼神："郁姐——"

连城冲她摆手。

一行三人沉默着上了电梯。

屋里显然收拾过，还是乱得很，地毯上细碎的玻璃碴闪烁。连宇手脚被衣物捆住，胳膊上有血痕，脸上青肿，嘴被塞住了。她眼睛睁得大大的，有种不能聚焦的恐惧感，像个空洞的人偶。

连城走过去："姐！"

连宇的神志像是从无限虚空里拉回来，她看清楚连城，猛地跳起来，"滋"的一声，布帛撕裂。

她跳下床。

小简知道她又来了，赶紧往后退。

连城再喊了一声："姐！"

连宇回头，连城干脆利落一记手刀，连宇连哼都没哼一声就倒了下去。别说小简，就是程郢都看呆了。

连城冲程郢说："你转过身。"又对小简说，"你过来，和我姐换过衣服。一会儿我带她走，你就留在这里。这个手机里有个声音合成软件，能合成我姐的声音，再晚一点，十一点左右吧，你给导演打电话，说胃出血。"

小简眨了眨眼睛："那之后呢，后天、大后天……她是女主，都有戏的！"

连城默默算了一会儿时间："怎么着也要腾出三天来。"

小简只得应了。

"那些照片……"

连城的手顿了一下："我会处理。"

连城给连宇穿好衣服，梳成小简的发型。和程郢一左一右扶住她出了宾馆。程郢要往驾驶位上去，连城摇头："我来吧。"

程郢再次看到连城飙车，就和许唯出事那晚一样。

连宇在昏睡中，车外微光照在她的眉目里，很安静。她和连城并不太像，精致太多了。精致得有点——也许那不是问题，哪里有明星不做微调的，程郢心里想。在F城的时候她穿机车装，有种飒爽的英气。

他看过她所有的作品，在一年多以前，连城问许唯要资源。他试图从那些作品中推测连城的行踪，他不在她身边的日子，她会遇到哪些人，遇到些什么事……但是他也没有算到这件。

连城说她的画卖不出去所以给她姐做助手——至少有一半是谎言。她想要保护这个女人，哪怕是在他面前。

医生在门口等。他和连城显然是极熟，见面就问："怎么回事……"

连城苦笑说："网上有人胡observe……"

医生说："我先给她开点药。"

连城点头。

到连宇挂上水，连城绷紧的肩胛才松下来。程郢搂住她。连城低声说："别问。"

程郢说："我不问——我听着。"

他想她会需要一个听众，无论他能不能给出主意。连城的手指无意识地从白色的被单上划过去："不会有事的。"

"她那么想红，好不容易红起来，好日子才刚刚开始。她肯定能扛过去。"

程郢抚她的发。

"我小时候叫她坤姐。"

"嗯？"

"她跟我炫耀说她的名字是首诗。"

"什么诗？"

"心事浩茫连广宇，于无声处听惊雷——我舅舅是个武侠迷，从武侠小说里看到的，好像是梁羽生。我问那为什么不叫连广宇，她说听起来像谢广坤。我气她的时候就喊她坤姐，有时候喊她大脚。"

程郢想要笑，又忍住了。他的小猫儿淘气得很。

"她脾气好。跳舞的人都很能吃苦，下腰的时候老师一脚踩下去，我都能听到'咔嚓'的声音，她也不吭气。我去过一次就不去了。"她小声说，"我讨厌她，她长得漂亮，比我漂亮。"

"我经常捉弄她……她也不喜欢我。舅舅舅妈叫她让着我，他们越叫她让着我她就越生气。那会儿我刚去她家，路不熟，舅舅叫她带我上下学。她放学就使坏，欺负我腿短跟不上，每次都跑得气喘吁吁。有次我不跟了。她回头找不到我，吓坏了，一边哭一边喊我的名字……"

"后来她和峻哥好，我给他们打掩护。峻哥考了医学院，骨科，因为她老受伤……"连城停了一会儿，"在遇见你之前，峻哥几乎就是我的理想型，又好看又温柔，还总笑，永远也不生气。"

"这家医院就是峻哥帮忙联系的，医生是他同校学长。过去几年里，我们很得他照顾。他喜欢她，他那么喜欢她，也还是和别人结了婚。他没有办法接受这个事，他怪她想当明星，他不知道——"

"他是个好人，一个迂腐的好人。也没法说他有什么不对，就是……人的一生你没法预料，谁不想平平安安顺顺利利的，但是哪里有这样的好事啊。赶上了，他心里头过不去这个坎；要没赶上，结了婚，没准他受不了我姐的职业，也没准会挑剔她生不出孩子，或者生了女孩儿……"

"但是没准我姐也想过给他当贤妻良母……我也不知道。"她垂下头，声音发苦，“我没想到那些照片会曝出来，都过去这么多年了。我是做了些准备，但是也没想到能派上用场……”

“我心里是盼着永远都用不上……”

程郢没问她是些什么照片，也控制住了自己的手没有上网搜。

手机响了，程郢看了眼，不是他的，也不是连城的。连城从手袋里摸出连宇的手机，来电显示只有一个字，C。

这么晚了。

连城按掉电话，切换到微信。微信上没有头像，同一个C字。她大致扫了眼他们的对话风格，便打字和他说：“拍了一天的戏，嗓子哑了。”

“不会是屋里有人吧。”那人问。

连城：“是啊。”

那边便不说话了。

连城又打一行：“小简在我这儿呢，要过来看吗？”

能这么光明正大当着他和别的男人调情，程郢真是叹为观止。要不是连宇情况不好，他真能找个地方好好教训她一顿。

连城又敷衍了几句，关了手机。

深夜的医院也有不那么安静的，不时能听到车过来，脚步声一阵一阵的。总有人在世界沉睡的时候独自面对苦痛。风渐渐凉了。连城依偎着程郢。这大概是这许多年以来，第一次有人让她依靠。

第一次……连宇发作的时候，她不是一个人。

困倦卷上来。

她想她得睡一会儿，明早还要上班，照片需要处理。怎么处理更好，她需要脑子清醒的时候好好想想。程郢给她换了个姿势，让她更舒适一点，就听她迷迷糊糊问：“师兄？”

“我在。”

她抓住他的衣襟，脸在他胸口蹭了蹭。真像只猫，程郢想。

“现在，你知道我为什么不敢回家了吧。”她喃喃地说，轻得像是梦呓。

程郢僵住。就仿佛轰的一声，冷银色的剑光把夜幕撕了个粉碎。他没有办法遏制心里的惊涛骇浪，在这个瞬间。

“所以，你现在知道我为什么不敢回家了吧。”所以，连宇现在的突然崩溃是和六年前有关吗？

六年前，有人逼迫连宇拍照片，或者还有别的？

为了勒索连城吗？为了得到那件《水月观音》吗，为了——

所有说不通的事忽然都有了合理的解释：六年前连城匆匆休学离开，不仅仅是没有办法面对他，也因为连宇。可想而知当时连宇的情况比现在严重百倍，她需要即刻就医，她需要长时间的陪护。

不能报警。不仅仅是害怕幕后黑手是他；还因为连宇，她不能赌连宇当时的精神状况，经得住警察的再三盘问和笔录不崩盘；也不敢赌上连宇的职业生涯——她的职业决定了她的公众属性。

连宇在脸上动的刀子想必比他想的还多。也许在那之前，她们姐妹有过更相似的眉目，也许……

所以她那样害怕，她那样自责，而所有的恐惧，只要她尚有半分清醒，她都会藏得死死的，在所有人面前，在他面前，在她的至亲面前，也许也在连宇面前。

程郢深吸了几口气，想把这些念头压下去，但是他压不住，就好像胸口藏了个海，有东西不停地往上蹿，像尼斯湖水怪。

他这时候想起来，他和她说的“我会保护你”是这样软弱无力的一句话。他从来没有保护过她。

十三

连城处理掉网上的照片并没有费太大的劲，说白了大多数人不过想看热闹吃瓜，并不想收律师函。

网名“黑萝莉”的裸替接受采访也很坦诚：“这是我五年前拍的小视频，在东湖那个地方，你知道吧，那里以前有个烂尾楼，挺有感觉的，现在拆掉了，很可惜的。原版是这个，你可以对照。”

“P过？当然P过，开什么玩笑，现在网上哪个图不精修啊……是，我肯定，我自己的身体我还能认不出来？呐，我是和项小姐有点像，只是我没有她的运气，没有得到我应有的机会……”

“你说胸口那颗痣？嗐，那个是点上去的。为什么点，这叫风情你懂不懂？没那颗痣，美则美矣，毫无灵魂……算了我吃点亏，给你看底片，没修过的。”

“我打算出本书，你说我蹭热点？为什么不？这个流量就是金钱的时代，有人把钱丢你脚下，你还会假惺惺地说，我不弯腰吗？十万够不够？一千万呢？别傻了，真清高就不做裸替了，难不成真为艺术献身？”

这个敢于自嘲的女人迅速在网上争夺到了五分钟的眼球。在连城的授意下，小简给媒体透露小道消息，说女二号费小姐拿这个做借口逼制作方换掉女主角，理由是污点艺人不该出现在公众面前。

这句话引发了一场真正的网上风暴，无数营销号个人号参与进来，唇枪舌剑，有讨论裸替小视频的，有质疑污点艺人该不该露面的，更多的人跳起来呼喊，“女人支配自己的身体算什么污点？”

别说小简，就是连城也没想到能歪成这样。制作方倒是大喜，又可惜风暴来得早了点，要晚上半年一年，他们就大火了。导演又连夜找编剧，讨论能不能把女主角性格改得更积极、更女权一点。

连城斟酌再三，给连宇录制了一小段视频，大意就是“希望有一日，女性不必再遭受‘body shame’，那么也就没有让我白白当一次风暴中心”，以及感谢黑萝莉的勇敢，并送上祝福。

最后当然又轻描淡写提到最近在拍的剧，声称虽然是古装剧，但是女主角在勇敢走自己的路，追求幸福方面和现代女性一般无二，“时代不能局限她，时代也不能局限你我闪闪发光！”

这一举措极大赢得了制作方的欢心，也为连宇赢得了半个月的休息时间。

连城猜她姐的那个C是个圈外人士，也许很忙，以至于过去一个多星期才发现这件事。这时候连宇精神已经好多了，娇滴滴跟他诉了一轮苦。C倒是安慰她：“那个女人身材比你差远了。”

“一看就是假的，你胸口上哪里来的痣……”

连宇挂断电话，往床上一躺。“真可怕，”她说，“我当时就觉得血往头上冲，有个声音和我说，完了，全完了，后来就什么都不记得了。”

“哪这么容易完。”连城剥了颗荔枝喂给她，“要好好谢谢小简，给她加工资。”

“嗯——视频怎么回事？”

“很久以前找她拍的，也是怕万一。估计她也真以为是截图。她的长相身材和你出入还是比较大，我P了很久。她对P的结果也很满意，还催问过我几次为什么没有上架，我说国家监管不让上……”

“那找到源头没有？”

“找到了，一个废弃已久的论坛。没几个人，号也早就废了，过了这么多年也很难追索到人。不知道怎么被翻出来，有人说像，就有人起哄说就是，然后一传十十传百……”连城叹了口气。其实她姐现在和那时候也不怎么像了，一来是整过；二来红养人，气质都不一样了。

“连我都觉得不像。”连城说。

连宇没有说话，吃了几颗荔枝，慢慢儿把核吐出来：“我得回去了。”

“我叫小简来接你。”

连城开车送连宇到市中心医院附近的星巴克，隔着玻璃窗看到小简的车近了，便要从后门走，想了想，又折回来，喊了声“姐”。

“嗯？”

“我打算和程郢结婚。”

“什么时候？”

“下个月。”连城说，“我和他都不爱热闹，就……很简单，登记一下就好。”

“随便你。”

连城无所谓祝福不祝福。连宇因为她吃了这么大苦头，不恨她就不错了。

前些年对她态度还差些，这两年反而好了。人前总要装装样子，在家里是彩衣娱亲，人后一向不假辞色。但她总得和连宇说一声——除了连宇她们，她在这个世界上也没别的人需要交代。

这场风波不算大，但是连城还是花了点时间找人深挖数据。“项佳人”是没有过去的人，所有的过去，都是她一手打造，出身、学校，都是她反复推敲过。一丝一毫都不能让人联想到连宇。

种种忙完，已经是暑假。

公司这头也空了些，下班早，顺路买了只巧克力蛋糕。程郢口味偏甜，就是自制力太强，大多数时候都吃得太健康了。连城看得毫无乐趣，嘲笑他："要这么有自制力做什么？还想当霸道总裁不成？"

程郢从容回答："怕色衰爱弛。"

连城听得直乐。

程郢听说有巧克力蛋糕果然很开心。连城用碟子装了拿进屋里和他分着吃，看了眼显示屏："财报？"

程郢笑道："这个我没瞒过你，你自己懒得看，不能怪我。"

连城说："你的婚前财产，我看了管什么用？"

程郢叹了口气："要哪天我投资失败，倒欠上几个亿的外债，你就知道管不管用了。"

"那你宣布破产啊。"

程郢恨恨地捏她："乌鸦嘴。"

"然后我养你。"

"养男人，郁连城，你可真有出息。"

连城笑眯眯地说："养你呀，又不是养别人。"

程郢心里有点梗，搂住她说道："别这样……你这样，要哪天我出了事，或者——"

连城吃了一惊，抬眼看他。程郢便说不下去了，过了好一会儿方才说："许唯在和我哥打离婚官司。"

"我看到了，娱乐版有跟进——"连城猛地反应过来，"你不会是因为这个……"

"我哥手里有的是人……"

"说得跟许小姐身边没人似的。"许唯也是要名有名要钱有钱，要团队有团队，又不是家庭主妇，光杆儿司令。

"那怎么好比，她身边那些，恐怕是策划类人才居多……"

"难不成你是搞金融的？"连城冷笑。

程郢低头亲她，她也不动。程郢说："是我妈的意思，我妈和陈阿姨交好，陈阿姨过世的时候拜托我妈照顾她，没想到她和我哥走到这一步。我妈交代我别让我哥把她欺负得太狠了。"

连城不以为然："有钱还请不来专业人士？"

“我哥那个人……”程郢解释给她听，“倒不是说我多专业，而是我哥一向顾忌我。我出面，他多少肯让点步，不至于闹得太难看。”

连城还是不乐意，程郢又哄了她很久，又说道：“你看，你一直在钟晓的公司工作，我也没乱想。”

连城觉得这两者根本没有可比性。诚然她是想过和钟晓凑合，各取所需，但是在感情上，他们就没有过真正开始，和程郢许唯那种青梅竹马就不是一回事。当初……七年前他和许唯异地，也是许唯说分手他才肯分，又伤心那么久。她根本不想去赌她和许唯在他心里的分量。

只是这些话，也没法说得太明白。连城只委委屈屈问：“那八月出行……还赶得上吗？”

“我会尽力……但是还要看开庭时间。”

“要八月赶不上，九月你就开学了，十月秋拍我跟钟晓出差……”她哼了声，“你、你就给我等着瞧。”

程郢瞧她气鼓鼓的样子，又是好笑又是心酸：“那晚她出事你那么肯帮忙，我还以为——”

“那怎么一样！”连城叫道，“人命关天，而且——”

“而且什么？”

“而且她要真死了，你心里头过不去，我心里也难受。”

程郢再亲了亲她：“我明白了，你放心——我们去挑戒指吧，挑只你喜欢的。”

十四

连城没什么心情，远不及上次挑订婚戒指那么用心。虽然导购明显殷勤太多了，不住地夸他们郎才女貌。半天没挑到中意的。程郢问她要不要看电影。连城扫了眼海报，兴致缺缺，最后吃了冰激凌就回来了。

连城刻意想要忽略掉许唯的相关新闻，最后发现做不到。这世上的事都这样，越想忽略，越凑到眼前来，索性也不为难自己，直接上手搜。

倒是场旷日持久的官司，年后就开始了。开过一次庭。初判不离，随即进入婚姻冷静期。掐指算过时间，第二次开庭就在八月——怪不得程郢不肯给个准话。

连城有点沮丧。

她一向最盼着下班，最近却提不起劲，怕回家人不在，不知道去了哪里；也怕人在，又不知道在忙些什么；连开口都觉得艰难，怕张嘴就泄露了心思。有好几晚程郢回来得晚，她也没多问。

也恨刚好赶上公司不太忙。她从前一直觉得自己有一点好处，就是不爱胡乱猜疑，这时候反省，却原来并没有。六年前不猜疑，是自知分量不够；后来是她没那么投入，怕没法抽身。

如今卡在这里，未免心中愁苦。连庄梦蕊都觉察到她情绪不好，下午茶特意给加了一味甜点。

七月底日日艳阳高照，她老这么没精打采，钟晓问她要不要休个假。连城胡乱搅着咖啡："我想休婚假……"

钟晓愣了一下："又骗人！请帖和喜糖都没见你好意思说结婚？再说了，哪里有准新娘你这脸色的，又不是白毛女嫁黄世仁。"

连城懒洋洋地说："我婚前恐惧症不行啊。"

钟晓仔细看了她一回："你说真的？"

连城又不说话了。

钟晓索性拉开椅子坐下。

连城说："你没事就让我一个人静一会儿。"

钟晓说："我又没说话。"

连城说："那我请半天假吧。"

"去哪里？"

连城想了想："逛街。"

钟晓噗地笑了声："你去吧。"连城提起手袋，走到门口，钟晓又说："总之……别难为自己。"

连城对逛街这件事一向不是太热衷，太多的东西可以网购，何况她一直很忙。仔细想，这么多年来，最闲最放松的也许就是去年过年那几天，漫无目的地消磨时间，也不担忧，也不着急。

每每想起那几天，就像孔乙己在柜台上排出九枚大钱。商场琳琅满目，珠宝店里璀璨流光，都不及这点心头好。

连城恹恹地在商场绕行几圈，最后在书店里买了纸笔颜料写生板，打的直奔古港。

不是周末，也游人如织。

连城在榕树下架起写生板，疏疏画了个桥的轮廓。有人过来看一眼又走开，有人目不斜视走过去。阳光透过树冠漏下来，连城口干舌燥，正寻思叫杯甘蔗水，一双银灰色钻饰环绕细高跟停在了面前。

沿着纤细笔直的小腿往上看……浜田枝子。

连城怎么都想不到她还会再来南城。但是有个声音告诉她，那也不奇怪——以她和许唯的关系。

"郁小姐，"浜田枝子永远谦卑的笑容，"真想不到，在这里找到您。"

"找我？"

"是啊，许小姐让我亲手交给你。"

连城不知道许唯有什么要交给她，但是好像又是知道的。她不肯伸手去拿，浜田枝子也不催她，她像是在等，又像是在欣赏她这时候的脸色："很意外对不对，程桑竟然和会许小姐结婚。"

"这有什么意外。"连城呆着脸说。

"我还以为程桑会娶郁小姐呢，白替郁小姐高兴了。"浜田枝子温温柔柔地说，"但是程桑说，郁小姐不肯收喜帖，他很伤心。"

她没有动，连城也没有动，但是分明有什么一步一步逼近来。连城知道背后没有路了，但她还是往后退了一步。

双手本能地在空中乱抓，像是抓到了什么——

"啪！"

连城睁开眼睛，发现她还歪坐在树底下，桥没有画完，笔落在地上。

是梦。她被魇住了，一头一脸都是汗。真是的。大白天，梦到毫不相干的人，这么荒谬。程郢又不是傻，别说许唯和程郢还没有离婚，就算是离了，他们也很难不考虑世俗的观念和眼光。

但是如果她和程郢之间，需要因为这种世俗观念才能维持下去，难道不是很可悲吗？

她呆了好一会儿方才意识到手里还抓着东西——是一个人的手，赶忙松开，脑子还是慢了半拍："杨……先生，对不起。"

"熊小姐不必这么客气。"

连城说："我不姓熊。"

杨行密指了指她手腕上的镯子，递了张纸巾给她。连城犹豫了片刻，还是接了："但是我确实——"

"熊小姐不必害怕，我没有恶意——无论你是不是我认识的熊小姐。既然萍水相逢，名字不过是个代号，我这么称呼想必也不是太失礼。过了今天，或者离开这里，我不会记得我见过谁，说过什么。"

连城还是有点恍惚，也许是午后梦醒的常见症状。

杨行密问她要不要跟他去喝点东西。连城把写生板和画送给了甜品店老板。古港这边多的是路边小店，酒楼就一家，才两层，好处是临江。放眼望去，风平浪静。杨行密叫了两杯果汁。

连城又看着果汁发呆。

杨行密说："总部召我回去，我申请假期，在南城多停留了两个月。"

"我承认我是在找你。"

连城喝着果汁，充耳不闻。果汁不错，没有兑糖，甜得不是太过分。不知哪里看到的一句话，说两个人要是能吃到一块儿去，多半就能过下去。偏偏她和程郢口味南辕北辙。

程郢当时回复说："胡扯！多做一个菜不就得了。"

说得容易，这成年累月的，其实也不容易。连城想到这里，微微有点吃惊。之前婚前恐惧症纯粹她随口胡说，怎么竟正经恐惧起来。她和程郢不像一般都市男女，她是独狼，独来独往，程郢是野鹤，也没有房子车子婆媳丈母娘这些烦扰，但是陡然想到柴米油盐，竟然也有点悚然。

心神涣散，晃晃荡荡。

又听杨行密说："我母亲是华人，姓杨，所以取了这个中国名字。但是根据我祖父的说法，没准我应该姓贺。"

"贺？"

"也许是。"杨行密不太有把握地说，"我也不知道。当时祖父已经到了弥留之际，而且他在京都生活了四十多年。我那时候又小，又过去很久了，可能记错了也不一定。但是这只镯子——"

一只金光闪闪的东西包在柔软的深蓝色手巾里推过来。

连城看了一会儿。

"熊小姐，我很想知道你手里那只镯子，是不是——"

连城一口气把果汁喝干了。她定定神，她忽然看到了机会。她断然否认道：“不是！”

杨行密略略失望：“那可否告知——”

“杨先生，”连城轻快地说，“你该知道我想要什么。我愿意与你等价交换。”

杨行密眼中露出难过的神色：“熊小姐，我很想帮你。但是我有我必须恪守的职业道德。”

“那真是不好意思，我也有我的原则。”

杨行密挣扎了一下：“这于你不过是举手之劳——”

“是，”连城迅速回答他，“这于我不过是举手之劳，但是我凭什么告诉你？要是你祖父尚在人世，要骨肉团圆认祖归宗才肯咽气，那好，出于人道主义，我举这个手。但是你，凭什么？”

“我——”

“举手之劳，”连城哼了声，“你就不好奇，我忍气吞声通过你们的试炼为的是什么？我苦苦寻找那个害我的人，六年了！我差点死在他手里！我至今仍在他的威胁之下——怎么就没好心人给我举个手？”

她觉得自己露出了森森獠牙，面目狰狞。这许多年的怨气与恨意，忽然都压不住了。

她不是一个好人。

她不肯成人之美——也没有人成全过她。她这世间苦苦挣扎的穷丫头，还要抢着为白富美上供自己的心头血不成？这个念头像淬了毒的剑，落地生根，枝繁叶茂，开出一朵一朵都像是黑罂粟。

她推开杯子，头也不回下了楼。

十五

她这天回去得很晚。到楼下抬头一看，灯还是黑的。程郢居然能比她还晚。连城有种一拳砸在棉花上的无力感：不是他不关心她，而是他忙。她痛恨自己没法无理取闹，随便找个借口吵一架也好。

他们吵不起来。程郢痛恨吵架，她知道。

胡乱洗漱过躺下。

迷迷糊糊听到门响，有人进来，也没开灯，连城闻到他身上熟悉的气息，清澈得像是海水，橙花微涩的香："程郢？"

"嗯。"那人应了声，"吵到你了？"

"没有。我也才到家。"

"这么晚。"程郢伸手要抱她，她躲了一下，他立刻就察觉到了，"连城？"

"我今天碰到一个人……"

"谁？"

"杨行密。"

连城觉得程郢睁开了眼睛，在暗夜里，沉默像是凝胶，封住彼此的嘴。连城甚至能感觉到他肌肉绷紧。她想她也许是挑错了话题，又改口道："我去了古港，我以前经常去那边的……"

程郢"嗯"了声："我知道你去那里写生。"

"有时候是心情不好。"

"今天心情不好吗？"

"我和钟总说了——"

"说了什么。"

连城有片刻失语。她想要掩盖过去，便又说道："我做了个梦。"

程郢却已经反应过来。他没问她梦到了什么。他俯身吻她。仓促间也找不到唇舌，就只是肌肤相接，她的身体有点凉，也许是空调打得太冷。他知道他这阵子不正常，但是他没法和她开口。

千头万绪，从哪里说起都太困难。

起初轻如浮羽，渐渐喘息重了。

连城不知道要不要推开他，她也不知道他从哪里回来，在哪里冲过澡，用了谁的沐浴露，她也不敢问。她以为六年前不敢问是年纪小没有勇气，到现在知道什么叫江山易改本性难移。

偏程郢这晚亦不比往日温柔。恍惚是赤足站在夏日的雨里，狂风暴雨劈头盖脸往下砸，无休无止。她站立不稳，便只能奋力攀附他，指望他救她于水火。但是她心里知道是指望不上的，他就是水火。

"你爱我？"他吻她的眼泪。

连城不吭声。

“如果我做过对不起你的事或者……”程郢犹豫了一下，“或者我没你想的那么好，你还会爱我吗？”

连城心里发冷，只说不出话来。她恨自己指甲不够长，没法抓破他的脸，但留了她也做不到。她连拒绝他都做不到。

程郢细细密密地吻她，连城感受得到那种引而不发的暴戾，就像很久以前，他送她回寝室的那个吻。

“连城……”声音柔软得像是呢喃，“我们明天……”

连城看住他，暗夜里目如寒星。

程郢便又觉得说不下去了，他换了口气方才又说道：“你要想清楚。”

“不要后悔。”

“后悔什么？”她没有出声，纯是气，但是隔这么近，深夜里又这么静。

“明天——”他又说不下去了，像是积攒已久的勇气，最终一溃千里。剩下肢体纠缠，像暗夜里长出长长的藤蔓。

像等不到天明。

天亮的时候连城甚至惊讶了一下，她不知道自己怎么睡过去的。从衣柜里挑了件姜黄色的连衣裙。

程郢说：“我送你。”

连城说：“还早，你再睡会儿吧。”

程郢从背后抱住她的腰，扳过脸来吻她。她的睫毛软软地覆在眼睑上，像蜻蜓的翅。她爱他，他想。

连城又补了一次妆。

连城在办公室里心神不宁，不住地看显示器右下方的时间，一分一分地跳跃，像是断点。到下午三点，又毫不犹豫地过去，和之前任一分任一秒没有任何不同——这个世界上并没有什么良辰吉日。

像是整个身体都被掏空。

她昨晚原想逞强说不后悔，但是她也说不出来。她之前那么信誓旦旦地和他说“你要想清楚，再来一次就是反目成仇”，事到临头，还是做了逃兵。她不知道他有没有去民政局。

但是这个结果，她想他心知肚明。

她把脖子上的锁骨链取下来，放进水杯里，把水杯转过去。一整天都没有喝水，脑子昏昏沉沉。她想她得找个时间把东西快递去大学城；或者她应该问他把订婚戒指要回来，小十万呢。

又觉得算了。

快下班的时候收到快递，没有标明寄件人，便怀疑是戒指。他倒是比她想得明白，知道她小气。也没有拆封，丢进抽屉里。到所有人下了班才走。去商场买了几件衣服，就近找了家酒店。

在酒店住了十余天，晚上有人敲门，连城不敢开，外头人说："是我！"这才放下心来，拉开门，钟晓目光往里一溜："你就住这？"

连城说："我又不找你报销，你管我住哪。"

钟晓是恨不得拧烂她这张能说会道的嘴，又怕吓到她，便只道："人家吵架，都是叫男朋友滚出去，你倒好——"

连城说："我没出息我知道，不劳钟总教训。"

钟晓说："我不教训你。"

"那还有事？"

"我借间房给你，算公司福利。"钟晓打量她的脸色，"你要过意不去，交租金我也不反对；你要是觉得不方便，我就回白沙岛住。"

连城没跟他矫情，住酒店花钱是其一，不安全是其二。说穿了她还是个小市民，她自嘲地想。

钟晓倒是个理想室友，他不问她发生了什么。他捎带她上下班，她猜公司里的人在背后有议论，她也懒得去管。

她和钟晓的关系，之前非议就不少。

到八月下旬，钟晓在财经新闻上看到程郴和许唯离婚的消息。财经版还绷得住，娱乐版就活色生香了，纷纷都说许导身边有了新的护花使者，高大英俊，画出剪影来，猜测可能是甲乙丙丁。

对于许唯和程氏兄弟的关系，钟晓之前也听过一耳朵，当是空穴来风。到这时候不免啧啧惊叹。

又为连城打抱不平，这傻子平白给人当了两年炮灰；又怕傻子伤心，索性借口公事，带她去北海道避暑。

连城从前也经常随他出行，倒不觉得有什么意外。

钟晓把行程安排得十分宽松，走走停停。

札幌的白色恋人巧克力工厂浪漫得像欧洲童话，尖顶的城堡，五颜六色的花，充满了香甜的气息。有人乐意亲手做上几块巧克力，连城懒得动，钟晓做了她又嫌丑，但还是一口一口吃掉了。

听说薄野的牛郎很出名，连城就很想去看看。钟晓强烈要求同行，连城也觉得可：“反正牛郎应该也不会指定只陪女人。”

不过两人很快落荒而逃。

连城感慨：“这等姿色也值得花钱？”算下来就算她被程郢甩，也还是赚了。

钟晓被客人点名，妈妈桑仪态万方过来问价钱。连城倒是撺掇他就地赚几个零花，钟晓差点没抽出四十米大砍刀让她见识见识什么叫暴躁总裁。

导游说小樽出名是因为岩井俊二的《情书》。钟晓没看过，连城有听说：“很古老的电影了，好像是个暗恋的故事，男主号称‘世纪末最后的美少年’。”

“有那么美？”

“不知道，我只看过照片——没准动态比较美吧。”

太阳快要下去的时候起了风，粼粼波光中金云闪闪，暮色像凝固的油画。导游建议他们骑自行车沿着运河且行且看，连城表示她不会。钟晓一下子开心起来：“我会，我会啊！我带你！”

连城没坐过自行车后座，有点紧张。

“抱紧我就好。”钟晓说。

T恤薄，指尖的温度透进来。钟晓回头看她，风把长发吹得乱乱的。她情绪低落，连香水都没有用，就只有洗发水微涩的香，也许是柠檬。钟晓想得出神，车头一歪，连城吓得大叫，整个人往前扑。

钟晓急刹车，一只脚踮在地上，瞬间两岸的灯亮起来，橘黄色的暖光，一半在地面，一半串在水里，水波缱绻，晶光灿烂。

“像不像偶像剧？”他说。

连城把头靠在他背上没有作声。她不知道那个叫《情书》的电影里有没有这一幕。她觉得累极了。

她觉得有个人肯让她靠，也未尝不好。

到富良野看薰衣草的时候，她的兴致终于被带了上来。两人买了草帽，互相看着都觉得好笑：“像个农夫。”

“你像个农妇。”

“你占我便宜！”

钟晓拉她的手：“你要不要占回来？”

连城再傻到这时候也知道他们这次出行根本没什么公事。漫山遍野都是花，身在其中，恍惚灵魂都出窍而去，融在海里，成为广袤的大地上一株花，一叶草，和伙伴手挽手肩并肩，迎着风起伏。

她舍不得煞这个风景。

钟晓给她拍照，在薰衣草地里，在向日葵丛中，在白桦树的终点，青池之畔，影子纠缠，白鹤从他们身边掠过。

连城知道他的用意，她知道谁会看到它们——拍九子旼纪录片的时候，这个社交小能手就勾搭上了许唯的团队。

她也没有阻止。

她有种自暴自弃的欢愉。

十六

到温泉之乡。

水色温柔。漫天星斗从嘈杂到沉寂，星辉满目。

连城问钟晓：“国内发生了什么事？”

钟晓“啊”了一声。

四目相对。

钟晓首先败下阵来：“你问上个月还是最近？”

“上个月是什么？”

“程郧和许小姐成功离婚。”

“最近呢？”

钟晓再看了看她，决定先喝口酒：“你一定想知道的话……”

“嗯。”

“程教授把他哥踢出董事会，卸掉了他CEO的职位。”

连城愣住。

她花了点时间来消化这个消息：“他怎么做到的？”她看过他的账目，过于繁杂。他投资，但是不经营公司。他的日常就是一个普通博导的日常，做项目，写书写论文，带学生，参与学术交流。

“说来话长……简单说就还是利用了程郦和许小姐离婚这件事。许小姐申请财产保全，法院因此限制程郦转让或者以其他方式处置他所持有的股份。也是巧——”

“巧？”都知道不巧。

“程氏名下有个叫‘剑齿龙’的公司，是程氏近年重要的业务板块之一，正在纳斯达克谋求上市。”

钟晓继续说道：“于是程郦就不得不在财产分割上做出妥协，以求尽快脱身。许小姐得以从前夫身上咬下老大一块肉——她要的股份。等离婚判决下来，转手就交给程教授代持。”

连城心里也知道这是必然。许唯显然对商业兴趣不大，不然当初也不会昏了头拿嫁妆给程氏注资。

“再加上……应该是他母亲顾女士把名下股份转给了程教授。这样一来，程教授就成了最大的股东。至于他怎么说服其余董事支持他我就没有看到详细报道了——这种事本身也不会被捅出来。”

“总之，结果是肯定的，不管你信不信，你师兄现在是程氏掌门人了。”

连城把整个人埋水里沉了一会儿又出来，头发粘在脸上，水顺着发丝往下滴：“真想不到……”

她遇见程郢的时候他十九岁，到如今而立之年。起初是大班上课，见面不多，后来专业课开起来就多了。留心一个人，就会处处看到他，教学楼、实验室、田径场。有时候疑惑为什么食堂碰不到。

后来给他做助手，再后来在一起。她觉得她整个青春都被这个人填满了，塞不进别的影子。他们那样亲近，亲近到有些话不用说，就可以一起笑出来——这样默契，她都不知道他有这样的志向。

她以为他哥对他很重要。他和她说过他哥带他滑雪。至今滑雪仍然是他最喜欢的运动项目。

他说要带她滑雪。

她说他破产了她养他——真是笑死人。烧火丫头也想养得起程二公子?

连城再沉了一次，浮起来：“有句俗话……”

“哪句？”

“画虎画皮难画骨，知人知面不知心。”太俗了，说出口都觉得难为情。她自小擅画，人也好虎也好，花草虫鱼，筋骨皮肉都是极熟。但是连这样近的人都没有看明白过，可能根本上她就没有识人之明。

“男人都有野心。”钟晓说。

连城想起她姐：“女人也有。”

“你没有。”

连城怔了一下。

“你要有野心，就不会放过我。”钟晓牵了她一绺发丝绕在小指上，轻且软，像水草摇曳，“一个万花丛中过片叶不沾身的男人，终于肯放弃森林找棵树吊死，结果那棵树大喊——”

“喊什么？”

“莫挨老子！”

连城想笑又笑不出来，被他闹得没脾气，又沉进水里。钟晓跟下来，伸手抓她肩。连城扭腰，轻轻巧巧滑开，像一尾鱼。钟晓起了性子，反手抓到她脚踝。连城猝不及防被拖回来。

人脸陡然放大，甚至能看到对方瞳孔里的自己。连城偏转头，唇擦着面颊过去，钟晓抱了抱她：“早点睡。”便上了岸。

连城在水里看他的背影。

次日晨起，连城跟钟晓说：“陪我去趟奈良。”

下了飞机，连城开车，到地儿已经是黄昏。上次来是四月，绣球花还没有开。这时候九月到尾声，花又开过了。

游客不多，大约不在花季的缘故。寺里清静得有几分仙风道骨。连城吃过斋面去找住持。住持还记得她，多看了钟晓几眼。连城从手袋里拿出东西：“我听说御守失效，要过来归还？”

灯光柔和，照在“良缘”两个字上有种回忆的昏黄色。住持显然很遗憾：“郁小姐何妨再等等。”

连城没说话。

住持又叫住她，拿了个香囊给她。连城捏了捏，里头像是有枚香丸。住持似乎想要解释一下，终究还是闭了嘴，让人送他们出去。送他们的是个年轻的和尚，絮絮叨叨说今年绣球花开得好。

“往年六月程桑会过来求平安御守，这三年没有来，师父说他想的人已经平安了。”

连城抓着香囊。

“程桑求御守和别人不一样，他都是亲手制作，亲手供奉。”和尚看钟晓的目光里有挑衅的意思，但是很快又收敛了。

进了厢房，钟晓笑话说：“这简直是程教授的大本营。我被他们师徒俩看得，大气都不敢喘。”

连城说：“他人缘好，男女通吃。”这样想，董事被他拉拢，程郦被赶出董事会好像也就不那么匪夷所思了。他原本就有这个本事。

“去年……不对，前年了，你们修牧溪那件东西爆出绯闻，就是在这块儿吧。”

“嗯。”

钟晓想去看，连城说：“没有樱花，就只有护城河，没什么好看的。”她当初撺掇程郢过来也不真为了看樱花。

草草歇了一晚，取道京都。钟晓无论如何都要在京都玩一天。连城也就陪他去了趟清水寺金阁寺平安神宫，沿鸭川走了几步，颇有物是人非的沧桑感。到夜间落宿，才发现钟晓订了上次的酒店。

还是同一间房。

钟晓歪在座上，和她说：“给我煮杯茶。”

连城取了茶叶茶具，慢火细煎。钟晓有一搭没一搭和她说话，言不及义。茶香太浓，把声音冲淡了。和着外头的雨声，很惬意的节奏。

茶水注入茶杯中。钟晓抓住她的手腕，连城便顺势坐过来。钟晓说：“时间过得好快。”

连城笑道：“钟少这口气，赶明儿就能对着镜子找白头发了。”

钟晓说：“郁连城你就不能和我好好说几句话？”

“你要听什么？”

“你知道我想听什么。”

连城怔怔地看着他，心里想日本酒店的灯光打得真好，人在眼前，像件画儿似的。外头雨声也是真响。她说：“我上次和你说的，是真的。”

“哪次？”

“婚假那次。原本第二天我打算和他领证。”

“听起来很惊险。”

连城垂头。她上次来的时候头发都及腰了，后来剪过一次，又长了。跟韭菜似的，没有知觉，没有痛觉：“有些事我没和你说过，你大概也知道一点。我原本以为这次能和他在一起。”

如果没有许唯，也许真的可以。程郢桃花是有点多，但是她疑心病不重，而且真的太多年了。时间一久，无论人还是地方，都会生出血肉相连的错觉，像她和程郢，像她对南城这座城市。

撕扯开来，免不了血淋淋的难看——所以她总说伤筋动骨。

但是她也没有办法。她和程郢能有几年，比不得人家青梅竹马。他也和她坦诚过，十四岁，情窦初开，到二十岁。相同的背景，共同的亲友，共同的回忆。也许还有共同的爱好和相近的品位。

所谓门当户对。

即便时间上并没有重合，也不妨碍许唯看她像小三。

他在许唯面前甚至羞于承认她，承认——他喜欢一个不如她的女人。而且……连城模模糊糊地想，她也没有办法想象他会对他哥做那样的事。她不关心程郷，但是他这样让她害怕。

“他不会和许小姐结婚，”钟晓说，“他就是和徐星星结婚也不会和许小姐。”

“这个我不关心。”

过了一会儿又补充道：“我也不想知道。”

钟晓伸手摸她的脸，这次她没有躲。他凑过来，停了一会儿，最后吻在她眉心。他心里很清楚如果他这时候吻她，她不会拒绝。但是他不想这样开始，他们之前的开始已经足够糟糕了。

她把他当金主，那时候，无论言语轻薄还是动手动脚她都不拒绝，但是她心不在焉。

“我那时候真觉得，你心里想谁不重要。”他小声笑，“我想无论我跟谁结婚，她都会受宠若惊。”

连城笑道：“是有点。”

“你喜欢我，是不是？”

连城没作声。

“我都听到了。”钟晓有点得意。

“听到什么？”

“那晚，昙花开的那晚……”

“那晚你喝多了。”连城觉得好笑。钟少爷还以为他划拳天下无敌。

“我录了音。我原本想录你的醉话，没想到……你说那个英俊的小哥哥和你姐分了手，还说接近我是有所图。”

“这话你能听出我喜欢你？”

“你心疼我，怕我受伤。”钟晓龇牙，“我虽然学渣，但也受过九年义务教育做过阅读理解的好吗！别以为能骗过我！就算没到程教授那个程度，那也是喜欢的，是不是？而且我还知道，后来我们在香港的时候，你已经想答应我了。”

“我就是迟了一步，要我早回来半个月，就没程教授什么事儿了。”

连城有点羡慕他的自信——连她自己都没有这个把握。

“我就错在没想到你还能和他复合。”钟晓第三次提到这个判断，“他从前那么对你，换我早操刀子找上门了，你还能原谅他！”

连城心口猛地一跳，她也不知道为什么，也许是鬼使神差：“他那么对我……”

“他拿走你的画，救了程氏，然后把你一脚踢开，要不是——”

“你说什么？”连城听出这四个字里的突兀，像影视剧里的画外音。

钟晓给她顺气：“我帮你打过他一顿。”

连城像是没有听到，愣愣地问：“你说——他拿走我的画？”

“难道不是？”

“你爸说的？”连城脸色发白，“六年前——令尊，见过他？”

十七

连城看着钟晓的脸色，她想她猜对了。

钟原说，是程郢。

六年前拿走《水月观音》，直接逼疯她姐，逼得她数年颠沛流离，至今恐惧不安的那个人，是程郢。

竟然是程郢？

像是恐怖片中，经历了千辛万苦，种种险阻，以为终于逃出生天，到回头，发现恶魔在枕边。

他说他能保护好她——他当然能！如果他就是当初那个人，只要他收手——也许他确实已经收手，他得到了他想要的，无论是程氏集团还是许唯，他都得到了。他还有什么理由不放过她？

可是如果是程郢，他当然一早就知道中间人是谁，掌眼是谁，买家是谁。那么他这两年，图的什么？

无论是一掷千金，无中生有制作出男版《水月观音》，还是后来几度遇险，都是压上了全部的前程和性命，一个不慎，就是身败名裂，就是死。他为什么这么做，仅仅就只是为了骗过她么？

连城不觉得自己有这个分量。

最早在白沙岛的那个晚上，他拦下她的车，他说不是他，她便信了七八分——到如今想来，他到底哪句话是真，哪句话是假？她没能看清楚的何止一件两件，她从头至尾……都没有清楚过。

她整个的青春，过去十年，都被织在巨大的谎言里，回望过去，遍地荒芜。

钟晓看见连城眼睛发直，眼珠子几乎要掉出眶外，伸手在她面前晃了晃，她也像是没看见。

他一下子慌了起来。一迭声叫道：“连城、连城！”

“说句话——你说句话好不好？”

那人全无反应。

钟晓又惊又气，手忙脚乱拨119。那头慢得像过了一个世纪才接电话。哆哆嗦嗦报过地址，也不知道什么时候才到。

看着眼前人像个木偶似的，钟晓心里终于怕了起来。他是不信邪，到底也是个中国人，各路妖魔鬼怪在脑子里一阵天人交战，差点没打出封神榜。最后挖出来还是根植自灵魂深处的土办法。

他端着连城毫无表情的脸看了片刻，咬牙，抡圆了胳膊，“啪啪”两下。

连城像是回了魂，“嗳”地吐出一口气，整个人软倒下来。钟晓连忙抱住她，也过了许久方才出得了声：“可吓死我了。”

连城低低“嗯”了声。

“你哭出来吧……”

他想他大概很难感同身受，但是他也知道这是很沉重的打击。他遇见她的时候，他这时候想起来，她努力讨好他，她努力给他展示她的价值……她讨人喜欢，但她还是个空心人。

一直到……

也许是一直到在京都遇见程郢，也许是更晚一点，他模模糊糊地想，他不能够确定，但是程郢定然和她说过，不是他。

是这句话让她活过来。

他真傻。她一早就说过她不做买卖，他还信了他爹的话，以为她为了程郢不要命，为了嫁给他，把《水月观音》交给他们兄弟，助力他们度过难关——这种事许唯也许会做，郁连城不会。

她不是后来知道错了才拼命寻找，拼命弥补，而是一开始——就不是她做的！

他爹错了，错得很离谱。他猜是因为当时拿东西过来的是程氏兄弟，他爹从她和程郢的关系里推出这个结果。

所以也许是，程郢拿走了东西，害怕连城知道真相，抢先和她分手；而在四年后重逢，也许是出于愧疚，或者别的。所以如果连城知道真相——如果连城一早就知道，他们确实没有复合的可能。

他的判断没有错。

钟晓知道他不该因此高兴。但是他也没有这么高尚。

“我想睡觉。”连城小声说。

“睡吧。”

门铃声响，钟晓猜是急救人员，要起身去开门。连城却又警觉起来，眼睛睁得大大的，她拉住他的袖子央求他：“你别走！”

“我不走，你安心睡。”钟晓安抚她。

门铃响了很久，终于不响了。连城还睁着眼睛。她是真害怕他离开，留下她一个人，他想。他见过各式各样的郁连城，可没有见过这种形态。他甚至有瞬间的动摇，觉得不该让她知道真相。

也许真的……是很残忍吧。程郢那么个人。她信他信得死心塌地。从她入学算起，前前后后纠缠有12年。人一生有几个12年，还是最好的12年。就算程郢后来后悔了——也不知道程郢为什么会后悔。

也许并没有，也许程郢就只是利用连城把东西拿回来……而他也果然冒冒失失送上了门。毕竟凡人都惜命，只有郁连城负罪太深，肯铤而走险。人一旦不要命了，就什么都能做成。钟晓胡乱想着。

雨一直没有停，沙沙地，响到天明。

钟晓醒来才发现自己睡着了，伸手摸了个空，心里一紧；幸而抬头就看到了人。她背对他站着。

不知道从哪里弄来的大纸，钉在墙面上，她执笔写写画画。钟晓走过去，发现她是把遇见程郢以来这两年的行踪都写了出来。从京都相遇开始，一件件，一桩桩，所有意味深长的话。

钟晓虽然和她走得近，也仍然有许多意料之外，这时候看来，尤为触目惊心。

原来她早就知道程郢受邀来日本修复《山市晴岚》，那么会来耗材展寻找材料也在意料之中——这是她一早就策划好的在程郢面前亮相，那时候她也许并没有那么相信程郢；她是怀疑过的。

她试探程郢对她的感情，她接近他，也许是想用美人计。

到后来——

钟晓一行一行看下去。他也不知道程郢做了这么多；别说是连城，就算是换作他，他也不知道自己能不能坚持住怀疑不动摇。特别是男版《水月观音》横空出世，要借玫茵堂的名头，要骗过各路业内的审视，要小心翼翼试探上钩人的反应……这时候他找的还不过是个中间人。

中间人？钟晓打了个寒战。

连城察觉。

钟晓指着说道：“是我爸。”他原本是不想认的——就像他爸说的那样，蛇有蛇道，虾有虾道，人不能不守规矩。他昨晚失言是因为他爸误导了他，让他以为连城是卖家——到现在说都说了。

他也没想到程郢费这么大周折，就为了找出他爸。那岂不是说——

“三千万。”连城说，“我原本是想等公司上市，给我分红，我连本带利还他。”

钟晓动了动唇，没有出声。三千万诚然不是小数目，但是也不大，无论程郢还是他都损失得起；郁连城这个穷人思维贯彻得很彻底。

“我不知道他是不是欲擒故纵，”连城说，“他没有引导我往令尊这个方向想，反而付了订金给景鹤年。”这是最大的疑点：如果把程郢当作一个纯粹的商人来分析，这都是赔本的买卖。

“林海是不是就是六年前的买主？”连城问。

“我不知道。”钟晓说，“我爸不肯说，我窃听了他的电话……我那时候很怕你会被弄死。当时只能肯定引程教授过去的是件假货，真迹在林家。这中间是不是转过手，我不知道，也没法打听。”

“如果当初的卖家是程……郢，他哥不可能不知道。不管他后来因为什么原因想把东西拿回来，也许就只是他的想法，程郸并不赞同。”连城说道，“所以去年想弄死我的，也许是程郸。”

程郢想要取回当初那件《水月观音》，也许是出于修复师的职业道德，或者是怕有朝一日真相大白于天下，影响到他的声誉和前程，总之，并不像她一直以来以为的那样，是为了她。

不是。

“博文堂那件王摩诘的画，他修复不了的可能性很小，大概率可能就是他拿到了名单，看到黄任的推荐人不是别人，就是他哥。黄任这个人被推出来，既不是因为他醉心艺术热衷于收藏，也不是因为他长居国外格外好骗，而是因为他和许唯的关系，保证了事发之后，程郢不会追究。”

那时候程郸大概也没想到许唯铁了心要和他离婚。

既然是程郸，在《水月观音》有惊无险回来之后，程郢解除了后顾之忧，程郸自然会收手。这也是为什么程郢会说“我能保护好你”的原因。

她能这样冷静，与昨晚判若两人，钟晓心里也有点佩服，他走过去抱了抱她。

连城折断笔：“我和他两清了。”

自她手里丢掉的《水月观音》，在他的帮助下拿了回来。她是浪费了四年，她是一度很艰难，她差点死掉……不管他是不是做戏，他确实出钱出力。到完成这一切，她已经筋疲力尽，她认栽。

但是连宇呢？

她不能替连宇做决定。如果连宇知道真相，她会怎么样？她不知道。她们都是普通人，哪怕连宇有运气能大红大紫，那也就是个明星，世人看得起，尊称一声“艺术工作者”，看不起，随时啐骂“戏子”“下九流”——她能怎么样？那都是建立在沙上的名声，没有根底，经不起折腾。

同样的，哪怕她能等到“钟声”上市，也就是手里多几个闲钱，不可能和程氏抗衡。

归根到底，她们是耗不起时间精力死磕、又有所顾忌的普通人。时过境迁，证据湮灭，而程氏兄弟背后有一整个集团。

十年前她以为能在一起说笑便是一样的人，十年后她没那么天真了，哪怕是能上床，能谈婚论嫁，他们也还是不一样的人。

十八

九月中，连城和钟晓回到南城，一方面是公司事务，一方面准备秋拍。

回国之后她便搬回了家——如她所料，程郢已经搬走了，收拾得很干净，一点痕迹都没有留下。

连城自嘲说：“我们做修复的别的能耐没有，就是现场还原做得特别好。”

钟晓体谅她现在无心发展感情，也没有逼她，只日常约吃饭。他弄到一套最新的VR设备，十分沉迷，带她一起玩。

转眼到中秋，连城提了月饼和大闸蟹去看望老师。张若仪瞧着就她一个，问：“你和你师兄吵架了？”

连城打了个哈哈就要敷衍过去。门铃声响，程郢提着果篮进来。张若仪说：“你惹连城生气了？”

程郢笑了笑：“特意买了两只榴莲，准备回家跪呢。”

张若仪又絮絮叨叨说他们俩这么多年不容易，让连城有话说话，别闹脾气。还是袁湛把话题岔开，问连城工作找得怎么样了。

连城也知道老师观念里的工作不包括在民企忙活，总监也不行，于是笑道："往文物局递了简历，还在等消息。"

袁湛又觉得可惜："最合适的还是博物馆，库房里积年的好东西，保存和鉴定都缺人，就更别说修复了。"

连城和程郢陪老师、师娘话家常，说起最新的游戏："有些场景做得可逼真，就是太西化了，要是能拿几件山水画复原一下就好了，免得现在小孩以为我中国画无人。"东拉西扯，倒也把一顿饭吃得热热闹闹。

吃过饭程郢说有事先走，连城松了口气。

张若仪又和她耳提面命："不是我自夸，你师兄这人才、这模样儿，错过就难找了。"寻思片刻又说道，"说起来姓钟的那孩子也是不错的，我要是还收学生，非给他介绍一个不可。"

连城想不到年轻时候英姿飒爽，前些年还能让同学闻风丧胆的师娘退了休，不但跳起了广场舞，还有了拉郎配的兴致。一时骇笑，也不敢顶嘴，只唯唯诺诺："下次和他说，带他来见您。"

出门没看到程郢，又多松了口气。就有脚步声从安全门里转出来，有淡淡的烟草味。连城心里暗暗吃惊。

她往电梯走，那人追上来，扳过肩吻她。连城推了一下没有推开。程郢感觉到舌尖刺痛，血腥沫子顿时充斥了整个口腔。松开手，女孩儿眼睛瞪得大大的，他想要摸摸她的脸，还是放弃了。

"在北海道玩得高兴？"

连城没理他，使劲按电梯，但是电梯总也不来。

"都等不及到十月……"他说。

"你不也等不及许唯跟你哥离婚？"连城冷冷地说。

"我和她——"程郢就只说了三个字又卡住。她并没有要听他解释的意思。电梯到了，她走进去，迅速按下关门键，电梯门闭合，电梯往下沉。程郢没有动，他一直站在门外，看着电梯沉下去。

那些照片、视频他都看了，太多人点赞，许唯气得不行；往前翻还能找到钟晓拍的家里客厅，暗搓搓的一只手，或者一双鞋。

他反而没那么气，他是嫉妒。

钟晓的摄影技术不错，他很能抓拍到她的美，薰衣草那么无边无际，浓烈如燃烧，一直铺陈到天边，她白衣乌发，赤足在花海中，仿佛随风起伏；

青池那么清，他拍她双足，柔软得像是花瓣。

他见过她浴后涂趾甲，他记得她从前没有这个爱好。她说有人说好看。他猜是钟晓。

他搬走的时候把家里收拾得很干净。他想起他第一次去，死皮赖脸地不肯走，暗自窃喜她屋子里没有男人的痕迹——后来想，她应该是刻意避免让人知道她和连宇的住处。她没有安全感。

她害怕。

他终于知道她怕的是什么。

他也明知道该避开她，但还是像着了魔。他想他走之前总要再看她一眼。她一眼都不看他，偶尔扫到都会微微皱眉。他想她也许是知道了真相，也许是钟晓和她说了；这件事，他瞒不过去。

唯有天衣无缝。他这双手再巧，到底也织不出天衣，他不能指望她一辈子不知道。

连城走在九月的校园里，一年一度的新生入学，有很多热情洋溢的面孔，十六岁，十七岁，十八岁。

有她上半年教过的学生，脆生生地喊：“郁老师！”

有木香花，风信子，雁来红，小粒的米兰欣欣向荣，宿舍楼垂下来亮闪闪的满天星，满目翠色是爬山虎。

六年前她离开的时候未尝不是杨柳依依。

她懒得喊车。在校门口站牌下等了一会儿，来了公交。车里挤得像沙丁鱼罐头。每个人都只求方寸之地，没有人在乎你不说话，不笑，脑子空荡荡地看着外头，一闪而过，暑气里的风景。

到这时候才觉察舌尖一点点咸涩，是他的血。

她反复复盘这两年。

她鼓起勇气策划在京都露面的时候，他仍然是她心里最大的嫌疑人；她当然希望过不是他；她未尝没有警告过自己不要被迷惑；她甚至体谅过他当年的行为，为了拯救他父亲的公司。她倒霉她认命，她只想通过他找到线索，拿回东西。

但是他又骗了她一次。

在同一棵树上被吊死两次。所以说人这种生物，完全没有智慧可言。

有女孩儿偎在男友怀里好奇地打量她，挨得太近了，能很清楚地看到她的表情。她没有哭，但是巨大的乌云裹住她的眼睛。“她失恋了。”女孩儿附在男友耳边，满有把握地说。在这个年岁的女孩儿心里，失恋还是天大的事。

连城没有费太大的劲来适应新的生活。

天没塌下来，日子总要过，一日三餐，朝九晚五。拍卖会最频繁的十月、十一月过去，连城得了闲暇，决定买辆车。问钟晓要建议，钟晓大惊小怪：“我车库里什么没有，你挑一辆不香吗？”

连城说：“我打算买辆日式，省油。”

钟晓拗不过，只得陪她去4S店。销售顾问圆圆脸，过于殷勤，口若悬河。连城又犹豫起来，觉得这个也好，那个也不错。钟晓气不过：“我说话你不听，他说你就听了！”

连城说：“人家专业的。”

钟晓想把赛车执照摔她脸上！

两人试了一轮车回来，4S店里忽然热闹了，像是所有员工在围观。销售顾问极是机灵，很快打听到了：“来了个明星。”

“谁？”

“项、项——”

连城“哎”了声往里挤。连宇看到她，别过头要假装没看见。连城却向她走过来。连宇一愣，随即露出悲喜交加的神色。

连宇把身边人打发走，卸了妆换过衣物跟他们去吃火锅。小喝了几杯，还是钟晓送她们回家。

到家环视四周，连宇就知道程郢搬走了。她猜是分了手，她也猜不出为什么分手。过年的时候这两个人好得连体婴似的，就是前几个月连城特意折回来和她说要结婚了，抑制不住的喜上眉梢。

但是钟晓也算个不错的妹夫人选——没准比程郢还好，她只问：“那件事，你这边了结了？”

连城“嗯”了声。

“谁干的知道吗？”

连城摇头：“总之是解决了，以后不会再有了。值得喝一杯。”

“可别！”连宇笑道，“你喝高了我应付不来。”她们姐妹这么多年，连宇也只见她醉过一次，当场见血；之后那人看见她们姐妹都绕道走，虽然也给她使绊子，但是到底免了不少折辱。

连宇没打算搬回来。她现在名气大了，再窝在这么个普通小区不方便。最后一晚，反而生出留恋。

想起刚刚搬进来的时候，各种欣喜。

她们辗转过太多地方，有时候是赶上房东涨租，有时候是病发作被驱赶；有时候是因为距离医院太远，或者试镜、赶场不方便。最后连城找上钟晓，拿到第一笔提成，才买了这套二手房，像麻雀儿有了窝。

她倒是想过好好装修，换几件像样的家具，种点绿植。连城不反对她种绿植，但是不乐意装修，东西她只管扔不管添。连宇也拿不准她是性冷淡还是断舍离。她说：“何必花时间在这些琐事上。”

唯一添置的就只有灯和穿衣镜，那是她练习表情和跳舞必需。

“房间给你留着，什么时候回来都可以。东西叫小简来拿就行。”

“你也不会一直住这里，”连宇说，“你家钟总不迟早叫你搬过去？”

连城说：“我现在不想这些。”

连宇看了看她的脸色：“他甩的你？”

“算是吧。”

“为了什么？”

“初恋。”

连宇倒吸了一口凉气，老房子着火这件事，没想到能让连城赶上。连城说：“你都出来买车了，是剧拍完了？”

“嗯，在做后期。小金给我接了个综艺填档，和夏明时一起上，叫‘国宝代言人’，可能会炒一波绯闻什么的热热场子。我故意和夏明时提你，现在他在建议制作方找你做顾问……”

连城说：“我也不是什么都会。”

“不想干？”

“想。”连城不太提得起劲，“我和钟总说说，看能不能顺便推推公司的产品。”

连宇不知道连城是输给了谁，所以上网搜。她从前被小简管得严，行程紧，上网不多。现在的经纪人建议她多上网转转，只是别搜自己，免得被气死——随便看点什么，练习一下网感，对上综艺有好处。

搜了几次才搜到正确的名字，又顺藤摸瓜搜“许唯”，没想到搜出个大新闻。这时候想起来那人问她：“我要是什么都没有了，你还会跟我吗？”

她那会儿以为是有钱人经常发作的疑心病，他们总认为人们是冲他们的钱来——当然了，不然呢？

她当时回答说：“我等你东山再起。”这句话说得相当真心实意。相处也有两年多，起初是逢场作戏，后来有了几分真心。虽然不是太多。但是这个男人的能力和手腕她是欣赏的。

如果不是他已有妻室，未尝不是一个好的结婚对象。

那人放声大笑，说好多年前有人和他说过同样的话。她心里想“那后来呢”，但是她没有问出口。

她想她看到了后来。

十九

程郢歪在沙发上，听两个倭瓜慷慨激昂，恨不得给他们消音，手里捏了只酒杯转着。这只酒杯还是程郢给他淘来的，叫“卮”，杯壁卧了只玉雕的貔貅，憨态可掬。

许唯这两个舅舅这些天来找过他很多次，明里骂许唯不是东西，暗地里疯狂表示愿意站他这边，扳倒那两个忘恩负义的王八蛋，把股份拿回来，他们要的也不多，就三成……还可以还价。程郢一直没吭声。俗话说龙生九子，九子不同。许唯这两个舅舅和她妈陈盛容这差异也太大了。

如果陈盛容活到现在，多半也不会容许唯这么胡闹。他自觉对许唯已经很不错，可惜她不领情，把他当仇人。

女人就这点不好。

你金山银山给她堆着，她还要“爱”，活像那玩意儿跟小孩一样看得见摸得着似的。

转念想到他那个宝贝弟弟，程郢觉得这个世界上不止女人不好，男人也好得有限。郁连城那个女人，横看竖看也就中人之姿，至于他像练功练岔了那么走火入魔吗？几十年兄弟，他是真狠得下心。

程郷是想要东山再起，也考察过几个项目，但是生意这件事，做熟不做生，做生就像这两个憨批，被坑得出不了气。

他突兀地笑了一下："当初令堂手里那几十件文物，你们真的一件都没留得下来？"

表忠心表得唾沫横飞的陈律登时僵住：什么叫打人不打脸！程家这对兄弟是一模一样的不懂尊老爱幼！

他心里连爆了几句粗口："程总，就算是换了您，也不能不上这个当。那个女人，站那里就一派宗师的样儿，她下笔那个刷刷的，你眨几下眼她就完事儿了，您猜怎么着，和原画一模一样！"

程郢敲了敲桌子："女人？"

"就是个女人。不画画的时候蔫鸡，只要笔拿到手里……"

"想不想知道她是谁？"

陈律额上青筋跳了一下，坑他们兄弟的是程郢许唯，但是骗他的，是那个女人，这笔账他可记着呢。"谁？"

程郢慢条斯理拉开话题："我家阿郢呢，败家子儿，公司到手，丢给职业经理人就不管了，自个儿回去做他的程教授去了。我听说他最近的项目要下墓，可替他悬着心……悬着什么心？危险呐。"

"怎么着，他也是我兄弟不是。"

"那种死人出没的地方——《鬼吹灯》看过吧？《盗墓笔记》？都没看过就回家好好看看，《行尸走肉》总不会不知道吧，你们美国佬啊……哦哦你们英国人。再怎么中国话说得溜，也就剩了张黄皮，不懂中国文化的精髓。"

陈律一面应，一面执着追问："那个女人——"

"哦哦那个女人，瞧我这记性。我家阿郢说，摹画比他还快的人就只有一个。"

"谁？"

程郷又笑了一下，他夹袋里有个姓曹的想拉他投资很久了。

到十一月下旬，连城果然收到邀请函。电视台级别很高，钟晓都看乐了，给她打点行装催促北上。

节目组请了不少业内人士，“老师”“老师”地叫着。连城是小字辈，装得很乖巧，又把带来的东西给节目组看，节目组很感兴趣。如此过了几日，碰到一个熟人。连城也没想到曹焜能混到这个位置——当然这人一向很能钻营，开口就是：“老同学好久不见，一起去爬个香山吧？”

连城笑嘻嘻说：“我倒是想，我家那位不让。”

曹焜眼珠子滴溜溜转了圈，大为遗憾：“那时候我们在云冈，就你年纪最小，没想到结婚最早。”又问，“程教授还在南城吗？”

连城说：“这我怎么知道。我和他很久没联系了。”

曹焜诧异道：“你和他没联系？我还以为——你家那位不是他么？”

“不是。”

“这就奇怪了。前年这边想请他过来，给的条件是极好的。他不肯，说你不适应这边的气候……”

“你听错了吧，我哪里不适应了。”连城说。

曹焜到底和她不是太熟，也没能及时识别她这睁眼说瞎话的本事，只好打个哈哈过去。

又过了几日，连城指点连宇插戴和礼仪。夏明时吐槽说：“郁姐对佳人比对我好多了——这不公平！”

连城说：“怎么滴，你还想和我一素人炒绯闻？我不离你远点，迟早被你的粉丝撕了！”

夏明时登时就瘪了：“人家也想要谈恋爱的自由！”

连城拍拍他的头，觉得顶流也不好过，但是她好像也没什么同情别人的资格，特别在多看几眼银行卡之后。

吃饭的时候曹焜又凑过来，大惊小怪和她说：“程教授去冀省了。”

连城呆着脸问：“那和我有什么关系？”

“关系大了！”

曹焜从头和她说。

冀南发现一个北朝大墓，墓中积水，被当地人误当成井用了二十几年，现赶着抢救性发掘：“至少得是王侯级别。要连坟丘算上，足足高近四十米！四十米啊郁连城，你算算，当年晋侯那墓也才十四米不到。”

“等咱们这个节目播出，刚好差不多撞上那边文物出土。连城你还记得前些年海昏侯出土的热闹不，吓！都是金子，前前后后八卦了有半个多月。现在这个墓也不会差，咱们得蹭蹭这热度。”

连城说：“汉唐势大，南北朝冷门，不会有这么大反响。”

“汉唐势大，那也是汉武帝唐太宗武则天的流量，出土之前，几个人知道海昏侯。”曹焜说，“不行，我得和节目组说去！”

连城也没想到曹焜这么热心当网红。

她想要反对，她不想再和程郢扯上关系。但是制片人偏偏就被曹焜一顿舌灿莲花给打动了，过来与她商量：“我们这个单元还原的壁画故事，可以先放一放，要能蹭到热点，那也是……”

连城说：“时间上未必赶得上是其一；考古出成果，指不定要几年，像海昏侯那样大火吸睛的是小概率事件。咱们现在复原的永泰公主墓葬壁画，说时代，响当当的唐朝；说人物，一代女皇的孙女儿；说故事，一尸两命，哪件都可能有反响。反观北朝，那旮旯里出圈的就一妾身不明花木兰……”

也不知道曹焜给灌了什么迷汤，制片人就是铁了心要吃这只螃蟹，弘扬这段鲜为人知的历史。“《明朝那些事儿》大火之前也没几个人对明朝感兴趣；‘清穿’普及之前，四爷还是血滴子主人大反派呢。”她拍了拍连城的肩，信心满满，“郁老师，相信我，我们可以的。”

连城挣扎了一下：“时间——”

“曹老师说，郁老师有件绝活……”制片人眼睛闪闪发光。

连城心里大骂“龟孙子卖我”，只管砌词推脱。晚上接到袁湛的电话。袁湛倒不在乎什么节目不节目的，只说道：“冀中老田给我打电话，说那块儿被淹得不行，边上小东西已经清理完了，壁画——

壁画是大件，起出来无论厚度高度都够呛。

“你师兄过去指导剥离，时间很紧，但是最近又下雨。”袁湛忧心忡忡，“壁画脱落很多，很碎，你师兄说数据采集效率不高。他们不熟悉壁画的摹制流程，采集出来的数据有些没法用。”

连城不吭气。要熟悉的何止流程。早年《清明上河图》修复，就因为经手人缺乏对画意的了解，删除了一头“尖嘴立牛”，后来才发现是一头壮年母驴，对应的是画面斜对面铺前拴着的一头张嘴嘶叫、四蹄翻刨的公驴——这个例子在她的求学过程中被反复提起，是一代修复师的遗恨。

她前后参与过几次北朝壁画的修复，相关壁画摹制的论文也发了四五篇，确实是最好的人选。

袁湛又说：“可能是个帝陵。”

连城心里动了一下，没想到曹焜那龟孙子还有猜中的时候。帝陵的规模可不大过王侯？国家早年吃过亏，如今大部分帝陵都被保护起来。照如今的技术，她这辈子可能都赶不上开掘。再者，北朝虽然没有唐朝名气大，狗血事儿可一点都不少。前儿连宇演女二火起来的那个剧就是北朝背景。

袁湛又说道：“我也就是年纪大了，行动不方便，不然——”

“老师别这么说，我去就是了。”

袁湛说：“老师也知道，你这会儿还生你师兄的气。但是连城，咱们做事的人，不能让情绪左右工作。

“是，老师。”连城应道。

“而且，”袁湛声音里泄露出一丝儿狡黠，“曹焜问你想进国家文物局还是南城文物局，他好给你定级。”

制作人任性，连城也没辙。和钟晓通过气，没提程郢，只说让她去冀南摹件古墓壁画。

钟晓VR玩得上头，正在考虑找工作室合作开发，也没多想，只笑话她飞天遁地，比他还忙。

夏明时是顶流，行程紧得不得了，这边歇下那边立就飞去申城；连宇虽然之前靠个女二有了姓名，毕竟不当红，行程也没满到这份上，趁机休息几天，在燕京等等机会，所以一直将连城送到机场。

回来的路上接到程郲的电话，说过来看她。连宇有点意外，但又不是太意外：毕竟他的职务被他弟弟捋了个干净，算下来闲着也是闲着不是。

连宇遇到程郲，差不多在两年前的饭局上。经常出没饭局的无非就那么几样人：需要在饭局上找钱找机会的，和被人捧着的。程郢明显是被捧的，意气风发，拔根汗毛下来都比人家腰粗。

那会儿连城勾搭上钟晓，收入稳定了，换了小简给她当助理。快散局的时候下了大雨，小简匆匆忙忙给她送伞，扭了脚也不敢说，被她看出来，在外头找了把椅子，叫小简脱了鞋袜给她正骨。

当时“咔嚓”一响，双方都松了口气。

就听有人问：“练过？”通常练武之人都会点正骨，他在国外时就用这招哄骗过国际友人。

连宇摇头："前男友学医的。"

"前男友？"那人便笑道，"真老实。"

连宇说："主要是怕人喊我表演胸口碎大石，徒手劈砖。"

那人看了看她的胸，又看她的手，调笑道："胸口劈砖也可以。"

连宇想打他个生活不能自理。

隔几日，制片人给她电话，说程总请吃饭。

一个人蹉跎久了，心气就下去了。跟了程郾之后有些事总归要方便很多。娱乐圈是个销金窟，跟红顶白，但敬罗衣，营销也是大笔的费用。没有这些，就只能拿命和天分去扛，扛得住的寥寥无几，所以有人说能红是玄学。

程郾这个后台当然不如文娱圈里的大佬好用，但是也够了——她还没到肯更委屈自己的地步。她猜连城该是早就有所察觉，不过连城没问，她也就没说。这种萍水相逢，谁知道什么时候就散了。

结果去年底发现连城和程郾的关系，又庆幸藏得紧，不然多尴尬。没想到人畜无害的程教授转眼就渣了她妹，耍了他哥，这可找谁说理去。连宇一面感慨，一面收拾起心情折回机场接程郾。

二十

连城并不知道她与程郾几乎是擦肩而过。

先坐的飞机，然后打的。

的士司机听说是去C县W村，兴奋得很："你也来看墓的吧？最近来了好多人，都那个……自媒体，来直播挖墓，带着这个镜头那个镜头三脚架什么的。你知道吗？他们挖出来这么大一墓！说是皇帝陵！你说，这里头得有多少金银宝贝啊。"

连城说："没准儿还有粽子。"

"可不！"司机一拍大腿，"你也看'盗墓'啊？是'稻米'不？"

连城叹了口气："我是盗墓的他祖宗！"

"你怎么骂人呢你！"

好在司机还算有职业道德，没把她赶下去，只狠狠宰了一刀。

抵达目的地是晚上九点。工地上还没有歇。前来围观拍照的自媒体被挡在绿布之外，有爬树的，有站高处眺望的，有好心劝告她“别想了，进不去”的。还有附近的村民探头探脑。

出来接她的是江平，大概卖了几个月苦力的缘故，黑了整整一个号：“老师还在下面，没上来……”

程郢原话里还有一句，“她可能也不想见我”。江平不是林陌川，他没那么敏感。他隐约觉察到老师不对劲，也没多想，听到这句方才知道缘由：“这边条件不好，老师其实不希望郁姐过来。”

“这话你和你师祖说去！”

江平摸了摸鼻子，引连城进门。是当地民居。村民大部分都已经迁走，墓地上的房屋被推倒，工地附近完好的不多了，这间原本是程郢住，为了不让连城看出来，师徒俩干了两个小时。

“缺什么你和我说。”

“水喝完了。”

“有凉好的，这里还有半瓶热水，可以兑着喝。”

连城喝了口水，身子暖了些。十二月的冀南已经很冷了。她向江平打听现场情况，也就不奇怪袁湛叫她过来了。

这墓积水已久，很多壁画都在水里泡着，抽水机日夜不停地工作。只等水退去，抓紧时间给壁画去湿，涂抹树脂，贴纱布，墙体剥离……同步进行的数据采集，哪个慢了都可能造成永久的遗憾。

“现在做壁画数据采集的是你还是你老师？”

“我，还有一位姓曾的女同学，叫曾玉。”

连城点点头。

“郁姐要不要吃点东西？”

连城说吃过了。

“那就先休息吧，”江平说，“一会儿老师也会上来。今晚雨大，干不了多久了。”

雨确实下得很大，打在窗上，震得头皮发麻。

但是连城这一路实在舟车劳顿，竟然也沾枕头就睡了。就是睡得不踏实，不断地做梦。也许是程郢就在近前的缘故，不断梦见他在门外，有时候是床边，有时候是直接出来接她，问她："累不累？"

她不想回答，于是短暂地从梦里抽离，翻了个身，又梦见他，拿了一兜儿水果："这边是石榴不错，比南边的甜。"

"石榴全是籽儿。"她听见自己抱怨。

她又醒了过来，雨还在响，没有要歇的意思。也不知道什么时辰了，开手机来看，也就十二点。关了手机要继续睡，听到雨里的人声："她没问别的？"

"没。"

"精神还好？"

"有点累的样子……"

声音很轻，连城又疑心自己还是在梦里。

对于连城来说，这次合作远比奈良要困难百倍。她只能不断地用老师的话安抚自己："你是做事的人，不能任由情绪左右。"

她不知道程郢怎么克制住这种种情绪。

次日醒来，天好歹放晴了，整个工作队都露出了笑容。

早餐很丰盛，有鸡蛋灌饼、油条、胡辣汤。队长老田说："袁老这十年就收了你们俩，可让我见全了。"

连城叼着鸡蛋饼说："我老师是恨不得亲自来……"

老田哈哈大笑："那老张肯定拿锤子打破我的头！"又感慨说，"别说袁老了，就是听说你要过来，小程都一脑门官司，我还以为多娇气一小姑娘呢，不也什么都能吃，怎么着都能睡……"

程郢便借口起身去看工地进展。

老田瞧出端倪，悄声问："连城，小程不是在追你吧——这么个追法可不行啊，什么事儿都给你想到了，当着面就是一眼不看，一个字不说。要命！网上怎么说的来着，注单身？"

连城没忍住笑出来："田队多虑了。程教授这条件，他要单身，普天下的丈母娘都不答应！"

江平："郁姐你少说几句，我老师要哭了。"

老田觉得这对师兄妹有点意思。

之前诸多疑虑，真进了墓道反而好了。毕竟这样精美的壁画实在难得一见。以连城的手速也是争分夺秒，根本没时间多想。偶尔错身，肢体接触，连城甚至等他过去了方才觉察发生了什么。心思很快又转回到工作上，反倒吃饭的时候免不了碰头。

敢拿他们乱开玩笑的人终究不多。程郢不开腔，便自然有种凛然的气度。也就老田倚老卖老——也有可能是受了袁湛的吩咐，连城猜。程郢面子大，连她这个从来懒得管人私生活的老师都下了场。

休息的时间不多，大多数时候都在忙。江平和曾玉给她做助手，曾玉是个腼腆的女生，也很勤快。数据采集既多又细，对于光线的要求也是变态得刁钻，到晚上往往累得直不起腰，手脚冻到发木。江平总给她送热水和牛奶。连城偶尔怀念南城的风和日暖，但是有时候也觉得这样的劳作有种充实的欢愉，大约就是俗话里的劳碌命。

偶尔有自媒体不知道通过什么门路溜进来，又被请出去；有条狗成天过来摇尾巴，成了考古队的编外人员；有墙体裂开崩塌了；又来了只毛茸茸的鸡，连城建议说："我们烤叫花鸡吃吧？"全体静默三秒。

最后江平鼓起勇气说："郁姐你真残忍！"

程郢背过身去笑。

连城趴在地上扫描碎片里的颜料屑。

有人抱住她的腰提溜起来。连城大惊，相机脱手，回头看见是程郢，才要质问："你疯了？"摁住了没出声。顺着他的目光看去，一条一尺来长的细蛇竖起上半身，鲜红的信子吞吐不定。

连城都吓傻了。

幸而有经验丰富的小伙伴迅速过来把蛇拿下，用棍子挑了来笑话她："郁老师要不要吃龙凤呈祥？"

连城捂住眼睛。程郢正色道："别吓她！"

周遭人便起哄说英雄救美。程郢冷冷地说："她要被蛇咬了你们谁能替她？我可不想影响工作进度。"

连城不声不响回头捡相机，把碎片扫描完。她知道他是给她解围，她也知道他定然是很留意她——野地里有很多难以预料的危险，这么小的蛇，又大冬天，她这么近都没有发现，偏偏他看到了。

“应该是被烤笼烤醒了。”他在她背后说。

她“嗯”了声没回头。他站了一会儿就走开了。时间很紧，还有很多事要做。她其实想问他怎么会跑来冀省考古——程教授过来帮忙搞定壁画不奇怪，程总就有点奇怪了。集团老总这么闲？

野外作业，朝夕相处，难免生出感情。早年考古队条件艰苦，女生约等于没有。这些年托科技进步的福，对体力依赖减弱，团队里男女比例有所好转。光冀南这支考古队里就好了好几对。

但是连城也没想到会有人向她表白，是个叫裴斐的男生——前儿他还拿蛇吓唬她。连城愣愣看着他手里的玫瑰，寒冬腊月，不知道从哪里变出来的，倒是有点可惜：她从来没有收到过花。

她和他说：“也许有更合适接受它的女孩子。”

裴斐不依不饶：“是因为程教授吗？”

“不是！”

“那为什么——因为江平？”

连城无语：“江平才多大——”

“他比您老小四岁，已经过了法定结婚年龄。”裴斐讥笑她，“我也是。”

后来连城才想起来，是快到圣诞了。也许他也和当初程郢一样，只是想找个人过圣诞。

她不想。

偶尔晨起看见窗台上有东西，薯片、虾条、麻花、芒果片、周黑鸭、“快乐肥宅水”，有次收到个Switch。连城十分感动，觉得现在男生追女孩子很用心，但还是叫江平把东西退了回去。

吃过晚饭在营地周边走走消食，顺便想想数据处理。转过帐篷，就听到江平的声音咄咄逼人：“你明知道郁姐是我老板的人，你还敢——”然后是裴斐的冷笑声：“她是不是，你说了不算！”

“你知道什么！他们订了婚的！你看见我老板手上的订婚戒指了吗？郁姐送的！”

“是吗？那怎么我看郁姐连个好脸色都不给他呢？要结了婚又两说，订婚？订婚有什么法律效力？你老板，哼，你老板现在充其量也就是个追求者，和我一样，凭什么许他追不许我追？”

连城听得想鼓掌。要不是她确实暂时无心于此，倒不介意来短露水姻缘气死程郢。她心里这么想，忽觉身后有人，一转头就看见人。

像是很久不见了——当然那不是真的，只是太久没有靠这么近。幸好是冬天，再近也不至于灼热。

目光划过右手无名指，是，戒指还在那里。不知道为什么还在那里，她想。她觉得她就该葛朗台上身大吼一声，“还我！”到底胆气不够，就只退了半步。

“他追你？”

“放心，不影响工作进度。”连城这样回答他。

她快步走开去。

二十一

工作有条不紊地推进，墓道中壁画依次剥离出来，最大限度保持了完整。队员们忍不住击掌，欢呼，互相拥抱。

连城小心翼翼绕开程郢。

老田说值得喝一杯——刚好庆祝圣诞。

荒郊野外的圣诞节不比都市，到处是彩灯、红帽子和发传单的圣诞老人。不过老田也算有心，弄了棵松树过来，装饰上绸带、许愿星、纸花，以及极具本土特色的红包和福袋，又托人带了火鸡。

火鸡肉柴，连城吃得没滋没味。

年轻人喝了酒，有唱歌的，有跳舞的，有打牌斗地主的，几个年纪大不想动的围着篝火吃烧烤。老田伸长了腿欣慰地说：“再晴上半个月，甬道里的壁画也起出来，就不用怕了。”

连城说：“墓室我还没进去看过——都一千多年了，排水还能用？”

“当然，”老田说，“这是王朝鼎盛时期修的墓，又是为帝王修筑，下足了血本。”

连城翻了下天气预报：“这周肯定是没雨了，就怕下周——不过北方冬天一向干燥，怎么今年这么反常。”

“就是反常啊。”老田叹了口气。

考古自然不像盗墓小说里那么惊险，但灵异事件也是有的。据传早年国家有过计划开启明成祖朱棣的长陵，那也是冬天，燕京一口气下了两个月的雨没停——而且最终也没找到陵墓所在。

后来改开了定陵。定陵定位倒还算顺利，但是进墓那天，陵墓门口的石狮子被雷电生生劈碎了。当时人都说，是明神宗在天之灵责怪守灵的神兽未能尽责——当然这种话，听听也就罢了。

他们这次开的很大可能是帝陵，没想到又碰到天象生异。但是他们干这行，也只能受着：这墓被淹了不知道多少年，再不发掘，骨头都烂了——虽然因为当时习俗，里头可能并没有尸身。

老田说："我们几个老家伙折腾不动也就罢了，小郁你年纪轻轻的，不和他们去耍，守这里做什么。"

连城心里想这还不是因为烧烤比火鸡好吃嘛，嘴上只笑道："我老师教训我说，我大多数时候都蹲在屋子里修现成的东西，是温室里的花朵，难得有机会野外作业，该多向前辈讨教。"

老田"哈"地笑了声，指点她道："小郁啊小郁，你这是巧言令色！"

连城作乖巧状。

老田下一句就是："你这么胡扯，你老师知道吗？想不想知道袁老怎么交代的我？"

连城眨了下眼睛："想。"

"袁老说，我这个小弟子啊，能力和人品没得说，你尽可以放心，就是容易钻牛角尖，我怕她想不开。你给我多看顾一点，鼓励她和年轻人多接触，放松几天。她心情好了，我给你记功。"

连城没想到袁湛会这么和老田交代，多少有些羞愧。老爷子都这把年岁了，素来不理俗务，却还为她操心。

她默默吃完烤串，就移了座，特意挑了没有程郢的那组，盘坐在曾玉身边。

年轻组就热闹得多，说笑声完全盖过了篝火，又时有人走动，有人牵头做游戏，有人分享零食。

玩了几轮狼人杀。

"狼人"连城被无情地揪了出来，众人起哄要她表演节目，"唱歌、跳舞、真心话大冒险……郁姐你好歹选一个。"

“讲故事行吗？”

这个选项显然在大多数人意料之外，便有人问：“什么故事？”

“怎么说呢，”连城装模作样一咏三叹，“白骨如山忘姓氏，无非公子与红妆。”

众人便纷纷道：“快讲！快讲！”

连城喝了口水润润嗓子：“这还是我读书时候听过的事儿，你们别这么看我，我也读过书的，就是挺久了。”

众人哄笑，气氛一下子轻松起来。

“早我们几届有对情侣，男的帅，女的靓，感情特别好，相约考同一个大学，然后还考上了，所以虽然他们毕业已久，仍然是广为流传的校园传说。大学之后，男孩儿很快就移情别恋了。”

“但是女孩儿不想分手。这种一方想分，一方不想的情况特别麻烦。有时候女生哭一场，男生又不忍心了，反复拉锯好几年，男生痛定思痛，决定和女生说个明白，不要再彼此耽误下去了！”

“这对情侣呢，和咱们一样，都是搞考古的，当时也是在实习，都在工地上，约会也没走远了，就在墓道里。”

有人扑哧笑出声，队里在墓道约会的也不是没有。有人嚷嚷道：“郁姐，不带这么影射的。”

连城不理，只管往下说道：“女生还是哭哭啼啼不肯分，男生忍无可忍，猛地抽出洛阳铲，就是一下！”

这急转直下，不少人“啊”了声。胆小的女孩子畏缩在男友怀里，又想听，又怕听，眼睛亮亮的。情绪被调动起来，几乎所有人都瞪大了眼睛，便有人起身也是蹑手蹑脚，仿佛只是影子在动。

“男生杀了女生，就很害怕。好在荒郊野外，尸体倒是不难处理，何况他还带了现成的工具。总之没花什么工夫，就把尸体给分了，抛得远远的。男生是个精细人，抛完一清点，像是漏了点什么。”

“漏了什么？”有人紧张地问。

“一只脚。他记得是该有两只脚的，不知道怎么回事，分开的时候好像只丢了一只。他虽然胆子大，也不敢一一去找，就和自己说，没准儿是搭大腿或者手臂哪块里丢掉了。总之，他就心安理得回了宿舍。”

“然后呢？”

“然后过了几天，也没人发现，男生就越来越心安理得，和新女朋友好了。这天晚上是圣诞节——”

“吓！郁姐！”有人哀叫了一声。

“男生和新女友约会，去跳舞，很多人，玩得也很开心，然后男生忽然就看到他的前女友了，他很害怕，连连告饶，说我不是成心的，但是你缠了我这么多年，我也实在没有办法了……”

“狼心狗肺！”有人骂道。

“他的前女友就幽幽叹了口气，说，我都知道了，我不怪你。”连城调低了声音，衬着幽幽篝火，有人抱紧了双肩，“男生问：‘那你还来找我做什么？’女生说：‘我不是来找你，我来找东西。’男生问：‘找什么？’”

“我的脚！”连城猛地抓住身边人脚踝——整个戏眼就在这里。

果然，惊叫声起。

众人微愕之后，不由哄笑。唯连城听到声音有异，侧目看时，噌地跳了起来：“曾玉呢？曾玉人呢？”

程郢懊恼地道：“你说到洛阳铲的时候她说害怕……”

“你……”连城气急败坏，“你不是听过吗？”

程郢也委屈：“你上次说是夏天，他们去的海边，找的是手；这次换成了墓地不算，还换成了脚——怪我？”

众人哈哈大笑。有人阴阳怪气唱：“该配合你演出的我尽力在表演……”

连城一口气上不来，抓了把杏仁走开了。程郢追上去，身后人都在大叫：“加油——程教授加油！”

渐渐走远了便听不见了。

“好了不生气了……”他说。

“你故意的！”

这人倒也光棍：“是啊，我故意的。”

“你——”

“裴斐和你不合适。”

“关你屁事！”

淡墨色的影子在地上纠缠。仿佛只要他伸手，就能抱住她。他伸不了这个手。很遥远的地方隐约*Jingle Bell*的旋律，两个人都有点恍惚，去年这个时候，他们刚刚把《水月观音》拿回来，死里逃生，情意正浓。

人生无可预料如此。

程郢也有点灰心，他低声喊："连城。"

连城没有应。

"不要恨我好不好？"

连城摇头，她怎么可能不恨他。她当然怀疑过钟晓骗她，但如果是谎言，未免太过拙劣。他有无数的机会解释，在那之前，在那之后。他有的是办法找到她，有的是办法逼她听他说话。

但是他没有，因为无可辩解。她不知道程郢现在是什么意思，总不能分了手还不让交往新人。她一度很能猜中他的心思，以至于她曾经沾沾自喜以为是个知己。如今想来，也就是自作多情。

她不想再猜了。他想什么，都与她无关。

她这时候倒是想起那天从孤儿院出来，听到他车里的那首歌，那歌里唱：

"And I don't wanna live that way reading into every word you say."

也许并非她一人如此，欢喜也好，伤心也罢，都有无数人经历过，写成诗，写成词，唱成歌。

太阳底下并无新鲜事。

二十二

一连几晚没睡好。连城有点懊悔不该淘气，翻出那个古旧的鬼故事吓人。人没吓到，倒整得自己连夜噩梦，总梦见有人走来走去地找东西。砖砾打在窗户上的声音，也许是风，也许是自媒体那帮人。

她来这里大半个月，自媒体散了不少，还有坚持的。她心里也奇怪，自媒体一向哪里热闹哪里去，有好几处考古都被骚扰，但是通常不会太久。毕竟考古经年累月，也不像拍剧有粉丝等着路透。

有好几次她觉得有人在拍她，回头又不见人，不知道是不是错觉——也有可能不是，毕竟她之前几次营销，在网上薄有声名，也许就是被盯上了。

圣诞之后晴了一周，天气预报渐渐又不妙起来。队里很焦虑，分了组连轴转，但还是没来得及。

抽水机抽个没停，只能见缝插针地下工地。

程郢从墓道里上来没看到连城，不知道是不是在屋里处理材料，吃饭的时候还是不见人，便问江平。江平说："前几天郁姐坏了个镜头，打电话找县城的店预订，太远了人家不送，原本打算找快递，但是刚好下雨闲着，就想自己去，免得错了型号。"

程郢放下心来，他也知道是他过分紧张。

傍晚突然停电，抽水机罢工，雨水积起来，就把墓道给淹了。全队傻眼，赶紧排查抢修。程郢打了连城几次电话都是忙音，醒悟过来是他被拉黑了，换了江平的电话，发现手机在帐篷里响。

程郢一下子脸都白了：如果连城是去县城，没理由不带上手机。

找老田清点人数，果然发现曾玉也不在。翻出曾玉的电话打过去，曾玉说："我在回来的路上了……郁老师？郁老师临时想起来说要下去看看，叫我一个人来。"

"下哪里？墓道啊。"

老田的脸也白了。

稳妥起见，老田多找了几个人来问。果然裴斐说看见连城下墓地去了，他还笑话她说："小心蛇！"

"她只说下去看看，我以为她快就会上来……"裴斐很后悔，"早知道就劝她不要下去了……"

算算时间，下去有三个多小时了。

程郢回屋取装备，老田跟过来："小程你冷静，你冷静一点！"

"水没抽干净谁也下不去——谁也不准下去！"

"你别这么看我，连连连城出事我也……我也不知道怎么跟袁袁老，怎么跟她家人交代，要你还、还还……"老田意识到自己在结巴，停了一会儿，"总之你不能下去！"

"我很冷静。"程郢说，"她不会有事。"

"小程！"

老田大叫："拦住他！"

队员们一拥而上，七嘴八舌、七手八脚地劝他不要冲动。唯有江平蔫儿吧唧地没说话。

早上他出去晨跑，有个五十出头的老人在看考古纪录片，也许是没搬走的村民。纪录片里是夏天开墓，赶上地下水猛涨，塌方，考古人员眼睁睁看着壁画掉下去，碎在水里。他心里念着这点事，被连城看出来了。

他疑心连城就是为了这个非得这时候下去看看不可。

他觉得他老师能疯。

程郢被打了镇定剂，到晚上才醒。抽水机已经在轰隆隆响，雨小多了。看守他的是个实习生，困得头一点一点地。程郢没有惊动他，拿起装备出去了。水很浑浊，他觉得他很冷静。

他甚至很冷静地在装备里带了干净的衣物、水和食物。

水还是很深，墓道甬道都泡在水里。他估计连城不会坐以待毙，多半是往里去了墓室。

这个墓构造并不复杂，墓道长近四十米，墓道走完是甬道，甬道尽头有石墙，石墙背后就是墓室。

墓室也被淹了。

虽然在预料之中，程郢心里还是凉了半截。不知道抽水机复工了多久。墓室高达七米，现在水深到他腰间，连城比他稍矮，大概是到胸口——那之前呢？程郢深呼吸，他确定他需要冷静。

他需要很冷静才能喊出她的名字。

声音在斗室里回荡，有种格外的凄凉。这不是旷野，也不是各种盗墓小说中机关重重的墓室，不存在听不见的情况。

如果她还活着，如果她还能发出声音，无数个念头在他心里嗡嗡嗡乱飞。

水冷得刺骨。

程郢几乎要握不住手电筒。这里安静极了，就连抽水机的声音都遥远了。是该如此安静，方才配得上一代帝王长眠之所。程郢听见自己的心跳声。手电筒的光刷过头顶，头顶也是精美的壁画。

星辰，云彩，飞天。

程郢强迫自己把手电筒往下，对准水里，也许她在水里，水这样冷：“郁连城，你听得到我说话吗？你要是能出声，你就应我一声……”

“应我一声好不好？”

“要是受了伤，你就弄点动静出来，我在听着……”

“你让我知道你在哪里……”

“我知道你生我的气，你先出来！我们出去再说好不好……”他知道这个话傻。连城不是生他的气，她是恨极了他。但是她不会拿命跟他赌气，她怕死得很。她说人越长大越怕死。

但是去年这个时候，她就从墙头跳了下来。她听到枪声，她从墙头跳了下来。她当时虚弱得走路都费劲，但是她根本没有犹豫。犹豫的是景昭，景昭喜欢她。他的手发抖，他打偏了，他没补枪。

这些事他没有告诉她，他不想她知道。他就想她以为这个世界上他最爱她。

那个傻子什么都信。

程郢手撑住墓壁，他感觉到身体沉重。他撑着眼睛一寸一寸地搜索，他喊她的名字。他声音嘶哑，他觉得他在叫魂。即便她真出了事，他也要把她的灵魂叫回来！不能这样——不能就这样完了！

程郢一次一次扎进水里，他不知道自己摸索了多久，力气和热度在一点一点地丧失。沉重的设备压在他背上，像是能把他的背脊压垮——压垮他的并不是设备，而是失望和恐惧。这个墓室只有一百多平米，他已经……快要看完了。她是个人，不是只蚂蚁，如果她在，他不可能找不到。

哪怕是，哪怕是——

他也不知道是该拿“没有消息就是好消息”还是“生要见人死要见——”作为信念。

他甚至不敢把那个字想得太明白。到最后一块地方找完，他觉得所有的力气都用完了。他想要站起来，但是腿是软的。他挣扎了一下，又软下去。他站不起来了。没找到人，也没找到尸体。

手电筒也拿不住，脱了手，滚得远远的。一道光柱孤零零直冲墓顶。顶上繁星闪烁，有飞天足踏祥云，握笛而吹。程郢恍惚想起来在云冈他们也修过一件类似的壁画，那会儿他们都还年轻。

连城爱穿白T恤，不怎么爱说话。她小心翼翼地靠近他，她不知道他是祸根。他为她带来灾难，一次，再一次。

如果他早知道……如果他早知道这个结果，就该一开始离她离得远远的。但是半年前她还和他说："然后我养你。"

她快活得像个傻子。

程郢背靠着墙。他听见自己喉中发出一声似哭非哭的吼声，像是负伤的兽在旷野里哀哀嚎，整个墓室里都是回声，从墙壁回荡到水里，又从水里回荡到顶上，然后是长久的寂静。寂静如长夜。

他忽然听到很轻很轻的一声响，很犹豫的声音，但确实是一个声音："程郢？"

那个声音像是从顶上发出来。程郢抬头，看见飞天，祥云。他想他是幻听了，或者还有别的幻觉，竟然让他觉得这个飞天长了连城的眉目——也许刚才那个声音，就是她用笛子吹出来。

她来接他了。

据说是人在濒死的时候，往往会有这样的幻觉。

二十三

但是这个幻觉又发生了一次，而且比上次更清晰，清晰到他甚至听出她声音里的担忧："程郢，程郢？"

程郢从地上爬起来。他环视四周，天旋地转，撑住墙，摸索着把手电筒捡了回来："连城是你吗？你应我！你再应我一声好不好——我们不能死在这里。"

又过了许久，方才听到她的声音："我就是死在这里，也和你没什么关系。"

这句话这么长，让程郢找到了发声地。

他把手电光调到最强，往上打，墙上有个仅能容人的洞；洞口很浅，影影绰绰能看到人。是，是他的那个人。提了这么久、灰了又灰的心一下子落到了实地。他估计了一下高度，他猜这个傻子当时就是狗急跳墙。他往那边游过去，卸掉背上装备，朝她伸手："你下来，我接着你。"

连城瞪着眼睛看他。她很后悔方才出声。手电筒搁在那里，水里太久没有动静；或者是之前他那声哀嚎太瘆人。她想不明白天底下为什么会有这样的人，他当初狠得下心来这么对她，为什么现在又这样——

她看不透他。

她不想和他再有瓜葛。她经不起这样，一次，再次。被摔得粉碎，千辛万苦把自己拼起来，拼得像个人样儿，又落到他手里，“啪！”外头看起来还是个人，能说能笑地，只她自己知道，里头全是碎片，又要从头捡起，从头黏起，黏出来也就是个千疮百孔的瓷娃娃。

她起初看到光，听到有人进来，未尝不是绝处逢生的欣喜，直到她听出他的声音。为什么是他？当然是他！除了他，并没有人这样在乎她，也没有人会跋山涉水来找她。但是为什么？

他不必如此——他们已经完了。他不必如此惺惺作态，她不会感激他。她恨他，她甚至不想见他。

她听他喊她的名字，反复地，从高到低，又从低到高。

像是一遍一遍强行振作，直到死心绝望。那些喊话有很傻的，更多像是祈求。但是并不清楚祈求的对象，也许是命运。这让她想起很多年前的车祸，她也这样祈求过，可命运没有回应她。

她看着他在水里摸索，摸得这样仔细，就好像她是个极小的人儿，可能藏在那些石俑之间，或者泥层里。

姿态这样难看。既狼狈又难看，能把那些爱慕过他的女人吓退一大半；后来她听到他哀嚎，这样惨烈，惨到她想把耳朵堵起来。她心里知道他是以为她死了——也许那对他来说，是真的很可怕吧。

但其实她和这个世界的缘分这样浅，她从不觉得她死了，是件多遗憾的事。

她说我不要你救。

然而程郢还沉浸在劫后余生的庆幸里，根本听不见她在说什么。他只听到她的声音，就是三十三天仙乐齐鸣，天花乱坠，也比不得这样动听。他兀自向她伸手，兀自说道：“别怕，我能接住你。”

“我不用你接！”连城说，“等水退了，我自己会回去。”

她不欠他这个情。

程郢说：“你中午就下来了，这里又湿又冷……”

“那不关你的事！”

“谁说不关我的事！”

两个人的声音在墓室里交错回荡，前后脚轰入耳中。无论是连城还是程郢，都没想过两个成年人会这么幼稚地拌嘴——连城甚至没想过她师兄还能和人吵架，大多数时候他宁肯拂袖而去。

但是他这会儿站在水里，一头一脸不知道是水还是汗，气急败坏地重复：“谁说不关我的事——”

“我死了你叫江平曾玉接手，慢不了多少！”

“你是我的遗嘱继承人！”

又是片刻的死寂。

连城觉得这个人疯了！他上个月才过了三十岁生日！和他有血亲关系的绕地球一圈都轮不到她！几十个亿！不是他疯了就是她疯了！更疯的大概是两个人在一座上千年的帝王之墓里吵这些事。

要真有粽子，这会儿该翻身起来掐死他们两个。

“你下来。”他说，“有什么话下来再说——这么喊不费劲吗？”

“明明是你喊得比较多！”嗓子都哑了。连城又觉得自己不该心疼。

程郢被她气笑了：“你别逼我上来！”

连城瞅着他这身滑溜溜的潜水服，轻蔑地笑了一下。她就赌他上不来！上来她也能给他踹下去！但是她很快就傻眼了：她早该想到，她师兄是个狠人——他竟然就地把潜水服给脱了！

“你别上来！”连城叫道。怪怪的，好像非得跟一句“你上来我叫人了”似的。

程郢也觉察到了，他觉得他要是接话说“叫吧叫吧，叫破喉咙也没人来救你”，他的小猫儿能跟他翻脸，便忍住了，低头寻找落脚地：“这是当时工匠留下来的脚踏吧，难为你找得到。”

只不知道为什么会有洞——也许是盗洞。

“又不是只有你读过报告！”连城讥讽他。

脚踏被水浸过，滑得厉害。程郢试了试摩擦度，就听到顶上惊叫了一声，抬眼就看见连城焦急的面孔。“水、水涨了！”

水汹涌地从门外冲进来。

“外头出事了。”程郢心里想。也许是暴雨，也许又停电了，也许还有别的意外……这不是想的时候。

“够得到吗，程郢？”一条长袖从洞口垂下来。

是连城的冲锋衣。瞬间心里又酸又苦。这个傻子，她能有几斤力气，也想把他拉上去；之前明明还恨着他，明明在等着看他笑话，也明明知道了她是他的遗嘱受益人。他死在这里，对她只有好。

程郢说不出话来，只管摇头。衣长加袖长不过一米，加上她手臂也就两米不到；洞口足足有五米之高。他至少要踩上三级脚踏——或者回头捡潜水设备。但是水势汹涌，他很难迅速穿戴好。

就算及时穿戴好，也未必扛得住水的冲击力。

脑子里闪过几个念头，总要跑得过水才有生机，要是他没有生机——他捡起水里的潜水设备，叫了声："接好！"用尽全部的力气往上抛。设备太重了，连城伸手接了一下没接住，又掉了下来。

程郢还要再捡，上头又垂下来一只袖子，这次却长了许多，伸手就能够到，也许是多脱了件衣服，结在一起，他猜。

"抓住，抓住！"连城大叫。

程郢犹豫了一下。水已经冲到近前。

"你上来！你不上来我就下去！"她冲他吼。

程郢犹犹豫豫地抓住袖子，手腕绕几圈，打了个活扣。想着万一不行，死一个总好过死一双。

第一波水冲过来，整个人风筝似的被拍向前，但很快止住了——他不知道她哪里来的力气。他努力想要找个支点减轻她的负担，墙面太滑，几次才挨到就被冲下来。他都不知道连城还能撑多久，他想过劝她放手，但是出声就被淹没。她的声音也变得断断续续。

"抓紧，抓……紧！"

"这么冷的地方，你可别、别留我一个人……"

破了音，程郢想。也许隔着水的缘故，听起来很遥远，大概也是到强弩之末了。她在尽力拽住他，还想往上拉。他体重不算轻，还要对抗水的冲力，要是他能在脚踏上踩住……他迷迷糊糊地想。

"你要是，你要是……"

"我会和你一起……掉下去。我没、我没你会游泳……太冷了。"

"就算是为了我……"

他忽然意识到她是不会放手的——你说同生共死也好，你说同归于尽也罢，她是不会放开他的。

又一阵水冲过来，这次掉了一只鞋，水再次没过头顶，程郢一下子清醒过来。

他努力借着水力往墙边飘，虽然好几次被冲歪，但是反反复复，连城察觉到他的企图，尽力配合，终于让他够到了——他踩到了脚踏，没了鞋，摩擦力不知道增大了多少倍，他站稳了！

头露出水面。他筋疲力尽地吸了口气。

他往上看。手电筒早不知道被冲到哪里去了，也许被冲碎了，墓室里完全没有光。就只有两米的距离，他也看不到她的脸色——但他总觉得他看到了。

“再来！”她说。

程郢也知道这不是松懈的时候。他深吸了口气，手脚并用，摸索着往上攀，都磨破了，疼归疼，疼痛让他清醒；有几次被水冲击得偏离，但是很快又能找回来。

距离越来越近，他们的配合也越来越熟练，但是水一直在涨，追到了腰，又没过了他的脖子。程郢很怀疑即便他成功爬进洞里也迟早会被淹没。但是至少——至少他能抱住她了，他想。

一只手抓到洞口的砖，但是这一波水冲击得特别猛。他的身体被冲开，就只有五个指头还死死抠在砖里。有人抓住他的手，她双手抓住他的手。她的手也是冰凉，冰凉到近乎僵硬：“一、二——”

“三！”

她声音低得可怕，像是在喃喃自语，但是这里太静了。两个人一同发力，程郢觉得自己腾空而起了，然后终于——

摔在了地上。

那人紧紧抱住他，指尖嵌入皮肉。程郢反手把她抱在怀里。

二十四

不知道过了多久——两个人都是惊魂未定，需要时间把神志拉回来。程郢呆着脸，哭和笑都需要额外的力气。他猜她也是。

“吓死我了。”她嗓子早哑了，出不了声，只能用气声说话，微弱的热气证明他们都还活着，“早知道我就下来了……”

程郢拍抚她的背，她真的吓坏了：“下来也没有用……”他只带了一套潜水设备，也禁不住水这么冲。

“可惜了东西……我给你带了干净的衣服，水，药物，还有吃的，有只猪蹄……我想你肯定饿了……”

“是有点。”肚子咕噜叫了一声。她还没止住发抖。

“干什么要来找我……”她说。

“我怎么能不来找你。”他亲她的面容。她面上冰凉，湿漉漉的，不知道是汗水还是泪水。

“水还在涨。”连城喃喃地说。理智上她知道应该推开他，但是这时候她也没有力气了。没准她就要死了，没准他们都会死在这里。

“这不正常！”程郢说。

“嗯……不正常。”

“外头的人肯定在想办法，通了电就好了……”程郢摸到她的手，她“嘶”地倒抽了口气，便知道受伤不轻，她也不同他说。她如今什么都不同他说了。程郢低声道：“我要是死了……”

“那都怪你……”

程郢叹了口气：“我知道你恨我……”

“我就指着如今和你死在一起的是许小姐。”

“别说这种气话。”

“舍不得？”

程郢又亲她：“原本我没想你来，原本我也是想远着你……”

“是我不识趣。”

“傻子。”

洞太小了，又浅，连城也不敢动。水时不时刷进来，身上全是湿的。之前出汗还好一点，如今汗下去，冰冷冷贴在身上。程郢把外套解开，将她裹在胸口。他胸口也就微温：“那天——”

“哪天？”

“那天我去了民政局。我在那里坐了一整天。好多新人来领证，排起老长的队。有特意打扮过，穿得漂漂亮亮的；也有很随意，可能就临时请个假过来；也有很紧张的；有人在聊天，两个人聊，也有和别人聊的，大多数人还是在刷手机。我就想，如果你过来，我们是怎么个样子。”

“你知道我不会去。”

“我也不知道……我盼着你来，又怕你过来。如果你真的过来，没准我会躲起来。”

“我也不是非——”

他堵住她的嘴，不让她把话说出口：“我怕你后悔。”

“明明后悔的是你！”身上开始发热，头有点重。她知道是发烧了，以至于原本应该铿锵有力的控诉都软绵绵的，“你不喜欢就不该来惹我，就算是为了……你做一次就算了，为什么还要来第二次？”

水拍到她的膝盖，无边无际的黑。她觉得像是在梦里，就是在梦里：“我是没法和许唯比，但是你也不能这么对我……喜欢一个人也是不容易的。我就是喜欢过你，又有什么错了？”

“是我的错……”

“当然是你的错！我死都不会原谅你！”她想那原本不是个容易说出口的字，生与死都不是。但是这时候……都到这时候了，水还在往上涨。他们根本没有逃脱的希望……也许外头根本不知道他们失踪了。

就算知道也没有办法——天灾人祸，谁也没有办法。

她就要死了，他也是。她总不能把这些怨恨、委屈都带地下去。人活着的时候要姿态，要脸；死了还要什么。

水都淹到腰了。洞就这么高，他们也没法站起来。

“我不要你的钱……”她软弱地说。她从前想要钱，是怕有朝一日找到《水月观音》她也赎不回来。

“我知道。”

“钱也补偿不了我。”

“但是我没别的了。”他低声说，“我是不该来惹你，但是我不知道。我那时候以为命运眷顾我，让我们有机会重新开始。虽然错过了这么多年，虽然你始终不肯告诉我那几年发生了什么，但是终究我还是有运气。要再迟一点，没准你就和钟晓好了，他很知道怎么讨你喜欢……”

“不关他的事，你别倒打一耙。”

“我不知道那是陷阱，我一点都没有察觉。我想东西找回来了，你毕业了，再没有什么横亘在我们之间……我真这么想。他说他不喜欢你，说你拜金，说你跟过钟晓。我心想那算什么，我还和许唯好了几年呢，也没妨碍他和许唯结婚，也没妨碍你爱上我……直到我从杨行密手里拿到名单。”

“你现在承认你拿到了名单。”连城并没有完全听明白他的话，但是“杨行密”三个字她听清楚了。

“是，拿到名单才知道自己有多傻。我一直以为我是清白的，我当初甚至怀疑过是你卖了东西，到这时候才知道傻的是我。我没法告诉你，我利用博文堂的漏洞，逼杨行密答应我闭嘴。我不知道怎么面对你，我在外头淋了很久的雨，我看见灯一直亮着，我知道你在等我……”

连城恍恍惚惚想起来，他那晚的脸色确实不好看。他一直在说对不起，但是这件事，不是一句“对不起”就可以的。

她没法对连宇说对不起，她也没法接受他这句对不起。

“我想东西已经拿回来了，事情已经过去了，是，你吃了很多苦，都是我的错。但是我们好不容易……我说了谎。我想瞒过去，我以为我可以瞒过去。我知道你不会去问钟晓，你一向不太愿意为难人。我甚至想过如果我们有了孩子，你会看在孩子的分上留在我身边……哪怕你恨我，也是可以的。只要时间足够长，十年、二十年……但是后来我知道了你表姐的事……”

“这点侥幸也都粉碎。我知道你不会原谅我。这件事没法原谅。如果我们结婚，以后你知道了真相，你肯定会恨我，或者恨你自己。”

连城默然，她到这时候才知道“怕你后悔”这四个字的意思。她想没准他是对的。如果她知道——

如果她在婚后才知道，或者如果她在有了孩子之后才知道。她打了个寒战，她觉得冷。

“我叫他卸掉所有职务，我叫他去自首，但是他不肯。我能做的就这些，我还能怎么办？连城，我还能怎么办？他是我哥……”他有片刻的语无伦次。他没法和她说起他们的童年，那些父母过于忙碌的日子里，兄弟俩的相依为命。那像是狡辩，但是他没法否认，他哥一度是他的人生偶像。

他哥特别酷，特别坚定，但凡想要的，都能做到……承担了身为长子的责任，让自己可以不必背负这些，可以发展自己的爱好，躲在一边清清静静做想做的事。他哥爱护他，就好像他始终是跟在身后那个胆小的小孩。他承认他没有经历过风雨。他甚至不如连城和连宇，不如她们姐妹在命运一个大浪拍在脸上的时候，还能够爬起来直面它。

他这半生太顺，以至于他以为是幸运。

他也没法和连城说他那些天经历的惊涛骇浪。他怎么筹谋，怎么给他哥挖坑，怎样眼睁睁看着他哥掉下去。有多少次他想收手，想放弃，想和他哥抱头痛哭……他不知道怎么一步一步走到最后。

他竟然走到了最后。

那些深夜里，她一无所知地沉睡。他未尝没有想过与她和盘托出，但是他没有办法想象她知道真相之后的反应。她爱他，因此受到的打击也会格外大，就像她刚才哭的那样，她说她死都不会原谅他。

他没法面对她的恨。

她说她喜欢他不是错，他不该这么对她。他想她是对的。

“过去太久了，我找不到证据，也不知道该不该去找这个证据。我问他为什么这么做，他说他以为你对我不重要，我到这时候才知道为什么当时许唯会突然来找我，是她念我的好了吗？不是，是他叫她来打听你和我的关系。他说他不想伤害我，他说如果当初知道你对我这么重要，他不会下这个手……”

他给错了答案。

幸运的人会一早就知道自己要的是什么，爱的是谁；不幸的人跌跌撞撞。

连城在昏昏沉沉中，不时能够抓到一鳞半爪，她始终听不明白他在说什么。“他是谁？”她问，“你说的这个他是谁？”

“我做梦都希望你是真不懂，但是——钟晓没有告诉你吗？”

“他说是你……”

“怎么会是我。你不会做的事，我也不会。”程郢苦笑，“但是我没法说我无辜，六年前他来找我，看到你留在我房间里的摹本——事情就是因我而起。去年他对你下手也是不想我和你在一起。他不想我知道真相，他怕我恨他。他觉得你死了就一切都结束了……但是我不这么想。”

“是——”连城恨自己脑子太沉，竟然到这时候才听出来，“是你哥？”

“是。”程郢咬牙道。他不想承认，他比任何人都不想承认，但是他哥承认了。程郧说事情已经过去了，过去很久了，不明白为什么他还要翻这个旧账。“你非要和她在一起，我也管不了你，咱们把事情瞒住也就是了。”程郧说得这么轻松，轻松得好像在讨论牛排几成熟，红酒的成色。

他第一次觉得他哥像个陌生人。

“可是钟晓说——”连城强迫自己思考，她想要找出漏洞，但是她找不到，“钟晓说是你。”

“他骗你，或者他也不知道。也许就是钟原都以为是我，我更容易接近你，也更容易拿到东西。我拿画帮我哥求条生路，听起来合情合理——毕竟这种事他从前做得不少。以己度人，理当如是。”

“但是不是你。你没有拿走我的画，你没有绑架我表姐，你也没有、没有和许唯在一起？”

“不是我，我没有。我爱你。”他低头吻她，她的唇火热，热到干涸。

水还在上涨，已经涨到胸口，很快他们就会呼吸不过来，会葬身于这座千年古墓。但是在那之前，他还来得及抱紧她。

“那就好，不是你……就好。”都到这个时候了，也许他不无辜，也许他有错，但是都到这个时候了。

他们罪不至死。

墓室里静得很，没有光，也看不到彼此。但她还是握到他的手。手指上有块硬硬的，连城意识到是戒指。

“你说你多狠，一声不吭就走了，还记得把项链和杯子给我寄回来——你是怕气不死我是吧？”

“我以为——”

“以为什么？”

“我收到了一个快递，也没有寄件人姓名，我以为是这只戒指。”

程郢又吻她：“怎么这么傻？”

她精神好了一点，絮絮叨叨和他说些无关紧要的小事：“我想吃猪蹄，要有酒就更好了……”

“你回来那晚我在找杨梅酒的方子，酿了好几坛，度数很低，你也能喝。可惜了。”

“我本来只是想进了看一眼，标个色——我都标好了，存在防水袋里。结果水进来了。可惜手电筒丢了，不然咱们这会儿还能看到。真好看啊……要是能出去，我就画给你看。很连贯的画意，之前的北朝墓里都没这么好。是接引墓主上天的升天图……没准儿咱们能沾点光升个天什么的……”

“他们看到我们死在一起，会怎么说？会说我们很恩爱吧，可能会把我们埋在一起，说我们化成了蝴蝶或者蛾子或者苍蝇……”

“你就不能想点好？”程郢听她越说越不像话，“就不能想咱们变成凤凰什么的，还能浴火重生。”

“那还不如小强，打不死的小强……”

“郁连城，你可给我闭嘴吧。”

“程郢，你说，咱们这算是附葬吧？附葬这位，规格也不低了。他这么凶，也没别人敢来打扰我们。”

“你知道他是谁？”

连城笑道：“这个难不倒我……北魏先定都平城，在晋省；然后移都洛阳，在豫省；之后分裂，一个定都西安，那是秦省；剩下最后一个定都冀省的，你算算，有时间建这么大一皇陵的还能是谁。我和你说，我小时候可爱看野史八卦了，关于这位，我记得有个特别有趣的故事……”

程郢心里动了一下，他好像也看过这个传闻。

二十五

连宇觉察到男人的反常，很难说是反常的恐惧还是反常的兴奋。

他来燕京陪她，给她做一些超级难吃的食物，陪她去香山看红叶，和她说起他弟弟：“他小时候长特别漂亮，很少有这么好看的小孩，带他出去，人人都给他塞糖果，最后都便宜了我……”

“听起来你们兄弟感情很好。”她说。

“是很好。但是他为了个女人搞我。”男人漫不经心地提起。

连宇认真考虑了下这个女人是她妹子还是许唯。她觉得连城有点傻，男人不都那么回事，初恋离婚，他有点蠢蠢欲动——就让他蠢蠢欲动去。他程家也是有头有脸，他还真能娶他嫂子？

偏她想不开，都到领证这个临门一脚了说不干了——换她好歹先结了再离，那也是好大一笔钱，够她下半辈子胡吃海喝了，也不白瞎了这两年青春。当然没准是钟家不乐意要个二婚头，她猜。

他们在山上吃火锅。

燕京原汁原味的口外羊肉也不好找。在铜锅里咕噜咕噜的，香！连宇随口问："那个女人怎么了，要钱吗？"

"要钱倒好，她要命！"程邺喝了点酒，"你说我弟弟这么个人，要找什么样的女人不行。说得不好听，他就是吃软饭都有的是人抢，何况他还有本事。我说佳人，你见过博导没有？"

连宇心里想我就见过你家那个。

"二十七岁的博导！搁古代那是我家出了个状元！家里凤凰蛋似的养着他，落到那个女人手里，搓圆捏扁的。她跑去卧底不要紧，别拉我弟垫背啊！她闹着要分手，我弟就跑去工地下墓了！"

连宇听着这口气不对——敢情那个要命的女人不是许唯，是她家连城？瞬间消了同仇敌忾的心。开什么玩笑，她妹子脾气是古怪了点，在你家程教授那里，还不是乖得猫儿样，叫她竖耳朵她不敢亮爪子，你有脸说她要命？她钱都不要呢还能要命？

等等！"下墓？"

"说是挖了个千年古墓，不知道是不是有'千年粽子'在下头等着，黑的还是白的……"程邺喝了口苦酒。程郢逼他自首，他说你这是逼我去死！他从未想过他兄弟会用这样的手段对他，联合他的前妻。

可笑极了，这两个，也许是这个世界上最爱他的人，联了手。

连宇看着锅里翻腾的羊肉，抄起漏勺把它捞起来，手刀割条，蘸碟里调好的酱料："他们为什么分手？"

"以前……很久以前了，我都快忘掉这件事了。"程邺吃了块羊肉，满口生津，"有六七年了吧，那会儿公司出了点问题，要钱，有些还不止是钱的问题，要……你懂的，要疏通相关方面的人脉。大佬有个女儿，生了场怪病，一直没查出来什么问题，也是病急乱投医，求神拜佛的。"

连城盯着盘子里热气腾腾的羊肉，她想她像是在哪里听过这个故事。

"也是巧，那会儿那个女人手里刚好有那么件画，号称是我国最早的观音像。"程邺觉得那是扯淡，他不信这些。他不信神佛，他信他自己。"那会儿她正追我弟，就把画给了我们……"

"她把画给了你们？"连宇听见自己的声音有点飘。

"可不，她那会儿为我弟要死要活的。没想到后来分了手，又逼我弟把画拿回来……东西送出去了，哪这么容易拿回来。"程邺又喝了几口酒，觉得自个儿挺冤，"都这么多年过去了……"

"那画拿回来了吗？"

"不知道——没有吧，大佬又不缺钱。刚巧那之后就找到一个医生，居然找到了病因，把她给治好了。他恨不得把画当爹供，怎么要得回来。"

"就这么分了手？"

程郧想他肯定是酒喝多了，含糊应道："是啊，我弟说原本他们打算去领证……"

手机响了，程郧翻出来看了眼。连宇没法形容他这个瞬间的表情。他过了片刻方才按下接通键，开了免提，她听得很清楚。那边说："请问是程郧程先生吗？程郢程教授是令弟？"

"我这里是冀南考古队。有个不幸的消息，程教授和郁小姐……"

"找到尸体了吗？"他问。

他居然可以这么冷静，连宇想。他提起他弟弟的时候那么骄傲，那么欢喜，但是他照样可以冷静地问："找到尸体了吗？""确认了吗？"他收了线，对她说："我弟出事了，我得去冀南一趟。"

他打了几通电话，大约是想借谁的公务机，避开航空管制，尽快起飞。

锅里的水还在翻滚，汤汁雪白。连宇再捞了块羊肉，拿刀片开，她片得很慢，很细致，很均匀，上足了调料，鲜美的汁水在口腔里炸开。她想刀插进人身体的时候，鲜血大概也这么个味道。

她没那么冲动。

她有家有口有事业的，她没那么冲动。

她坐在那里，慢慢儿把羊肉吃完。她很久没吃这么饱了。做演员做舞者都很难吃饱，他们得抠着自己，为了轻盈好看，为了上镜好看。她有时候会想起年轻时候到处试镜的那些时光，什么都没有，傻乐。

有次她拿到一个很好的机会，准备了很久，要进组了，被人顶了。

这样的事发生也不止一次，也不止她。每个人都可能碰上，只是那时候年轻，总觉得还有机会，总有机会。她喜欢认识陌生的人，去陌生的地方，看陌生的风景，然后回来和苏峻说。

苏峻不喜欢出门，他很宅。医学生的书都是大部头，血管，神经，看着怪可怕的。

她偶尔去S大，连城的功课很紧，有时候会出远门实习，几个月不见。S

大校门外的小饭馆价廉物美。她和连城都爱吃水煮鱼和烤虾。连城很能吃，也不说话，就埋头吃……都是她结账。

她觉得很不划算，连城这个人，很不知道什么叫礼尚往来。她要有多几个兄弟姐妹，就不和她好了。

可惜血缘这个东西，就不是人自主选择。

那是次很平常的试镜，她现在想起来，也分辨不出和之前的许多次有什么不同。也许就是没有。她根本不知道那是怎样一件画，有多值钱。连城很少提她的功课，更没有和她说过程郢。

她追问过连城为什么，为什么会发生这样的事，为什么是她。连城说她不知道。

现在她知道了，她想。她觉得很好笑，但是她笑不出来。她想连城可能已经死了，也好，连城死了她就不用恨她了。程郢死了程郕去认尸，连城死了连个认尸的人都没有。她的紧急联系人是连宇。

但是这个世界上没有连宇这个人。

只有项佳人。

直升机在半小时之后抵达附近。

程郕说："你和我一起去。"这是个暗示。暗示他们的关系从此过了明路，她懂。

到机场换飞机，经过跑道，往上拉升。往下看万家灯火，然后进入云层，静如琉璃。飞得很平稳，连宇心里也很平静。程郕这样的人坐飞机不出事，大约就是俗话里的"杀人放火金腰带"了吧。

下飞机再转车。

来接他们的一老一少。老的是考古队队长老田，年轻那个自我介绍说是程郢的学生。"程先生节哀。"他们说。

车在深夜里穿行，路况不是太好，有时颠簸。

连宇想这是连城最后坐的一趟车，是她给介绍的活。连城来节目组做顾问。其实她有私心，她知道有连城在，自己能得到更多的镜头和更出彩的情节。制片人临时改了主意，逼连城过来摹制壁画。

老田断断续续给他们介绍情况，大雨，停电，水库决口，水排不出去，堵里面了。

程郧大概还问了几句为什么他们会冒险下墓之类的话。连宇只想睡觉，人都死了，问明白人也死了。

抵达W村已经是深夜。老田和江平让他们先休息，到天明再去认尸。但是程郧坚持：“我总要看一眼才睡得着。”

尸体停放在民房里，说是他们生前所居。两具并放。据说发现的时候他们手牵手，也没人忍心分开他们。

老田上前为他们揭开白布。

白炽灯很亮，灯下的脸不是很像他。也许是在水里泡久了，发白，浮肿。在这之前，程郧心里想过很多次，但是真到眼前来，还是仿佛迎头挨了一棒。他站立不稳，眼前直发黑。

灯忽然黑了。

二十六

黑得很突然。

程郧长这么大还是头次真枪实弹遇到伸手不见五指的黑——城市里没有这样的黑。城市里永远有不知道来自哪里的光，这里没有。这里黑得像真空。这个瞬间，他的视网膜上停留着刚才的光影。

他分明闭着眼睛，但是他又恍惚觉得有人在看着他——程郢在看着他。

程郧“啊”地叫了声，转身往外走。脚下一绊，踉跄。他想要抓住什么，但是身边没人。

明明项佳人就在身边。她一直紧跟在他身边——她最是怕黑，为什么她没有尖叫？这个念头过去，立刻就发现更多的疑点：没有人出声。一个人都没有！老田没有，江平没有，项佳人也没有。

他们——都还在这里吗？

黑暗里没有人呼吸，安静得可疑。“佳人？”他试着喊。她是这个陌生环境里他唯一信任的人，但是她也没有应他。她是不在了，还是被打昏了？他不知道。他摸索着想要往外走。

就听到有人叹息。这个叹息声这样熟悉，熟悉到他不能不迟疑：“阿——阿郢？”

没有人应。

灯亮了。

手电筒的光。所有人都在，佳人、老田、江平。

像什么都没有发生。老田一脸憨厚：“对不住，电力……还不是太稳。”程郦不作声，一张一张脸仔细看过去，项佳人脸上有惊恐。“你们都出去，让我和……单独待一会儿好吗？”

老田和江平对望一眼。老田说：“程先生节哀。我们在外头等你，有事你喊一声。”

程郦说不用了：“很晚了，你们先休息吧。我……权当给他守灵。”“守灵”两个字让他觉得刺痛。

据说人在无法接受的时候，会想办法麻木自己，就像是在血肉之躯外裹上医用棉，暂时止住血。直到更多的血把它染得红透，浸透，那就像是光，或者是水，无孔不入——但是，都等过去再说。

连宇也要跟出去。程郦叫住她：“你刚才……有没有听到什么？”

“我……”连宇心神不定地往床上转一眼，两张单薄的白布，并躺在那里两个人形。不知道是不是光不够亮，有点黄旧感。她那么挑剔，她想，从前给她买宣纸，她都能挑挑拣拣几个小时。

她眼睛发酸，只能垂下眼皮。摇头这个动作迟滞得像个AI。

“那刚才断电，你怎么……一点反应都没有？”

连宇低声说：“我不知道。太突然了，我没反应过来，好像是有风……也不一定。我出不了声，可能就是、可能就是我有点害怕。”其实没什么可怕的，她想，连城活着的时候对她那么好。

“好了我知道了。”程郦说，“你也出去吧。”

连宇退了出去。

程郦点起蜡烛。

蜡烛的光比手电筒还弱，有点颤巍巍的。也许就是风。他不信鬼神，就算真有，那也是他弟弟。

他怕谁也不至于怕了程郢。

程郢死了。

这个念头到这时候慢慢成形，慢慢清晰起来，像是武侠小说里的血手印，是个狰狞可怖的意象。他死了。那个总亲亲热热喊他哥的人死了。

程郦恨他，恨他和许唯联手，恨他骗取母亲的股份，恨他不知道和人许诺了什么，把人都拉去他那边——他要肯正正经经经营公司也就罢了，他不。他转手丢给别人，就好像丢掉一只破鞋。

但是真看到、真看到那个喊了自己三十年哥哥的人变成这具惨白浮肿的尸体，他那么漂亮一个人……程郦也不知道自己为什么会在乎这么无足轻重的小事。人都死了，还有什么漂亮不漂亮的。

他原以为他会高兴，但是悲伤迅猛地压过了它，他甚至来不及用理智压制。他忽然意识到也许他并没有那么想程郢死。就算程郢背叛他，抢他的东西，程郢也仍然是他唯一的兄弟。他想程郢活着。

他想程郢活着看他把公司拿回来。

他伸手，那块白布明明就在眼前，不知道为什么总也够不到。他疑心是自己站立不稳的缘故。

忽然床上人坐起！

即便是彻底的唯物主义者程郦也被惊得退了几步，腿脚发软，几乎跌倒。就听那人幽幽说道："外甥女婿，你得救我……"

程郦定住神，才发现不是床上人坐起来，而是床底下钻出一个人，站在了床前。他的背心在这个瞬间湿透，手心里也黏黏的。烛光一直在摇，风在窗外响，他几乎认不出眼前这人是谁。

有点矮，有点胖，脸黑黑的，他可怜兮兮地站在那里："外甥女婿——"

"谁是你外甥女婿！"程郦厉声道，"我和许唯已经离婚了！你的外甥女婿是谁，你问她去！"

陈律咽了口口水："程总，我哥被抓住了，我九死一生才逃出来，他们现在在找我。你可不能、不能见死不救……

程郦沉着脸不说话。

"你可不能见死不救！"陈律焦躁起来，"我和我哥，我们哥俩为了程总你出生入死，现在那个王八蛋死了，好了，你就是程家千顷地里一根独苗，家产都是你的。你可不能过河拆桥……"

"你得把我哥捞出来……"

陈律越说胆子越大，混不吝往床上一坐，意识到挨到死人了，往前挪了挪屁股："程总日子过得舒服，吃香喝辣的，我们兄弟是在这穷乡僻壤喝了两个月西北风，想咖啡都想疯了！我又在床底下趴了两天两夜没敢合眼，饿坏了。程总，要不，你先给我弄点吃的过来，咱们再仔细说？"

见程郢不动，又催道："程总？你可别翻脸不认人！我、我们……我们兄弟可都是为了你——"

"为了我？"程郢终于开了口，阴恻恻地，仿佛话里也有风，"你们兄弟怨恨阿郢替老太太拿回文物，害你们赔了钱，你们追过来要了他的命，你说——是为了我？"

陈律想要蹦起来，但实在饿得没力气："程总你这话就不对了，程郢是害了我们兄弟，但是都过去这么久了；再说了，我们要了他的命，能有什么好处？你程家的财产能有一分一厘落到我们兄弟手里？"

"落不到你们兄弟手里，未必就落不到许唯手里，"程郧毫不犹豫地反驳他，"你们是她的亲娘舅，血亲，打断了骨头还连着筋。害了我弟弟你们有什么好处我不知道，她也许知道？"

"你、你——你血口喷人！"陈律也急了，他意识到眼前这个男人是真吃人不吐骨头，"你当初可不是这么说的，你说的是我们兄弟被你那宝贝弟弟坑惨了，你也是，咱们有共同的敌人，就该联手——"

"联手？"程郧冷笑，"凭你、凭你那草包兄弟，配和我联手？你们能做什么？能给我研发产品呢，还是能给我管理公司？"

陈律觉得自己快要疯了——不是他疯了就是程郧疯了。他几乎是尖叫出声："能帮你杀人！"

有片刻的静。太静了。程郧甚至觉得能听到皮肤上鸡皮疙瘩一个一个炸开的声音。

"能帮我杀人？"

"对！"

"杀谁？"他像是一下子傻了。

"杀了——"陈律冲口说了两个字，忽然意识到眼前这个人神色不对。他说不上哪里不对，就是哪里都不对了。他有点害怕，不由自主地瑟缩了一下，就听见那人轻轻地说："杀了阿郢？"

陈律咽了口唾沫，他口干舌燥。

"你也说……"程郧的声音愈轻，轻得近乎温柔，"你也说他是我的宝贝弟弟了……"

"是你说程郢想不开下墓地，跑来挖皇帝的龙陵，说地底下危险得很，还让我们，让我们看、看书……"

"所以你就杀了阿郢……"程邺整个人都像是从地底下爬上来，有种森森的幽冥感。

陈律害怕极了："是程总你给的钱，你别以为你能脱身。没您当初给的钱，你说我们兄弟一穷二白哪里来的活动经费。你别逼我，你别逼我……我哥出不来，我就把你也送进去……"

话没完，眼前黑影大起，饶是他闪得快，背上还是挨了一下。

程邺像是着了魔，追着他打，口中还念念有词。陈律听细了，他反复念叨的竟然是："所以你就……"

"你就杀了阿郢？"

"你杀了阿郢？"

他抄着椅子，念一声，砸一下。那声音里的恶毒和怨恨都像是溢了出来。陈律一面躲一面小声叫道："你疯了？"

"他撸掉了你的职位……他把你从公司赶出去，你都不记得了？

"所以你就……你就杀了阿郢？"那个声音喋喋地，像是根本听不进他的话。陈律看见他两个眼睛都是直的，吓得哇哇直叫，抱住头胡乱喊救命，开头喊"程邺"，后来不知怎的变成了"程郢"。

没喊几句就昏了过去。

程邺眼睛还直直地，举着椅子也不知道放下，又愣了半天，方才放下了。屋里乱得很，到处都是血点子。程邺坐在椅子上，呆呆地看了一会儿地上的小老头，重复嘀咕了句："所以你就……"

"你就杀了阿郢？"他的眼泪涌了出来，"你们杀了姓郁的女人不好吗？干什么杀我家阿郢？他是我弟弟，他不听话我自然会教训他，要你们插什么手？要你们插什么手！你们杀了姓郁的，他断了念想，自然就回来了，公司给他有什么要紧，又不是落在别人手里，你们杀了他……"

"你们杀了他，我——"

忽然后腰一痛，本能地手肘往后一击，有人被击得退了几步。他回头，烛光里秀致的眉目，是他最熟悉的人。纤秀洁白的手，手里握紧的刀，中午还为他片过羊肉。他几乎要以为他看错了："佳、佳人？"

"我不叫佳人。"女人挣扎着起来，她手上全是血，"我叫连宇。程总大概不记得这个名字，容我提醒你，六年前——"

"你是——"

"我是郁连城的姐姐。"连宇笑了起来，她觉得可笑极了，太可笑了，她学他的口气，"你们杀了姓郁的女人不好吗？"

"也是巧，那会儿那个女人手里刚好有那么件画……那会儿她正追我弟，就把画给了我……"连宇放声大笑，她持刀向他砍过去，"是这样给你吗？是这样给你吗？你当我傻吗？你当全世界都傻子吗？"

"你杀了我们一次还不够你还杀她第二次，你连你的亲弟弟你都不放过——"

"就你的命是命，就你程家人的命是命，别人的命就什么都不是了吗？"

"哥！"有人推开门扑进来。他脸上还白着，待看清楚屋里的情况，又更白了几分。他的目光从程郕到连宇，又从连宇到程郕。

满屋子的血，肆意流淌。

尾声

程郢也没想到这么个结果——他甚至没想到连宇会是他哥的情人。

当时他们在墓中，水已经漫过胸口。也是他脑子转得快，想起来史书里描述，说墓主死后，所有工匠殉葬；之后二十年，天下又乱，有个工匠的儿子根据父亲留下来的图纸，"发石取金而逃"。

整个墓地的图纸早在他脑中，虽然没有光，只能靠摸索，但是他们运气实在不错，竟然在洪水没顶之前找到了出口。

出来才发现整个工地都被淹了。人一个不见。连城游泳不行，被冲出去老远。幸而被当地人发现送去了医院。当地医院条件有限，没得到很好的救治，引发感染。她身体又弱，好多天都没有醒。

他比她醒得早，警察先一步找到他。才知道是水库决口。警察抓到了陈津和陈律兄弟，他们俩招供说幕后指使是程郕。

已经过去好几天，程郢也记不起来当时的心情。大约就是空白。

装死是他的建议。

然后程郸果然来了。警察在床上并放了两个极度逼真的人偶，人偶腹中有窃听器。到程郸发疯殴打陈律，他们赶过来，已经是个修罗场。程郸捂住伤口抓住他又哭又笑："你没死，你没死是不是？"

他说不出话来，他的伤口又崩开了。

"我进去的时候你姐拿刀砍我哥。"程郢不知道做个什么表情好，他比画了一下，"就这么小的刀。"

连城在病床前给他削苹果。她手稳，削出来苹果皮长而不断，"我姐不行，她常年节食，没什么力气。"换她在，多半这时候他们就能给程郸烧纸钱了。

"你早就知道了吧。"连城说。

"知道什么？"

"知道你哥要对你下手，什么都做得出来。所以我来的时候，江平和我说，你不想我来。后来我进了墓室，你那么急，非得下来不可。"连城想了一下，"不然你年纪轻轻的，立什么遗嘱。"

程郢不说话。

连城想起来去年快要结束的时候，她和公司一干人去唱歌，他们玩的那个剧本杀，叫《无头将军》。

程郸受伤不轻，伤到了内脏。做了几次手术，许唯照顾他。

陈津和陈律兄弟判的"危害公共安全""破坏文物"和"杀人未遂"，十五年起步。他们一口咬定当初程郸给钱让他们杀程郢，发誓要和程郸同归于尽。杨行密给他的两个表兄请了律师——他查出连城的身份，看到两年前的纪录片，顺藤摸瓜找到了失散半个世纪的表亲。

程郸辩解说就只是亲戚之间的赠予。

如此势均力敌，官司还有得打。

警察过来做笔录，程郢默默签署了"亲属谅解书"——他估计他不签他妈也会签，就不劳动老人家千里迢迢飞回来了。

程郸和连宇被判互殴。程郸没打算上诉。连宇也没有。程郢猜他哥对连宇是有真感情。他也不知道是该为许唯抱冤还是为连宇庆幸，一旦进入公诉，连宇的职业生涯就完了。

许唯来过一两次，说他哥很想他，问他要不要去探望。程郢说："他赎清罪，就还是我哥。"

他不想他死，但是他现在不想见他。

连城的麻烦在于连宇也不想见她。

程郢的病进入休养阶段，连城就在病房里复原壁画。幸而古墓之前就被清理过，只余壁画，损失不大。两次水淹加大了剥离的难度，连城和程郢两个伤病号又没法亲临现场，只能动用江平扛大梁。

视频一直开着，隔空指导了半个多月，总算有惊无险把墓室里壁画搬了出来。加上连城凭记忆的复原图，预计花上一两年，全息摹制可以面世。

"文物代言人"节目组也没想到这一连串的变故。制作人也算了得，当机立断，一方面拾起旧方案，复活了永泰公主墓中壁画；一方面策划"古墓惊魂"纪录片，打算做得一咏三叹惊心动魄。

节目播出，赶上春节，网络热度极高，有无数人在淘宝搜同款。钟晓很满意节目效果，说道："等项小姐新剧开播还能再火一把，咱们的成人礼推广也可以安排上日程了——你什么时候回来？"

连城说："好歹让我休完元宵。"

"行。"说完正事，钟晓便碎碎念道，"你师兄不是东西，你这才离开我眼睛几天，又把你给拐走了……"

"钟总，大丈夫何患无妻。"

"我呸！对了，还有个事。"

"嗯？"

"上个月公司进了贼，没什么大损失，但是也报了警，前几天破案了。没想到还丢了个贵重物品，你猜是什么？"

连城猜不出来。

"你抽屉里一份快递，里头是个钻冠，估价两百多万，警察都说，'你们公司员工好豪气，几百万的钻冠跟几百块的一样丢在抽屉里，封也不封。'那贼听到估价，当时就萎了，五年起步，喂、喂——你别挂电话呀！"

连城看程郢，程郢摇头："不是我。"

连城目中微热："是我姐。"和连宇说要结婚，连句祝福都没给，却掐着时间给她送礼；又不敢和她联系，没有留寄件人姓名……那仿佛是很久以前了。

程郢伸手抱住她："我们还有时间，我们能等得起。"

对于人来说，没有什么是时间不能够摧毁的，也没有什么是时间不能够修复的。

对于修复师来说，哪怕只有亿万分之一的可能，他们都能等到那个修复的契机，无论是文物，还是人心。

图书在版编目（CIP）数据

补天手 : 全 2 册 / 青芒著 . — 南京 : 江苏凤凰文艺出版社，2021.6
ISBN 978-7-5594-5202-3

Ⅰ . ①补… Ⅱ . ①青… Ⅲ . ①长篇小说 – 中国 – 当代
Ⅳ . ① I247.5

中国版本图书馆 CIP 数据核字 (2020) 第 178313 号

补天手: 全2册

青芒 著

选题策划	北京记忆坊文化
策划编辑	钱　丽
责任编辑	白　涵
封面设计	刘　军
版式设计	天　缈
出版发行	江苏凤凰文艺出版社
	南京市中央路 165 号，邮编：210009
网　　址	http://www.jswenyi.com
印　　刷	三河市国新印装有限公司
开　　本	880 毫米 ×1230 毫米 1/16
印　　张	30
字　　数	491 千字
版　　次	2021 年 6 月第 1 版
印　　次	2021 年 6 月第 1 次印刷
书　　号	ISBN 978-7-5594-5202-3
定　　价	72.00 元（全二册）

MEMORY
HOUSE